The
Shakespeare
Encyclopedia

The Shakespeare Encyclopedia
The Complete Guide to the Man and His Works

シェイクスピア百科図鑑
生涯と作品

A. D. カズンズ［監修］

荒木正純・田口孝夫［監訳］

悠書館

THE SHAKESPEARE ENCYCLOPEDIA
Chief Consultant : A. D. Cousins

This Publication and arrangement © Global Book Publishing Pty Ltd. 2009
Text © Global Book Publishing Pty Ltd. 2009
Graphics © Global Book Publishing Pty Ltd. 2009

Japanese translation published by arrangement with
Global Book Publishing Pty Ltd. through
The English Agency (Japan) Ltd.

Printed in China

表紙・表1：シェイクスピアを描いたと考えられている「コップの肖像画」
　　　　　（1610年ごろ、作者不詳）(Getty Images)
表紙・表4（上から）：
『墓地のハムレットとホレイショー』（ユージェーヌ・ドラクロワ画、
　　　　　1839年）(The Picture Desk / Art Archive)

映画『夏の夜の夢』（1935年）から。パック役のミッキー・ルーニーとハー
　　ミア役のオリヴィエ・ド・ハヴィランド（The Picture Desk / Kobal
　　Collection）

リチャード3世に扮したアル・パチーノ。映画『リチャードを探して』
　　（1996年）より (The Picture Desk / Kobal Collection)

執筆者紹介

〔監修〕
A.D. Cousins（A. D. カズンズ）
シドニーのマクオーリー大学英文学教授および学科長。著書に *Shakespeare's Sonnets and Narrative Poems* (1999) など。

〔『ヴェローナの二紳士』『あらし』「シェイクスピアの変わらない魅力」〕
Helen Barr（ヘレン・バー）
オックスフォード大学レディー・マーガレット・ホールのフェローおよびチューター。著書に *Socioliterary Practice in Late Medieval England* (2001) など。

〔『ヘンリー6世』三部作〕
Line Cottegnies（リーン・コテニーズ）
パリ第3大学英文学教授。著書に *L'Eclipse du regard: La poésie anglaise du baroque au classicism—1625-1660* (1997) など。

〔『リチャード2世』〕
Pascale Drouet（パスカル・ドゥルーエ）
フランスのポワチエ大学上級講師。著書に *Le vagabond dans l'Angleterrede Shakespeare, ou l'art de contrefaire à la ville et à la scène* (2003) など。

〔『リチャード3世』『終わりよければすべてよし』〕
Sarah Dustagheer（セーラ・ダスタギア）
ロンドン大学キングズ・コレッジの研究者。とくに近代初期および現代の劇場空間についての研究に従事。

〔『ヴェニスの商人』〕
Alan W. Friedman（アラン・W・フリードマン）
テキサス大学英文学および比較文学教授。著書に *Fictional Death and the Modernist Enterprise* (1995) など。

〔『冬物語』〕
Rosemary Gaby（ローズマリー・ゲイビー）
オーストラリアのタスマニア大学講師。シェイクスピア劇の上演とオーストラリアの演劇史専攻。

〔『夏の夜の夢』『シンベリン』〕
Barry Gaines（バリー・ゲインズ）
ニュー・メキシコ大学英文学教授。レヴェルズ・プレイの *A Yorkshire Tragedy* (1986) やマローン・ソサエティーの *Q1 Romeo and Juliet* (2000) の共同編集者。

〔『ジョン王』『ヘンリー4世』二部作『ヘンリー5世』『ヘンリー8世』『ウィンザーの陽気な女房たち』〕
Bradley Greenburg（ブラッドリー・グリーンバーグ）
シカゴのノースイースタン・イリノイ大学英文学教授。*Shakespeare Studies*, *Criticism*, *Studies in Medieval and Renaissance History* などに論文を寄稿。

〔「シェイクスピア以前の世界」〕
Ronald Huebert（ロナルド・ヒューバート）
カナダのダルハウジー大学英文学教授およびキングズ・コレッジ大学教授。著書に *The Performance of Pleasure in English Renaissance Drama* (2003) など。

〔『ジュリアス・シーザー』〕
Gwilym Jones（グウィリム・ジョーンズ）
サセックス大学で博士論文執筆中。ケント大学で近代初期の演劇を教えている。

〔『十二夜』『タイタス・アンドロニカス』〕
Gillian Murray Kendall（ジリアン・マリー・ケンダル）
マサチューセッツ州のスミス・カレッジ准教授。編著に *Shakespearean Power and Punishment* (1998)。

〔『オセロー』「魂のことば」〕
Ros King（ロス・キング）
サウサンプトン大学英文学教授。著書に *Symbeline: Constructions of Britain* (2005) など、共編に *Shakespeare and War* (2009) がある。

〔『ハムレット』『ロミオとジュリエット』『詩篇』〕
Jane Kingsley-Smith（ジェーン・キングズリー=スミス）
ロンドンのローハンプトン大学上級講師。著書に *Shakespeare's Drama of Exile* (2003)。ほかに近代初期の文学関係の論文多数。

〔「正典」「シェイクスピア作か否か」〕
James Loehlin（ジェイムズ・ローリン）
テキサス大学教授。シェイクスピアの上演史や映画に詳しい。『ヘンリー5世』関連 (1996) や『ロミオとジュリエット』関連 (2002) の著書などがある。

〔「人と生涯」〕
Margaret Mcphee（マーガレット・マクフィー）
著述家・研究者で、執筆活動は多岐にわたる。*Macquarie Dictionary* の編集スタッフのひとりで、*Australian Encyclopaedia* の寄稿者でもある。

〔『から騒ぎ』『アントニーとクレオパトラ』〕
Richard Madelaine（リチャード・マデレーン）
ニュー・サウスウェールズ大学准教授。シェイクスピアの舞台関連の論考多数。共編著に *"O Brave New World": Two Centuries of Shakespeare on the Australian Stage* (2001)。

〔『じゃじゃ馬ならし』『恋の骨折り損』『トロイラスとクレシダ』「普遍的な現象」〕
Marea Mitchell（マリア・ミッチェル）
シドニーのマクオーリー大学英文学准教授。専門はシェイクスピア当時のジェンダー。ノートン版『じゃじゃ馬ならし』(2009) に寄稿。

〔『コリオレーナス』〕
Dani Napton（デーニ・ナプトン）
シドニーのマクオーリー大学で博士論文執筆中。

〔『お気に召すまま』『尺には尺を』『マクベス』『リア王』〕
Kevin Quarmby（ケヴィン・クオームビー）
イギリスの舞台で30年活躍。最近、ロンドン大学キングズ・コレッジで博士号取得。現在はキングズ・コレッジでイギリス・ルネサンスの文学を講じている。

〔『ソネット集』〕
Alison V. Scott（アリソン・V・スコット）
ブリスベーンのクイーンズランド大学で英文学を講じる。著書に *Selfish Gifts: The Politics of Exchange and English Courtly Literature, 1580-1628* (2006) など。

〔『アテネのタイモン』『二人の貴公子』『ペリクリーズ』〕
R. S. White（R. S. ホワイト）
パースのウェスタン・オーストラリア大学教授。近著に *Pacifism and English Literature: Minstrels of Peace* (2008) がある。

〔『間違いの喜劇』〕
George Walton Williams（ジョージ・ウォルトン・ウィリアムズ）
アメリカはノース・キャロライナ州のデューク大学英文学名誉教授。アーデン版シェイクスピアのアソーシエイト・ジェネラル・エディター。

前付けおよび各章扉の図版キャプション

1頁：チャス・A・ビュッシェルの絵がついた『十二夜』公演のプログラム。1901年、ロンドンのハー・マジェスティー劇場での公演より。
2頁：シェイクスピアの肖像画（19世紀ごろ、作者不詳）
4～5頁：カーテンコールを受ける役者たち。1963年、ストラトフォードのシェイクスピア・メモリアル劇場にて。
7頁：観客席を経由してステージに戻るロイヤル・シェイクスピア劇団の役者。2008年、ストラトフォードにおける『リチャード2世』の公演より。
8～9頁：再建されたグローブ座（ロンドン）
10～11頁：『リチャード2世』の上演を準備をするロイヤル・シェイクスピア劇団の役者。2008年、ストラトフォードにて。
12～13頁：『マーメイド酒場におけるシェイクスピアと友人たち』（1851年、ジョン・フェード画）
42～43頁：『獄中の父リア王をなぐさめるコーディリア』（1886年、ジョージ・ウィリアム・ジョイ画）
44～45頁：自軍を鼓舞するヘンリー5世（ローレンス・オリヴィエ）。オリヴィエが監督した1944年の映画『ヘンリー5世』より。
84～85頁：パック（左、スタンリー・トゥッチ）とオーベロン（ルーパート・エヴェレット）。マイケル・ホフマン監督による1999年の映画『夏の夜の夢』より。
150～151頁：オセロー（イーマン・ウォーカー）とデズデモーナ（ゾーイ・タッパー）。2007年、ロンドンのグローブ座における『オセロー』公演より。
228～229頁：『ミランダ』（1869年、アンソニー・フレデリック・オーガスタス・サンディーズ画）
254～255頁：『アドニスの目覚め』（1899年、ジョン・ウィリアム・ウォーターハウス画）
256～257頁：『タークィンとルクレチア』（ヤン・マッシス〔1509～75年〕画）
272～73頁：『恋文を読む若い女性』（ピエトロ・アントニオ・ロターリ〔1707～62年〕画）
286～87頁：第1・二つ折り版（1623年）
298頁：白鳥座（左）とグローブ座（右）（19世紀の版画）

謝　辞

The Publisher would like to thank Sophia Oravecz for her help during the conceptualization process prior
to production, as well as Rochelle Deighton for her help in the early stages of the book's production. Special thanks go to Kylie Mulquin for creating the graphics (relationship diagrams, family trees, and pie charts).
The quotations and extracts from Shakespeare's works used in The Shakespeare Encyclopedia are taken from EVANS, The Riverside Shakespeare, 1E. © 1974 Houghton Mifflin Company.
Reproduced by permission.
www.cengage.com/permissions

図版クレジット

b = bottom, c = center, l = left,
r = right, t = top
AA = Picture Desk – The Art Archive
AKG = AKG Images
CB = Corbis
GI = Getty Images
IMP= Imagestate Media Partners
KC = Picture Desk – The Kobal Collection
PL = Photolibrary.com
PS = Donald Cooper/photostage.co.uk
SH = Shutterstock

1 GI, 2 GI, 4–5 GI, 7 GI, 8tl GI, 8tr GI, 9tr SH, 10–11 GI, 12–13 GI, 14b AA, 15l PL, r PL, 16t AA, 17b GI, t GI, 18t PL, 19b CB, t CB, 20b PL, 21b GI, tl GI, tr PL, 22bl AA, br PL, 23t CB, 24t AA, 25b PS, t CB, 26b KC, t CB, 27t GI, 28t PS, 29bl PL, br PS, 30b GI, 31bl CB, tr IMP, 32t GI, 33b KC, t CB, 34b CB, 35b "Te Tangata Whai Rawa o Weniti" The Maori Merchant of Venice, photograph by Kirsty Griffin, t AA, 36b GI, t CB, 37t PS, 38t KC, 39b CB, t CB, 40b CB, t KC, 41b KC, 42–43 GI, 44–45 GI, 46t AA, 47b PS, 50t PS, 52c KC, 53b PL, 55b CB, 56t CB, 57b KC, 59l GI, 60b PS, 61t AA, 62l CB, 65b CB, 66t PL, 67b KC, 68t CB, 70b CB, 71t GI, 72r PL, 74b CB, 75t AA, 76–77 KC, 78l PL, 79b PS, 80t AA, 82t GI, 83b PS, 84–85 KC, 87t AKG, 88t PL, 89b PS, 91t PS, 92b GI, 94b CB, 95t PL, 96t CB, 97r PL, 98b CB, 101b KC, 102–3 GI, 105t KC, 106b CB, 107t GI, 108b CB, 109t KC, 110b CB, 113b KC, 114b PL, 115t GI, 116t CB, 118t PL, 119b CB, 120t CB, 122b CB, 124l KC, 125t KC, 126–27b CB, 128l AA, 129r AA, 130t GI, 131b PL, 132 KC, 134b CB, 136l AA, 137r CB, 138b PL, 139t KC, 140t GI, 141b CB, 143t PS, 144b GI, 145t AA, 146r IMP, 148b CB, 150–51 GI, 153b PS, 154t CB, 155b KC, 156–57 KC, 158t PL, 159b PS, 160b KC, 162t PL, 163b KC, 164b PL, 165b CB, 167t KC, 168t CB, 169b KC, 171 CB, 173t AA, 174b GI, 175t KC, 176–77b KC, 176t AA, 178t KC, 179b CB, 180t CB, 181b PL, 183l CB, 184–85 PL, 186b GI, 187r PL, 188l CB, 189r KC, 190l PL, 191t GI, 193t CB, 194b AA, 197 GI, 198t AA, 199b KC, 200b KC, 201t CB, 202b PS, 203t PL, 204–5t AA, 206b CB, 208t CB, 209r IMP, 210t KC, 211b CB, 212b KC, 213t KC, 214l AA, 215t PL, 216–217 AA, 219r IMP, 220t GI, 221b IMP, 223t PS, 224r CB, 226t PS, 227b AA, 228–29 GI, 230b PL, 231t PL, 233t CB, 234t CB, 236b AA, 237t GI, 238t GI, 240b CB, 241t GI, 242t PS, 243b CB, 244–45 AKG, 247t CB, 248t CB, 249b CB, 250b KC, 251t PS, 253b PL, 254–55 GI, 256–57 GI, 258t IMP, 259 AA, 260b IMP, 261t PS, 262b PL, 263t PL, 264t CB, 265b CB, 267t CB, 268t PL, 269b IMP, 270 By permission of the Folger Shakespeare Library, 272–73 GI, 274b PL, t PL, 275t AA, 276b CB, 277b PL, t By permission of the Bodleian Library, Oxford, 278t AA, 279b PL, t CB, 280bl GI, 281b PL, 282t KC, 283b GI, t AA, 284b KC, 285b GI, t KC, 286–87 GI, 298 GI.

シェイクスピア百科図鑑——もくじ

はじめに	10
時空を超えるシェイクスピア	12
シェイクスピア以前の世界	14
シェイクスピアの人と生涯	18
シェイクスピアの正典	22
シェイクスピア作か否か	28
魂のことば	30
普遍的な現象	34
シェイクスピアの変わらない魅力	38
演劇作品	42
歴史劇	44
ヘンリー6世・第1部†	46
ヘンリー6世・第2部†	48
ヘンリー6世・第3部†	50
リチャード3世†	52
リチャード2世†	58
ジョン王†	62
ヘンリー4世, 第1部†	64
ヘンリー4世, 第2部†	68
ヘンリー5世†	72
ヘンリー8世†	80
喜劇	84
ヴェローナの二紳士†	86
間違いの喜劇†	88
じゃじゃ馬ならし†	92
恋の骨折り損†	98
夏の夜の夢†	102
ヴェニスの商人†	110
ウィンザーの陽気な女房たち†	116
お気に召すまま†	120
から騒ぎ†	126
十二夜†	134
終わりよければすべてよし†	140
尺には尺を†	144

悲劇	150	**詩 篇**	254
タイタス・アンドロニカス†	152	詩 篇	256
ロミオとジュリエット†	156	ヴィーナスとアドニス**	258
ジュリアス・シーザー†	164	ルークリース凌辱***	262
ハムレット†	170	情熱の巡礼者	266
トロイラスとクレシダ†	180	不死鳥と山鳩	268
オセロー†	184	恋人の嘆き****	270
リア王†	194		
マクベス†	204	**ソネット集††**	272
アントニーとクレオパトラ†	214	はじめに	274
アテネのタイモン†	220	テーマ、引喩、形象	276
コリオレーナス†	224	意義と影響	282
ロマンス劇	228		
ペリクリーズ†	230	**レファレンス**	286
シンベリン†	234	年表	288
冬物語†	238	参考文献	290
あらし（テンペスト）†	244	用語解説	297
二人の貴公子*	252	索引	299
		訳者あとがき	304

［本書中、シェイクスピアの作品からの引用は、下記の邦訳版を使用させていただきました。†：小田島雄志訳『シェイクスピア全集』I〜V（白水社、1985〜86年）；††：小田島雄志訳『シェイクスピアのソネット』（文藝春秋、1994年）；*：大井邦雄訳（大井邦雄監修『イギリス・ルネサンス演劇集 II』所収、早稲田大学出版部、2005年）；**：本堂正夫訳（『世界古典文学全集 46』所収、筑摩書房、1966年）；***：高松雄一訳（『世界古典文学全集 46』所収、筑摩書房、1966年）；****：成田篤彦訳（高松雄一・川西進・桜井正一郎・成田篤彦著『シェイクスピア『恋人の嘆き』とその周辺』所収、英宝社、1995年）］

はじめに

シェイクスピアが亡くなったのは1616年。その後、およそ400年が経過するというのに、彼の作品はわれわれに訴える力を失っていない。彼の芝居は舞台でも映画でも世界的な現象になっているし、彼の詩も英語で書かれた詩の傑作にかぞえられている。シェイクスピアはわれわれに語りかけるだけでなく、われわれが語ることばを提供してくれる。「このままでいいのか、いけないのか」（「生か死か」）とか「おまえを夏の一日にたとえようか」といったことばは、ほとんど誰でも耳にしたり引用したりしたことがあるだろう。そしてもちろん、ことばの向こうには、さまざまな欲望や欠点や矛盾をかかえた登場人物たちの世界が横たわっている。われわれはそうした登場人物を仔細にながめるのを楽しみながら、自分自身やこの世界について問いかけるように誘導されてゆくのである。

人びとはいま、おそらくこれまで以上に、そうしたことばや登場人物を生み出した作者について、また、彼が芝居を提供した当時の社会とどのようにかかわっていたのかについて知りたいと思っているにちがいない。人びとはこれまでに劣らず、いまもシェイクスピアが人間の経験の領域や喜びや挑戦について語ってくれることに、熱烈な興味をいだいている。

本書の目的は、それゆえ、イギリスのもっとも有名な劇作家シェ

イクスピアの生涯と著作について明らかにする座右の案内書を提供することである。いくぶんかは最新・最良の研究成果をふまえ、また世界中の研究者でチームを組んで執筆された本書は、まず、シェイクスピアの生涯に焦点をあわせ、彼がエリザベス朝およびジェイムズ朝の世界、とりわけ当時の演劇界とどのようにかかわっていたかを提示する。

次いで本書では、シェイクスピアの各戯曲とその他の韻文すべてについて論じられる。シェイクスピア作品のひとつひとつが、豊富な図版や有益な図表の助けを借りて、主要なテーマあるいは関心事、またイメージの使い方などの視点から考察されるのである。もちろん、舞台の技巧に対する目配りも怠りなくなされている。それは画期的な——とくに最近の——舞台や映画でよみがえった作品についても同様である。各作品についての解説では、その作品がシェイクスピア当時の出来事や関心事とどのように関係しているかだけでなく、われわれの時代に何を伝えてくれるかについても吟味している。シェイクスピアが本当にわれわれに訴える力を失っていないなら、本書が彼の語っていることを、より鮮明に聞きとるための一助となれるよう祈るものである。

A. D. カズンズ
マクオーリー大学

時空を超えるシェイクスピア

シェイクスピア以前の世界

シェイクスピアが引き継いだ文化は、たとえば根づよい位階制（ヒエラルキー）、信仰の重要性、権威への依存など、多くの点で旧態依然たる文化であった。しかし一方で、とくにロンドンのような都市部においては、確実な変化の兆しもまたみられるようになった。全体的にみれば、こうした変化の兆しは、こんにちルネサンスとして知られる広範な文化革新の域に達していたと言っていい。

ヨーロッパ・ルネサンス

シェイクスピアが誕生した1564年からさかのぼること半世紀、ポルトガル人航海士フェルディナンド・マゼランは人類初の世界一周航海に出発した（1519～22年）。ポーランドの天文学者ニコラウス・コペルニクスは、著書『天体の回転について』（1543年）のなかで、太陽を中心とした宇宙モデルを提唱した最初の科学思想家となった。また、ヴェネチアの画家ティツィアーノは、たとえば「ウルビーノのヴィーナス」（1538年？）において、横たわる裸婦をまったく自然な主題として扱った最初の画家であった。これらの進取の才能はいくぶんかは哲学的な人文主義に負うところがある。人文主義はすでに、イタリアの学者ピコ・デラ・ミランドラの『人間の尊厳について』（1486年）の出版とならんで、ヨーロッパ・ルネサンスの一部を形成していた。いまや人間は、創造された宇宙の中心に位置するようになり、それゆえ人間は、世界を支配するべく特別の努力をはらうことになったのでる。

シェイクスピアの存命中（1564～1616年）は、地理学や科学また芸術の分野で、次つぎと偉業が達成されていった。新世界の探検は北米大陸に最初のイングランド領植民地（ヴァージニア州ジェームズタウン、1607年）や、フランス領植民地（ケベック、1608年）をもたらした。また、ガリレオは望遠鏡が改良されたおかげで、はじめて太陽の黒点を観測できるようになり（1611年）、太陽系が正しい仮説であることを証明することができた。しかし、これらの重要な「最初の出来事」も、1576年、ジェイムズ・バーベッジによって建設された最初の芝居小屋「ザ・シアター（劇場座）」ほど、直接、シェイクスピアの興味を引きつけることはなかったにちがいない。

文学都市ロンドン

シェイクスピアがロンドンにやってくるころには——その最初の証拠となる文献は1592年刊——文学は大いに栄えていた。イングランドでは多くの作家が翻訳家としてスタートした。サー・トマス・ワイアット（1503～42年）はペトラルカの『詩集』を英訳したし、サリー伯ヘンリー・ハワード（1517～47年）はウェルギリウスの『アエネイス』のうち2巻を、英語の無韻詩（ブランク・ヴァース）に翻訳している。また、アーサー・ゴールディング（1536～1605年）もオウィディウスの『変身物語』を全巻、押韻二行連句（ライミング・カプレット）のかたちで翻訳している。さらに、ウィリアム・ティンダル（1490？～1536年）を筆頭に多くの優秀な翻訳者たちが、一連の聖書の翻訳を世に送り出した。その頂点となるのが1611年の『欽定訳聖書』の出版であった。

下：1580年ごろのロンドン市（『世界の都市図解』より）。ロンドン市はエリザベス1世の治世に劇的に拡大し、1600年までには、人口がおよそ9万人にふくれあがった。

右：サー・フィリップ・シドニーとされる細密画（アイザック・オリヴァー作）。シドニーは詩人・廷臣・軍人で、1586年に戦死。彼が残した『アストロフェルとステラ』は英語で書かれた最初の偉大なソネット集である。

右奥：エドマンド・スペンサー著『妖精の女王』（1590年出版）。エリザベス女王に献呈された叙事詩で、のちにヘンリー・パーセルが曲をつけた。

このように、古典や聖書のテクストを自国語で読めるようになったことが、イングランドの作家のあいだに大いなる創作意欲の波をかきたてたらしい。サー・フィリップ・シドニー（1554～86年）は女王エリザベス1世の宮廷において、尊敬されながらも不当に無視された人物であったが、彼もまた108篇のソネット集（『アストロフェルとステラ』）や、はじめて英語で記された文学批評（『詩の弁護』）を執筆した。これらふたつの作品はシドニーの夭折後、ほどなくして出版されている。それゆえ、若いシェイクスピアは作家修行をしているあいだに、これらの本に接する機会があったはずである。

同様のことは、1590年に出版されたエドマンド・スペンサー（1552～99年）の『妖精の女王』1～3巻についても言える。ここには「もっとも優れた栄えある人物、われらが女王エリザベス」に叙事詩的名声を与えようとする意図が明白に見てとれる。上の引用は初版に付された「作家の手紙」からのものだが、ここから、シェイクスピアの若いころ、文学作品の出版はパトロンへの依存度がきわめて高かったことがうかがえる。作家には文学に通じた貴族の恩恵と経済的支援が必要だったのである。シェイクスピアも例外ではなく、彼が物語詩『ヴィーナスとアドニス』（1593年）や『ルークリース凌辱』（1594年）をサウサンプトン伯ヘンリー・リズリーに献呈したについては、そのような支援をあてにしたという事情があったにちがいない。

処女王エリザベス

そうした不安定なパトロンのネットワークを超越して、文学システムの頂点に君臨したのがエリザベス女王である。彼女の1558年から1603年までの長きにわたる栄光の時代は、女王の威信が最高潮に達した時期であった。シェイクスピアはそのような時代に演劇の世界に入ったのである。女王のもっとも大きな功績のひとつは、イングランド国民の国家意識を形成して維持したことである。たとえば1588年のスペイン無敵艦隊の撃破はそうした国家意識がもたらした成果のひとつであった。彼女は身近な人びとに尊敬され、的確な政治判断ゆえに称賛された。しかしその一方で、無慈悲とも言える気質ゆえに恐れられもした。そうした気質も、イングランド女王として生きてゆくのに必要だったのである。即位後まもなく求婚者たちが次つぎと登場してきたが、もしも彼女が誰かを伴侶として選んでいたなら、傑出した女王として君臨することはできなかったにちがいない。

エリザベス女王はただの政治的人物にとどまらなかった。彼女は第一級の文化イコンでもあり、広範囲におよぶ友人や臣下、また崇拝者たちに大きな野心を抱かせ、すばらしい成果を生み出させた。女王に作品を献呈した作家のなかには、サー・ウォルター・ローリー、サー・フィリップ・シドニー、フルク・グレヴィル、サミュエル・ダニエル、リチャード・ハクルートなどがいる。シェイクスピア

上：祈祷中のエリザベス1世（1569年出版の『キリスト教徒の祈りと瞑想』の口絵）。彼女の長い治世のうちの初期のものだが、正確な年代は不明。

はこのような直接的手段はとらなかったが、『夏の夜の夢』では妖精の王オーベロンに「西方の玉座に着かれている美しい処女王」について語らせている。その処女王はキューピッドの恋の矢をも受けつけず、それゆえ、「つつましい／乙女の思いに包まれて、痛ましい恋する心も抱かずに」（2幕1場158行および164行）暮らしているというのである。この一節はあからさまに女王の庇護を求めてはいないが、事実上、女王に対するみえすいた追従と言ってよい。

娯楽産業

シェイクスピアはロンドンで遭遇した新興の商業劇場から定期的収入を得ていた。芝居小屋やそこで芝居を上演した劇団は、高度に商業的な企業であった。2,000人から3,000人もの観客が、午後の芝居を見物するために野外劇場を訪れる。料金は平土間での立ち見で1ペニー、もう1ペニー追加すれば天井桟敷席、2ペンス追加すれば中央の2ペンス桟敷席、そして、さらにかなり多くの金額を払えば、舞台近くの平土間席に行くこ

とができた。

劇場へは階級や収入に関係なくさまざまな人びとが足を運んだが、そこで体験した内容は明らかに一様ではなかった。午後に仕事を休んでやってきて土間で立ち見をする貧しい徒弟たちと、芝居がよく見えるだけでなく、他の観客からもよく見える快適な席に着座した女連れの紳士たちとが同じ体験をしたはずはない。興行収益は経費をまかない、経営者や株主に利益をもたらすのに十分であった。じっさい、新作を求める声はやむことがなかった。新作を見たがる公衆の声に応じられる筆の速い劇作家にとっては、大きなチャンスだったのである。

多難な周辺事情

ルネサンス期の楽天的な野心、稀有な君主の指導力、先例のない文学エネルギー、革新的な演劇環境など、先述した状況について、あまりに話がうますぎて真実味に欠けると感じられるなら、ここで、舞台裏では多くの問題が噴出していたということを認めてもいいかもしれない。エリザベス時代の危うい成功は、いくぶん応急被害対策の実践のような面があったのである。

イングランドは正式にはプロテスタントの国であったが、宗教的慣習についてこのように当たりさわりのない表現を使ってしまうと、水面下でふつふつと沸き立っていた切迫した状態を正しく伝えることはできなくなる。じつはプロテスタントという括りのなかにあってさえ、大きな考え方の相違があったのである。そのほとんどはピューリタンの思想家や伝道者によって生み出されたというか、少なくとも彼らがきっかけとなって生じたものであった。彼らは、16世紀初頭にマルティン・ルターが着手してジャン・カルヴァンがヨーロッパで推し進めた宗教改革がまだ十分ではないと信じていた。イングランドのピューリタンによれば、正式のプロテスタント教会は、たとえば伝統的儀式への執着や手のこんだ法衣への愛着にみられるように、ローマ・カトリックの足跡をたどっているにすぎないというのである。

より徹底した過去との決別を要求する急進派のピューリタンの声は、しだいにロンドンで勢いを増していった。『悪口学校』（1579年）の著者スティーヴン・ゴッソンのようなピューリタン作家たちは、信心深い社会に娯楽演劇があってはならないと主張した。ロンドン市長や影響力をもつ市長の支援者たちは概してピューリタンだったため、大都市ロンドンの演劇文化は、市壁の外に構築されなければならなかった。たとえば北方のショアディッチ（ザ・シアターの地）や、ロンドン市からテムズ川を渡った南岸などである。ここには1599年にグローブ座が建設された。

ピューリタンが宗教改革はまだ十分ではないと考えたとすれば、彼らに包囲された少数派のカトリック教徒は、もう十分過ぎるほどだと考えたにちがいない。カトリック教徒は注意を引きつけるようなことを何もしなかったら、概して苦しめられることはなかったろう。しかし、彼らはローマ・カトリック教への改宗を説いた。それは大逆罪とされ、それゆえ頑迷な抵抗を受けて、重罰を科せられた。ヨーロッパの神学校のた

めに新会員を募るべくイングランドへ渡ったイエズス会宣教師は、生命を危険にさらさなければならなかった。このような宣教師のひとり、イエズス会士ロバート・サウスウェルは才能ある詩人で、『女王陛下への謙虚な懇願』（1595年）の著者でもあるが、彼は1592年、ミサの儀式を行なうために出かける途中で捕縛され、1595年、タイバーンで処刑された。

シェイクスピアが引き継いだ文化には、まだ宗教的寛容の精神はみられなかった。それが（およそ1世紀後に）望ましいものとみなされるまでには、両陣営ともさらなる流血沙汰をくり返すことになるのである。

疫病・治安・飲薬

劇場はピューリタンによって閉鎖に追いこまれなくても、いつでも疫病によって閉鎖される可能性があった。腺ペストによる死者が1週間で30人以上に達すると、市当局は芝居の上演をはじめ、すべての公的な集会を中止させた。そのようなときには、役者や劇作家たちは日常の生活の糧を得る機会を失った。

こうした状況においては、役者は地方巡業に出たかもしれないし、劇作家は芝居以外の作品に手をそめたかもしれない。彼らが何を選択したにせよ、彼らの生活はいろいろな危険と不安材料にさらされていた。ロンドン市には正規の警察権力は存在しなかったし、公衆衛生に注意が払われることもほとんどなかった。街灯もなければ、確かな避妊法もなく、また、新鮮な食べ物はめったに手に入らず、水も汚かった。経済的ゆとりのある少数の人びとは医師の診断をあおぐことができたが、その内容はこんにちの基準からすれば、ひどくお粗末なものであった。

シェイクスピア当時のロンドンの生活を楽しむことは、われわれ現代人にはきわめて難しいことだろう。しかし、そのことをもって、別の時代や別の場所から伝えられたものを楽しんだり賛美したりする妨げとしてはならないだろう。

上：火刑に処せられるふたりの司教、ニコラス・リドリーとヒュー・ラティマー。彼らは1555年、カトリック女王メアリー1世をさしおいて、プロテスタントのジェイン・グレイを即位させようとした罪で処刑された。宗教問題は1700年代まで、イングランドを二分した。

クリストファー・マーロウ

ロンドンの演劇界で最初に大成功をおさめた劇作家は、シェイクスピアではなくクリストファー・マーロウであった。彼はシェイクスピアと同年の生まれで、1593年に29歳で刺殺された。マーロウが最初に大成功をおさめたのは『タンバレイン大王・第1部』である。これは主人公（ティムール）が世界征服の大事業に挑戦する話で、彼は自分の大きな野心を正当化しようと声を大にして次のように語る。これはヨーロッパ・ルネサンスの精神そのもののようである。

自然は地・水・火・風の四大元素でわれわれを構成し
胸の内で支配権を求めて相争わせることにより
われわれに野心に満ちた心をもてと教えている。
（2幕7場18〜20行）

ルネサンス文化の斬新な兆候のひとつは、多くの芸術家・作家・思想家たちが、かつてなかった挑戦に直面していると自覚しているところにある。マーロウはこの自覚から生じる精神の高揚をとらえるみごとな技をもっていた。

右：クリストファー・マーロウとされる肖像画（1585年以降）。彼はトマス・キッド同様、ストレンジ卿一座のために執筆した。トマス・キッドは『タンバレイン大王』初演の前年、『スペインの悲劇』で大成功をおさめた劇作家。

シェイクスピア以前の世界　17

シェイクスピアの人と生涯

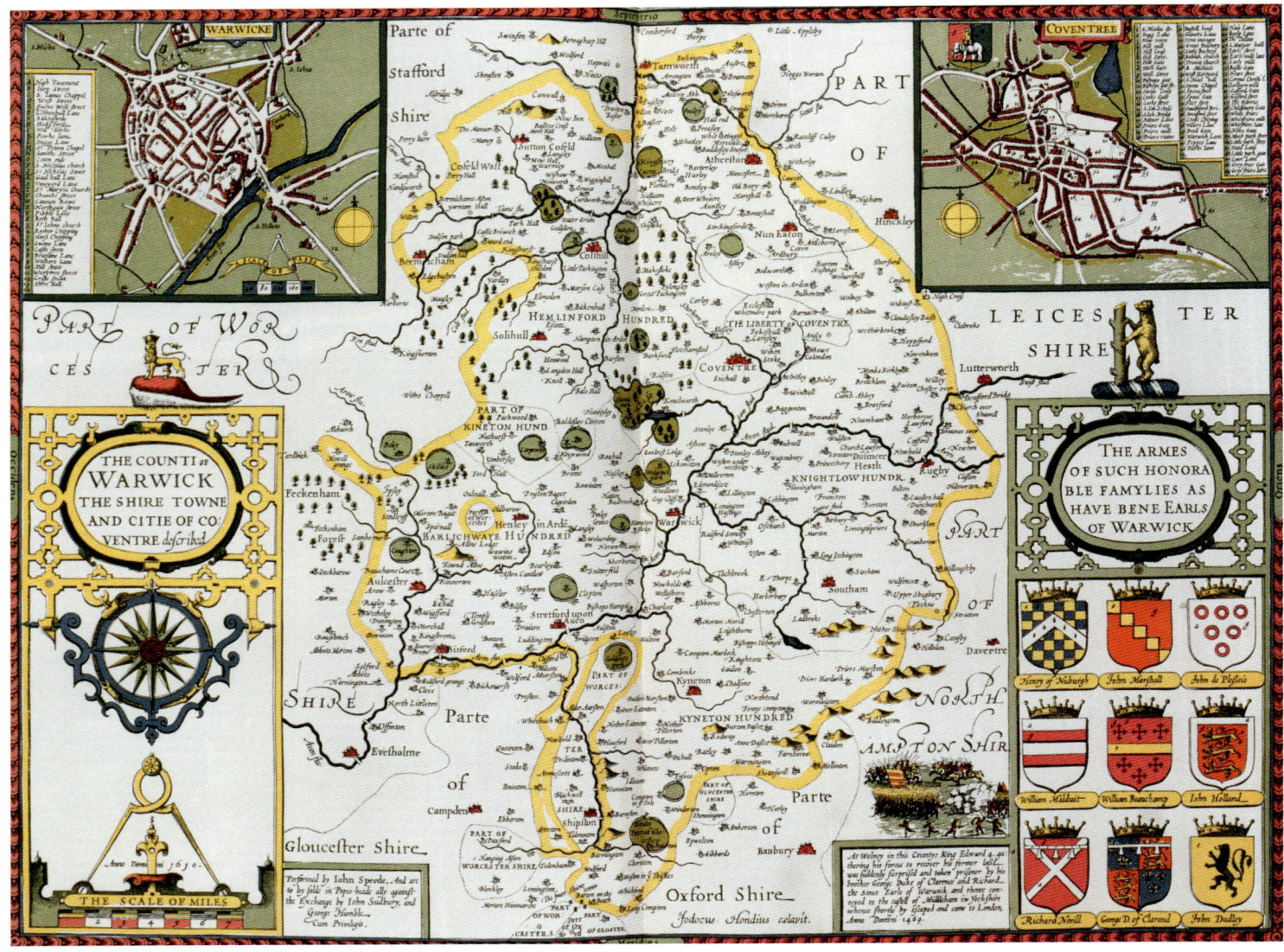

上：ストラトフォード・アポン・エイヴォン（ヨドクス・ホンディウス 作。1611～12年に出版されたジョン・スピードの『大英帝国の劇場』より）。ストラトフォードは16世紀のウォリック郡の重要な市場町であった。

ウィリアム・シェイクスピアが生まれた正確な日付は推測の域を出ない。わかっていることは1564年4月26日に洗礼を受けたということである。おそらく誕生して数日以内のことだったろう。没年はほぼ正確にわかっていて、52年後の1616年4月23日、聖ジョージの祭日である。こんにち、この日は伝統的にシェイクスピア生誕の日として祝われている。

シェイクスピアはウォリックシャーのストラトフォード・アポン・エイヴォンで生まれ、そこに埋葬された。ストラトフォードはイングランド中心部に位置する田舎町で、何本かの道路が合流してエイヴォン川を横断している。エイヴォン川の北方にはアーデンの森が広がり、南方にはフェルドンの肥沃な平地が横たわっている。シェイクスピアが生まれたころは、ストラトフォードは長い歴史をもった繁栄した商業中心地であった。彼は人ごみのロンドンの街で富と名声を築いたが、故郷の町やウォリックの田園とずっと密接な関係を保ちつづけた。それらの地域は、彼の作品にこまごました多くのイメージや背景を提供している。

両親

ウィリアムの父ジョン・シェイクスピアは小作農の出である。若いころから野心的で、労働にいそしんだらしい。手袋を中心とする革製品の製造と販売に従事して立派な商人となり、やがて地主からストラトフォードのエリート市民に出世した。はじめは町の参事会員に、その後1568年には町長になったのである。しかし、ウィリアムが13歳になった1577年、父親ジョンの運と名声は傾きはじめる。彼は借金と仕事の悩みで落ち込み、公職の務めを怠ったために、1586年、参事会のメンバーをはずされた。

ウィリアムの母メアリー・アーデンは地元の富裕な農家の出で、紳士階級にも似た豊かな暮らしをしていた。伝記作家のなかには、彼女は有能で芯がつよく、機知に富んだ女性だったと記している者もいる。ただし、読み書きができたかどうかはわからない。彼女は8人姉妹の末娘でかわいがられていたこともあり、ジョンと結婚したときにはかなりの持参

金をもってきたはずである。

幼少期と家庭生活

シェイクスピアの生後数ヶ月は、腺ペストの脅威が暗い影を投じていた。彼が1歳になるまでに、町の人口の10分の1にあたる230人以上（ほとんど女性）が腺ペストに侵されていた。ふたりの娘を幼くして失ったメアリーは、まだ赤ん坊だった息子を必死に疫病から守ろうとしたにちがいない。しかし、ウィリアムが4歳のころに危機は去り、彼は名家の長男として大切に育てられ、安全で安定した生活を享受することができた。

彼が幼少期を過ごした家は、市外へと通じる主要道路ヘンリー・ストリートにあった。それはふたつの建物をひとつに結びつけた大家屋で、裏手には庭と果樹園があり、さらに皮手袋の製造販売にかかわる付属の建物や地下室もあった。人通りの多い街路に面した正面は店舗となっていて、ここで父親ジョンは商売を営んでいた。隣人のなかには仕立屋や鍛冶屋、小間物商や羊飼いなどがいた。幼いウィリアムは母の膝の上で、妖精・小人・幽霊・魔女・魔法の森といった地方の民話に触れたものと思われる。また、ヘンリー・ストリートから田舎道へとぶらぶら散歩に出かけては、四季折々の田園風景をつぶさに観察し、花や牧草地、森林や鳥を中心に、いろいろな野生動物について知識を広めたにちがいない。父親からは手袋製造の技術を学び、また、勤労によって商売繁盛と社会的地位という報酬がもたらされることを教えられた。さらに彼は狩猟や鷹狩りについての実践と専門用語についても熟知していた。想像されているように、多くのチューダー朝の若者と同様、彼も密猟地に足を踏み入れた経験があったとしても不思議はない。彼はまた方言を聞く耳をもっていた。そのことは、のちの作品に方言や地方ゆかりの話がいろいろ登場するところから明らかである。

学校時代

市の参事会員の息子だったウィリアムは、ストラトフォードのグラマー・スクール（キングズ・ニュー・スクール）において無料で教育を受ける権利があった。そこに通いはじめたのはおそらく6歳か7歳のころで、その前に幼児学校で、読み書きや簡単な算数をこなせるだけの基礎的能力を習得していたものと思われる。グラマー・スクールでの生活は長く厳しいものであった。少年たちは午前6時か7時ごろに学校に到着して、朝食と昼食の休憩をはさみ、夕方の5時まで机に向かう。週6日制で、休日はほとんどなかった。教会の礼拝にはかならず参加しなければならず、ラテン語文法の暗記、および『イソップ物語』からキケロやウェルギリウスの作品に至るまで、各種古典の翻訳が日課であった。少年ウィリアムがここで記憶力を向上させたことは疑いない。それは、のちに役者になったときに大いに役立ったはずである。彼は理解の早い生徒だった。とりわけ古典古代の詩人オウィディウスは、この詩人・劇作家のたまごに優雅に織りなされた想像の世界をみせて、彼の心にふかく刻まれることになった。それはのちに彼のソネットを触発し、多くの芝居のプロットに豊かな素材を提供する。シェイクスピア作品にみられる古典神話への間接的言及のうち、およそ90パーセントがオウィディウスによる英雄叙事詩『変身物語』に収録された物語のなかに見出される。

結婚と子ども

シェイクスピアはおそらく15歳ごろに学校を卒業し、短期間、父親のために働いた。それから法律事務の仕事についたか、あるいは教師になったということも考えられる。いずれにせよ、1582年11月、彼は妊娠中のアン・ハサウェイと結婚する。18歳であり未成年だったことから、結婚には父親の許可が必要だった。アンは8歳年上で、田舎の旧家の出であった。翌年5月、

下：シェイクスピアが子ども時代を過ごした家。ストラトフォード・アポン・エイヴォンのヘンリー・ストリートに面している。忙しく働く職人の店舗でもあった。

下奥：キングズ・ニュー・スクールの教室。シェイクスピアはここで勉強したと考えられている。

演劇の仕事

1592年までにシェイクスピアは演劇の技術を十分に磨き、おそらくストレンジ卿一座のメンバーとして最初の芝居を書いていた。当時、この劇団は大胆な政治劇を好んで上演していた。3年後、彼はロンドン随一の劇団である宮内大臣一座（1603年ジェイムズ1世即位後は国王一座に改名）の看板役者および主要脚本家となり、この劇団との縁は引退までつづくこととなる。この一座は王室の庇護を得て、定期的に宮廷で芝居を上演したが、そのなかにはシェイクスピアの作品が多数ふくまれている。1609年以降、彼はロンドンを離れ、ストラトフォードでより多くの時間を過ごすようになった。ただし、芝居は1613年まで書きつづけ、その間、一座の新しい座付き作家ジョン・フレッチャーと合作したこともある。

下：ストラトフォードのシェイクスピアの家、ニュー・プレイスのデッサン。この家が解体されてから35年後の1737年、ジョージ・ヴァーチューが、シェイクスピアの遠縁にあたる者から話を聞いて描いたもの。

第1子スザンナが誕生し、1585年には双子のハムネットとジュディスが生まれる。ウィリアムは21歳にもならないうちに3人の子供の父親となり、家族を支える責任を負うことになったのである。

彼が出した解決策は演劇関係の仕事につくこと、しかも、大もうけができるロンドンにそれを求めることであった。彼は地方巡業中の劇団に加わった可能性があるのだが、じっさい、1587年には女王一座がストラトフォードを訪れている。

裁判記録における言及を別にすれば、双子の洗礼のときから1592年末の文献に登場するまで、彼が何をしていたかを示す証拠は残されていない。1592年末の文献とは、二流の劇作家ロバート・グリーンが残したものである。グリーンは年下の（社会的にも劣っている）ライバルについて、「皆と同じように無韻詩を大げさな調子で書けると思っている……成り上がり者のカラス。そのうえ、驚くべき何でも屋」と言って切り捨てている。このころ、ウィリアム・シェイクスピアは役者であるだけでなく、詩人・劇作家でもあったということは明らかである。しかも、大学才人グリーンを苛立たせるほどに、不動の地位を確立していたのであった。

シェイクスピアの家族はストラトフォードに留まり、彼の両親や妹たちとともにヘンリー・ストリートの実家で暮らしていた。それゆえ、彼はひんぱんに故郷に帰っていたかもしれない。馬か荷馬車であれば2日、徒歩で4日の距離であった。しかし、この別居は息子ハムネットが1596年に亡くなったとき、彼の悲しみを増幅させたにちがいない。その翌年、彼はストラトフォードで2番目に大きな屋敷ニュー・プレイスを購入する。このことは彼が成功して地位が向上したことを示している。ウィリアムは故郷で隠居生活をするための快適な場所を手にしたわけで、じっさい、1609年以降、故郷に引きこもることが多くなったようである。

ニュー・プレイス購入以後の投資をみると、彼が抜け目のない実業家であったことがわかる。1599年、グローブ座の共同経営に参画したことをはじめ、ロンドンで経済的利益を得ただけでなく、ストラトフォードにかなり多くの不動産を所有するようになった。1602年以降、彼は財政的に安定しており、父親の運命をた

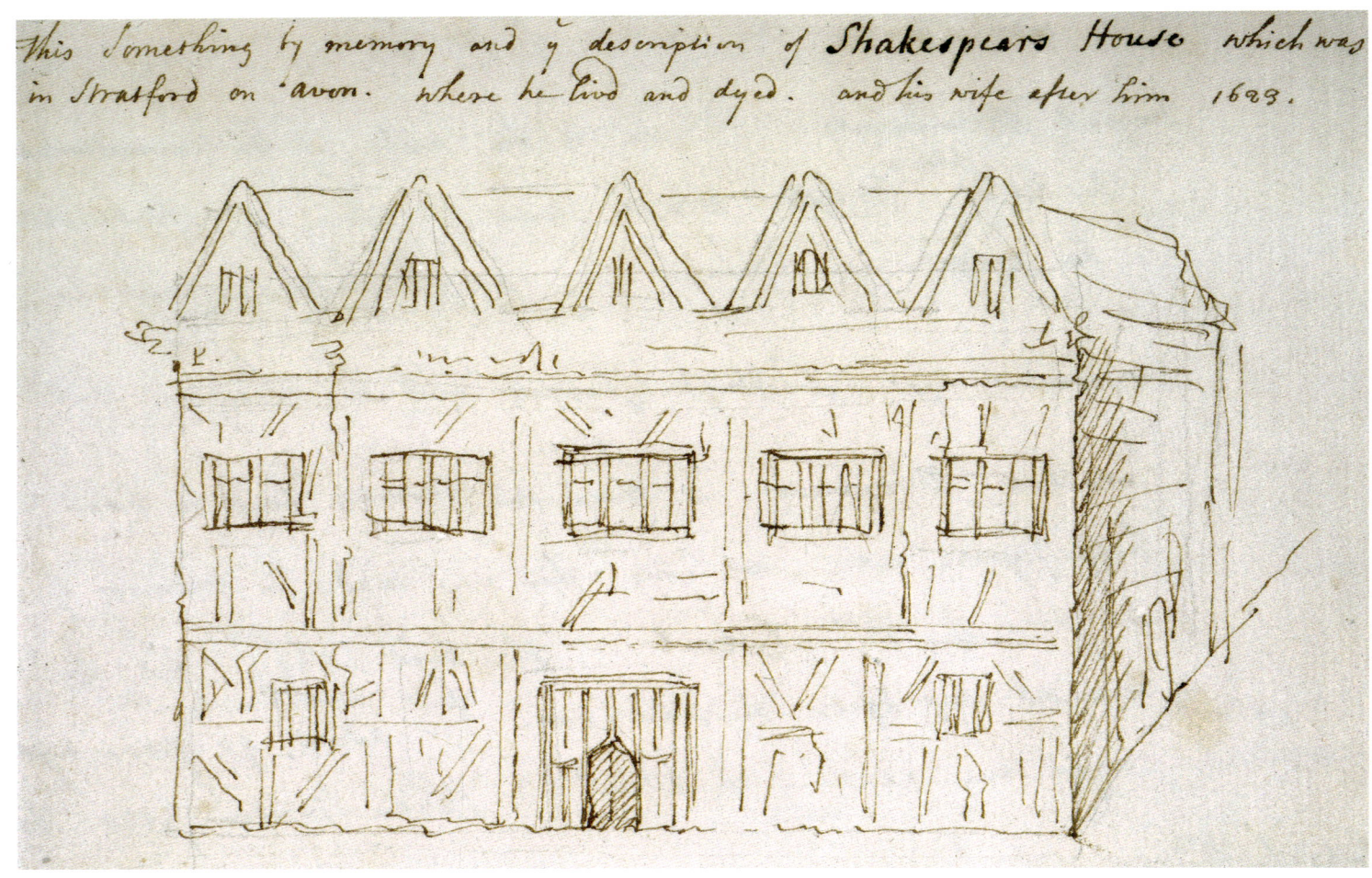

右:〈ひだえり〉をつけた若者の肖像画（右手前）。2009年、シェイクスピア・バースプレイス・トラストがシェイクスピア本人であると発表したもの。以来、多くの専門家たちが疑義を呈している。コッブの肖像画として知られるこの絵は、およそ1610年、シェイクスピアが46歳のときに描かれている。一方、チャンドスの肖像画（右奥）はおそらくシェイクスピアを描いた絵にちがいないと多くの人びとに考えられているもの。いずれにしても、シェイクスピアの正確な容姿についてはわからない。

下：シェイクスピアのサイン。わかっているところでは6例しかない。いずれも手書きの信頼できるサインである。そのうち三つは1616年1月に作成された遺書にみられる。シェイクスピアはその3ヶ月後に亡くなっている。ここにあげたサインは、遺書の3枚目にあたる最後のページに記されているもの。

どることはなかったのである。

ウィリアムは1616年4月、ニュー・プレイスで52歳の生涯を閉じた。妻のアンは彼より7年長く生き、1623年67歳で亡くなった。シェイクスピア最後の直系の子孫、スザンナの娘エリザベス・ホールは1670年に死んでいる。

信仰とセクシュアリティー

シェイクスピアは、古いカトリック信仰と断絶した宗教改革後の、政治的・社会的な混乱の時代に誕生した。彼の両親はカトリック教徒として育てられており、1583年には、母親のいとこエドワード・アーデンが〈ローマ・カトリック〉による女王殺害の陰謀に加担した罪で死刑に処せられている。父親のジョンは地元のプロテスタント教会に足を運んではいたが、カトリック信仰をもちつづけており、ウィリアムはひそかにカトリックの家庭で育てられたと示唆する人もいる。しかし、たとえウィリアムに信仰があったとしても、その点については推論の域を出ない。彼はロンドンでつねに教会へ行っていたわけではなさそうだし、また、芝居を証拠としてみれば、彼が新旧の秩序に対してきわめて公平な態度をとっていたことがわかる。

同様に彼のセクシュアリティーについても、膨大なゴシップと憶測が存在する。彼の物語詩は若いヘンリー・リズリーに捧げられているが、彼こそ、シェイクスピアのソネットに登場する〈美青年〉であると考える人もある。このことは、少なくともシェイクスピアが男同士の友情に理解を示していたことを暗示している。相手を特定しない性行為で知られた時代にあって、シェイクスピアが不在の妻を裏切ることはなかったとは考えにくい。じっさい、当時のうわさ話によると、戯れの恋愛沙汰があったことがほのめかされている。

シェイクスピアの謎

シェイクスピアの死はほとんど公けに注目されず、仲間の劇作家たちが追悼文を捧げるということもほとんどなかった。存命中も嫉妬ぶかいロバート・グリーンは別として、めったに否定的なことを言われることがなかった。1623年に出版された初のシェイクスピア全集（第1・二つ折り版<small>ファースト・フォーリオ</small>）の献辞のなかでは、ベン・ジョンソンがシェイクスピアについて「ひとつの時代ではなく、あらゆる時代に属するもの」と讃えている。しかしながら、彼が同時代の人びとに与えた印象について記録している学者は存在しない。まるで作品は高く評価されても、作者はほとんど興味の対象に価しないと言わんばかりである。

シェイクスピアの私的な書類についても、遺言以外には存在しない。彼の書いた手紙もなければ、彼に宛てられた手紙もない。しかし、その経歴をとおして、彼は意思がつよく勤勉で野心的だったことがうかがえる。商取引においては抜け目なく、みごとに成功したらしい。そして非凡なすべての作品には、鋭い知性や機知、情熱にあふれている。それにもかかわらず、シェイクスピアという人物は、依然として捉えどころがないのである。

シェイクスピアの正典

ウィリアム・シェイクスピアの〈全集〉として知られる戯曲や詩の作品集は、17世紀以降、比較的安定したかたちを保っているが、確定したという域に達することはまずありえない。合作、つづりの異形の読み、現存しない作品などをめぐる多くの問題が、シェイクスピアの正典を確定する作業を阻みつづけているのである。それでもやはり、暫定的にシェイクスピアの独創的な想像の産物と目される作品群は、世界の文学においてもっとも驚くべき成果のひとつとなり、学問・演劇・娯楽における無数の活動に対して十分堅固な足場を提供している。

シェイクスピアの正典と考えられるのは、38作の戯曲、154篇から成るソネット集、ふたつの長い物語詩、ひとにぎりの短めの詩（ただし、何篇かは作者について議論の余地あり）である。これらすべての作品は、ルネサンス期イングランドの劇場や出版者を媒介にして、間接的にこんにちに伝えられたものである。作品中でシェイクスピアの自筆と思われる唯一の例は、合作の戯曲『サー・トマス・モア』に寄せられた数ページの手稿である。こんにちに伝わるほかのすべては出所もいろいろな印刷本で、少なくとも1回は作者の手から離れたものである。

本文校訂の研究者は、シェイクスピア作品が印刷されたいろいろな版本について研究・調査・比較検討などを行なっている。さらに、書籍出版業組合の記録（ステイショナーズ・レジスター）（書籍出版業組合（ステイショナーズ・カンパニー）が保有していた出版記録のこと。なお、この組合は印刷業・書籍販売業・出版業にかかわる商業組合で、ある作品を印刷する版元の権利を文書で証明することを目的とする）、宮廷での上演記録、また、ほかの文書などの歴史的文献についても同様である。こうした痕跡を吟味することによって、シェイクスピアの文学的・演劇的経歴について、かなり一貫した輪郭がみえるようになってきたのである。

四つ折り版と二つ折り版

シェイクスピアは、当時のほとんどの人がそうだったように（1616年に全集を出版したベン・ジョンソンは例外）、自分の戯曲を出版することにほとんど関心がなかったらしい。彼の生存中に出版された作品は、わずか半数ほどにすぎない。それらの戯曲はそれぞれ印刷紙を四つに折って製本されたところから〈四つ折り版〉（クウォート）と呼ばれる1巻本のかたちで出版された。このうち、何冊かは無許可で出版されたもので、シェイクスピアの同僚たちのことばを借りれば、「権利を侵害する詐欺師たちが欺瞞や窃盗によって入手したひどい欠陥のある不正な盗作」である。シェイクスピアの死後7年目に、「本物の原本」にもとづいて『ウィリアム・シェイクスピア──喜劇・歴史劇・悲劇』が出版された。編集にあたったのは国王一座時代からの役者仲間、ジョン・ヘミングズとヘンリー・コンデルである。1623年の

下：白鳥座のスケッチ（1596年、ヨハネス・ドゥ・ウィットによる）。1596年、シェイクスピアは宮内大臣一座がテムズ川南岸の白鳥座に移るという交渉にかかわったが、この交渉は実らなかった。この白鳥座のスケッチは、当時の舞台や劇場全体がどのようなものだったかを示してくれる。シェイクスピアは、こうした劇場のために芝居を書いた。

〈二つ折り版〉として知られるこの全集は文学史における金字塔であり、シェイクスピアの正典を決めるための基礎的資料となっている。ここには、現在シェイクスピアの正典と目されている戯曲がすべて収められている。ただし、一部他人の手が入っている『ペリクリーズ』と『二人の貴公子』は除外されている。また、二つ折り版のうち18作の戯曲については、ほかの形では出版されたことがない。それらは、二つ折り版がなかったら永久に日の目を見ることはなかったと言えるだろう。そこにはたとえばシェイクスピアの傑作『お気に召すまま』や『十二夜』、また『マクベス』や『アントニーとクレオパトラ』、さらに『冬物語』や『テンペスト』などがふくまれている。

しかし、ふたりの編者の主張にもかかわらず、第1・二つ折り版は決定版ではない。多くの四つ折り版には二つ折り版よりも優れている読み方や、そこに欠如している箇所がふくまれている。たとえば、二つ折り版『ハムレット』には、「見るもの聞くもの、すべてがおれを責め、/にぶった復讐心に拍車をかけようとする！」ではじまる独白（4幕4場32〜66行）をはじめ、ハムレットがノルウェー王子フォーティンブラスについて思案する第4幕の重要な場面が欠けている。二つ折り版と四つ折り版の『リア王』については、きわめて大きな差異がみられるため、1986年、『オックスフォード版シェイクスピア』は、両方の版を印刷するという大胆な方針をとった。また、最新のアーデン版『ハムレット』では、以前は改悪作として退けられていた第1・四つ折り版をはじめ、三つの異なる版が使用されている。初期に印刷されたテクストのいくつかは、長いあいだ、〈粗悪な四つ折り版〉とみなされていた。それらはおそらく、劇団を去った役者が記憶をもとに復元した海賊版だったろう。しかし、こんにち、研究者はこうした海賊版にますます注目するようになっている。そこには正当な異本の読みがふくまれていて、それらは、エリザベス朝の上演について多くを教えてくれると考えられるのである。

シェイクスピアとジャンル

第1・二つ折り版の編者たちは、シェイクスピアの作品を喜劇・歴史劇・悲劇の三つのジャンルに分けた。20世紀においてはほかの分類がなされることも多かったが、この三つのジャンルへの分類は、今でも便利であると思われる。各ジャンルには明白な特徴があり、それを研究することは、シェイクスピアの視野の広さや経歴の展開を理解する助けとなるのである。

第1・二つ折り版の目次にざっと目をとおしてみると、シェイクスピア劇のタイトルからだけでも、ジャンルの差異は歴然としている。喜劇の場合、タイトルに主人公の名を付した作品は皆無である。たとえ登場人物が言及されたとしても、ただ社会的存在として明示されているにすぎない。『ヴェニスの商人』や『ヴェローナの二紳士』、『ウィンザーの陽気な女房たち』といった具合である。これらのタイトルは政治的な人生よりも、むしろ個人的・家庭的なことがらに関心が向けられていることを暗示している。これらの芝居では、タイトルに国王や皇帝の名が用いられることはない。また同じように、喜劇のタイトルにはテーマ

左：版画に刻まれたシェイクスピア。1623年の第1・二つ折り版の扉にあるマーティン・ドゥルーシャウトによる肖像画。おそらく役者仲間が似ていると認めたはずで、それゆえ、シェイクスピアによく似ていると考えられている。ここには、もし収録されなかったなら、失われていたと思われる戯曲が18篇、収められている。

となる短いフレーズが用いられる場合も多い。『恋の骨折り損』や『お気に召すまま』、また『終わりよければすべてよし』などは、内容をあまり深刻に考えないようにと示唆している。

対照的に歴史劇では、つねに英国君主の治世全体、あるいは一部を示す名前や数字が表示されている。ときには君主個人の人生よりも、その治世に起った政治的出来事の方が重要視されている場合もある。たとえば『ヘンリー6世・第1部』では、国王ヘンリー自身ではなく、彼の治世の初期を騒がせたフランスとの戦争や内乱に関心がおかれている。ヘンリーが登場するのはようやく3幕1場になってからである。

悲劇のタイトルには、名前はあるが数字はない。特定の人びとの運命に焦点があてられ、彼らの死をもって作品が終わる。悲劇のタイトルにみられる名前はふつう外国風というか、めずらしい異国風で、権力と威厳をもった人物を暗示している。『デンマーク王子ハムレット』や『ヴェニスのムーア人オセロー』などである。またときには『ロミオとジュリエット』や『アントニーとクレオパトラ』のように、ひとりではなくふたりの名前を並べることによって、運命にもてあそばれる不幸な恋人たちを暗示していることもある。

四つ折り版にはタイトルの異なる作品があるが、少なくとも二つ折り版においては、こうした一貫したタイトルのつけ方がなされている。それをみると、シェイクスピア作品が分類されたジャンルによってどれほどよく理解できるかがわかる。

前頁右：グローブ座の創設者リチャード・バーベッジ。宮内大臣一座の役者および経営者でもあった。当代随一の悲劇役者のひとりとされたバーベッジは、シェイクスピアが書いた作品の主役の多くを初演で演じた。

左：16世紀の版画にみられる印刷所。シェイクスピアの四つ折り版や第1・二つ折り版はこのようなところで植字されていた。1450年ごろ、ヨハネス・グーテンベルクによって開発された可動式タイプである。

喜劇

シェイクスピアは劇作家としての最初の10年間、すなわち1590年代には、主として喜劇と歴史劇を書いた。シェイクスピア初期の喜劇は、いくぶん古典やヨーロッパの作品を模倣しているところがある。たとえば『間違いの喜劇』はプラウトゥスのローマ喜劇『メナエクムス兄弟』をもとにしており、また、『じゃじゃ馬ならし』は型にはまった登場人物による即興の笑劇、イタリアのコンメディア・デラルテの要素をもっている。これらの初期の作品はドタバタ劇の生命力にあふれているが、微妙な心理描写に欠けている。シェイクスピアは『夏の夜の夢』において、いろいろな材源からとられた素材を、独創的で複雑に入り組んだプロットに取り込む能力を発揮した。『夏の夜の夢』の基本的な物語は、シェイクスピアの喜劇構成の典型といえる。若い恋人たちが厳格で理解のない権力者に仲を引き裂かれ、混乱した田園世界でいろいろな変貌体験をして、最終的には複数の結婚が祝福されて、ハッピーエンドとなるのである。

シェイクスピアの喜劇作品には、一貫していくつかの要素が見出せる。ロマンティックな恋愛という基本的なテーマが、いくつもの錯綜する物語によって、いろいろな視点から眺められること、また、自然世界がしばしば腐敗した都市や宮廷からの一時的な避難所の役割をはたすこと、さらに、変装・人違い・さまざまな欺瞞などによって、葛藤や誤解が生み出され、大団円ですべてがうまく解決することなどである。

主人公は機知に富んだ若い女性であることが多く、男装することもある。最終的には、若者が老人に打ち勝ち、愛は不合理な法律に勝利するなどして、社会的調和が回復する。ときには『ヴェニスの商人』のシャイロックや『十二夜』のマルヴォーリオのように、敵意をもった人物や脇役が最後の祝福の場からはじき出されることもある。彼らの運命は喜劇的な結末に暗い影をおとす。また、『尺には尺を』のような後の喜劇のなかには、解消しない葛藤や死の影があまりにも際立ちすぎるために、〈問題劇〉という補遺的ジャンルを当てはめようとする編集者もいるほどであ

シェイクスピアの第1・二つ折り版（1623年）の目次

最初のシェイクスピア全集は戯曲を喜劇・歴史劇・悲劇の三つのジャンルに分類している。これは若干修正されながら、こんにちまでつづいている分類法である。以下のものは第1・二つ折り版の目次に登場している戯曲である。

『トロイラスとクレシダ』は第1・二つ折り版では歴史劇と悲劇のあいだに位置しているが、目次にはあげられていない。『ペリクリーズ』と『二人の貴公子』は第1・二つ折り版には収められていない。

『テンペスト』	『ジョン王』	『コリオレーナス』
『ヴェローナの二紳士』	『リチャード2世』	『タイタス・アンドロニカス』
『ウィンザーの陽気な女房たち』	『ヘンリー4世・第1部』	『ロミオとジュリエット』
『尺には尺を』	『ヘンリー4世・第2部』	『アテネのタイモン』
『間違いの喜劇』	『ヘンリー5世』	『ジュリアス・シーザー』
『から騒ぎ』	『ヘンリー6世・第1部』	『マクベス』
『恋の骨折り損』	『ヘンリー6世・第2部』	『ハムレット』
『夏の夜の夢』	『ヘンリー6世・第3部』	『リア王』
『ヴェニスの商人』	『リチャード3世』	『オセロー』
『お気に召すまま』	『ヘンリー8世』	『アントニーとクレオパトラ』
『じゃじゃ馬ならし』		『シンベリン』
『終わりよければすべてよし』		
『十二夜』		
『冬物語』		

右：『じゃじゃ馬ならし』のキャタリーナとペトルーチオを演じるジョシー・ローレンスとマイケル・シドベリー。これはシェイクスピア初期の喜劇で、しばしば女性嫌悪の作品として批判される。

下：デボラ・ウォーナー演出の歴史劇『リチャード2世』（1995年のロンドン公演より）。フィオナ・ショーがリチャード2世を演じ、男が女を演じていたシェイクスピア時代の伝統をくつがえした。

る。シェイクスピアの作品のなかで、いちばん分類に困るのは『トロイラスとクレシダ』であるが、これは『終わりよければすべてよし』と共に〈問題劇〉のなかに位置づけられることが多い。

歴史劇

シェイクスピアは10篇の歴史劇を著わし、中世からチューダー朝に至るイングランドの君主制という文脈において、権力と威光にかんする問題を吟味している。これらのうち、8作品についてはふたつの〈四部作〉にグループ分けされ、それぞれの4作品がひとつのまとまった叙事詩的な筋を構成するとされる。ただし、シェイクスピアがそれらを四部作として考えていたかどうかは定かではない。

第1・四部作は『ヘンリー6世』三部作に『リチャード3世』を加えたもので、1455年から1485年にかけてのランカスター家とヨーク家の血なまぐさい闘争を描いている。これは薔薇戦争として知られるイングランドの王冠をかけた戦争であった。

第2・四部作はヘンリー4世がいとこのリチャード2世を廃位するに至る葛藤の起源を探っている。ヘンリー4世の治世には反乱が絶えなかったが、息子ハルはヘンリー5世としてフランスに対して勝利を収める。『ヘンリー4世』は偉大なる喜劇的人物フォールスタッフを登場させたという点で、シェイクスピアが歴史劇の慣習に挑戦した作品である。居酒屋におけるフォールスタッフの無秩序なお祭り騒ぎの世界は、この芝居の主筋である王子ハルの政治教育と著しい対照をなしている。

悲劇

シェイクスピアは、劇作家として早い段階で悲劇を試みている。1593〜94年ごろには残虐な『タイタス・アンドロニカス』を、1594〜95年ごろには叙情的な『ロミオとジュリエット』を執筆したとされている。しかし、シェイクスピア悲劇の大半が書かれたのは、16世紀が終わった

シェイクスピアの正典　25

右：キャスリン・ハンター演じるリアと、ロバート・ピカヴァンスの演じるグロスター。ロンドンはヤング・ヴィック座で上演されたシェイクスピア四大悲劇のひとつ『リア王』（ヘレナ・カウト＝ホーソン演出）から。

下：1968年、フランコ・ゼッフィレッリ監督によって映画化されたシェイクスピア初期の悲劇『ロミオとジュリエット』より、運命の星にあやつられた若い恋人たちの遺体がヴェローナの街路を運ばれる場面。

直後からである。彼の作品は、ほかのジェイムズ朝（国王ジェイムズ１世の時代がはじまるのは1603年）の文学に反映されている、暗闇と悲観主義の新しい局面へと突入したのである。

シェイクスピアの偉大な悲劇は、人間の悪に満たされた世界を描いている。宇宙は（『リア王』の場合のように）無情なほどに人間に無関心であるか、（『ハムレット』や『マクベス』の場合のように）不吉な超自然の手先がうろついていたりする。また、『ジュリアス・シーザー』や『アントニーとクレオパトラ』のようなローマ悲劇の世界は、道徳的というより政治的な観点から描かれているが、ここにもまた、喪失と荒廃のイメージが浸透している。シェイクスピアが創造した悲劇の主人公は威厳のある崇高な人物ではあるが、彼らもまた矜持・野心・嫉妬（たとえば『オセロー』）などといった破滅をまねく激情に左右される。とりわけ彼らに特徴的なのは、他人を苦しめたり、みずから苦しんだりするという点である。

ロマンス劇

シェイクスピアは劇作家として、晩年に、二つ折り版にある三つのジャンルを超えるような作品を書いた。ヴィクトリア朝の批評家エドワード・ダウデンはそれらに言及して、〈ロマンス劇〉という語を作り出した。それらの作品は悲喜劇と呼ばれることもあれば、ただ〈晩年の作品〉と呼

ばれることもある。それらは当時、イングランドの劇場における悲喜劇の流行を反映しているが、その流行を先導したのはジョン・フレッチャーである。彼はシェイクスピアの最後のふたつの作品、『ヘンリー8世』と『二人の貴公子』の共作者でもあった。

晩年の作品には、ほかに『ペリクリーズ』『シンベリン』『冬物語』『テンペスト』などがふくまれるが、これらの作品においては、ふつう、悲劇的ともいえる父親の物語と、罪をあがなう娘の喜劇的な物語とが結びつけられている。シェイクスピアはふたつの世代を包含することによって、激情と喪失の問題を探求するとともに、寛恕と和解の可能性をさぐることができたのである。これらの後期の作品は、シェイクスピアがジャンルの枠内においても、ジャンルの境界を超えたところでも、独創的な作品を生み出すことができるということの明白な証拠である。『シンベリン』のような芝居は、ポローニアスが述べるところの「悲劇、喜劇、歴史劇、牧歌劇」(『ハムレット』2幕2場398～99行) という混成ジャンルにふさわしいかもしれない。

上：1979年のロンドン公演『シンベリン』で悪役ヤーキモーを演じたベン・キングズレイ。1609～10年ごろに書かれたこの後期の作品は、しばしばロマンス劇と呼ばれる

シェイクスピアの詩

シェイクスピアが存命中に出版を試みて苦心したことがわかっている作品は、『ヴィーナスとアドニス』および『ルークリース凌辱』だけである。出版されたのはそれぞれ1593年と1594年で、両方ともサウサンプトン伯ヘンリー・リズリーに献呈されている。シェイクスピアがサウサンプトン伯に支援を求め、成功したことは明らかである。この2篇の詩は人気を博し、さらに文学の世界でシェイクスピアの文名を高めるのに一役買ったものと思われる。1598年、フランシス・ミアズは著書『知恵の宝庫』のなかで、それらの詩を好意的に評して、「オウィディウスの心地よい機知に富んだ精神は、蜜のように甘美で流麗なシェイクスピアのなかに生きている」と述べている。

ローマ詩人オウィディウスの古典の影響は、とくに『ヴィーナスとアドニス』において明らかである。この物語は、愛欲の追跡と魔法の変身にまつわる話をあつめたオウィディウスの『変身物語』から採られている。シェイクスピアの詩では、ヴィーナスは内気な若者アドニスを追いかける強引で性的魅力にあふれた愛の女神である。しかし、狩りをして過ごしたいと思っていたアドニスは、野生の猪の牙に刺されて死に、やがて花に変身する。この詩の雰囲気はアドニスが死ぬにもかかわらず、ウィットに富み、陽気で、心を浮き立たせるものとなっている。一方、『ルークリース凌辱』はそれとは対照的に、はるかに重々しい。部分的にオウィディウスの物語『祭暦』にもとづくこの詩は、ローマの高貴な夫人ルークリースが暴君タークィンによって凌辱され、いさぎよく自殺をするという話である。この事件が契機となって、ローマ共和国が設立されることになるのである。

シェイクスピアの詩のなかで、もっともよく知られているのが『ソネット集』であることには疑いの余地がない。そのうち何篇かはおそらく1590年代、すなわち、サー・フィリップ・シドニーやエドマンド・スペンサーの作品を誕生させた連作ソネットの流行の時期に書かれている。しかし、全体は長いあいだにわたって創作されたと考えられている。詩集として出版されたのは1609年であるが、そのうち2篇のソネットは、1599年に出版された詩のアンソロジーに収められている。シェイクスピアは、文学関係の仲間うちでソネットを回覧していたのかもしれない。ミアズが「私的な友人のあいだに広まっている甘美なソネット」と言っているからである。『ソネット集』が最終的に出版されたとき、各ソネットの配列順を決めたのがシェイクスピアだったかどうか、また、それらが彼の人生にかかわる特定の人びとと関係していたかどうかは知られていない。『ソネット集』を一躍有名にしたとされる〈美青年〉と〈黒婦人〉の正体についても、これまでいろいろな推測がなされてきたが、いずれも不毛な議論であった。

ほかに、広くシェイクスピア作と考えられている詩としては、比較的短い2篇の詩『不死鳥と山鳩』と『恋人の嘆き』がある。『恋人の嘆き』は1609年版の『ソネット集』に収められている。1599年の『情熱の巡礼者』と題された詩集もシェイクスピアの名前で出版されているが、このなかには彼の作品として知られている詩はたった5篇しかない。近年、「ウィリアム・ピーター氏追悼の哀歌」や「死のうか、逃げようか」で始まる詩をはじめ、ほかの詩についてもシェイクスピア作であると考える学者もいるが、それらは広く認められているわけではない。

シェイクスピア作か否か

上：2002年、ストラトフォードは白鳥座で上演された『エドワード3世』でエドワード3世を演じたデイヴィッド・リントール（中央）。『エドワード3世』はシェイクスピアが執筆したか、少なくとも一部は執筆したと考えられる、正典に準じる作品。

研究者たちは新しいシェイクスピアの作品を探しつづけている。これまで知られていなかったもの、ほかの作家の作品と考えられていたもの、作者不明とされているものなどを調べているのである。新しい発見が正しいと認められ、新しいテクスト分析の方法が用いられていることを考えれば、シェイクスピアの正典がさらに増えてゆくということはありうることであるし、可能性は高いとさえ言えるかもしれない。

正典に準じる作品

最初の二つ折り版では収録されなかったが、今では一般的に正典として受け入れられている作品がいくつかある。よく知られたところでは『ペリクリーズ』があるが、最近では『二人の貴公子』も正典として認められている。少なくともシェイクスピアが両作品の共作者であることは、ほとんどの研究者の認めるところである。

正典に加えられるかどうか、ぎりぎりの線に位置している作品がふたつある。それらは現代版のシェイクスピア全集に収められることもある。1596年に匿名で出版された『エドワード3世』には、ほかのシェイクスピアの歴史劇と共通した要素がみられるところから、今ではシェイクスピアが執筆に大きく貢献したと考える学者もいる。『サー・トマス・モア』は、1590年代の初めにアンソニー・マンディやほかの作家によって執筆されたが、その後、シェイクスピアをふくむ劇作家グループによって改訂されたとみられている。おそらくシェイクスピアが手を加えたのはほんの数ページにすぎないだろうが、とくに原稿にシェイクスピアの筆跡と思われる部分があることを考えると、これは正典にふくめるべきであろう。ロイヤル・シェイクスピア劇団は、少なくとも一部はシェイクスピアの手になる作品として、これらふたつの作品を上演している。

失われた作品

シェイクスピア生存中の信頼できる文献によると、執筆したのは確実と思われながら、テクストが現存していない作品がふたつある。フランシス・ミアズは1598年のシェイクスピア作品リストに『恋の骨折り甲斐』という戯曲をふくめており、また、そのような作品が存在したことは、1603年のある書籍販売業者の目録の断片からもうかがえる。ただし、シェイクスピア喜劇のうちのどれかある作品がこのタイトルで知られていたという可能性もある。

17世紀には『カルデニオ』と呼ばれる戯曲が3回言及されている。この芝居は明らかに1613年に国王一座によって上演されており、『二人の貴公子』や『ヘンリー8

世』などの共作者ジョン・フレッチャーとの合作と考えられている。カルデニオは、1612年に英訳されたミゲル・デ・セルバンテスの小説『ドン・キホーテ』に登場する人物であるところから、おそらく物語はこの小説から採られたものと思われる。また、1728年、シェイクスピア編集者ルイス・シオボルドは『二重の欺瞞、あるいは失恋した恋人』を出版した。彼の主張するところによると、この作品は、のちに火事で焼失した未刊のシェイクスピアの原稿から改作されたものであるという。たしかにシオボルドの戯曲はセルバンテスに依拠しており、初期のシェイクスピアの版を反映している可能性もある。ほかにも、通常トマス・ミドルトン作とされている『第二の乙女の悲劇』と呼ばれる作品をふくめて、紛失した『カルデニオ』ではないかとされる候補作がいくつか存在する。

シェイクスピア外典

現存する多くの戯曲がシェイクスピアの名前で出版され、また、それ以降、シェイクスピアの作品であるとされてきた。しかし、ほとんどの学者はそれらを正典から除外している。『サー・ジョン・オールドカースル』『ロンドンの道楽者』『マーリンの誕生』『ヨークシャーの悲劇』などは、すべてシェイクスピアの作品として出版されたし、『トマス・クロムウェル卿』『ロークライン』『ピューリタン』はすべて〈W．S．〉の作品とされてきた。これらのうち、いくつかは国王一座によって上演されており、シェイクスピアが執筆にかかわった可能性はある。しかし、どれも正典にふくめられるべきものとして一般的に認められてはいない。『サー・ジョン・オールドカースル』は、シェイクスピアがフォールスタッフを生み出すきっかけとなったプロテスタント殉教者を、より肯定的にとらえているという点で注目に価する。この作品は『ヘンリー4世』に応えて書かれた可能性もあるが、シェイクスピアの手になるものではないということは、ほとんど確実である。

チャールズ2世図書館にある三つの作者不明の戯曲、『ミュセドーラス』『エドモントンの陽気な悪魔』『フェ

『カルデニオ』のその後

『カルデニオ』は紛失した作品だが、真に失われることはないであろう。それはいろいろに想像されたかたちで甦っている。ルイス・シオボルドの『二重の欺瞞』（1728年）は、一連の復元された作品群の最初のものにすぎない。シェイクスピア学者ゲアリー・テイラーはシオボルドの18世紀の言語を超えて、その背後に存在するはずのシェイクスピアとフレッチャー共作による原典に到達するべく、『カルデニオ』の土台となったはずの1612年の『ドン・キホーテ』翻訳本から資料を得て試作版を作成した。テイラーの本は多くの朗読会で読まれ、多くのワークショップで扱われた。別のシェイクスピア学者スティーヴン・グリーンブラットは最近、ポストモダンの劇作家チャールズ・ミーと共作で、新しい『カルデニオ』を執筆した。それは現代に設定されているが、紛失したオリジナルに霊感を受けている。シェイクスピアの使用する劇中劇の工夫を取り入れているのも特徴である。また、グリーンブラットは世界中の作家たちに対して、このもどかしい遺失作を独自に改作するよう呼びかけている。

ア・エム』はシェイクスピアの作品として1巻本にまとめられている。このうち、少なくとも『ミュセドーラス』はシェイクスピアに影響を与えた可能性がある。ここではシェイクスピアの『冬物語』同様、熊に重要な役割が与えられているからである。ほかにも、ときどきシェイクスピアが書いたとされる作者不詳のエリザベス朝の戯曲が存在する。もっとも重要な作品は『フェヴァーシャムのアーデン』で、これは16世紀にじっさいに起こった姦通と殺人を扱った家庭悲劇である。

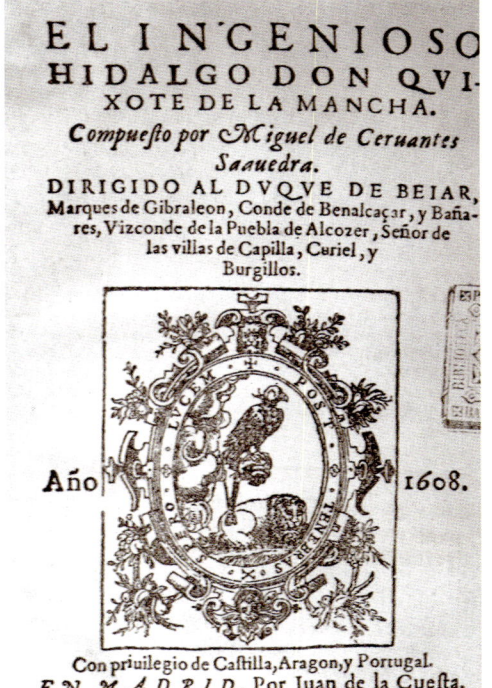

下左：ミゲル・デ・セルバンテス作『ドン・キホーテの生涯と時代』のスペイン語初版のタイトルページ。1608年の出版で、英訳の出版はその4年後。この小説は、シェイクスピアとジョン・フレッチャーの合作と思われる紛失した戯曲『カルデニオ』の材源と考えられている。

下右：2005年のロイヤル・シェイクスピア劇団公演『トマス・モア』でトマス・モアを演じるナイジェル・クック（中央）。ヘンリー8世に妥協しない大法官モアを描いたこの作品には、シェイクスピアが執筆した数ページがふくまれていると考えられている。

魂のことば

シェイクスピアが生きていた当時、英語は大きな変貌をとげていたが、依然として中英語——たとえば14世紀に詩人ジェフリー・チョーサーが使ったことば——の名残りも多くみられた。疑問形と否定形を作る方法はそれぞれふたつあったし、所有格の作り方もいろいろあった。また、動詞も現代以上に大きな語尾変化をしたし、ひとりの人間に呼びかけたり親しみを表わしたりするのに、〈you〉や〈your〉ではなく〈thou〉や〈thy〉がそのときどきで適当に用いられた。辞書という概念がまだ熟していなかったために、事実上、綴りをひとつに固定する必要はなかった。したがって、作家はそれぞれ好きなように文字を綴ったし、綴り方も一貫していなかった。

さらに英語には数多くの新語が取り込まれていた。作家たちは意識的に英語を〈粗野〉ではなく、より詩に適したことばにしようとした。ラテン語だけでなく、ほかの近代ヨーロッパの言語からも語彙を借用し、この時代の特徴である、知的で世界的な探求にふさわしい新しいことばを作り出したのである。こうして当時の英語は、シェイクスピアに先例のないほどのことばの選択と自由とを提供したのであった。

意味と曖昧性

シェイクスピアのことばは400年以上も昔のものであるため、よく、理解するのがむずかしいと言われる。たしかに、ことばは時間の経過とともに意味が変わるが、シェイクスピアが使った語彙の大部分は、まったくわれわれになじみの深いものである。読者が難しいと感じることの大半はことばの〈組み合わせ〉によるものであり、詩で書かれているという事実に起因する。詩の大いなる喜び——そして醍醐味——は修辞的で聴覚に訴える洗練されたことばの用法によって、複雑な思考を生み出すとともに、凝縮して表現できるというところにある。詩の力はしばしば曖昧さに宿る。

シェイクスピアの劇中の会話には重層的な意味が秘められているが、そこからわれわれが受ける印象は、彼が用いる高度に組み立てられた技巧的なことばが、現実の人間の相互作用における緊張や底意についての説得力のあるシミュレーションになっているということである。シェイクスピアが織りなす詩の巧みな技は、複雑な人物像や心の内を、いかにも現実のように映し出してくれるのである。

舞台上の台詞

じっさい、文章を読みながら瞬時にすらすらとほかの表現で言い換えることをもって理解するというのなら、シェイクスピアのことばは、いつでも難しかったにちがいない。しかし、芝居をみるとなると、それほど難しくはないだろう。ただし、それにも、自分の言っている台詞の意味を役者が理解していればという条件がつく——残念ながらいつも役者が理解しているとはかぎらない。うまい役者のイントネーションを耳にすると、観客は台詞全体の修辞的な構造を聞き取るばかりか、ひとつの語句と次の語句とのあいだにこめられた感情の焦点の引力を体験できるものである。たとえば『冬物語』の効果的な上演をみると、レオ

下：1960年12月、ニューヨークのセントラル・パークで上演された『ヘンリー5世』をみる観客。シェイクスピアのことばは、読むよりも上演をみた方がわかりやすい。

ンティーズの台詞の意味がわからないとか、編集者が脚注でほかの言い方に変えている部分の意味がわからないとか、悩んだりはしない。そうではなく、不合理な推論や乱れた文法を耳にすると、登場人物の精神状態がおかしくなっていることが納得できるわけである。

じっさいの上演では、舞台上の登場人物の位置関係や彼らの所作によって視覚的な手がかりが与えられる。シェイクスピアの芝居ではよくト書きがほとんど記されていないと言われるが、じっさいは登場人物が自分の行動について説明したり、他人の行為について語るなどして、どのような行動をとらなければならないかが台詞のなかに散りばめられている。しかし、ときどき（『冬物語』にしばしばみられるように）、こうした台詞は意図的に芝居がわれわれにみせようとするものと矛盾している場合がある。レオンティーズは妻ハーマイオニーが友人の腕をにぎるのを見て、その動作をおぞましい野獣の色情とみなし、次のように言う——「あのように唇をあの男にさしのべて、ふれんばかりだ！」（1幕2場182行）。彼女はこの時点で何もことばに出して言わないが、芝居のほかの箇所で描かれた彼女の性格からすると、ここでハーマイオニーを演ずる役者は、おおらかで汚れのない友情を示す所作を要求されるだろう。このように、書きことばによって生み出された視覚と聴覚のギャップは、崩壊してゆく夫婦関係を目・耳・肌で感じさせてくれるのである。

語彙と音の風景

シェイクスピアは膨大な数の語彙を駆使した。ただし、彼が使ったとされる2万9千語という数は、あらゆる語形変化をふくめて、なんとかかき集められた語彙の数である。画家が一枚一枚の絵に対して絵の具の色の数を限定するように、シェイクスピアもひとつひとつの戯曲に対して語彙数を制限した。ことば遊びや語呂合わせの能力を発揮して、同じ単語や音をくり返し、そうすることによって、独特の音の風景を構築したのである。彼の創造した世界が一貫性と蓋然性をもっているという感じがするのは、まさしくこのためである。

たとえば、『オセロー』のなかで、デズデモーナがオセローと結婚する原因となった情熱の嵐は、トルコ艦隊を難破させる嵐（1幕3場249行）と呼応する。そこでは、「山」のような高波が海と陸とをいっしょくたにして、「罪のない船をおとしいれようと」する「水につかった反逆者」、すなわち「海底にひそみ」大きな砂堆をなす砂をおおい隠した（2幕1場8行および70行）。そして、シェイクスピアはふたたび自分が作った造語のなかで〈エン〉という接頭辞をくり返す。のちにイアーゴーは、みんなを一挙に「絡めとろう」とする計画について語る（2幕3場362行）。この〈エンメッシュ〉という語は、イアーゴーを兎や鳥をとらえる狩猟者に仕立て上げるだけではない。彼の陰謀の鍵となる刺繍をほどこしたハンカチの上等な〈編み目〉をあらかじめ予示している。さらにのちになってイアーゴーは、べつの新しい造語で、オセローに身を「隠す」ようにと忠告する（4幕1場81行）。劇中で登場人物が代わるがわる、この囲い込みと罠の意味をくり返すのである。また、たとえばビアンカは、自分が「支配されている」と感じる（3幕4場201行）。この語がシェイクスピアに登場するのはここ一ヶ所だけであり、ここではおそらく「状況に飲み込まれる」や「状況に制限される」という意味から「服従する」という意味にいたるまで、いろいろな意味がふくまれている。同じように、芝居のなかでは明示されていないが、デズデモーナに不利な証拠も、まったくの状況証拠にすぎないわけである。

シェイクスピアが作り出した新語や造語のうち、より

上：1756〜57年、ジョシュア・レノルズが描いたサミュエル・ジョンソンの肖像画。ジョンソンは自分の編纂した英語辞典のなかで、引用文をもちいて語の意味を解説したが、その多くがシェイクスピア作品から引用されている。

左：1616年に出版されたヴィッシャーのロンドン地図におけるグローブ座。これは古いグローブ座のイラストである。シェイクスピアの台詞の多くは最初にグローブ座で語られたが、これは3年前に『ヘンリー8世』が上演されたときに焼失している。

上：1968年、ストラトフォードで『マクベス』のリハーサル中に役者の立ち位置を指示する演出家。役者が舞台をどう使うかは、芝居のことばの一部である。

人目をひく語の多くは英語のなかに浸透しており、当時の観客や読者よりも、むしろわれわれの方になじみがある。シェイクスピアが生み出し、のちにチャールズ・ディケンズが取り上げた表現を借りれば、それらは「おなじみのことば」（ハウスホールド・ワーズ）（『ヘンリー5世』4幕3場52行）同様、われわれの身近なことばになっている。同じように印象的なことであるが、なかにはまったく広まらなかったために、昔も今もまったくなじみのない、理解に困るような語句もある。

句読点

シェイクスピアは初期に印刷されたテクストであろうと、現代のテクストであろうと、ときどき読みにくいと感じることがある。その理由のひとつは、われわれが当時の句読点をかならずしもよく理解していない点にある。シェイクスピアでは、同じ記号でも文法・朗誦の息継ぎ・韻律の構造という三つの異なる機能で用いられているのである。

そうした記号のなかでもっともやっかいなのはコロン〈:〉である。コロンは本来、ピリオドで終わる文中の区切れを示す。たとえば、聖書の詩篇のなかでは、ふたつのコロンは、それぞれの韻をふんだ文のバランスをとる。シェイクスピアの時代、コロンはコンマより長く、ピリオドすなわち終止符より短い談話の中断を示すために用いられることが多かった。しかし、コロンはまた、意味がつづいていてもいなくても、韻をふむ二行連句の終わりを示すものでもあった。すべての場合において、コロンは、識別されるが本質的に関連がある思考を示している。こうした使い方については、1587年、フランシス・クレメント著『小学校』において「すでに述べられたもの以上のことが語られるものと期待をもたせながら」休止する中断のこととして巧みに定義されている。

シェイクスピアはしばしば12行以上にわたる長い文を書く。その場合、初期に印刷されたテクストでは、コロンによって節ごとに分けられていた。しかし、これまでのもっとも一般的な編集上のやり方は、ひとつ以上のコロンで区切られた部分に対してピリオドを代用し、残りのコロンの代わりに現代のセミコロンを用いるというものであった。その結果、しばしば、シェイクスピアが書いた文の勢いと関連性が失われ、文が終わるときにはどこから始まったのかが思い出せなくなってしまうということもあった。われわれはクレメントが提示した手がかりを利用して、シェイクスピアの作品中のコロンを、文の主題や流れから

韻律とリズム

シェイクスピアがふつうに用いる韻律は弱強5歩格である。これは10音節からなる1行を5歩格とする。つまり、それぞれ強勢のある音節が強勢のない音節につづくかたちで、弱強／弱強／弱強／弱強／弱強のリズムをかたちづくる。しかしながら、もし、それがまったく規則的に一度に数行以上つづくと、眠気をもよおさせるものとなってしまう。その点、シェイクスピアは豊かな変化をつけている。しばしば彼は、強勢のある音節とない音節とを逆転させて強弱のリズムに変えたり、詩行の最後にもうひとつ強勢のない音節を加えたりする。それゆえ、彼の詩行の大半が〈不規則的〉であるというよりも、むしろ、韻律とリズムのあいだに一線を画して、弱強5歩格を潜在的な基本の韻律として考えた方がいい。それを中心として、彼の詩における修辞的パターンやことばのリズムが踊ったり跳ねたりしながら、歩調や雰囲気をつくりあげるのである。

横にそれたコメント、あるいは余談を示す記号と考えれば有効であると思われる。ダッシュについては、現代とほぼ同じ役割をはたしていることが多いが、現代版シェイクスピア・シリーズの編集者たちは明らかに、あまりダッシュを使わないようにしているようである。

沈黙

沈黙は音声が意味のある図形を描き出す背景をなすものだが、第1・二つ折り版では沈黙を要求するト書きが2ヶ所しかない。ひとつは「母の手をとり、沈黙」(『コリオレーナス』5幕3場183行)であり、もうひとつは、ハーマイオニーが法廷に出廷するときのことば「静粛」(『冬物語』3幕2場10行)である。現代版のテクストは後者の「静粛」というト書きを、役人の口から発せられた命令「静粛に!」に変えて、その場のインパクトを減じてしまうことが少なくない。

また、シェイクスピア作品には、二つ折り版にある不完全な行が意図的な沈黙を表わしていると考えられる例がいくつかある。次の一節は、コリオレーナスの家族がローマの安泰を請うために彼のもとを訪れる場面である。

左:2006年、ロンドンのグローブ座公演でコリオレーナスを演じるジョナサン・ケイク。芝居を上演するにあたっては、対話の一部をなす沈黙を考慮に入れなければならない。不完全な詩行が用いられているのは、『コリオレーナス』では、沈黙を暗示するためなのかもしれない。

> CORIOLANUS : *These eyes are not the same I wore in Rome.*
> VIRGILIA : *The sorrow that delivers us thus chang'd Makes you think so.*
> CORIOLANUS : *Like a dull actor now, I have forgot my part,*
> *And I am out, even to a full disgrace.*
> *Best of my flesh,*
> *Forgive my tyranny : but do not say*
> *For that, "forgive our Romans"*
> (二つ折り版の行と句読点を採用、第5幕第3場37〜44行)

耐えがたいほどの苦しい沈黙を生み出している。二つ折り版の「むごい仕打ちを」の後にくるコロン(現代版のテクストではたいていコンマかセミコロンになっている)はくり返される「許して」によって結びつけられており、分離と結合の両方を示している。接続というよりも対照と言った方がいい。『コリオレーナス』からの上記8行は、現代の編者によって規則的に7行の完全な弱強5歩格にならべかえられることが多い。しかし、それはシェイクスピア作品のなかでもっとも感情的で、人の心を動かさずにはおかない瞬間が、韻文の途切れたときに生じることもあるという事実を無視しているのである。

下:1968年のフランク・ダンロップ監督の映画『冬物語』より。『冬物語』には「沈黙」というト書きがある。第1・二つ折り版のテクストに記されているト書きはふたつで、ひとつは「沈黙」、もうひとつは有名な「熊に追いかけられて退場」である。

> コリオレーナス:この目はローマにいたときのおれの目ではない。
> ヴァージリア:そうお思いになるのは、悲しみにうちひしがれ私たちの姿が変わりはててためでしょう。
> コリオレーナス:いまのおれは
> まるで間抜けな役者だ、台詞を忘れて呆然自失し、
> 大恥をかきそうだ。最愛の妻よ、許してくれ、
> おれのむごい仕打ちを。だが、だからと言って、
> 「ローマを許して」とは言わないでくれ。

自分は「間抜けな」役者のようだと言うコリオレーナスのことばはリズムが狂っている。このセリフのなかで、重要であるがゆえに強勢がおかれる音節は、"dull" "act" "now" "got" "part" "I" "out" "ev-" "full" "grace" である。ふたつの半行「そうお思いになるのは」("Makes you think so")と「最愛の妻よ」("Best of my flesh")は空白をつくることにより、夫婦間の

魂のことば 33

普遍的な現象

ウィリアム・シェイクスピアは、控えめに言っても世界的な現象である。30ヶ国以上の言語で全集が出版され、個々の戯曲については100ヶ国もの言語に達しようという勢いである。シェイクスピア作品は活字・電子メディア・映画・インターネットなど、いろいろなかたちでどこでも手に入る。このことに反論の余地はないが、では、なぜ、シェイクスピアがこんなにも人びとの心をひきつけるのかについては、かなり多くの議論があり、政治的・審美的・哲学的にさまざまな見解が存在する。そうした議論は大きく分ければ、ふたつの陣営に分かれる。

ひとつには、シェイクスピアのことばと作品は本質的に時間を超越しており、普遍的であるという議論がある。それらはあらゆる人びとに時代と場所を超えて語りかけ、いまなお理解されているという論である。この陣営には、そのことはシェイクスピア作品が不変で永久に変わらないという感覚の問題だと論じる人びともいれば、永遠であるというのは適合性の問題であり、シェイクスピア作品がこんにちに生き残っているのは、改作や再生産を受け入れるふところの深さがあるからだと信じる人びともいる。

もうひとつには、シェイクスピア作品が生きながらえているのは、少なくとも一部は植民地政策のせいであるという議論がある。それによると、はじめはイギリス的な、のちにはより広く西欧的な価値観がいろいろな植民地に押しつけられていったが、それには、征服者側のすぐれた知的・文化的な慣例(コード)を広めるという名目があった。シェイクスピア作品は、いわばそうした文化的資本の一部となったというのである。シェイクスピアの言語を学べば、文明の言語と価値観が学べるというわけである。

おそらく、シェイクスピアが世界現象になった理由は、この両陣営のあいだのどこかに位置するにちがいない。すなわち、シェイクスピアの詩が力づよく魅力的であることと、大英帝国がお気に入りのシェイクスピアの作品を輸出するのに成功したこととが結びついた結果であると思われるのである。しかし、21世紀になって、植民地主義以降の国家は、シェイクスピアに対して独自の支配力を発揮してきた。彼の作品はじつにいろいろな国において歴史の一部となっている。こんにち、どんなシェイクスピア研究の歴史でも、その一部には、そうなったいろいろな経緯をふくめないわけにはいかない。じっさい、その国特有の苦闘と勝利を支持するために、いかにいろいろなかたちで彼の作品が用いられてきたことか。

シェイクスピアを参照して

シェイクスピアが単独で書いた最後の作品『テンペスト』は、新世界の発見と既存世界の支配との関連において、作ることや書くこととはどういうことかということに焦点を当てている。当時、『テンペスト』は新しい土地・新しい物資・新しい人種の探求にかかわる芝居としてみられていた。一方、20世紀後半になると、『テンペスト』は、とりわけキャリバンを大がかりな批評の焦点に据えて、先住民の搾取を暴きだすモデルとしてみなされるようになった。じっさい、このように何世紀にもわたって、作家や演出家たちはアイディアの源泉として、また、自分の仕事のため

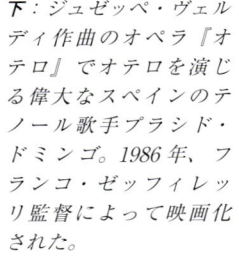

下:ジュゼッペ・ヴェルディ作曲のオペラ『オテロ』でオテロを演じる偉大なスペインのテノール歌手プラシド・ドミンゴ。1986年、フランコ・ゼッフィレッリ監督によって映画化された。

グローブ座再建

1970年、アメリカの役者・映画監督のサム・ワナメイカーは、ロンドンに新しいグローブ座を建設するために、グローブ座基金を創設した。立地場所はシェイクスピアが株主だった最初の劇場の近くである。最初のグローブ座は1598年末に、ザ・シアター（劇場座）として知られていた劇場の木材をつかって建設された。そのグローブ座は1613年、『ヘンリー8世』上演中に火事で焼失、その後、再建されたものの、最終的には1644年に取り壊された。ワナメイカーのグローブ座は1997年におめみえした。それは、最初の劇場についての綿密な調査をもとに建設されている。この新しいグローブ座は、当時の観客が芝居をみた本来の場所に近いところでシェイクスピア劇を体験する機会を観客に与えてくれる。当時の人びとは、シェイクスピアの芝居を人気のある娯楽と考えていたのだった。

左：グローブ座再建はワナメイカーの〈大いなる執念〉であった。彼は広く懐疑の目を向けられていたが、信念は揺るがず、完成の4年前に亡くなった。

の重要な文化的典拠として、シェイクスピアに立ち戻った。シェイクスピアは植民地支配の権力に抵抗するひとつの手段となり、観客は『テンペスト』のなかに、自分たちのプロジェクトや政治的義務を支持する姿勢を見出したのである。

英国で人気のテレビ・シリーズ『ドクター・フー』には、シェイクスピアへの言及が数多くみられる。たとえば、2007年には異星人のひとりをシコラクスと名づけて、シェイクスピアへの親近感をあらわした演出となっている。シコラクスというのはキャリバンの母親だが、『テンペスト』のなかでは名前だけしか登場しない。このことはシェイクスピアが国際的であり、テクスト間の相互関連性のイコンとなっていることを示している。

シェイクスピア・言語・諸言語

シェイクスピアの力づよさと生命力は、ひとつにはことばの使い方にある。『マクベス』の芝居としての衝撃力（インパクト）は、ただ血で汚れた「人殺しと鬼のようなその妃」（5幕9場35行）の話にあるのではない。マクベスは妻が死んだことを知らされ、劇中、もっとも感動的な台詞を口にする。絶望と虚無感にあふれた台詞である。自分の出世ばかりを追及して他人の生命を軽んじるような男とこのような詩を、どのようにして結びつければいいのかは判然としないが、そのことばは、すべての人びとが人生において経験する喪失感を声高に訴えるのである。

　明日、また明日、また明日と、時は
　小きざみな足どりで一日一日を歩み、
　ついには歴史の最後の一瞬にたどりつく、
　昨日という日はすべて愚かな人間が塵と化す
　死への道を照らしてきた。消えろ、消えろ、
　つかの間の燈火（ともしび）！　人生は歩きまわる影法師、
　あわれな役者だ、舞台の上でおおげさにみえをきっても
　出場が終われば消えてしまう。白痴のしゃべる
　物語だ、わめき立てる響きと怒りはすさまじいが、
　意味はなにひとつありはしない。

（5幕5場19〜28行）

ことば、そして、ことばを超えて

シェイクスピア作品のグローバル化は、ことばの壁を超えた。彼の作品はさまざまな文脈・文化・言語・形態に

下：マオリ語の映画『マオリ版ヴェニスの商人』より、ネリッサ（ネリタ）役のヴェーシャイン・アームストロング（左）とポーシャ（ポヒア）役のヌガリム・ダニエルズ。

普遍的な現象　35

と『サッチ・スウィート・サンダー』(1957年)をレコーディングした。ショーン・ノースリップとピーター・サンフィリッポは合作でパンクロック『タイタスX──ミュージカル』(2006年)を書き、セルゲイ・プロコフィエフはバレエ組曲『ロミオとジュリエット』(1935～36年)を作曲した。画家たちも熱心にシェイクスピアの芝居を描いたり、彼の主題を加工したりした。そのなかには、ウィリアム・ホガース、ウィリアム・ブレイク、ダンテ・ガブリエル・ロセッティなどがいる。もっとも有名なのはジョン・エヴァレット・ミレーで、1851～52年作の「オフィーリア」は、19世紀のラファエロ前派の運動の重要な芸術作品のひとつである。

時空を超えた想念

シェイクスピア作品にある深淵なテーマは、時空を超えて人びとのあいだにこだました。17世紀初頭の大きな哲学的議論のひとつは、自由意志と決定論にかかわるものであった。すなわち、人びとがもっている自由意志のレベルは、出来事や結果が前もって定められているという感覚と釣り合いを保っているのかどうかという問題である。「人間が荒削りはしても、／最後に仕上げをするのは神なのだ」(5幕2場10～11行)というハムレットの信念は、21世紀の世俗的な文化のなかではあまり共感されないかもしれない。しかし、非力である個人についての不安は、今もふつうにみられることである。1988年、ビデオ芸術家ミロスラウ・ロガラの脚色による『マクベス──魔女の場面』では、テクノロジー(シェイクスピアの魔女の代役)について偏執狂的である終末論後の世界が予表されている。テクノロジーは人間を支配するものとして意図されているわけである。

それぞれの文化で愛がどのように理解されているかは大いに異なるかもしれない。しかし、愛とはどのようなものであり、どのように表面化してくるかは、今でも相変わらず頻出する普遍的な関心事である。この話題については、シェイクスピア作品のなかで豊富に扱われてい

上：ボトムを演じるジャズ・トランペッター、ルイ・アームストロング。1939年、『夏の夜の夢』をスイングで脚色した『スインギン・ザ・ドリーム』より。

おいて脚色・改作・再解釈が試みられた。たとえばインドでは、シェイクスピアの芝居はヒンディー語やウルドゥー語など、多くのインドの土着の言語で翻訳されてきたし、また、とりわけインド的な文化形態を取り込むことによって、インド特有の趣を与えられてきた。1979年に上演された『バルナム・ヴァナ』はヒンディー版『マクベス』であるが、ここではインド南部のカルナタカ州で人気のある演劇様式、ヤクシャガナ舞踊が取り入れられている。また、べつの様式であるカタカリ舞踊を用いた『オセロー』や『リア王』はインドだけでなく、ロンドンのグローブ座でも上演された。

ミュージカル版のシェイクスピア作品もいろいろな形式と規模のものがある。1856年のアドルフ＝シャルル・アダンの『ファルスタッフ』や、『じゃじゃ馬ならし』をもとにしたコール・ポーター作のブロードウェイ・ミュージカル『キス・ミー・ケイト』(1948年、映画は1953年)のような喜歌劇から、『ロミオとジュリエット』のプロットを用いたレナード・バーンスタインとスティーヴン・ソンドハイム合作の『ウェスト・サイド物語』(1957年、映画は1961年)まで、さまざまである。デューク・エリントンとクレオ・レーンはシェイクスピアからインスピレーションを得て、それぞれ、『シェイクスピアとジャズ』(1964年)

右：『恋の骨折り損』でフランス王女を演じるアフガニスタンのテレビ女優サバル・サハル(右)。アフガニスタンでシェイクスピア劇が公けの場で上演されるのは25年ぶりのこと。これは2005年8月にカブールで上演された野外劇で、ペルシア語の方言で上演された。

上：1999年、ロンドンのグローブ座公演『リア王』より。インドの伝統的なダンス劇カサカリを用いている。

る。オーシーノの気取ったセリフ「音楽が恋の糧であるなら、つづけてくれ。／食傷するまで聞けば、さすがの恋も飽きがきて、／その食欲も病みおとろえ、やがては消えるかもしれぬ」（『十二夜』1幕1場1〜3行）から、ソネット116番にある穏やかな確信「恋は恋にあらず／それと知れた時にはすでに心移ろっている」（2〜3行）、さらに、恋にはやるヴィーナスを思いとどまらせるためにアドニスが行なった賢明で激しい試みまで、いろいろみられる。

> 愛は雨が降った後の日の光のように心地よい、
> だが色欲は快晴の後の嵐に等しい。
> 愛という穏やかな春は常に緑豊かなままであるのではない。
> やがて色欲という冬が、夏が半分も終わらぬうちにやってくるからだ。
> 　　愛に飽きはない。だが色欲は暴食家のように食い尽くしやがて消えはてる。
> 　　　愛はみな真実。だが色欲は欺瞞に満ちている。
> 　　　　　　　　　（『ヴィーナスとアドニス』799〜804行）

ことばと真実、みせかけと実体との関係もまた、尽きることのない関心事である。イアーゴが「私から名誉を盗むやつは、／自分には何の得にもならないのに、私に／大損させるものを盗むことになるわけです」（『オセロー』3幕3場159〜61行）と語るとき、そのことばの正当性は、そのことばのもつアイロニーを観客が知っているという事実によって切りくずされてしまう。まさしくイアーゴがそのように語っているときに、彼がオセローを破滅させようともくろんでいることを、われわれは知っているからである。また、ダンカンがマクベスに「そなたという苗木を／植えつけたわしだ、りっぱに成長するよう見まもるぞ」（『マクベス』1幕4場28〜29行）と述べるとき、ダンカンが自分は人をみる目があると無邪気に信じていることがいかに高くつくことかを、われわれは知っているのである。

「この世はすべてひとつの舞台」

おそらくシェイクスピアの作品、とくに戯曲は、ほかの何よりも、他者の想像力をかきたてるからだろう、じつにいろいろな形でこんにちに生き残ってきた。また、それはいくぶんかは暫定性のゆえかもしれない。戯曲は芝居の台本として、たとえば小説・論文・エッセイほどきっちり固定されているわけではない。それらを上演しようとすれば、解釈や脚色、書き直しなどが必要になる。それらが耳なれたことばや物語に新しい息吹を吹き込み、以前にはみられなかった諸相を明らかにするのである。

シェイクスピアはあらゆる新しい演技、あらゆる新しい上演によって作り変えられている。シェイクスピアという名は作品と同じ意味で使われ、それらの作品は毎回変わる観客の目を意識して再創造されている。彼なら円熟した人気劇作家として、よくわかっていたにちがいないと思われるような形で上演されているのである。

普遍的な現象

シェイクスピアの変わらない魅力

上：1935年、ウィリアム・ディターレとマックス・ラインハルト監督のハリウッド映画『夏の夜の夢』。ふたりの解釈は、19世紀の華麗な伝統にのっとっている。

シェイクスピア作品が不朽の魅力をそなえているということは、その豊富で多様な上演の歴史から見てとることができる。自分の作品がシェイクスピアのように、いつでも上演されているというイギリスの劇作家はほかにいないし、シェイクスピアほどいろいろな演出がみられる劇作家もいない。これは必ずしもそれらの芝居が飛びぬけて〈普遍的〉な魅力をもっているからというわけではない。むしろ、テーマやことば、登場人物などの豊かさゆえに、それぞれの時代の文化的嗜好に合わせて解釈することができるからである。

自由な解釈

シェイクスピアの初期の印刷されたテクストにはト書きがない。そのため、じっさいの舞台で何が起こるのかについての重要な決定権は、演出家や役者にゆだねられている。シェイクスピアは『じゃじゃ馬ならし』におけるキャタリーナの最後の演説をどのように語るか、当時の少年役者に何の指示も残していない。1960年のロイヤル・シェイクスピア劇団（RSC）の上演でペギー・アッシュクロフトが演じたように、ペトルーキオへの服従行為として演じることもできるし、1978年のRSCの舞台でのパオラ・ディオニソッティのように、誠心誠意、語りながら、ほかのみんなの影を薄くしてしまうような離れ業として演じることもできる。もしくは、トルコの演出家ユィセル・アーテンによる1986年の上演のように、この演説を導入部として、その後、カタリーナが床に両手をつき、手首を切って息も絶え絶えであることを示すというショッキングな演出もある。劇作家からの明確な演技の指示がないために、いろいろに解釈できる融通性があるわけである。こうした例にみられるように、この芝居はずっと、男女間の関係についての文化的対話の一部となっている。

シェイクスピアは自分の芝居に対して、詳細な舞台背景の説明をしていない。物語がどこで起こるかは、劇作家の指示によるものではなく、文字どおり、また象徴的に、登場人物のことばによって描写される。ここでもまた、さまざまな解釈の余地が残されていることになる。19世紀末の劇場では、『夏の夜の夢』の森は木の葉でいっぱいにおおわれた華麗な舞台背景で表現され、バレエの衣装を着た妖精たちが登場した（たとえば、1873年、1888年、1895～96年のオーガスティン・デイリー演出や、1900年と1911

年のハーバート・ビアボーム・トゥリーによる演出など)。20世紀後半に入ると、森はより比喩的に表わされるようになった。たとえば、ピーター・ブルック演出によるRSCの上演 (1970年) では白い箱、カナダの演出家ロバート・ルパージュによる英国ナショナル・シアターの舞台 (1992年) では泥の水たまり、エイドリアン・ノーブル演出によるRSC公演 (1994年) では白熱電球がぶら下がっているクローゼットのある空間といった具合である。

視覚のメタファー
演出家はテクスト内のメタファーから、芝居の演出の手がかりをつかむかもしれない。1994年、アシュランドで開かれたオレゴン・シェイクスピア・フェスティバルでのヘンリー・ウォロニッツ演出では、ハムレットの「いまの世のなかは関節がはずれている」(1幕5場188行) にヒントを得て、建設現場のランプと足場から成る舞台背景が生み出された。巨大な像にはビニールがかけられているが、そのうちの一体は明らかにジュリアス・シーザーの像と識別できるようになっていた。舞台中央のファシストの旗には「フォーティンブラス」の名が記されている。ウォロニッツによると、舞台背景は「天と地ほども違うリーダーシップのあいだに横たわる国王空位期間という地獄の辺土を表わしている」という。

この最新の試みはシェイクスピア自身による歴史と場所の扱い方と調和する。『ジュリアス・シーザー』のローマ人は帽子をかぶり (2幕1場73行)、時計による時間をたずねるし (2幕2場114行)、また『アントニーとクレオパトラ』のエジプト人はビリヤードをする (2幕5場)。シェイクスピアの歴史劇は相変わらず現代と関連づけて上演され、ときには折よく時事問題が過去の芝居に追いつくこともある。2003年、ロンドンのナショナル・シアターで上演されたニコラス・ヒトナー演出の現代服による『ヘンリー5世』では、ヘンリーの軍隊のなかにカメラマンが加えられた。彼らは故国にいるイングランド人のために、フランスとの戦争をビデオに撮っているのである。この場面の政治的意味合いは、計画・リハーサル・公演のあいだで変化していったにちがいない。ヒトナーが現代化した理由が何であれ、彼が決定した演出は観客に対して、イラク戦争におけるイギリス軍とアメリカ軍のニュース報道を暗示したのであった。

「古いことばを新しく」
毎年、シェイクスピアについての本や学術論文、また文芸誌はほかの作家以上に多く出版されている。シェイクスピアは時空を超えて変化する学問的研究と歩調をあわせて再発見されてきた。さまざまな社会的・文化的・国家的背景をもった人びとが学問的研究に広く興味をもつようになり、一般の人びとの関心もまた広まった。

1904年に出版されたA.C.ブラドリー著『シェイクスピアの悲劇』は、善と悪とのアリストテレス的枠組みのなかでの登場人物研究である。この本は、こんにちの大学カリキュラムにおいて、たとえばシェイクスピアの戯曲における母親不在の問題を分析するフェミニスト研究とならんで登場するはずである。また、G.ウィルソン・ナイトによる

キリスト教形而上学的解釈——『火炎の車輪』(1930年) や『人生の栄冠』(1946年) ——は、たとえば『尺には尺を』の売春婦や『ロミオとジュリエット』の薬剤師など、シェイクスピアにおける〈負け犬〉の扱い方をめぐるマルクス主義にもとづいた議論と肩をならべて登場する。また、近代初期の上演の実態をさぐるシェイクスピア作品の材源や類似物の研究は、スティーヴン・グリーンブラットの『シェイクスピアにおける交渉』(1989年) のような新歴史主義の介入と共存している。グリーンブラットは、記録に埋もれている政治的小冊子や逸話に対して、従来の資料と同じ比重をあたえながらシェイクスピアを読んでいくのである。

ウィリアム・エンプソンによる『アテネのタイモン』

上：2007年、ザルツブルク・マリオネット劇団によるきわめて独創的な公演『夏の夜の夢』。オーストリアのザルツブルク・フェスティバルでの上演。あやつり人形やフェリックス・メンデルスゾーンの音楽が用いられた。

左：1935年の『じゃじゃ馬ならし』の舞台でペトルーキオを演じるアルフレッド・ラントとキャタリーナを演じるリン・フォンタン。彼らはこれを陽気な茶番劇として上演しながら、アメリカ中を巡業して成功をおさめた。

にみられる〈犬〉という語の詳細な分析(『複合語の構造』、1951年)や、キャロライン・スパージョンによるシェイクスピアのイメージ群の考察(1935年出版)など、言語学的研究はケイト・チェジゾイ著『シェイクスピアのおかしな子供たち』(1995年)などとならんで扱われるかもしれない。近年では、アニア・ルーマ著『シェイクスピア・人種・植民地主義』(2002年)の例からわかるように、シェイクスピアにおける宗教的不寛容や民族性、また植民地化といった問題への関心が高まってきている。

地盤の変化

映画・テレビ・アニメといったメディアへのシェイクスピア劇の変貌は、より伝統的な劇評とならんで、新しいタイプの演劇批評を生み出した。情報テクノロジーの発達は電子テクストを大量に放出し、初期テクストや上演日誌のデジタル化された図像を入手可能にした。また、今でも大衆向けや専門性の高い伝記が執筆されており、学問・教育・文化の領域における偶像としてのシェイクスピアの位置づけについて、〈高尚な文化〉対〈世俗の文化〉という対立を問い直そうとする批評家も登場するようになった。〈詩人〉シェイクスピアは、ブランド名シェイクスピアとしても認識されている。

シェイクスピアの時代、彼の芝居は宮廷だけでなく、ロンドンはサザークの旅館や売春宿の近くでも上演された。彼の芝居が聴衆や場所という点で、たいへん融通がきいたという証拠である。シェイクスピアには、ほかのメディアに取り込まれてきたたいへん長い歴史がある。たとえば、小説、ミュージカル、映画、オペラ、それにチャールズとメアリーのラム姉弟による『シェイクスピア物語』(1810年)に代表される児童書などである。

シェイクスピアの永続的な影響力は、世界中のさまざまなメディアにおいて、彼の作品を核にした作品が次つぎと製作されているところに認められる。アニメ映画『ライオン・キング』(1994年)は『ハムレット』を連想させるし、『夏の夜の夢』を少年少女向けにジュークボックス・ミュージカルにした『恋するおろか者』(初演は2005年のニューヨーク)は、1950年代と1960年代初頭にヒットしたポップスにのせて物語が展開する。現代の歌手もずっとシェイクスピアを利用してきた。例をあげると、ラップ歌手シルク・E・ファインは、1998年にリリースされたアルバム『なまのシルク』に『ロミオとジュリエット（ラブ・アンド・セフト）』を使い、また、ボブ・ディランのアルバム『愛と窃盗』(2001年)

上：マイケル・アルメレイダ監督の映画『ハムレット』より、ハムレット役のイーサン・ホークと、ガートルード役のダイアン・ヴェノーラ。この映画は現代を舞台にして、ビデオやポラロイドカメラなどのテクノロジーが使われているが、シェイクスピア劇の対話はそのままである。

世界の舞台

芝居を上演する劇団は、シェイクスピア劇を現代的にするために新しい方法を模索しつづけている。ロイヤル・シェイクスピア劇団のティム・サプルは2006～07年の公演『夏の夜の夢』でインド人の役者を起用して演出した。インドのダンス・歌・衣装がぎっしり詰まったこの公演は、インドとイギリスの舞台にかけられたが、シェイクスピアのテクストのおよそ半分とならんで、7つの異なるインドの言語が用いられた。2009年には、ロイヤル・シェイクスピア劇団とバクスター・シアターが共同製作で、全員、南アフリカ人キャストによる『テンペスト』を上演した。これはイギリスよりも先に、まずケープ・タウンで上演されたが、アフリカのダンス・歌・儀式がふんだんに盛り込まれて、この作品の魅力をいかんなく発揮した舞台だった。イギリスで舞台経験をつんだ南アフリカの白人アントニー・シャーがプロスペロー、また、伝説の南アフリカの黒人俳優ジョン・カニがキャリバンを演じ、シェイクスピアの島で起こる政治的支配・復讐・和解と、アパルトヘイト後の南アフリカにおける真実と和解の過程が平行して描かれたのだった。

左：プロスペローを演じるアントニー・シャー(中央)。2009年、バクスター・シアターとロイヤル・シェイクスピア劇団の共作製作『テンペスト』より。

には「ポー・ボーイ」という曲が収められている。ここではデズデモーナがオセローに、ハムレットのような復讐をするのである。

　オセローはデズデモーナに言った、「寒い、私を毛布で包んでおくれ。
　ところで、あの毒入りのワインはどうしたね？」
　彼女は答えた、「あなたに差し上げましたわ、お飲みになったではありませんか」

ウェールズ語のテレビチャンネルではシリーズものの『シェイクスピア——アニメ化された物語』(1992〜96年)が放映された。シェイクスピアの12編の芝居がレオン・ガーフィールドによって脚色され、イギリスの役者が吹き替えを担当、ソユーズムルト・フィルムのためにロシアの映画制作会社が、いろいろな技術を駆使してアニメ化したものであった。

映画化されたシェイクスピア

映画のシェイクスピアは、今や独自の世界をつくっている。監督はシェイクスピアの芝居に対し、うやうやしくカメラをかかげるのではなく、映画のシェイクスピアを創造することになんのためらいも感じなくなっている。

2000年に公開されたクリスティアン・レヴリング監督のデンマーク映画『王は生きている(キング・イズ・アライヴ)』は、『リア王』の舞台をナミビア砂漠の廃墟と化した炭坑町に移し、そこに置き去りにされた西欧の観光客グループの運命を追ってゆく。いっさいの余分な装置を除いた映画的手法と頻出するナレーションは、豪華な映画の主流を明らかに拒否している。ジュリー・テイモア監督『タイタス』(2000年)は視覚メディアへの参照をうながす多くの映画のひとつである。たとえば、タイタスを演じるアンソニー・ホプキンズがグロテスクに顎をきしませながらよだれを流すシーンがあるが、これが彼が『羊たちの沈黙』(1991年)に登場するハンニバル・レクターを演じたときの決定的特徴の再現であった。ビリー・モリセット監督は『スコットランド・ピー・エー』(2001年)の背景を、経済的に困窮したペンシルヴェニア州に設定した。ジョー・マクベスと妻パットはハンバーガー屋で夢も希望もない仕事に従事しているが、その店で彼らはダンカンにあたる人物を殺害する。マクダフに相当する人物は、アメリカのテレビ番組に登場する刑事コロンボがモデルとなっている。モリセットはサウンドトラックやイメージをふんだんに利用して、活字と競い合う映画の可能性を探っている。登場人物は「きれいは汚い(フェア・イズ・ファウル)」のような『マクベス』のキー・センテンスをもとにしたジャズのリフを演奏するが、それはジャンクフード依存や大衆文化の再利用を示唆している。マイケル・アルメレイダ監督の『ハムレット』(2000年)では、イーサン・ホークがブロックバスター・ビデオ店でハムレットの「このままでいいのか、いけないのか(「生か死か」)、それが問題だ」という台詞を語る。

映画や芝居が記録されたＶＨＳやＤＶＤが世界中で入手できるようになり、また、インターネット上で資料を入手できるようになり、シェイクスピアは今や、本を読んだり舞台で見たりするよりも、自宅で視聴する傾向がつよくなっている。

左：2000年公開のクリスティアン・レヴリング監督による映画『王は生きている』より。ナミビア砂漠に取り残された旅行者のひとりを演じるジェニファー・ジェイソン・リー。旅行者たちは元気をなくさないように『リア王』を上演する。

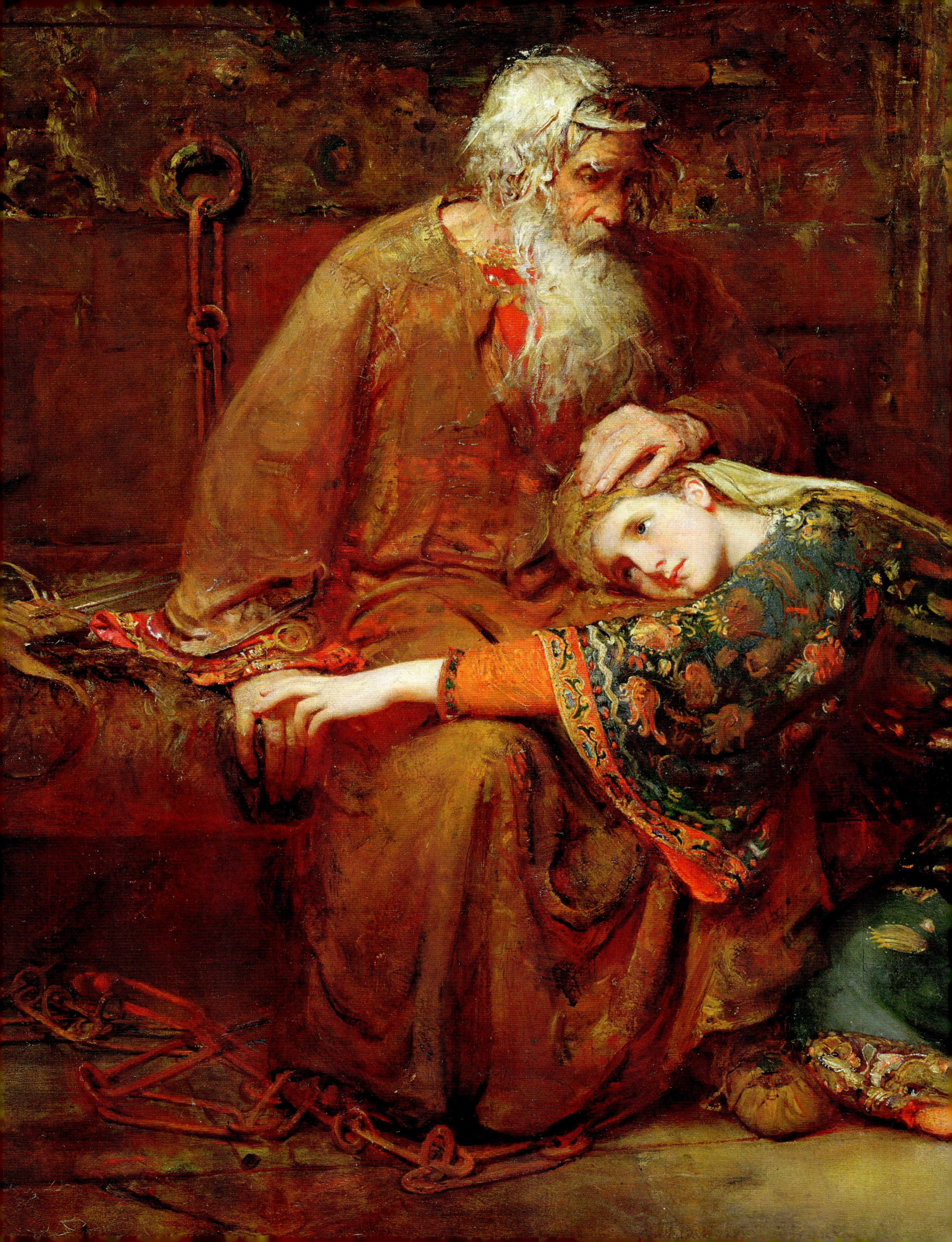

演劇作品

44　演劇作品

歴 史 劇

シェイクスピアは10篇の歴史劇において、エリザベス朝の観客に対しては彼らの過去を生き生きと描いてみせ、また、現代の観客に対しては権力政治や人間性への鋭い洞察力をみせつけている。それぞれの作品は国王の名前がタイトルになっていて、中世およびルネサンス初期のイングランドの歴史における激動の出来事が描かれている。そこでは貴族たちの野望や国王の没落、また血なまぐさい戦争の混乱などが芝居に仕立てられている。

『ヘンリー６世・第１部』 Henry VI, Part 1

あらすじ：この芝居はランカスター家のヘンリー５世の葬儀ではじまる。後を継いだのは若いヘンリー６世で、叔父のグロスター公が摂政となる。シャルル治世下のフランスが反乱を起こし、フランスにあるイングランド領を攻撃する。ジャンヌ・ダルクに率いられたフランス軍はオルレアンを奪うが、その日のうちにトールボット卿に奪い返され、次にルーアンも失う。

イングランドではヨーク公リチャード・プランタジネットとサマセット公ジョン・ボーフォートとの対立はふたつの党派を生み出している。そして、ヨーク家を支持する者は白バラを、サマセット家を支持する者は赤バラを身につけることを求められるが、のちに国王はサマセット支持を明言する。この争いのなかで諸卿による救助が失敗し、トールボット卿が戦死する。

ヨークは王座に対する秘密の野心を支持者たちに明かす。彼はフランスでジャンヌ・ダルクを捕虜として捕え、処刑場に送る。サフォーク伯はヘンリーをあやつるべく、彼をアンジューのマーガレットと結婚させる。

上：トールボット卿にフランス軍総司令官の権限のしるしの剣を与えるヘンリー６世。15世紀の写本より。シェイクスピアはトールボットを乙女ジャンヌの手にかかって死なせているが、じつのところ、彼が死ぬのはジャンヌがイングランド軍によって火刑に処せられてから20年以上も経ってからのことである。

登場人物

国王ヘンリー６世
グロスター公　王の叔父、摂政
ベッドフォード公　王の叔父、フランスの摂政
エクセター公トマス・ボーフォート　王の大叔父
ウィンチェスター司教ヘンリー・ボーフォート　王の大叔父、のちに枢機卿
サマセット伯（のちに公）ジョン・ボーフォート
ヨーク公リチャード・プランタジネット　故ケンブリッジ伯リチャードの息子
ウォリック伯
ソールズベリー伯
サフォーク伯
トールボット卿　のちにシュルーズベリー伯
ジョン・トールボット　その息子
マーチ伯エドマンド・モーティマー
騎士ジョン・フォールスタッフ
騎士ウィリアム・ルーシー
騎士ウィリアム・グランズデール
騎士トマス・ガーグレーヴ
ロンドン市長
ウッドヴィル　ロンドン塔の長官
ヴァーノン　白バラ、すなわちヨーク側
バセット　紅バラ、すなわちランカスター側
弁護士
看守たち　モーティマーに付き添う
シャルル　フランス皇太子、のちにフランス王
レニエ　アンジュー公、ナポリ王の称号をもつ
バーガンディー公
アランソン公
オルレアンの私生児
パリ総督
オルレアンの砲台長
その息子
ボルドーのフランス軍指揮官
フランス軍下士官
門番
羊飼い　乙女ジャンヌの父
マーガレット　レニエの娘、のちにヘンリー６世と結婚する
オーヴェルニュ伯夫人
乙女ジャンヌ　ジャンヌ・ダルクとも呼ばれる
乙女ジャンヌに現れる悪霊たち
貴族たち、ロンドン塔の看守たち、法王の使節、（イングランドとフランスの）大使たち、伝令官たち、役人たち、兵士たち、使者たち、従者たち

創作年代： 1592年ごろ 背景： イングランドおよびフランス、ヘンリー6世の治世 （1422〜44年） 登場人物：34人 構成： 5幕、27場、2,695行

この芝居は第1・四部作——『リチャード3世』をふくむ四部作——で、英国史上の重要な事件を描いている。すなわち、薔薇戦争である。これは15世紀ランカスター家のヘンリー6世の治世において、ヘンリーとリチャード・プランタジネット、それぞれの支持者のあいだで勃発した悲惨な内乱である。この主題は女王エリザベス1世にとって大きな意味をもっていた。なぜなら、やがて血に餓えたリチャード3世を殺し、この争いに終止符を打ったのが、女王の祖父チューダー家のヘンリー7世だったからである。四部作全体は内乱の害悪を描いているが、第1部ではイングランドにおける封建制度の衰退が描かれている。

歴史からドラマへ

シェイクスピアは発想の材源を、ラファエル・ホリンシェッド（『イングランド、スコットランド、およびアイルランド年代記』1587年）のような歴史家に求めたが、チューダー朝の宣伝活動家エドマンド・ホールの『ランカスター家とヨーク家の統一』（1548年）にも求めている。シェイクスピアは歴史家とはちがって史実にしばられた書き方はせずに、演劇上の目的に合うように、史実を自由に再構成している。登場人物を重ね合わせたり（たとえばふたりのサマセット公をひとりとして表わすなど）、事件を短くまとめたり（フランスの町の陥落とヘンリー5世の死が同時に起こったことにするなど）、また、エピソードを創作することさえ辞さないのである（トールボットとジャンヌの出会いや、ヨーク公によるジャンヌの処刑など）。

価値観の対立

この劇は内乱のもたらす悪に焦点を合わせ、ヒロイズムの堕落を描いている。騎士道精神にあふれるトールボットは、彼との一騎打ちをはねつける日和見主義のジャンヌに嘲られる（3幕2場）。彼はヘンリー5世の治世以来の時代遅れの人物として描かれるのである。こうした価値観の対立は、トールボットの死骸に対するフランス軍の無礼きわまりない態度や、貴族の肩書きを馬鹿にする態度によく現れている。ジャンヌははっきり次のように言う。

> 五十二もの王国を支配するというトルコ王だって
> そんなにうんざりするほど書き並べたりしないわ。
> あなたが肩書きでごてごてと飾りあげた男は、ここよ、
> 私たちの足もとで腐り、蠅に卵を生みつけられているわ。
>
> （4幕7場73〜76行）

フランス人に対するシェイクスピアの諷刺的な扱いは、すでにその材源のなかにみられる。そこでは、フランス人は例外なく卑怯で気まぐれだとされているのである。一方、イングランド人は短気で利己的だが、少しはましなふるまいをする。とりわけ、野心まんまんのヨーク公はマキャベリ主義者として登場し、王座をねらっているのだが、彼には正当な王位継承権があるのもまた事実である。一方、ヘンリー6世は若くて信心深いが、激しやすい家臣たちをうまく御してゆく能力がないようにみえる。そして、第1部は大惨事を予感させて終わる。

この芝居は、いくつかのエピソードから構成されている。ラッパや太鼓に合わせた軍隊の迅速な動き、包囲と反包囲、突然の勝利と敗北などがぎっしり詰め込まれていて、動きに少しの休みもない。同じように、イングランドの宮廷はさらなる反目の場となっている。戦いはイングランド軍とフランス軍が交互に勝ったり負けたりをくり返し、いつまでも決着がつかない。この芝居の終わりでは、イングランドはフランスでの立場を確保したようにみえるが、トールボットの死とヘンリーとマーガレット・アンジューの政略結婚を考慮すると、この点は問題が残る。この芝居で支配的なのは、一触即発の対立のイメージである。ヘンリーが言うように、この対立はさらなる不幸をもたらすことになる。

> 諸卿も聞いてくれ、若年である私にも断言できる、
> 同胞の争いはこの上なく恐ろしい毒蛇であり、
> その牙をもって国家の 腸 を食い破るものだ。
>
> （3幕1場71〜73行）

不安定な運命

『ヘンリー6世』三部作は連続して上演されるのがふつうだが、その場合、『第1部』はカットされることが多い。それはおそらく目立った見せ場がなく、薄っぺらで深みのない人物が次つぎに登場するからであろう。さらに、ふたりの傑出した戦士、トールボットとジャンヌはともに短命である。じっさい、この芝居はジャンヌ・ダルクの登場する山場がとくに有名である。ジャンヌ・ダルクがカトリック教会によって聖人に列せられたのは1920年だが、『ヘンリー6世・第1部』では、笑いをさそうアンチヒロインとして描かれている。神のお告げを受けた処女（《乙女》）ではなく、みだらな魔女（《娼婦》）とされているのは、なかなかのユーモアである。

イングランドの危機

> 栄光というものは、水面にひろがる波紋のように、
> いつまでもどんどんひろがっていって、ついには
> ひろがりきったところでむなしく消えてしまう。
> ヘンリーの死でもって、イングランドの栄光の波紋は
> 行きつくところまで行きつき、消えてしまったわ。
> ——乙女ジャンヌ（1幕2場133〜37行）

> ああ、ウォリック、ウォリック！　悲しいかな
> フランスの全領土を失うさまが目に見えるようだ。
> ——ヨーク（5幕4場111〜12行）

> 貴族たちのあいだに生まれたこの不和の火は、／
> いまは見せかけだけの友愛の灰の下にひそんでいるが、／
> いずれ激しい炎となって燃え上がるだろう。／
> 膿みただれた手足が次第に腐っていくように／
>
> エクセター（3幕1場188〜91行）

『ヘンリー6世・第2部』 Henry VI, Part 2

あらすじ：ヘンリー6世は新しい王妃マーガレット・アンジューを喜んで迎えるが、彼女はじつはサフォークの秘密の愛人である。一方、グロスターはアンジューとメーヌの引き渡しを意味するこの結婚に反対である。貴族たちは信心深い王に対するグロスターの影響力を懸念して、彼を失墜させようと画策する。グロスターの妻エリナーは王妃になりたいという野心から呪術に手を染め、それを理由に追放される。グロスターも謀反の罪で投獄され、殺害される。サフォークは呪術にかかわったかどで王によって追放され、海賊に殺害される。ヨークはアイルランドの反乱を鎮圧し、イングランドで暴動を起こすように、ジャック・ケイドに協力を要請する。ケイドは民衆を率いてロンドンに入城し、自ら護国卿であると宣言する。しかし、暴動は総くずれになり、ケイドは殺される。ヨークは王位を要求し、セント・オールバンズの戦いで勝利をおさめる。サマセットは戦死する。

登場人物

国王ヘンリー6世
グロスター公ハンフリー　国王の叔父
枢機卿ボーフォート　ウィンチェスター司教、王の大叔父
ヨーク公リチャード・プランタジネット
エドワードとリチャード　その息子たち
サマセット公
サフォーク公
バッキンガム公
クリフォード卿
クリフォード卿の息子
ソールズベリー伯
ウォリック伯
スケールズ卿
セイ卿
騎士ハンフリー・スタフォード
ウィリアム・スタフォード　ハンフリーの弟
騎士ジョン・スタンレー
ヴォクス
マシュー・ゴフ
アレグザンダー・アイデン　ケントの紳士
艦隊長、船長、副船長、ウォーター・フィットモア
ふたりの紳士　サフォークとともに捕らわれた捕虜たち
ジョン・ヒュームとジョン・サウスウェル　神父たち
ロジャー・ボリングブルック　呪術師
トマス・ホーナー　武具師
ピーター・サンプ　その徒弟
チャタムの書記
セント・オールバンズ市長
シンコックス　偽不具者
ジャック・ケイド　暴徒
ジョージ・ベヴィス、ジョン・ホランド、肉屋ディック、織物屋スミス、マイクル、他　ケイドに従う暴徒たち
ふたりの殺し屋
マーガレット　国王ヘンリーの妃
エリナー　グロスター公夫人
マージャリー・ジャーデーン　巫女
シンコックスの妻
霊
貴族たち、貴婦人たち、従者たち、訴願人たち、参事会員たち、伝令、教区役人、代官、役人たち、市民たち、徒弟たち、鷹匠たち、護衛たち、兵士たち、使者たち、他

左：悲嘆にくれる王妃マーガレット（ペニー・ダウニー）。彼女は殺害された愛人、プランタジネット家のサフォークの首を手にしている。1988年から89年にかけてのロイヤル・シェイクスピア劇団による四部作の改作上演より。「あの人の首は私のふるえる胸に寄り添っているのに／抱きしめたいと願うあの人のからだは、どこにもない」（4幕4場5〜6行）

『ヘンリー6世・第2部』はシェイクスピアの第1・四部作の2番目のエピソードで、ヘンリー6世（ランカスター家）の支持者とリチャード・プランタジネットの支持者のあいだで、じっさいに薔薇戦争が勃発する次第が描かれている。ここで扱われているのは、主として王位継承権の正統性の問題と、内乱による混乱の恐ろしさである。『ヘンリー6世・第1部』と同じように、第2部もホールの作品とホリンシェッドの年代記にもとづいているが、史実の正確さには束縛されていない。シェイクスピアは歴史上の事件を圧縮して、この劇の主題を国内問題に集中させている。また、ジャック・ケイドの暴動は歴史上の事実だが、シェイクスピアは恐ろしいユーモア感覚で、ケイドをヨークに手先として雇われた扇動者として描いている。

混乱と反乱

この劇の主要なテーマは混乱と反乱で、それはいくつかの段階でくり返される。エリナーの愚かな策謀がたやすく鎮圧されているあいだに、グロスターに対する廷臣たちの陰謀によって、ヨークからヘンリーを擁護する最後のとりでが排除されてしまう。ケイドの反乱は、シェイクスピアの時代に織物工や農民のあいだでじっさいに起こった暴動の名残りをとどめている。それは土地使用、食料の値段の高騰、貴族階級の傲慢さに対する民衆の関心を反映している。この反乱にはまた、祝祭的要素もふくまれている。ケイドは〈無秩序の主人〉〔訳注：当時、宮廷や貴族の屋敷で開かれたクリスマスの祝祭の進行役〕のように、自分にしたがう者たちに酒、食べ物、土地の無料化と性的自由を約束する。しかしながら、民衆の野蛮で無節操な行動は、大衆に対するシェイクスピアの愛憎半ばする態度を反映している。同じような民衆の態度は、のちの『コリオレーナス』のなかにも見出せる。

ケイドはまた、ヨークのゆがんだ写しでもある。ヨークは王位につく正当な資格があるだけでなく、ヘンリー6世を無能力な王とみなしている。

> おまえの頭は王冠を戴くにはふさわしくない、
> おまえの手は巡礼の杖を握るためのものだ、
> 尊い王笏をもたせておくのはもったいない。
> その金の冠が飾るべきものはおれの額だ。
>
> （5幕1場96〜99行）

それでもなお、リチャードの謀反の結果は血の復讐をもたらす。それが止むのは、主要な人物全員が死んだときである。クリフォードが父親を殺害した者たちに対して無差別の復讐を誓う台詞をみてみよう。

> たとえ赤子でも、ヨーク家のやつとあらば、
> 見つけ次第ずたずたに切りきざんでやるぞ、
> かつてメディアが幼いアブサータスを殺したように。
> 残虐さにおいて、おれは名をあげてやるのだ。
>
> （5幕2場57〜60行）

対立のイメージ

この芝居には残酷な猛獣や蛇などの動物のイメージ、および病気や苦しむ身体に関する語彙が頻出する。対立による腐敗は王国全体をむしばんでいる──「いそぎ援兵を送り、暴動をお静めください、さもないと／傷口がひろがり、手のほどこしようがなくなります」（3幕1場285〜86行）。しかし、支配的イメージは斬首のイメージである。それはまた、絞殺されたグロスターから首を切られたサフォークとサマセットの身体、また、ケイドに殺された犠牲者たちにいたるまで、分裂した国家の象徴でもある。

現代の上演

この芝居が第2次大戦以降たびたび上演されるようになったのは、劇作家ベルトルト・ブレヒトの叙事的演劇に対する関心のおかげである。この四部作（『リチャード3世』をふくむ）の上演で有名なのは、1963年から64年にかけて、ロイヤル・シェイクスピア劇団（RSC）のためにピーター・ホールとジョン・バートンが『薔薇戦争』というタイトルで演出したものである。これは1965年、同じくホールとバートンの演出で、BBCテレビのために連続作品として映像化された。ここではヘンリー6世は殉教者として、また、ケイドは次第にヒトラーの様相をおびてくる正統的労働者階級の支配者として描かれている。1977年のテリー・ハンズ演出によるRSCの巡回公演では、ケイドは血に飢えたアナーキストになっている。一方、イタリア人ジョルジオ・ストレーラー演出による1965年の公演では、ケイドはサーカスのピエロと化している。1986年、マイケル・ボグダノフ演出のイングリッシュ・シェイクスピア劇団による世界巡回公演では、この暴動のリーダーはパンクに変身させられている。

創作年代：
1591年ごろ

背景：
イングランドおよびフランス、ヘンリー6世の治世
（1445〜55年）

登場人物：69人

構成：
5幕、24場、3,130行

> そして平民を大事に思うものはおれについてこい。／
> 男だって証拠を見せろよ、諸君、自由のための戦いだ。／
> 貴族とか紳士とかいう連中はひとりも容赦するな、／
> だが野良仕事用の靴をはいているやつは見逃してやれ。
>
> ケイド（4幕2場182〜85行）

反乱と激変

> ケイド：そのときは金なんか廃止する。だれが飲み食いしようと勘定は全部おれがもってやる。そしてみんなにおんなじ服を着せてやるから、みんな兄弟みたいに仲よくなり、おれを王様として尊敬するだろう。
> ディック：まず第一に、法律家連中を皆殺しにしてえな。
>
> （4幕2場72〜77行）

> まったく嘆かわしい話じゃないか、罪もない子羊を殺して羊皮紙を作り、その羊皮紙になにか書きなぐって人間を消しちまうってことは？
>
> ──ケイド（4幕2場78〜81行）

> おれたちはまるっきりととのってないときがいちばんととのってるんだ。さあ、行くぜ、進軍！
>
> ──ケイド（4幕2場189〜90行）

『ヘンリー6世・第3部』 Henry VI, Part 3

あらすじ：ヘンリー6世は自分の死後、ヨークを王位につけることに同意する。そのため、息子エドワードは廃嫡される。王妃は激怒して、クリフォードたちを味方にしてヨーク方に宣戦を布告する。王妃方はウェイクフィールドで勝利をおさめ、クリフォードはヨークの末息子エドマンドを殺害する。さらに、ヨークも殺される。ウォリックとヨークの息子エドワードに率いられたヨーク方はクリフォードを殺害する。エドワードは戴冠を宣言し、同時に弟のジョージはクラレンス公に、リチャードはグロスター公となる。しかし、エドワードがグレー夫人と結婚すると、ウォリックは王妃方に寝がえる。エドワード4世は捕えられるが、その後リチャードによって救出される。ヘンリー6世は復位するが、ふたたびエドワードによって王位を追われる。エドワードはバーネットでウォリックを殺す。王妃は国外追放となり、皇太子エドワードも殺される。グロスターがロンドン塔でヘンリーを殺害したあと、エドワード4世は勝利と息子の誕生を祝う。

上：2006年、ストラトフォードでのロイヤル・シェイクスピア劇団による公演。王位をヨークに譲るというヘンリー6世の決断は、薔薇戦争においてもうひとつ血なまぐさい事件を誘発する。国王ヘンリー（チュク・イウジ）がマーガレット（ケイティ・ステーヴンズ）やエクセター（ロジャー・ワトキンズ）と合流する場面。

登場人物

- 国王ヘンリー6世
- エドワード 皇太子
- ルイ11世 フランス王
- サマセット公
- エクセター公
- オクスフォード伯
- ノーサンバランド伯
- ウェストモアランド伯
- クリフォード卿
- ヨーク公リチャード・プランタジネット
- エドワード マーチ伯、のちにエドワード4世（ヨーク公の息子）
- ラットランド伯エドマンド（ヨーク公の息子）
- ジョージ のちにクラレンス公（ヨーク公の息子）
- リチャード のちにグロスター公（ヨーク公の息子）
- ノーフォーク公
- モンタギュー侯
- ウォリック伯
- ペンブルック伯
- ヘースティング卿
- スタフォード卿
- 騎士ジョン・モーティマーと騎士ヒュー・モーティマー ヨーク公の叔父たち
- ヘンリー リッチモンド伯、少年
- リヴァーズ卿 グレー夫人の弟
- 騎士ウィリアム・スタンレー
- 騎士ジョン・モンゴメリー
- 騎士ジョン・サマヴィル
- ラットランドの師父
- ヨーク市長とコヴェントリー市長
- ロンドン塔の長官
- 貴族
- ふたりの森番
- 猟師
- 父親を殺した息子
- 息子を殺した父親
- 王妃マーガレット
- グレー夫人 のちにエドワード4世の王妃
- ボーナ フランス王妃の妹
- 兵士たち、従者たち、使者たち、番兵たち、その他

> 創作年代：
> 1591年ごろ
>
> 背景：
> イングランド、ヘンリー6世の治世（1455〜71年）
>
> 登場人物：39人
>
> 構成：
> 5幕、28場、2,915行

『ヘンリー6世・第3部』は薔薇戦争の中心となる時期を扱っている。この芝居は残忍で不具のリチャード、つまりヨークの息子グロスター公、のちのリチャード3世の抬頭を描いている。彼はますます高まる無政府状態を背景に、権力奪取に乗り出す。

『第1部』や『第2部』と同様、『第3部』もホールとホリンシェッドの作品にもとづいているが、怪物のようなグロスター公リチャードの人物像については、サー・トマス・モアの見解にも拠っている。ここでは材源に比較的忠実ではあるが、それでも、シェイクスピアはヘンリー6世が束の間復位する前に、エドワード4世が10年のあいだ王位にあった事実を抹消し、グロスターを前面に押し出している。じっさいはグロスターは、父親が死んだとき、ほんの子どもにすぎなかった。

正統性と服従

この芝居は正統性という問題に重点をおいている。ヘンリー6世はリチャード2世を殺したヘンリー4世の孫であり、自分の王権が汚れていることに気づいている。さらに彼はエドワード3世の四男の子孫にすぎないが、ヨークは三男の子孫である。それゆえ、彼はヨークに妥協案をもちだすのだが、そのことが自分の息子の支持者とヨークの支持者の両方の怒りを招くことになる。忠誠と服従という概念が相対的になるにつれて、軍事的・政治的状況はますます混沌としてくる。ヘンリー6世は、信心深いが軟弱な君主として描かれているのに対し、マーガレットは事実上の支配者として描かれている。ただし、「王冠をかぶっている」のはヘンリーである（2幕2場90行）ことに変わりはない。

この芝居では、武装した戦士たちが子どもを殺したり、敵の死体を冒瀆するような世界を描くことによって、名誉と騎士道精神の規範に対し根本的な疑問を投げかけている。このことが、マキャベリ主義者たるリチャードの台頭を許すのである。彼の権力への意志と妬みは、不具の身体と深い孤独から生まれている。シェイクスピアは、一種の反キリストとして描かれているこの魅力的な人物を介して、残忍な野心の世界における悪の起源について考察しているのである。

残酷な劇場

この芝居を支配しているのは、病気、不具、あるいは身体的な奇形のイメージである。それらのイメージは、血縁関係の縁を断つことと平行して表われる。もっとも頻出する語のひとつは〈不自然〉（アンナチュラル）という語である。リチャードの不具の身体は、この〈不自然〉を具体化したものと思われる。内乱がもたらす悪は、次のような場面において一目瞭然である。ヘンリーはふたりの兵士が自分の殺した相手から金を奪おうとしているところを目撃する。彼らは結局、自分の殺した相手がそれぞれ自分の父であり、息子であったことに気がつく。

> 不幸という以上の不幸、つねの悲しみにまさる悲しみだ！
> 私が死ねばこのような悲惨事もおこらぬのであればいいが！
> ああ、あわれみ深い天よ、あわれみをかけさせたまえ！
> あの男の顔に浮かぶのは赤いバラと白いバラ、
> 相争う両家の宿命の色だ、
> 深紅の血潮は紅バラの色そのままであるし、
> 青ざめた頬は白バラの色をあらわしている。
> 二つのバラよ、一方がしぼみ、他方を栄えさせるがいい！
> おまえたちが争えば、一千のいのちがしぼまねばならぬ。
> （2幕5場94〜102行）

舞台上の流血

この芝居は『リチャード3世』のための青写真としてよく知られているが、第2次世界大戦以後に何回も上演された。それらのほとんどの上演では、イングランドの過去の栄光が衰退していく前兆としてのリチャードに焦点があてられていた。大きな影響を与えた公演もいくつかある。1963〜64年、ピーター・ホールとジョン・バートン演出によるロイヤル・シェイクスピア劇団（RSC）の公演（これは1965年BBCテレビのために映像化されている）、テリー・ハンズ演出の1977年のRSCの公演、そして演出家マイケル・ボグダノフによる1986年のイングリッシュ・シェイクスピア劇団の公演などである。また、2002年、イギリスにおいて『薔薇の怒り』というタイトルで独立公演されたものもある。これはエドワード・ホールとロジャー・ウォーレンの演出で、すべて男性の役者からなるプロペラ・カンパニーによって上演された。これは、舞台を食肉処理場に設定し、内乱の犠牲者となった死体を表わすのに生肉を使用して評判となった。

グロスター公リチャードの奇怪な野心

> だから王冠を夢見ることがおれの天国なんだ。
> 今後は生きているかぎりこの世を地獄と思おう、
> このできそこないのからだに乗っかっている頭が
> 輝かしい栄光の冠で飾られる日がくるまでは。
> （3幕2場168〜71行）

> そう、おれはほほえみながら人を殺すことができる。
> （3幕2場182行）

> 色を変えることではおれはカメレオンにまさる、
> 形を変えることでは海の神もおれにかなうまい、
> 残忍さにかけてはマキャヴェリさえおれの弟子だ。
> そのようなおれが、王冠ひとつとれんというのか？
> （3幕2場191〜94行）

> おれには兄弟はない、おれはどの兄弟にも似ていない、／
> 年寄りどもが神聖視する「愛」などということばは、／
> 似たもの同士の人間のあいだに住みつくがいい、／
> おれのなかにはおいてやらぬ、おれはひとりぼっちの身だ。
>
> グロスター公リチャード（5幕6場80〜83行）

『リチャード3世』 *Richard III*

創作年代：
1592〜93年ごろ

背景：
イングランド、
1471〜85年

登場人物：40人

構成：
5幕、28場、3,667行

あらすじ：ランカスター家の王ヘンリー6世がヨーク家のエドワード4世に敗北すると、エドワードの弟で、身体に障害のあるグロスター公リチャードは王位への野心を抱くようになる。そして、リチャードの企みによって、エドワードと、もうひとりの弟クラレンスは反目するようになる。クラレンスは投獄され、獄中でリチャードの刺客によって暗殺される。リチャードはヘンリー6世の息子である皇太子エドワードを殺害しておきながら、その未亡人アンに求婚する。ヘンリー6世の未亡人マーガレットは、リチャードがヨーク一族を滅ぼすと予言する。兄エドワードが死ぬと、リチャードはエドワードの幼いふたりの息子を幽閉する。さらに、バッキンガム公の助けをかりて貴族たちをたくみにあやつり、自分をリチャード3世として王位につかせるようにしむける。彼はジェイムズ・ティレルを金で雇って、幽閉されている幼い子供たち（アリソン・ウィア著『ロンドン塔の2王子』）を殺させる。バッキンガムがこの任務を遂行したがらなかったためである。リチャードはアンの殺害を画策し、そのあと、エドワード4世の未亡人エリザベスに娘（彼女の名前もエリザベス）との結婚を認めるよう交渉する。王位継承をより確実なものにするためである。ランカスター家のリッチモンド伯はリチャードに対して反乱をおこす。バッキンガム公もこれに加担するが、捕えられ、処刑される。戦闘を前にしたリチャードの眼前に、彼が殺した犠牲者たちの亡霊が姿を現わす。リッチモンドはリチャードを殺し、即位してヘンリー7世となる。彼とエドワード4世の娘エリザベスとの結婚によって、内乱は終結する。

上：1996年のアル・パチーノ監督・主演の映画『リチャードを探して』の1シーン。彼はシェイクスピア、とりわけ『リチャード3世』上演のためのアプローチを模索する。

『リチャード3世』は1471年から1485年のあいだに起こった出来事を圧縮しており、シェイクスピアの最初の歴史劇四部作をしめくくる作品となっている。この歴史劇はヨーク家とランカスター家のあいだの悲惨な戦争（薔薇戦争）をテーマとする。『ヘンリー6世』三部作では、エドワード4世の治世に先立つ裏切りと流血にみちた出来事が描かれていたが、その時点で『リチャード3世』の幕が開く。年代順では4番目に位置する『リチャード3世』では、それ以前の出来事が言及されることによって、われわれの強い歴史感覚が呼び覚まされる。登場人物たちは暴力による復讐の連鎖のなかで、自分がおかした悪事の償いをする。この芝居の結末では、シェイクスピアの観客にとって重大な歴史的事件だったイングランドの内乱が終結して、この連鎖が断ち切られる。ヘンリー7世とエリザベスの結婚によってヨーク家とランカスター家は統一され、そこから女王エリザベス1世を誕生させるチューダー朝がはじまる。チューダー王家では、疑いなく近い先祖たち——ヘンリー7世はエリザベス1世の祖父——が内乱を終わらせて、イングランドの繁栄の基礎を築いたという認識をひろめたいと考えていただろう。しかし『リチャード3世』は、単なるチューダー朝のプロパガンダ以上の意味をもっている。

『リチャード3世』を推進させるのは、悪党ではあるが魅力あるリチャードである。彼はまちがいなく、シェイクスピアが初めて創り上げた説得力のある悪党である。副筋のないこの芝居はリチャードの巧みな策謀によって推し進められるが、そこでは一連の容赦ない暴力的な出来事に焦点が絞られる。リチャードは多彩な人物——忠実な弟、

演劇作品

登場人物

国王エドワード4世
エドワード　皇太子、のちにエドワード5世（王の息子）
リチャード　ヨーク公（王の息子）
ジョージ　クラレンス公（王の弟）
リチャード　グロスター公、のちに国王リチャード3世（王の弟）
エドワード・プランタジネット　ウォリック伯、クラレンスの幼い息子
ヘンリー　リッチモンド伯、のちにヘンリー7世
枢機卿バウチャー　キャンタベリーの大司教
トマス・ロザラム　ヨーク大司教
ジョン・モートン　イーリー司教
バッキンガム公
ノーフォーク公
サリー伯　その息子
リヴァーズ伯（アンソニー・ウッドヴィル）　王妃エリザベスの弟
ドーセット侯とグレー卿　エリザベスの息子たち
オクスフォード伯
ヘイスティングズ卿
スタンリー卿　ダービー伯とも呼ばれる
ラヴェル卿
騎士トマス・ヴォーン
騎士リチャード・ラトクリフ
騎士ウィリアム・ケイツビー
騎士ジェイムズ・ティレル
騎士ジェイムズ・ブラント
騎士ウォルター・ハーバート
騎士ロバート・ブラッケンベリー　ロンドン塔の長官
騎士ウィリアム・ブランドン
クリストファー・アースウィック　神父
もうひとりの神父
ヘイスティングズ　紋章院属官
トレッセルとバークリー　レディー・アンに従う紳士たち
ロンドン塔の番人
ロンドン市長
ウィルトシャーの長官
エリザベス　エドワード4世の妃
マーガレット　ヘンリー6世の未亡人
ヨーク公夫人　エドワード4世、クラレンス、グロスターの母
レディー・アン　ヘンリー6世の息子である皇太子エドワードの未亡人、のちにグロスター公リチャードと結婚
マーガレット・プランタジネット　ソールズベリー伯夫人、クラレンスの幼い娘
リチャード3世に殺された人びとの亡霊
貴族たち、紳士たち、従者たち、小姓、公証人、市民たち、司教たち、参事会員たち、議員たち、暗殺者たち、使者たち、兵士たち、他

下：1877年の広告より、ニューヨークの舞台でリチャード3世を演じたジョン・マッカロウ。『ニューヨーク・ヘラルド・トリビューン』によれば、「マッカロウは知性、良心、皮肉なユーモア、内に秘めた感受性、燃えるような肉体的生命力などにもとづいてリチャードを演じた」。彼の演技は「驚異的な構造の力を……示している」という。

親切な叔父、忠誠をつくす臣下、辛らつなことを言う傍観者、女性に言い寄る恋人、また専制君主など──になりきる。一流の俳優がこの役を演じたがるのも不思議はない。

当時の『リチャード3世』に対する言及をみると、この芝居は当時も、シェイクスピア作品のなかでもっとも観客に人気があったことがわかる。1600年に出版された詞歌集『イングランドのパルナッソス山』には、このひとつの芝居からだけでも5つの引用が採用されている。『リチャード3世』という作品は感情に訴える印象的な詩の形で、歴史的事実や策略的な悪の所業、また政治的専制をうまくまとめ上げている。これは大衆の喝采を受けるに価する作品である。

イングランドと反乱

『リチャード3世』のためにシェイクスピアが材源としたのは、チューダー王朝に書かれた歴史書である。それらの歴史書は、歴史上の証拠を操作、無視、あるいは捏造して、極悪非道のリチャードのイメージを造りあげた。じっさいは、エドワード4世の治世のほとんどの期間、リチャードは人望のあるヨーク家の貴族とみなされていた。当時は、いかなる身体的障害についても言及されていない。おまけに、彼はクラレンスの死には関与していない。クラレンスは反乱を企ててエドワード4世の怒りをかった。じっさいは王である兄の告発により裁判にかけられ、処刑されたのである。リチャードがチューダー朝の歴史家によって激しく誹謗されたのは、彼が悪事をはたらいたようにみえればみえるほど、また、彼の王位継承の主張が疑わしくみえればみえるほど、リッチモンド伯の反乱とそれにつづく彼のヘンリー7世としての即位が正当化されるからである。この筋書きによれば、ヘンリーはリチャードの暴政からイングランドを救った救世主となるわけである。

シェイクスピアはこの作品で政治的に微妙な問題を扱っている。それはチューダー王家に統治の正当な理由と権威を与えるという問題である。国家の検閲が当たりまえで、反逆をにおわすようなことを書くと、投獄されたり、さらに酷いことになりかねない社会で、こうした筋書きをあからさまに攻撃したり、問題視したりするのは危険なことだったにちがいない。それにもかかわらず、シェイクスピアは『リチャード3世』において、この芝居の力づよいテーマを通じて、単純なチューダー王朝のプロパガンダを吟味しているのである。

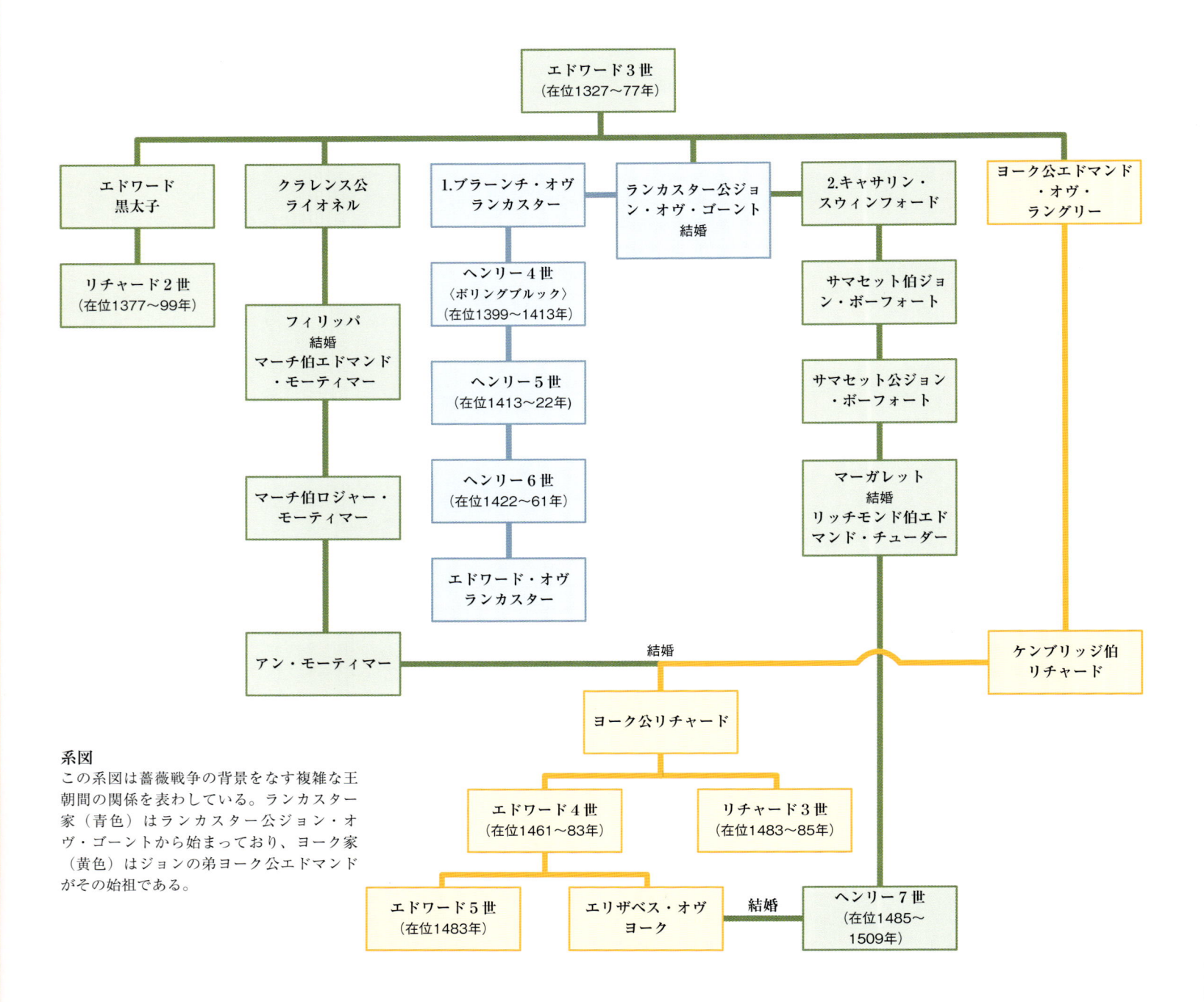

```
                        ┌─────────────────┐
                        │  エドワード3世   │
                        │ (在位1327～77年) │
                        └─────────────────┘
```

系図 (family tree):

- エドワード3世（在位1327～77年）
  - エドワード黒太子
    - リチャード2世（在位1377～99年）
  - クラレンス公ライオネル
    - フィリッパ　結婚　マーチ伯エドマンド・モーティマー
      - マーチ伯ロジャー・モーティマー
        - アン・モーティマー
  - 1.ブラーンチ・オヴ・ランカスター ═結婚═ ランカスター公ジョン・オヴ・ゴーント ═ 2.キャサリン・スウィンフォード
    - （ブラーンチ側 青色）
      - ヘンリー4世〈ボリングブルック〉（在位1399～1413年）
        - ヘンリー5世（在位1413～22年）
          - ヘンリー6世（在位1422～61年）
            - エドワード・オヴ・ランカスター
    - （キャサリン側）
      - サマセット伯ジョン・ボーフォート
        - サマセット公ジョン・ボーフォート
          - マーガレット　結婚　リッチモンド伯エドマンド・チューダー
  - ヨーク公エドマンド・オヴ・ラングリー
    - ケンブリッジ伯リチャード

アン・モーティマー ═結婚═ ケンブリッジ伯リチャード
  - ヨーク公リチャード
    - エドワード4世（在位1461～83年）
      - エドワード5世（在位1483年）
      - エリザベス・オヴ・ヨーク ═結婚═ ヘンリー7世（在位1485～1509年）
    - リチャード3世（在位1483～85年）

マーガレット（上記） ─ ヘンリー7世

系図
この系図は薔薇戦争の背景をなす複雑な王朝間の関係を表わしている。ランカスター家（青色）はランカスター公ジョン・オヴ・ゴーントから始まっており、ヨーク家（黄色）はジョンの弟ヨーク公エドマンドがその始祖である。

殺戮の連鎖

『リチャード3世』において、イングランドの歴史はヨーク派とランカスター派との双方が犯した殺戮の連鎖として描かれている。マーガレットが夫と息子、すなわちヘンリー6世と皇太子エドワードの死をひどく嘆き悲しんでいるときに、リチャードはふたりの死は自分の父親と弟、すなわちヨーク公とラットランド伯を彼女が殺害したことへの報復であることを思い出させる。ヨーク派は幼いラットランド伯の殺害を呪うが──「まことに忌まわしい所業だ、あのような幼子を虐殺するとは」（1幕3場182行）──これはリチャードによる幼い王子たちの殺害をあらかじめ予示するものにすぎない。

死者と生者の名前が同じだったり、同じ称号を受け継いだりするという事実が、非難、復讐、そして殺戮の連鎖をますます識別しがたく複雑にするのに一役買っている。あとでマーガレットは、王妃に次のように言う。

　私には息子エドワードがあり、リチャードに殺された、そして夫ヘンリーがあり、リチャードに殺された。
　おまえには息子エドワードがあり、リチャードに殺された、
　そして息子リチャードがあり、リチャードに殺された。
（4幕4場40～43行）

その場に居あわせたヨーク公夫人は、すかさずマーガレットに過去を思い起こさせる──「私にも夫リチャードがあり、あなたに殺された」（4幕4場44行）。

リチャードの巧妙な策謀を知ると、歴史は偏見にみちた虚構にすぎないと思われてくる。3幕6場は公証人の短い発話からなっている。彼は事件を記録した法律関係の書類を作成したと述べる。この場面は芝居の本筋にはまったく役立っていない。ただ、リチャードが自分に都合のよい歴史を捏造するやり方を際立たせるためにのみ存在する場面なのである。公証人は、リチャードの腹心の部下ケイツビーによって用意された告発状をもとにして法律文書を作

馬をくれ、馬を！
馬のかわりにわが王国をくれてやる！

リチャード（5幕4場7行）

成する。そこでは、なぜ、どのように、リチャードがヘイスティングズ卿を処刑させたかの概略が記されている。そのとき公証人は、ヘイスティングズ卿が最後の5時間以内は「告訴も尋問もされず自由の身で」（9行）生きていたと記している。しかし、ケイツビーが公証人のところに告発文をもってきたのは「昨晩」（6行）である。公証人は書類作成に11時間もかかったから、告発状を書くのにも同じくらいの時間がかかったにちがいないと結論づけている。明らかに、ヘイスティングズ卿処刑の次第を語る告発状は、彼の訴追あるいは有罪宣告よりずいぶん前に書かれた「わかりきった謀略」（11行）である。

邪悪な運命の力

リチャードは、中世の道徳劇で人気があったお定まりの登場人物〈悪玉（ヴァイス）〉とよく比較される。〈悪玉〉は人間を苦しめる不幸を形象化したものだが、伝統的に直接観客に向かって話しかけるカリスマ性のある人物とされる。リチャードがなぜ自分自身を「昔の芝居の悪玉」（3幕1場82行）になぞらえているかを理解するのは容易である。リチャードは、この世のものとは思えない悪を形象化した人物として描かれている。「恐ろしい地獄の手先」（1幕2場46行）、「地獄の申し子」（1幕3場229行）、そして「悪魔」（4幕4場418行）なのである。そのため、明らかに歴史上の出来事は現実世界のものとして描かれているが、この芝居を動かすのは運命の力であるように思われる（この作品

下：1955年にみずから監督した映画でリチャードを演じたローレンス・オリヴィエ。リチャードは無慈悲で非道、敵をとことん破壊しつくす、肉体的にも心理的にも歪んだ人物として描かれている。

永遠の謎

ロンドン塔の実在の幼い王子たちの運命は歴史上の永遠の謎であり、学者、芸術家、そして大衆の想像力を一様にとらえて離さない。〈ふたりの王子〉熱に対するシェイクスピアの貢献は、4幕3場におけるティレルの王子殺害の述懐である。それは想像力を刺激する。残忍な殺し屋ティレルは、それ以前のおおげさなことばとは異なり、王子殺害の様子を、次のように詩的に表現している。

> 「こうやって」とダイトンは言った、「ふたりは寝ていた」
> 「こうやって」とフォレストは言った、「おたがいに
> アラバスターのように白い腕をからみあわせていた、
> ふたりの唇は一本の茎に咲く四つの赤いバラの花だ、
> それが初夏の光に美しく咲き誇り口づけしあっていた。
>
> （9〜13行）

この台詞が呼び覚ますイメージが、1805年にリチャード・ノースコートが描いた絵画『ロンドン塔の王子殺害』にヒントを与えたものと思われる。

は、もっとも初期に印刷された版では〈悲劇〉と呼ばれている）。

1幕3場で、マーガレットはヨーク家に対する呪いを口にして、復讐の助けを天に祈る。ここにはそのことがはっきり表われている。

> 呪いが雲を突き破って天に達するものならば、
> 黒い雲よ、白熱するわが呪いのために道を開け！
> おまえたちの王は、戦死でなければ食いすぎて死ね、
> 私たちの王が、彼を王にするために殺されたように！
> おまえの息子、いま世継ぎであるエドワードは、
> 私の息子、かつて世継ぎであったエドワード同様、
> 時ならぬ非業の死によって花も蕾（つぼみ）のうちに死ね！
>
> （194〜200行）

マーガレットのひとつひとつの呪いが実現していくにつれて、物語のなかで悲劇の必然がはたらいているようにみえてくる。死に直面した人びとは、しばしばマーガレットの天への祈りを思い出す。グレイもヘイスティングズもバッキンガムも、彼女の呪いが自分たちの身に降りかかったと嘆く。シェイクスピア時代の復讐悲劇では、殺された亡霊たちが登場して舞台上で報復命令をすることになっている。エリザベス朝の歴史記録によれば、マーガレットはエドワード4世の治世以前にすでに亡くなっている。だから、この芝居に彼女が登場するのは、シェイクスピアの創作である。彼女は死者の代わりに神意の報復をもたらす契機となる。彼女がそうした不気味な能力をもった予言者として登場することによって、『リチャード3世』は歴史劇から

歴史劇〔『リチャード3世』〕 55

簡にして要を得たリチャード

おれは色男となって、美辞麗句がもてはやされる
この世の中を楽しく泳ぎまわることなどできはせぬ、
となれば、心を決めたぞ、おれは悪党となってやる。
(1幕1場28〜30行)

こんな気分のときに求婚を受けた女がいるか？
こんな気分のときに求婚に応じた女がいるか？
(1幕2場227〜28行)

諺にもある、幼いうちから賢いものは長生きできぬ
と。
(3幕1場79行)

こいつの首をはねろ！
(3幕4場76行)

私とて木石ではない、
心からの願いにはこの胸も激しく揺さぶられる、
私の良心、私の魂にはそむくことになるのだが。
(3幕7場224〜26行)

その上、なによりも王の名は敵を威圧する力だ。
(5幕3場12行)

ああ臆病者の良心のやつ、そうおれを苦しめるな！
(5幕3場179行)

上：『リチャード3世』の女性たちは、悪行を嘆くギリシア悲劇のコロスの役割を果たしている。1930年、ロンドン〈ニュー・シアター〉におけるベイリオル・ホロウェイ演出の公演で、ナンシー・プライスとナジェ・コンプトンが、それぞれ王妃マーガレットとレディー・アンを演じている。

復讐悲劇へと変わるのである。

多くの女性が喪失と悲嘆のことばでこの芝居を飾っているが、マーガレットはそうした女性のひとりである。4幕4場で、マーガレット、王妃エリザベス、ヨーク公夫人は自分たちの苦しみを詳しく述べる。ヨーク公夫人は喪に服すようにエリザベスをさとす。

> 悲劇の舞台、世の恥さらし、生に簒奪された墓場、
> つらい長い日々のはかない一瞬の記録、さあ、
> その安らぎを知らぬ身をイングランドの忠実なこの土
> に休ませよう。
> (27〜29行)

女性たちは暴力的で邪悪な行為を嘆き悲しむギリシア悲劇の合唱隊(コロス)のように、『リチャード3世』の雰囲気を高めるのに貢献している。

芝居として演じること

リチャードはさまざまな役柄を演じて、自分の邪悪な本心を隠し、事件や人びとを自分に有利なようにあやつる。彼は自分の能力を要約して、「悪魔を演じているそのときに、聖者とみえる」(1幕3場337行)と言う。リチャードはメロドラマ風にアンに求婚する。彼女の前にひざまずき、自分を殺してくれと言う――「その剣をとられるか、それとも私をとられるか」(1幕2場183行)。また、リチャードはバッキンガムと共謀して、事実上、自分自身の戴冠式を演出する。バッキンガムは市民に対してもっともらしい嘘をつくことができると請け合い、こう約束する――「できますとも、そんな悲劇役者のまねくらい」(3幕5場5行)。パリ市長が到着すると、リチャードは敬虔な祈りをささげながらふたりの司教と共に現われる。それから王位につくことを拒みつづけ、その後で、しぶしぶ謙虚な態度で承諾するふりをする。

リチャードの演技が巧みであることは、人びとが彼を善良で正直だと信じてしまうことから明らかである。クラレンスは自分を殺すためにリチャードが送りこんだ刺客に向かって、弟は自分を愛していると言う。ヘイスティングズもリチャードはつねに真っ正直だと信じており、「お顔をみればすぐにお心のうちがわかる」(3幕4場53行)と言う。リチャードは感情を偽装する達人である――レディー・アンには愛をささやき、兄クラレンスには偽りのない心づかいを示す。また、同じようにふたりの不運な甥には、ちゃめっ気たっぷりの愛情をそそぐ。しかし、それらは嘘っぱちなのである。

『リチャード3世』は単なる芝居を超えたメタシアターである。それは多くの場合、リチャードが支配する一篇の芝居であることを、いつも観客に意識させるのである。

感情に訴えるイメージ

リチャードの奇形は舞台上で肉体的に具体化されるが、劇中の数々のイメージのなかにも埋めこまれている。冒頭の独白で、リチャードは早くも自分の「荒々しく踏みにじら

れ」て「醜くゆがんだ」(1幕1場16～20行)肉体について述べている。シェイクスピアの時代、肉体的な奇形と歪んだ精神のあいだには相関関係があると考えられていた。リチャードは、それが正しいことを示しているようである。彼は非人間的存在として描かれ、動物のイメージと結びつけられている。「ヒキガエル」(1幕2場147行)、「背中のふくらんだ醜い蜘蛛」(1幕3場241行)などである。リチャードの自然に反する悪を罵倒させるのは、マーガレットによる描写である。

> 悪夢にうなされ、恐怖にふるえおののくがいい！
> 悪魔の烙印(らくいん)を押された化け物、大地を荒らす猪(いのしし)！
> 生まれながらの下司(げす)下郎、地獄の申し子！
> （1幕3場227～29行）

リチャードは自分と影のイメージを結びつけているが(1幕1場26行；1幕2場263行)、影のイメージは残忍な意図を隠しもつ腹黒く陰険な性格にふさわしい。そもそも役者は現実を映しだす非現実的な映像を生み出せるところから、ときどき〈影〉にたとえられることがある。リチャードは究極の影の役者で、さまざまな人物に変身する。影のイメージは、この芝居がもつこの世ならぬ雰囲気をいっそうつよめる。リチャードは自分の犠牲者たちの亡霊を見たあとで、「ところが、その影が幻がゆうべ／魂の底までおびえさせたのだ」(5幕3場216～17行)と泣き言を言う。また、クラレンス公はあの世からの影を夢に見る。

> 次にふらふらと
> 天使に似た人影が現れた、その輝くような金髪は
> 血にまみれていた、彼がかん高い声で叫んだ、
> 「きたな、裏切り者の、誓いを破った、不実なクラレンス、
> テュークスベリーでよくもぼくを刺し殺したな」
> （1幕4場52～56行）

クラレンスの夢は、シェイクスピアの全作品のなかで、もっとも印象ぶかい詩的エピソードのひとつと考えられている。しかし、自分の夢の鮮明なイメージを語る人物は彼のほかにもたくさんいる。リチャード、リッチモンド、スタンリーなどである。しばしば、自分の運命についての潜在意識が表面化して夢となってあらわれる。クラレンスは自分が殺害されるまえに、自分が死ぬ悲劇的な夢を見る。じっさい、シェイクスピアはほかのどの作品よりも、『リチャード3世』のなかで、〈夢〉ということばとその派生語を多く使っている。夢はいろいろな出来事が亡霊・神意・運命・魔法など、現実の外側に位置する一連の力によって、いかに影響されるものであるかを表わしている。

メッセージをもった芝居

『リチャード3世』は暴力的な圧政について語るのに効果的な作品となった。1937年、ナチス政権下のベルリンでの

> われらをおおっていた不満の冬もようやく去り、／
> ヨーク家の太陽エドワードによって栄光の夏がきた。／
> わが一族の上に不機嫌な顔を見せていた暗雲も／
> いまは大海の底深く飲み込まれたか影さえない。／
>
> ❀
>
> リチャード (1幕1場1～4行)

上演では、大胆にもヒトラーの宣伝担当大臣ヨーゼフ・ゲッベルスとリチャードを婉曲的に比較している。第2次大戦以降は、リチャードと右翼の全体主義を同一視する公演が増えた。1995年の段階でも、イアン・マッケラン主演、リチャード・ロンクレイン監督の映画では、ファシズム影響下にあるイギリスに舞台が設定されている。

公演の成功はひとえに主役にかかっている。これまでにも一流の役者が、主人公について多くのすぐれた解釈を示してきた。1984年、アントニー・シャーはリチャードの「背中のふくれた醜い蜘蛛」という描写を文字どおり解釈して、黒い衣裳をつけ、昆虫の脚のように長い松葉杖をつき、ほとんど体をふたつ折りにして登場した。この肉体的演技は、リチャードの心理的にグロテスクな所業を強調して好評をえた。また、1996年のアル・パチーノ監督の映画『リチャードを探して』は、リチャードを演じてリチャードの歴史を理解しようとするパチーノの探求の過程を記録している。

『リチャード3世』はときに『ヘンリー6世』三部作といっしょに上演される。それは、この芝居の報復的な暴力と、歴史上の危機に対する結論——および解決——としてのこの作品の機能を重視するためである。ロイヤル・シェイクスピア劇団は2008年に、シェイクスピアの歴史劇の全作品を上演した。ジョナサン・スリンガーは『ヘンリー6世』で、頭皮にある大きな赤い痣をかつらで隠したリチャードを演じ、そして『リチャード3世』で、自分の〈奇形〉を人目にさらした——邪悪なアウトサイダーのリチャードは、一連の芝居のなかで発展したのである。

下：リチャード役のイアン・マッケラン（左）とエリザベス役のアネット・ベニング。『リチャード3世』をリチャード・ロンクレインが自由に改作した1995年の映画より。舞台は、ファシズム影響下にある1930年代風のイギリスに設定されている。

『リチャード2世』 Richard II

あらすじ：この芝居はボリングブルックがリチャードの面前で、王の代官モーブレーを告発する場面ではじまる。告発の理由は、公金の不正使用とグロスター公殺害への関与である（ボリングブルックはリチャードの仕業だと信じている）。ふたりは決闘に同意するが、リチャードがそれを中止させ、ふたりを追放する。モーブレーは永久追放、ボリングブルックは6年間の追放である。その後、ボリングブルックの父ジョン・オヴ・ゴーントが死去すると、王はその領地を没収する。ボリングブルックはリチャードがアイルランドにいるあいだに財産の相続を求め、軍隊を率いてイングランドに戻り、王の同盟軍を打ち破る。王はイングランドに帰還すると、ボリングブルックに降伏し、追放の撤回と領地の返還を認める。しかし、ボリングブルックが王座を要求すると、リチャードは幽閉される前に、正式に王位を放棄する。その後、王はエクストンによって暗殺される。新しく即位したヘンリー4世は暗殺者を追放し、償いのため聖地巡礼に出かけることを決意する。

創作年代：
1595年ごろ

背景：
イングランドおよびウェールズ、1390年代後半

登場人物：39人

構成：
5幕、19場、2,796行

登場人物

国王リチャード2世	ウィロビー卿
ジョン・オヴ・ゴーント　ランカスター公、王の叔父	フィッツウォーター卿
エドマンド・オヴ・ラングリー　ヨーク公、王の叔父	カーライル司教
ヘンリー　ボリングブルックと呼ばれる、ヘリフォード公、ジョン・オヴ・ゴーントの息子、のちのヘンリー4世	ウェストミンスター修道院長
	式部官
オーマール公　ヨーク公の息子	騎士スティーヴン・スクループ
トマス・モーブレー　ノーフォーク公	騎士ピアース・オヴ・エクストン
サリー公	ウェールズ部隊の隊長
ソールズベリー伯	ふたりの庭師
バークリー卿	リチャード2世の王妃
騎士ジョン・ブッシー、騎士ジョン・バゴット、騎士ヘンリー・グリーン　リチャード王の寵臣たち	ヨーク公夫人
	グロスター公夫人　グロスター公トマス・オヴ・ウッドストックの未亡人
ノーサンバランド伯	
ヘンリー・パーシー　ホットスパーと呼ばれる、ノーサンバランド伯の息子	王妃に仕える侍女たち
	貴族たち、伝令官たち、役人たち、兵士たち、牢番、使者、馬丁、従者たち
ロス卿	

歴史の年代順では、『リチャード2世』はふたつの四部作から成るシェイクスピアの8つの歴史劇のなかで、時代的にもっとも早い作品である。ふたつの四部作で扱われている時代はリチャード2世の治世（1377～99年）からリチャード3世の治世（1483～85年）までである。シェイクスピアが執筆にあたって材源としたのは数種類の年代記で、主なものはラファエル・ホリンシェッドの『イングランド、スコットランド、およびアイルランド年代記』である。これは作者お気に入りの年代記であり、もっとも詳細に書かれた記録のひとつである。そのほかの材源としては、さまざまな著者による歴史上の人物の生涯についての詩集『王侯の鑑』（『行政官の鑑』）（1559年）、王権神授説の正当性に疑問をなげかけている作者不詳の道徳劇『ウッドストック』（1591～95年）と、サミュエル・ダニエルの書いた薔薇戦争についての韻文による歴史書『ランカスターとヨーク両家のあいだの内乱』（1595年）などがあげられる。シェイクスピアは、ほかの材源には出てこない3人の女性――王妃、およびヨークとグロスターの両公夫人――を登場人物に加えている。この作品で焦点となっているのは、ボリングブルックの勝利よりは、むしろリチャードの失政と廃位である。王のなかには敗北主義者の心理がはたらいている。

リチャードはこの芝居のなかで、エドワード3世の正当な後継者として認められてはいるが、統治を誤り、みずからの王国を荒廃させた王として描かれている。一方、ボリングブルックは国家のために、より効果的でかつ名誉ある統治が確実になるなら、伝統的な王位継承の掟をやぶることも辞さない実利的な政治家として描かれている。王権に対する両者の考え方はこのようにまったく正反対である。神によって選ばれた王（レクス・イマーゴ・デイ）に対するのは、貴族と平民に支持される王（レクス・イン・パルリアメント）というわけである。ここでは君主制の伝統的な理想像が問われ、揺さぶられる。カーライル司教はリチャードに「陛下を王としたもうた天のみ力には／陛下を王として守ってくださる力もあるはずです」（3幕2場27～28行）と言うが、最終的には司教がまちがっていたことが証明されるのである。

シェイクスピアの材源のひとつ『王侯の鑑』（『行政官の鑑』）は、不遇だった貴顕の人びとについてのアンソロジーであり、有力な人びとの没落についての伝統的な作品のひとつとみなされている。そのような作品の伝統は、14世紀半ばに書かれたジョヴァンニ・ボッカチオの『著名人の没落について（名士列伝）』までさかのぼることができ

る。リチャードが絶望的な気持で次のように語るのは、この没落の伝統に対する言及なのである。

> さあ、みんなこの大地にすわってくれ、そして
> 王たちの死の悲しい物語をしようではないか、
> 退位させられた王、戦争で虐殺された王、
> 自分が退位させたものの亡霊にとりつかれた王、
> 妻に毒殺された王、眠っていて暗殺された王の物語を。
> みんな殺されたのだ……
> (3幕2場 155～60行)

全体としてみると、「神の代行者、／祭壇の前で聖油をぬられて即位した神の代理人」(1幕2場37～38行)である国王リチャードが退位させられ、王座を追われ、投獄され、殺害されるわけで、これはそうした伝統的なパターンに従っていることになる。

プロパガンダの武器

『リチャード2世』は1595年後半、宮内大臣一座によってショアディッチにあるジェイムズ・バーベッジのザ・シアター(劇場座)で初めて上演された。シェイクスピアは、1594年にこの一座が結成されたときから参加していた。この作品はエセックス伯ロバート・デヴェルーの要請に応えて、1601年2月7日にロンドンのグローブ座で再上演された。エセックス伯はかつてエリザベス女王の寵臣であったが、アイルランド遠征の失敗とアイルランドとの休戦協定の締結によって女王の不興をこうむり、地位と官職を剥奪されていた。彼は『リチャード2世』の上演を要請したとき、女王追放をたくらんでいて、シェイクスピアのこの芝居が謀反のプロパガンダの絶好の道具になると考えた。観客は『リチャード2世』に老齢の君主を廃位する歴史的先例を見出し、自分たちを好意的に受け入れ、謀反の大義に賛同してくれるはずであった(エセックスの謀反の計画を看破したエリザベスは、「私はリチャード2世なのよ、知らないの?」と言ったと伝えられている)。反乱軍は『リチャード2世』上演の翌日に蜂起したが、阻止され、エセックスは処刑された。

君主の廃位という問題は政治的に神経過敏にならざるをえない問題だったため、リチャード2世が王冠を手わたす場面(4幕1場)は、エリザベスの在世中は印刷が許可されなかった。それが印刷されたのは、女王の死から5年後の1608年に出版された四つ折り版においてである。そのタイトルはずばり『リチャード2世の悲劇、議会の場面と国王リチャードの廃位の場面を新たに追加』であった。

権力の行使と濫用

『リチャード2世』は、権力の正当性と不法性、敵対関

下:リチャード2世のために描かれたウィルトンの二連祭壇画(1395～99年ごろ)。(左から右へ)アングル族最後の王である聖エドマンド殉教王、イングランドのエドワード懺悔王(在位1042～66年)、洗礼者聖ヨハネのまえでひざまずく国王リチャード。

引用に価するリチャード

> 荒海の水を傾けつくしても、神の塗りたもうた聖油を
> 王たるこの身から洗い落とすことはできぬ。
> (3幕2場 54～55行)

> いのちの惜しいものはおれのもとから逃げ去るがいい、
> 時がおれの誇りに汚点をしるした以上、やむをえまい。
> (3幕2場 80～81行)

> 時を浪費したため、いま時がおれを浪費しておる。
> (5幕5場 49行)

> のぼれ、のぼれ、わが魂!おまえの座は天上にある、
> 卑しい肉体はここで死に、地下に沈むことになる。
> (5幕5場 111～12行)

```
                        ┌─────────────────┐
                        │   エドワード3世    │
                        │ (在位 1327〜77年) │
                        └─────────────────┘
                                 │
   ┌──────────┬──────────┬───────┴────────┬──────────┬──────────┐
┌────────┐ ┌────────┐ ┌────────┐  ┌────────────┐ ┌────────┐ ┌────────────┐
│エドワード│ │クラレンス公│ │1.ブラーンチ│  │ランカスター公│ │2.キャサリン│ │ヨーク公エドマンド│
│ 黒太子  │ │ライオネル │ │・オヴ    │  │ジョン・オヴ │ │スウィンフォード│ │・オヴ・ラングリー│
└────────┘ └────────┘ │ランカスター│  │  ゴーント  │ └────────┘ └────────────┘
                                        結婚
```

系図

王位を継承したとき、リチャードはわずか10歳だった。叔父ジョン・オヴ・ゴーントが後見人となったが、のちにリチャードを退位に追いこんだのは、ジョンの息子ボリングブルックであった。

下：ジェレミー・アイアンズは1986年、ストラトフォード・アポン・エイヴォンのロイヤル・シェイクスピア劇団公演でリチャードを演じた。

係と挑戦（たくさんの人物が〈手袋を投げつける〉）、矜持、権力の濫用と謀反の結果、廃位、そして国王殺害などを扱った作品である。ここでは政治的な面と私的な面の両方が問題にされていて、王権と血縁関係がいかに複雑にからみあっているかが示される。リチャードとボリングブルックはいとこ同士で、ふたりのあいだの不和が内乱の引き金となる。より正確にいえば、この芝居は不当な追放、不法な財産没収——ボリングブルックは「なにしろ世襲財産をことごとく剥奪されたのだから」（2幕1場237行）と言う——さらに賢明な助言を無視することの危険性という問題に取り組んでいる。また、この作品では、権力の強制的な移譲と軍事的威嚇の行使、投獄、即決の処刑などの検証も行なわれている。

権力の濫用に対して返ってくるのは、無力な大衆からの呪いと血も凍るような予言である。ジョン・オヴ・ゴーントは失政の結果として、リチャードの没落とイングランドの滅亡を予言する。カーライル司教はボリングブルックの野心と王位簒奪の結果、薔薇戦争が起こると予言する。もっと普遍的な話にすれば、国王たちの隆盛と衰退、また運命の車輪の回転は、前兆によって知らされる。ソールズベリーは予言する。

> ああ、リチャード王、悲しみにみちたこの心の目に、
> あなたの栄光が流星のように
> 天空から卑しい地上へと落ちていくのが見える。
> 　　　　　　　　　　　　　　　　　　（2幕4場18〜20行）

二項対立

『リチャード2世』はおびただしい数の隠喩（メタファー）や擬人化、また対比的表現がみられることで知られている。〈悲嘆〉はグロスター公夫人、ジョン・オヴ・ゴーント、王妃などによってたびたび擬人化されている。この芝居をとおして、ボリングブルックとリチャードは対をなす正反対の人物として描かれている。ボリングブルックは昼の典型であるのに対して、リチャードは夜を象徴している。また、ボリングブルックは輝く太陽（王の象徴）に変わっていくが、リチャードは溶けてゆく雪になりたいと願っている。ふたりはまた、天秤のふたつの皿や井戸のふたつのつるべにもたとえられている。

獣や鳥の隠喩（メタファー）も用いられている。冒頭で、リチャードはライオンに、モーブレーとボリングブルックはヒョウに、一般大衆は野良犬にたとえられている。また、リチャードの敵は毒蛇、犬、蛇にたとえられている。しかし、リチャードは鳥にもたとえられる。たとえば、彼は「飽くことを知らぬ鵜」（2幕1場38行）であり、肉親の血をすする人肉食いのペリカンであるが、最後には「羽根をもがれ

歪んだ像

シェイクスピアはブッシーに次のような台詞を言わせたときに、アナモルフォーシス（歪像画法）による絵——正しく見るためにはある特定の視点から見る必要がある画像——のことを考えていたらしい。

> と申しますのも、悲しみの目は涙に曇っておりますので、
> 一つのものが多くの姿に分かれて見えることになるのです。
> 正面から見るとなに一つまともには映らないのに、
> 斜めから見るとはじめてはっきりとものの形が現れる
> 魔法の鏡がありますね。
>
> （2幕2場16〜20行）

右：有名な歪曲された像（アナモルフォーシス）による絵の例は、ハンス・ホルバイン（子）作『大使たち』(1533年) の下半分に描かれた髑髏である。この髑髏は、絵を鋭角的に斜めから見たときに、はじめて正常な像として見ることができる。

た」(4幕1場108行) 状態になってしまう。

作品中、もっとも有名な比喩(シミリ)は庭の比喩である。庭師はリチャードの王国を、雑草や青虫がはびこる手入れの悪い庭にたとえている。一方、自分の庭は手入れのゆきとどいた小王国のようであると言う。彼は王がもっと勤勉な庭師だったらよかったのにと思う。

> かわいそうに、
> ちゃんとお国の手入れをなさってりゃあよかったんだよ、
> おれたちがこの庭を手入れするように！
>
> （3幕4場55〜57行）

最後だが重要なことは、この作品には聖書からのイメージがあふれていることである。それは裏切りが問題になる場合に顕著である。カインとアベル、また、ピラトとキリストへの言及がみられるし、さらにリチャードは、ユダに裏切られて苦悩するキリストと自分を同一視している。

20世紀の上演

『リチャード2世』は政治的対立だけでなく、親族同士の抗争を扱っていることから、現代という時代にあって、広くかつ国際的に人びとを惹きつける力を発揮している。そして、大きな影響力をもつ多くの演出家がこの作品を上演している。イギリスで注目に価する演出をしたのは、ピーター・ホール (1964年)、リチャード・コットレル (1968年、主役はイアン・マッケラン)、ジョン・バートン (1971年と1973年)、デイヴィッド・ウィリアム (1972年)、テリー・ハンズ (1980年)、バリー・カイル (1986年)、デレク・ジャコビ (1988年)、マイケル・ボグダノフ (1989年)、ロン・ダニエルズ (1990年)、デボラ・ウォーナー (1995年)、スティーヴン・ピムロット (2000年)、ジョナサン・ケン (2000年)、マーク・ライランス (2003年)、トレヴァー・ナン (2005年) などである。イギリス海峡の向こうでは、ジャン・ヴィラール (1947年)、パトリス・シェロー (1970年)、アリアン・ムノーチキン (1981年) などのフランス人演出家の公演が印象に残る。合衆国では、早くも1937年に役者のモーリス・エヴァンズが、この芝居の評判を確固たるものにした。それ以来、この作品はオレゴン・シェイクスピア・フェスティバル (アッシュランド、1995年) や、コロラド・シェイクスピア・フェスティバル (1959、1977、1984、1998年) などのフェスティバルで定期的に上演される定番の演目となっている。

20世紀に行なわれた公演で特筆に価するのは三つである。ひとつはロイヤル・シェイクスピア劇団によるジョン・バートン演出の1973年公演で、ここではリチャード・パスコとイアン・リチャードソンが、リチャードとボリングブルックの役を一晩おきに交互に演じた。そのため、観客はふたつのヴァージョンを見られるという興味ぶかい経験ができた。ふたつめはアリアン・ムノーチキン演出のテアトル・ドゥ・ソレイユによる歌舞伎スタイルの公演で、三つめはデボラ・ウォーナー演出、ナショナル・シアター・カンパニーによる1995年公演である。後者は、女優のフィオナ・ショーがリチャード役を演じるという点で画期的であり、伝統的な男性の対抗関係という視点から完全に脱却した演出であった。

> この黄金の王冠もいまは深い井戸のようなものだ。／
> そこにかかってかわるがわる水を汲みあげる二つの桶は、／
> 一方はからになってつねに空中高く躍っておるが／他方は底に沈んで人目にふれず、水がいっぱいになっておる。／
> 底に沈んで悲しみを飲み、涙でいっぱいの桶が、私だ、／
> そしてもちろん、高く舞いあがっているのが、あんただ。／
>
> リチャード（4幕1場184〜89行）

『ジョン王』 King John

創作年代：
1595～96年ごろ

背景：
イングランドおよびフランス、1203年および1212～16年

登場人物：27人

構成：
5幕、16場、2,638行

あらすじ：この芝居は、フランス王フィリップ2世からの大使が、王位をアーサー（ジョンの甥）に譲るべしという要求をジョンに伝えに来るところから始まる。ジョンはこれを拒絶する。戦争が勃発し、決着のつかないまま熾烈な戦いがつづくが、フィリップの息子とジョンの姪との結婚が一時的な平和をもたらす。しかしながら、法王インノケンティウス3世がキャンタベリー大司教に推薦した人物をジョンが拒否して、法王の干渉を公然と非難するにおよんで、法王の使節パンダルフは、フィリップに和平協定を破らせる。

アーサーはイングランド軍に捕らえられ、イングランドに送られる。そして、アーサーが処刑されたと誤って伝えられたために、イングランド貴族たちは激怒して、フランスに味方する。アーサーは逃亡をはかり、城壁から跳び下りて墜落死する。ジョンはパンダルフと和解するが、フランス軍のイングランド侵攻を止めるには遅すぎた。しかし、フランスの援軍は海で難破する。ジョンは修道士に毒をもられる。パンダルフは講和にこぎつけ、死にゆくジョンは、息子ヘンリーを王位継承者に指名する。

登場人物

国王ジョン
王子ヘンリー　王の息子
アーサー　ブルターニュ公、王の甥
ペンブルック伯
エセックス伯
ソールズベリー伯
ビゴット卿
ヒューバート・ド・バーグ
ロバート・フォークンブリッジ　サー・ロバート・フォークンブリッジの息子
私生児フィリップ　ロバートの異父兄（リチャードとも呼ばれる）
ジェームズ・ガーニー　フォークンブリッジ婦人の召使い
ポンフレットのピーター　予言者
フィリップ　フランス王
ルイ　フランス皇太子
リモージュ　オーストリア公
枢機卿パンダルフ　ローマ法王の使節
メルーン　フランスの貴族
シャティヨン　フランス王からジョン王に派遣された大使
皇太后エリナー　ヘンリー2世の未亡人、ジョン王の母
コンスタンス　ジョンの兄ジョフリーの未亡人、アーサーの母
スペインのブランシュ　カスティリア王の娘、ジョンの姪
レディー・フォークンブリッジ　サー・ロバート・フォークンブリッジの未亡人
貴族たち、アンジェの市民たち、代官、伝令使たち、役人たち、兵士たち、死刑執行人たち、使者たち、従者たち

上：ヒューバート・ド・バーグ役で、鎖かたびらを身につけたフランクリン・マックレイ。1899年のハーバート・ビアボーム・トゥリー監督の映画『ジョン王』より。

シェイクスピアの『ジョン王』は1590年代に書かれているが、唯一、連続ものの一部ではない歴史劇という点で例外的である。この作品はまた、政治にかんするシニシズム、名誉、法という規則などという点でも例外的である。貴族の権利と王権の制限を確認する大憲章（マグナ・カルタ）は1215年に署名されていて、これはジョンの治世でもっとも有名な事件であったが、この件についてはまったく言及されていない。

名誉を回復された王

1590年代の中ごろに書かれたシェイクスピアの『ジョン王』は、13世紀初めのふたつの時期をつなぎ合わせている。ジョンの治世の初期1203年までと、後半1216年の彼の死までの時期である。シェイクスピアの時代、人びとはジョンにかんして互いに矛盾する気持を抱いていた。彼はマグナ・カルタへの調印によって、弱い統治者とい

う評価をくだされていたが、16世紀になって、プロテスタントの作家ジョン・ベイルやジョン・フォックスによって彼の名誉は回復された。彼らはジョンを、プロテスタント信仰擁護の先駆者とみなしたのである。

運命の浮き沈み

『ジョン王』の主要なテーマは、家族のきずなと政治的策略とのあいだの葛藤である。一方、正統性というテーマもまた何度も登場する論争の火種である。しかし、この作品のもっとも重要なテーマは、政治権力の移ろいやすい性質であり、だれが正しいのかという問題はけっして明らかにされない。運命は変化して、「強力な占有とわれらの権利」というジョンの主張は、彼の母親の反応によって正しく修正される――「おまえの権利より強大な兵力のほうを頼みとなさい」（1幕1場39～40行）。

運命に阻まれて

政治的闘争は〈眺める〉とか〈見物する〉とかいったイメージによって、舞台上の芝居として提示される。

> 私生児：畜生！あのむさくるしい市民どもは、あんたがた／ふたりの王をばかにしてますぜ、てめえたちは安心して／胸壁の上に立ち、芝居小屋にでもいるかのように／あんたがたの死の立ちまわりをポカンと見物してるんだ。
>
> （2幕1場373～6行）

登場人物たちは策略に失敗すると、しばしば、自然そのものが自分たちに敵対していると考えようとする。フランス軍は2度も嵐に船を沈められ、作戦に失敗する。ジョンはフランス軍の侵攻を食い止め、貴族たちをなだめようとするが、自然の前兆が彼に災いを予告する。

> ヒューバート：陛下、話によるとゆうべは月が五つ見えたとか。／そのうち四つは動かず、五つめの月は奇怪な動きをして／ほかの四つのまわりをぐるぐるまわっていたそうです。　（4幕2場182～84行）

捕らわれの身のアーサーが逃亡しようと胸壁から跳び下りるとき、自分は大地によって殺されると考える――「ああ！この石には叔父の心が宿っていた。／天よ、わが魂を

疑わしい正統性

> ごあいさつがすみましたからには、使者のおもむき申しあげることにいたします。フランス王は私の口を通し、ここイングランドの仮の王に申されます。
> ――シャティヨン（1幕1場2～4行）

> いま外国からの軍勢と国内における不満分子は合流して一体となり、果てしれぬ巨大な混乱は、病（やまい）に倒れた獣に襲いかかろうとするカラスのように簒奪された王座がいまにも朽ちはてるのを待っている。
> ――私生児（4幕3場151～54行）

お受けとりください、イングランドよ、どうか、わが骨を！」（4幕3場9～10行）

政治的アレゴリー

『ジョン王』は、18世紀と19世紀前半にもっとも人気があった。当時は植民地からの撤退や英仏間の葛藤の時代であり、この作品は政治的アレゴリーとしての機能をはたしたのである。その後、この作品には、イギリスの国家主義と帝国主義を推進するために利用するには、あまりにも重大な矛盾があることが明らかになった。しかしながら、最近25年間のあいだに、この作品にみられる政治的両面価値（アンビバレンス）は大きな意味をもつようになったようで、そうした矛盾が、多くの公演でうまく利用されている。最近の公演――2000年のカリン・クーンロッド演出による〈新しい観客のための劇場〉公演や、2001年のグレゴリー・ドーラン演出のロイヤル・シェイクスピア劇団の公演――は、劇評で絶賛された。そのことは、『ジョン王』が新たな人気を得る途上にあることを思わせる。

『ジョン王』はシェイクスピアのなかで最初に映画化された作品で、1899年にハーバート・ビアボーム・トゥリーが監督している。トゥリーが映画化したのは、シェイクスピアをフィルムに定着させるためではなく、皮肉なことだが、この作品の来るべき舞台上演の宣伝のためであった。

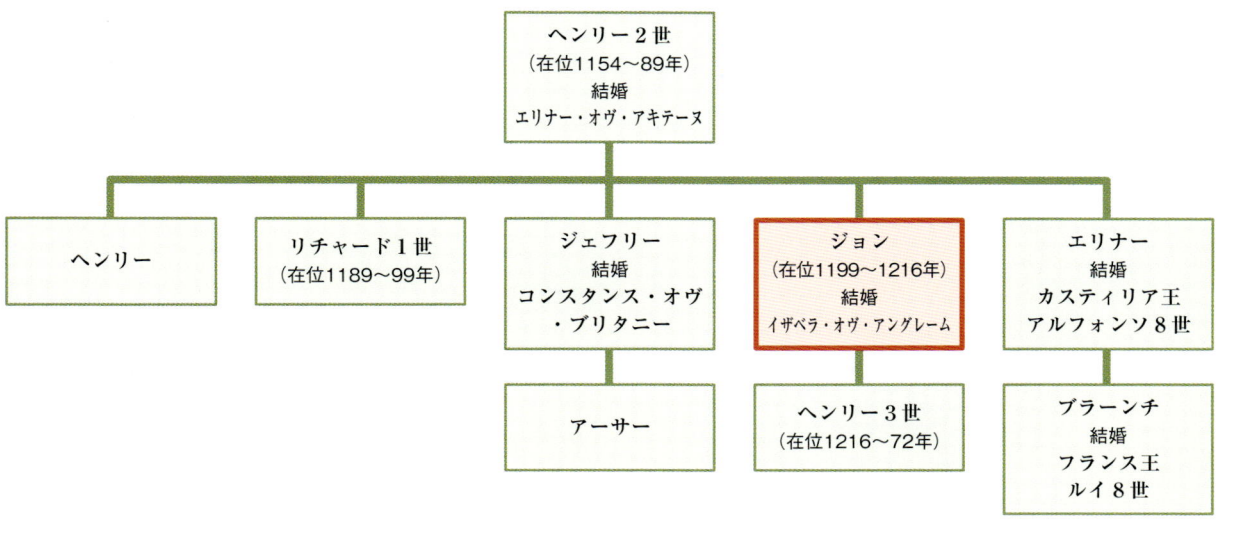

系図

ヘンリー2世（在位1154～89年）結婚　エリナー・オヴ・アキテーヌ

- ヘンリー
- リチャード1世（在位1189～99年）
- ジェフリー　結婚　コンスタンス・オヴ・ブリタニー
  - アーサー
- ジョン（在位1199～1216年）結婚　イザベラ・オヴ・アングレーム
  - ヘンリー3世（在位1216～72年）
- エリナー　結婚　カスティリア王アルフォンソ8世
  - ブランチ　結婚　フランス王ルイ8世

ジョンはヘンリー2世の次男であり、兄リチャードが死んだときに王位継承権を主張した。しかし、リチャードは別の弟ジェフリー（1186年没）の息子である甥のアーサーを世継ぎに定めていた。

歴史劇〔『ジョン王』〕　63

『ヘンリー4世・第1部』 Henry IV, Part 1

あらすじ：いとこのリチャード2世から王位を奪ったヘンリー4世の治世は、ウェールズとスコットランド国境で反乱や侵入軍に包囲されて、不穏な状態であった。彼は、王位継承者である長男ヘンリー王子（ハリーまたはハルとも呼ばれている）のことを考えると絶望的な気持になる。王子は評判の悪い仲間とつきあって、一日じゅう居酒屋で過ごしている。騎士ジョン・フォールスタッフとその仲間たちは、王子を巻きこんでは、どんちゃん騒ぎをしたり、街道で追いはぎをはたらいたりしている。しかしながら、ハルは独白のなかで、自分は悪党ぶっているだけで、しかるべき時がきたら汚名をそそぐつもりであると言って、心のうちを明かす。

勇敢なノーサンバランドのパーシー一族との争いが始まると、反乱は深刻さを増す。一族の末息子がヘンリー・パーシーで、彼はホットスパー（熱い拍車）とあだ名されている。ホットスパーは、ウェールズの反乱の首謀者オーウェン・グレンダワーとエドマンド・モーティマーに加担する。モーティマーには王位継承権があり、ヘンリーの正統性を脅かす存在である。3人は王を打倒したあかつきには、国土を3分することに同意している。しかし、シュルーズベリーの戦いでハルは父親の生命を救い、ホットスパーを倒し、とりあえずは名誉を回復する。

登場人物

国王ヘンリー4世
皇太子ヘンリー　王の息子
ランカスター公ジョン　王の息子
ウェスモランド伯
騎士ウォルター・ブラント
トマス・パーシー　ウスター伯
ヘンリー・パーシー　ノーサンバランド伯
ヘンリー・パーシー　その息子、ホットスパー（熱い拍車）というあだ名をもつ
エドマンド・モーティマー　マーチ伯
リチャード・スクループ　ヨーク大司教
アーチボルド　ダグラス伯
オーウェン・グレンダワー
騎士リチャード・ヴァーノン
騎士ジョン・フォールスタッフ
騎士マイクル　ヨーク大司教の友人
エドワード・ポインズ　皇太子ヘンリーに仕える紳士
ギャッズヒル
ピートー
バードルフ
レディー・パーシー　ホットスパーの妻、モーティマーの姉
レディー・モーティマー　グレンダワーの娘、モーティマーの妻
クイックリー　イーストチープの居酒屋〈雄豚の頭〉亭のおかみ
貴族たち、役人たち、州長官、居酒屋の亭主、番頭、馬番、給仕たち、ふたりの人夫、旅人たち、従者たち

創作年代：
1596年ごろ

背景：
イングランドおよびウェールズ、1402〜03年

登場人物：33人

構成：
5幕；19場；3,081行

この作品は、リチャード2世、ヘンリー4世、ヘンリー5世の治世をテーマにしているシェイクスピアの四部作の2作目にあたり、作者は卓越した手腕を発揮して、エリザベス朝の観客のために、英国の歴史を生き生きとよみがえらせている。『ヘンリー4世・第1部』の初演は1596〜97年の冬であるが、この作品はヘンリーの動乱の治世を、これに先立つ作品の意外な続編として描いている。『リチャード2世』では、ヘンリーは若い廷臣で、王による父親ジョン・オヴ・ゴーントの処遇に対する復讐を胸に、不満をいだく貴族たちをあおり、リチャードを廃位に追いこむ。彼はみずから王位についたが、しかし、リチャードが警告したように、それは王位を維持するよりはるかに容易だったことがわかってくる。この芝居の冒頭の1行「われらは瘧（おこり）に身をふるわせ、心痛に病み蒼ざめている……」は、彼が王たることに重荷を感じていることを示している。ヘンリーは始めから終わりまで、念願の十字軍遠征に結束したイングランド軍を率いてゆくこともできず、親族間の軋轢や国境における反乱を食い止めるのに必死になっている。

『ヘンリー4世・第1部』には、〈プリンス・オヴ・ウェールズ〉（英国王室の世継ぎの称号）であるハルが放蕩息子として登場する。父親のヘンリー4世は息子が生まれるときに、ノーサンバランド伯の息子、勇敢なホットスパー（ヘンリー・パーシー）と入れ替わっていたらよかったのにと願っている。この時点では、未来のヘンリー5世は王室を継ぐ人物として将来性の片鱗を見せることもなく、名うてのごろつきとして通っている。ハルによれば、自分の愚行は自分の評判をできるだけ貶めるためであるという。その方が、ひとたび自分が本当の姿を現わしたとき、そのあまりの落差に人びとは驚くだろうというのである。

> この自堕落な見せかけを捨て、
> 返す約束などしていなかった借りを返すとなれば、
> あてにされていなかった行為だけにいっそう
> 人々の予想を裏切り、（喜ばせることになるだろう）。
> 　　　　　　　　　　　　　　（1幕2場208〜11行）

この芝居には、宮廷の場面あるいは貴族たちが登場する場面と、社会の底辺に位置する人びとが登場する居酒屋や旅籠の場面が交互にあらわれる。シェイクスピアはこの歴史劇で初めて、国王や宮廷以外のイングランドの市民の日常生活を描き、観客にイングランドの歴史をとことん体験させてくれる。

史実の改変

1596年に書かれた『ヘンリー4世・第1部』は、ヘンリーの治世（1399〜1413年）の初期にあたる1402年から1403年までを扱っている。作品の材源となったのは、ラファエル・ホリンシェッドの『イングランド、スコットランド、およびアイルランド年代記』（1587年）、サミュエル・ダニエルの詩『ランカスターとヨーク両家のあいだの内乱』（1595年）、作者不詳の芝居『ヘンリー5世の名高き

戦勝』（1580年代）などである。シェイクスピアは、史実にはほんの少ししか改変を加えていない。もっとも注目すべきは、これはダニエルの作品に従っているのだが、ホットスパーをハルの同年輩とするために、史実より年齢を若く設定している点である（じっさいはホットスパーはハルの父ヘンリー4世より2・3歳年上であった）。

シェイクスピアの時代、ヘンリー4世はランカスター家の初代の国王としてよく知られていた。この王家は王位篡奪によって始まったが、それ以降、波乱の未来が待っていた。ヘンリー4世はまた、異端者火刑法（1401年：1559年エリザベス1世によって廃止される）を最初に発令した王として記憶されており、プロテスタントのイングランドでは、あまり評判がよくない。

紛争の遺産

『ヘンリー4世・第1部』における劇的な緊張関係は、ふたつの主要なテーマに由来する。政治的不安定、および父と息子の関係である。このふたつのテーマは、王権の正統性をめぐる問題として展開する。それはリチャードから王位を簒奪したヘンリー4世につきまとって離れない。

ヘンリーは自分の遺産についてますます不安をいだくようになる。彼は後継者には自分が経験したよりも、もっと平穏で安定した政権をゆずりたいと願っている。英国の貴族たちもまた、堕落をきわめたと認めざるをえない国王に代わって、また同じような国王がくるのではないかという不安を隠しきれない。ホットスパーは、父ノーサンバランドと叔父ウスターがリチャードの廃位とボリングブルックの即位に一役買ったことに対して、ふたりをきびしく非難する。

> フォールスタッフ：ただあの愛すべきジャック・フォールスタッフ、
> やさしいジャック・フォールスタッフ、忠実なジャック・フォールスタッフ、
> 勇敢なジャック・フォールスタッフ、そう、年をとっているがゆえに
> ますます勇敢なと言うべきジャック・フォールスタッフ、
> あの男だけはあなたの息子であるこのハリーの友として残してやってください、
> あの男だけはハリーのそばから追放しないでください、
> あの丸いジャックを追放することは、
> この地球を追放するのと同じことになります。
> 王子：それでもいい、わしは断じて追放するぞ。

(2幕4場475〜81行)

フォールスタッフか、オールドカースルか

騎士ジョン・フォールスタッフという人物は、もとは実在する歴史上の人物からとられたオールドカースル（1378頃〜1417年）という名前だった。彼は立派な軍歴の持ち主で、結婚によってコバム卿となった。オールドカースルは宗教改革派（宗教的急進主義者）としても有名で、最後には信仰のため火刑に処せられた。シェイクスピアがオールドカースルの名前を変えざるをえなかったのは、彼が最初の有名なプロテスタント殉教者であったこと、また、当時のコバム卿から抗議されたことの両方、もしくはどちらか一方の理由によるものだったと考えられる。

左：フォールスタッフとヘンリー王子の関係がこの作品の中心テーマである。2005年のナショナル・シアター公演で、マイケル・ギャンボンがフォールスタッフを、マシュー・マックフェイディエンが若き日のハルを演じた。

上：数多くの版が存在する17世紀に描かれたヘンリー4世の肖像画。歴史家たちは、この絵が王の死後何年もたってから描かれたことを考慮に入れて、王の肖像画としての信憑性に疑問をいだいている。

登場人物の力

この作品中の人物は肉体的特徴、あるいは生きざまを彷彿とさせることばによって識別されることが多い。フォールスタッフはすべてのイギリス文学のなかでもっとも有名なふとった人物であろうし、ハルは対照的にやせていることで知られている。また、国王は心労で疲れはてているし、ホットスパー（熱い拍車）はあだ名そのものが、彼の激しやすい性格を表わしているという具合である。これほど多様でこれほどダイナミックな人物を登場させているのは、シェイクスピアの歴史劇のなかではこの作品が最初である。それは、この作品が書かれた文章の形式に顕著に反映されている。『リチャード2世』は全体が韻文で書かれた宮廷劇であるが、その直後の作品である『ヘンリー4世・第1部』は半分（宮廷の場面）が韻文、半分（居酒屋や日常生活の場面）が散文で書かれている。これによって、ことばはより柔軟で多様なものとなり、イングランドの社会をより幅広く反映することができたのである。

反復されるイメージは何かをつかみとるというイメージで、それは〈奪いとる〉（ブラック）ということばが頻出することからも明らかである。一例をあげると、ホットスパーはヘンリーを追放したいという願望を表わすときにこのことばを使う。ヘンリーは手を触れてはいけないところから王冠を奪いとったとホットスパーは言う。

ええい、畜生、おれにとっては朝飯前の仕事だぞ、
青白い月の額から金色に輝く名誉の冠を奪いとるのも、
あるいは海底深くもぐりこみ、測量糸さえ届かぬ
その深みから、溺れていた名誉の前髪をつかんで
引きずりあげるのも！
（1幕3場201〜5行）

恥をしのぶというのですか、今日は陰口をたたかれ、後世には歴史に書き残されるのですよ、おふたりが、りっぱな血筋と権力を抵当にして、不正のために力を貸し――その点、神よ許したまえ、おふたりともまさか否定はできますまい――そしてリチャードを、あのかぐわしいバラを引き抜き、ボリングブルックを、あの棘だらけの野バラをそのあとに植えたのだと？
（1幕3場170〜76行）

ヘンリーは前任者よりもよい統治をめざしているようだが、この作品では、たてつづけに起こる反乱が容赦なく描かれている。先にあげたふたつのテーマについてのヘンリーの判断には、疑問の余地がある。彼はホットスパーについて判断を誤り、彼の統治にとって惨憺たる結果をまねく。捕虜として捕えられた者に対する意見の相違がノーサンバランドの反乱へと発展するのである。直前の場面で、ヘンリーはホットスパーを「名誉が話題になるたびに口にされる名」（1幕1場81行）とほめそやす。その一方で彼は、ハルについても恥ずべき無責任な人物であると誤解する。ハルが放蕩者のふりをしているにすぎないとわかっている観客は、父親がこんなにも自分の息子を理解できないものかと感じてしまう。一族内の不和と政権の不安定という二重のテーマは、この四部作全体を支配していると言ってよい。

フォールスタッフの哲学

このイングランドで縛り首にならずにいる善人は
三人もいない、そのひとりは
だいぶ年をとったふとった男らしい。
（2幕4場130〜32行）

おれも昔は品行方正、紳士の手本だった、品行方正なること珠のごとく、悪態をつくことたまにしかなく、さいころ博打（ばくち）はせいぜい7度――1週間にな――女郎屋通いはせいぜい1度――1時間にな――借りた金はちゃんと返し――たことも3度か4度――清く正しく、おのれの分を守って暮らしたもんだ。それがいまじゃあ、放蕩三昧、おのれの分を越えた度はずれな生活だ。
（3幕3場14〜20行）

戦争にはいちばんあとから、宴会には真先かけてだ、
これが腰抜け武士と食いしん坊の守るべき掟だ。
（4幕2場79〜80行）

だいたい死ぬってことは偽物になるってことだ、人間のいのちをもたないやつなんて人間の偽物にすぎんからな。
……勇気の最上の部分は分別にある……
（5幕4場115〜17行および119〜20行）

英語で〈奪いとる〉として知られている特質は不撓不屈で精力的な態度であり、それこそ、ヘンリーがいったんは望んだものの、やがて後悔するはめになる特質である。この作品を読むと、衝動にかられて行動するヘンリーやホットスパーのような人物は悲惨な最期をとげることになるが、一方、前もって慎重に計画を立てるハルのような人物は、君主政治の危険かつ複雑な世界において成功をおさめるということがわかる。

持続する影響

『ヘンリー4世・第1部』は、宮廷内の陰謀、武力による反乱、ウェールズの魔法・音楽・言語、騒々しくこっけいな人物（フォールスタッフ）や勇敢な人物（ホットスパー）、それに有名な王子（ハル）の成長などが一体となって、1590年末からずっと観客を魅了しつづけてきた。フォールスタッフの役は、舞台役者にとって由緒ある喜劇的な役であり、何世代にもわたって年配の役者にとっての代表的な役まわりでもあった。もっとも有名なフォールスタッフ役者をあげると、トマス・ベタートン（1700年）、ジェイムズ・クイン（1721～51年）、スティーヴン・ケンブル（1802～20年）、ジェイムズ・ハケット（1832～70年）、ラルフ・リチャードソン（1945年）、アンソニー・クウェイル（1951年）、ジョン・ウッドヴァイン（1986年）などである。

フォールスタッフと居酒屋、そして追いはぎの場面を取り入れて映画化した作品で重要なものがふたつある。オーソン・ウェルズの『真夜中の鐘（フォールスタッフ）』（1965年）では、ウェルズがフォールスタッフ、ジョン・ギールグッドがヘンリー4世、そしてジャンヌ・モローがドル・ティアシートを演じている。この映画は5つの作品のいろいろな場面を利用して、ロンドンの下層社会の生活をテーマにしたひとつの物語に仕上げている。もうひとつは、ガス・ヴァン・サント監督の『マイ・プライベート・アイダホ』（1991年）で、これはオレゴン州ポートランドの街娼の話である。ここでは、街娼は『ヘンリー4世・第1部』の居酒屋の場面に登場する人物になぞらえられている。舞台はアメリカに設定されており現代化されてはいるが、これらの場面は、シェイクスピアの作品におおむね忠実である。

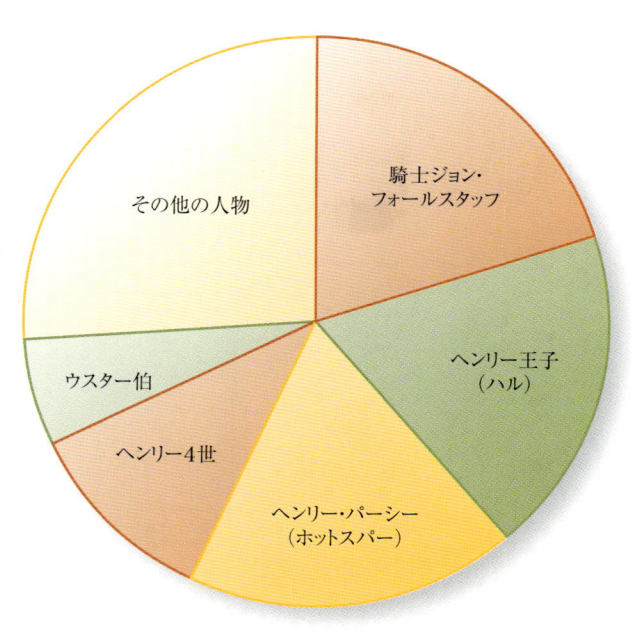

主な登場人物
劇の題名にもかかわらず、ヘンリー4世の役は、ヘンリー王子、ホットスパー、フォールスタッフに比べると、台詞の割合がはるかに少ない。

- 騎士ジョン・フォールスタッフ
- ヘンリー王子（ハル）
- ヘンリー・パーシー（ホットスパー）
- ヘンリー4世
- ウスター伯
- その他の人物

左：ガス・ヴァン・サント監督の『マイ・プライベート・アイダホ』（1991年）に主演したリヴァー・フェニックス（左）とキアヌ・リーヴズ（右）。この映画は『ヘンリー4世・第1部』の居酒屋の場面を取り入れている。

『ヘンリー4世・第2部』
Hnery IV, Part 2

あらすじ：シュルーズベリーの戦闘のあと、ノーサンバランド伯は、ヘンリー4世が息子ホットスパーの率いる軍隊を打ち破り、息子もヘンリー王子に殺されたという知らせを受ける。ヨーク大司教と有力な貴族たちは武器をとって反乱を起こすが、ノーサンバランドはこれに加わらない。

一方、フォールスタッフはハルとの関係をうまく利用して、自分の食いぶちを確保するのに忙しい。しかし、シュルーズベリーで手柄を立てたハルは、皇太子にふさわしい行動をとろうと覚悟をきめる。国王は病気であるという。反乱軍はヨークシャーのゴールトリーの森で窮地に陥っている。首謀者とその軍隊は王の軍と対峙し、現状への不満を述べる。ハルの弟ジョン王子は病気の父王に代わって和議に同意し、首謀者は軍を解散する。ところがジョンはすぐに和議を破棄して、首謀者を謀反の罪で逮捕する。反乱軍は、この策略によって戦わずして壊滅する。死の床で、ヘンリーとハルは和解する。ヘンリーは没し、ハルは即位してヘンリー5世となり、フォールスタッフを人びとのまえで拒絶する。いま、彼の関心はフランスに向けられる。

『ヘンリー4世・第2部』は1597年ごろに執筆され、1598年に初演された、さらなる反乱の勃発や、息子ハルの非行という新たな心配などで困難をきわめたヘンリーの治世は、この作品によって終止符が打たれることになる。『ヘンリー4世・第1部』は、シュルーズベリーの戦いの勝利で終わっているが、こんどは新たな地域で反乱が勃発する。シェイクスピアの描くヘンリーは、王座にいても心の平和を見出せない。リチャードからの王位簒奪とヘンリーの統治の正統性についての疑問は消えることはない。ヨーク大司教はこのことを明確に示して、王座を奪った貪欲なヘンリーと、あまりに性急に彼を支持した大衆を非難する。大司教はリチャードを廃位させるにあたって貴族と教会が果たした役割を都合よく美化し、政治的なご都合主義によって立場を乗り換えた自分たちのやり口は不問に付しているのである。『第1部』の冒頭で、ヘンリーはすでに内乱の重圧にうんざりしている。そして『第2部』では重要な役柄であるのに、劇の半ばまで登場しない。彼は病に倒れ、後継者と遺産の問題に直面せざるをえなくなる。彼が最初の台詞を語るのは3幕になってからであるが、それは不吉な対句で締めくくられる——「しあわせな賎民よ、眠るがいい！／王冠をいただく頭には安らぎが訪れることはない」（1場30〜31行）。

王位簒奪の結果として

この作品で扱われているのは、1403年から1413年までの年月である。『ヘンリー4世・第1部』のように、ヘンリーの治世（1399〜1414年）のうちの数年間に焦点をあてるのではなく、『第2部』では10年間の歴史を圧縮して、ヘンリーの肉体的衰弱と王子が王座につくまでを一連の物語に仕立てあげている。この作品も材源はホリンシェッドの『イングランド、スコットランド、およびアイルランド年代記』（1587年）、サミュエル・ダニエルの詩『ランカスターとヨーク両家のあいだの内乱』（1595年）、そして作者不詳の芝居『ヘンリー5世の名高き戦勝』（1580年代）である。この作品における史実の改変の主な点は、もっとも不穏な事件を描き、平穏な時期は省略した点である。こうすることによって、『第1部』でもみられたように、王位簒奪の結果として統治が困難になるということが強調されるのである。

反乱と宮廷政治の場面は、『第2部』のドラマの流れを中断することにしか役立っていない。この芝居の大部分はフォールスタッフの行動を追うことに費やされる。彼は借金をしたり他人の金で遊び歩いたりするのに一生懸命であ

上：4幕5場でヘンリー王子が王の睡眠中に王冠をかぶるのはきわめて象徴的な行為である。彼はそのまま部屋から王冠を持ち出す。その直後に、王は目覚めて愕然とする。

創作年代：
1597年ごろ

背景：
イングランド、
1403〜13年

登場人物：50人

構成：
5幕、19場およびプロローグとエピローグ、3,326行

登場人物

噂　口上役
国王ヘンリー4世
皇太子ヘンリー　のちにヘンリー5世
ランカスター公ジョン、グロスター公ハンフリー、クラレンス公トマス　ヘンリー4世の息子たちでヘンリー5世の弟たち

〈王の敵方〉
ノーサンバランド伯
スクループ　ヨーク大司教
モーブレー卿
ヘースティングズ卿
バードルフ卿
トラヴァーズ、モートン　ノーサンバランド伯の家来たち
騎士ジョン・コルヴィル

〈王の味方〉
ウォリック伯
ウェスモランド伯
サリー伯
騎士ジョン・ブラント

ガワー
ハーコート
高等法院長
ポインズ、騎士ジョン・フォールスタッフ、バードルフ、ピストル、ピートー、フォールスタッフの小姓　ふぞろいでこっけいな連中
シャロー、サイレンス　地方判事たち
デイヴィー　シャローの召使い
ファング、スネア　警吏たち
モールディー、シャドー、ウォート、フィーブル、ブルカーフ　新募集兵
フランシス　給仕人
ノーサンバランド伯夫人
レディー・パーシー　パーシーの未亡人
クイックリー　イーストチープの居酒屋〈雄豚の頭〉亭のおかみ
ドル・ティアシート
終幕の口上役
貴族たち、従者たち、門番、給仕人たち、教区吏員、役人たち、噂を広める人びと、召使たち

る。それはグロスターシャーの田舎に旅をして、王の軍隊に加わるのを待っているときも、また、のちに昔からの友人ハルが王になるのを待っているときも変わらない。いずれの場合も、フォールスタッフはハルとの関係を利用して〈必要〉を〈美徳〉に変える。それによって、ことば巧みなうそを信じる人から信用を勝ち得てしまうのである。

フォールスタッフは相変わらず才知や魅力をもっているが、彼の登場場面を見ていると、乱れた生活に蝕まれている老人の姿が次第にあらわになってくる。ハルと気軽に悪態をつきあったり、冗談を言いあったりした『第1部』からの希望にみちた時代は過ぎてしまった。当時、この太った騎士は安心して本領を発揮していられたが、いまや、ロバート・シャロー判事のような馬鹿な昔なじみにもご機嫌とりをしなければならない。馬鹿にしている相手でも借金できるなら背に腹はかえられないのである。

フォールスタッフはハルが王になったら、自分のために役職を用意してくれると踏んでいた。しかし、彼は絶望のどん底にたたきこまれて、支えのすべてを失ってしまう。ハルがヘンリー5世として即位した直後にフォールスタッフを見捨てたことは彼にとって決定的な打撃であり、それは観客や読者には残酷な仕打ちと感じられるのである。

世界のなかで自分の居場所を発見する

『第1部』ですでに提示されているが、『ヘンリー4世・第2部』では、不安定な政権と父子関係とのあいだの劇的な緊張関係がつづく。ヘンリーの王権につきまとう正統性への疑問は、新たな謀反によって拡大され、ヘンリーの健康状態の悪化によって、いっそうあらわになる。ヘンリーは自分の死後のハルの統治能力を懸念している。そして、その死は間近に迫っている。

この作品において、ハルは父王や臣下たちに信頼されるために、軍事的勝利を利用することなく、自分の責任ある統治についての不安を払拭しなければならない。ハルは王の軍勢が謀反人たちと敵対しているときに姿をあらわさなかったことから、彼が国王に適任かどうかについて、人びとの疑念が再燃する。彼が死に瀕している父王の王冠をかぶり、そのまま隣室へ行く場面はきわめて象徴的である。王は目をさますと、すぐに次のような結論に飛びつく。

わしがこの世に長居しすぎたので、うんざりしたようだな。
王座が空くのを待ちかねて、まだその時がこぬうちに、
わしの栄誉を奪ってまでその身につけたがると

主な登場人物
各人物の台詞の割合の円グラフが示すように、『ヘンリー4世・第2部』ではフォールスタッフの台詞の割合が目立って大きい。この作品には幅広い層の重要な脇役が登場する。

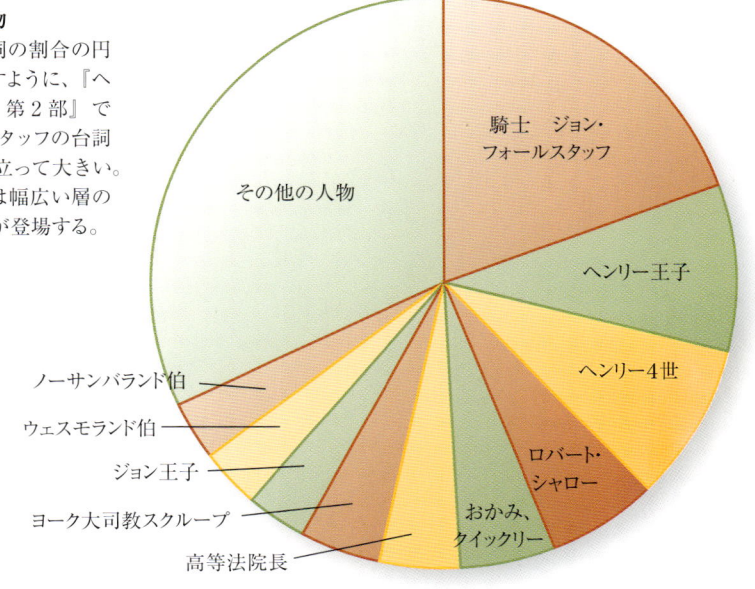

円グラフ：騎士 ジョン・フォールスタッフ、ヘンリー王子、ヘンリー4世、ロバート・シャロー、おかみ、クイックリー、高等法院長、ヨーク大司教スクループ、ジョン王子、ウェスモランド伯、ノーサンバランド伯、その他の人物

歴史劇〔『ヘンリー4世・第2部』〕

は！
　ああ、なんと愚かなやつだ！おまえがほしがる
　王位というものは、おまえを押しつぶす重荷となるのだぞ。

(4幕5場93〜97行)

こうした息子への非難は結局、和解に至るのだが、この場面はヘンリーの王権の核心部分にひそむ逆説を証明するものである。王ヘンリーは疑わしい手段によって王冠を手に入れたものの、今、統治の責任に押しつぶされそうになっている。そして、息子に王の称号をゆずるとともに、その政権弱体化の影響について息子に警告したいと願っている。

もうひとつの重要なテーマは時間である。登場人物たちは、時間の経過と自分の位置についてはもちろん、過去と未来がどのようにして現在に入り込んでくるかについても、きわめて意識的である。このことがはっきりわかるのは、次のような懐旧の情によってである。

　サイレンス：55年前のことですね。
　シャロー：いや、サイレンス、この騎士とふたりでどんな日々をすごしたか、きみにも見せたかったよ。そうでしょう、サー・ジョン？
　フォールスタッフ：よくふたりで深夜12時の鐘を聞いたものだ。

(3幕2場210〜15行)

このような昔を懐かしむ傾向は、過去の過ちや後悔によ

下：2001年のロイヤル・シェイクスピア劇団によるロンドン公演での一場面。フォールスタッフ（中央）、シャロー（左）、サイレンス（右）とのあいだのやりとりには、過ぎ去った青春と避けがたい死への言及が目立つ。

フォールスタッフの好きな酒

4幕2場で、フォールスタッフは〈サック酒〉をほめそやし、何回もこの酒のことを口にする。サック酒は強い白ワインで、甘口と辛口がある。1615年にイングランドの詩人ガーヴェイス・マーカムは次のように記している——「われわれの最良のサック酒はスペインのセレス産、あなたがたの弱い酒はガリシアやポルトガル産、あなたがたの強い酒はカナリヤ諸島やマラガ産だ」

る未来の行動の妨害とバランスを保っている。

　ウォリック：人の一生はいわばそれぞれの歴史物語であって、
　そこには過ぎ去った時々の特質が描き出されております。
　　（中略）
　それは「時」があたため、やがて孵化(かえ)らせて雛にするものですから。

(3幕1場80〜81行および86行)

これらふたつの例は、罪の意識と不安が、現世における自分の立場についてじっくり考える人物に対して、どんな影響をおよぼすかを表わしている。このことを政治的に実

> おまえなど知らぬ。
> お祈りに日々をすごすがいい、ご老人、／
> りっぱな白髪をしながら道化、
> 阿呆のまねは見苦しいぞ！／
> 私は長いあいだおまえのような男の夢を見ていた、／
> 同じようにぶくぶくとふとった罰当たりの老人であった、／
> いま、覚めてみると、
> あのような夢は思い出すのもいやだ。

ヘンリー5世がフォールスタッフに向かって
（5幕5場47〜51行）

効性のあることばではっきり述べて、ハルに忠告できるのはヘンリーだけである——「心変わりしやすい連中は／外征に従事させ、その心に暇を与えぬことだ、／国を離れての戦（いくさ）に専心させれば過去の恨みはおのずとその記憶から消え失せよう」（4幕5場213〜15行）。

「虚偽の吉報」

この芝居では逆説（パラドックス）のイメージが支配的である。癒すべきものが殺害し、慰めをもたらすべきものが苦痛をもたらす。また、あるものとして想定されたり期待されたりしたものが別のものであることが判明する。このテーマはまさに冒頭で、〈噂〉の導入部におけるイメージによって伝えられている——「やつらが届けるのは〈噂〉の舌から出た情報だってことは／真実の凶報よりもっとたちの悪い虚偽の吉報だってことだ」（39〜40行）。こういう例はたくさんあって、これらのイメージを総合すると、権力闘争はことばの大きな歪曲に至るということが浮かび上がってくる。この作品が描いているように、こうしたことばは、歴史の政治的行動に対して重要な意味をもっている。筋書きの大半を推し進めるのは人を惑わすことばである。それはフォールスタッフ流のこっけいな言いまわしから悲劇的な二枚舌（ジョン王子）に至るまで、ヘンリーの治めるイングランドがいかに危険で、マキャベリ的な世界であるかを強調している。

フォールスタッフの運命

『ヘンリー4世・第2部』の運命は、おおむねフォールスタッフの運命と同じ道をたどっている。この芝居には、フォールスタッフ以外でも有名な台詞がいろいろあるが、サー・ジョンとその顕著な役割に焦点をあてて上演されるのが常である。じっさい、18・19世紀には、政治的プロットを削除して、フォールスタッフの登場場面にしぼって上演される翻案物がたくさんあった。

『第2部』は単独で上演されることも多いが、1930年代以降は連続したものとして、『第1部』といっしょに、また、よくあることだが、『ヘンリー5世』とも併せて上演されるのがふつうになっている。記憶に残る上演例は、ローレンス・オリヴィエがホットスパーと判事シャローを、ラルフ・リチャードソンがフォールスタッフを演じた1945年のロンドン公演である。

フォールスタッフの罵詈雑言

あの野郎、眠るときには見張りの歩哨でも立てるがいいや、よく見張ってないと女房に浮気されて目を見ることになるぞ、知らぬは亭主ばかりなり、尻軽は女房ばかりなりだ。
（1幕2場45〜47行）

若い王子が私を引きずりこんだんですよ、こんなにふとっていちゃあ自分では動きがとれない、王子は私を引っぱって歩く犬ってわけです。（2幕4場145〜46行）

あいつの頭が？ 毛が三本足りないんだぜ、あの野郎は！ あいつの頭ときたらドテカボチャよ、あの頭からなにか気のきいたことばが飛び出すなら、木槌（きづち）からだって出てくるだろう。
（2幕4場240〜42行）

（シャロー判事は）裸になりゃあ奇妙な刻み目をつけてそこを頭にしたしなびた二股大根としか思えなかった、あんまりみすぼらしいんでちょっと目を悪くすると目に入らないようなやつだった、つまり飢饉の精霊といったざまだった。
（3幕2場310〜14）

上：1945年、ロンドンのニュー・シアターで、オールド・ヴィック劇団が『ヘンリー5世』と一緒に『ヘンリー4世』の1部と2部を上演した。ラルフ・リチャードソンのフォールスタッフは、今までで最高の演技であると絶賛された。

『ヘンリー5世』 Hnery V

創作年代：
1599年ごろ

背景：
イングランドおよび
フランス、1413〜22年

登場人物：43人

構成：
5幕、23場および
プロローグとコーラス4つ
とエピローグ、3,297行

あらすじ：この芝居はヘンリーが、教会およびフランス使節と交渉しているところから始まる。ヘンリーはフランスの王位継承権を主張している。彼は教会から戦費と道徳的支持を獲得する必要があり、フランスから黙認か挑発かのいずれかを引き出したいと願っている。ヘンリーは傲慢なフランスに自分が本気であることを示し、武力に訴えてでも要求を通すと明言する。物語は急展開をして、イングランド軍がサウサンプトンへ集結し、フランス侵攻に向けて待機する。しかし、そこで王の側近3人による陰謀が発覚する。ヘンリーは首謀者たちに一歩先んじて、彼らを捕縛して処刑する。

アイルランド、スコットランド、ウェールズの兵士をも併合したイングランド軍はフランスに侵攻し、アルフルールを包囲する。包囲は成功してイングランド軍は町を占領し、さらに進軍をつづけてアザンクール（アジンコート）でフランス軍と対峙する。ヘンリーはイングランド史上最大の戦闘になると思われる前夜、兵士たちの気持を測るために、変装して味方の部隊を訪れる。翌朝、より強大で、充分に英気をやしなったフランス軍を迎え撃つために、彼は兵士たちを奮い立たせる。長い抵抗にもかかわらず、イングランド軍はアザンクールの戦いにおいて勝利をおさめる。その結果、ヘンリーはフランス王の娘と婚約し、彼らの息子ヘンリー6世が、当分のあいだイングランドとフランスを統括することになる。

15 99年に初演された『ヘンリー5世の生涯』は、シェイクスピアが1590年代に書いたふたつの歴史劇四部作の最後をかざる作品である。1623年の第1・二つ折り版（ファースト・フォリオ）にもとづくこのフルタイトルは、誤解をまねきかねない。じつは、この作品が主に扱っているのは、1414年から15年までのヘンリーのフランス征服なのである。

『ヘンリー5世』は『リチャード2世』に始まる四部作の頂点をなす。この四部作は、王朝間、親族間、また政治的な葛藤の結果、王位簒奪とヘンリー4世の即位となり、それから反対派による血なまぐさい反乱に悩まされるヘンリー4世の不安定な治世、ウェールズとスコットランド国境の戦いへと進行していく。『ヘンリー4世・第1部』で、シェイクスピアは皇太子、つまり王位継承者ヘンリー（ハルまたはハリーとも呼ばれる）を、フォールスタッフや他のごろつきと共にロンドンの下層社会に暮らすろくでなしとして観客に紹介している。しかし、王子は『ヘンリー4世・

破られた約束

『ヘンリー4世・第2部』のエピローグでは、「私たちの作者はサー・ジョンの物語をさらにつづけ……私の知るかぎりでは、フォールスタッフはフランスにおいて汗かき病で死ぬことになっております……」（27〜30行）と約束されている。しかし、シェイクスピアはこの約束を破っている。じっさいは、フォールスタッフは『ヘンリー5世』には登場しない。ただふたつの場面で言及されているだけである。まずは瀕死の状態であるとされ、次には死んだとされている（2幕1場および3場）。居酒屋のおかみクイックリーは、彼が本当に熱病で死にかけているとほのめかす。しかし、『ヘンリー4世・第2部』の終わりで、飲み友だちはフォールスタッフが死んだのは、ヘンリーが年老いた彼を公然と見捨てたからだと考えている。

右：この大胆なデザインのポスターは、ローレンス・オリヴィエが王を演じた映画『ヘンリー5世』がハンガリーで封切り上映されるにあたって、1944年に宣伝用に制作されたもの。

『第1部』の終わりの独白で語っているように、じっさいは、自分が王座についたときに、より奇跡的に見えるように、放蕩息子のふりをしているにすぎない。フランスの王位継承という無謀な主張で始まる『ヘンリー5世』の冒頭で、彼はこの独白の約束を持ち出している。じっさい、彼は軍隊をみごとに統率し、勇敢に戦い、そして部下を奮起させる演説をして、父が決してできなかったことをなし遂げた。御しがたい貴族たちをまとめ上げ、平和な王朝を確立したわけである。

しかしながら、この作品、および四部作全体は警告の暗示で終幕をむかえる。ヘンリーはフランス征服と息子を通じて王位継承権を確実なものにするのに成功したが、エピローグでヘンリー6世は次のように描かれている。

> （息子ヘンリー6世は、）幼くして父王のあとを継ぎ、
> フランス、イギリス両国の王となりました。
> だが彼をとりまく多くのものが政権を争うことになり、
> ついにフランスを失い、イギリスにも血が流されました。
>
> （9～12行）

魅力的な人物

アザンクールでのめざましい勝利のおかげで、ヘンリーは武人王として歴史にしかるべき位置を占めている。王が比較的若いうちに死去したこと、息子ヘンリー6世の失政とフランスの領土を失ったこと、そして薔薇戦争として知られる、そのあとにつづく政治的かつ社会的動乱の時代、これらすべてのおかげで、年代記作者たちは、彼を「キリスト教徒の国王の鑑」（2幕　説明役　6行）として賛美するようになった。発展途上にあったイングランド国家にとって、歴史を書くということは人気のある主題であり、重要な関心事であった。そんな1590年代の観客を、シェイクスピアの歴史劇は大いに惹きつけたのである。このことは、おびただしい数の歴史的材源を見ればよくわかる。シェイクスピアは、この作品をはじめ歴史劇を書くときに、そうした豊富な材源を利用することができた。彼がヘンリーや中世後期の歴史を描くときに材源としたのは、主としてラファエル・ホリンシェッドの『イングランド、スコットランド、およびアイルランド年代記』（1587年）である。ほかにも作者不詳の芝居『ヘンリー5世の名高き戦勝』（1580年代）などを参考にしている。

これらの材源には、フランスの王座を獲得するためのヘンリーの準備とその遂行の過程が描かれており、この作品の本筋は、これらの材源に比較的忠実に従っている。しかしながら、英雄的な国王を主題にした場合、どんな作品でも、はたして作者はその王を純粋に英雄として描きたいのか、それとも危険なマキャヴェリストとして描きたいのかという疑問が、読者や観客の側に生じてしまうことが多い。『ヘンリー5世』の第1幕で、王はフランスでの戦争に対する教会の支持と資金提供と引き換えに、教会の収入に大きく食いこむことになりかねない法案を廃止することに同意する。ここでは、裏で目的達成を画策しつつ、中立と独善的な態度をよそおう支配者の姿が描かれている。彼が教会と貴族たちの承認をとりつけるのを目撃した観客は、この幕の終わりでのヘンリーの主張を疑いの目で見ることになるだろう――「いま私の念頭にあるのはフランスのみだ、／もちろんこの大事業を導きたもう神への祈りを別にすればだが」（1幕2場302～3行）。たしかに彼は、ヘンリー4世が決してできなかったことをなし遂げたが、それは「心変わりしやすい連中は外征に従事させ（よ）」（『ヘンリー4世・第2部』4幕5場213～14行）という父の忠告に忠実

登場人物

コーラス（説明役）	伝令
国王ヘンリー5世	シャルル6世　フランス王
グロスター公ハンフリー、ベッドフォード公ジョン、クラレンス公　王の弟たち	ルイ　皇太子
	バーガンディー公
エクセター公　王の叔父	オルレアン公
ヨーク公　王の従弟(いとこ)	バーボン公
ソールズベリー伯	ブリテン公
ウェスモランド伯	ベリー公
ウォリック伯	ボーモント公
キャンタベリー大司教	フランス軍司令官
イーリー司教	ランブレ、グランプレ　フランスの貴族たち
ケンブリッジ伯	ハーフラー（アルフルール）の市長
スクループ卿	モントジョイ　フランス軍伝令官
騎士トマス・グレー、騎士トマス・アーピンガム、ガワー、フルーエリン、マックモリス、ジェーミー　王軍の将校たち	イングランド王への使節たち
	イザベル　フランス王妃
	キャサリン（カトリーヌ）　シャルル6世とイザベルの娘
ベーツ、コート、ウィリアムズ　王軍の兵士たち	アリス　キャサリンの侍女
ピストル	イーストチープの居酒屋〈雄豚の頭〉亭のおかみ　以前はクイックリー、いまはピストルの妻
ニム	
バードルフ	
小姓	貴族たち、貴婦人たち、将校たち、兵士たち、市民たち、使者たち、従者たち

『ヘンリー5世』の背景となる出来事

1387	ヘンリー、ウェールズのモンマス城で誕生。ヘンリー・ボリングブルックとメアリー・ド・ブーンの長男。
1398	ボリングブルック、リチャード2世により追放される。
1399	ボリングブルック、リチャード2世を廃位。ヘンリー、皇太子となる。
1400	ヘンリー、父と共にスコットランドとの戦闘に参加。ウェールズで反乱勃発。
1403	ヘンリー、ウェールズの反乱で鎮圧軍を指揮する。シュルーズベリーの戦いに加わり、ホットスパーやパーシー一族と戦う。
1409	ウェールズの反乱終結。
1413	ヘンリー、父の死により王位継承。
1414	ヘンリー、ロラード派の暴動鎮圧。アキテーヌ、ノルマンディー、トゥーレーヌ、メーヌをふくむフランス領土の領有権を主張。
1415	ヘンリー、ケンブリッジ伯リチャード・オヴ・ヨークやスクループ卿ヘンリーらによる陰謀を阻止。フランスへ向け出航。アルフルール港陥落。アザンクールの戦いでフランス軍を撃破。
1416	ヘンリー、神聖ローマ皇帝ジギスムントと条約締結。
1417	フランスとの戦争再燃。
1420	ヘンリー、トロワ条約によりフランスの王位継承者および摂政となる。ヘンリー、フランス王の娘キャサリン・オヴ・ヴァロアと結婚。
1421	ヘンリーの息子、のちのヘンリー6世誕生。
1422	ヘンリー、フランスのヴァンセンヌの森で死去。

右：のちにブロードウェイの歌手として名声をえたコルシカ島出身の女優イレーネ・ボルドーニ。1922年に撮影された写真より。キャサリン王女の役で凝った衣裳を身にまとっている。

に従った結果でもある。

名誉回復

『ヘンリー4世・第2部』の終幕でヘンリー5世が即位する。彼は統治を成功させるためには、いままでとは違ったふるまいをしなければならない。もし、『ヘンリー5世』が国家騒乱のテーマを回避できる国王を描くことによって、この作品に至るまでの先行作品とは異なるテーマを扱うとしても、歴史劇ジャンルの永遠の問題、すなわち、名誉、アイデンティティー、国家統一、責任などといった問題を避けてとおることはできない。

『ヘンリー4世・第1部』で、王は不肖の息子である皇太子と比較して、ホットスパーを「名誉が話題になるたびに、口にされる名」（1幕1場81行）であると言って称賛している。名誉はこれらの四部作全体をとおして、つねに取りあげられる問題である。ヘンリーがフランスとの戦いを計画し、これを成功させようとするとき、王位につくために自分の名誉を回復することが、彼の関心事のひとつとなる。そして、評判の悪かった王子は、政治的目的のために、りっぱな王に変身する。名誉は相対的概念であるという潜在的な矛盾は、シェイクスピアが四部作で根気よく探求している問題であるが、『ヘンリー5世』では、名誉という概念は、王自身による愛国心と奉仕との関係で正面から扱われている。思えば、『ヘンリー5世』に至るまでの作品においては、名誉について個別に検証されていた。たとえば、フォールスタッフの有名な「名誉ってなんだ？　ことばだ。その名誉ってことばになにがある？　その名誉ってやつに？」（『ヘンリー4世・第1部』5幕1場133～35行）という台詞では、分別が勇気の重要な一部であるとみなされていたし、また、ホットスパーは勇気がすべてという騎士道精神に異常なほどこだわっていた。しかし、『ヘンリー5世』においては、強力な国王のリーダーシップによって国家が成功に導かれるためには、名誉が重要な役割をはたすという表現に変わっているのである。

国家統一の精神

この名誉という概念と緊密に結びついているのは、アイデンティティーと国家統一という相互に関連するテーマである。それは軍事行動の文脈で表面化してくる。『ヘンリー5世』第3幕では、〈イギリス〉軍を構成する兵士のなかでもきわめて混成の目立つ一団が描かれる。フルーエリン大尉（ウェールズ人）、マックモリス（アイルランド人）、ジェーミー（スコットランド人）など全員がなまりのある英

> いや、ケート、きみがフランスの敵を愛することは不可能だ。
> だが私を愛することはフランスの友人を愛することだ、
> 私はフランスを愛するあまり、その村ひとつでも手放す気はなく、
> すべてを私のものにしたいと思っているのだから。
>
> 王ヘンリー（5幕2場171～75行）

語をしゃべるが、どの地方出身であれ、見た目には同じようにイングランドの同胞と力をあわせて共に闘う。このことは、ヘンリーがイギリス全体を代表する軍隊を召集できたことを示している。彼には、ほかの国王にはなかった国家統一のための魔力にも似た力が授けられていたのである。しかしながら、これらの将校たちは自分が生まれ育った地方に誇りをもっていて、その誇りを公けに示したいと願っている。怒りっぽいマックモリスはイングランド軍の忠実な兵士として闘うが、自分の出身地アイルランドについて他人にとやかく言われることには我慢できない。

フルーエリン：マックモリッシュ大尉、いいかな、間違っていたら訂正してくれよ、あんたの国の人たちのもそうおおぜいはいないと思うが──
マックモリス：おれの国の人たち！ わがアイルランド人がなんだと言いたいのだ？ この悪党、私生児、下司下郎、ごろつき──なんだと言いたいのだ？ わがアイルランド人のことをとやかく言うのはどこのどいつだ？

(3幕2場 120～24行)

こうしたことばのやりとりは、責任あるいは忠誠という頻出するテーマにかかわっている。それは父親がほとんど享受できなかったものであるだけに、ヘンリーにとってはきわめて重要なのである。彼は貴族や教会に依存するという危険をおかさないように、きわめて慎重にふるまっている。

ヘンリー5世はどんな場合にも、他者の行動に対して先手を打つことができる。それはシェイクスピアの創造したヘンリー5世の特徴であり、歴史的文献のどこにも発見できない特徴である。典型的な例として、アザンクールの戦

上：15世紀の挿し絵に描かれたアザンクールの戦い。1415年10月25日、形勢が一変してヘンリー側に有利になる。ここで彼は、数の上では優るフランス軍に対して決定的勝利をおさめる。

歴史劇〔『ヘンリー5世』〕 75

ヘンリー、部下を奮い立たせる

　　もう一度あの突破口へ突撃だ、諸君、もう一度！
それが成らずばイギリス兵の死体であの穴をふさいでしまえ。
平和時にあっては、もの静かな謙遜、謙譲ほど男子にふさわしい美徳はない。だが、いったん戦争の嵐がわれわれの耳もとにふきすさぶときは、虎の行為を見習うがいい。
　　　　　　　　　　　　　　（3幕1場1〜6行）

　　さあ、獲物が飛び出した、
はやる心についていけ、突撃しながら叫ぶのだ、
「神よ、ハリーに味方したまえ、守護聖人セント・ジョージよ、イギリスを守りたまえ！」
　　　　　　　　　　　　　（3幕1場32〜34行）

　　今日を生きのびて安らかな老年を迎えるものは、
その前夜がくるたびに近所の人々を宴に招き、
「明日は聖クリスピンの祭日だ」と言うだろう、
そして袖をまくりあげ、古い傷あとを見せながら、
「聖クリスピンの日に受けた傷だ」と言うだろう。
老人はもの忘れしやすい、だがほかのことはすべて忘れても、
その日に立てた手柄だけは、尾鰭（おひれ）をつけてまで
思いだすことだろう。
　　　　　　　　　　　　　（4幕3場44〜51行）

　　帰って司令官に伝えよ、
われわれは泥まみれに働く勇士たちだ、お祭り用の
軍隊ではなく。晴れやかな衣服や装飾はたしかに雨中の難行軍によってすっかり汚れている。
　　　　　　　　　　　　（4幕3場108〜11行）

いの前夜、変装してひとりで兵士たちのあいだを歩きまわったことがあげられる。そこで長々とつづく議論のテーマは、王に対する臣下の忠誠と、臣下に対する王の責任についてである。変装した王が戦いは正義のためであり、戦いは名誉あるものだと主張すると、兵士ベーツはそれに応えて、次のように言う。

　　おれたちは王様の家来だってことさえ知ってりゃ十分なんだ、
かりに大義名分が王様になくたって、
おれたちは家来として服従したんだってことで罪は消えるんだ。
　　　　　　　　　　　　（4幕1場130〜33行）

別の兵士ウィリアムズはそれに加えて、「そのかわり、大義名分がなけりゃあ王様自身がひどい責任をしょいこむことになるぜ」（133〜35行）と言う。ヘンリーの長々しい返答は、彼が一兵士の言うことをいかに真剣に受け取っているかという点だけでなく、彼の自信満々の外見の裏には、いかに大きな倫理的不安がひそんでいるかという点でも注目に価する。変装したヘンリー王は「王様は兵士ひとりひとりの死に責任を負ってはいないんだ」（155〜56行）と口にする。このことばに対して、はっきりものを言う疑い深い兵士たちが賛同したかどうかは明らかではない。しかし、彼らがこの芝居の観客に代わって疑問をいだくことはまちがいない——結局のところ、もし、ヘンリーが兵士たちに責任を負わないとしたら、なぜ、彼らが王と王の願望に対して責任をとらなければならないのだろうか。

群れなすイメージ

この作品でもっとも印象的なイメージのひとつは、早い段階でヘンリーの最初の重要な演説というかたちで登場する。

上：1989年の映画より。ケネス・ブラナー演じるヘンリーはアザンクールの戦いに先立って兵士たちを鼓舞する。

76　演劇作品

いずれこのボールにふさわしいラ
ケットが用意でき次第、
フランスのコートにおいて一勝負し、
彼の父君の王冠を
コーナーぎりぎりにたたき落として
みせよう。
（中略）
さらに冗談好きな皇太子に伝えてほ
しい、彼のこの嘲弄は
テニスのボールを砲弾に変えたと。
そしてその砲弾とともに
飛びきたって破壊をもたらす復讐に
たいしては、ひとえに
彼の魂が痛恨の責めを負うべきであ
ると。
（1幕2場259〜63行、および281〜84行）

かくて、テニスボールは観客の心の眼には〈砲弾〉となる。シェイクスピアは、放蕩者の王子を武人王に変容させていくのである。

イメージの群れは、また各幕の前に登場する説明役(コーラス)と呼ばれる人物の台詞に生命を吹きこむ。説明役の述べるプロローグは「われらの力の及ばざるを皆様方の想像力で補いたまえ」(23行)と、直接観客に向かって訴える。シェイクスピアはこの芝居の最初の台詞で、劇場の理念そのものについて語っている。説明役はイングランドの昼下がり、大きな戦闘をはじめとする壮大な芝居を、ほとんど小道具を使わないちっぽけな舞台で演じるのは、あまり写実的とは言えないと語り、ときには観客の期待はずれのこともあると予防線をはるのである。

おお、創造の輝かしい天頂にまで炎
を噴き上げる
詩神ミューズよ、なにとぞ力をかし
たまえ、
舞台には一王国を、演ずる役者に
は王侯貴族を、
この壮大な芝居の観客には帝王たち
を与えたまえ！
（プロローグ1〜4行）

フランスの王位継承者である皇太子が、ヘンリーを嘲笑するプレゼントとしてテニスボール一箱を送ってくる。新しいイングランド王の横柄な態度に対して軽蔑を表わすためと、彼に若いころの放蕩者という評判を思い出させるためである。ここでヘンリーは、雄弁で背筋が寒くなるような台詞を語り、自分が侮りがたい男であり、ことばを自分に有利にあやつれる人物であることを、人びとに見せつける。

皇太子の私にたいするご冗談、愉快にうけたまわった、
この贈り物と使節のかたがたのご苦労には感謝する。

説明役(コーラス)の役割

説明役による次の場面の紹介においても、群れをなすイメージが見出せる。第2幕の紹介では、「いまやイギリスの若者はことごとく火と燃え」(1行)と語られ、それを聞いたわれわれは、戦争の準備でわきたつ熱狂について鮮明な印象を与えられる。しかし「そのうつろな胸」(21行)ということばから、観客はイングランド軍の統一が個人的

歴史劇〔『ヘンリー5世』〕 77

エリザベスの将軍

第5幕で説明役は、アザンクールの勝利のあと、ロンドンに帰還したヘンリーに対する熱狂的歓迎を描くのに類似の状況をあげて比較しているが、それはこの芝居の最初の観客にとって、きわめて時事的なものだった。

同様に市民に愛されているわれらの将軍が、
女王陛下の命によるアイルランド征討を終え、
反逆者をその剣先に串刺しにして凱旋されるならば。
(30～32行)

ここでシェイクスピアが言及しているのは、エセックス伯ロバート・デヴェルー（1566～1601年）だが、彼は人気のあるさっそうとした若い廷臣で、年老いたエリザベス女王の寵臣であり、1596年、スペインのカディスの襲撃に成功した英雄でもあった。エセックスは、この作品が書かれた時期に、第2代ティロン伯ヒュー・オニール率いるアイルランド反乱軍を鎮圧するために、戦闘の指揮をとっていた。

しかしながら、1599年初頭ごろの作者の熱狂は、その年の終わりまでつづかなかったにちがいない。この戦闘は失敗に終わり、結局エセックスは休戦協定を結んだのである。女王はこれに激怒した。エセックスは命令にそむいて、戦いを続行することなく、急遽、ロンドンへ戻る。その後、女王と口論になり、自宅蟄居の身となった。やがて、彼はすべての官職を剥奪され、1601年初頭、クーデターを起こすが、失敗に終わる。女王の軍隊に捕らえられたエセックスは、1601年2月25日、斬首の刑に処せられた。

左：エセックス伯ロバート・デヴェルーの肖像画。1596年ごろ、オランダで生まれ英国で活躍したマーカス・ギーレアツ（子）の工房で制作された。エセックスは、当時カディスの占領によって人気の絶頂期にあった。

な裏切りによって脅かされることを予感して、やがてヘンリーが阻止することになる陰謀について知る。

説明役は第3幕の冒頭で、フランスでの戦いのために英仏海峡をわたるヘンリーの艦隊について、生き生きとしたイメージを与えてくれる──「いかがです、無数の帆が目に見えぬ微風をいっぱいにはらんで」（10～11行）。さらに、起こるハーフラー（アルフルール）の包囲戦についても同様である──「車ではこばれてきた大砲が／包囲されたハーフラーに死をもたらすその不気味な砲口を向けております」（26～27行）。

第4幕冒頭では、説明役はアザンクールの戦いの前夜の場面を髣髴とさせる一連の印象的なイメージを用いる。イングランド軍の兵士たちには「自信に満ちあふれ、浮かれ気味のフランス軍将兵」（18行）の声が聞こえるという。それほど近いところで野営しているわけである。兵士たちは「祭壇に捧げられた生贄のように」（23行）翌朝の戦いを不安なまま待ちうける。その様子は、まるで「大勢の恐ろしい幽霊」（28行）のようであるという。

第5幕の導入部では、説明役は、ロンドンに帰還するヘンリーが、通りにあふれる群集の歓呼の声で迎えられる様子を描写する。この時事的なイメージは、陰鬱な敗北が影をおとす軍事的勝利の主題にピリオドを打つ。

まるで古代ローマの元老院議員たちのように
足元に群がる平民たちを従えて、凱旋する
彼らのシーザーを出迎えに歩をはこんでおります。
たとえばいま、身分は国王ヘンリーに劣るとも
同様に市民に愛されているわれらの将軍が、
女王陛下の命によるアイルランド征討を終え、
反逆者をその剣先に串刺しにして凱旋されるならば
(26～32行)

現代の紛争を写しだす鏡

シェイクスピアのすべての戯曲のなかで、時事的な出来事がよく舞台に反映される芝居といえば、『ヘンリー5世』のほかには『ハムレット』があるくらいである。映画化された『ヘンリー5世』については、もっとも有名な作品

過去に生命を吹きこむ

イギリスでは、演出家ウィリアム・チャールズ・マクレディーが、1839年に、それぞれの説明役（コーラス）のために凝ったジオラマを導入するまでは、19世紀の上演はつまらないものだった。その演出では、説明役は大きな草刈り鎌と砂時計をもった〈時の翁〉として登場し、出帆する大艦隊や包囲戦、また、ヘンリーのロンドン帰還を歓迎する大群集などが演出された。このジオラマの実施は、演出家チャールズ・キーンによる1859年の上演で最高潮に達した。そこではヘンリーの凱旋を迎える群集のために、600人のエキストラが集められた。

がふたつある。ローレンス・オリヴィエ（1944年）とケネス・ブラナー（1989年）の作品である。イギリス政府が出資したオリヴィエの映画では、強力な抵抗にもかかわらず勝利をめざして戦うイングランド軍の姿が描かれた。それは厭戦気分に染まっていた当時の観客に、国民的矜持を高揚させた。一方、ブラナーの作品はそれほど明快ではない。この映画は、ヘンリーの国家主義的な演説を称賛し、結末では、イングランドの勝ち誇った魅力的な征服者を描いている。しかしながら、この作品はまた、戦争の残虐性と無辜の人びととの殺戮とをなまなましく描いていて痛ましい。この点で、この映画はヴェトナムやフォークランド諸島をはじめ、至るところで起こっている紛争のトラウマや残虐行為、また、それに付随する被害についての、昔も今も変わらない経験を反映している。さらにそれは、軍事行動のイメージが――これは主にテレビの出現によるのだが――1940年代よりも1980年代の方がはるかに人目を引くようになっているという事実も反映している。ケネス・ブラナーのヘンリーは、国王として魅力的であるだけでなく、危険でもある人物になっている。

　この作品が書かれて400年たって初めて、フランスに対するイングランドの勝利をテーマにしたこのシェイクスピアの戯曲が、フランスで上演された。1999年7月9日、ジャン・ルイ・ベノワの演出で、アヴィニョンの法王庁の〈名誉の中庭〉で上演されたのである。1997年には、『戦争へ』というタイトルで、リュック・パーシヴァルとトム・ラノイエによる、ベルギー・オランダ合同公演が行なわれた。この作品はシェイクスピアのふたつの歴史劇四部作（リチャード2世、ヘンリー4世、ヘンリー5世、ヘンリー6世、エドワード4世、リチャード3世の治世をすべてふくむ）から材をとって、三部作の芝居に仕立てたものである。この公演はシェイクスピアの歴史劇の素材を、1990年代のベルギーの社会的・政治的状況にみごとに適合させたことで好評を博した。

> 勇んで海へ乗り出すぞ、高々と軍旗をひるがえすのだ。／
> フランス王たらずんば
> イギリス王の名を捨てるのだ！
>
> 王ヘンリー（2幕2場192〜93行）

下：マイケル・シーン演じるヘンリーが、部下の将兵たちを率いて戦闘におもむく場面。1997年、ロイヤル・シェイクスピア劇団が現代の紛争地域に舞台を移して行なった公演より。

『ヘンリー8世』
Henry VIII

あらすじ：バッキンガム公はウルジー枢機卿を疑うようになり、王におよぼす彼の影響力について不満をいだく。しかし、バッキンガムは逮捕され、王の名において大逆罪で告発される。バッキンガムは自分の監督官が密告したことを知るが、ウルジーのさしがねではないかと疑う。枢機卿は政治的に王を支配しているようにみえるが、じつは大衆に人気がなく、王の名を借りた僭越なふるまいのために、王への影響力も危うくなる。ヘンリーはウルジー邸の晩餐会で、アン・ブリンと出会う。

バッキンガムは処刑される。一方、ヘンリーは妻キャサリンと離婚しようとはかる。キャサリンは法廷の法王代理人のまえで弁明して、離婚を拒否する。ウルジーは失脚し、職を奪われる。ヘンリーは法王の反対を押し切り、キャサリンと離婚。アンは王妃となり、ほどなく娘を産む。ウルジーは死ぬ。ウィンチェスター司教ガードナーはアンのプロテスタント的傾向を認めず、キャンタベリー大司教クランマーを異端のかどで告発する。クランマーはヘンリーとの友情のおかげで救われ、最終場面で、アンの娘エリザベスは、盛大なファンファーレのうちに洗礼をほどこされる。

上：ハンス・ホルバイン（子）によるヘンリー8世の肖像画（1540年頃）。彼の権力欲や尊大で頑迷な様子をみごとにとらえている。

登場人物

- 国王ヘンリー8世
- 枢機卿ウルジー
- 枢機卿キャンピーアス
- キャピューシアス　神聖ローマ皇帝カール5世からの大使
- クランマー　キャンタベリー大司教
- ノーフォーク公
- バッキンガム公
- サフォーク公
- サリー伯
- 宮内大臣
- 大法官
- ガードナー　王の秘書官、のちにウィンチェスター司教
- リンカン司教
- アバガヴェニー卿
- サンズ卿（サー・ウォルター・サンズとも呼ばれる）
- 騎士ヘンリー・ギルフォード
- 騎士トマス・ラヴェル
- 騎士アントニー・デニー
- 騎士ニコラス・ヴォークス
- クロムウェル　ウルジーの部下
- ウルジーの秘書官
- グリフィス　王妃キャサリンの侍従
- 3人の紳士たち
- 医師バッツ　王の侍医
- 紋章院式部官長
- バッキンガム公の監督官
- ブランドンおよび王室守衛官
- 枢密院の守衛
- 門衛およびその手下
- ガードナーの小姓
- 法廷の呼び出し役
- 王妃キャサリン　ヘンリー8世の妻、のちに離婚
- アン・ブリン　王妃に仕える女官、のちに王妃
- 老婦人　アン・ブリンの友人
- ペーシェンス　王妃キャサリンの侍女
- 精霊たち
- 司教たち、黙劇のなかの貴族たち・貴婦人たち、王妃に仕える侍女たち、書記たち、役人たち、護衛たち、従者たち

創作年代：
1612年ごろ

背景：
イングランド、1508～33年

登場人物：71人

構成：
5幕、16場およびプロローグとエピローグ、3,221行

1612年ごろに、劇作家ジョン・フレッチャーと共同で執筆された『ヘンリー8世、または、すべて真実』は、シェイクスピア最後の歴史劇である。『ヘンリー8世』は、王朝間の衝突（たとえば『リチャード3世』に至る薔薇戦争を扱った作品群）、あるいは王と貴族のあいだの衝突（たとえば『ヘンリー4世』二部作）、またはイングランドとフランスのあいだの衝突（たとえば『ヘンリー5世』あるいは『ヘンリー4世・第1部』）ではなく、宮廷の政治的陰謀に焦点をしぼっている。

きわどい関係

シェイクスピアはチューダー朝を主題とした最初で唯一のこの作品において、慎重に筆をはこんでいる。たとえば、王の離婚請求についてのローマ・カトリック教会との論争、および枢機卿ウルジーの失脚は描かれているが、キャサリン・オヴ・アラゴンを妻とするヘンリーが、アン・ブリン（ブーリン）とみだらな関係をむすんだことの詳細については何も触れられていない。省略されたことでもっとも顕著な例は、ローマ教会との決裂とイングランドのプロテスタントへの転向である。

こうした省略は、『ヘンリー8世』が初演された1613年がチューダー朝終焉の直後であったことを考えれば理解できる。エリザベス1世は10年前に亡くなり、そこで1世紀以上つづいたチューダー朝にピリオドが打たれた。当時は、エリザベスが後継者に指名したジェイムズ1世の治世下であった。シェイクスピアとフレッチャーはここで政治的配慮をしなければならなかった。彼らはイングランドの宮廷特有の裏切りや欺瞞、天の恵みであるエリザベス誕生への期待を、絶妙なバランス感覚で描く必要があったのである。ヘンリー8世の宮廷は危険と血なまぐさい争いにみちた場所だったかもしれないが、偉大な処女王エリザベスを生み出した場所でもあった。

エリザベスの名声が重要な意味をもっていたことは、芝居の最終場面におけるヘンリーとアンの娘（エリザベス）を歓迎する台詞に明らかである。

> この姫は——神よ、つねに姫のおそばにあらんことを——
> いまだ揺籃のなかにあるおん身ながら、すでにわが国に
> 幾千万の天恵を約束されております。時いたりなば
> それはみごとな実りを見ることでしょう。この姫こそ——
> （いま生きているものはそのお姿を拝しえないでしょうが）——
> いずれは同時代のすべての君主、後世のあらゆる国王の
> 鑑となられるべきかたです。
> 　　　　　　　　　　　　　　（5幕4場 17〜23行）

エリザベス1世が将来偉大な君主になることをシェイクスピアとフレッチャーが強調したもうひとつの理由は、現王ジェイムズの娘がエリザベス1世の衣鉢をつぐことが期待されていたからである（ちなみに1613年2月、同じエリ

宮内大臣：おそらく、兄上の妻であられたお
　妃とのご結婚が／
お心にかかっておられるのでしょう。
サフォーク：（傍白）いや、ちがうぞ、／
お心にかかっているのは別のご婦人だろう。

（2幕2場 16〜18行）

ザベスという名をもつジェイムズ1世の娘が、パラタイン選帝侯フリードリッヒと結婚している）。

二重の構造

『ヘンリー8世』は歴史的材源にみられるエピソードを自由に組み合わせて、25年におよぶヘンリーの治世を描いている。作者はこれらの材源——ラファエル・ホリンシェッドの『イングランド、スコットランド、およびアイルランド年代記』（1587年）、およびイングランドの清教徒ジョン・フォックスの記念碑的な『殉教者列伝』（1563年に始まる4つの版）——から素材を得て、歴史劇とロマンス劇というふたつの異なるジャンルをむすびつけた芝居のプロットを誕生させたのである。

シェイクスピアやフレッチャーの観客は、ウルジーのような主要な登場人物のことはよく知っていたと思われる。彼らは〈偉大な人物の没落〉——ボッカチオの『著名人の

クランマー、エリザベス女王に期待する

> およそこのような偉大なかたの
> 人格を形成すべき徳高き美質のいっさいが、さらには
> 善き人にともなう美徳のいっさいが、この姫においては
> つねに二倍の輝きを放つことでしょう。
> 　　　　　　　　　　　　　　（5幕4場 25〜28行）

> 姫のご成長とともに
> 善はあまねく世に行きわたり、そのご治世にあっては、
> 万民みずから育てた葡萄棚の下で楽しく食事をし、
> 隣人相集って平和の歌を陽気に歌うことでしょう。
> 神の教えは正しく知られ、姫の周囲にあるものは
> 姫にならってまことの栄誉の道を悟り、血筋ではなく
> みずからの徳の高さによって名誉をえようとするでしょう。
> 　　　　　　　　　　　　　　（5幕4場 32〜38行）

> この姫はイギリスにとって幸いにも、ご長命の女王となられ、
> 限りない日々をすごされましょうが、そのうちの一日とて
> 名誉の名にふさわしい行為がなされぬ日はないでしょう。
> その先のことは予知しえなければよかったのですが、
> 姫もまた死なねばなりません、どうしても、聖者たちが
> どうしてもお召しになると言うのです。姫は処女のまま、
> 汚れなき白百合のまま、大地にお帰りになるでしょう、
> 世界じゅうの哀悼の声に送られて。
> 　　　　　　　　　　　　　　（5幕4場 56〜62行）

上：19世紀のイギリスの俳優ヘンリー・アーヴィングが演じた枢機卿ウルジー。ウルジーは、権力闘争をテーマとするこの芝居における権謀術数に長けた人物である。

没落について』にちなんだ名称——の例として描かれており、このことは多くの例となる人物の話を集めた『王侯の鑑』（『行政官の鑑』）（1559年）を通してよく知られていた。『ヘンリー8世』で宮廷内の政治的陰謀の問題に焦点が当てられるときには、この〈偉大な人物の没落〉のパターンがプロットを進行させてゆく。

この芝居のもうひとつの構造は、神の摂理にもとづいたロマンスという枠組である。すべての道は、未来の女王エリザベス1世の誕生へと通じる。これは、ヘンリーに、のちにはアンに迫ってくるどんな危機も、彼らの娘の誕生を可能にするためには克服されなければならないとする、目的論にもとづいた構造になっている。

スペクタクルの背後に

この作品の副題が示唆するように、『すべて真実』は〈真実〉と〈ありのまま〉を扱っている。しかしながら、何が〈真実〉であるのかを識別すること、あるいは『ヘンリー8世』というこの作品が、チューダー朝におけるヘンリー8世の治世について真実を描いていると、われわれがどの程度の確信をもって言えるのかを判断することは容易ではない。クランマーは芝居の最後で、エリザベスの幸運な未来について楽観的な予言をするが、その楽観的態度は、それ以前の多くの場面の特徴となっていたシニシズムとそぐわない感じがする。たとえば、この芝居は、ノーフォーク公がヘンリーとフランス王フランソワ1世との会見で目撃したことの報告ではじまる。1520年夏、カレー郊外で行なわれた〈金襴の陣〉の会見である。ここで、有名な馬上槍試合の催しについて語るノーフォークのことばは、表面的にみれば、壮大で華麗な見世物に対する賛辞にほかならない。

　　　　今日、フランスがたが
金色燦然と異教の神々さながらに
イギリスがたを圧倒するかと思うと、明日、イギリスがたが
ブリテンを黄金の国インドと化し……
　　　　　　　　　　　　　　（1幕1場18〜21行）

しかし、よくよく考えて、ノーフォークはこのような壮麗な見世物も、事実上、イングランドの政治的利益にとってはなんの役にも立たないとほのめかす。

　　　　残念ながら、
フランスとわが国の平和条約は、それに要した費用ほどの
価値があるとはとうてい思えぬ。
　　　　　　　　　　　　　　（1幕1場87〜89行）

ノーフォークとバッキンガムは、会見のお膳立てをしたのが枢機卿ウルジーだと知ると、バッキンガムはこの壮麗な見世物を「ばか騒ぎ」（54行）だとして切り捨てる。ここでは、堂々とした外見は中味の失望をかくす場合が多いということが示唆されている。

もうひとつの重要なテーマは、男女を問わず、地位の高い人物の幸運、あるいは不運である。たとえば、枢機卿や女王や大司教などが、いかにして権力と地位をつかみ、それからすべてを失うかがつねに描かれるのである。

政治的イメージ

この作品の初演は1613年の晩春か初夏のころであるが、その直前に重要な事件がふたつ起こった。ジェイムズ1世の長男で王位継承者のヘンリーが、1612年11月に死亡したこと、そして、1613年2月、王の娘エリザベスがパラタイン選帝侯と結婚したことである。

当時の国全体の雰囲気は、プロローグの沈んだ調子のなかに読みとることができる。これからくり広げられる芝居は愉快なものではなく、〈高尚〉なものであるというのである。

　　　　これから
ごらんに入れますは
笑いを招くものでなく、
高尚にして厳粛な

構えて、狙って、打て？

『ヘンリー8世』は劇場を、文字どおり、倒壊させた芝居である。1613年6月29日の公演の際に、発射された大砲が、ロンドンのグローブ座のかやぶき屋根に飛び火した。その火事で建物は焼け落ちたが、怪我をした観客はひとりだけだった。ズボンに火がついたが、運よく、手近にあったビールで、火は消し止められたのだった。

```
                    ヘンリー7世
                  (在位1485～1509年)
                       結婚
                  エリザベス・オヴ
                       ヨーク
```

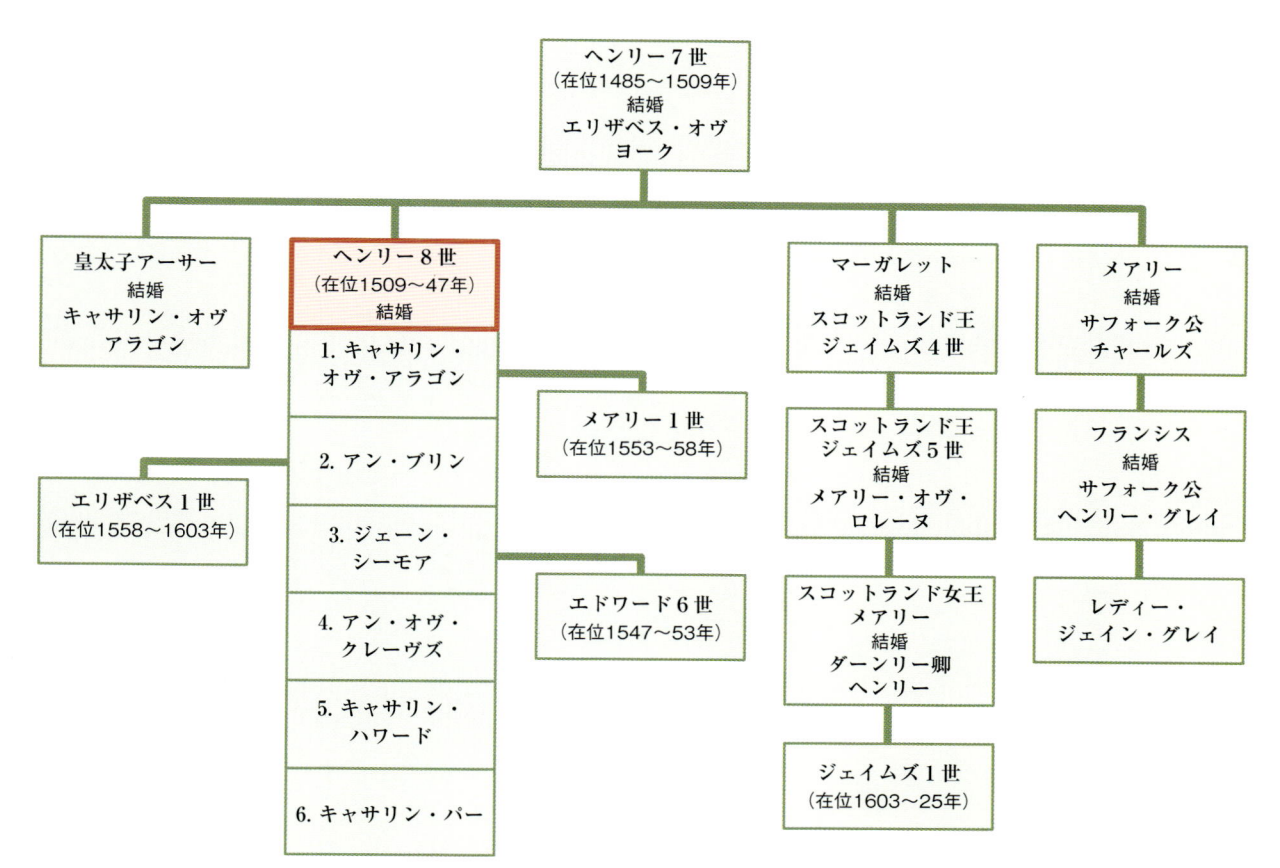

系図

薔薇戦争は1485年に終結したが、イングランドの王座をめぐる親族間の陰謀は、1世紀以上もつづいた。そしてついにジェイムズ・ステュアートが1603年に王座につくにおよんで、チューダー朝は終焉をむかえた。

皇太子アーサー / 結婚 / キャサリン・オヴ・アラゴン

ヘンリー8世 (在位1509～47年) 結婚
 1. キャサリン・オヴ・アラゴン
 2. アン・ブリン
 3. ジェーン・シーモア
 4. アン・オヴ・クレーヴズ
 5. キャサリン・ハワード
 6. キャサリン・パー

エリザベス1世 (在位1558～1603年)

メアリー1世 (在位1553～58年)

エドワード6世 (在位1547～53年)

マーガレット / 結婚 / スコットランド王ジェイムズ4世
スコットランド王ジェイムズ5世 / 結婚 / メアリー・オヴ・ロレーヌ
スコットランド女王メアリー / 結婚 / ダーンリー卿ヘンリー
ジェイムズ1世 (在位1603～25年)

メアリー / 結婚 / サフォーク公チャールズ
フランシス / 結婚 / サフォーク公ヘンリー・グレイ
レディー・ジェイン・グレイ

涙を誘う芸術です。
　　　　　　　　　　　　　　　　(1～5行)

ここで使われている高尚(ハイ)と低俗(ロウ)のイメージは、『ヘンリー8世』における中心的テーマを先取りしている。すなわち、政治的運命の興隆と没落というテーマである。

ヘンリーはほとんどの場合、政治的陰謀にかかわっていない。陰謀を扇動するのは枢機卿ウルジーやガードナーのような宗教関係者であり、それらの陰謀は反対派を押しつぶしたり、自分自身の目的を推し進めたり、さらには権力の中枢にいる人びとに影響を与えるために仕組まれる。そして、そのような行為には、自然や捕食動物のイメージがつきまとう。バッキンガムいわく、枢機卿ウルジーは「聖職者面したあの狐、と言うか、狼」であり、「陰険であると同時に強欲」(1幕1場158～60行)である。また、キャサリンは離婚手つづきの最中に自己弁護をして、自分を「かつては野の女王として咲き誇った百合の花」(3幕1場151～52行)にたとえている。

重要な翻案

『ヘンリー8世』は17世紀後半のイングランドの王政復古時代に、大幅な改作なしで上演された数少ない芝居のひとつである。それは詩人で劇作家のウィリアム・ダヴェナントの手によって、ほとんど無削除で、豪華絢爛たる壮麗な宮廷風のだし物として上演された。

『ヘンリー8世』は18世紀イングランドにおいてもダヴェナントの場合と同じように、豪奢な衣裳と舞台装置を用いた王党派的イメージに力点をおいて上演された。19世紀になると、ロンドンでの公演は1788年、俳優で劇場支配人のジョン・フィリップ・ケンブルが始めたように、もっと現実的な舞台設定へと方向を転じた。1855年、俳優で演出家のチャールズ・キーンは豪華な装置や衣裳(詳しい調査のおかげで、時代考証のしっかりした衣裳と小道具がそろえられた)と、歴史的出来事の現実的描写の重視とを結びつけたが、そうした公演が趨勢となったのである。

最近では、イギリス、アメリカ、それに日本における公演において『ヘンリー8世』は伝統を重んじる壮麗な見世物であり、また痛烈な政治的な諷刺劇であるとの解釈がなされてきた。そして現代の舞台に対しては、『すべて真実』という面白半分でつけたタイトルそのものように、無数の解釈を許している。

下：離婚問題で苦しむキャサリン(コリン・ジャベール、右)を慰めるペーシェンス(エイミー・フィネガン)。2006年、ストラトフォードのホリー・トリニティー教会で行なわれたロイヤル・シェイクスピア劇団の公演より。

歴史劇〔『ヘンリー8世』〕

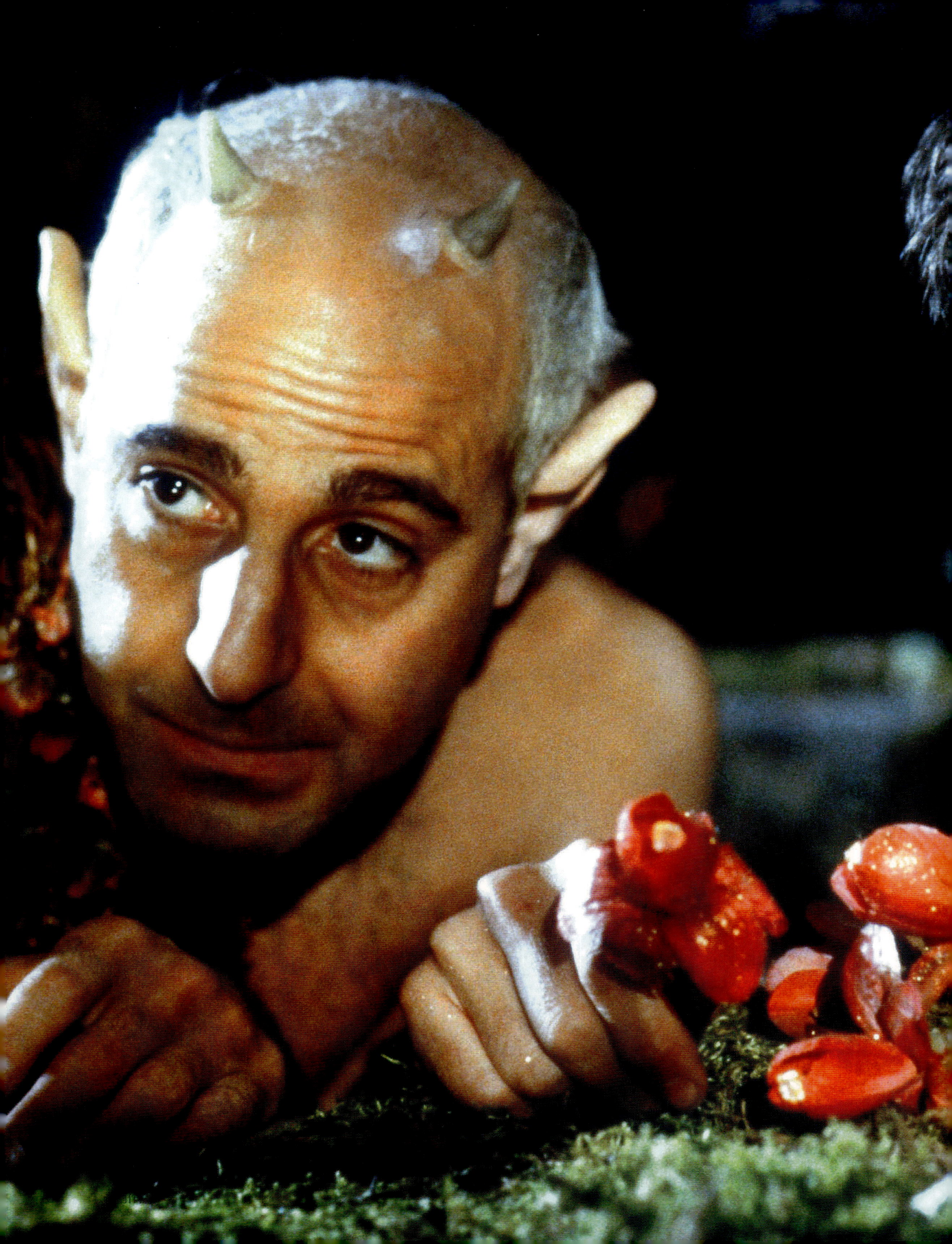

喜劇

シェイクスピアの喜劇では、機知に富んだことば遊びが頻出し、また、主として相手を取り違えることから生じるこっけいな状況がよく描かれる。物語は混乱や災難から始まり、社会的な和解や調和へと向かっていく。また、多くの場合、場面の変化によって幸運な変化がもたらされる。ただし、喜劇はしばしば結婚で終わるが、そうした〈幸せな結末〉が不調和な要素のすべてを払拭することはめったにない。

『ヴェローナの二紳士』 The Two Gentlemen of Verona

あらすじ：ヴァレンタインはヴェローナを離れてミラノ公に仕えるが、そこでミラノ公の娘シルヴィアと恋におちる。ヴァレンタインの友人プローテュースはジュリアに愛を誓っているが、父親の命令でミラノに行き、彼もシルヴィアを恋してしまう。プローテュースはヴァレンタインを裏切り、彼の駆け落ち計画をミラノ公に密告する。ヴァレンタインは追放されて山賊の仲間になる。ジュリアは小姓セバスチャンに変装してミラノに行く。しかし、そこでプローテュースに雇われてシルヴィアに求愛する代役をつとめることになる。一方、シルヴィアはヴァレンタインを探すために逃亡するが、山賊たちにさらわれる。ミラノ公やジュリア（セバスチャン）と共にシルヴィアを探しに出たプローテュースは、山賊たちからシルヴィアを救うが、彼女を力づくで凌辱しようとする。そこにヴァレンタインが現われる。彼はプローテュースが悔い改めるのを見て、彼にシルヴィアをゆずろうとする。それを見たジュリア（セバスチャン）は気絶して、正体を知られてしまう。ジュリアとプローテュースは縒りをもどし、2組の結婚式が行なわれることになる。

創作年代：
1590～91年ごろ

背景：
ヴェローナ、ミラノおよびマントヴァ近郊の森、16世紀ごろ

登場人物：13人

構成：
5幕、20場、2,288行

登場人物

ミラノ大公　シルヴィアの父
ヴァレンタイン、プローテュース　ふたりの紳士
アントーニオ　プローテュースの父
シューリオ　ヴァレンタインの愚かな恋がたき
エグラモー　シルヴィアの駆け落ちの援助者
宿屋の亭主　ジュリアの宿泊先の宿の主人
山賊たち　ヴァレンタインに従う
スピード　ヴァレンタインの小姓
ラーンス　プローテュースの召使い、道化
パンシーノ　アントーニオの召使い
ジュリア　プローテュースの恋人
シルヴィア　ヴァレンタインの恋人
ルーセッタ　ジュリアの侍女
召使い、楽士たち

シェイクスピアの最初期の作品とされる『ヴェローナの二紳士』は、愛と友情との葛藤という潜在的に危険なテーマを追求している。シルヴィアはヴァレンタインの唐突な救出劇によって凌辱をまぬがれ、直後にあわただしく和解が成立する。こうした展開は軽々しいといった印象をあたえる。台詞はきわめて様式的で、丁々発止の機知に富んだ台詞が優先され、人物描写は二の次になっている。

> ジュリア：口数が少ないのは愛が小さい証拠でしょう。
> ルーセッタ：周囲を閉ざされた火は強く燃えるものでしょう。
> ジュリア：愛を外に示さない人は内にも愛がないのだわ。
> ルーセッタ：愛をひけらかす人は愛が小さいのですわ。
> （1幕2場29～32行）

この芝居は滑稽な所作にあふれている。画策された手紙はずたずたに引き裂かれ、道化は家族の離散を悲しんで靴に話しかけ、また、ヴァレンタインは縄ばしごをもっているのが見つかって、駆け落ちを阻止される。また一方で、哀切きわまりない場面もある。少年の扮装をしたジュリアは、恋人が別の女性に求愛するのを目の当たりにする。彼女はかつて演じた芝居について語ることによって、プローテュースに裏切られた苦悩をシルヴィアに訴える。

友情とロマンス

シェイクスピアは『ヴェローナの二紳士』のなかで、平行してふたつの筋を編み込んでいる。三角関係の恋物語は、ホルヘ・デ・モンテマヨールのスペイン語の散文『ダイアナ』を翻案したものである。これは1559年頃に出版され、ついでフランス語と英語に翻訳されている。一方、友情物語はサー・トマス・エリオットの『為政者の書』（1531年）のなかの「タイタスとギシパス」を参考にしている。エリオットも言っているように、これは「友情の適切な一例」である。

友情はまさにこの芝居の主要テーマであり、そのことは、プローテュースの次のことばに要約されている――「恋において／友人を大事にする男がいますか？」（5幕4場53～54行）。一方、『ヴェローナの二紳士』は紳士道も追求している。パンシーノによれば、紳士道とは、戦地もしくは未

変わりつづけるプローテュース

> あなたが、ジュリア、あなたがおれを別人に変えたのだ、
> （1幕1場66行）

> ああ、恋の春は変わりやすい
> 4月の空に似ている、
> （1幕3場84～85行）

> 天よ心変わりをしなければ
> 男は非の打ちどころがないはずだ。
> （5幕4場110～11行）

知の島におもむくこと、大学での勉学、馬上槍試合での武勇、高貴な人びととの礼儀正しい会話、偉大なる君主に仕えることなどのことであるという（1幕3場）。プローテュースはそうした教養も礼儀正しさもまったく持ち合わせていない。芝居のなかで道化たちは皮肉まじりのコメントをする。ラーンスは自分の犬のクラブについて、次のように言う。

> 大公のテーブルの下に紳士ふうの犬が3、4匹いたところへ入り込みやがったんで。するとたちまち、ションベンする間もあらばこそ、部屋じゅうのものにかぎつけられちまった。
> （4幕4場17～20行）

スピードは自分の恋人の長所について家事用語を連ねてほめあげ、伝統的な宮廷風恋愛のことば遣いを茶化す――「ひとつ、酒作りができる」（3幕1場303行）。もうひとつの重要なテーマは父親の権限についてである。アントーニオは息子プローテュースを意志に反してミラノに送る。また、ミラノ公はシルヴィアの恋を無視して、廷臣のシュー

左：5幕4場、シルヴィアに襲いかかるプローテュースをヴァレンタインが阻止する瞬間。1788年のアンジェリカ・カウフマンの絵より。ジュリア（セバスチャン）が驚いて見ている。

リオと結婚させようとするのである。

恋愛の雰囲気
恋人たちは宗教的な用語をもちいて愛のことばをいろどる。「ざんげ」、「聖なる」、「祭壇」、「愛の神の堅い信者」、「真に献身的な巡礼者」、「人のために祈る人」、「神々しい聖人」などである。一方、主としてラーンスやスピードがくり出す動物への言及は、そうした理想主義に水をさす。「魚」、「カラス」、「キツネ」、「ウォータースパニエル」、「羊」、「羊肉」（エリザベス朝時代においては売春婦を意味する俗語）などがそれにあたる。また、個性やアイデンティティーに対しては、「絵画」や「化粧」、もしくは「陰」などのモチーフを通して疑念がさしはさまれる。さらに、自然界から取られたイメージは、愛の移ろいやすさを示している。つぼみは色を失い、夏にふくらむ花は荒々しい冬に枯れてしまう。愛は氷のように溶け、潮の流れのように変わるといった具合である。

改作と新演出
1762年、ロンドンのドルーリー・レーン劇場でベンジャミン・ヴィクターが演出した公演では、改作された台本が用いられた。そこでは道化たちのために新しい場面が付け加えられ、ヴァレンタインの「シルヴィアにおけるおれの愛のすべてをきみにあげよう」（5幕4場83行）という台詞は削除された。この改作がおよぼした影響は大きかった。1841年、チャールズ・マクレディーが演出したドルーリー・レーン公演を別にすれば、18世紀と19世紀の観客が目にしたのは、「よりわかりやすい」芝居だったろうと思われる。

1957年、ブリストルのオールド・ヴィックで行なわれた公演は、スペクタクル的要素をふんだんに取り込んで、この芝居をみごとに復活させた。その後の公演のなかには、恋人たちの性行動の二面性が暗示されているものもあった。とくに1984年、オンタリオのストラトフォードで行なわれたレオン・ルービンの公演では、ヴァレンタインは「私がシルヴィアに抱いている愛のすべてを君にも与える」と言って、プローテュースを抱きしめた。また、2006年、ブラジルの劇団ノス・ド・モッロの公演では、人間が犬のクラブ役を演じ、プローテュースが舞台に登場するたびに、うさんくさそうに彼に向かってうなり声をあげた。

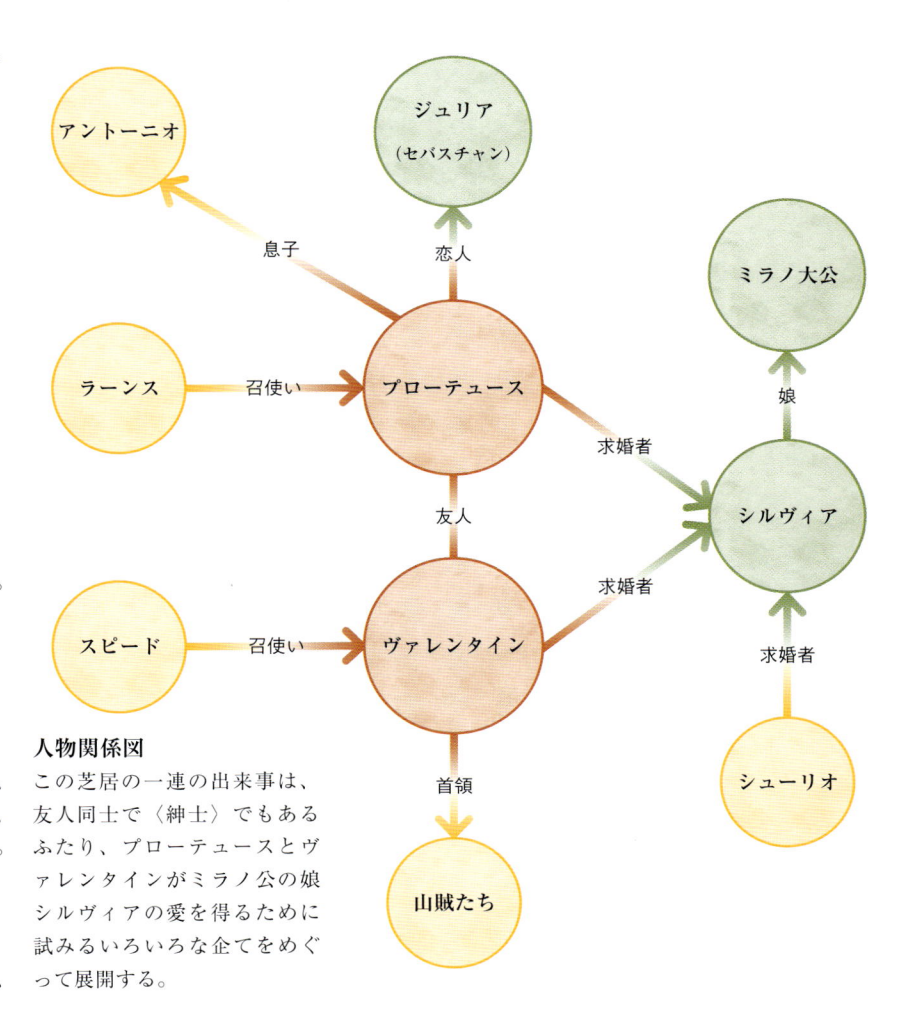

人物関係図
この芝居の一連の出来事は、友人同士で〈紳士〉でもあるふたり、プローテュースとヴァレンタインがミラノ公の娘シルヴィアの愛を得るために試みるいろいろな企てをめぐって展開する。

喜劇〔『ヴェローナの二紳士』〕 87

『間違いの喜劇』 The Comedy of Errors

あらすじ：シラキュースの商人イージオン、その妻エミリア、双子の息子、そして双子の召使いは、滞在先よりシラキュースに戻る途中、海上で嵐にあい、別れ別れになる。イージオン、息子ひとり、召使いひとりの3人は救助され、シラキュースに帰る。エミリア、もうひとりの息子、それに召使いのひとりも助けられるが、彼らは生き別れとなってしまった。数年後、この母と息子、それに召使いは、エフェサス（エフェソス）へ別々にやってくる。シラキュースの息子（アンティフォラス弟）、次にイージオンが、それぞれ兄と息子を探す旅に出て、彼らもエフェソスに別々に到着する。

イージオンは、シラキュースとエフェソス間の旅を禁じる法律を犯した罪で捕らえられ、死刑宣告を受ける。しかし、シラキュースの息子と召使いの方は、エフェソスの兄たちとまちがえられて、温かく迎えられる。エフェソスのアンティフォラス兄の妻エドリエーナはシラキュースの弟と食事をして、夫を家から閉め出す。金細工師と娼婦も同じような間違いを犯す。一方、エフェソスの兄と召使いはシラキュースの弟たちと間違えられる。最後に、一同は偶然、修道院のまえに来合わせて、双子の息子と召使いはお互いが兄弟であることを認識する。女子修道院主のエミリアはイージオンが夫であるとわかり、イージオンは死刑をまぬがれる。

右：エミリア、および赤ん坊のアンティフォラスとドローミオが難破から救助されたところ。19世紀の版画より。家族の離散は1幕1場で死刑宣告を受けたイージオンにより語られる。この芝居の周縁には死と災難の影がつきまとう。

登場人物

- ソライナス　エフェサス（エフェソス）の公爵
- イージオン　シラキュースの商人
- エフェサスのアンティフォラス、シラキュースのアンティフォラス　双子の兄弟
- エフェサスのドローミオ、シラキュースのドローミオ　双子の兄弟、アンティフォラス兄弟の召使い
- バルターザー　商人
- アンジェロ　金細工師
- エフェサスの商人1　シラキュースのアンティフォラスの友人
- エフェサスの商人2　アンジェロの債権者
- ドクター・ピンチ　まじないを使う教師
- エミリア　イージオンの妻、エフェサスの女子修道院院主
- エドリエーナ　エフェサスのアンティフォラスの妻
- ルシアーナ　その妹
- リュース　エドリエーナの女中（またの名ネル）
- 娼婦
- 牢番、首切り役人、使者、役人たち、従者たち

『間違いの喜劇』は全部で約1800行、シェイクスピアの戯曲のなかでもっとも短いが、けっして軽視されるべきではない。とくにその長所は、こみ入ったプロットだけでなく、さまざまな材源を組みなおし、混ぜ合わせ、有機的に統一のとれた芝居に仕上がっている点にある。『間違いの喜劇』はシェイクスピアの正典のなかでも、唯一、古典的な時間・場所・筋の三単一の法則を正確に守っている芝居である。そして、驚くべきことに、人間のおかれている状況を真面目にとり扱っている笑劇でもある。

創作年代：
1592年ごろ

背景：
エフェソス、古典古代

登場人物：16人

構成：
5幕、11場、1,787行

コンテクスト──舞台背景と基調

この芝居に部分的に材源として利用されているローマの喜劇作家プラウトゥスの『メナエクムス兄弟』は、エピダムヌムに場面が設定されている。シェイクスピアはこの舞台背景をエフェソスに移した。おそらく彼には、観客が聖書のエフェソスになじみがあるとわかっていたからにちがいない。エフェソスは聖書のなかでは魔法使いや祓魔師の町であり（「使徒行伝」19章13節）、ダイアナの神殿のある地で

ある（「使徒行伝」19章27節）。パウロはこのエフェソスの住人に向けて、婚姻関係の指針と召使いの主人に対する義務について書いている（「エペソ人への手紙」5章と6章）。この芝居は古典作品をもとにしているので、パウロと縁があるこの町は、格好の舞台背景となっていると言ってよい。

こうして、シェイクスピアは、エフェソスの町が呼び起こす連想を利用した。観客は魔術の町という背景によって、シラキュースからやってきた旅人たちの不安は当然だと感じる。アンティフォラス弟は娼婦に向かって、「お前もほかのものと同じく魔法使いだろう」（4幕3場66行）と言う。また、修道院院主もダイアナ神殿のもつ感情的・宗教的な力によって、キリスト教の女子修道院のなかへと導かれたのであり、それが、最終的な新たな誕生の儀式へとつながっていくのである。

この芝居を締めくくるキリスト教的な雰囲気や、頻出するキリスト教的伝統への言及は効果的に作用して、作品中にみられる夫婦関係の特徴である倫理性を生み出している。プラウトゥスの芝居では、双子のエフェソス人が娼婦と親密な関係をつづけていることは明らかである。シェイクスピアにおいては、彼らの関係が性的であったかどうかはまったく不明である。古典劇のテキストがそうした連想を強調しているのに対し、シェイクスピアはそれを抑制して目立たないようにしているのである。

結婚と貞節

シェイクスピアは『間違いの喜劇』のなかでは、結婚における貞節という問題をもっとも大きくとりあげている。2幕2場でのエドリエーナの台詞は、結婚の絆の尊厳と女性の権利について語る力強いことばとなっている。

> どうか、あなたご自身を私から引き離さないで。
> だって私から私を残してあなたご自身だけを
> 引き離そうとするのは、白波噛む海のなかに
> 一滴の水を落として、それをそのまま
> 増えも減りもしないもとの姿で、また
> 海から引き離そうとするようなもの。
>
> （2幕2場124〜29行）

この芝居では、夫より妻に対してきびしい行動を要求する不公平が扱われているが、心の底から発せられたエドリエーナの意見は、シェイクスピアが結婚の貞節を正しく、かつ相互的なものであると信じていることを明示している。ルシアーナの従順な態度は時代遅れであり、この芝居では有効とはされていない。女子修道院院主（古典劇で言うところの〈機械仕掛けの神〉（デウス・エクス・マキナ）、すなわち、解決できそうもないことを解決するためにタイミングよく登場する人物）はエドリエーナに向かって、家庭で適切な雰囲気作りができていないと叱る――「あなたの嫉妬の発作が、ご主人の正気を奪ってしまったのです」（5幕1場85行）。そして、エドリエーナは、少なくともその一部は受け入れて、自分の過失を認める――「院主様の言葉を聞いていると、自分で自分を非難したくなる」（5幕1場90行）。

かくてわれわれは、エドリエーナが夫に夕食に帰って来るようにとしつこく言うのを額面通りに受け止めなくて

結婚における貞節と調和

> なぜ男の自由は女の自由より大きいの？
> ――エドリエーナ（2幕1場10行）

> 人間は、もっと神に近く、万物の霊長であり、
> うねる大地、うなる大海の支配者であり、
> 魚や鳥などよりはるかにすぐれた
> 知性と魂を与えられているとはいっても、
> やはり男が女の主人であり、支配者であるのです。
> だからお姉様もご主人の意志にそうようになさら
> なければ。
> ――ルシアーナ（2幕1場20〜25行）

> 食事も楽しみもいのちをまもる眠りまでもじゃま
> されれば、
> 人間だってけだものだって気が狂うでしょう。
> ですから、結局はあなたの嫉妬の発作が、
> ご主人の正気を奪ってしまったのです。
> ――女子修道院院主（5幕1場83〜86行）

はいけない。3幕1場の夕食の場面は重要である。エドリエーナは最初の2幕で、夫（と信じている人物）が妻である自分と同席することを求めていたが、夕食の場面はそうした彼女の行動の頂点になっているからである。この出典となっているのはプラウトゥスのもうひとつの戯曲『アンフィトルオ』の一場面である。そこではユピテルが夫の姿を借りて空から降りてきて、妻を誘惑する。シェイクスピアは材源のこの場面を大きく変更している。シェイクスピアの芝居では、夫（双子の兄）とそっくりなシラキュースの弟は妻を誘惑しない。彼は兄の妻とその妹と食事を共にするだけである（のちに5幕1場207〜08行の公爵への報告から明らかである）。彼はエドリエーナの姿をみて恐怖を

下：シラキュースのアンティフォラス（背後にいるのは彼の召使いのドローミオ）が当惑しながらエドリエーナの話に耳を傾ける場面（2幕2場）。2006年、ロンドンのグローブ座公演より。自分の夫に話しているつもりのエドリエーナは、結婚における貞節について、思いのたけを一生懸命語っている。

> アンティフォラス弟：そんなに幅をきかしているのか？
> ドローミオ弟：と言ってもはばかりながらなかなか円満な女でしてね、まんまるなところは地球そっくり、からだじゅうに世界の国々があるんです。
>
> ❀
> （3幕2場112〜15行）

感じた――「ここに住んでいるのは魔女みたいなやつだけだ」（3幕2場156行）。しかし、彼は妹のルシアーナに一目ぼれしてしまい、3幕2場で彼女に求愛する。この3幕の1場と2場のふたつの場面を並べてみると、シェイクスピアが、いかにみごとに材源を融合させているかがよくわかる。第2場のロマンティックな恋人たちの愛の場面は、プラウトゥスではなく、ルネサンス期イタリアの恋愛喜劇が出典となっている。ルシアーナの原像（オリジナル）は、古典の伝統のなかには存在しない。

詩の扱い方と舞台手法

読者のなかには、この芝居は、のちのシェイクスピア作品に見られるような詩的輝きに欠けると言う人びともいる。そうした不満はまったく正しいが、それほど重要なことではない。そもそもこの芝居は、詩的処理や人物造型にそれほど心をくだいていないのである。しかし、それらに欠けていたとしても、それは必ずしも欠点とはなっていない。それを言うなら、のちの悲劇にはこの芝居にみられるような入り組んだプロットがない、また、人物の動きがないなどと不満を言ってもいいことになる。シェイクピアの正典には、それぞれの作品に特有な独自の価値があるのである。

この作品には豊かな詩的イメージの流れがない代わりに、舞台には指輪や首飾りという視覚イメージが登場する。指輪は最終場面で正当な所有者のもとに返却される（5幕1場393行）。指輪を所有者に返すというその所作は、エフェソスの兄と娼婦の関係が切れたことを象徴している。芝居の後半で、シラキュースの弟が終始人目に立つように身につけていた首飾りは、公けの場でシラキュースの弟からエフェソスの兄に手渡され（380行）、さらにエフェソスの兄からその妻に与えられる。そもそも首飾りは、そのためにエフェソスの兄が注文したものだったのであり（3幕2場173行）、それは夫と妻をむすぶ絆を視覚化したシンボルなのである。この指輪の受け渡しは、若い夫と妻がふたたび絆を結んだということの象徴として理解されなければならない。それはまた、両親の再会や2組の双子の再会と並行する展開となっている。

作劇法の詳細にかかわることでもうひとつ特徴的なことがある。それは、3幕1場の始めと終りに双子を並べて登場させたことである。双子のひとりが舞台から下がり、もうひとりの双子が舞台に上がる。こうした古典劇のコロス風の並列の手法は、芝居の中心をなす重要な場面の前後に用いられている。そこでは、アイデンティティーや自己といった問題について鋭い問いかけがなされる。3幕1場では双子の召使いが両方とも同時に舞台に登場する。観客にはふたりとも見えるが、互いに相手は見えないことになっている（もし、お互いを見て、相手が誰だか知ってしまうと、行方不明の兄を探す旅は終わり、同時に芝居も終わってしまうからである）。第1幕では、シラキュースの弟は兄を失ったために自分自身を見失ったと言い、兄の探索について次のように言う。

> この広い世界に対して、おれは一滴の水だ、
> 大海原にもう一滴の仲間を捜し求めて
> 飛び込んだはいいが、人には知られず、
> 人のありかを知りたいと願ううちに、形を失うのだ。
>
> （1幕2場35〜38行）

このふたつの場面でシラキュースの弟は「もう一滴の仲間」である兄を見つけたも同然であるが、きわどいすれ違

人物関係図
2組の一卵性双生児、アンティフォラスとドローミオの行動がこの芝居の喜劇的展開の中心になる。ふたりの姉妹、エドリエーナとルシアーナが入り組んだ筋書きをさらに複雑にする。

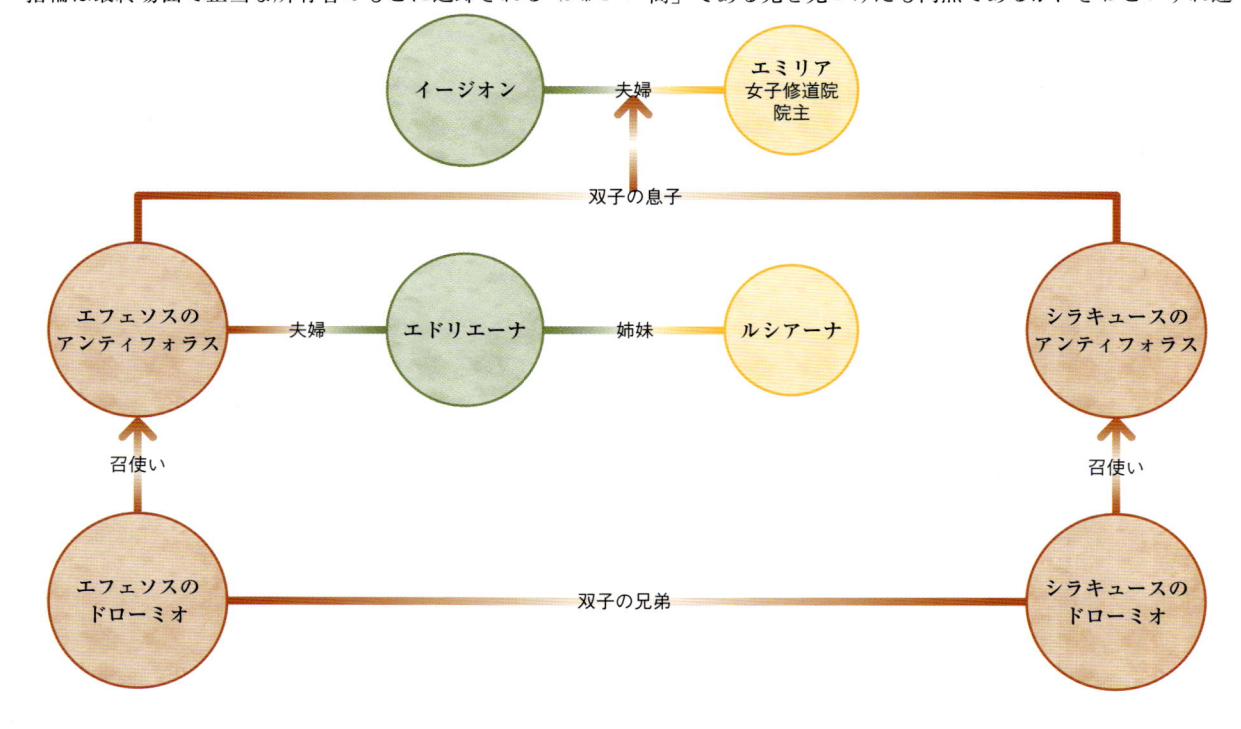

上：アンティフォラスとドローミオを演じる野村万作一座の座員たち。2001年のロンドン公演『間違いの狂言』より。日本の喜劇の一形態である狂言によるシェイクスピア劇の改作。

いで再会を果たせなかったために、彼は依然として自分を失った状況がつづくことになる。

衝撃と影響

この初期の芝居——シェイクスピアの最初の喜劇と考える学者もいる——は驚くほど多くのテーマと関心事、また重要な問題を扱っている。それらはのちの作品のなかで取り上げられ、大きく発展していくことになる。たとえば冒頭の場面では、イージオンの死刑宣告について語られるが、喜劇が死刑の話で始まるというのは、ふつう考えられないことである。しかしシェイクスピアは、人間の経験のなかでは死と生が密接にからみ合っていることを知っている。死刑執行人の斧の恐怖は、浮かれ気分の芝居に暗い影を落としている。

この芝居ではまた、最初に兄弟・父と息子・愛し合う恋人たち・夫婦などのいろいろな関係が提示される。そこには苦悩や喜びや和解などいろいろあって、すべてを挙げていくときりがない。また、院主の幸せな生活への処方箋——食べ物・スポーツ・休息——はのちの作品すべてにおいてひとつの基準になっている。

この完璧な小さな芝居に欠点があるとすれば、音楽の力を示すものが何もないということである。シェイクスピアはやがて音楽を若い恋人の高揚感と結びつけるようになり、また音楽は、健康を害したときの回復薬であると考えるようになる。歌や楽器によって奏でられる音楽は、劇作家シェイクスピアの技巧が進歩するにつれて重要性が増していくのである。

現代における注目すべき公演としては、1923年、エチオピア芸術劇場が、アフリカ系アメリカ人のキャストによってジャズ版『間違いの喜劇』をニューヨークで上演した。また、セオドア・コミサルジェフスキー演出による1938年のストラトフォード公演は、色彩豊かなおもちゃの町を舞台にくり広げた。さらに1966年、ティム・サプル演出によるストラトフォードのロイヤル・シェイクスピア劇団の公演、また2001年、ロンドンのグローブ座での野村万作一座による日本語版『間違いの狂言』などが注目に価する。

材源

材源はいろいろある。双子の取り違いについてはプラウトゥスの『メナエクムス兄弟』、イージオンとエミリアの話の枠組みについては、イングランド詩人ジョン・ガウワーの『恋人の告白』中の「タイアのアポロニウス」の話、エドリエーナの夕食のエピソードについてはプラウトゥスの『アンフィトルオ』から採られている。また、舞台背景と女子修道院については『聖書』(「使徒行伝」19章、および「エペソ人への手紙」5章と6章)からである。

喜劇〔『ヴェローナの二紳士』〕

『じゃじゃ馬ならし』 The Taming of the Shrew

創作年代： 1592年ごろ
背景： パデュア（パドヴァ）、ルネサンス期
登場人物：32人
構成： 5幕、12場およびふたつの序幕、2,676行

あらすじ：序幕では酔っぱらいの鋳掛け屋クリストファー・スライが貴族たちにだまされ、自分は金持ちだと信じ込む。彼は酩酊状態で芝居を見るが、それがこの芝居の主筋となっている。

ビアンカ・ミノーラは、乱暴な姉キャタリーナ（ケート）に求婚者がいないため、先に結婚することができない。ヴェローナからやってきたペトルーチオは、パデュア（パドヴァ）で金持ちになれる相手と結婚するつもりでいる。彼は姉キャタリーナに求婚するが、その求婚はまず彼女を飼いならすことから始まった。妹ビアンカには何人かの求婚者がいるが、彼らはビアンカに近づくためには変装しなければならない。結局、ビアンカが夫に選んだのはルーセンショーであった。彼は愛を成就するために自分の父親をだますことも辞さなかった。もうひとりの求婚者ホーテンショーはビアンカをあきらめ、未亡人と結婚する。最後の場面では、ビアンカと未亡人のふたりは、夫たちへの従順さをためすテストに失敗する。一方、じゃじゃ馬キャタリーナは、芝居の終わりでは従順でやさしい理想的な妻に変身したようである。

『じゃじゃ馬ならし』は、シェイクスピアの正典のなかでもっとも人気のある芝居のひとつである。この芝居が書かれた1590年代以降、女性に対する態度や性差（ジェンダー）による役割が相当変化したにもかかわらず、その人気は変わらない。この作品は現代の製作者や演出家に対するひとつの挑戦となっている。たとえば、最後の場面でキャタリーナはほかの妻たちに、もし夫が望むなら「ご主人の前にひれ伏しなさい、手をついて」（5幕2場177行）と忠告する。こんな芝居を、今どんなふうに舞台にかけたらいいのだろうか。

この芝居が今なお人気をもちつづけているのはなぜか。考えられる理由は、ペトルーチオとキャタリーナの関係に焦点があてられているということである。これは舞台では男と女の活気にあふれた戦いとして上演されるが、最後はおたがいに相手を敬うというかたちに書きなおすことができる。そうすることによって、女と男は同等であるべきだという女性たちの期待に応えることができるわけである。

このふたりの中心人物の関係と対照的に描かれているのが、ビアンカとルーセンショー、ホーテンショーと未亡人

登場人物
（序幕）
領主
クリストファー・スライ　鋳掛け屋
居酒屋のおかみ、小姓、役者たち、猟師たち、従者たち
（本幕）
バプティスタ　パデュア（パドヴァ）の富裕な紳士
ヴィンセンショー　ピサの老紳士
ルーセンショー　ヴィンセンショーの息子、ビアンカの恋人
ペトルーチオ　ヴェローナの紳士、キャタリーナの求婚者
グレミオ、ホーテンショー　ビアンカの求婚者たち
トラーニオ、ビオンデロ　ルーセンショーの召使いたち
グルーミオ、カーティス　ペトルーチオの召使いたち
衒学者
キャタリーナ（じゃじゃ馬）、ビアンカ　バプティスタの娘たち
未亡人
仕立て屋、服飾小間物商人、バプティスタの召使いたち、ペトルーチオの召使いたち

左：1904年、ロンドンのアデルフィ劇場で上演された『じゃじゃ馬ならし』の舞台広告（絵はがき）。主演はオスカー・アッシュと妻のリリー・ブレイトン。この公演では、その前後の多くの公演と同じように、滑稽な娯楽作品として演出され、男女の性の駆け引きという暗い面は無視された。

という2組のカップルの求愛と結婚である。ビアンカとルーセンショーの関係には欺瞞と変装という特徴がある。ビアンカは、姉キャタリーナよりも先に結婚することを許されていない。ルーセンショーはそんなビアンカに近づくために、リュート教師のキャンビオに変装する。その結果、彼らはそれぞれ自分の父親をだます。ルーセンショーの父親ヴィンセンショーは、息子がバプティスタの許可なしに娘ビアンカと結婚したことに対して、バプティスタに償いをしなければならない。一方、キャタリーナははじめのうちこそ反抗的な娘だったが、のちに妹のビアンカより従順だったことがわかる。この芝居は観客の期待を次つぎと裏切り、芝居が進むにつれて姉と妹の立場が入れ替わっていくように作られている。

結婚観

16世紀の結婚観には変化がみられた。一方で、富裕な両親が有効な政治的・経済的・社会的関係を築く手段として結婚を利用することが一般的に認められていた。しかしまた、よき伴侶を求めるための結婚をよしとして、親に強制された結婚に対して反発する傾向も強まっていた。この芝居のなかでは、よき伴侶を求める結婚と階級組織に組み込まれた結婚というふたつの相反する結婚観が共存している。

　キャタリーナの行為——妹に対する暴力や求婚者たちへの怒りの暴言——は当初の観客には滑稽に見えたにちがいない。彼女は「じゃじゃ馬」の典型であり、おこがましくも男を支配し、自分の利益のために自分から行動しようとして、現実の社会秩序を乱す女にほかならない。しかし、彼女に与えられている台詞をみると、女性を単に父親の意のままに処分できる所持品とみなしたエリザベス朝の女性観に対して、反対する風潮が生まれていたことをうかがい知ることができる（ただし、キャタリーナをそういった風潮に共感していた人物、あるいはフェミニストのはしりと解釈するのは、歴史的にみて正しくない）。1幕1場の冒頭近くでバプティスタが、いちばん金持ちの求婚者にキャタリーナを与えると言うと、彼女は次のように反応する——「お父様、くどくは申しませんが、なぜ私を／こんな卑しい毒虫たちに毒づかせて（笑いものにさせて、売春婦呼ばわりさせて）おきになるのです？」（57〜58行）。バ

結婚生活における支配

ペトルーチオ：ああ、なんていい月だ、美しく輝いているなあ！
キャタリーナ：月ですって！太陽よ、月のでる時間ですか。
ペトルーチオ：いや、あのように輝くのは月に決まってるんだ。
キャタリーナ：いえ、あのように輝くのは太陽に決まってるわ。
ペトルーチオ：おれのおふくろの輝かしい息子、このおれ自身にかけて、
あれは月だ、星だ、おれがこうだと言うとおりのものだ、
そうでなければお父さんの家に行くのはいやだ。
おい、馬を連れて帰れ。
　　　　　　　　　　　（4幕5場2〜9行）

夫は私たちの主人、私たちのいのち、私たちの保護者、
私たちの君主なのよ、だって私たちのためを思い、
私たちが安楽に暮せるよう、身を粉にして、
海に陸に働き続けているのだから。あらしの夜も、
寒風吹きすさぶ昼も、休む暇さえ惜しむように。
私たちが家でぬくぬくと手足を伸ばしているあいだも。
それなのに私たちに求める貢物といえば、ただ愛と、やさしい顔と、従順な心と、それだけ。
借りはこんなに大きいのに、支払いはほんのわずか。

　　——キャタリーナ（5幕2場146〜54行）

人物関係図
ペトルーチオとキャタリーナの関係が物語の主筋となり、ビアンカとその求婚者たちの話が副筋となる。こうした出来事の外に序幕があり、クリストファー・スライが序幕の中心人物となる。

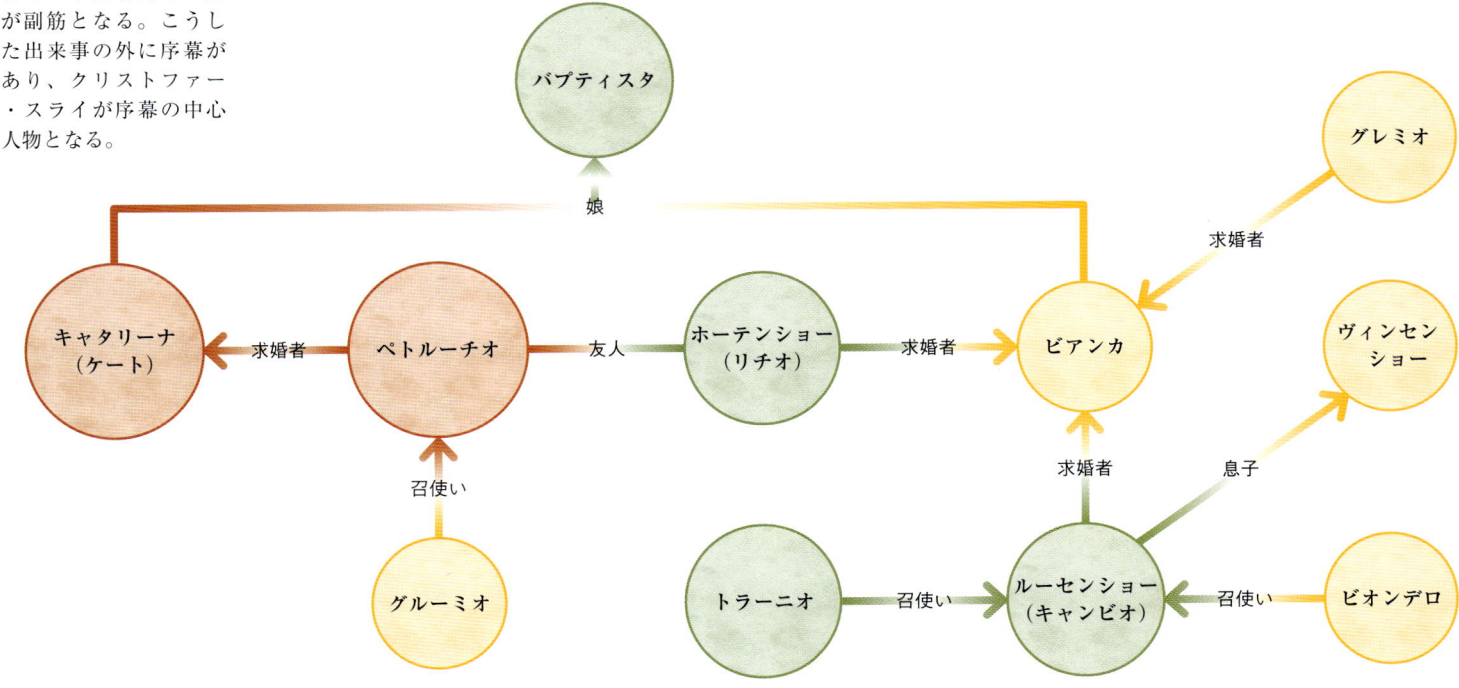

喜劇〔『じゃじゃ馬ならし』〕　93

プティスタはこの問いかけに対して納得できる答えや反論を返していないが、次の幕で、ビアンカの結婚にかんして自分の方針を明確に打ち出している。

> この勝負は契約書によって決することにしたい、
> つまり、おふたりのうちより多く財産をくださるかたに
> ビアンカをさしあげよう。
>
> (2幕1場342～44行)

「この女はおれの所有物だ、おれの家財道具だ」

16世紀イングランドの社会は、本質的に家父長社会である。国の長として、また家庭の長として男が行なう恵みぶかい統治という考え方が支配的な社会であった。女性は補助的な役割をもっているが、しかし、夫には従順に従うものであると考えられた。この芝居のなかで、こうした態度をもっともよく表明しているのは、周知のとおり、ペトルーチオである。彼は女なんて男の所有物にすぎないと言ってはばからない──「おれのものは断じておれのものだ／そしてこの女はおれの所有物だ、家財道具だ」(3幕2場229～30)。男と女、また子供の役割がそれぞれきちんと理解され守られるのが、よい結婚というものである。キャタリーナが反論し、暴力をふるい、雄弁をふるうのは想定されていた理想的な女性像に反していた。

しかし、ここにはまた、当時の矛盾がひそんでいる。女性を〈飼いならす〉というこの話のなかで、シェイクスピアのキャタリーナが暗示していることがある。それは16世紀の想像力の世界には、自己主張の強い女は滑稽だが魅力的だとする考え方もあったということである。エネルギッシュなキャタリーナ、そして、ビアンカに求愛する悪賢い伊達男たちに対するキャタリーナの拒絶反応は、観客の心のなかにいつまでも余韻を残す。

男と女の戦い

キャタリーナとペトルーチオのエネルギッシュなことばの応酬は『じゃじゃ馬ならし』の核心であると同時に、現代の役者や演出家、また観客にとっての興味の中心でもある。ふたりの台詞には地口、意味が二通りにとれる曖昧な表現、侮辱的なことば、機知にとんだイメージなどがちりばめられている。これらは、一方ではキャタリーナを従順な女に

> *世間ではケートがびっこだと噂しているが／ひどい中傷をするものだ、世間ってやつは！ケートは／ハシバミの枝のようにすらっとしている、その肌は／ハシバミの実の色で、その味はもっとおいしい。*
>
> 🌹
>
> ペトルーチオ (2幕第1場252～55行)

するために使われているが、また一方では、ペトルーチオが知的に対等な相手に出会ったということも示している。

矢つぎばやにつづくふたりの会話において、ふたりは相手に反論し、相手をへこませようとする。たがいに比喩表現を叩きつけ、相手の言ったことに異をとなえる。世の中の人すべてがキャタリーナのことを、「こんちくしょうのケート」と呼んでも、ペトルーチオだけは

> かわいいケート……、
> 君は世界一きれいなケートだ
> 系統正しいケート、あったかい毛糸のケート
> おれをあったかくくるんでぽけーとさせるケートだ
>
> (2幕1場186～89行)

と言って、キャタリーナ自身の新しい可能性を作り出し、キャタリーナがこれからどんなふうになったらいいかを示唆してみせる。ここから舞台ではふたつの筋が平行して進行する。この芝居が終わるまでには、キャタリーナは夫にとって雄弁な伴侶となるのに対して、引く手あまただったビアンカは、夫の権威をものともしない尊大で強情な女になる。シェイクスピアは自然界の比喩を用いて、秩序と無秩序を表現している。姉は宇宙の調和のなかの一員となるのに対して、妹は破壊的な無秩序へとはみ出していくので

下：キャサリン・ヘップバーンとロバート・ヘルプマンがくり広げる文字どおりの男女間の戦い。ふたりが主演する1955年公演のプロモーションより。この写真からわかるように、身体を張った喜劇だった。

上：4幕1場で、召使いが用意した夕食を投げ飛ばすペトルーチオ。1860年、オーガスタス・エッグの描いた絵より。この一見わがままなふるまいはペトルーチオの作戦の一部であり、彼の「ハヤブサ」を飢えさせて「気ちがいじみた強情な気質」（4幕1場209行）をためなおすためである。

ある。

戦いのイメージ

この芝居は抗争と戦いのイメージにあふれている。4幕2場で、ペトルーチオが用いている鷹狩りの隠喩（メタファー）がそのいい例である。彼はキャタリーナをハヤブサにたとえ、観客に向かって、彼女を飢えさせ、疲れさせて、従順になるよう訓練し、自分の意志に従わせてやると言う。

> おれの鷹は今のところすっかり腹をへらしている、
> こちらの言いなりに餌にとびつくまでほうっておこう、
>
> 腹がふくれたら囮を使ってかいならすこともできまい。
> （4幕1場190〜92行）

ペトルーチオはまた別の箇所で、海戦のイメージを使って、キャタリーナは「乗らなくてはいけない」（1幕2場95行）船だと言う。このことばは、彼がキャタリーナをコントロールし、性的に征服することを示している。しかし、イメージは芝居の全体にわたって、ふたりが共有している性格を強調するという面ももっている。ペトルーチオは言う。

> 向こうが高慢ならこっちも負けずに傲慢だ、
> 怒り狂うふたつの炎が正面からぶつかりあえば、
> 怒りをあおる種もたちまち燃え尽きるもの。
> （2幕1場131〜133行）

ふたりの強力な人間がいっしょになって、自分たちや周囲の人びとの欠点を克服しようとする。そのことばとイメージとはふたりの中心人物の対決と描写において、もっとも迫力があり、もっとも忘れがたいものとなる。

丁々発止の会話

『じゃじゃ馬ならし』に力強い活力を与えている技巧のひとつは隔行対話である。登場人物のあいだで交わされる1行おきの会話は、長い一方通行の会話よりも、登場人物たちが実際にウィットに富んだことば遊びをしているという感じを生み出す。こうした丁々発止のことばで張り合うことは、また親密な関係を暗示する。

女性らしさの典型

この芝居は女性らしさについて、いろいろ多くのプラス面とマイナス面をみせてくれる。初めの方では、観客は中世文学や古典文学に見られる口やかましい醜女という否定的なステレオタイプについて耳にする（1幕2場68〜70行）。また同時に、トロイのヘレンのような美しい女性の典型についても話題になる（1幕2場242行）。別の個所では、グリセルダのような忍耐の鑑や、ルークリースのような貞節の鑑のような女性たちの例も紹介される（2幕1場295〜96行）。こうした対照的なイメージは、女性らしさについてのいろいろな考え方が『じゃじゃ馬ならし』の素材となっているということを強調するのに役立っている。

芝居のなかの召使いの役割と、キャタリーナの行動の変

舞台や映画の現代のじゃじゃ馬たち

現代の演出家たちは性的戦略を扱うにあたって、性差やロマンティックな性的関係についての考え方の変化を反映させようとしてきた。たとえば、1978年のストラトフォードでの公演で、マイケル・ボグダノフは、この芝居を男の願望充足のファンタジーとして演出した。そこでは、キャタリーナに対するペトルーチオの虐待が強調されている。

もっとも有名な映画のキャタリーナとペトルーチオは、1967年に公開されたフランコ・ゼフィレッリ監督作品で、エリザベス・テイラーとリチャード・バートンが演じたものである。また、ミュージカルとして翻案されたものに『キス・ミー、ケート』（1948年，映画では1953年）がある。最近では1999年、ギル・ユンガー（ジル・ジュンガー）監督が10代の若者向けに変えて、『恋のからさわぎ』という題名の映画を作った。また2005年には、BBCがテレビ映画を制作している。そこではキャタリーナが冷酷な政治家として描かれ、最後は三つ子をはらむという展開になっている。こうしたいろいろな改作や翻案が成功した理由は、原作がイタリア演劇の伝統であるコンメディア・デラルテに由来する「じゃじゃ馬」や「調教師」などの演劇的ステレオタイプを用いていることと関係しているかもしれない。そうした伝統においては、複雑な人物よりは容易に見分けられる人物像に焦点があてられ、ユーモアが引き出されるのである。

上：1967年、リチャード・バートンとエリザベス・テイラーがハリウッドの映画スターの総力を注入して、贅沢で威勢のいい映画を作り上げた。

化のあいだには、興味ぶかい関連性がみられる。彼女はペトルーチオが召使いたちに対して、肉体的虐待をはじめ、ひどい扱い方をするのを目にして、彼らをかばう態度に出る。そして、無慈悲な搾取ではなくて、思いやりや同情を必要とする人びとの立場に自分をおくようになる。彼女はそれまで他人に対して暴君的な態度をとっていたが、ほかの人びとに加えられた不当な仕打ちをみて、より伝統的な女性らしい優しさを表わすようになるのである。

飼いならすことと和解

キャタリーナを飼いならす過程にみられるひどい扱いは鋭さに欠けている。それはペトルーチオに悪意があるからではなくて、戦略であることが観客にわかっているからである。「相手が毒づいたとする」と彼は言う、「そうしたらこっちは／ナイチンゲールが歌うように いい声だと言ってやる」（2幕1場170〜71行）。ペトルーチオがキャタリーナとの結婚式にあらわれたとき、彼はビオンデロの描写によれば「できたての新しい帽子に歴史的に古いチョッキ」を身につけていた。ビオンデロはペトルーチオの衣装の奇抜さについて、長い台詞（3幕2場43〜63行）のなかでひとつひとつ列挙しているが、私たちにはこれはすべてペトルーチオの作戦だとわかっている。ペトルーチオはキャタリーナを矯正するというはっきりした目的のために、きびしい気まぐれな独裁君主の役割を演じている。それが演技であるという事実は、こっそり、観客に短い独白のなかで打ち明けられる。観客はそれによって内部情報を与えられ、ペトルーチオに共感するようになるのである。

ここではほとんどの登場人物たちが演技や偽装や変装をするが、ペトルーチオの演技がいちばん効果的である。この作品には、エリザベス時代の人びとにはもっともらしく感じられたモラルがちりばめられている。たとえば、「ケートの結婚相手はこの私だ、私の服ではない」（3幕2場117行）といった台詞などである。

ふたりの中心人物の関係は好戦的であるが、それでも率直で開放的であり、ほかの人物たちの関係ときわめて対照的である。たとえば、ルーセンショーはトラーニオと入れ替わり、新しくキャンビオと名のる。彼はグレミオの代わりにビアンカに求愛すると思わせて、しかし、じっさいは自分の目的を達成しようとするのである。

最後の場面で、ペトルーチオはバプティスタに、おまえ

> 怒った女はかき乱された泉のようなもの、／泥だらけで、濁って、汚らしくて、清らかさは消えうせてしまう。／そうなればどんなにのどの渇いた人でも、／口をつけて飲む気になれないでしょう、たとえ一滴でも。
>
> キャタリーナ（5幕2場142〜45行）

96　演劇作品

は「天下一のじゃじゃ馬」（5幕2場64行）と結婚したと言われて、賭けをしようと提案する。それぞれが妻を迎えにやり、誰の妻がすぐに駆けつけてくるか、100クラウンを賭けようというのである。その結果、ビアンカはルーセンショーの要求を拒み、未亡人もホーテンショーの求めを拒絶する。しかし、キャタリーナは呼び出しに応じたばかりか、夫の命令でほかの女たちを連れてきて、ペトルーチオの賭けに勝利をもたらす。世間に対するキャタリーナの敵意という構図は完全に払拭されている。ここで、ほかの夫婦との比較から、ふたりは夫婦としてたがいに固く結ばれているという様子が前景化されるのである。

勝者と敗者

『じゃじゃ馬ならし』は全編をとおして金銭と結婚が分かちがたく結びついており、それが一部の社会における16世紀の生活の現実であることを示している。ここでは愛が結婚の唯一の動機とはなっていない。そのことは金になる結婚を探しにパデュアにやって来たというペトルーチオの率直なことばから、またもしビアンカが「そんな浮気女と分かったならば、／他の女に乗り換えて、あなたとはおさらばだ」（3幕1場91〜92行）というホーテンショーの宣言にいたるまで、はっきり表わされている。

未亡人は芝居全体のなかではマイナーな人物であるが、結婚経験のある女性の代表であり、独身女性や既婚の女性にはわからない自由と知識をもちあわせている。その点、彼女は重要な人物である。彼女はこの経験と知識を再婚において活用する。それは疑うこと知らない夫を出し抜くことができるということを暗示している。ホーテンショーはすぐに、彼女にはかなわないと悟る。そして、キャタリーナの最後の長い台詞（44行）が、ペトルーチオの要望に応じて、とくに未亡人に向けられているということは重要な意味をもっている。最良の女性は従順な既婚女性である。キャタリーナはそのことを簡潔に述べて、「妻が夫に対して負っている義務は、／臣下が主君にたいして負うのと同じもの」（5幕2場155〜56行）と言う。

しかし、この芝居は正しいことと誤っていることについて、いろいろ断言されているにもかかわらず、確固とした主張で終わってはいない。むしろ、疑問を呈したまま終わるのである。ホーテンショーはペトルーチオが本当に「じゃじゃ馬」を飼いならしたと断言するが、ルーセンショーは「あのじゃじゃ馬が飼いならされたのは不思議だ」（5幕2場156〜56行）と懐疑的なことばを口にする。それゆえ最終場面では、キャタリーナが本当に飼いならされたかどうかについて疑問が残る。ペトルーチオとキャタリーナの夫婦は、もう一度共同作業をするという演技をして、ほかの夫婦を出し抜き、裏をかいているのではないかとも考えられるのである。ふたりは賭けに勝って100クラウンを獲得しただけでなく、バプティスタから2万クラウンもの2度目の持参金を手に入れる。それはこの芝居の焦点だった主要テーマ、すなわち、もろもろの欺瞞と偽装の戦いにおけるすばらしい勝利にほかならない。

右：1906年、ペトルーチオを演じた俳優エドワード・H・サザーンの肖像。偽装と変装に満ちたこの芝居のなかで、ペトルーチオは調教師の役を完璧に演じるが、彼の独白や傍白から、彼は見た目ほど家庭の暴君ではないということがわかる。

『恋の骨折り損』 Love's Labor's Lost

創作年代：
1594〜95年ごろ

背景：
ナヴァール国の領土内、
16世紀ごろ

登場人物：20人

構成：
5幕、9場、2,829行

あらすじ：この芝居はナヴァール王ファーディナンドが、彼に仕える3人の青年貴族とともに3年間勉学にいそしむという誓いを立てるところから始まる。この誓いには、贅沢な生活はしないこと、そして、とくに女性と会わないことがふくまれている。しかし、ナヴァール王はフランス王女の訪問を受ける予定だったことを忘れていた。王女が3人のお付きの女性を伴って到着すると、4人は彼女たちに一目惚れをしてしまう。

その後、男性たちが変装して女性たちの前に現われるが、女性たちに裏をかかれるといった場面があって、終わり近くにフランス王の訃報がとどく。王女は男性たちに、12ヶ月のあいだ隠遁生活をするよう申しわたす。それができたら、彼らの愛を受け入れようというのである。この芝居は、4人の男性たちが強いられた隠遁生活に向かい、春と冬の長所が対照的に歌い上げられて終幕となる。

登場人物

ファーディナンド　ナヴァール王
ビローン、ロンガヴィル、デュメーン　ナヴァール王に仕える貴族
ボイエット、マーケード　フランス王女に仕える貴族たち
ドン・エイドリアーノ・デ・アーマードー　風変わりなスペイン人
サー・ナサニエル　教区牧師
ホロファニーズ　学校教師
ダル　警吏
コスタード　田舎者
モス　アーマードーの小姓
林務官
フランス王女
ロザライン、マライア、キャサリン　フランス王女に仕える貴婦人たち
ジャケネッタ　田舎娘
貴族たち、貴婦人たち、その他

右：トレードマークである巧みなことば遣いを披露するビローン（デイヴィッド・テナント）。および、それに耳を傾けるデュメーン（サム・アレクサンダー）とロンガヴィル（トム・デイヴィー）。2008年、ストラトフォードでのロイヤル・シェイクスピア劇団公演より

98　演劇作品

人物関係図
ナヴァール王とフランスの王女を筆頭に4組の男女が具合よく組み合わされて、相手をみつけ、恋に落ちる。彼らの恋の手くだはドン・エイドリアーノ・デ・アーマードーの田舎娘ジャケネッタへの求愛においてパロディー化されている。

シェイクスピアはことばを詩的にかつ巧みにあやつることで定評があるが、『恋の骨折り損』ほど、ことばとその用法にこだわっている芝居はほかにない。しかし、そのこだわりのため、16世紀以後は観客にはあまり人気のない芝居になってしまった。多くの冗談や地口が曖昧で理解しがたくなってしまったからである。そのうえ、筋らしい筋もなく、きわめて単純な話であることから、あまり魅力的とは感じられなくなり、ほかの喜劇に比べて演じられる機会も少なくなっている。

この芝居は比較的単純な構成であり、わずかに9場しかない。これらの場面では庶民と貴族の登場人物が交互に現われるが、900行以上からなるきわめて長い最終場面では、彼らのすべてが登場する。これらの登場人物は、芝居が進行するにつれてグループ分けされていく。4組の男女の恋人たちのグループ、ドン・エイドリアーノ・デ・アーマードー、ホロファニーズ、ナサニエルのグループ、さらにダル、コスタード、ジャケネッタなどの田舎者たちのグループ、そして、それぞれ異なるグループ間の仲立ちをつとめ、つなぎ役になっている小姓のモスや道化のグループである。

観客と政治
『恋の骨折り損』は「1598年のクリスマスのとき」に上演されたということがわかっている。ことばがことさらウィットに富んでいるのは、ほかのいくつかの芝居に比べて、教育のある観客を想定して書かれたからだと思われる。芝居のなかで誓いをたてたり破ったりすることが頻繁に出てくるのは、批評家たちによれば、ナヴァール王アンリの統治下におけるフランスでの出来事に言及したものであるという。アンリは長びいている宗教戦争を終わらせるために、1593年、プロテスタントを捨てカトリックに宗旨替えをした。芝居のなかでナヴァールとフランス王女の関係にみられる丁々発止のやりとりや冷たい激情は、王アンリと后マルグリット・ド・ヴァロワの関係、およびふたりの短期間の別居や、模範的とは言いがたい生き方に対する軽口の揶揄とも考えられる。ヨーロッパ人の尊大な王侯貴族をやんわりと揶揄することは、当時の喜劇の伝統であった。それはきざなスペイン人ドン・エイドリアーノ・デ・アーマードーの描き方にも現れている。

ことばと喜劇
『恋の骨折り損』の中心的テーマのひとつは、上品なことばと上品とは言いがたい行動のずれである。みえっぱりで現実ばなれしたナヴァール王は観客の笑いを誘うが、それは次に起こることを先取りするビローンの役割によって増幅されている。最初の数行は劇中で最高位にある人物から高らかに発せられ、死を超えた生命と永遠の名声を得たいという希望が語られる。これはシェイクスピアがしばしば探求したテーマである。

　生きている間にだれもが求めるのは名声だ、
　それを永遠に生かすべく、われわれの墓に刻ませて

喜劇〔『恋の骨折り損』〕

> だが恋は、まずご婦人の目から学びとると、／
> 脳のなかにのみとじこめられておらず、／
> 風のように自由に、人の思いよりも早く、／
> たちまちからだじゅうの各器官を駆けめぐり、／
> 各器官の力に二倍の力を与えることによって／
> それぞれに本来の働き以上をさせるのだ。
>
> ビローン（4幕3場324〜29行）

> 死の醜さを美しくする飾りとしようではないか。
> 「時」というものがたとえ鵜のように貪欲であろうと、
> われわれがこの世にあるあいだに努力を重ねれば、
> すべてを刈りつくす「時」の鎌の刃を鈍らせ、
> われわれの名を永遠に遺す栄誉をかち得ることができよう。
>
> （1幕1場1〜7行）

しかし、古代のアカデミーに倣おうという王の高潔な計画は、いくつか規則が行きすぎだというビローンの不満によって、ただちに勢いをそがれる。ビローンは女性にはけっして会ってはならぬとか、1週間に1度は断食をするとか、3時間しか睡眠をとらないといった誓いはやりすぎだと言うのである。さらに問題となるのは（これもビローンの指摘だが）フランス王の娘の訪問が予定されており、協定を破らざるをえない状況にあることである。すべての立派でまじめな誓約が、きちんと立てられる前に破られてしまい、結果的に生じる第2の転化、すなわち恋人への帰依は、永遠性と学問的名声を得たいという戯れの志を短命に終わらせてしまう。

「精神にはごちそうです……」

ことばと行動のずれの問題に関連するもうひとつのテーマがある。それは知識とは何のためにあり、それはどのようなはたらきをするかという問題である。冒頭の第1場で、学者気どりの4人が知識を追求することの目的について議論するが、そこで王は、知識を追求するのは知識自体のためであると主張し、「わが学園」を「つねに不滅の学芸に思いをはせる」（1幕1場13〜14行）ものとしようと言う。これは真の徳は行動をとおして示されるべきだという考え方とは容易になじまない立場である。じっさい、女性との交際はまじめな勉学の妨げになるとして、それを断ち切るという当初の誓いは、まったく正反対の結果となる。のちにビローンの台詞にみられるとおり、女性とは学問の妨げになるどころか、じつはその源泉にほかならない。

> 女の目から私が学びとった教えはこれなのだ
> 女の目はいつもプロメテウスの火を放っている、
> 女の目は教科書であり、学問であり、学園であり、
> 人々を集め、教え、はぐくみ育てるものだ、
> それ以外にすぐれたものなどこの世にありはしない。
> だから誓約して女を絶った諸君はばかだったわけだ、
> さらにその誓約を守り続けるとなるとますますばかだ。
>
> （4幕3場347〜53行）

もっとあからさまに滑稽なのは、アーマードーやホロファニーズである。彼らは不適切なことば遣いやまちがった考え方をすることによって、「生兵法は怪我のもと」という格言を身をもって体現している。それらの例においてはいろいろな知識のレベルがあり、ひとつのグループがほかのグループの無知を笑う。ここでは、知識は社会的な力や地位を示す指標である。これらの滑稽な登場人物たちは、目上の者をまねようとして、ことばは知っているがその使い方を知らないということを露呈する。ことばに対する高度な知識を誇示しようとするあまり、まったく正反対の結果になるのである。

アーマードー：実はこのたび、国王の御意と思し召しにより、国賓であられる王女をその天幕においてご歓待されることになったのだ。それも本日の下半身、つまり俗衆どものいわゆる午後にな。

ホロファニーズ：本日の下半身とは、さすが高貴なお方は違いますな。午後をあらわすのにこれほど妥当、正当、適当なことばはありません。まさに、精選され、洗練された、優雅にして適切なことばであることは、不肖この私が断固保証いたします。

（5幕1場87〜94行）

モスが軽妙に評したように、これらの人物たちは「ことばの大宴会に出席して、ごちそうのおあまりを盗んできたところ」（5幕1場36〜37行）なのである。

学問の目的

ビローン：学問の目的とはなんでしょう。いったい？
王：学問によらねば知り得ないことを知ること以外にあるまい。
ビローン：つまり、常識の目では見極められぬことを、でしょう？
王：そうだ、それを知ることが学問の貴重な報酬だろう。
（1幕1場55〜58行）

つまり、光が光を求める光をたぶらかして光を奪うのです。——ビローン（1幕1場77行）

知識が多いのは大いなる虚名を得るだけのことです、名前がほしければいつでも名付け親が与えてくれるものです。——ビローン（1幕1場92〜93行）

デュメーンという若い方がおります、りっぱな青年で、美徳を愛するすべての人にその美徳ゆえに愛されています。
悪いとは知らずに害毒を流す点にかけては天下第一の人、
というのは、悪い姿をよく見せるだけの知恵をおもちだし、
知恵はなくてもよく思われるだけの姿をおもちなのです。——キャサリン（2幕1場56〜60行）

〈約束事（コンヴェンション）〉への挑戦

この芝居はことばに関心があり、ことばの使い方やことばを使う人物にこだわりがみられる。しかし、そのことは多くのイメージが期待や〈約束事〉をひっくり返そうとしていることと矛盾しない。ビローンは女性の美しさや貞節について、お定まりのパターンをひっくり返して、ロザラインを「ゲジゲジ眉毛の下にたどんをふたつくっつけたような、／ひどいご面相の見るからに尻の軽そうな女だ」（3幕1場196～97行）と描写している。ロザラインに関連して用いられる黒や暗闇のイメージも、こうした逆転の描写の一部である。それによって色白の女性は美しいという〈約束事〉に挑戦状がたたきつけられる。しかし同時に、ビローンの恋人選びが賢明かどうかにも疑いの目が向けられるし、また、より一般的には、愛についての知見も正しいかどうかが怪しくなってくるわけである。

似たような〈約束事〉への挑戦は、鹿狩り――貴族たちが大いに楽しんだとされる娯楽――をするという計画についても見出せる。ここで王女は林務官に「林務官、私が獲物を待ちかまえてとどめを刺すために／身をかくしておく茂みはどこがいいかしら」（4幕1場7～8行）と尋ねる。5幕2場では、貴婦人たちはもらった贈り物を交換する。男たちがそれを所持する女性を取り違えて、違う女性に求愛するように仕向けるためである。こうして男たちは目印を取り違えてしまった言い訳に、また別の地口を展開することになる。『恋の骨折り損』では、ものごとがどういう意味なのかがつねに興味の的となっている。それにはいつも滑稽な暗示的意味があるが、しかし、あとには酸味のきいた後味が残る。芝居の終わりでは、男たちは最初に約束した社会からの隠遁生活を送ることを強制される。この作品は、整然とした一連の結婚式で終わるロマンティックな結末になっていない。

その後の『恋の骨折り損』

『恋の骨折り損』はほかのシェイクスピア劇に比べて、のちの世をあまりうまく生き抜いてこなかった。喜劇は、悲劇に比べて時代背景に依拠するところが大きい。とくにことばにこれほど依存している喜劇は、特定の時代に限定されがちである。しかし、そこにあふれている喜劇的エネルギー、とりわけ貴族の気取りを切り取ってみせるエネルギーの価値は、まったく失われていない。ケネス・ブラナー演出による2000年の映画ではパロディー的要素が強調された。これはほかの多くの映画化されたシェイクスピア劇に比べて商業的に成功したとは言えなかったが、溌剌としたミュージカル化によって、この芝居の新しい観客を獲得した。2008年にはストラトフォードでグレゴリー・ドーラン演出によるロイヤル・シェイクスピア劇団の公演が行なわれた。そこでは、デイヴィッド・テナントがビローン役を演じ、喝采を博した。

シェイクスピアの最初の道化

シェイクスピアは、コスタードというひとりの登場人物の台詞を、とくに当時の売れっ子だった喜劇役者ウィル・ケンプのために書いたと思われる。ケンプはまた『夏の夜の夢』のなかのボトムを演じた役者でもある。身体を使った彼の喜劇的演技は人気があり、彼が登場する芝居は多くの観客を引き寄せたにちがいない。

下：ビローン役のブラナー（右から2番目）、ロザライン役のナターシャ・マケルホーン（右）。2000年、ケネス・ブラナーは1930年代と1940年代のミュージカル・コメディーにヒントを得て『恋の骨折り損』を映画化した。すべて、歌って踊れるキャストが起用されているのがこの映画の特徴である。

『夏の夜の夢』 A Midsummer Night's Dream

あらすじ：征服したアマゾンの女王ヒポリタとの結婚を控えているアテネ公シーシュースのもとに、イージーアスが陳情にやって来る。娘のハーミアをディミートリアスと結婚させたいというのである。しかし、ハーミアはライサンダーを愛しており、ふたりはアテネから逃げ出す決心をする。ふたりはその計画を、ディミートリアスに恋しているヘレナに打ちあける。そして、ヘレナはそのことをディミートリアスに伝える。

　4人の恋人たちは森に入りこむが、そこでは妖精の王オーベロンとその妃タイテーニアが喧嘩をしている。オーベロンは手先のパックに言いつけて、惚れ薬の花を取りに行かせる。オーベロンは眠っているタイテーニアの目にその薬を塗る。さらにディミートリアスに対してその薬を使うように命じるが、パックは取り違えてライサンダーの目に塗ってしまう。その結果、恋人たちのあいだに混乱が生じる。

　パックはアテネの職人たちが芝居の練習をしているのを見つけ、立役者のボトムにロバの頭をつける。タイテーニアは目を覚まし、ロバ頭のボトムに夢中になる。オーベロンが最後にすべてを丸くおさめて、タイテーニアと仲直りをする。3組のカップルはめでたく結婚して、6人の職人たちが彼らの前で、余興として練習した芝居を披露する。

登場人物

シーシュース　アテネ公
イージーアス　ハーミアの父
ライサンダー、ディミートリアス　ハーミアを恋する若者たち
フィロストレート　シーシュースの饗宴係
クインス　大工、序詞役
ボトム　機屋、ピラマス役
フルート　ふいごなおし、シスビー役
スナウト　鋳掛け屋、壁役
スナッグ　指物師、ライオン役
スターヴリング　仕立て屋、月役
ヒポリタ　アマゾンの女王、シーシュースの婚約者
ハーミア　イージーアスの娘、ライサンダーを恋する乙女
ヘレナ　ディミートリアスを恋する乙女
オーベロン　妖精の王
タイテーニア　妖精の女王
パックまたはロビン・グッドフェロー
豆の花、蜘蛛、蛾の羽根、芥子の種　妖精たち
妖精の王と女王に従う妖精たち
シーシュースとヒポリタの従者たち

右：オーベロンとタイテーニアの結婚式。ジョン・アンスター・フィッツジェラルド（1819頃～1908年）作。ここでは妖精の王国が夢幻的ではあるが、少々不吉な印象を与える領域として描かれている。

シェイクスピアの初期の喜劇『夏の夜の夢』は、すばらしく抒情的な詩にあふれ、多様な登場人物が登場し、妖精の魔法がちりばめられた楽しい芝居である。1594〜95年のあいだに、おそらく特定の結婚式のために書かれて上演されたものと思われる（ただし、誰の結婚式かを特定できるほどの証拠はない）。この作品では、さまざまな材源からヒントを得て生み出された四つのグループが巧みに組み合わされ、手のこんだ筋立てになっている。シェイクスピアの作劇の技量がいかんなく発揮された作品と言える。『リア王』においては、善なる息子と悪なる息子を識別できなかったグロスター伯のエピソードが、娘たちの本性を見抜けなかったリア王をめぐる本筋と並行して進行していくが、『夏の夜の夢』では、たがいに絡まっているけれども、それぞれ異なる筋からなっていて、それらの筋のすべてが重要になっている。

> 創作年代：
> 1594〜95年ごろ
>
> 背景：
> アテネ、および近郊の森、ただし登場人物はシェイクスピア当時のイングランド人らしい。
>
> 登場人物：21人
>
> 構成：
> 5幕、9場、2,192行

四つの話がひとつに

アテネの宮廷ではシーシュース公が、戦いで破ったアマゾンの女王ヒポリタとの結婚を待ちわびている。彼らの結婚は、いわば、この芝居を構築するための土台と言える。そして4人の若い恋人たち——ハーミア、ライサンダー、ヘレナ、ディミートリアス——がもうひとつの焦点になっている。ハーミアの父イージーアスは娘にディミートリアスとの結婚を強要する（『夏の夜の夢』とほとんど同時に書かれた『ロミオとジュリエット』でキャピュレットが娘ジュリエットをパリスと結婚させようとするのと同様である）。ディミートリアスはかつてヘレナに求婚したことがあり、いま、ヘレナは彼に夢中になっている。一方、ハーミアはライサンダーを愛しており、ライサンダーも彼女を愛している。ふたりの恋人のうちどちらを選ぶかという問題は、喜劇で頻繁に登場するテーマである。もっとも、この芝居では、愛する人と金持ちの年寄りとどちらかを選べと強制されているわけではない。それどころか、ライサンダーとディミートリアスはあらゆる点で、事実上、瓜ふたつなのである。

ふたりの若者について相違点を見つけるのはわれわれには難しいが、ハーミアとヘレナは、それぞれの恋人が特異な存在だと思っている。一方、ハーミアとヘレナは身体的に違いがある。ハーミアは背が低く、黒髪で目も黒く、肌も色白ではない。反対にヘレナは背が高く、髪も金髪で色白である。しかしながら、劇中にみられる彼女たちの対照的なふるまいは、それぞれが置かれている立場に由来するものであり、彼女たちの性格の相違からきたものではない。ヘレナは「私の美しさだって負けないはずだわ、あの人には」（1幕1場227行）と言っているが、あとになって、ディミートリアスから愛を拒絶されると、自分を評して「私は醜いということだわ、熊みたいに」（2幕2場94行）と言う。恋人たちはいろいろな組み合わせを経験したのち、ようやく、然るべき相手と結ばれる。

三つ目の登場人物のグループは「礼儀知らずの職人連中」である。町の職人たちは、アテネ公の結婚式を祝う余興のひとつに芝居を上演して、「15分間の名声」を得ようとする。シェイクスピアは手際よく、これらの素人役者

ちを描いている。クインス、ボトム、フルート、スナウト、スナッグ、スターヴリングは「手に汗して働く職人連中」で、「今まで頭を働かせたことなどなかった」（5幕1場72〜73行）。シェイクスピアは彼らを描くことによって演劇行為を諷刺すると同時に、観客にも観劇の心得を喚起している。この職人たちの芝居は忘れがたい。

最後に、アテネ郊外の森には妖精たちが棲んでいる。妖精たちを統率しているのは王のオーベロンと王妃のタイテーニアで、さらにオーベロンのエネルギッシュな助手パックがそこに加わる。パックはロビン・グッドフェローとしても知られている。シェイクスピアと同時代の人びとにとっては、妖精は悪と結びつけて考えられる存在だったが、この芝居の妖精たちは悪いことはしない。せいぜい、ちょっとしたいたずらをする程度である。

シェイクスピアは、それぞれのグループに対して異なる話し方やリズムを与えている。アテネの宮廷における廷臣は無韻詩（ブランク・ヴァース）（韻を踏まない弱強5歩格の詩）で語り、恋人たちは二行連句、職人たちは散文、そして妖精はくり返しの多い強弱4歩格で語っている。

愛の試練

『夏の夜の夢』はキューピッドに託して愛の試練について多くの言及をしている。たとえば、ハーミアはライサンダーに、「キューピッドの一番強い弓にかけて、／その金の矢じりのついたりっぱな矢にかけて」（1幕1場169〜70行）と誓う。キューピッドの鈍い鉛の矢は〈嫌い〉という感情を生み出す。さらに例をあげると、ヘレナは次のように言う。

卑しい醜い釣り合いのとれていないものを
恋はりっぱな美しい品のあるものに変えるもの。
恋は目で見るものではない、心で見る、
だから翼もつキューピッドは盲に描かれている。
（1幕1場232〜235行）

ここには目隠しされたケルビム（天使）があちらこちらを飛びまわり、乱暴に矢を放って、人びとを恋のとりこにしたり、失恋させたりするという、おどけたイメージがみられるが、だからといって、愛によって生み出される激しい感情が弱められるわけではない。シェイクスピアは、愛の媚薬となるパンジーの花の汁（パンジーはまたの名を「恋の三色スミレ」という）やその解毒剤を用いて、愛がいかに気まぐれかを描いている。誰も、神といえども、愛の力を免れることはできない。愛という感情の不条理性は、魔法にかかった妖精の女王タイテーニアが目をさまして初めてみたロバ頭のボトムに夢中になってしまう様子にもっとも鮮明に描かれている。いまや、ロバ声になってしまったボトムの歌に目ざめたタイテーニアは、次のように言う。

ねえ、やさしいお人、もう一度歌って。
私の耳はあなたの歌にすっかり聞き惚れてしまい、
私の目はあなたの姿にすっかり見とれてしまった。
あなたの美しさを一目見て私の心はどうしようもなくうちあけ、誓わずにはいられない、あなたを愛すると。
（3幕1場137〜141行）

人物関係図

ほとんどの出来事は人間の世界と妖精の世界がぶつかってコミカルに展開する。それはオーベロンによって仕掛けられ、パックが恋の媚薬を使って実行する。ふたつの世界が元の鞘におさまったとき、すべてのいさかいに決着がつく。

左：「あなたって美しいだけでなく賢くもあるのね」（3幕1場148行）というタイテーニア（ミシェル・ファイファー）はボトム（ケヴィン・クライン）の虜になる。マイケル・ホフマンの1999年の公演より。舞台や映画でボトムを生き生きと描いた俳優としては、ほかにジェイムズ・キャグニー、ピート・ポスルスウェイト、リチャード・グリフィスなどがいる。

ボトムはどうしようもなく無知な男だったが、このように宣言することのばかばかしさは理解できた。

いえね、奥さん、理性があればそうおっしゃる理由はあんまりないと思うがね。が、まあ、正直な話、理性と愛とはこのごろあんまり仲がよくないらしい。まったく残念なことだ、だれか正直者が仲なおりをさせないのは。

（3幕1場142〜46行）

愛の誘いを受けたボトムは、そう言いながらもタイテーニアのあとについて、彼女のあずまやに行く。

シェイクスピアはいつもそうであるように、『夏の夜の夢』においても結婚を擁護している。恋人たちがたどる道がどんなにこんがらがっていても、結局は式場へとつづいていく。オーベロンによって、4人の恋人たちの正しい組み合わせがなされると、彼らはシーシュースとヒポリタの結婚式に合流し、合計3組の結婚が同時に成立する。オーベロンとタイテーニアも仲なおりをして、最後に、3組の夫婦の新床に祝福を与える。

芝居、観客、技巧

アテネの職人たちによって演じられた劇中劇『世にも悲しき喜劇、ピラマスとシスビーの世にもむごたらしい最期』は、もうひとつの挫折した愛の物語である。ふたりの恋人は壁にさえぎられて会うことができない。それは父親たちがふたりの仲を引き裂くために作った壁である。ふたりは壁の割れ目をとおして話し合い、逢瀬を約束する。男は不運な誤解から恋人が死んだと思いこみ、自殺をする。女は男が死んだのを見て、みずから命を絶つ。この劇中劇が『ロミオとジュリエット』と似ているのは偶然ではない。『夏の夜の夢』は『ロミオとジュリエット』とほぼ同じころに書かれている。

劇中劇の仕掛けは『ハムレット』で効果的に用いられているが、劇中劇ではほかの登場人物が観客となって舞台上にいるので、劇場内の大勢の観客は、自分たちの反応と劇中の観客の反応とを比較することができる。ディミートリアスやライサンダー、またシーシュースやヒポリタたちは、わがままな地元の映画館の贔屓客のように、劇中劇についてわかったような批評をして、役者や脚本の稚拙さを指摘する。スナウトが自分を壁だと自己紹介すると、シーシュースは「漆喰がこれほど見事にしゃべるとはな」（5幕1場165行）と嫌味を言う。ピラマスとシスビーが壁をとおして最初の密会の約束をするとき、ヒポリタは「こんなばかばかしいお芝居は初めてだ

> なんということだ！
> いままでさまざまな
> 本を読んだり、／
> 物語を聞いたりしたかぎりでは、／
> まことの恋が平穏無事に進んだ
> ためしはない。
>
> ライサンダー（1幕1場132〜34行）

喜劇〔『夏の夜の夢』〕　105

当時の材源

この芝居にははっきりした材源はないが、シェイクスピアはレスター伯ロバート・ダドリーがエリザベス女王のために1575年に用意した凝った余興を参考にしたかもしれない。当時の役人ロバート・ランガムがそのときのウォーター・ショーを次のように描写している——「トリトンが人魚になって水の上をすべり、アリーオーンが長年の友であるイルカ（頭からしっぽまで約6メートル）にまたがって……美しい歌が始まった……その歌は水面に響きわたり、女王陛下の御前では……すべての雑音や騒音も静まり返った」。

シェイクスピアは『十二夜』で「イルカの背に乗ったアリーオーン」（『十二夜』1幕2場15行）のことを書いているし、また、『夏の夜の夢』でも次のように記されている。

お前も覚えているだろう、いつだったかおれは、
岬の出ばなに腰を下ろし、人魚がイルカの背で
歌うのを聞いていた、その美しいなごやかな歌声に
さしもの荒海もおだやかに静まりかえり、
星も海の乙女の音楽に心をひかれ、狂おしく
天から流れ落ちたものだった。
　　　　　　　——オーベロン（2幕1場149〜54行）

わ」（5幕1場210行）と不満を述べる。しかし、シーシュースはそれに応えて、「役者たちが自分のことを想像している程度にこちらも想像してやれば、けっこう名優として通るだろう」（5幕1場215〜16行）と言う。『夏の夜の夢』を見れば、観客の芝居の見方、想像力の働かせ方についてどんなことが期待されていたかがわかるのである。

職人たちの思いこみによれば、芝居の観客は見ていることを文字どおりの本物として受け取るものである。ボトムはだから、仲間の役者にこんなふうに警告する——「諸君、ここはひとつ熟慮せねばならぬぞ、ご婦人がたの眼前に——人もあろうに——ライオンを出すなんてことはとてつもなく恐ろしいことだ」（3幕1場29〜31行）。それゆえ、ボトムは観客が恐怖の発作に襲われないように、「名乗りをあげればいい、ライオンの首から顔を半分ほど出してだな、そこから声を出して」説明をすればいい（3幕1場36〜38行）と、スナッグに提案する。しかし、舞台の役者たちは演じている人物とは別物であるということは観客にわかっている。ハムレットも明らかにしているように「芝居の目的」は、いわば、「自然に鏡を向けるようなもの」なのである（『ハムレット』3幕2場20〜22行）。また『ヘンリー5世』のプロローグで、説明役は観客に向かって、「役者どもが、皆様方の想像の勢いを借りられるよう」——想像力で——「われらの力の及ばざるを補いたまえ」（『ヘンリー5世』1幕、プロローグ、18行および23行）と促している。

想像力と芸術

それゆえ、『夏の夜の夢』が想像力の効用について探っているとしても驚くにはあたらない。たとえば、シーシュースは自分が合理主義者であって、想像力のおよぼす力を信頼していないと誇らしげに語る。彼は「狂人、恋人、それに詩人といった連中は、／すべてこれ想像力のかたまりと言っていい」（5幕1場7〜8行）と公言し、過剰な空想の例を列挙する。ヒポリタは、しかし、4人の恋人たちの話した夜の森の夢物語はみんな同じであると指摘する。

それにしてもゆうべの話をすっかり聞いて、
みんな心がそろっておかしくなったことを知ると、
想像力が生み出す幻とは言えない、それ以上の、
大きな現実の力が働いているように思われるけど。
とにかく驚くべき不思議な話というほかないわ。
　　　　　　　　　　　　（5幕1場23〜27行）

もし、ひとりの人間の夢であれば、それは一個人の想像的な経験にすぎない。しかし、もし、4人の恋人たちが同じ夢を見たとすれば、どんなに不思議で非現実的な話でも、その経験はもはやただの夢ではない。それはウィリアム・

右：2008年、ストラトフォードにおけるロイヤル・シェイクスピア劇団公演のオーベロン（パトリック・デ・ジャージー）。彼は魔法を使って騒乱をまねく。人間界にも妖精の国にも騒動を引き起こす妖精の王は、シェイクスピアの変容のテーマを反映している。

詩人の目は、恍惚とした熱狂のうちに飛びまわり、／
天より大地を見わたし、大地より、天を仰ぐ。／
そして、想像力がいまだ人に知られざるものを／
思い描くままに、詩人のペンはそれらのものに／
たしかな形を与え、ありもせぬ空なる無に／
それぞれの存在の場と名前を授けるのだ。

シーシュース（5幕1場12〜17行）

シェイクスピアが生み出した芸術であり、それはすなわち『夏の夜の夢』である。芸術は想像に統一性と一貫性とを与える点、狂人のたわごとや恋する人間が思い描く行き過ぎた夢想とは一線を画している。シーシュースには思いもよらないことだろうが、芸術は想像したものをからめ捕り、保有しておくこともできるのである。

皮肉なことだが、こうした考え方を確認するためには、ニック・ボトムに耳をかたむけなければいけない。ボトムの夜の経験は途方もないものであった。彼は目をさましたとき、自分が遭遇したことを振り返り、「世にも珍しいものを見たもんだ。おれの見た夢は、そいつがどんな夢かはとうてい人間の知恵じゃ思いもよらん」と言い、「ひとつピーター・クインスに頼んで、この夢を歌にしてもらおう。題はボトム（底）の夢がいいな。底なしの夢だったからな」と決心する（4幕1場205〜206行および214〜16行）。このように、人間は想像上の経験を保有し再生するために、それを芸術に変えるのである。

影

シェイクスピアは「影」という語について、いくつもの興味ぶかい使い方をしている。まず、従来の意味における「影」――光をとおさないものが太陽の光を遮るときの暗い部分――として用いている。しかし、彼は対象そのものでなくて、その対象を表わすいかなる表象に対しても「影」という語を用いている。たとえば、鏡の像は「影」として言及される。『夏の夜の夢』にとってさらに興味ぶかいのは、夢の代わりに「影」という語が使われることである。夢は現実ではないのに現実のように見えるからである。そして最後に、これはいちばん重要なことであるが、舞台の役者もまた「影」と呼ばれることがある。彼らはしばしば、いかにも現実らしく演じてみせるからである。

このことを念頭において、芝居の終わりにパックが述べる口上をみてみよう。

> われら役者は影法師、
> 皆様がたのお目がもし、
> お気に召さずばただ夢を
> 見たと思ってお許しを。
> つたない芝居でありますが、
> 夢に過ぎないものですが［。］　（5幕1場423〜28行）

上演について：20世紀以前

こんにち、『夏の夜の夢』はシェイクスピア劇のなかで、おそらくもっとも上演回数の多い芝居であろう。この芝居は演ずる側からも見る側からも、世界中でずっと愛されつづけている。インターネット・シェイクスピア・エディションのウェブ・サイトのリストには、2000年から2008

上：2007年、ロンドンのラウンドハウスにおける多言語公演で、タイテーニアを演じるアルチャナ・ラマスワミ。赤い絹の掛け布をぶらんこにして乗っている。派手な喧嘩のシーンやアクロバティックな演技も見どころである。1970年、ピーター・ブルックの大きな影響をおよぼした公演以来、この作品の多くの公演において、見世物的な舞台演出が多く採用されてきた。

シェイクスピアの舞台技術

シェイクスピアの芝居では、すべての女性役は少年が演じた。シェイクスピアの劇団には背の高い少年と背の低い少年の両方がいたことは明らかである。ヘレナは（「五月柱（メイポール）みたいに」）背が高いと描写されているし、ハーミアは（「あやつり人形みたいに」）背が低いと描写されているからである。『お気に召すまま』についても同じことが言える（ロザリンドは長身で、シーリアは背が低い）。

年のあいだに52回もの上演が挙げられている。

エリザベス1世もおそらく『夏の夜の夢』の初演を見たと思われる。この芝居はピューリタンが1642年に劇場を閉鎖するまで定期的に上演されていた。公衆劇場(パブリック・シアター)が閉鎖中だった空白期間でさえも、この作品の劇中劇が『機屋のボトム』というタイトルで滑稽な寸劇、もしくは笑劇として上演されている。

王政復古後、この芝居は「上品な」観客の嗜好に合わせて脚色・上演された。そこではダンスとショーが優先され、物語の多くの部分が削除されている。日記で名を残したサミュエル・ピープスはこの翻案劇を見て、「今まで見たうちでもっともつまらない、ばかげた芝居である」と評している。しかし、「白状すれば、すばらしいダンスと美しい女性についてはなかなか楽しめた」とも付け加えている。じっさい、『夏の夜の夢』は変身したと言っていい。さらに、『夏の夜の夢』は作曲家ヘンリー・パーセルの音楽によって大変身をとげ、『妖精の女王』というタイトルのオペラにもなった。ここでは、〈夜〉〈神秘〉〈秘密〉〈眠り〉〈四季〉〈ユノ〉といった登場人物も付け加えられ、また、「24人の中国人による壮大なダンス」や「6匹の猿のダンス」なども挿入されて、誰にでも楽しめるオペラ的作品になったのである。

『夏の夜の夢』は19世紀のあいだに、ますます凝った舞台装置をつかってスペクタクル効果をねらう舞台になっていった。この芝居のために作曲されたフェリックス・メンデルスゾーンの音楽は、はじめのうちは序曲として、次に完全な付随音楽として、劇場では欠かせないものになった。チャールズ・キーン演出による1856年の公演は150回におよんだが、歌やバレー、豪華絢爛な装置を取り入れるために、800行もの台詞が削除された。ハーバート・ビアボーム・トゥリーの凝った演出による1900年の公演には、約22万人もの人びとが押し寄せた。その舞台には生きたウサギも登場した。

現代の舞台

20世紀になって、演出家ハーリー・グランヴィル・バーカーは、1914年の公演で、台詞をほとんど削除せずに、単純で親しみやすいシェイクスピア本来の芝居に戻ろうと試みた。バーカーははっきり聞こえる早口の台詞まわしを役者たちに要求し、舞台装置については、オーベロンの宮殿と森のふたつしか使わなかった。当時、彼のやり方に対しては観客と批評家の両方のあいだで賛否両論入り混じっていたが、バーカーの仕事は、21世紀に向けて演出の進むべき方向を示している。

現代における『夏の夜の夢』の上演中、もっとも重大な影響力をもっているのが、1970年、ストラトフォードでのピーター・ブルック演出によるロイヤル・シェイクスピア劇団公演であろう。ブルックは舞台作りにあたって、伝統的なものすべてを廃した。彼は役者や舞台装置の担当者たちに、演劇の場はまったく魔法的な祝賀の場であるとい

『夏の夜の夢』の音楽

1826年、17歳のフェリックス・メンデルスゾーンはドイツで『夏の夜の夢』を読み、今読んだ本からインスピレーションを得て、曲を書いた。16年後、彼はこの芝居のための付随音楽を書いたが、このとき、最初に作曲した曲を序曲として採用した。このシェイクスピア劇のための音楽のなかには、有名な「結婚行進曲」もふくまれている。

う観点からすべて考えなおすよう要求した。サリー・ジェイコブズは、緋色のダチョウの羽根でできたハンモックとブランコをつるした真っ白な箱の舞台装置をデザインした。リチャード・ピースリーは変わった楽器と音で、「騒音を巧みに組みこんだ」背景音楽を作り上げた。役者たちはブランコに乗って登場しては曲芸をし、一方、「舞台」で演技をしていない役者は、上方から舞台の進行を見下ろしていた。長い稽古のあいだ、ブルックは役者たちに、自分の台詞のなかにふくまれている真実を探すようにと要求した。ブルックの『夏の夜の夢』はそれを体験した人たちにとって、おなじみの芝居への革命的アプローチとなった。評論家のクライヴ・バーンズは『ニューヨーク・タイムズ』の評論のなかで、「この公演は現代演劇に大きな影響をもたらすだろう」と予言している。

銀幕の夢

不思議な魅力をもった『夏の夜の夢』は当然のことながら、映画の世界においてもいろいろな作品を生み出した。1909年には早くもヴィタグラフが1巻もののサイレント版『夏の夜の夢』を作っている。ここでの森のシーンは、ニューヨークのブルックリンで撮影された。ほぼ20年後、1935

下：ディミートリアス（パトリック・ゲルデンベルク）との結婚を強く勧められるみじめなハーミア（マヴィー・ヘルビガー）。2007年、ドイツ人のザルツブルク公演では、2組の若い恋人たちにイギリスの学校のユニフォームを着せている。

右：14歳のミッキー・ルーニー演じるいたずら小僧パック。1935年、マックス・ラインハルトとウィリアム・ディターレ演出の映画『夏の夜の夢』では、パックが画面を縦横に走りまわる。『ニューヨーク・タイムズ』はルーニーの演技を、少年の演技として映画史上もっとも記憶に残るもののひとつであると書いている。

年にはワーナー・ブラザーズが贅沢な白黒の『夏の夜の夢』を製作した。監督はマックス・ラインハルトとウィリアム・ディターレである。ラインハルトはヒットラーが政権を取ったときにドイツを去った。彼はオックスフォードで『夏の夜の夢』を演出し、その野外公演をハリウッド・ボウル（野外大劇場）にもってきて大成功をおさめたが、彼には映画製作の経験がなかった。そこで、かつてベルリンでいっしょに仕事をしていたディターレに、映画監督のノウ・ハウを教えてもらったのであった。

ふたりは世界大恐慌下の陰鬱な気分から逃れたがっていた大衆の心に訴えることを願い、オリビア・デ・ハヴィランドや舞台でパック役を演じていた若いミッキー・ルーニーなど、人気俳優をキャストに起用した。低いささやき声のディック・パウエル、美しいアニタ・ルイーズ、屈強なジェイムズ・キャグニー、おどけたジョー・E・ブラウン、精力的なヴィクター・ジョリーなどがすべて、彼らにとって最初の（そして最後の）シェイクスピア劇に出演した。セットや衣装は豪華だったが、シェイクスピアの本文の半分ほどが削除されており、結果的には、魅力的なところもあるが、どうにもいただけないところもあるといった作品になった。

スウェーデンのイングマール・ベルイマンは『夏の夜の夢』から着想を得て、1955年、『夏の夜は三たび微笑む』を製作した。それに触発されたかたちで、こんどはアメリカでスティーヴン・ソンドハイムのミュージカル『小さな夜の音楽』（リトル・ナイト・ミュージック）（1973年）や、ウッディ・アレン監督の映画『真夏の夜のセックス・コメディー』（1982年）が製作された。また、1962年には、この芝居を台詞のないバレー映画に脚色したものさえ登場した。ニューヨーク・シティ・バレーのジョージ・バランチンの製作で、付随音楽としてはフェリックス・メンデルスゾーンのオリジナル音楽や、同じ作曲家のほかの曲が用いられている。

われわれはどんなに豪華で華麗な『夏の夜の夢』に出会っても、やはり、そのなかで目にするのは恋人たちの混乱であり、ボトムと素人役者たちの芝居への挑戦である。そして、われわれはパックといっしょに「芝居見物としゃれましょう、／人間ってなんてばかでしょう！」（3幕2場114〜15行）と叫ぶのである。

官能的な描写

向こうに花園がある、麝香草が咲き乱れ、
桜草が生い茂り、スミレが風に答えて頭をうなだれ、
その上を天蓋のように、甘い香りを放っている
スイカズラ、麝香バラ、野バラがおおっている。
タイテーニアはときどき夜そこに出かけて行く、
そして、踊り疲れて花を床に眠りへと落ちていく、
　　　　──オーベロン（2幕1場249〜54行）

このかたに失礼のないようお仕えしてね。
このかたの行く先々で楽しく踊ってね。
お食事にはさしあげておくれ、アンズにスグリの実に、
　紫のブドウに緑のイチジク、それから桑の実に、
熊ん蜂の巣から蜜をとってきて添えるように。
枕もとのあかりには、蝋のついた蜂の太股に
ホタルの目から火をうつしてさしあげるように、
このかたに安らかな眠りと目覚めが訪れるように。
それからおやすみのあいだはこのかたの目に
月の光がかからぬよう蝶の羽根であおぎなさい。
　　　　──タイテーニア（3幕1場164〜73行）

喜劇〔『夏の夜の夢』〕　109

『ヴェニスの商人』 The Merchant of Venice

登場人物

- ヴェニス（ヴェネチア）公
- モロッコ大公、アラゴン大公　ポーシャへの求婚者たち
- アントーニオ　ヴェニスの商人
- バッサーニオ　彼の友人でポーシャへの求婚者
- サレーニオ、グラシアーノ、サリーリオ　アントーニオとバッサーニオの友人たち
- ロレンゾー　ジェシカの恋人
- シャイロック　金持ちのユダヤ人
- テューバル　彼の友人であるユダヤ人
- ラーンスロット・ゴボー　道化、シャイロックの召使い
- 老ゴボー　ラーンスロットの父親
- リオナードー　バッサーニオの召使い
- バルサザー、ステファノー　ポーシャの召使いたち
- ポーシャ　ベルモントの金持ちの女相続人
- ネリッサ　彼女の侍女
- ジェシカ　シャイロックの娘
- ヴェニスの高官たち、法廷の役人たち、牢番、ポーシャの召使いたち、従者たち

創作年代：1596～97年ごろ

背景：ヴェニス（ヴェネチア）とベルモント、16世紀

登場人物：24人

構成：5幕、20場、2,701行

あらすじ：ポーシャに求婚するために金が必要になったバッサーニオは、友人のアントーニオに借金を申し込む。商船に全財産を投資しているアントーニオは、手元に現金がない。彼はユダヤ人の金貸しで自分を憎んでいるシャイロックに金を借りる。シャイロックは、もし彼が借金を3ヵ月で返済できなければ、彼の肉1ポンドを切り取ってもよいという条件を提示する。アントーニオはその条件に同意する。ベルモントでは、求婚者たちがポーシャのもとに押し寄せている。彼女の父の遺言により、求婚者たちは、三つの箱のなかからポーシャの肖像画が入っている箱を選ばなくてはならない。幾人もの大公たちがこれに失敗し、去っていく。しかし、バッサーニオは正しい箱を開け、ポーシャとの結婚に成功する。そのあいだにロレンゾーはシャイロックの娘ジェシカと駆け落ちする。やがて、アントーニオの船が難破したとの知らせが入り、シャイロックは担保の肉1ポンドを要求する。アントーニオの窮地を知ったバッサーニオはヴェニスに戻る。ポーシャは法学博士に変装し、書記に変装した侍女のネリッサとともにバッサーニオのあとを追う。バッサーニオはシャイロックに返済金額の何倍もの金を払うと提案するが、シャイロックは復讐をあきらめず、それを拒む。ポーシャはシャイロックに、肉は与えるが血をとってはならぬという判決をくだす。さらに、肉を切り取るという殺人未遂の罪で、シャイロックは全財産を（彼の貸付金も）失うことになる。その財産の半分はヴェニスに、半分はアントーニオのものになるが、アントーニオは、もしシャイロックがそれをジェシカに遺言で譲り、キリスト教に改宗すれば、自分の分は放棄するという。裁判後、ポーシャは夫の愛情を試すべく、バッサーニオの結婚指輪を報酬として要求する。彼はアントーニオに説得され、指輪を渡す。ポーシャはバッサーニオを不誠実だと言って責める。彼は改めて結婚の誓いをして許してもらう。アントーニオは船が無事帰還したと知らされる。

下：画家ヴィトーレ・カルパッチョの絵『狂人の治療』（1496年ごろ）に描かれた多くの船の行き交うヴェニスの水路。16世紀のヴェニスは、ヨーロッパの一大商業中心地であった。

人物関係図

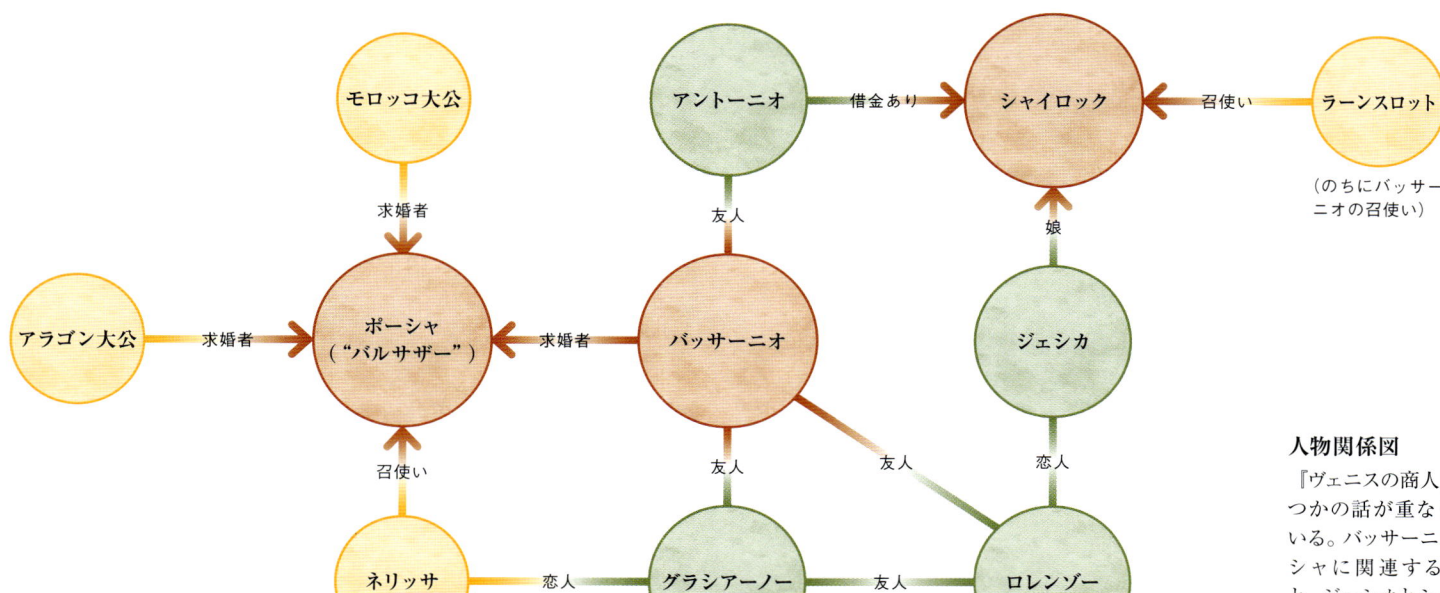

『ヴェニスの商人』はいくつかの話が重なり合っている。バッサーニオとポーシャに関連する箱選びと、ジェシカとシャイロックに関連する財宝箱という、ふたつの箱をめぐる話、ポーシャ、アントーニオ、シャイロックにかかわる1ポンドの人肉をめぐる話、ポーシャとバッサーニオにかかわる指輪の話があって、これらが絡み合いながら物語が進行する。

『ヴェニスの商人』は、シェイクスピア劇のなかでももっとも問題の多い芝居のひとつである。まずジャンルの問題がある。当初、この芝居は『もっともすばらしいヴェニスの商人の物語』と題されていた。第1・二つ折り版(ファースト・フォーリオ)では喜劇に分類されているが、19世紀には悲劇とみなされ、現在では、ふつうは悲喜劇もしくは問題劇とされている。この作品は『オセロ』(人種差別)や『じゃじゃ馬ならし』(女性嫌悪症)と同じように、きわめて激しい文化的問題(この場合は反ユダヤ主義)をかかえており、この作品についての議論や分析はもっぱらその点にのみ集中している。ただし、もっとも有名な登場人物、高利貸しのユダヤ人シャイロックは全体20場あるなかでほんの5つの場にしか登場せず、その台詞の量は全体の14パーセントを占めているにすぎない。

『ヴェニスの商人』が問題劇であるのは、また、その特異な構造のゆえでもある。ここには二重の背景がみられる(『夏の夜の夢』や『お気に召すまま』や『アントニーとクレオパトラ』と同様である)が、重なり合いながら連続する三つの筋をもっているシェイクスピア劇は『ヴェニスの商人』だけである。まず、ロマンティックな愛をめぐる筋(1幕1場から3幕2場まで)、次に1ポンドの人肉をめぐる筋(1幕3場から4幕1場まで)、最後に指輪をめぐる筋(4幕1場から5幕1場まで)である。これら三つの筋をつないでいるのは、表題になっている商人アントーニオである。近年、アントーニオはとみに主要人物とみなされるようになり、主人公であるとさえ考えられている。

シェイクスピアの材源

シェイクスピアが利用した材源として考えられるのは、ひとつには説話集『イル・ペコローネ』(『阿呆』、1378年)である。イタリアの作家セル・ジョヴァンニ・フィオレンティーノによるもので、そのなかのひとつに、証文の話、法学博士に変装するヒロイン、指輪のエピソードなどが出てくる物語がある。箱選びの話は1577年に英訳が出ている説話集『ゲスタ・ロマノーラム』に由来する。

材源としてほかに考えられるのは、強欲な高利貸しを扱った作者不詳の芝居『ユダヤ人』(1579年)である。このテキストはこんにちに伝わっていないが、そこには証文と箱選びの両方の話がふくまれていたことがわかっている。また、クリストファー・マーロウの『マルタ島のユダヤ人』(1590年)も材源のひとつである。ここでは自分で仕掛けた大鍋でゆでられて死んでゆくバラバスという残虐なユダヤ人が描かれているが、彼は筋においても性格描写においても、シャイロックとはまったく異なっている。シャイロックはまた道徳劇に登場する〈悪玉〉や、鉤鼻(ヴァイス)でナイフを振りまわすユダヤ人のステレオタイプにも由来する。当時、そうしたユダヤ人像は、滑稽な役にも悪党の役にも使われていたのである。

ふたつの世界

『ヴェニスの商人』の背景は16世紀のヴェニスに設定されてい

浮き世の倦怠

まったく、どういうわけだか、おれは憂鬱なんだ、
——アントーニオ(1幕1場1行)

ほんとうよ、ネリッサ、私の小さなからだはこの大きな世界の重さに疲れはててしまった。
——ポーシャ(1幕2場1～2行)

俺たち民族に今の今まで呪いが降りかかったことはなかった、おれは今の今までそれを感じたことはなかった。
——シャイロック(3幕1場85～86行)

おれは群れのなかの一匹の病める羊だ、殺されるには
いちばんふさわしい。いちばん早く腐った果物がいちばん早く大地に落ちる、おれにもそうさせてくれ。
——アントーニオ(4幕1場114～16行)

どうかもう引きとらせてください、
なんだか、気分が悪くなってきたので。
——シャイロック(4幕1場395～96行)

ヴェニスでの商取引

偉大なる商業国家というヴェニスのイメージは、この芝居の至るところに見られる。サリーリオはアントーニオの憂鬱を説明しようとして「君の心は（自分の商船とともに）大海原にあって揺られているのだ」（1幕1場8行）と言う。アントーニオは財産のほんの一部を投資しているだけであり、それゆえ自分の財産は安全だと答える。バッサーニオはヴェニスとベルモントをつなぐと同時に隔てている海をわたって、ポーシャのもとに行くために船を準備する。ポーシャはロマンスの中心人物であり、「東西南北四つの風が、あらゆる岸辺から／名高い求婚者たちを送ってくるのだ……英雄ジェースンたちを続々と」（1幕1場168〜72行）と描写される。シャイロックにとっては、海は危険そのものである――「だが船ったってただの板切れだ、船乗りったってただの人間だ。それに陸のネズミに海のネズミ、陸の盗賊に海の盗賊、つまり海賊ってやつがある、さらには波、風、暗礁の危険ってやつもある」（1幕3場18〜21行）。グラシアーノは自分たちの恋の探求が成就したことを「われわれはジェースンだ、みごと金の羊毛を手に入れたぞ」（3幕2場240行）と表現する。最後でアントーニオは自分の船が無事帰港したという知らせを受け、「命と命の糧」を取り戻す。

るが、当時のヴェニスは豊かな商業と銀行業の中心地で、ヨーロッパの多くの投機事業に資金を供給していた。また、アジアとの交易の中心となる貿易港でもあった。この芝居のもうひとつの背景は、おそらくイタリア本島のどこかにある架空の豊かな町ベルモントである。ヴェニスは商業に加えて、また、革新的な科学や技術、学芸、印刷、芸術の保護、製造などの中心地でもあった。市当局は外国人を歓迎して、指定した場所に住わせた。ヨーロッパのほかの国では追放され、迫害を受けていたユダヤ人も、ヴェニスに自分たちの住む場所（最初のゲットー）を得て、そこで暮らしていた。こうして、ヴェニスは商業と学問の中心地となっていた。

この芝居は、一見対照的にみえる場所で展開する。商業と契約で成り立っているヴェニスと、ロマンティックなおとぎの国ベルモントのふたつである。そのあいだに横たわっている海が、このふたつをつなぐとともに分けへだててもいる。そして、愛、富、法律、法律文書、音楽、食べものなど、共通したイメージやテーマが、ふたつの場所の対立関係をなし崩しにして、境界を流動的なものにしているのである。

「私を愛してくださるなら」

愛は劇中のいたるところで、富、追い求める対象、強要されての告白、契約、結婚指輪など、いろいろな形で描かれている。舞台に最初に登場したとき、アントーニオは金と特権を有しているにもかかわらず「まったく、どういうわけだか、おれは憂鬱なんだ」（1幕1場1行）と言い、ポーシャも「ほんとうよ、ネリッサ、私の小さなからだはこの大きな世界の重さに疲れはててしまった」（1幕2場1〜2行）と言う。ふたりともに憂鬱そうであるが、そのあと、幸せそうにバッサーニオのことを思いやる。彼らはバッサーニオをめぐる悲しい競争相手になっているらしい。サ

レーニオはアントーニオについて、「おそらくあの男にとって唯一の生きる喜びはバッサーニオへの友情だろう」（2幕8場50行）と言い、アントーニオは牢獄に行く途中、「ああ、バッサーニオ、おれがきみの／借りを返す姿を見にきてくれればどんなに嬉しいか！」（3幕3場335〜36行）と言う。箱選びの場面では、ポーシャはバッサーニオに向かって「もちろん私は正しい箱を／お教えできる、でもそれでは誓約を破ることになる」と告げる。彼女は真実を明かそうと考えるが、考えなおして「私を愛してくださるなら私を見つけてくださるはず」（3幕2場10〜11行および41行）と言う。アントーニオのもとからポーシャのところへ旅立ったバッサーニオは、賢明にも慎重に鉛の箱を選んだが、法廷の場面では、ポーシャでなくてアントーニオを選んだことを暴露してしまう。

> おれはいま結婚したばかりだ、
> そして、妻は俺にとっていのちに劣らぬ貴重な存在だ、
> だが、そのいのちも、妻も、いや、この全世界も、
> きみのいのち以上に大切とは思えない。おれは
> そのすべてを失ってもいい、すべてをこの悪魔に
> くれてやってもいい、それで君を救えるものなら。
>
> （4幕1場282〜87行）

男装しているポーシャは、バッサーニオの潜在的な裏切りの心に気がつく――「あなたの奥さんはあまりお喜びにはなりますまい、／もしもそばにいて今のお話をお聞きになったならば」（4幕1場288〜89行）。そこで、彼女はふたりの結婚を最終的にゆるぎないものにする指輪の計画を思いつき、それが指輪のエピソードの契機となる。下品なグラシアーノは結婚指輪を「金の輪っかで、安物の指輪」（5幕1場147行）と言って無視しようとするが、この芝居の最後の台詞を任されるのはそのグラシアーノである。彼は地口を使って、指輪を結婚や新妻の性器と同一視して、次のように言う――「さあ、これからのおれの人生はしあわせでいっぱいだ、／ただ一つ、ネリッサの指輪をなくすかどうかが心配だ」（5幕1場306〜7行）。

「光るものすべて」

ヴェニスは天然資源の乏しい場所だが、それでもルネサンス期のヨーロッパでもっとも豊かな都市であった。それゆえ、バッサーニオが求愛の旅に出かけるときに、結婚によって安易に財産を得ようとする伊達男であり、ヴェニスとベルモントの両方の奢侈を体現しているように見えても不思議はない。彼は、順番どおりに言うと、まず、ポーシャには財産があると言い（「大きな遺産をもつ女がいる」）、次に彼女の美をたたえ（「美しい人だ」）、そして最後に彼女の美徳をほめたたえる（「すばらしい美徳をそなえている」）（1幕1場161〜63行）。

しかし、バッサーニオは自分がポーシャにふさわしい人間であると証明するためには、金の箱の教訓を学ばなくてはいけない――「輝くもの必ずしも金にあらざるなり」（2幕7場65行）。それは見かけを信用してはいけないということである。バッサーニオは逆説的に「美しいポーシャの絵姿」が入っている鉛の箱を正しく見つけたことにより、ポーシャの愛を勝ち得ることができた。それは、ジェシカが財宝がぎっしり詰まった箱を父親シャイロックから奪った行為の再現でもある。しかし、バッサーニオは法廷の場のあと、結婚指輪を手放してしまい、指輪が象徴している美徳と献身の情を貶めてしまう。そこで、自分の身体を「一度バッ

サーニオのしあわせのために抵当に入れた」アントーニオは、もう一度、「抵当に入れなければ」ならない。こんどは「魂を抵当にして」、もっと大きな賭けをしなければならないのである（5幕1場249行および253行）。

　富はまたシャイロックの性格をも規定している。彼の最初の台詞は「3千ダカット」で、彼はこれを、最初の登場の場面で5回もくり返す（1幕1場1, 9, 56, 65, 103, 122の各行）。また、娘のジェシカが駆け落ちしたとき、娘を失ったことを悲しむよりは、何千ダカットもの金や「貴金属」のことを気にかけている。彼はアントーニオへの復讐に失敗し、貸付金も取り戻せなくなったとき、可能な限り財産を手元にとどめようとする。彼は絶望的になって嘆願する。

> 家を支える親柱をとるってことは
> 家をとるってことだろう、おれのいのちをささえる
> 財産をとるってことも、いのちをとるってことだ。
> 　　　　　　　　　　　　　　（4幕1場375〜77行）

最後の場面では、アントーニオも同じように生命と金銭を同一視している。彼はポーシャに言う。

> 　　　奥さん、おかげで私は命と命の糧を
> とりもどしました、この手紙によれば船はたしかに
> 無事入港したとのこと。　　　（5幕1場286〜88行）

最初から富を体現していたポーシャは、アントーニオの富を取り戻すだけでなく、ロレンゾーとジェシカにシャイロックの遺産を相続できると告げ、彼らを驚かせる。ロレンゾーはまるで〈天来の恵み〉のように、その知らせを受けるのである。

慈悲と正義

アントーニオはみずから進んでシャイロックと法の契約を結ぶ。同じようにポーシャは、「生きている娘の意志が死んでしまったお父様の遺書で縛られているのだから」（1幕2場24〜25行）と不平を言う。シャイロックには、ヴェニスが不可侵の法の契約を指針としていることがわかっている。彼は自分の要求が正しいと主張し、ヴェニス公に法の執行を要求する。彼に生命をねらわれている生贄アントーニオは、「公爵といえども法をまげるわけにはいかんのだ」（3幕3場26行）と言って彼に同意する。ポーシャは法衣を着て正義を標榜しながらも、シャイロックに慈悲を示せと訴える。しかし、その訴えも聞き入れられない。ポーシャは「このヴェニスにおけるいかなる権力をもってしても、／定められた法をまげることはできないのだ」（4幕1場218〜19行）と言う。

> 慈悲は義務によって強制されるものではない、／
> 天より降りきたっておのずと大地をうるおす／
> 恵みの雨のようなものなのだ。……／王たるものの心の王座にあって
> 人を治める、／つまりそれは天にまします神ご自身の表象なのだ。／
> したがって地上の権力が神の力に近づくのは／慈悲が正義をやわらげるときだ。
>
> 　　　　　　　　　　ポーシャ（4幕1場184〜86行および194〜97行）

下：アントーニオ（ジェレミー・アイアンズ）とバッサーニオ（ジョセフ・ファインズ）。マイケル・ラドフォード監督による2004年の映画より。ふたりの深い絆は、ポーシャとバッサーニオの愛を危うくする。

喜劇〔『ヴェニスの商人』〕

シェイクスピア当時のイングランドにおける反ユダヤ主義

ユダヤ人は1290年エドワード1世によってイングランドから追放された。反ユダヤ主義が吹き荒れた時代であった。それゆえ、おそらくシェイクスピアはユダヤ人に会ったことは一度もないはずであるが、1594年のロドリゴ・ロペスの事件については知っていたと思われる。ロペスはポルトガル系ユダヤ人の医師で、キリスト教に改宗していたが、エリザベス女王暗殺にかかわったとして絞首刑に処せられた。シェイクスピアはシャイロックのユダヤ人らしさを強調するために、彼にヘブライ語聖書を引用させたり、反ユダヤ主義について文句を言わせたり、ユダヤ教にかなった食事に言及させたりしている。加えて、シャイロックが自分の名前で呼ばれるのは11回にすぎないが、ユダヤ人と呼ばれるのは全体で57回にもおよんでいる。

法廷の場の終わりでは、アントーニオはシャイロックに「命と命の糧」を与える。ただし、キリスト教に改宗し、財産をジェシカとロレンゾーに遺贈するという条件つきである。ほかに選択の余地がないと観念したシャイロックは、これを受け入れる。しかし、立ち去るとき、ジェシカとロレンゾーへの財産譲渡の証書にその場で署名することを拒み、「証書を送ってくださればあとで署名します」（4幕1場396～97）と少しばかり威厳をみせる。この約束が果たされることは、ネリッサが芝居の終わりで証書をもってくるところから明らかである（5幕1場292行）。しかし、シャイロックへの判決が正義であるか慈悲であるかは、ひとえに解釈や上演のしかたにかかっている。

「お聞き、あの音楽を」

音楽にかかわる描写として、シェイクスピアのなかでもっとも豊かな一節といえるのが、第5幕冒頭のジェシカとロレンゾーの対話である。ロレンゾーは月を見て「この堤に眠る月」について語り、「やわらかく夜を包む／この静けさは、妙なる音楽を聞くにふさわしい」と説明する（1場54～57行）。彼はつづけて星の話をして、星のひとつひとつが「天球」つまり天球層のうえで輝き、天使が歌う天の歌に協力していると言う。しかし、人間は地上にあって朽ちる肉体をもっているために、この歌は聞こえない。しかしながら、ジェシカは無意識のうちにこの音楽に耳をかたむけている。ロレンゾーは彼女に「きみの魂は耳を傾けている」（70行）と言う。ロレンゾーは逆のケースについて次のように言う。

心のうちに音楽をもたないもの、美しい調べにも
心を動かされないもの、そういう人間はただ
謀反、陰謀、破壊にのみむいている。
　　　（中略）
そういう人間はけっして
信用してはいけない。さあ、お聞き、あの音楽を。
　　　　　　　　　　　　　　　（5幕1場83～88行）

ロレンゾーは無意識にシャイロックのことを言っているようである。シャイロックは招待を受けて外出する晩、通りから聞こえてくる仮装舞踏会の音楽にいらだって、ジェシカに「太鼓の音／首をひん曲げて笛吹きがキーキーと吹きたてる笛の音」を聞いたら（2幕5場29～30行）、ドアの錠をおろすようと告げる。ジェシカは、しかし、父の注意などにおかまいなく、窓を開け、シャイロックの財産をしこたま持って逃げる。のちに、シャイロックは「バグパイプの鼻にかかる音をきくだけでどうにも／小便がまんできなくなる」（4幕1場49～50行）人のことを引き合いに

下：19世紀の画家ジェイムズ・リントンの描く法廷の場。ポーシャは「今のおまえの立場はこの条文に該当しているのだ」とシャイロックに言う。

すが、彼はここで自分のことを言っていたにちがいない。
　音楽はまた、バッサーニオが財産目当ての人間からロマンティックな恋人に変わる節目となっている。ポーシャは「あのかたがお選びになるあいだ、音楽を奏でるように」と命じ、「失敗なさったら、あのかたは白鳥の最期のように、／楽の音に包まれて姿をお消しになるの」（3幕2場44〜45行）と言う。それから彼女は、音楽の重要性について次のように強調する。

　　あるいは／夜明けとともに夢見る花婿の耳に／忍び入り、
　　婚礼の式へと呼び覚ます／甘いこころよい楽の音か
　　　　　　　　　　　　　　　　　　　（3幕2場50〜53行）

箱の中身を見ていたポーシャは、〈鉛〉と韻を踏む語がキーワードとなっている歌を歌わせた。その歌は「浮気心を弔って」、〈鉛〉でできた〈弔いの鐘〉という語で終わる（3幕2場63〜72行）。音楽はバッサーニオにポーシャを与え、また、第5幕ではポーシャを帰宅させて、ふたたびバッサーニオと結びつけるのである。

食べもののイメージ

もうひとつのモチーフは食べものである。ネリッサはわがままな女主人とその気だるい憂鬱をからかって、食べ過ぎる人は飢えている人と同じくらい栄養不良で、「ごちそうを食べる人は、何も食べられずにひもじい思いをしている人と同じように、からだをこわすものでしょう」（1幕2場5〜7行）と言う。またシャイロックは、バッサーニオからのディナーの招待を断って次のように言う。

　　そして豚肉の臭いをかがされるのか、あんたらの予言者、あのナザレ人が悪魔を封じ込んで住まわせたという豚を食わされるってわけか。おれはあんたらと売買はしよう、話もしよう、歩きもしよう、そのほかたいていのことはしよう、だがあんたらと飲み食いするのはごめんだ、お祈りするのもごめんだ。
　　　　　　　　　　　　　　　　　　　（1幕3場33〜38行）

しかし、のちに、彼はどういうわけか気が変わる――「だからおれも憎悪を抱いて行くのだ、あの放蕩者の／キリスト教徒めを食いつぶしてやるために」（2幕5場14〜15行）。このシャイロックの外出がジェシカに駆け落ちの機会を与えることになる。また、ラーンスロットはジェシカがキリスト教に改宗したことについて、これでまた豚の値段があがると言って彼女をからかう。
　アントーニオは自分の死を予期して、「いちばん早く腐った果物が／いちばん早く大地に落ちる」（4幕1場115〜16行）と語り、食うよりは食われる立場に自分をおく。ロレンゾーはシャイロックの財産が遺贈されることを知って、ネリッサの用いた食べもののイメージをくり返し、「あなたがたは、飢えた人びとに／〈神与の食物〉を降り注いでくださいます」（5幕1場293〜94行）と言う。

シャイロックを演じること

『ヴェニスの商人』は、シェイクスピア劇のなかで上演回数がもっとも多く、一流の役者が演じたがる芝居のひとつである。1740年代、チャールズ・マックリンは、シャイロックをひどい苦難にあった人物と解釈して、彼を人間的に演じた。エドマンド・キーンの19世紀のシャイロックは犠牲者的な主人公であった。ヘンリー・アーヴィングは悲劇的威厳と悲哀に満ちたシャイロック像を完成させた。マイケル・ランガム演出の1960年の公演は20世紀の特筆すべき例であるが、ここでピーター・オトゥールの演じたシャイロックはキリスト教徒たちをはるかに超えた存在になっていた。また、1973年のテレビ制作の映像では、ローレンス・オリヴィエ演じるユダヤ人シャイロックはキリスト教徒に同化し、道徳的・精神的な価値の逆転を行なった。
　ジョン・バートン演出によるロイヤル・シェイクスピア劇団のふたつの公演のうち、1978年のパトリック・ステュアートのシャイロックはくじけない人物であり、一方、1981年のデイヴィッド・スーシェのシャイロックは、反ユダヤ主義者たちに敗北するアウトサイダーになっている。1984年のロイヤル・シェイクスピア劇団の公演では、ナチがイアン・マクディアミッドのシャイロックに襲いかかる。2001年のブリティッシュ・ナショナル・シアターのテレビ制作版では、キリスト教徒たちの悪意が、ヘンリー・グッドマン演ずる迫力ある盲目的なシャイロックを打ち破る。

上：ダスティン・ホフマン演じるシャイロック。1989年、ピーター・ホール演出による公演では、慎み深く人当りのいいシャイロックが、キリスト教徒からひどい仕打ちを受けて、復讐へと駆り立てられる。

> ユダヤ人に目がないか？手がないか？五臓六腑が、四肢五体が、感覚、感情、情熱がないとでもいうのか……針を刺しても血が出ない、くすぐっても笑わない、毒を飲ませても死なないとでも言うのか？だからおれたちは、ひどい目に会わされても復讐しちゃいかんとでも言うのか？
>
> シャイロック（3幕1場59〜67行）

『ウィンザーの陽気な女房たち』
The Merry Wives of Windsor

上：鋭い機知をとばす女房のページ夫人とフォード夫人。彼女たちはフォールスタッフの自尊心を傷つける。2008年、ロンドンでの新グローブ座の陽気で愉快な公演より。

創作年代：
1597年ごろ、または
1600年ごろ

背景：
イングランドの
ウィンザー、1590年代後期

登場人物：22人

構成：
5幕、23場、2,891行

あらすじ：騎士ジョン・フォールスタッフとその手先たちは、ウィンザーの村でいろいろ悪さをしている。治安判事のシャローがフォールスタッフを盗みの罪で告発し、その筋に引っ立てると脅す。フォールスタッフはそれを言いがかりだと否定する。彼はこの作品のタイトルの陽気な女房たちであるフォード夫人とページ夫人に色目を使う。夫人たちはフォールスタッフの策略を見抜き、それを利用してフォールスタッフに次つぎと屈辱を与える。

しかし、フォード夫人の夫は嫉妬にかられ、フォールスタッフと共謀して妻が不貞をはたらいている現場をおさえようとする。彼女は自分の貞節を証明し、夫は自分の過ちに気づく。ページ夫妻の娘アンには、ロバート・シャローの甥スレンダー、医師キーズ、若い紳士フェントンという3人の求婚者がいる。それぞれの求婚者は、家族や村の別々の人物より応援を得ている。アンが愛しているのはフェントンで、彼は策略をめぐらして、まんまとアンを勝ちとる。最後の場では、フォールスタッフは自分の悪行に対して相応の罰を与えられ、アンとフェントンは、両親をだまして一緒に逃げる。

登場人物

騎士ジョン・フォールスタッフ
フェントン　紳士
ロバート・シャロー　地方の治安判事
エーブラハム・スレンダー　シャローの従兄弟
フランシス・フォード、ジョージ・ページ　ウィンザーの紳士たち
ウィリアム・ページ　少年、ジョージ・ページの息子
ヒュー・エヴァンズ　ウェールズ生まれの神父
キーズ　フランス人の医師
ガーター亭の亭主
バードルフ、ピストル、ニム　フォールスタッフの手先たち
ロビン　フォールスタッフの小姓
ピーター・シンプル　スレンダーの召使い
ジョン・ラグビー　医師キーズの召使い
フォード夫人アリス
ページ夫人マーガレット
アン・ページ　ページ夫妻の娘
クイックリー夫人　医師キーズの召使い
ページやフォードの召使いたち

『ウィンザーの陽気な女房たち』はおそらく1597年初頭か1600年の初めごろに書かれた芝居で、シェイクスピアの唯一の「市民劇」として知られている。これはイングランドを舞台にした唯一の喜劇でもあり、時代背景も比較的当時に近い。したがって、少しいびつな形ではあるが、エリザベス朝の中産階級を描いたものとして注目に価する。

芝居の登場人物たちは、騎士のサー・ジョン・フォールスタッフからウェールズ生まれの神父やガーター亭の亭主に至るまで、けっして神話やファンタジー、あるいは歴史的に遠く離れた時代の人物ではない。もし、シェイクスピアが本当に自然に向かって鏡をかかげて芝居を書こうとしたのなら、まさにこの芝居こそ、そのような芝居の例である。

イングランドを舞台にしてイングランド人を登場させたリアリズムは、かなりばかげた事件が次つぎに起こる筋書きのせいで影が薄くなっている。滑稽なしくじり、偶然の出来事、ニアミス、仰々しい登場人物たちのしぐさ（おおげさな態度、おかしななまり、修辞的誇張）が次つぎとくり返され、『ウィンザーの陽気な女房たち』全体が茶番劇じみたものになっている。まじめな主題もたしかに登場するが——たとえば嫉妬、強制された結婚、泥棒、むち打ち、屈辱、姦通など——それらは滑稽なトーンに感染して、その色に染められている。

女王のお楽しみ

イングランドの批評家・劇作家のジョン・デニスは1702年に、エリザベス女王が特別にシェイクスピアに、フォールスタッフが恋をする芝居を書くよう要望して、2週間の著作期間を与えたと言っている。騎士フォールスタッフは『ヘンリー4世』二部作で登場する人物で、『ヘンリー5世』でも言及されている。多くの学者たちはこの逸話には懐疑的であるが、『ウィンザーの女房たち』には当時の出来事を暗示する部分がみられ、舞台が1590年代後半の風潮をもとにしていることがわかる。初演は1597年4月23日（聖ジョージの日）であるとする学者もいる。この日にガーター勲爵士団祭がホワイトホール宮殿で行なわれ、新たに任命された勲爵士たちが祝福を受けた。シェイクスピアの劇団である宮内大臣一座の庇護者だったハンズドン卿ジョージ・ケアリーも、その栄誉を受けたひとりだった。その儀式を祝う芝居の上演に、彼が一役かったとも考えられる。

『ウィンザーの陽気な女房たち』のテクストにも、初演がこの日であったことを示唆する箇所がいくつかみられる。ひとつはフォールスタッフが滞在している宿で、それがガーターと呼ばれていることである。もうひとつは、終わり近くでクイックリー夫人が仮面劇を指揮して、みんなを歌い踊らせる場面の台詞にみられる。

そして、牧場の妖精たち、

フォールスタッフの屈辱

おれは3度も死ぬ思いを味わったんだぜ。まず、第一が今言った焼きもちやきの寝取られ亭主にみつかりゃしないかとびくびくしたことだ、たまらなかったね。次がほら、細身の剣のしなりぐあいをためすために丸い枡に入れて切っ先と柄をくっつけるだろう、あの要領で頭と踵をくっつけてだな、しかも脂臭い汚れ物とともに、強烈な悪臭のなかに密閉されたことだ——まあ、考えてくれよ——この図体だぜ——わかるだろう——熱さにはバターみたいに弱いおれだ、いつ溶けてドロドロになるかわからん男だ、このおれが窒息しないで生きのびたのは奇蹟ってもんだ。（3幕5場107〜117行）

世界中が詐欺に引っかかっていっぱい食わされりゃいいんだ、おれなんかいっぱい食わされた上にぶんなぐられたんだからな。おれがとんでもない姿にかえられちまい、おまけに、河で洗濯されたり棍棒でぶたれたりしたってことが、万一宮廷の連中の耳にはいってみろ、この脂身のからだはたらたらと溶かされ、防水用の油として漁師たちの長靴にぬられるはめになるだろう。あるいは連中のすてきな皮肉の鞭でぶちのめされ、おれはしなびた梨のようにしょんぼりしちまうだろう。（4幕5場93〜100行）

人物関係図

この喜劇は欺瞞と嫉妬をめぐって構想されている。フォールスタッフがページ夫人とフォード夫人を誘惑するために策略をめぐらし、夫人たちはそれを利用して夫を懲らしめようとたくらむ。これと対照的にアン・ページの恋は純粋である。

上：エレン・テリー演じるページ夫人。ハーバート・ビアボーム・トゥリーによる1902年の『ウィンザーの陽気な女房たち』の有名な公演より。

ガーター勲章かたどって、輪になり、
歌い踊りなさい、その輪の跡が目に見える広い野原のどこよりも、緑色濃くなるように。［そして］「胸に悪意もつものに災いあれ（ホニ・ソワ・キ・マル・イ・パンセ）」とお書きなさい［。］
（5幕5場65〜69行）

中期フランス語の一節「胸に悪意もつものに災いあれ（ホニ・ソワ・キ・マル・イ・パンセ）」とはガーター勲位のモットーである。

しかし、このことを示す直接的な証拠が存在しないことから、われわれの知る芝居は1597年に上演された余興とはちがうと指摘する人たちもいる。むしろ、1599年の遅くか1600年の早い時期、『ヘンリー5世』で終わる一連の歴史劇のあとに創作された可能性も十分あるという。このことは『ウィンザーの陽気な女房たち』のなかの何人かの登場人物の存在によって暗示されている（治安判事シャロー、ピストル、そしてニムなどである）。

陽気な女房がこれすなわち浮気な女房とはかぎらない、
私たちが身をもって証拠をごらんにいれましょう。
ふざけておしゃべりするものがふしだらするとはかぎらない、
むっつり黙っているものが実は助平と言うでしょう。

ページ夫人（4幕2場104〜7行）

笑い物にして「復讐せよ」

フォールスタッフのような人物は、ユーモアの仕掛け人でもあり、標的でもあるという二重の役割を担っているが、これはシェイクスピア喜劇の典型的な様式である。ふたつの『ヘンリー4世』二部作では、フォールスタッフは機知の原動力である。彼は「おれは、おれ自身頓知の才があるばかりか、他人にまで頓知の才を発揮させてやってるんだ」（『ヘンリー4世・第2部』1幕2場9〜10行）と言っている。陽気な女房たちを陽気にしているものは、喜劇を生み出す媒体であるフォールスタッフを出し抜いて、彼をあやつる彼女たちの能力にほかならない。

最後で確実に勝者と敗者が出てくるのは、シェイクスピアが喜劇のジャンルに新たにつけ加えた点である。登場人物たちがどのように悪戯（または策略、または陰謀）をコントロールしているか、あるいはそれができていないかということが、この芝居の重要なテーマになっている。コントロールできていれば、相手の裏をかいて、最後に笑うことができる。それができなかった人物は、たぶん彼らの特徴となっている性格に何か問題があり、最後に笑う側にまわれなかったということである。フォード夫人とページ夫人はフォールスタッフが何かたくらんでいることをすぐに察知して、計略をしかける。それによって芝居がどのように動いていくかが明らかになる。ページ夫人は次のように提案する。

ねえ、いっしょに仕返ししましょうよ。逢い引きの約束をして、いいなりになりそうな素振りを見せ、気をもたせておいてぐずぐず引きのばすのよ、あの男の馬がガーター亭の亭主に宿賃のかたとしてまきあげられてしまうまで。

（2幕1場93〜97行）

登場する女性たちが「陽気」なのは、彼女たちが馬鹿だからでも、また幸せだからでもない。たとえば、夫の嫉妬はフォード夫人にとっては本当に脅威だったし、心の平安を乱すものでもあった。状況を正確に読みとり決然と行動するという技があったからこそ、彼女たちは評判を落とすことなく、自分たちにふさわしい名誉を失わずにすんだのである。フォード氏は勝手な思い込みや妻の本性を誤解したために、こっぴどく懲らしめられることになる。

喜劇においては、親が娘に対して愛していない者との結婚を強要することは、重要な主題原理の侵犯である。結婚生活で何も問題のないページ夫妻でさえ、このことを認めざるをえない。それはまた、たまたま喜劇の定義のひとつ——欲望は抑圧できないということ——と一致する。このことはページ氏がアンとフェントンにだまされたことを知る最終場面でみごとに表現されている——「もうしかたないな。フェントンさん、おめでとう！ 避けられないことは喜んで迎えることにしましょう」（5幕5場236〜37行）。

滑稽な欺瞞のことば

この芝居のなかで起こる出来事と使われることばの特徴となっているのが、欺瞞と偽装である。フォードはフォールスタッフをだまし、妻を試すために、〈ブルック〉という人物に変装する——「まずは変装してフォールスタッフに探りを入れるんだ。もし、うちのやつが貞潔であると分かれば、おれの骨折りも十分報いられるわけだし、もし

不貞であると決まれば、無駄に骨をおらなかったことになる」（2幕1場237〜40行）。また、キーズとエヴァンズはガーター亭の亭主に復讐をしようともくろむ。亭主がふたりをだまして喧嘩させたからである。ピストルとニムもフォールスタッフに復讐しようと決心する。最たるものは、フォールスタッフがフォード夫人とページ夫人を欺き、彼女たちと寝て、ひと儲けしようとたくらむが、逆にふたりにだまされつづけることである。後者の話の流れのなかで、フォールスタッフは変装して、自分の仕掛けた策略から逃れようとするが、結果的に醜態をさらし、痛い思いをする。洗濯物といっしょに川に投げ込まれたり、老婆に変装して殴られたりするのである。こうしたフォールスタッフの姿は、罪の報いの不変のイメージとなる。

> 今日までおれが生きてきたのは、屑肉のように籠に詰めこまれ、テムズ川に放り込まれるためだったのか？畜生、今度こんないたずらにひっかかるようなら、この脳味噌のやつ、つかみ出して、バターでもつけて、お年玉がわりに犬に食わせてやる。あの下男どもめ、生まれたばかりで目も開いていない犬の子15匹を捨てっちゃうように、鼻歌まじりにおれを河のなかへほうりやがった。なにしろこの図体だ、おれは沈むことにかけちゃあ疾風迅雷の勢いだぜ。
> （3幕5場4〜13行）

最後には、欺瞞と偽装はともにクライマックスの仕返しの場面にまでもつれ込み、仕返しの標的となったフォールスタッフ以外、すべての人びとにとってユーモラスな結果に終わる。フォールスタッフはだまされて、深夜、女房たちとの最後の密会場所であるウィンザーの森に行く。彼は伝説の猟師ハーンに変装する手はずになっていて、じっさい猟師姿で出かけるが、悪戯の標的になったのはフォールスタッフの方だった。彼は「ハリネズミや、小人や、妖精」（4幕4場50行）に扮したウィンザーの村の子供たちに襲われて、つねられたり、火をつけられたり、最後の屈辱を味わわされることになる。

等身大以上に大きな人物

同じくフォールスタッフが登場する歴史劇と同様、『ウィンザーの陽気な女房たち』は、この等身大以上に大きな人物のおかげで、長いあいだ人気のある芝居だった。18世紀には『ヘンリー4世・第1部』と同じくらいよく上演された。20世紀になると、現代の服装で演じられるようになり、また、たとえば、ロシア公演（1957年）やローマ公演（1980年）のように国際的公演が行なわれるようになった。東京での1991年の公演では、フォールスタッフは〈ほら吹きのさむらい〉に翻案されて演じられた。フォールスタッフを中心に据えた注目すべき喜劇的オペラがふたつある。ひとつはジュゼッペ・ヴェルディの『ファルスタッフ』（1893年）で、もうひとつはラルフ・ボーン・ウィリアムズの『恋する騎士ジョン』（1933年）である。

ハーバート・ビアボーム・トゥリー

イギリスの俳優・演出家のハーバート・ビアボーム・トゥリーは演劇界に入って間もないころ、当時の人びとの言うところの「最高のフォールスタッフ」を演じた。さらに1902年、ヴィクトリア女王崩御直後の公演で、彼はふたたびフォールスタッフを演じた。この公演は好色の太った男（エドワード7世）の戴冠と時を同じくしており、トゥリーはウィンザーの未亡人（ヴィクトリア女王）を追悼してフォールスタッフを演じたのであった。彼の演じた芝居は、ただの笑劇ではなかった。彼のフォールスタッフおよびその公演全体は、イギリス中産階級の登場人物たちに見られる人間的な面を強調したものであった。

下：『イルストラツィオーネ・イタリアーナ』の表紙を飾ったジュゼッペ・ヴェルディのオペラ『ファルスタッフ』。この3幕ものの喜歌劇はアッリーゴ・ボーイトによる台本で、脚色された『ウィンザーの陽気な女房たち』に、『ヘンリー4世』からいくつかの場面が挿入されたものである。

喜劇〔『ウィンザーの陽気な女房たち』〕

『お気に召すまま』
As You Like It

あらすじ：フレデリックは兄の地位を奪う。追放された兄公爵は、今はアーデンの森に住んでいる。放逐された騎士の長男オリヴァーは、末弟のオーランドーをフレデリックのお抱えレスラーに殺害させようとする。しかし、オーランドーは宮廷のレスリング大会でレスラーを倒す。追放された公爵の娘ロザリンドはそれをみて、オーランドーに夢中になる。ロザリンドはフレデリックの娘シーリアの従姉で、幼なじみである。

フレデリックは姪のロザリンドを宮廷から追放する。シーリアとロザリンドは、道化のタッチストーンを連れて森に逃げる。シーリアはアリーナと名前を変え、また、ロザリンドは男装してギャニミードと名のる。オーランドーも老僕のアダムを連れて森に逃げる。森に集まった面々はみな兄公爵に会う。公爵についてきた臣下のなかにはジェークイズという厭世的な人物もいる。ギャニミードに変装したロザリンドはオーランドーと出会い、彼の愛するロザリンドを演じてあげようと申し出る。森に暮らす羊飼いの男女は、森にやってきた人びとの奇妙な恋愛模様を映しだす鏡となる。

オーランドーは兄オリヴァーの生命を救ったことから、ふたりは和解する。ロザリンドは正体を明かし、異教的な森の儀式で、オーランドーと結婚の約束をする。兄公爵は自分の領地を取り戻す。

右：ロザリンド（ヘレン・マクローリー）とシーリア（シエナ・ミラー）。ロンドンのウィンダムズ・シアターにおける2005年の舞台より。ここで演出家デイヴィッド・ランは、宮廷からの亡命者たちを、1940年代のフランスに移した。

登場人物

兄公爵　追放の身
フレデリック公　その弟、兄の領地を奪った簒奪者
アミアンズ、ジェークイズ　追放された公爵に仕える貴族たち
ル・ボー　フレデリックに仕える廷臣
チャールズ　フレデリックに仕えるレスラー
オリヴァー、ジェークイズ、オーランドー　放逐された騎士サー・ローランド・ド・ボイスの息子
アダム　オーランドーの召使い
デニス　オリヴァーの召使い
タッチストーン　道化
サー・オリヴァー・マーテクスト　牧師
コリン、シルヴィアス　羊飼いたち
ウィリアム　オードリーに恋する田舎の若者
ハイメンに扮する男
ロザリンド　追放された兄公爵の娘
シーリア　フレデリック公の娘
フィービー　羊飼いの女
オードリー　田舎の娘
貴族たち、小姓たち、森番たち、従者たち

『お気に召すまま』は中世イングランドの民話、ヨーロッパの宮廷風恋愛、ギリシア・ローマの神話などが魅力的に混じり合った陽気な芝居であり、森にかこまれた空想的なフランスの公国が舞台になっている。ここには詩や歌がぎっしり詰め込まれ──じっさいシェイクスピア劇のなかでもっとも歌が多い──また、作者の技量や古典の知識を際だたせるような地口やことば遊びにあふれている。

この作品の背景は牧歌的な田園の世界である。本来、「牧歌」とは羊飼いや田園生活を理想化して描くものである。しかし、この作品では、田舎でひっそりと暮らし、純真あるいは無教養であるがゆえに搾取を許してしまう人びとの平和が、苦しい生活や都市生活者たちの侵略によって、どれほど脅かされるものであるかが問われている。また、ペトラルカのような14世紀イタリア・ルネサンスの詩人たちが奨励した、過度にロマンティックな恋愛の価値についても疑義が提出されている。そうした恋愛においては、恋に悩む若者は高嶺の花の冷淡な娘に対して、献身的で自虐的な愛を一方的にささげることになっている。

物語が進行するにつれて、すべてを焼き尽くす破壊的な恋愛、移ろいやすさ、欺瞞、変装、また、どんなに望んでも結局は実現できない牧歌的平和と繁栄の「黄金時代」（1幕1場118～19行）への回帰といったテーマが登場してくる。『お気に召すまま』は一見ほろ苦い結末にみえるが──すべての良質の喜劇と同じように──夜の森の異教的

創作年代：
1598年ごろ

背景：
フランス、16世紀ごろ

登場人物：**25人**

構成：
5幕、22場、2,810行

祝祭のなかで、複数の婚約や結婚が成立する。

お好きなように

シェイクスピアの多くの作品と同じように、『お気に召すまま』も、最初に1623年の二つ折り版で出版された。しかし、公式の文献における言及は1600年にまでさかのぼる。この芝居は、シェイクスピアの大衆向けの劇場だったロンドンのグローブ座だけでなく、エリザベス女王のために私的に上演されたこともあったと思われる。それはおそらく1599年2月の告解火曜日（シューローヴ・チューズデー）に、祝賀の一環としてリッチモンド宮殿で上演されたかもしれない。シェイクスピア学者たちによれば、時事問題に言及しているらしい1幕2場のタッチストーンのパンケーキについての冗談は、この〈パンケーキ・デー〉の上演を考えれば説明がつく。ここは、そう考えないと説明がつかない。シェイクスピア自身がオーランドーの忠実な下僕アダムを演じたという奇抜な説もあるが、それほど説得性はない。

『お気に召すまま』は、政治的には簒奪や圧政からの逃亡を描いている。「昔のイングランドの義賊ロビン・フッド」（1幕1場116行）への言及がみられるが、ロビン・フッドの物語は、シェイクスピア当時の人びとによく知られた神話であり、横暴で抑圧的な支配体制に対する民衆の過激な反乱という一般受けのする連想がある。君主にのみ許された狩猟や森の鹿への言及もまた、時事的な意味合いをもっている。鹿の密猟は女王に対する反逆罪とみなされ

材源

シェイクスピアはこの物語の骨子を、トマス・ロッジの『ロザリンド』（1590年）からとった。ロッジの物語は、ロザリンドと友人のアリンダの冒険を語る牧歌的ロマンスで、ふたりはそれぞれ、ギャニミードとアリーナに姿を変える。ロッジの話は中世イングランドのロビン・フッドの話をもとにして、舞台をイタリアの影響を受けたフランスの田園生活に移し、そこに素朴な羊飼いの男女を配したもので、シェイクスピアの芝居も同じ設定になっている。

たが、その後につづいた1590年代の不作の数年のあいだ、狩猟は、田舎の貧しい人びとにとって生き延びるための唯一の手段となり、また、きびしい態度を崩さない都市の宮廷エリートたちの不当なやり方に対する反抗の証ともなっていた。

宮廷風恋愛

『お気に召すまま』では、宮廷風恋愛とそれがもたらす苦痛に愚かにも身をゆだねれば、どんなひどい目にあうかといったテーマが探究されている。シェイクスピアはヨーロッパの宮廷風恋愛の伝統に刺激を受け、イタリアの詩人フランチェスコ・ペトラルカに対していくつかの言及をしている。ローラという名の女性を見そめたペトラルカは、366篇もの悲痛な詩を書き、この謎めいた愛人にささげている。追放されたオーランドーもロザリンドへの新たな恋心に身をまかせ、自分が愛に「倒された」（1幕2場259行）と認め、ペトラルカのように宮廷風恋愛の精神にのっとり、ロザリンドの美と恋の苦しみを訴えた悩ましい愛の歌を次つぎと作ろうと決心する。ロザリンド（ギャニミードに扮している）は恋人の苦しみを知らずに死んだローラとちがって、オーランドーの愛の執着に十分気づいている。彼女はこう断言する。

恋は狂気にすぎない、だから狂人と同じように恋するものは暗い部屋に押し込めて鞭をくれてやるのがいちばんいいのです。実際にそのような折檻による治療がなぜおこなわれていないかというと、恋の狂気がこのごろではあまりにもはやってしまったので、鞭をふるう人のほうまで恋にとりつかれている始末だからです。
（3幕2場400〜404行）

のちにオーランドーが、もし、口説いて受け入れられない

> 男は恋をささやくときは4月だけど
> 結婚すれば12月、娘も
> 娘でいるあいだは5月だけど
> 人妻になれば空模様が一変する。
>
> ロザリンド（4幕1場147〜49行）

なら、きっと「死んで」しまうと言うときも、ロザリンドは同じように「男は次から次へと死んでいき、蛆虫の餌食となっているが、恋のために死んだものはひとりとしていない」（4幕1場106〜8行）とあざけるようにやり返す。羊飼いのシルヴィアスさえも、冷淡なフィービーに対して自分の愛情を表現するが、それはペトラルカ的な詩人にふさわしい宮廷風の不安に満ちた情熱の表現となっている。

> じゃあおめえは心底惚れたことはねえんだ！
> 惚れたがために夢中になってやってしまう
> どんなばかげたささいなことでも覚えていなけりゃ、
> 惚れたことはねえんだ。
> 　　　　　　　　　　（2幕4場33〜6行）

哀れにもシルヴィアスはだまされて、嫌々ながら、フィービーと彼女の新しい恋の相手——こちらも同じように手の届かない若者ギャニミード——との取り持ち役をやらされて、報われない愛の狂気にさいなまれる。のちに、フィービーはシルヴィアスに対して「この人〔ギャニミード〕に愛とはどんなものか教えてあげて」（5幕2場83行）と命令するが、このわがままな命令は、素朴なシルヴィアスにとっては身を切るように辛いものにちがいない。シルヴィアスが鋭く指摘するように、「恋とはため息と涙でできているもの」（5幕2場84行）なのである。

下：ギャニミードに扮したロザリンド役のキャサリン・ヘップバーンと、オーランドー役のウィリアム・プリンス。1950年のブロードウェイでの『お気に召すまま』の公演より。ここは変装によって欺かれているオーランドーが、ギャニミードをロザリンドと想定して口説くところ。この芝居のなかでももっとも生彩のある場面である。

田園と都市

シェイクスピアは『お気に召すまま』全体をとおして、都市と田園というテーマを問いつづけている。宮廷から追放された都市の人たちは田舎の人びとのなかで暮らすようになるが、少しも彼らにとけこもうとしない。これらの亡命してきた人びとにとって、田舎は牧歌的なユートピアの世界、すなわち、政治的謀略や派手な社交からの自由や逃避の場なのである。かくて、追放の身となった兄公爵は自分に仕える貴族たちに次のように言う。

> ところでどう思う、放浪の日々をともにする兄弟たち、
> ここの暮らしも、だいぶ慣れてみると、飾り立てられてた
> 栄華の暮らしよりも心地よくはないか？この森は
> 油断も隙もない宮廷よりも危険が少なくはないか？
> 　　　　　　　　　　（2幕1場1〜4行）

兄公爵は森の安息について「樹木にことばを聞き、せせらぎに書物を見出し、／小石に神の教えを読みとり、森羅万象に善を」発見する（2幕1場16〜7行）と感想を述べるが、これはロマンティックに理想化されていて、苦労の絶えない冷え冷えとした田舎の生活には無頓着であることを示している。兄公爵も彼に仕える貴族たちも「簒奪者であり、暴君に過ぎない」（2幕1場61行）ことを承知している

憂鬱なジェークイズ

> おれは歌から憂鬱を吸いとって生きているのだ、
> イタチが卵から中味を吸いとるように。
> 　　　　　　　　　　（2幕5場12〜13行）

> おれを楽しませてくれとは言っておらん、歌ってくれと言っているんだ。
> 　　　　　　　　　　（2幕5場17〜18行）

> さてと、眠れるものなら一眠りするか、眠れなければエジプトの長子以来の長男嫡子をかたっぱしからののしってやるまでだ。
> 　　　　　　　　　　（2幕5場60〜61行）

> 阿呆です、阿呆！阿呆が森にいたのです、
> まだら服を着た阿呆が。みじめな世の中だ！
> 　　　　　　　　　　（2幕7場12〜13行）

> かくのごとく時々刻々われわれは熟していく、
> 而してまた時々刻々われわれは腐っていく、
> そこにこそ問題がある
> 　　　　　　　　　　（2幕7場26〜28行）

> 私の肺臓は雄鶏のように鬨の声をあげはじめました、
> 阿呆がかくも瞑想的であることがおかしかったのです、
> 私の高笑いはとめどがなくなり、やつの日時計で一時間は笑い続けたでしょう。ああ、気高い阿呆！
> 尊敬すべき阿呆！まだら服こそ最高の衣装です。
> 　　　　　　　　　　（2幕7場30〜34行）

いとしいギャニミード

ロザリンドが少年に身をやつしたときに選んだ名前——ギャニミード——は、シェイクスピアの観客にとっては特別の意味をもっていたと思われる。とくにロザリンド役が少年によって演じられ、その少年が少女のふりをするわけで、その少女役がまた少年のふりをするというのだから、なおさら意味があったのである。ギリシア神話によるとガニュメーデースは美しいトロイの少年で、神々の王ゼウスにさらわれ、不死の給仕人となる。ホメーロスの『イーリアス』にはこの神話への言及があり、また同じようにローマ詩人オウィディウスによるきわめてエロティックな作品『変身物語』のなかでも言及されている。『変身物語』は、シェイクスピアをはじめ、当時の多くの人びとに知られていた。

それゆえ、ギャニミードという名は、若者と成人男性との同性愛と同義語になっていた。ロザリンドがギャニミードになったとき、シェイクスピア当時の観客は、彼女が選んだ名前に古典への皮肉を感じ取っただけでなく、彼女が少年に変装した姿に対して、同性愛的なエロティシズムを感じたにちがいない。

人物関係図
この芝居の人間関係の中心にいるのがロザリンドである。彼女の巧妙なたくらみが功を奏して、最後にすべての人物を巻き込んだ〈田園の祝宴〉となる。

のは、おそらくジェークイズだけであろう。のちに宮廷の道化タッチストーンは羊飼いのコリンに、こうした羊飼いの生活についてどう思うかと尋ねられ、次のように答える。

> こういう暮らしであるという点では楽しいが、羊飼いの暮らしであるという点はつまらない。さびしいという点では大いに気に入っているが、わびしいという点ではおおいに気にくわん。田園生活であるという点では快適だが、宮廷生活じゃないという点では退屈だ。
> （3幕2場13〜19行）

タッチストーンの辛辣なユーモアはコリンにも通じている。彼は機敏に「宮廷でのいい礼儀作法ってもんは田舎じゃ滑稽に見えるんだよ、田舎の行儀が宮廷じゃ物笑いになるのとおんなじでね」（3幕2場45〜48行）と言う。無教養なコリンの「天然自然の学者」（3幕2場32行）としての常識は、彼が自分の社会における役割をきちんと心得ており、それを受け入れていることに依拠している——「おれは頭より体を働かす男だ、食うもんは自分で稼ぐ、着るもんは自分で手に入れる、人の恨みは買わねえ、人のしあわせは妬まねえ」（3幕2場73〜75行）。都市の人たちと何とちがうことだろうか。彼らが「田園の祝宴」（5幕4場177行）を楽しめるのは、都会生活に無事に帰還できるという保証があったときだけなのである。

角（つの）と寝取られ亭主（カコールド）

頻出するテーマのひとつが、理想的な田園生活と田舎の生活のきびしい現実とのあいだの葛藤であるとするなら、頻出するイメージのひとつは寝取られ亭主、すなわち、妻が自分以外の男に性的満足を求めていることを知らない亭主というイメージである。寝取られ亭主の伝統的イメージは、額に生えた角もしくは枝角である。それは友人や隣人のみ

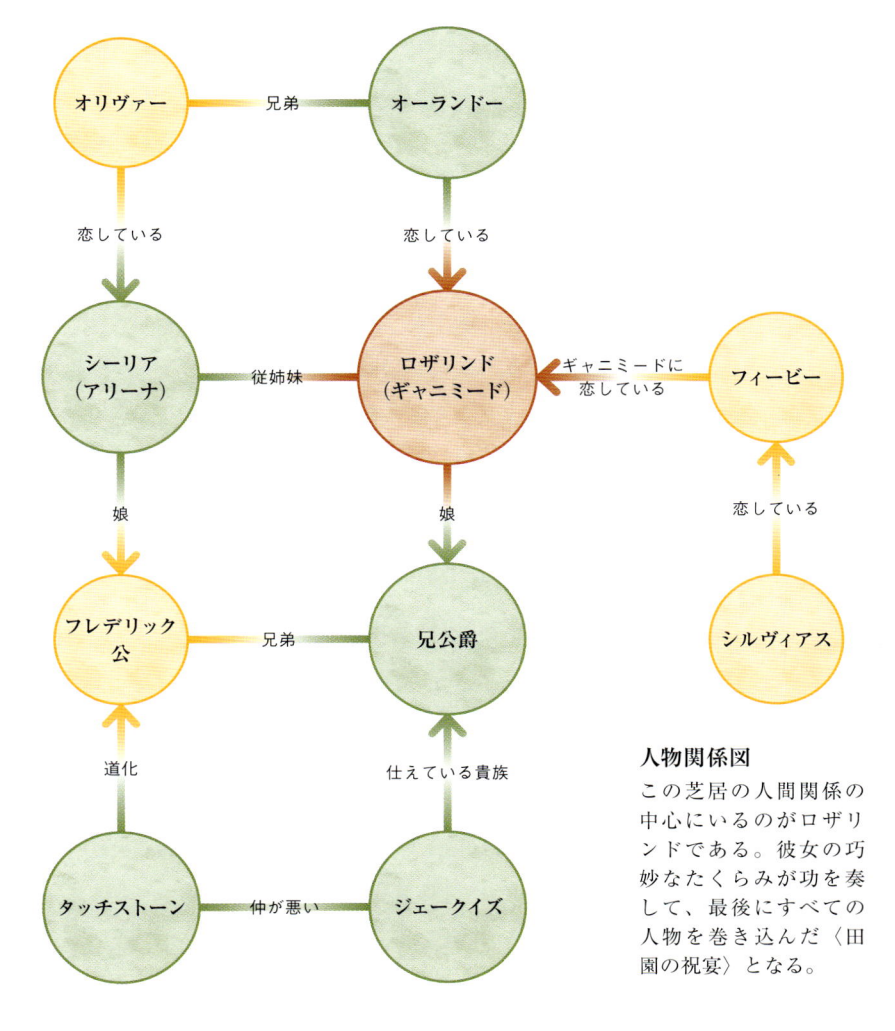

んなが彼の状況を知っていて、知らぬは亭主ばかりなりということを象徴している。角を生やした鹿がたくさんいるアーデンの森以上に、このイメージを追及するのに適した場所がほかにあるだろうか。貴族たちと森の住人たちが首尾よく終わった狩猟の獲物をもって上機嫌で帰ってくると、ジェークイズは寝取られ亭主を引き合いに出して、「勝利の月桂冠のかわりに殺した鹿の角を（兄公爵の）頭にのせよう」（4幕2場4〜5行）と言う。このおどけた提案に貴族や森の住人は答えて次のように歌う。

> 角を生やすは恥じゃない
> 寝取られ亭主はひとりじゃない
> おまえのおやじも生やしてた
> そのまたおやじも生やしてた
> りっぱな角は恥じゃない
> ばかにしていいものじゃない
> （4幕2場13〜18行）

寝取られ亭主（カコールド）の人物像は、嘲笑の対象として以上に、シェイクスピア当時の人びとにとっては重要な意味をもっていた。彼らにとっては、子孫のために家系の純血をまもろうとすれば、妻の貞節を頼るよりほかにしようがなかった。寝取られ亭主は、昔、このことばの由来となったカッコーのように、他人の子供の引き受け先となりかねない。そうした不安はタッチストーンによって語られている。彼は結

喜劇〔『お気に召すまま』〕　123

婚した男が寝取られ亭主になるのは日常茶飯事だと言うのである。

寝取られ亭主の額に角が生え、浮気な女房と角つきあうのはたしかにわずらわしい、がやむをえんことである。よく言うじゃないか、「おのれの財産にかぎりあることを知らざるもの多し」ってね。そのとおりだ、立派な角っていう財産をもちながら額にその飾りあることを知らざるもの多しだ。だいたい角ってやつは女房の持参金だ、亭主が自分でつくるものじゃない。

(3幕3場51〜56行)

タッチストーンの辛辣で侮蔑的な意見——妻たち（そして女性一般）は性的にふしだらで不実であるという意見——はシェイクスピアの時代特有のものであった。タッチストーンはまた、寝取られ亭主の角は「貧乏人だけのもの」ではなく、「どんなに気高い鹿だって卑しい鹿にまけないほどみごとな角をもっている」（3幕3場56〜58行）と言い、男の心配は社会的な境界線を超えていることを示唆している。タッチストーンは辛辣な皮肉をこめて、次のように言う。

いや、城壁に囲まれた町の方が、ただの村より値打ちがあるように、女房持ちの角の生えた額の方が独りものの、つんつるてんの額より威厳がある。

(3幕3場59〜61行)

ここには国中の男どもが寝取られ亭主の憂き目にあっているというイメージがある。それは、もっぱら女が男に比べてセックスの誘惑に弱く屈しやすいという男の偏見に根ざしているようにみえる。ここには、当時、こうした考え方がきわめて一般的であり、シェイクスピアはそうした考え方を芝居にとって重要であると考えていたことが示されている。そもそも芝居とは、人びとが置かれた状況次第で、いかに容易に変わってしまうものであるかを追求するものなのである。

初期の翻訳

ほかの多くのシェイクスピアの芝居と同様、『お気に召すまま』もあまり多くのことが知られていない。この作品が17世紀にどれぐらい上演されたかについてもよくわからない。しかしながら、1723年には、チャールズ・ジョンソンによってロンドンのドルーリー・レーン劇場のために翻案されて、『森の中の恋』というタイトルで上演されている。この翻案劇では、有名なコリー・シバーがジェークイズを演じたが、オリヴァーもタッチストーンも、また、シルヴィアスやオードリー、さらにコリンやほかの田園の人物も登場せず、シーリアに思いのままに求愛するのはジェークイズになっていた。このシーリアとジェークイズとの婚

右：ヘアスプレーで髪を固めたいたずら好きのタッチストーン（アルフレッド・モリーナ）が、宮廷でシーリア（ロモーラ・ガライ）をからかう場面。日本からインスピレーションを得たケネス・ブラナー監督による映画（2006年）は、新鮮で多彩なキャストが目をひいた。

左：ローレンス・オリヴィエ主演の1936年の映画のポスター。当時の理想的なジェンダー観を彷彿とさせるだけでなく、これがどのような映画だったかもよく示している。オーランドーは格好よくポーズを決めており、一方、ロザリンドはいかにも女性らしく優しくほほえんでいる。

約は、1856年のジョルジュ・サンドによるフランスの翻案劇『お気に召すまま』でもくり返されている。1991年、チーク・バイ・ジョウル劇団による公演は、劇団の共同創設者デクラン・ドネランの演出で、きわめて過激な舞台となった。役者は多くの人種からなっていたが、すべて男性で、世界各国をめぐるツアーで上演された。

その後の復活

1936年の映画では、ローレンス・オリヴィエのオーランドー、パウル・ツィナーの監督で、脚本をJ. M. バリー、音楽をウィリアム・ウォルトンが担当した。しかし、この映画はあまりよい評価を得ていない。21世紀になって、2006年、ケネス・ブラナー監督、デイヴィッド・オイェロウォーとブライス・ダラス・ハワード主演の映画がゴールデン・グローブ賞にノミネートされた。これはシェイクスピア劇の舞台を19世紀の日本に移している。宮廷を追われた人びとはイギリスの貿易商人になり、当時、農業国から工業国に変わりつつあった日本に移り住む。海外の影響を受け入れようとしていた日本は、異文化の衝突によってどんな困難な状況が生まれるかに気づかず、自分たちの文化の中枢に都市文化の乱入を受け入れてしまう。これはシェイクスピア当時の危うい田園社会を反映しているのである。

> この世界はすべてこれ一つの舞台、／人間は男女を問わずすべてこれ役者にすぎぬ、／
> それぞれ舞台に登場してはまた退場していく、／そしてそのあいだに一人一人がさまざまな役を演じる、／年齢によって七幕に分かれているのだ。
>
> 🌹
>
> ジェークイズ（2幕7場139〜43行）

喜劇〔『お気に召すまま』〕

『から騒ぎ』 Much Ado about Nothing

> 創作年代：
> 1598年ごろ
>
> 背景：
> シシリー島のメシーナ、
> 16世紀ごろ
>
> 登場人物：16人
>
> 構成：
> 5幕、17場、2,787行

あらすじ：つい先頃の戦いで勝利したドン・ペドロは、メシーナの知事レオナートの屋敷に滞在する。彼に随行する貴族のなかには、もうひとり、この屋敷の常連客ベネディックがいて、レオナートの姪のベアトリスと、例によって丁々発止の口論をはじめる。また、クローディオはレオナートの娘ヒーローに一目ぼれ。ドン・ペドロはクローディオの代わりにヒーローに求婚する。さらに、一計を案じて、ベアトリスとベネディックに互いに愛し合っていることを認めさせようとする。ドン・ペドロの非嫡出の弟ドン・ジョンはクローディオの昇進に憤り、ボラチオを使って、ヒーローはふしだらな女だとクローディオや兄ドン・ペドロに信じこませる。その結果、クローディオは結婚式の祭壇でヒーローを誹謗し、婚約解消を宣告する。ヒーローは気絶する。彼女は修道士フランシスの提案によって、クローディオが誤りに気づくまで死んだことにされる。ベネディックはベアトリスへの愛を証明するために、彼女の希望どおりクローディオに決闘をいどむ。その間、ドジで間抜けなドグベリーによって、ボラチオによるヒーロー中傷の罪があばかれる。クローディオは自分の誤解を後悔し、罪滅ぼしとして、翌日、レオナートの姪と結婚することを承諾する。同時にベアトリスとベネディックも結婚を決意する。最後にクローディオの結婚する〈姪〉がヒーローその人であることが明らかにされ、2組の男女はめでたく式をあげる。

『から騒ぎ』は厳密な意味でのロマンティック・コメディーというより、ベアトリスとベネディックを中心に演じられる洗練された恋愛劇である。このふたりは、自己認識の甘いヒーローとクローディオのロマンティックな態度に対して嫌悪感を示す。ベアトリスもベネディックも、結婚によって自由を失うことを恐れているのである。また、この芝居を喜劇らしい喜劇とみなすのも正しい理解とは言えないだろう。クローディオとヒーローをめぐる話には暗い要素がある。そのことは地口めいたこの芝居のタイトルにも暗示されている。このタイトルは作品の中心的意味をもっていて、われわれの観劇体験の本質を明らかにする助けとなる。

シェイクスピアの物語の扱い方は、彼がヒントを得たと思われる種本とはまったく異なる。種本はイタリアの小説家マッテーオ・バンデロの大部の短篇集『物語集』(1554年)で、これは西ヨーロッパできわめて大きな影響力をもっていた。彼の借用の最たるものは、舞台背景をメシーナにしていることである。

登場人物

ドン・ペドロ　アラゴンの領主
ドン・ジョン　その腹違いの弟
クローディオ　フローレンス（フィレンツェ）の若い貴族
ベネディック　パデュア（パドヴァ）の若い貴族
レオナート　メシーナの知事
アントーニオ　その弟
バルサザー　ドン・ペドロに仕える歌手
ボラチオ、コンラッド　ドン・ジョンの従者たち
修道士フランシス
ドグベリー　警吏
ヴァージズ　村役人
寺男
侍童
ヒーロー　レオナートの娘
ベアトリス　レオナートの姪
マーガレット、アーシュラ　ヒーローの侍女たち
使者たち、警吏たち、貴族たち、従者たち、その他

右：ベアトリスを演じるダイアナ・ウィニヤードとベネディックを演じるジョン・ギールグッド。フェニックス・シアターでの1952年公演の『から騒ぎ』より。ドン・ペドロ役は、若き日のポール・スコフィールド。

〈ないこと〉と〈気づくこと〉

タイトルの『空騒ぎ』(直訳すると『何もないことについての大騒ぎ』)には、「ないこと」という語の語呂合わせがみられる。シェイクスピアの時代には〈ないこと〉は、ほとんど〈気づくこと〉と同じように発音されていたからである。このことは、2幕3場のドン・ペドロとバルサザーの会話で明らかである。

> バルサザー:節をつける前にお願いの節があります——
> 　私の節に不審な点[〈気づくこと〉]がありましても不問にふしてください。
> ドン・ペドロ:これは不思議なことを聞く。不問にふせ[〈ないこと〉にしろ]と言うが
> 　節まわしは譜面にふしてあるのではないかな。
> 　　　　　　　　　　　　　　　　　　(54〜57行)

> Balthasar:　*Note this before my note:*
> 　*There's not a note of mine that's worth the noting.*
> Don Pedro:　*Why these are very crotchets that he speaks ——*
> 　*Note notes, forsooth, and nothing.*

したがって、『〈何もないこと〉についての大騒ぎ』は『〈気づくこと〉についての大騒ぎ』でもある。さらに、タイトルは〈ノー・シング〉という句に、男性器か女性器のいずれかの意味に言及させて、卑猥な語呂合わせをしていると考えることもできる。そして、この語呂合わせには、ヒーローに対する中傷や、ベアトリスとベネディックのあいだの性的な緊張状態が示唆されている。しかし、この『〈気づくこと〉についての大騒ぎ』というタイトルが示しているのは、何よりもまず、この芝居の欺瞞の扱い方であり、また、美点に〈気づくこと〉の失敗や、うまく心を通わせることの失敗なのである。

社会的な死

この芝居は潜在的に悲劇的要素——クローディオの残酷な結婚拒否宣言がヒーローに与える打撃——があることから、悲喜劇(トラジコメディー)とみなすこともできる。もっと狭い言い方をすれば、この作品は、『ヴェローナの二紳士』(ヒロインがもとの女の姿にもどり、自分を捨てたかつての恋人をゆるす)に代表されるような寛容の喜劇と、より痛烈な『終わりよければすべてよし』や『尺には尺を』のような、悲喜劇的な問題劇とのあいだに位置する芝居と考えることができる。

クローディオの結婚拒否は、ヒーローにとっては社会的に葬られることに等しい。彼女が社会復帰できるとすれば、唯一、最後にクローディオと結婚することによってしかない。このことは彼女が気絶することによって劇的に示され、そのあと、彼女が生きているかどうかは観客にはわからない。彼女の父親によれば、娘は死んだ方がいいらしい。彼は「死ぬこと以上に、この子の恥をかくす望ましい手段はない」(4幕1場116行)と言う。観客はのちに、ヒーローの復活と修道士がそれに関与していたことを知らされるが、彼女が受けた心の傷はいつまでも残る。ボラチオの策略は暴かれたが、ドグベリーがきわめて重要な事実をちゃんと伝えられたかどうかの保証はない。終幕近くなるまで事態がどのようになるのか、観客にはわからないのである。

この潜在的に悲劇的な状況は、しばしば軽くみられてきた。この作品のなかでは、ベアトリスとベネディックの話の方が長いあいだ人気があった。しかし、この芝居のふたつのプロットは、ベアトリスがいとこのヒーローを愛していて、ベネディックに自分への愛を証明するために「クローディオを殺してちょうだい」(4幕1場289行)と要求する場面によって、緊密に結びつけられている。

名誉と結婚

観客の注意力は〈気づくこと〉という考え方と悲喜劇的な緊張感によって、当時の中産階級や上流階級のあいだのふたつの重要な問題に集中させられる。男女の名誉と婚約と

ベアトリスとベネディック

ベアトリスとベネディックの話は、少なくとも1613年、大蔵卿会計記録のなかで『ベネディクテとベッテリス』と呼ばれたときから、この芝居のなかでもっとも人気のある話だった。ベアトリス役は少年役者が女性を演じた最初の公演以来、役者にとってやりがいのある役であった。

いう問題である。当時、男は戦争で手柄をたてることによって自分や家の名誉を勝ちとるべきだという考え方が一般的であった。そのことは、クローディオがドン・ペドロに向かって、戦争で名誉を勝ちとるまではヒーローへの関心を棚上げしておくと打ち明けるところ（1幕1場296〜305行）にも反映されている。シェイクスピアは歴史劇の場合と同じように、戦争で闘う男が本当に名誉ある人間なのかという問題を、以下の展開のなかで探求している。

戦争の手柄に相当する女の名誉は、ルネサンス期の考え方によれば、貞操である。結婚前に処女であることという美徳は、結婚生活における貞節という観念に受け継がれる。こうした観念がクローディオの胸のうちにあったために、彼は結婚式前夜にヒーローがほかの男といっしょにいたと誤解して、裏切られたと感じ、ヒーローを独善的に公けの場で誹謗してしまったのである。当時、上流階級の縁組はそれぞれの父親、または、家父長制度のなかで権威をもったほかの誰かによって取り決められた。それは財産や一族の名誉のため、また、家系を絶やさないように男子の後継者をもうけるためであった。ときには縁組を決める父親が自由な気風をもっていて、子供の意志を尊重することもあったかも知れないが、一般には愛が結婚より優先されることはなかった。愛は結婚してから生まれるものと考えられた。クローディオはヒーローとの結婚を決意する前に、まず、彼女がレオナートの後継者であるかどうかを尋ねる（1幕1場294行）。そして、ドン・ペドロがこの結婚の仲介役を引き受ける。同様にまたドン・ペドロはベアトリスとベネディックの結婚を取りもつ資格があると考えて、ふたりをだまして結婚を承諾させようとする。両方の場合に、彼は威厳のある家父長としてふるまっている。ベアトリスの父親は亡くなっており、クローディオもベネディックも父親は不在だからである。

ベアトリスは社交において、とくに発言において自由闊達である。それは父親がいないせいでもあるが、おそらくは彼女自身の性格によるものだろう。彼女の叔父はそうした性格をじゃじゃ馬とみなし、「口が悪い」とか「あばずれ口」とか言っている（2幕1場19〜20行）。したがって、彼女には、男性の権威をくつがえす可能性がひそんでいる。エリザベス朝においては、じゃじゃ馬を手なずけるもっともいい方法は、うまくあしらえる男と結婚させることだと広く信じられていた。シェイクスピアはそうした状況を、少し皮肉な味つけをして初期の芝居『じゃじゃ馬ならし』のなかで扱っているが、『から騒ぎ』では、男女の役割の問題がさらに深く追求されている。ベアトリスの場

下：ロンドンのライシーアム・シアターで、ヘンリー・アーヴィングとすばらしく息の合った演技をしたイングランドの女優エレン・テリー。彼女は1882年から、ベネディック役のアーヴィングを相手に、数回ベアトリスを演じた。

> 人間はとかく、わが手のうちにある大事なものを／
> 値うちどおりには認めぬもの、手を離れてはじめて／
> その価値に気づき、手もとにあったとき／
> 自分のものであるがゆえにかくされていた／
> 美点が見えてくるのです。
>
> 修道士（4幕1場218〜22行）

ベアトリスの結婚観

> ああ！髭をはやした亭主なんてぞっとする——それぐらいなら、毛布を抱いて寝るほうがいいわ。
> （2幕1場29〜31行）
>
> 神様が土くれ以外のもので男を作ってくださらないかぎり、女にとって悲しい運命じゃありませんか、雄々しい泥土にいばられたり、わがままな粘土に一生をゆだねたりするのは？
> （2幕1場60〜63行）
>
> 求婚と結婚と後悔は、スコットランド舞踊と宮廷舞踊と五拍子踊りのようなものよ。求婚が熱っぽくてあわただしいのはスコットランド舞踊そのまま、出たらめで気まぐれなのもそっくり。結婚が優雅でおごそかなのはたとえ言えば宮廷舞踊、格式ばって古風なところまで似ているわ。そのあとにくるのが後悔よ、びっこをひきひき五拍子踊りを踊ってみたものの、気息えんえん、五拍子どころかご病気になってしまい、墓穴に落ちこむのがおちよ。
> （2幕1場73〜80行）

合は、それがとくに結婚すると自由を失うのではないかという不安と関連していることは明らかである。

「愛のために死ぬ」

この芝居の主要なテーマはすべて〈気づくこと〉に由来しているが、愛と死との関係という視点からテーマを考えてみると、また多くのことが明らかになる。愛と死はクローディオとヒーローの筋の顕著な特徴となっているが、「愛のために死ぬ」という考えはヒーローに当てはまるだけではない。それは比喩的にではあるが、ベアトリスとベネディックにも当てはまるのである。

二組の恋人たちは、結婚できるようになる前に試練の期間を経なければならない。その間、クローディオとヒーローの結婚は延期される。ベアトリスもまた無意識のうちにベネディックを「愛のために死ねる」ほど、もっと平たく言えば「死ぬほど愛していた」が、一方では男に頼り切って自立を失うことも恐れていた。彼女はドン・ペドロに向かって、かつてはベネディックにもっと率直だったし、そのために辛い思いもしたとほのめかす。

> たしかに私はあの人の心を期限付きで借りましたが、それにはちゃんと利息をつけてお返ししました——私の心をつけて二心にして。それもあの人お得意のいかさまのサイコロで私から巻あげたのですから、おっしゃるとおり、私は損をしたわけです。
> （2幕1場278〜282行）

「女性に対する暴君」（1幕1場169行）を自認しているベネディックは、ときには批評家たちに機知に富んだ女嫌いとみなされることもあるが、彼はただベアトリスと同じように、信頼の不安をかかえているだけだとも考えられる。これはまたクローディオとヒーローにとっても重要な問題である。ベネディックは会話のなかで、寝取られ亭主（カゴールド）になるというルネサンス期の男性共通の不安を口にしている。

上：イングランドの有力な俳優で興行主だったデイヴィッド・ギャリック（1717〜79年）。彼は1748年と1776年のあいだに数回ベネディックを演じている。ベネディックは機知に富み優越意識をもっているが、自己認識の甘さを露呈する。

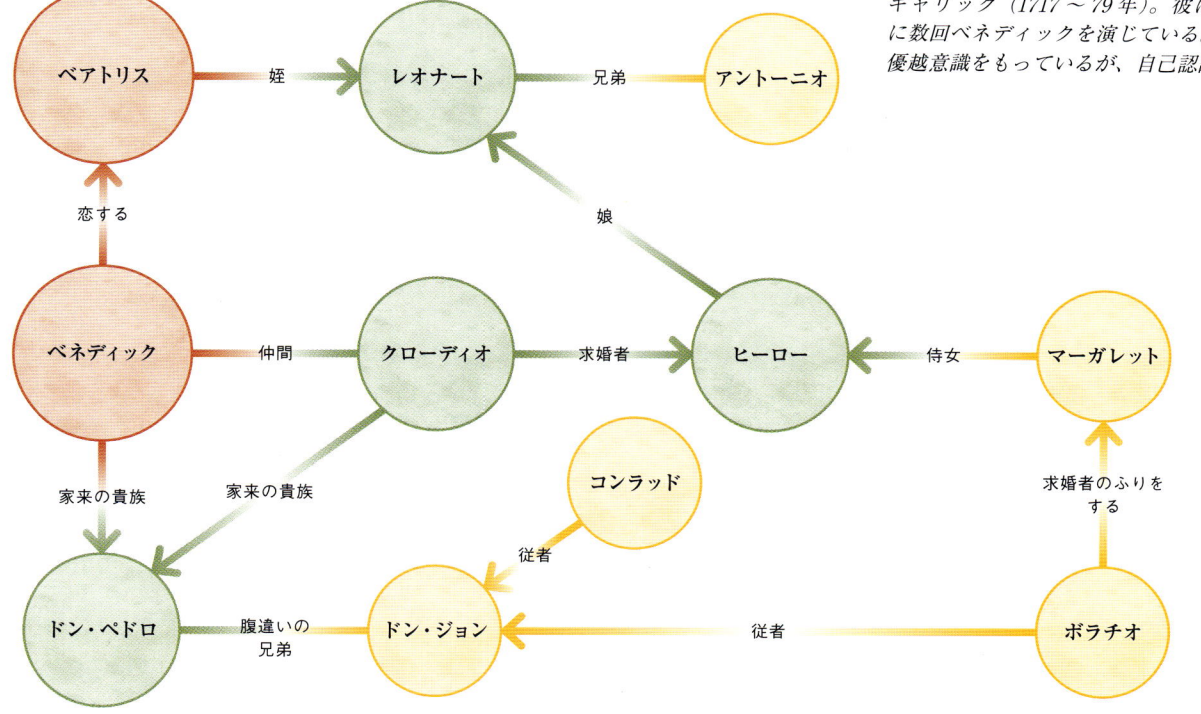

人物関係図

腹ちがいの兄弟、ドン・ペドロと不満を抱くドン・ジョンの敵対関係が筋の主軸になっている。ドン・ペドロはクローディオがヒーローに求愛するのに力を貸そうとするが、ドン・ペドロは彼の努力を無駄にするべく全力をつくす。

喜劇〔『から騒ぎ』〕　129

右：5幕4場でマスクをはずすヒーロー役のオリヴィア・ダーンリー。見せかけと欺瞞にあふれた芝居の大団円としてよくできたシーンである。2005年、イングランドはバースにおけるシアター・ロイヤルでの公演より。

> ドン・ペドロ：いずれ時がくればわかるだろう、「時がくれば暴れ牛もおとなしく頸木(くびき)にかかる」と申すからな。
> ベネディック：暴れ牛ならおとなしくなるでしょう――が大人の分別をもつベネディックがあばずれ女の頸木にかかるようなら、訪う人に牛以下と後ろ指さされてもかまいません（牛の角を切り取って私の額につけてください）。なんなら私の似顔をみっともない漫画にして、「貸馬あります」の貼り札のような大きな文字で、「女房もちのベネディックあります」と書きそえるんですね。
> （1幕1場260〜68行）

ヒーロー擁護に結集

クローディオは戦争で手柄をたてて名誉を得たが、彼がヒーローを拒否した態度は、広い意味であっぱれとは言えない。皮肉なことだが、彼がこういう態度をとったのは、名誉を傷つけられたと思ったからである。しかし、ベアトリスは、クローディオが恥ずべきことをしたと信じて疑わない。

> あれ以上の悪党があって？　私の従妹を中傷し、あざけり、恥ずかしめたのよ。ああ、私が男であれば！ 婚礼の式までだまってだましておいて、いよいよというときになってみんなの前で罪を責め、あからさまに中傷し、あらいざらい恨みつらみを浴びせるなんて――ああ、ほんと、私が男であれば！ 町のまんなかであの男の心臓に食いついてやるのだけど。
> （4幕1場301〜7行）

それとは対照的に、ベアトリスと「洒落合戦」の「陽気な戦争」（1幕1場62〜63行）をするだけでなく、クローディオと同じように戦争で「立派なたたかいぶり」（1幕1場48行）をみせたベネディックは、ヒーローを擁護するよう説き伏せられて、友人のクローディオに決闘を申しこむ。

修道士フランシスは「お嬢さんの様子から」（4幕1場158行）ヒーローの無実を確信し、〈誤解〉によって壊された愛を、錯覚を利用して取り戻す作業にとりかかる。彼は「中傷を後悔に」（4幕1場211行）変えるのである。クローディオとドン・ペドロは、誤解をした結果として孤立する。この芝居はダンスで終わるが、その前に、クローディオは罪ほろぼしをしなくてはいけない。彼はレオナートに向かって、自分に罰を課して欲しいと頼む。そして、課せられた罰は、レオナート家の墓にヒーロー追悼の歌をささげること、および、ヒーローの架空の従妹と結婚することであった。彼女はヒーローの生き写しであるだけでなく、レオナートとアントーニオ両方の相続人でもあるという。この芝居が悲喜劇的な傾向があることを思えば、彼にはもっと厳しい試練が課せられてしかるべきだったかもしれない。しかし、罪ほろぼしを舞台化することは、いつも問題となる。それは必然的に短くなければならないからである。その点では、『ヴェローナの二紳士』のヴァレンタインのことばが有益であろう――「後悔したというのに許さぬものは、／天上のものでもなく、地上のものでもない」（5幕4場79〜80行）。

演技と誠意

クローディオは改悛者の役割を誠実に演じることが望ましい。しかし、この芝居のなかでは、欺瞞や自己欺瞞というテーマとの関連で、演技と誠意という問題が広範囲にわたって研究されている。ベアトリスとベネディックはふたりとも、不信感から相手に対して無関心を装っているが（1幕1場166〜69行および189〜94行）、やがてベネディックは友人たちの策略に落ちて、伝統的な宮廷風の恋人の役を演じるようになる。しかし、それはそれまでの無関心の演技の逆転だったために、その真剣さがかえって戯画的なものに見えてしまう。また、ドン・ペドロはクローディオの代わりにヒーローに求愛して、ひどく誤解されたことがあった。しかし彼もクローディオも、この経験から何も学ばなかったようで、その後、ドン・ジョンに簡単に騙される。ドン・ジョンの悪意ある策略は、腹違いの兄によるベアトリスとベネディックへの善意の策略とは対照的である。しかし、ドン・ジョンの悪事はあまりにも型どおりで、演技のように映る。私生児の不満ゆえの陰謀であることがみえみえなのである（じっさい、四つ折り版では、ト書きや語り手指示語(スピーチ・プリフィクス)のなかで、彼を「私生児」と呼んでいる）。彼は愛を生み出そうとするドン・ペドロに対して、愛を破壊しようとする「正直な悪党」（1幕3場32行）なのである。

こういう文脈のなかでは、動機の解明は重要である。3幕3場でドグベリーは夜警たちに、難しい状況には手を出すなと助言をする。この臆病な助言は馬鹿げているし危険でもあるだろう。しかし、ドグベリーが尋問でいかに無能ぶりを発揮したとしても、結局、悪人たちを捕まえたのは夜警たちである。ボラチオはドン・ペドロにこう指摘する――「ご領主さまの炯眼をもってしても見破られなかったことを、この薄ばかどもに見つかってしまいました」（5幕1場232〜34行）。

ケンプとカウリー

1600年の四つ折り版では、4幕2場の台詞の語り手を示す名前が、ドグベリーの代わりに、有名な喜劇役者ウィル・ケンプに、またヴァージズの代わりにディック・カウリーになっている。このことは、これらの役がこのふたりのために書かれたか、もしくは彼らがこれらの役を演じた最初の役者だったことを暗示している。もしくは、その両方だったかもしれない。

実は閣下、この連中は虚偽の陳述をいたしました——それだけではありません、真実に反することを申し立てたのです。——第二にこの連中は人を中傷しました——第六にして最後に、この連中はある婦人を無実の罪におとしいれました——第三に、この連中はある不正な証言をしました——結論として、この連中は嘘つきであります。

ドグベリー（5幕1場215〜19行）

下：「ドグベリーによる夜警たちへの指示」（1859年）。イギリスの画家ヘンリー・ステイシー・マークスは、まちがったことば遣いをする警吏が、ドジだが最後には手柄をたてる民間警備隊を組織するところを描いている。

観客の予想を操作する

この芝居では散文が広範囲に用いられていることを思えば、〈詩的〉なイメージが限られているのも驚くには当たらない。作品中の多くのイメージは、創作年代や地口のタイトルとならんで、会話中の機知に富んだことば遊びに供するようなものばかりである。その文体は宮廷風で、修辞的技巧、古典への言及、性的なことばの応酬、狩猟などの宮廷風娯楽への間接的言及（アリュージョン）などが豊富にみられる。

シェイクスピアは登場人物のイメージによって、われわれの予想を操作する。ベアトリスはベネディックをあざけるように、突きを表わすフェンシング用語にちなんで「シニョール突き自慢」（1幕1場30行）と呼び、戦いで彼が殺した相手を食ってやると言う（1幕1場44〜45行）。しかし、彼が滑稽にも紋切り型の恋人のイメージに変身したとき——彼は顔を洗い、香水をつけ、化粧をし、ひげを剃った（3幕2場）——ベアトリスは、愛を証明するために「クローディオを殺してちょうだい」（4幕1場289行）と彼に要求する。

ボラチオはドン・ジョンを「悪魔の旦那」（3幕3場155行）と呼び、彼がクローディオとドン・ペドロにとりついたと言う（156行）。しかし、最後では、ドン・ジョンはわれわれの目には、悪魔的というより滑稽な人物に映る。彼はボラチオに依存し、憶病風を吹かせて逃亡するが、動作がのろくて捕まってしまうのである。またこの芝居は、ドグベリーのことばの誤用（マラプロピズム）のおかげで、精彩のある楽しいものになっているが、彼の真意が伝わらず、レオナートは悪人の尋問を拒否してしまう。尋問すれば、クローディオによるヒーロー誹謗は防げたはずなのである。

ドグベリー：われわれの夜番のものはですな、閣下、挙動あやしからぬ者二名を越権逮捕しました。そこで、今朝、閣下の御臨終の席で取り調べたいのです。
レオナート：取り調べは君たちに任せる、結果だけ知らせてくれ、ごらんのとおり今私はそれどころではないのだ。

（3幕5場45〜50行）

その結果、クライマックスの瞬間に、クローディオはヒー

右：1993年、ケネス・ブラナー監督の映画で、クローディオ役のロバート・ショーン・レナードとヒーロー役のケート・ベッキンセイル。ヒーローはクローディオの心からの改悛によって、死んで社会的に葬られた状態から救出される。

ローに対する誤解を解くことができず、独善的な男のイメージをまとい、いかにもそうした男らしいことば遣いをするようになる。彼は誤って結婚式の祭壇で、ヒーローの純潔と貞操を糾弾する。

> では、レオナート、お嬢さんをお返しします、
> 二度とこの腐ったオレンジをご友人におまわしにならぬよう。
> お嬢さんの貞潔はうわべだけの飾り物、
> 　　　　　　　　　　　　　（4幕1場31〜33行）

この腐ったオレンジのイメージは象徴的である。オレンジは、中身は腐っていても見た目には新鮮に映る。ここでヒーローの赤面が曖昧なオレンジ色であったため、クローディオは顔を赤らめたのは「つつましさではなく罪のあかし」（42行）と言って、ヒーローを断罪する。しかし、観客にはわかる。われわれはベアトリスがかつてクローディオを評して言ったことばを思いだす——「だから、（セビーリャの）木になるオレンジのように、お顔の色も嫉妬で黄色になるのでしょう」（2幕1場294〜95行）。クローディオをセビーリャの黄色っぽく苦いオレンジになぞらえるベアトリスの地口は、その時点では謎めいているが、あとになって、それが的を得た地口だったことがわかる。シェイクスピアの人物造型にかんするイメージの使い方は、〈詩的〉に複雑で巧妙である。

理想的女性像の変化

『から騒ぎ』は王政復古時代を除けば、当初からずっと人気のある芝居であった。ただし、王政復古時代は、ウィリアム・ダヴェナントによる改作劇『恋人禁止令』（『から騒ぎ』と『尺には尺を』のいくつかの要素が組み合わされたもの）に取って代わられていた。ルネサンス期にはクローディオとヒーローの物語も人気があったが、ベアトリスとベネディックをめぐる話がいちばん人気があったことは、この芝居の上演史初期のころから明らかだった。ベアトリスの自己主張のつよい機知は、18世紀にも受け入れられていた（ハナ・プリチャード、また、のちのジェーン・ポープやフランシス・アビントンなどは、デイヴィッド・ギャリック演ずるベネディックととくに息が合っていた）。しかし、彼女の〈男性的〉資質は、当初その役を演じた少年役者にはもちろん適していたが、ヴィクトリア朝の観客にとっては問題があった。文化的には理想的な〈やさしい〉女性像がまかり通っていた時代だったからである。したがって、19世紀でもっとも称賛を浴びたベアトリスは、軽いタッチで感情と機知のバランスを上手にとれる女優が演じたものだった。エレン・トゥリーや、その後のエレン・テリーは、イギリスでもアメリカでも称賛された。また、19世紀末のヘレナ・モジェスカは、ニューヨークでもアメリカ巡業でも大当たりをとった。

ベアトリスは20世紀後半になってから演じ方が大きく変化した。フェミニズムの原理の広がりとともに、女性の行動に対する偏見に変化がみられるようになり、演出家たちがこの芝居のジェンダーの戦略を強調するようになったのである。現代的な強圧的ベアトリスの初期の例としては、1957年、コネチカット州ストラトフォードにおけるキャサリン・ヘップバーンの演技があげられる。ほかに現代イギリス演劇界で記憶に価するベアトリスとしては、1965年のフランコ・ゼッフィレッリ演出のロンドン公演におけるマギー・スミスがいる。この公演では、家父長制のシシリー島という背景が強調されている。さらに1968年、トレヴァー・ナン演出によるイギリスのストラトフォード公演では、ジャネット・スズマンがベアトリスを演じた。この公演はクローディオとヒーローの話の暗い面を強調して注目を浴びた。そして、1976〜77年、ジョン・バートン演出によるイギリスのストラトフォード公演におけるジュディ・デンチがいる。彼女は中年の独身女性として演じ、ドナルド・シンデンと共演、イギリス統治下にあるインドを背景に、すばらしく息の合った演技をみせた。もっと最近では、ヨランダ・バスケスが、ジョシー・ローレンス演じるベネディックを相手にベアトリスを演じた。これはすべて女性キャストによる公演で、演出はタマラ・ハーヴェイ。2004年のグローブ座での公演であった。

『から騒ぎ』は、映画・テレビ用にも脚色されて成功している。最初の例は1926年、アメリカのハリウッドでのサイレント映画である（監督はアーサー・ロッソン）。また、1967年、ゼッフィレッリの舞台公演のテレビ版が製作された。さらに、1984年のスチュアート・バージ監督によるBBC・タイム／ライフ・シェイクスピア劇シリーズの『から騒ぎ』がある。主演はチェリー・ランギとロバート・リンゼイだった。しかし、ケネス・ブラナーが監督し、ベネディック役も演じた1993年のハリウッド映画の『から騒ぎ』は、ほかのどの映画よりもインパクトがあった。この映画ではエマ・トンプソンがベアトリスを演じ、ほかにもそうそうたるメンバーが参加していた（ヒーロー役はケート・ベッキンセイル、クローディオ役はロバート・ショーン・レナード、ドン・ペドロ役はデンゼル・ワシントン、ドン・ジョン役はキアヌ・リーヴズ、ドグベリー役はマイケル・キートン）。これはエネルギッシュで官能的な映画で、クローディオとヒーローの物語の扱いにくい要素もみごとに処理されていた。ただ、それによってベアトリスとベネディックのことば合戦や、ドグベリーのより洗練された滑稽な要素が多少犠牲になったところはあるかもしれない。

仮死と〈復活〉

この芝居では『ロミオとジュリエット』と同じように、愛を守るために修道士が仮死と〈復活〉を演出する。それは適切な処置だった。なぜなら修道士の宗教的役割は、聖なる愛の顕現としてのキリストの死と復活を説くことだからである。それだけでなく、彼らは社会的にある程度自立した存在で、彼らの人びとへの聖役は、その土地の権威筋からの布令を無視することができたからでもある。『ロミオとジュリエット』では、装われた死と復活は希望に満ちた愛の象徴であったが、悲劇的な結末は避けられなかった。愛と死の結びつきがより単純な『から騒ぎ』では、結局、幸福な結末を迎えるが、ヒーローが気絶後に仮死を装うことは、彼女がクローディオの結婚拒否から受けた重大な社会的・感情的な打撃を際立たせる。したがって、修道士フランシスは、ヒーローが死んだふりをするという行為のなかに象徴的にふくまれている社会的意味を明らかにすることに貢献していると言える。ヒーローの社会的生命は、中傷によって台無しにされた。彼女に唯一残された望みは、クローディオと新たな関係を築いて〈復活〉をとげることだったのである（4幕1場210〜43行）。

『十二夜』 Twelfth Night

あらすじ：イリリアではオーシーノー公がオリヴィアに求婚しているが、彼女は兄の死を悼んで喪に服しており、相手にされない。オリヴィアの叔父サー・トービー・ベルチは、愚かなサー・アンドルー・エーギュチークと姪を結婚させようとする。しかし、彼らは道化のフェステとほとんど酒を飲んでばかりいる。このような混乱した世界に、難破船から助けられたヴァイオラがやって来る。彼女は素性を明かせるようになるまで、身の安全のため男に変装してシザーリオと名のる。そしてオーシーノー公を愛するようになるが、また、知らないうちにオリヴィアに愛されてしまう。副筋では、オリヴィアの執事マルヴォーリオがだまされて、彼女が自分に夢中だと信じこんでしまう。一方、同じ難破で死んだと思われていたヴァイオラの双子の兄セバスチャンがイリリアに到着し、みんなを混乱に巻きこむ。結局、セバスチャンはオリヴィアと結婚し、双子の妹と再会を果たす。ヴィオアラが女であることを知ったオーシーノーは、彼女と結婚すると言う。しかし、こうしためでたい雰囲気は、最後にひどい目にあわされたマルヴォーリオが復讐を誓って去っていくことによって水を差される。

登場人物

オーシーノー　イリリアの公爵
セバスチャン　ヴァイオラの兄
アントーニオ船長　セバスチャンの友人
船長　ヴァイオラの友人
ヴァレンタイン、キューリオ　公爵に仕える紳士たち
サー・トービー・ベルチ　オリヴィアの叔父
サー・アンドルー・エーギュチーク
マルヴォーリオ　オリヴィアの執事
フェービアン、フェステ（道化）　オリヴィアの召使いたち
オリヴィア　金持ちの女伯爵
ヴァイオラ　セバスチャンの妹
マライア　オリヴィアの侍女
貴族たち、神父たち、水夫たち、役人たち、楽師たち、侍女、召使い、その他

創作年代：1601～02年ごろ
背景：なかば虚構の国イリリア、1600年ごろ
登場人物：18人
構成：5幕、18場、2,591行

下：3幕4場、黄色い靴下に十文字の靴下留めというかっこうでオリヴィア（アイスリン・マクグッキン）にほほえむ執事のマルヴォーリオ（リチャード・コーダーリー）。2005年、ストラトフォードのロイヤル・シェイクスピア劇団公演より。彼は騙されて、それがオリヴィアの望む装いであると信じこむ（じつは彼女の大嫌いな装いである）。

『十二夜、または、御意のままに』（シェイクスピアの正典中、唯一、ふたつのタイトルをもった芝居）は、無造作なタイトルのために軽くみられるかもしれない。天才詩人がさっと気楽に書きあげたもの、楽しんだあとは忘れてもいい滑稽な笑い話などと思われてしまいそうである。しかし『十二夜』には、こみ入った筋、飽くことのないことば遊び、まるでビリヤードのボールのように、互いにぶつかり合ってすぐに次の動きにうつる登場人物たち、それに狂熱的な喜劇的エネルギーがあふれている。

さらに、海岸に面したなかば虚構の国イリリアは、ただの夢の国、逸楽の国としてみられてしまうかもしれない。たしかに、バルカン半島の北西部にあった古代国家イリュリアとは趣きを異にしている。しかし、この芝居は、中核をなすところでは、自己同一性（アイデンティティー）、人間の死ぬべき運命、狂気などの深いテーマを扱っている。『十二夜』のいちばん中心的な材源は、イングランドの作家であり軍人でもあったバーナビー・リッチ作『軍務よ、さらば』（1581年）のなかにふくまれている「アポロニウスとシラ」であるが、材源よりも『十二夜』の方が、こうしたテーマについてははるかに深く扱っている。

自己の変容

いかにも沈滞した社会であるイリリアの中心人物たちは、マルヴォーリオに代表されるように、「うぬぼれ病にかかっている」（1幕5場90行）。彼らは自分の殻に閉じこもり、新しい自己を発見しようとしない。シザーリオの姿であらわれるヴァイオラは、この事実を浮き彫りにする。彼女は虚栄心に絡めとられて身動きできなくなっているふたりの人物を解き放つ。オーシーノとオリヴィアのふたりである。彼らは星の力に引き寄せられるように〈ヴァイオラ／シザーリオ〉に惹きつけられ、いくぶん躁状態におちいるが、活動的になり、外の世界にも関心を示しはじめる。

> そのつややかな
> ルビーの赤さは、処女神ダイアナもおよばぬ。
> その声は乙女のように高くやさしい。どこをとっても
> 女役を演じる少年俳優といったところだ。
> （1幕4場31〜34行）

オーシーノはこのような同性愛的な瞬間に驚いてもいいところである（じっさい、ヴァイオラは驚いている）が、大事なことは、彼の関心が自分から離れたということである。彼は一瞬とはいえ、冷たいオリヴィアへのうんざりするような執着的な愛を完全に忘れている。彼を当面の話題に引き戻すのはヴァイオラである。彼女は「お使いに行ってまいりましょうか」と彼に聞く（2幕4場122行）。オーシーノは何を考えていたのかを忘れていたかのように、「それが肝心だった」（2幕4場122行）と答える。ここで本当に重要なことは、もちろん、オーシーノがヴァイオラに抱きはじめた無私の愛情である。ふたりは外見上、同性であるという事実によって縛られてはいるが、そのことがかえって一種のスパイスとなり、刺激的な状況を生み出している。その点、オリヴィアによる〈ヴァイオラ／シザーリオ〉への求愛と同様である。

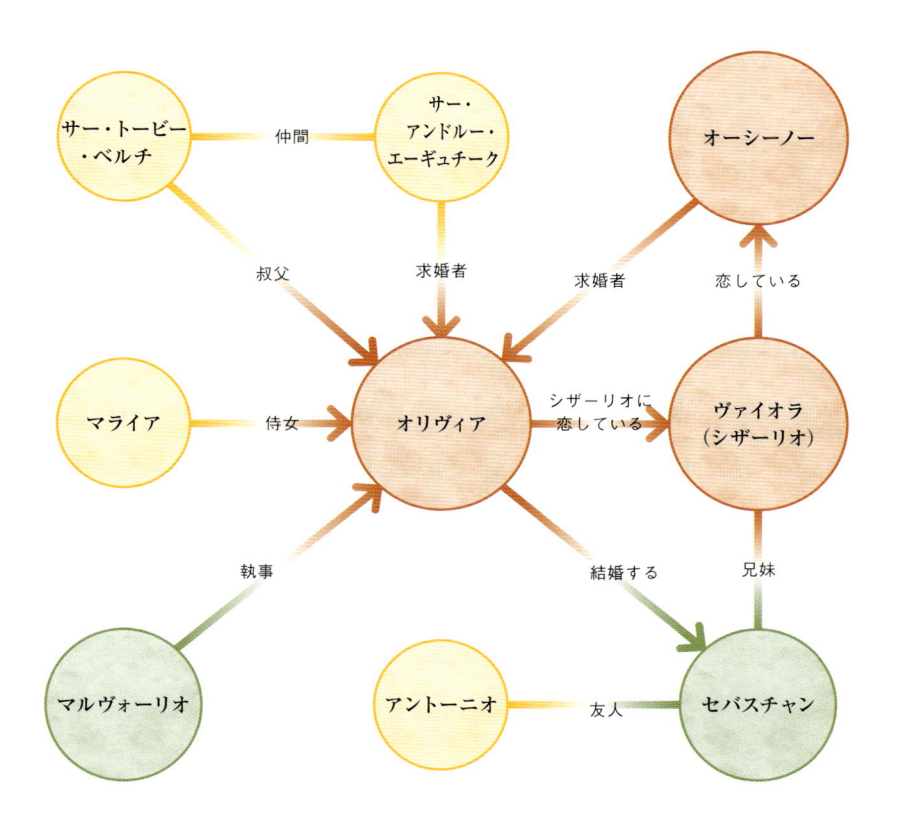

驚くべき変身

オリヴィアは〈ヴァイオラ／シザーリオ〉に会ったとき、驚くばかりの変身をする。彼女はすぐに〈彼／彼女〉を質問ぜめにして、外の世界に関心を示しはじめる。そして、恥ずかしくも、わずか数行で兄の死を悼むヴェールをとって、〈ヴァイオラ／シザーリオ〉に自分の美を点検させる。

> 自分の美しさを明細書にして残しておきましょう。ひとつひとつ財産目録のように書き記して遺言状にはっておけばいいでしょう。ひとつ、かなり赤い唇、二枚。ひとつ、青い目、二個、瞼つき。ひとつ、首、一個、顎、一個、といったぐあいに。
> （1幕5場244〜49行）

彼女はいちゃつき、ふざけているが、その相手はじつは女性である。こうした趣向は滑稽感を増幅させる。シェイクスピア当時、女の役はふつう男の役者によって演じられたことを思えば、この場の性的緊張はいやが上にも高められたはずである。オリヴィアは兄の死を悲しむ代わりに、愛の苦しみを味わう。それは必ずしも楽しい感情ではなく、彼女の言うように、疫病にかかったも同然なのである。

しかし、いちばん自己を確立する必要に迫られているのは、シェイクスピアのヒロイン中もっとも愛すべき女性ヴァイオラである。彼女はイリリアの海岸に漂着した直後、自己を喪失する。それは愛のためではなく、周囲の状況のためである。彼女はオリヴィアに「私がどういう人間でどうしようとしているかは、処女の操のように大切な秘密です」（1幕5場215〜16行）と言う。ヴァイオラの正体を明らかにする頼みの綱となるのはセバスチャンである。ヴァイオラは最後の場面で自分の生き写しである兄の顔を見て、自分の過去を

人物関係図
登場人物と出来事は女伯爵オリヴィアを中心に展開する。オリヴィアはオーシーノ公、次いでヴァイオラの兄セバスチャンの熱愛の対象となるだけでなく、執事マルヴォーリオを中心とする楽しい副筋（サブプロット）を構成する一員となっている。

喜劇〔『十二夜』〕

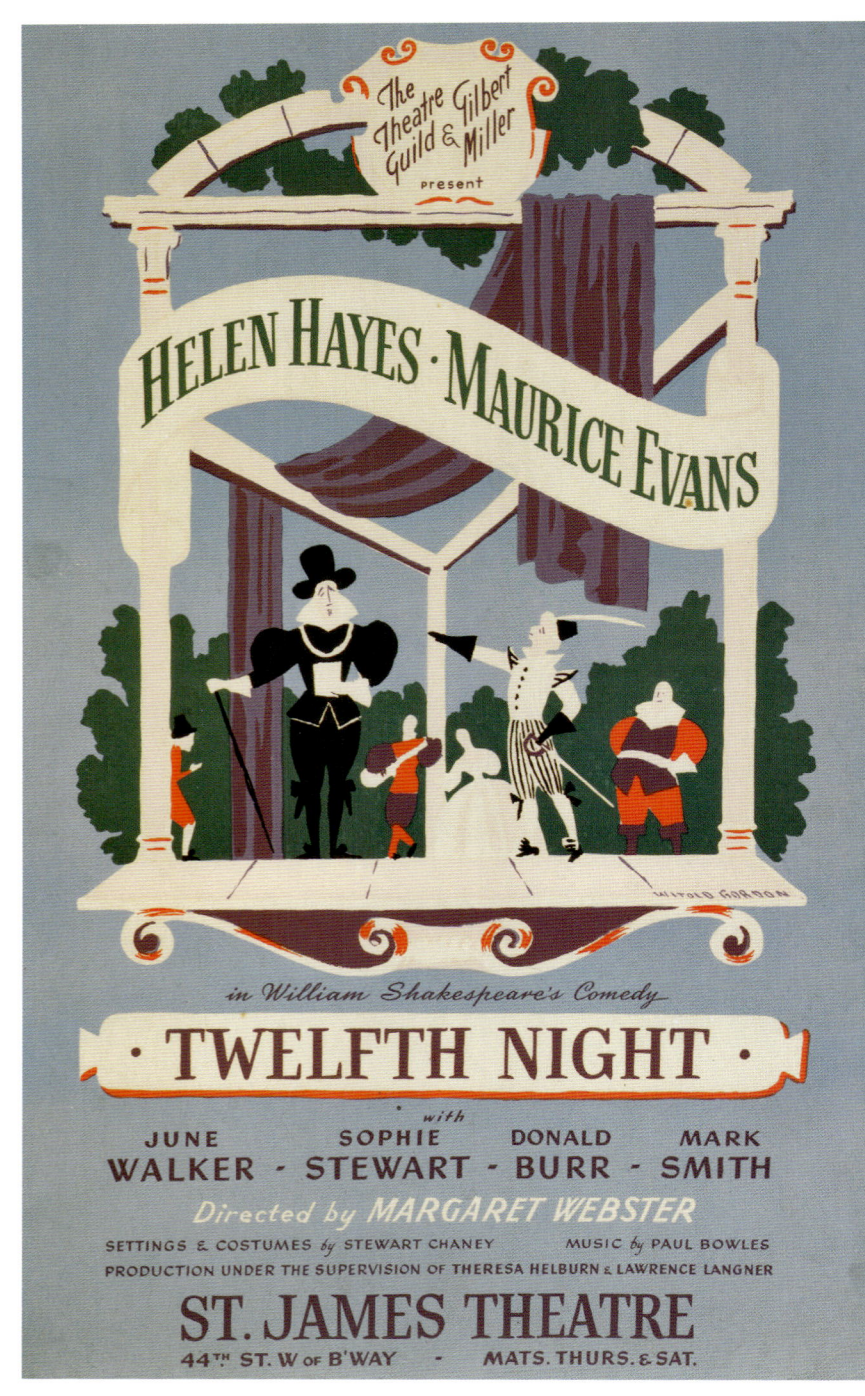

上：1940年、ヘレン・ヘイズとモーリス・エヴァンズが主演した『十二夜』。ニューヨークはブロードウェイのセント・ジェイムズ・シアターでロング・ラン公演となった。

確認するのである。

深い影

『十二夜』はどこから見ても軽やかで明るく輝いているといった作品ではない。一見軽やかに見えるけれども、色濃い影のある喜劇である。ここでは誤解にもとづく人間関係や愛の勝利という明るいモチーフと、死や狂気のテーマとが絡み合っている。『十二夜』は喜劇というジャンルそのものの性格を歪めている。しかし、このことは、この作品が『ハムレット』の創作年代にきわめて近いということを考えると、驚くには当たらないだろう。

ここではテーマにおいてもイメージにおいても、死すべき人間の運命が中心的要素になっている。『十二

愛のことば

音楽が恋の糧であるなら、つづけてくれ。
食傷するまで聞けば、さすがの恋も飽きが来て、
その食欲も病みおとろえ、やがては消え去るかもしれぬ。
今の曲をもう一度！消え入るような調べであった。
この耳を甘く撫でるようであった、スミレの花の
咲き誇る丘を吹く風が、その香りを盗みとって、
はこんでくるように。
——オーシーノー（1幕1場1～7行）

くるがいい、くるがいい、死よ、
この身を杉の柩に横たえよ。
去るがいい、去るがいい、息よ、
美しいむごい娘に殺されて。
——フェステ（2幕4場51～54行）

自分の恋をだれにも言わず、
胸に秘めて、蕾にひそむ虫のような片思いに
バラの頬をむしばませたのです。そして次第に
やつれていき、やみ蒼ざめた憂いに沈みこみ、
それでも石に刻んだ『忍耐』の像のように、悲しみに
ほほえみかけていました。
——ヴァイオラ（2幕4場110～15行）

夜』は悪ふざけや生き生きとしたことば遊び、それに滑稽な雰囲気が見られるにもかかわらず、われわれすべてが死すべき人間であるという事実を想起させる。それをもっとも痛切に語っているのは、青春は短く、死は避けがたいと歌うフェステの歌である。

待っていたとて、恋人よ、
待てば花咲くものでなし、
若さもはかない夢のうち。

（2幕3場50～52行）

そのうえ、ここには人生のはかなさを示すいろいろな例がはめこまれている。『十二夜』は、まずオリヴィアが兄の死について思いをはせるところから始まり、サー・トービーの負傷とマルヴォーリオの復讐予告で終わる。人生は短く、危険に満ちている。この芝居が喜劇たりうるためには、登場人物たちは早く結婚相手を見つけなくてはいけない。

シェイクスピアはまた、イリリアの人物たちがみんな少し不安定であることをわれわれに気づかせようとする。セバスチャンはこの国の住民に遭遇して、「気でも狂っているのか、ここの連中は？」（4幕1場27行）と言う。それでも彼は会ったばかりの女性と喜んで結婚する。彼は「おれが狂っているのか、あの人が狂っているのか、どちらかだ」（4幕3場15～16行）と言う。オーシーノーは最後の瞬間までずっと男と思っていた女性との結婚を希望する。そして、『十二夜』の筋の狂気の足取りを追うわれわれ自身も、狂気の仲間入りを

してしまう。頭がおかしいのはお前たちも同じだと言われそうである。それは演劇の魔法がはたらきはじめたときに襲われる狂気のたぐいである。ルイス・キャロルの『不思議の国のアリス』のなかでチェシャー・キャットが言うことばが思い出される——「僕たちはここではみんな狂っているんだ。君もおかしい。僕もおかしい」。イリリアは不思議の国ではないが、そこからそれほど遠いというわけではない。

どこもかしこも水ばかり

シェイクスピアがイリリアに背景を設定したのは、この古代の場所が水に囲まれた地として知られていたためかもしれない。『十二夜』は溺死寸前の状況から始まり、その瞬間から溺死のイメージが劇中に氾濫する。登場人物たちは酒におぼれ、涙におぼれ、海水におぼれる。サー・トービーの飲みっぷりは、オリヴィアに「もうとことんまでいって土左衛門よ」（1幕5場135行）と言われるほどである。じっさい、泥酔は幸福な結末を台無しにしかねない。サー・トービーとサー・アンドルーのふたりが傷の手当を必要としているときに、医者は酔っ払っている——「1時間もまえからね。あの先生ときたら朝の八時にはもうへべれけだ」（5幕1場198～99行）。酔っ払い連中は目ざわりなことに、最終幕の終わりまでしらふには戻らない。

涙もまた溺死の連想をともなう。セバスチャンは妹のヴァイオラについてアントーニオに語るときに、涙を流しはじめる。

> 妹は美しい心の持ち主だった、どんな悪意のあるものでもそう言わざるを得なかったろう。その妹が海で溺れて死んだというのに、おれは妹の面影をもう一度涙で溺らせようとしているらしい。
> 　　　　　　　　　　　　（2幕1場29～32行）

セバスチャンは涙によってヴァイオラの話を中断されそうになる。この場合のしょっぱい涙は海水のように危険である。セバスチャンを一時沈黙させて、ヴァイオラの思い出を語らせないからである。また、オリヴィアの涙は兄の思い出を鮮明に留めておくはずであるが、それさえも「目を腫らす」もので不健全。あまりロマンティックとは言えない「塩水」（1幕1場29行）

半ズボンの役

シェイクスピアの時代には、女性の役は通常、男性によって演じられた。『十二夜』では、少年役者がドレスを着てヴァイオラを演じ、そして、ヴァイオラが男に変装するときには半ズボンにはきかえた。その結果、18～19世紀になって女が女性役をやるようになったとき、劇中で女が男装する場合、それは〈半ズボンの役〉として知られようになった。女が足を出すことは不謹慎と思う人もいたが、しかし、そうした趣向はかなりの人気を博したのだった。

> 私は男だから、／
> いくら公爵をお慕いしても望みはない。また、／
> 私は女だから——ああ、なんということだろう——／
> お嬢様がいくら溜息をついてもそれはむだ！／
> このもつれた糸は私の手にあまるわ。ああ、時よ、／
> おまえの手にまかせるわ、
> これを解きほぐすのは。
>
> 　　　　✿
>
> 　　ヴァイオラ（2幕2場36～41行）

下：ドロシー・トゥーティン（右）のヴァイオラとジェラルディン・マキューアンのオリヴィア。1960年、ロンドンのオールドウィッチ劇場におけるピーター・ホール演出のロイヤル・シェイクスピア劇団公演より。

ということばで描写され、海の塩水と結びつけられている。

海水は人を溺れさせるが、また人のためにもなる。たとえば、溺死しかけたヴァイオラもセバスチャンも九死に一生を得る。また、ヴァイオラはイリリアの海岸に打ち上げられたとき、洗礼を受けたかのようにシザーリオという新しい名前になる。セバスチャンはイリリアの海岸にやって来て、ロダリーゴーとなる。こうした水のもつイメージは、新しい生命や新しい希望、また新しい可能性を登場人物たちに与えると解釈しても、あながち言いすぎとは言えないだろう。ヴァイオラもそれとなく「嵐にも荒波にも優しい好意が息づいていたのかしら！」（3幕4場384行）と言っている。

「愛の糧」

もっとやっかいなのは、おそらく恋愛を食欲と消化の行為として表わすイメージであろう。冒頭、オーシーノー公は愛と飢餓を並べて、「音楽が恋の糧であるなら、つづけてくれ」（1幕1場1行）と言う。オーシーノーは愛には飽くなき食欲があるとし、愛が「食傷する」（1幕1場2行）というイメージをふくらませる。オーシーノーの欲望は怪物である。それは「海のように貪欲で／なんでも消化してしまう」（2幕4場100〜101行）。オーシーノーが（おそらく）面くらっている〈ヴァイオラ／シザーリオ〉に説明するように、男の執念というものはそれほど強い。彼は他方で、女の愛欲を非難する。

> 女の愛は、悲しいかな、食欲のようなもの、
> 心の底から湧き出るものでなく、舌先だけのこと、
> だからたちまち満腹し、胸やけがし、吐き気をもよおす。
> （2幕4場97〜99行）

女は愛で腹がいっぱいになり、吐き気をもよおす。これは皮肉なことに、1幕1場で音楽に食傷したと言っていたオーシーノーと同じである。彼は愛に対する飽くなき渇望にもかかわらず、芝居の冒頭では愛することについてほとんど何も知らなかったのである。

幸福な結末を望んで

『十二夜』は喜劇たろうとして〈時〉と戦う喜劇である。登場人物たちは死者を悼み、求愛し、踊り、愛する。しかし最後には、この芝居をあやうく殺人と復讐の渦のなかに巻きこみそうになる。『冬物語』が、主として最後の瞬間のポーライナの計略によって幸福な結末をむかえるように、『十二夜』は、オーシーノーが最後に示す楽天主義によって、かろうじて喜劇として成立している。なんと言っても、終幕近くで、サー・トービーは負傷し、怒りにふるえる。サー・アンドルーもまたケガをした上に、裏切られる。オーシーノーは〈ヴァイオラ／シザーリオ〉を殺したいと思い、マルヴォーリオは復讐を誓う。

オーシーノーとヴァイオラは互いの愛を認め合っても、舞台上では抱き合うこともしない。オーシーノー公は、ヴァイオラが女の服を身につけたら抱きしめると約束するが、その時は無期限に引き延ばされる。ヴァイオラの衣服を預かっている船長は「マルヴォーリオの訴えで捕えられて獄中にいるはず」（5幕1場276行）で、その衣服を取り戻すことができないからである。最終場には復讐の空気が漂っている。フェステが言うように、「因果はめぐりめぐってわが身にも」となる（5幕1場376〜77行）。マルヴォーリオはみんなに復讐してやると脅して、「この恨み、必ずはらすぞ、おぼえておれ」（5幕1場378行）とわめき散らすのである。

しかしながら、オーシーノーはテクストの領域を超えて、未来に目を向け、幸福な結末を求める。

お祭り騒ぎの夜

十二夜とは1月6日のことで、東方の3博士が幼児キリストを訪れた日を祝う公現祭の前夜にあたる。公現祭の日はクリスマス期間の12日の最後の日である。シェイクスピア当時、十二夜の日には、無礼講、お祭り騒ぎ、祝宴がつきもので、「お菓子やビール」がテーブルを埋め尽くし、「肉欲も熱く」なった（2幕3場116〜18行）。こうした雰囲気は、この作品中に充満している。

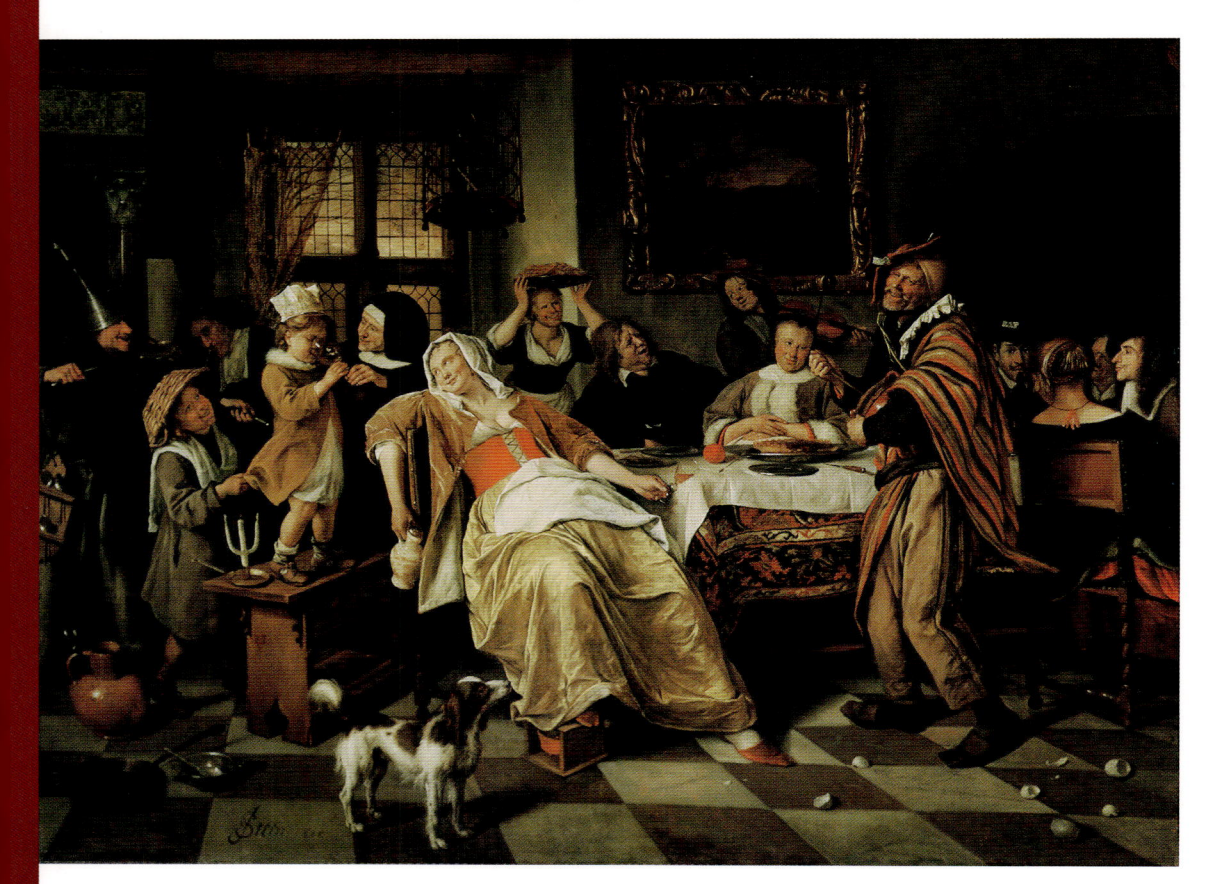

下：オランダの画家ヤン・ステーンの絵画『王たちの祝宴』（1660年）は、別名『十二夜の宴』である。ここでは王とは、東方の3人の博士のこと。

左：トレヴァー・ナン監督の映画『十二夜』（1996年）で、イギリスの俳優ベン・キングズレーが演じるフェステ。彼はことば以上の物知りで、謎の多い一匹狼である。

あとを追ってなだめてやるがいい。あの男から
まだ例の船長のことを聞いていなかったが、
それがあきらかになり、万事めでたくおさまれば、
吉日を定めて、愛し合う心と心を結ぶ婚礼の式を
厳粛にとりおこなうことにしよう。それまでは、妹、
この邸においていただくぞ。ここにこい、シザーリオ、
男の姿をしているあいだはシザーリオだが、
別の姿になれば、おまえもこれから先は
オーシーノーの奥方、恋の妃だ。

（5幕1場380〜88行）

この願望達成は未来に託されている。芝居の展開は「それまで」に移っていくが、観客はそこまでついていけない。
　フェステは少しのあいだ舞台に残り、われわれに「雨は毎日降るものさ」（5幕1場392行）という人生の試練の歌を歌ってくれる。しかしながら、役者と観客は劇場という聖なる共同体のなかにもう一度加わって、舞台上で滑稽な幸運が不幸を打ち破る瞬間を楽しむことになるだろう。そして、そこに何か計り知れないほど輝かしいことが起こる未来を垣間見るにちがいない。

洗練された道化
謎めいたフェステが最後の台詞を語るのは、この芝居にふさわしい。1600年ごろ、それまで下層階級のまぬけな道化を演じていたウィリアム・ケンプに代わって、機知に富んだロバート・アーミンが道化を演じるようになった。『十二夜』のフェステを演じたのはアーミンである。彼が登場したおかげで、シェイクスピアは洗練されたことば遊びをする道化役を生み出すことができた。ケンプとアーミンの違いは、アメリカのコメディーで言えば、〈三ばか大将〉（スリー・ストゥージズ）とマルクス兄弟の違いのようなものである。
　トレヴァー・ナン演出による1996年の映画では、19世紀に舞台が設定されていて、ベン・キングズレーがフェステを孤独な人物として演じている。このすばらしい、ときには暗さのただよう映画はもっと人びとに称賛されてしかるべきだと思われるが、ほかのはなばなしいシェイクスピア映画に押されて影が薄い。

おお恋人よ、どこへ行く？／
聞いておくれよ、きみ慕う／
心からなる恋の歌。／
旅に出たとて、恋人よ、／
旅の終わりは、きみ慕う／
思いも切ない胸のうち。／

フェステ（2幕3場39〜44行）

『終わりよければすべてよし』
All's Well That Ends Well

右：バートラムの愛を得るために未亡人（アンジェラ・バデリー）に協力を求めるヘレナ（ゾー・コールドウェル）。1959年、タイロン・ガスリーのストラトフォードでの公演より。ヘレナは、彼女を生まれつき立派な人物と信じている女性たちに助けられる。

創作年代：
1604〜05年ごろ

背景：
ロシリオン、パリ、フローレンス（フィレンツェ）、マルセイユ、16世紀ごろ

登場人物：16人

構成：
5幕、12場、およびエピローグ、3,013行

あらすじ：医者の父を失って孤児となったヘレナは、ロシリオン伯バートラムに恋をする。彼女は重い病気にかかったフランス王の病気をなおし、報酬としてバートラムとの結婚を要求する。王はいやがるバートラムに、この身分の低い娘との結婚を強要する。バートラムはただちに仲間のペーローレスを伴ってイタリア戦役へと赴く。ペーローレスは、手のこんだ悪ふざけにだまされて、バートラムが敵方にとらわれたと信じこみ、彼を裏切ってしまう。バートラムはヘレナへ手紙を書き、ヘレナがバートラムの指にはめられている指輪を手に入れ、彼の子どもを身ごもらない限り、結婚を受け入れないという宣言をする。ヘレナはバートラムが求愛しているダイアナの助けを借りて、まんまと彼をだましてベッドを共にする。そして身ごもったヘレナがバートラムの指輪を手にして宮廷に現われ、バートラムは謙虚にヘレナが事の次第をすっきり説明してくれたら、彼女を「心から」愛すると誓うところで芝居は終わる。

登場人物

フランス王
フローレンス（フィレンツェ）公
バートラム　ロシリオン伯
ラフュー　老貴族
ペーローレス　バートラムのおべっか使いの家臣
ふたりのフランス貴族　フローレンス軍の軍務についている
リナルドー　ロシリオン伯爵夫人の執事
ラヴァッチ　同家の道化
小姓　同家の召使い
ロシリオン伯爵夫人　バートラムの母
ヘレナ　伯爵夫人に保護されている孤児
フローレンスの未亡人
ダイアナ　未亡人の娘
ヴァイオレンタ、マリアナ　未亡人の隣人・友人たち
貴族たち、将校たち、兵士たち、その他、フランス人、フローレンス人

『終わりよければすべてよし』は1604〜05年ごろに書かれている。シェイクスピアが軽い喜劇的な場面だけでなく、暗いテーマ、問題の多い終わり方、苦悩に満ちた人物などを扱った芝居を書いていた時代である。こうした、いわゆる「問題劇」として知られる芝居は、当時、シェイクスピアがジャンルの実験を試みていたことを示している。そうした試みは、やがて喜劇と悲劇の洗練された融合体という形で頂点に達する。それはまた後期の作品の特徴ともなっている。

ジェイムズ朝との類似

芝居の筋を進めるのはフランス王で、王がヘレナにバートラムとの結婚を許可し、それを彼に強要するという筋立てになっている。これはシェイクスピアが、王位についたばかりのジェイムズ1世を意識していることを示しているかもしれない。バートラムは父親の死後、フランス王の庇護を受ける立場にあり、王の命令には従わなければならない。ジェイムズ朝のイングランドでも同様の制度がとられていた。ジェイムズ1世は、21歳以前に親の財産を相続したすべての貴族の地位を自分の統制下においていた。1604年には、後見人と被後見人の制度が乱用される可能性について国会で論議されている。この芝居で、フランス王がバートラムとヘレナを結婚させる権利を握っているのは、こうした国会の議論に対する遠まわしの意見表明なのかもしれない。

老年と青春

『終わりよければすべてよし』では、年配の登場人物たち（伯爵夫人、国王、ラフュー、未亡人など）が現在の出来事だけではなく、過去の郷愁についても思いを述べる。こうした強固な過去意識は、物語の勢いに深みを添える。伯爵夫人は恋に悩むヘレナを見て「私も若い頃はそうだった」（1幕3場112行）と述べる。また、1幕2場ではフランス王が、今は亡きバートラムの父との友情をなつかしげに賛美する。

> 長いあいだよく働いてくれたが、
> ふたりとも忍び寄る年齢にはかてず、だんだんしなびて
> からだが動かなくなってきた。が、こうして
> 彼の話をしておると、若返る思いだ。
> （1幕2場28〜31行）

若い人物たちは芝居の展開に弾みをつけるが、彼らはまた年配者の見識に助けられもする。年配者と若者は力を合わせる。とりわけ、年配の人物たちがヘレナに味方するおかげで、医者の娘ヘレナの〈上昇志向〉に対する反感は雲散霧消させられる。じっさい、年配の人物たちは、ヘレナがりっぱな女性であることを根拠に、彼女の急速な社会的地位の向上を支援する。また、伯爵夫人はヘレナを称えるようにわが娘と呼ぶ——「いいこと、ヘレナ、私はあなたのお母さんですよ」（1幕3場142行）。この芝居では古い世代から新しい世代へと移る世代間の交替が複雑に描かれているのである。

階級格差

ヘレナは、自分がバートラムより階級的に低い地位にいることをつよく認識している。彼女は身分の低さを嘆いて次のように言う。

> 私があのかたを思うのは、天上に輝く星を恋して
> 結婚したいと思うようなもの、それほど高いところにおいでになる。私は、あのかたの星座に加わることなく、
> その燦然と輝く光を仰ぎ見るだけで満足するほかない。
> （1幕1場86〜89行）

材源

『終わりよければすべてよし』はイタリア詩人ジョヴァンニ・ボッカチオの『デカメロン』の英訳版であるウィリアム・ペインターの『歓楽の宮殿』（1566年）の一篇を粉本にし、それを複雑化したものである。ボッカチオの話では、ジレッタ（ヘレナにあたる人物）が密かに夫の双子の息子を育て、彼が戦地にいるあいだ領地を守ったことから、最後に夫の抱擁を受ける。

下：伯爵夫人（ジュディ・デンチ）にやさしく見つめられるヘレナ（クローディ・ブレークリー）。そばにいるのはバートラム（ジェイミー・グローヴァー）とラフュー（チャールズ・ケイ）。2003年、ストラトフォードでのロイヤル・シェイクスピア劇団公演より。

バートラムも、そのことについては同じように十分意識している。ヘレナの結婚の申しこみに対する彼の反応は、鼻持ちならない上流階級の気取りそのものである——「貧乏医者の娘を私の妻に！」（2幕3場115行）。ふたりの結婚は、シェイクスピアの正典のなかで、おそらくもっとも社会的格差の大きい結婚であり、当時の観客にとってはショックが大きかったにちがいない。『終わりよければすべてよし』を見た観客は、階級による社会的地位に疑義を感じざるをえなくなる。バートラムは家名によって立派な人間であるというお墨つきを得ているが、彼のヘレナに対する態度は、明らかに不名誉で恥ずべきものである。一方ヘレナは、伝統的に高貴な生まれを連想させる道徳的判断や礼節、また英知などの資質を示している。彼女は本質的に高貴な人間である。それはフランス王の次の台詞に表われている。

> その娘は若く、賢く、美しい、
> その美点は彼女が自然から受け継いだにちがいない、
> それが名誉を育てるのだ。
> （2幕3場131〜133行）

さらにヘレナの美徳を対照的に際立たせているのは、ペーローレスである。彼は美点もないのに、傲慢にも立身出世を追求する。ラフュー卿は「貴族や身分あるものにたいして、おまえはその生まれや品性が許す以上の無礼を働いておるのだ」（2幕3場260〜62行）と彼を罵倒する。

性の戦略、ロマンス、現実主義

『終わりよければすべてよし』は女性の自己主張のつよい行動を前面に出すことによって、伝統的なジェンダーの役割を逆転させている。ヘレナは冒頭から上昇志向的な考えを表明し、女も処女について「それを好きなように」（1幕1場151行）捨ててしかるべきだと示唆している。シェイクスピアの舞台に登場する女性としては問題の多いところ

引用に価するヘレナのセリフ

> 私たちは、人間を救う力は天のみにあると思いこんでいる、
> でも、その力が私たち自身にあることもよくある。
> （1幕1場216〜17行）

> 陛下、私にできるかぎりの努力をさせてください、
> 私の力でなく、天のみ力をおためしください。
> （2幕1場153〜54行）

> 今夜、計画どおりにやってみましょう。うまくいけば、
> むこうはよこしまな心を抱いて正しい行為をするわけだし、
> こちらは正しい心を抱いて正しい行為をすることになる、
> どちらも罪にはならないけれど、罪深い行為に変わりはない。
> （3幕7場44〜47行）

> 終わりよければすべてよし、終わりこそつねに王冠です、
> 途中はいかに波風立とうとも、最後がすなわち名誉です。
> （4幕4場35〜36行）

> いえ、終わりよければすべてよしです、
> たとえいまはことがくいちがい、うまくいかないように
> 思われようと。
> （5幕1場25〜27行）

だが、ヘレナがベッドにおけるバートラムの「甘い愛撫」（4幕4場22行）にふれているのは、明らかに性的快楽を表わしている。しかし、これはヘレナひとりのはたらきではない。彼女は女性たちの支援のネットワークをとおして目的を達成する。たとえば、伯爵夫人はバートラムのひどいふるまいに対して勘当も辞さないと脅すし、また一方で、ダイアナといっしょにヘレナがベッド・トリックを遂行するのを助けるのである。

多くのおとぎ話では、低い身分の若者が宮廷に現われ、難しい任務を遂行し、徳の高い王女を勝ちとる。バートラムがはじめヘレナを拒絶したことは、おとぎ話のこうした筋立てを拒否したことを意味する。ロマンスは性差別や社会的不平等の現実と矛盾する。この芝居の最後では、一見、「その後の永遠の幸福」が達成されているようにみえるが、しかし、『終わりよければすべてよし』というタイトルは、まさにこうした終わり方を疑ってかかれと挑発しているようである。ヘレナはバートラムを自分のものにしたが、彼の行動、とくに最終場での捨てばちの嘘は、彼が本当に彼女の夫にふさわしいのかどうかを疑わせる。これは本当にヘレナにとって「よい終わり」なのであろうか？

> バートラム：陛下、このいきさつをはっきり説明してくれるなら、
> 私はヘレナをいつまでも、いつまでも愛します、心から。
> ヘレナ：もしもはっきり説明できず、嘘を言うようなら、
> 私は永久に絶縁されてもかまいません、あなたから！
> （5幕3場315〜18行）

バートラムは王に向かって、ヘレナが事の次第を正当化できるなら、彼女を愛すると発言している。また、ヘレナ

人物関係図
登場する人間関係の多くは恩義と義務という特徴をもっている。しかし、愛情もまた盛んである。たとえば、ヘレナは社会的身分が低いにもかかわらず、伯爵夫人とのあいだに互いに純粋な尊敬の念を築いている。

上：ロシリオン伯爵夫人を演じるイギリスの名女優ペギー・アッシュクロフト。1981年、トレヴァー・ナン演出によるロイヤル・シェイクスピア劇団の公演より。ナンは『終わりよければすべてよし』を「シェイクスピア中もっともチェーホフ的な作品」と評している。

イメージの反復

『終わりよければすべてよし』では、舞台上で男と女の戦いがくり広げられる。男性の求愛は性の戦争として描かれている。似たような戦いのイメージは、ほぼ同じ時期に書かれた『トロイラスとクレシダ』にもみられる。ヘレナは冒頭で男たちがきわめて攻撃的に女を追いかけていると指摘し、ペーローレスにどうやったら女たちはそれに抵抗できるかを尋ねる——「でも、襲撃してきますわ。私たち処女は、いくら勇敢であっても、防御するには力弱いものです。勇ましく抵抗する方法をどうか教えてください」（1幕1場115〜17行）。こうした女性の名誉に対する激しい襲撃者という男のイメージは、のちのバートラムによるダイアナ求愛によって現実のものとなる。未亡人もまた女性の抵抗のイメージを用いて「でも娘は、十分に備えを固め、警戒を厳重にして、／操を守っていますよ」（3幕5場73〜74行）と言う。

バートラムの指輪は物語の中心的要素であるが、また、この作品のいろいろなテーマの象徴ともなっている。バートラムは指輪について「この指輪は遠い昔から先祖代々／我が家に伝え遺されてきた名誉のしるしなのだ」（4幕2場42〜43行）と言い、自分の高貴な家名の形象であると説明している。したがって、ダイアナへの求愛にこの指輪を使うことは、バートラムの立派な家名を傷つけることにほかならない。しかしながら、最終場面で、ヘレナは指輪が伝統的にもっていたイメージ、すなわち、結婚、忠誠、愛を表わすも彼に対して離婚の可能性を認めている。この結婚は実を結ばないことも大いにありうる。その場合、われわれは物語の「最後」を見届けたことにはならないのである。

> 人間の一生は、
> 善と悪をより合わせた
> 糸で編んだ網なのだ。
>
> 貴族1（4幕3場71〜72行）

ものであってほしいと思っていたかもしれない。

現代のヒロインか？

学者や観客は『終わりよければすべてよし』に対し、とくにヘレナという人物に対して、相反する反応を示してきた。18世紀には、ヘレナの台詞は自己主張の激しさをやわらげるように編集された。たとえば、ペーローレスとの処女についての卑猥な会話（1幕1場106〜86行）は完全に削除された。1894年のインドのプーナ（プネー）での改作版（タイトルは『プリヤラドハナ、または恋人の贖罪』）では、ヘレナはわが身の不幸を歌で嘆き、不幸の原因は自分の過去の過失にあるとしている。20世紀初頭になっても、劇作家ジョージ・バーナード・ショーのように、ヘレナは観客にとって現代的過ぎると論じる者もいた。しかし、その後、公演回数は増えている。1953年、演出家タイロン・ガスリーは第1回ストラトフォード・オンタリオ・シェイクスピア・フェスティバルで、この芝居を上演して批評家たちから高い評価を受けた。1981〜83年のトレヴァー・ナン演出の公演（ストラトフォード、ロンドン、ニューヨーク）、および2003年のグレゴリー・ドーラン演出によるロイヤル・シェイクスピア劇団公演（ストラトフォード）は、将来の可能性を示して成功をおさめ、性と階級の戦略の現実を描いたこの作品が現代の観客の心にひびくものであることを実証した。

喜劇〔『終わりよければすべてよし』〕　143

『尺には尺を』 Measure for Measure

創作年代：
1604年ごろ

背景：
ウィーン、16世紀ごろ

登場人物：23人

構成：
5幕、17場、2,891行

あらすじ：ウィーン公ヴィンセンシオは、謹厳実直なアンジェロを代理人として留守を託して旅に出る。しかし、じつは密かに修道士ロドウィックに変装して帰国する。アンジェロは性道徳について厳しく取り締まり、違反した者を厳罰に処す。クローディオは婚約者ジュリエットを妊娠させたことが露見し、死刑を宣告される。クローディオの妹イザベラは見習いの修道女だったが、兄の死刑を取り消すようにとアンジェロに懇願する。アンジェロは彼女に欲情を覚え、クローディオの生命を助ける代わりに、自分とベッドを共にしないかともちかける。イザベラはこれを拒絶する。修道士ロドウィックに変装したヴィンセンシオは、彼女と共謀してアンジェロを罠にかけることにする。彼女は策略どおり、ベッドを共にすることを承知して、代わりにアンジェロのかつての婚約者マリアナを彼のもとに送る。その後、アンジェロは約束を破り、クローディオに死刑を命ずる。しかし、彼は死んだ囚人の首を見せられ、それをクローディオの首と思いこむ。最後にヴィンセンシオは修道衣を脱ぎ、正体を明らかにして、アンジェロを偽善者・殺人者として告発する。しかし、マリアナとイザベラは彼への慈悲を求める。クローディオは生きていることが明かされ、アンジェロは許されてマリアナと結婚する。そして唐突にヴィンセンシオはイザベラに求婚する。

右：イングランド国王ジェイムズ1世（在位1603～25年）にしてスコットランド国王ジェイムズ6世（在位1567～1625年）。フランドルの画家ポール・ヴァン・ソマーによる1610年ごろの肖像画より。ジェイムズはシェイクスピアが属していた劇団の熱心な庇護者であり、そのため彼の劇団は国王一座と呼ばれるようになった。

16 23年の二つ折り版（フォーリオ）で印刷された半分以上の作品と同様、『尺には尺を』についても、それ以前の版は残っていない。それゆえ、この作品にどれくらいシェイクスピア独自の意図が反映されているか、またどれくらい劇作家トマス・ミドルトンの手が加えられているかは明確にはできない。しかし、1604年12月26日、ロンドンのホワイト・ホールの宴会場でシェイクスピアの庇護者であるジェイムズ1世のために、この作品が御前公演として上演されたことだけは確かである。しかし、その後はあまり顧みられなくなった。おそらく、多くの登場人物にみられるいかがわしい性行動や、あからさまな売春や性病への言及のためであろう。これらは後世の批評家には不快なのである。20世紀になると、権力、正義、性衝動、社会における女性の地位といった問題が扱われているところから、『尺には尺を』の社会的意味合いについて新たな関心が生まれ、今日的関心事をめぐる議論や論争を巻き起こすようになっている。

生死の問題

この芝居は、政治的にきわめて不安定で不安に満ちた時代のあとで執筆・上演されたものである。1603年、エリザベス女王は子孫をのこさず没し、政治的空白は新しい君主スコットランドのジェイムズ王によって埋められた。不幸なことに、ジェイムズのロンドン到着は疫病の大流行と時期を同じくしていた。この年、ロンドンの人口のうち3人に1人が疫病で死んだ。病気の原因や感染経路は誰にもわからなかったが、大勢の人間が一ヵ所に集まることの危険性は誰の目にも明らかだった。とくに芝居見物は危険とみなされ、劇場は強制的に閉鎖された。多くの人びとは、疫病の大流行を神による罰であると考えた。ロンドンの悪徳地帯、〈郊外〉（サバーブズ）あるいは〈売春地帯〉（ステューズ）と呼ばれる地区はとくに攻撃対象になり、〈いかがわしい宿〉は強制的に閉店させられ、取り壊された。国の道徳だけでなく、売春行為や性病は文字どおり生死を分かつ重大問題であると多くの人に信じられた。『尺には尺を』は、そうした

左：アンジェロ役のジョン・ギールグッドとイザベラ役のバーバラ・ジェフォード。1950年、ストラトフォード・アポン・エイヴォンで上演された『尺には尺を』より。この公演は簡素な舞台装置を使用し、何世紀にもわたって削除されてきた台本を完全なテキストで復興させた画期的な上演として知られている。

登場人物

ヴィンセンシオ　ウィーン公
アンジェロ　ウィーン公の代理
エスカラス　老貴族
クローディオ　若い紳士
ルーシオ　放埒な男
他のふたりの紳士
典獄
トマス、ピーター　ふたりの修道士たち
判事
ヴァリアス
エルボー　愚かな警吏
フロス　馬鹿な紳士
ポンピー　道化、淫売屋の女将オーヴァーダンの召使い
アブホーソン　死刑執行人
バーナーダイン　放埒な囚人
召使い
イザベラ　クローディオの妹
マリアナ　アンジェロの許婚
ジュリエット　クローディオの恋人
フランシスカ　修道女
オーヴァーダン　淫売屋の女将
貴族たち、役人たち、市民たち、少年、従者たち

材源

物語はイタリア人の劇作家・詩人のジャンバチスタ・ジラルディ作『百物語』（エカトンミーティ）（1565年）中の話から採られている。この話はまた、イングランドの劇作家ジョージ・ウェットストーンの芝居（1578年）やジラルディ自身の芝居（1583年）にもなっている。この話のなかで、ユリステはヴィコ（処女を犯したかどで投獄されている）の妹エピティアに、自分とベッドを共にすれば兄の生命を保証すると言う。エピティアは承諾する。ユリステはそれでもヴィコの首をはねる。エピティアは皇帝に訴える。ユリステは処刑される前に、エピティアと結婚するよう命ぜられる。エピティアは夫になったユリステの命ごいに成功する。

偏執狂的道徳観を当てこんだ芝居であり、同時に、罪と罰、また善と悪といった概念について問いかける作品でもある。

シェイクスピアが、なぜ、こうした時事的な芝居の背景を、遠く離れたウィーンに設定したのかは謎である。彼は社会批判を外国という薄い壁の背後に隠したのだと考える人たちもいれば、本来の背景はイタリアだったが、のちに二つ折り版に収めるときにウィーンに変えたのだと考える人たちもいる。われわれには永遠の謎であろう。

正義と慈悲

正義と慈悲とのバランスは『尺には尺を』にとって基本的問題である。この作品のタイトルそのものが『新約聖書』の一節への言及でもある——「なんじら、人を裁くな。裁かれざらんためなり。おのれが裁く審判にておのれも裁かれ、おのれが量る秤にて、おのれも量らるべし」(「マタイ伝」7章1〜2節)。イザベラが最初に兄のために、頑として言うことを聞かないアンジェロに懇願するとき、念頭においていたのはこのことばである。

> もしも最高の裁判官である
> 神が、いまのままのあなた様を裁かれるとすれば
> どうなりましょう？　それをお考えになれば、
> その唇に慈悲のことばが湧きあがってくるでしょう、
> 生まれ変わった人のように。
> 　　　　　　　　　（2幕2場75〜79行）

イザベラはここでアンジェロに、神が裁くようにご自身の行動を裁いてほしいと求めている。このように自省することによって、きっと慈悲をおぼえて、兄クローディオの罪を許す気持ちになるだろうと考えたのである。しかし、残念ながら、アンジェロは公爵の言った「十分私のかわりを務めてくれ／ウィーン国内の生殺与奪の権はいっさい／おまえのことばと心にある」(1幕1場43〜45行)ということばを文字どおりに受け取り、自分の考えに従って正義と罰を考量した。公爵はひじょうに長いあいだ「厳格な法令、峻烈な法律」を「放置」してきた(1幕3場19〜21行)。その法に対するアンジェロの献身と、慈悲よりも死刑を宣告しようとする彼の情熱が、イザベラを彼の前に連れ出した。そのとき、アンジェロの

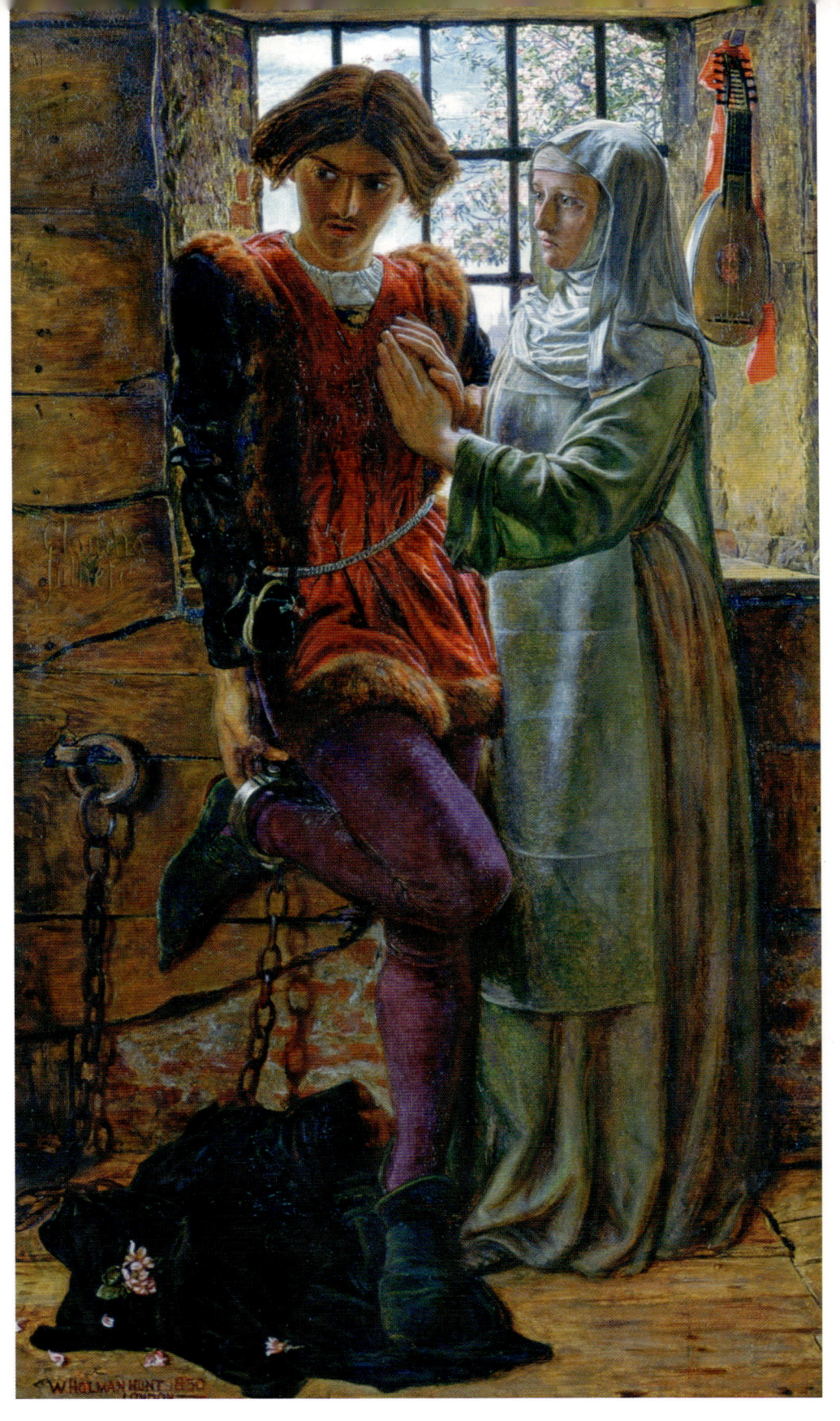

> それはそうだが、死んで知らぬ世界に行くこと、／
> 冷たくじっと動かなくなって腐っていくこと
>
> 　　　　クローディオ（3幕1場117〜18行）

上：イングランドの画家ウィリアム・ホフマン・ハントの描くクローディオとイザベラ（1850年）。3幕1場の、窮状に思い悩む兄と妹が描かれている。

欲望に火がついた。彼は罪を犯し、しかも、その罪は彼が裁く罪よりもはるかに大きい。最終場面で、告白を余儀なくされたアンジェロは偽善者の仮面を脱ぎ捨て、みずから「即座の判決」と「結果としての死」（5幕1場373行）を要求する。やがてマリアナとイザベラはアンジェロの命ごいをするが、彼の罪が許されるのは公爵が聖書の「山上の垂訓」を示唆するようなことばを述べたあとである。

　　「クローディオにはアンジェロを、死には死を！」
　　早急には早急を、猶予には猶予を、類には類を
　　尺には尺を。
　　　　　　　　　　　　　　　（5幕1場409〜11行）

　公爵の「目には目を」という判決が取り消されるのは、クローディオがまだ生きていることが明らかにされたときである。公爵は「天なる神のごとく」（5幕1場369行）アンジェロの悪事をこっそり観察した。しかし、彼はルーシオ以外の全員に対して慈悲を示すことにする。ルーシオは罰として私生児を生ませた売春婦と結婚させられるが、その罰は明らかな彼の不道徳な行為のみならず、公爵への悪口雑言のせいでもあるだろう。

権力と権威

　すべてを見とおしている公爵をアンジェロが「天なる神のごとく」と評していることは、王権神授説を奉じていた国王ジェイムズのことを当時の観客に想起させたかもしれない。最高権力者による権利の乱用は、この芝居の至るところに見られるテーマである。冒頭の数行で、公爵ヴィンセンシオは、老貴族エスカラスが「政治の本質」に──「国民の性質も／国家の制度も、裁判の手続きも」──精通しており、その任務にぴったりの人物であると認めている（1幕1場3〜11行）。にもかかわらず、彼がウィーンの統治をゆだねるのは若いアンジェロである。それはなぜなのだろうか。公爵はのちに修道士の衣装──政治的権力の代わりに宗教的権力をもつ衣装──をまとうときに、自分の統治が厳しさに欠けていたことを認める。

　　これまで寛大にしたのは私の責任だが、
　　と言ってここで厳罰を課せば私の圧政になるだろう、
　　私がやらせたのだから。
　　　　　　　　　　　　　　　（1幕3場35〜37行）

　しかし、公爵は非難の矛先を自分から逸らそうとする。眠るにまかせていた法律をふたたび持ち出して〈暴君〉の誹（そし）りを受けることはなんとしても避けたい。そのため、「そのきびしい役目をアンジェロに負わせたのだ。／あの男ならば私の名にかくれて思いきった一撃を加えられる」（1幕3場40〜41行）というのである。こうした二心（ふたごころ）は、もっぱら自分の利益のためであるようにみえる。ただし、同時に「そこでもし権力が人の心を変えるものなら、／仮の権力者がどう変わるか見ようというのだ」（1幕3場53〜54行）ということばには、彼がアンジェロの本性について疑念をいだいているということも示唆されている。じっさい、アンジェロの権力が彼の「心を変えた」とき、イザベラは「巨人の力をおもちになるのは／けっこうですが、その力を巨人のようにお使いになるのは／暴虐です」（2幕2場107〜9行）と言い、さらに裁きをくだすのは最高権威たる神だけであり、すべての「下っぱの小役人」（112行）であってはならないと付け加える。

　　　　　ところが人間は
　　傲慢な人間は、束の間の権威をかさに着て、
　　自分がガラスのようにもろいものであるという
　　たしかな事実も悟らず、まるで怒った猿のように、
　　天に向かって愚かな道化ぶりを演じては天使たちを
　　泣かせています。
　　　　　　　　　　　　　　　（2幕2場117〜22行）

女性とセクシュアリティー

　権力の乱用は、イザベラの性と引き換えに兄の生命を助けるというアンジェロの申し出に顕著に表われている。そうしたイザベラの窮状は、当時の女性観を反映している。イザベラは愚かではない。兄クローディオの言うとおり、彼女は「口を開いても／理路整然として相手を説得しうるだけの／話術も心得ている」（1幕2場184〜86行）のである。好色漢ルーシオさえも、心か

法の手段

法律を案山子（かかし）同然のものにしてはなるまい、
害をなす鳥をおどすために立てたものも、
いつまでも同じ姿にしておけば鳥も慣れ、
恐れるどころか止まり木にしてしまう。
　　　　　──アンジェロ（2幕1場1〜4行）

罪人に死刑を宣する十二名の陪審員のなかには
ひとりやふたり、自分たちが裁く犯人よりもっと
重い罪を犯しているものがいるかもしれない。
　　　　　──アンジェロ（2幕1場19〜21行）

まともな人間のどんな着物だって剥ぎとったやつにはぴったり合う
　　　　　──アブホーソン（4幕2場46〜47行）

ここは腐敗した悪徳が煮えたぎり、
ふきこぼれんばかりですな。罪を罰する法律はある、
だが罪そのものは黙認され、きびしい国法もまるで
床屋がかかげるふざけた罰則同然、注意を呼ぶより
嘲笑を招くにすぎぬと見受けました。
　　　　　──ヴィンセンシオ公（5幕1場318〜22行）

結婚の約束

『尺には尺を』の物語は、若い恋人ジュリエットを妊娠させたクローディオの〈罪〉を中心に展開する。公爵の言うように、「罪を犯したのはおたがいに／合意のうえ」（2幕3場26〜27行）なのであり、クローディオが彼女を強姦したという含みはない。じっさい、クローディオは「正当な夫婦約束をしたうえで」（1幕2場145行）ジュリエットとベッドを共にしたと主張している。これは道徳主義者たちには非難されるかもしれないが、男と女が「結婚するつもりだ」ではなく「結婚する」と誓った「約束」は、シェイクスピア当時の多くの人びとにとっては、〈結婚〉と呼ぶのに十分なことであった。欠けているのはただ正式な宗教的儀式だけにすぎない。それゆえ、クローディオは、当時の観客の何人かがじっさいに犯していたかもしれない〈罪〉に対して極刑を科せられ、処刑されそうになるわけである。しかしながら、はたしてシェイクスピアがクローディオを有罪と考えていたのか、それとも無罪と考えていたのか、はっきりしたことはわからない。

ら彼女に敬意を表しているらしい。

> あなたは聖なる天使だ、
> 地上の生活を捨てて不滅の霊魂となられたかただ、
> だから私も、聖者にたいするときと同じく、
> まじめに話をせねばと思っているのです。
> （1幕4場34〜37行）

アンジェロのイザベラ観によれば、彼女は「天使」であり天空に位置づけられてはいるが、その天使のような純潔は彼女の性的魅力をいっそう高める。アンジェロには、宗教に一途であるところが魅力的なのであろう。しかし、彼の申し出は、宗教に熱心な見習い修道女には許しがたいものに思える。イザベラは兄の生命を救うためであっても、彼と同衾するつもりはない。

イザベラの非妥協的態度が、どの程度、彼女の容赦ない厳しい性格を表わしているのかについては、長いあいだ、シェイクスピア研究者たちのあいだで議論の的になってきた。しかし、公爵が口にする女性の位置づけには、イザベラが置かれていた窮状が正しく語られているように思われる。公爵はアンジェロとベッドを共にしたマリアナに模擬尋問をして、おまえは「結婚している」のか、「処女」か、それとも「未亡人」かと尋ねる（5幕1場171〜75行）。マリアナがすべてを否定すると、公爵は「とすればなんでもないわけだな」と応じる（5幕1場177行）。

イザベラは、もし、アンジェロとベッドを共にすれば、妻でも未亡人でも処女でもなくなる。じっさい、自分の目からも社会の目からも「なんでもないもの」になってしまう。おそらく、シェイクスピア当時、ロンドンの堕落した「郊外」の路地で男をあさる売春婦もどきの存在になってしまうのである。

王国という貨幣

『尺には尺を』の支配的イメージは、セックスとその結果として生じる個人および国家の病というイメー

右：イザベラ（クリスティアン・フォン・ポエルニッツ）とアンジェロ（ニコラス・オフツァレク）。2007年、オーストリアはウィーンのブルクシアターで上演されたドイツ語の『尺には尺を』より。

ジである。それは19世紀の批評家の感性を悩ませた。シェイクスピアはとくに1幕2場や2幕1場で地口や両義的語句(ドゥブル・アンタンードル)を用いて、性病がおよぼす恐ろしい影響について語っている。そこで描かれる悪弊に染まった人びとは、またロンドンの人びととの姿でもあった。

しかし、それほど議論にはならなかったイメージもある。それはセックス産業の関係者ではなく、国を支配する人びとにかかわるイメージ、すなわち、貨幣に刻まれた統治者のイメージである。冒頭、ヴィンセンシオ公はアンジェロを代理人に指名する決心をする前に、エスカラスに「あの男は私のどんな"姿(フィギャー)"を刻むと思われる?」と尋ねる(1幕1場16行)。公爵はアンジェロの新体制がどれほど公爵自身の「姿(フィギャー)」、すなわち、貨幣に刻印された自分のイメージと一致するかを聞いているのである。アンジェロは委任状を受け取る前に次のように言う。

そのような尊い(ノーブル)大役を刻印されます前に、
この私がどのような地金のものであるか、
とくとお調べくださいますよう。

(1幕1場48〜50行)

アンジェロは公爵の王権の刻印を受け入れる前に、金貨のように金の純度を確認してほしいと弁じているのである。また、このイメージには地口もみられる。〈ノーブル〉(「尊い」)とは、シェイクスピア当時も使用されていた「エンジェル金貨」を表わす古いことばでもある。この「金貨」はもともと3分の1ポンドの価値のあるイングランド金貨で、そこには竜を殺す天使(エンジェル)ミカエルの姿が刻まれていた。また、エンジェル金貨は、アンジェロという名前の由来にもなっていると考えられる。

同じように、クローディオはルーシオに、妹のところに行ってアンジェロへのとりなしを頼んでくれと言うが、そのとき、妹は金貨のように「彼を試金する」と示唆している(1幕2場181行)。このように、アンジェロは卑金属によって価値を貶められた贋金貨にたとえられる。権力の座に復帰することによって本当の善政の価値を回復できるのは公爵だけである。公爵なら、公爵領という比喩的な貨幣に美徳のイメージを刻印することができるのである。

政治的メッセージ

『尺には尺を』はほかの多くのシェイクスピア劇と同じように、詩人・劇作家のウィリアム・ダヴェナントによって脚色された。1662年、彼の王政復古期の芝居(『恋人禁止令』と改名された)では、クローディオ、アンジェロ、イザベラの3人をめぐるプロット以外、下世話な性的要素はすべて削除され、さらに『から騒ぎ』からベアトリスとベネディックが取りこまれて、これらふたつの芝居全体が接合されている。また、リヒャルト・ワグナーはイザベラの置かれた窮状をもとにして、歌劇『恋愛禁制』(1836年)を書いた。このワグナーのオペラはイザベラが反乱を指導するという政治的オペラで、あやうく上演禁止になるところだったが、地元の警察がシェイクスピア原作であることを認めたために、そうならずにすんだ。

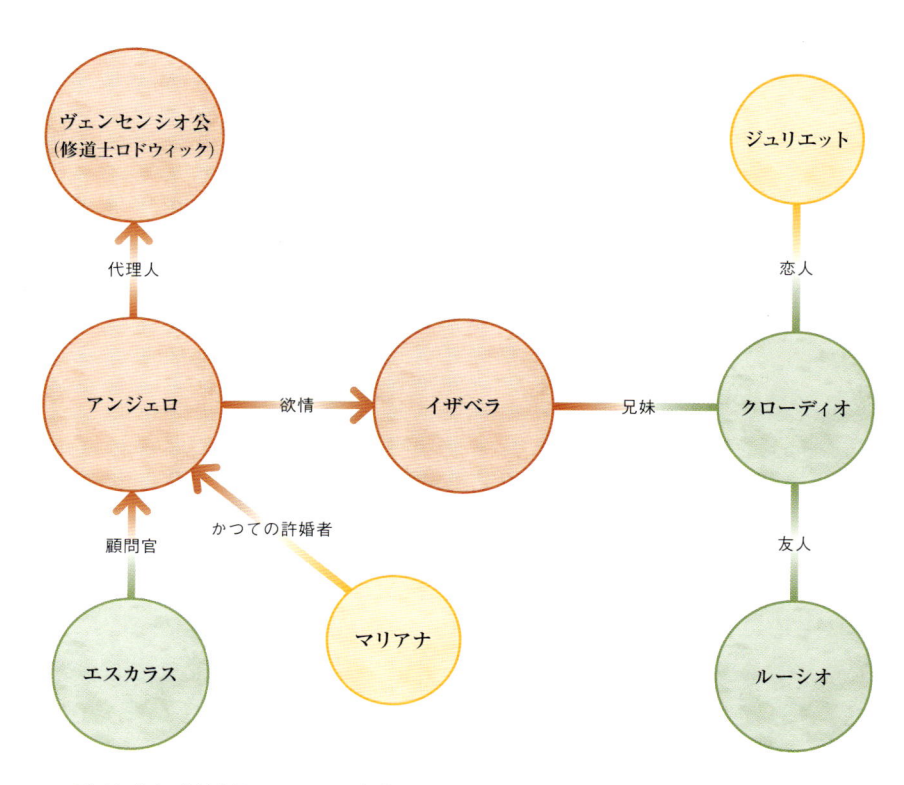

『尺には尺を』の政治的メッセージもまた、第2次世界大戦後の苦悩や冷戦状態の不安をかかえた20世紀ヨーロッパ人にとって重要であった。1951年、ドイツのベルトルト・ブレヒト演出による公演では資本主義社会の全体主義批判が描かれ、また、1956年、ポーランドはクラクフのラプソディッツニー・シアターにおけるクリスティナ・スクスザンカ演出の公演では、共産主義が攻撃の的にされた。『尺には尺を』の性的堕落の問題が政治的問題に匹敵する重要性を与えられたのは、2004年、ロンドンのナショナル・シアターにおけるサイモン・マクバーニー演出のコンプリシテ・シアター合同公演が初めてであった。

人物関係図

公爵が一時的に統治権を放棄してアンジェロに委ねた結果、世俗を離れたイザベラが兄やアンジェロの生命を左右する立場に立たされる。

死ぬ決意をなさることだ、生きようと死のうと／
それだけ気が楽になる。人生にこうお言いなさい。／
たとえおまえを失うとしても、愚かものだけが／
失いたがらぬものを失うにすぎぬ。

ヴィンセンシオ公(3幕1場5〜8行)

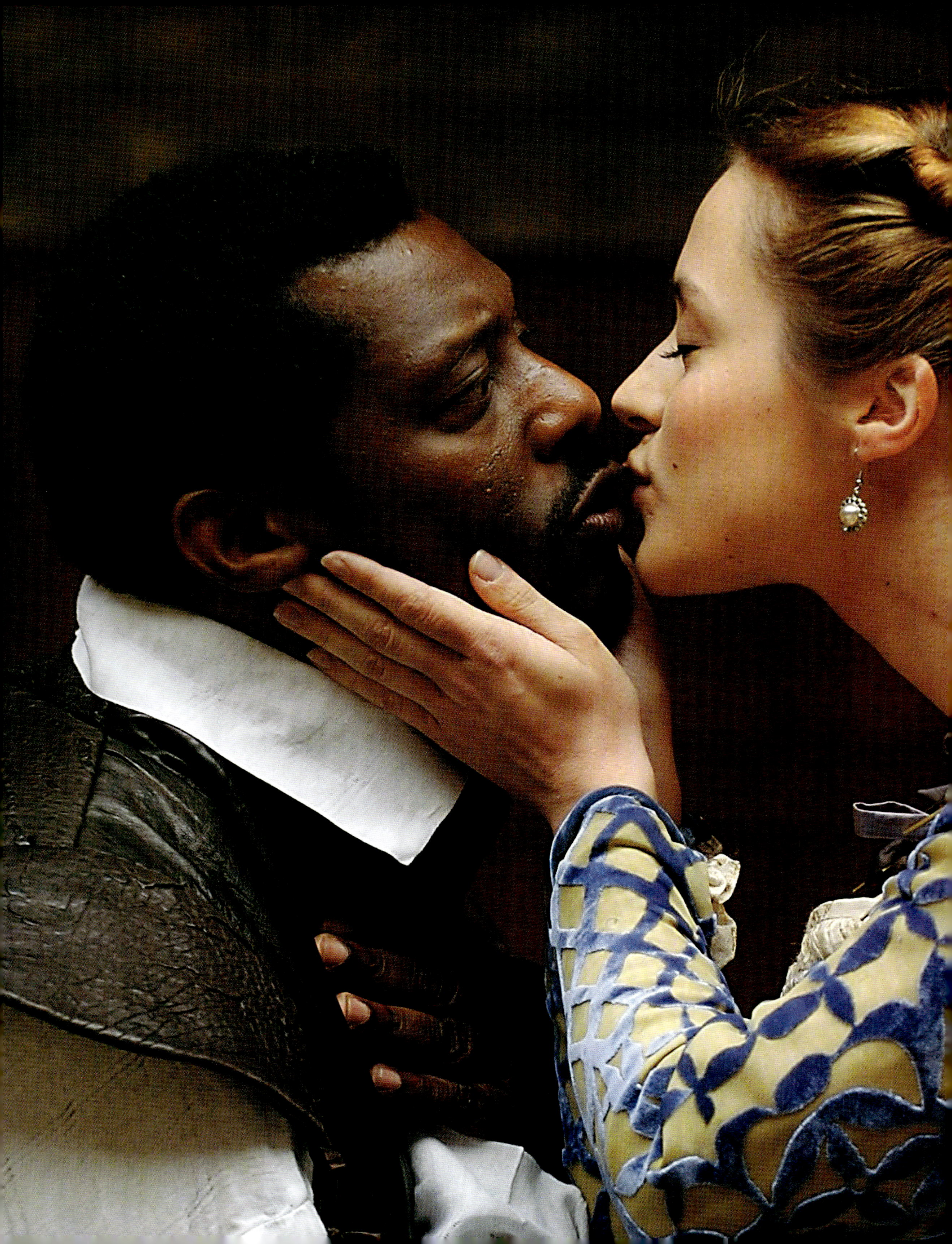

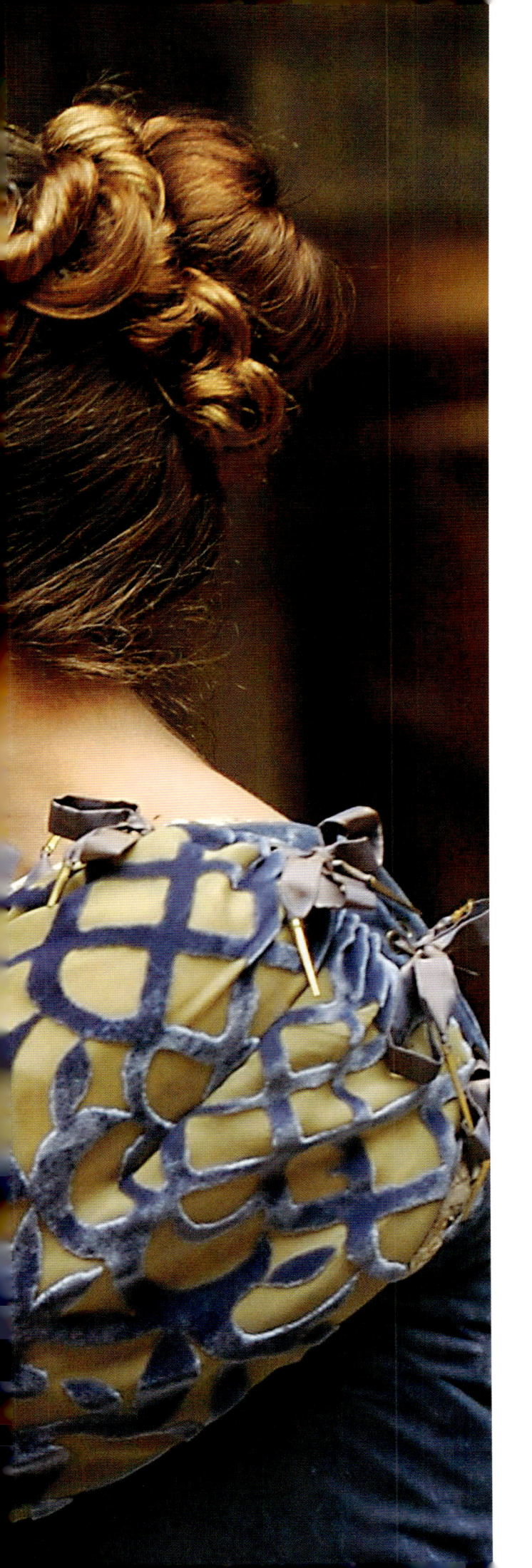

悲　劇

悲劇は、シェイクスピアの作品群のなかでもっともよく知られ、たえず上演されている。あるものは、史上最高傑作の劇作品にかぞえられている。そのテーマと筋は暗く、しばしば衝撃的なものであり、登場する主人公たちは、心に葛藤をもち欠点もあるが、ひどい苦悩に耐える。場合によっては、苦悩を与えもする。シェイクスピアの全劇作品のなかのこうした重苦しい作品のなかでこそ、はじめて彼は、人間の本質にもっとも接近したようにみえる。

『タイタス・アンドロニカス』 Titus Andronicus

あらすじ：ローマの将軍であるタイタス・アンドロニカスが、ゴート族との戦いに勝利し、ローマに凱旋する。これを記念して、彼は、打ち破ったゴート族の女王タモーラの長男アラーバスを生贄に捧げる。しかしタモーラは、すぐにローマ皇帝サターナイナスの妃となり、新たに得たその立場を利用して復讐をはじめる。彼女のふたりの息子であるカイロンとディミートリアスは、タイタスの娘ラヴィニアをとらえて強姦し、両手と舌を切り落とす。結局、ラヴィニアは何とかして犯人の名をタイタスに明かす。タイタスは、タモーラの息子のカイロンとディミートリアスにわなをかけてとらえ、彼らの喉を切り、ラヴィニアはその血を盥（たらい）で受け止める。それから彼は饗宴を開き、その最中にラヴィニアを殺すことで、彼女の悲しみを終わらせる。またカイロンとディミートリアス（その肉がパイにされている）をタモーラに供したうえで、彼女を刺し殺す。サターナイナスはタイタスを刺す。さらにタイタスの息子リューシアスが、その後、サターナイナスを刺し殺す。リューシアスは、ゴート族の軍の援助を得て、皇帝となる。

登場人物

サターナイナス　故ローマ皇帝の息子、のちに皇帝
バシエーナス　サターナイナスの弟
タイタス・アンドロニカス　ローマの貴族、ゴート族征討の将軍
マーカス・アンドロニカス　護民官、タイタスの弟
リューシアス、クィンタス、マーシャス、ミューシャス　タイタス・アンドロニカスの息子たち
小リューシアス　少年、リューシアスの息子
イーミリアス　ローマの貴族
パブリアス　マーカス・アンドロニカスの息子
アラーバス、ディミートリアス、カイロン　タモーラの息子
アーロン、ムーア人、タモーラの愛人
隊長
使者
護民官
道化
タモーラ　ゴート族の女王
ラヴィニア　タイタス・アンドロニカスの娘
乳母、および黒人の赤子
ローマ人とゴート人、元老院議員たち、護民官たち、将校たち、兵士たち、従者たち

『タイタス・アンドロニカス』は、まぎれもないシェイクスピアの作品のなかで、確固とした位置を占めているわけではない。今日では、シェイクスピアの書いた劇のひとつと認められているが、近年にいたるまで、せいぜい丁重に無視されるか、あるいは詩聖シェイクスピアの初期の労作であるという烙印を押されてきた。確かに、初期のものにちがいはない。なぜなら、『タイタス・アンドロニカス』は、シェイクスピアの悲劇作品の最初のものであるからだ。しかし、現在われわれは、あえてこの作品を無視している。エリザベス朝の人びとは、血と凌辱と暴力と食人行為にまみれたこの復讐悲劇を愛していた。確かに『タイタス・アンドロニカス』には巧妙さがない。だが、復讐悲劇としては他を凌いでいる。

復讐の悲劇

復讐が『タイタス・アンドロニカス』の主要テーマである。もっとも、テキストには、それ以外のテーマもあることはある。ことばに限界のあること、暴力に無感覚になること、平時において軍事上の指導者はどのような役割をはたすべきかなどである。ゴート族との戦いに勝利して凱旋したとき、かつて皇帝となることを拒否したタイタス・アンドロニカスは、自分の人生にほとんど意味がないことに気づく。これ以降、彼にできたことは、せいぜい苦しみを経験することくらいである。つまり、自分の家族、そしてとくに娘ラヴィニアに加えられた途方もない暴力によって、彼は影響を受ける。たとえ戦時に、彼の25人の息子のうち21人が死んでもそうはならなかったのに。

両手と舌を切断されたラヴィニアの伝えることを理解し、彼女を襲った犯人が誰かを暴こうとした際に、軍事的自動人形ともいえるタイタスは、実際に涙を流す。タモーラの邪悪な愛人から、皇帝にたいする善意の証として、片腕を切り落とせば、残ったふたりの息子を救うことができると聞き、タイタスはそれを実行する。しかし、タイタスの息子たちの執行は猶予されず、使者がタイタスのもとに彼らの首を持ってくる。ここから、有名な場面にいたる。タイタスは次のように指示を与える。

> マーカス、首をひとつ
> 持ってくれ。もうひとつの首はこの手にもつ。
> ラヴィニア、おまえにも手を貸してもらおう、
> おれの手を歯にくわえて運んでくれ。
> （3幕1場279〜82行）

このグロテスクな集会は舞台奥でつづく。疑いもなくこの戯曲は度を越しているとみなされることがよくあった。しかしタイタスは苦しみを通して、「ローマは、いまや虎がのさばり歩く荒野」（3幕1場54行）となったことだけでなく、悲しみは人を狂気においやることを学ぶ。

創作時期：
1593〜94年ごろ

背景：
古代ローマ、4世紀ごろ

登場人物：28人

構成：
5幕、14場、2,358行

> 言ってくれ、ラヴィニア、どんな残忍酷薄な手が
> おまえの二本の小枝を、かわいい飾りを、
> おまえの幹からたたき切り、裸木にしたのだ？
> その枝陰に憩うことを帝王たちも乞い求め、
> おまえの愛を少しでも得られたらそれ以上の
> しあわせはないと思ったものなのに。
>
> マーカス（2幕4場16〜20行）

言語の限界

この戯曲を動かすのは復讐であり、復讐するためにタイタスは、誰が娘を凌辱し、手を切断したのか見つけ出さなければならない。観客なら、しゃべることができず手を失ったラヴィニアがいかに情報を伝えられるか、その方法をいくつも思いつくだろうが、タイタスは完全に途方にくれている。言語が使えないので、彼は、舌と手を切り取られた娘から「アルファベットを読みわけ」（3幕2場44行）、「殉教者の身振り」（3幕2場36行）を読みとることしかできない。このことから、コミュニケーショそのものの限界が明らかになる。すなわち、ことばは登場人物の苦しみを和らげることができず、またこの戯曲が提示する恐怖は、ことばでは伝えることができないのである。

タイタスにとって束の間の安らぎは暴力行為である。彼はタモーラの息子たちを捕らえ、彼らの骨を粉にして、その肉と血と混ぜ合わせ、タモーラに出すパイを作る。かくして彼女は、「自分が生んで育てた肉を食った」（5幕3場62行）ことに気づく。これ以上徹底的な復讐は想像できないが、もちろん、あらゆる復讐行為のように、タイタスの行ないによって取り戻されるものはなにもない。血の海のなか、この芝居で一種の登場人物になった復讐は、その復讐者を食らいつくしてしまう。

切られる身体

ああ、あれの心の思いを伝えた楽しい道具、
こころよい調べにのせてさえずった舌は
切りとられてしまったのだ、いまはあの
かわいい鳥籠に、聞くものの耳を魅了する
美しい歌をうたった小鳥はおりはしないのだ。
　　　　　——マーカス（3幕1場82～86行）

そうなればどこに復讐の住みかを捜せばいい？
このふたつの首がおれにむかって話しかけ、
このような非道な行為を犯したものの喉笛に
お返しするまでおれにはしあわせはないと、
おれを責め立て、復讐を迫っているではないか。
　　　　　——タイタス（3幕1場270～74行）

ようく聞け、悪党め、おれはきさまらの骨を粉にひき、
それをきさまらの血でこね合わせて練り粉にし、
その練り粉でパイの皮をこさえ、その皮のなかに
きさまらの恥知らずな生首を入れてふたつのパイを作り、
　　　　　——タイタス（5幕2場186～89行）

下：手足を切断された姪ラヴィニア（ソニア・リッター）をみつけて驚愕するマーカス（ドナルド・サンプター）。ロイヤル・シェイクスピア劇団の1988年のロンドン公演より。

悲劇〔『タイタス・アンドロニカス』〕

上：タイタス役にふさわしく傲慢な姿のローレンス・オリヴィエと、ラヴィニアを演じた彼の妻ヴィヴィアン・リー。1950年代中ごろのピーター・ブルック演出による、パリ市立劇場での上演より。

三つの首、ふたつの手、1枚の舌

『タイタス・アンドロニカス』の全編をとおして、身体各部が、字義通り、また比喩的に落ちる。この芝居の出だしでマーカスは、「頭を失っているローマに頭をすえ」（1幕1場186行）てくれるようタイタスに依頼する。だがタイタスはそれを断り、「栄光に輝くローマの胴体にすえつけるには、／この老いさらばえたものよりふさわしい頭があろう」（1幕1場187〜88行）と応じる。すでに、国家ローマが断片化したことが示される。そして、次のイメージには当惑させられる。ローマは首のない胴体であるだけではなく、マーカスは、女性の身体に男性の首をつなぐように提案しているのである。何か大切なものの関接が、深刻なほどにはずれている。

この芝居全般にわたり身体部位に言及する数は増えつづけ、引き裂かれた国というイメージがひたすら強化される。凌辱され舌と手を失う直前、ラヴィニアは、タモーラにあたかも暗号を使っているかのように、「女の口からは言えないこと」（2幕3場174行）をしてくれるように求める。ラヴィニアが慎ましく語らないので、彼女が何を求めているのか知るよしもないが、このように突然、コミュニケーション器官の「舌」に言及がなされることは注目に値する。人は実際、「舌」だけでものごとを語るわけではない。「舌」は一種の比喩で、この比喩は、少なくともさらに10回以上登場してくる。テキストは、ラヴィニアの失われた舌というイメージからわれわれを解放してくれない。それは、「手」のイメージが反復されるのと同じである。

舌あるいは頭部以上に、「手」が、この芝居を支配するイメージとして役割を果たしている。3本の手が切り

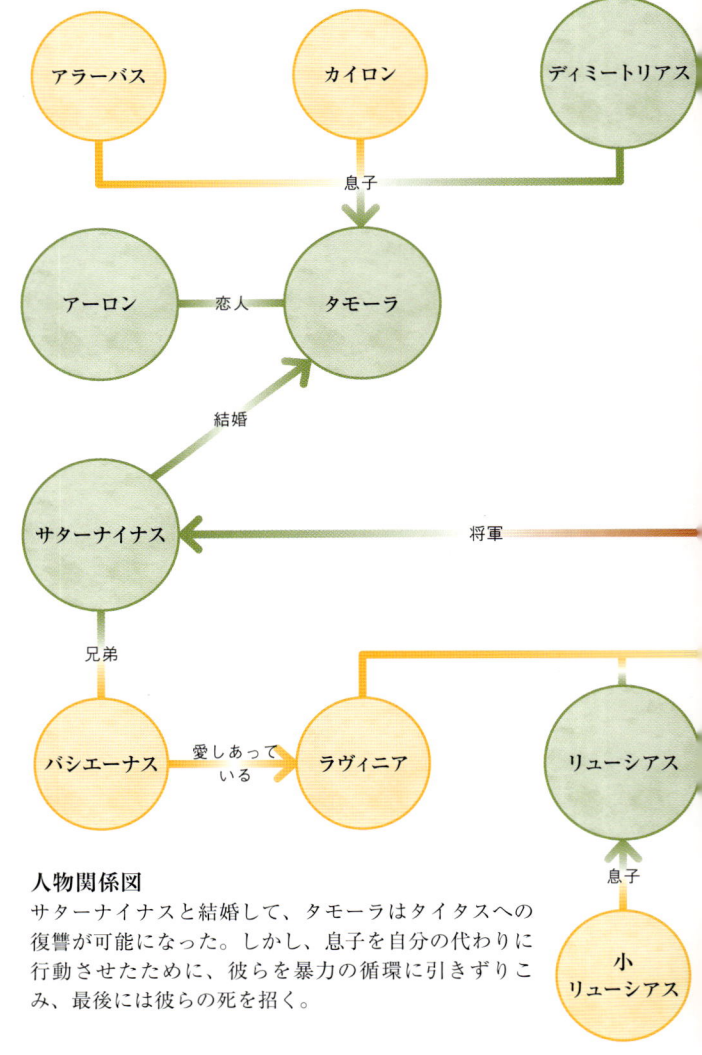

人物関係図
サターナイナスと結婚して、タモーラはタイタスへの復讐が可能になった。しかし、息子を自分の代わりに行動させたために、彼らを暴力の循環に引きずりこみ、最後には彼らの死を招く。

落とされるからだけでなく、きわめて多くの登場人物が、「手」という語を用いた言い回しをするからである。マーカスが（やや気転を欠いて）、手のないラヴィニアが「か弱い彼女の命に暴力的に手をかける」と言ったあとでタイタスが叫ぶことばは、十分に理解できるだろう。

> この娘にどんな乱暴な手があると言うのだ？
> ああ、なぜ手などということばをもち出すのだ？
> （中略）
> 手の話にならぬよう話題を手かげんしてくれ、
> おれたちに手のないことを思い出させないように。
> ばかな、おれの言いかたは気ちがいじみている、
> まるでマーカスが手ということばを口にしなければ
> 自分に手がないことを忘れていられるかのように。
> （3幕2場25～26、29～31行）

字義通りの手と比喩的な手は、指のように絡み合っている。また、この芝居全編をとおして、イメージ群は字義的にも比喩的にも使われているので、ローマの政体（政治的身体）がばらばらになり始めていることが容易に理解できる。劇の出だしで、ローマはすでにその頭部を失っているようだが、他方、劇中ずっと、政体を構成している「たたき切」（2幕4場17行）られた個の身体を目にする。『タイタス・アンドロニカス』の世界全体は、字義通り、また比喩的にも、身体が暴力的に切断される世界である。

劇の終わりの晩餐で大虐殺がなされたあと、マーカスとルーキアスが唯一のアンドロニカス一族の生き残りとなるが、その時、少なくともマーカスは、ローマが分断された状態にあるということを認識しているようにみえる。彼は人民に次のように言う。

> どうか私の話を聞いていただきたい。どうすれば
> この吹き散らされた麦の一粒一粒をひとつの穂に集め、
> このばらばらの手足をひとつのからだにもどせるか。
> （5幕3場70～72行）

彼の使う隠喩は、この劇で失われていった山と積まれた身体各部位を示唆している。彼のことばにもかかわらず、ことすでに遅しで、この世界の未来について楽観的な（多血質的な）展望をもつことはできない。

終わることのない恐怖

別の世界と時代に属しているようにみえるが、『タイタス・アンドロニカス』は、現在の世界と時代とに多くかかわっている。ローマに凱旋したあと、タイタスは無力になるが、ここから、戦争で感覚を麻痺させ、平時の生活になかなか溶けこめない兵士の苦境が読み取れる。ラヴィニアの沈黙は、言語がはたらかなくなった事態をあらわしている。すなわち、ことばが深い苦悩を伝えることができない。あるいは、病んだ国を癒すことができないのだ。おまけに劇の終わりでは、邪悪な登場人物アーロンの狂乱をまのあたりにする。暴力には終わりがない。この劇が現代でも好まれるのは、何ら不思議ではないだろう。注目すべき上演には、ヴィヴィアン・リーとローレンス・オリヴィエが出演した1955年のものや、ジュリー・テーマー監督による1999年の映画『タイタス』がある。

血まみれの小道具

『タイタス・アンドロニカス』のテキストは、1本の手、ふたつの頭部、そして大量の血を必要としている。他のルネサンス演劇で作り物の頭部に言及しているものもあり、義手は容易に作ることができた。その一方で、おそらく動物の血が使われたであろうが、これによって、身の毛もよだつ（そして臭いのきつい）光景が現出したと思われる。

下：ジュリー・テーマーの印象的な映画『タイタス』（1999）で主役を演じたアンソニー・ホプキンズ。左はサターナイナス役のアラン・カミング。

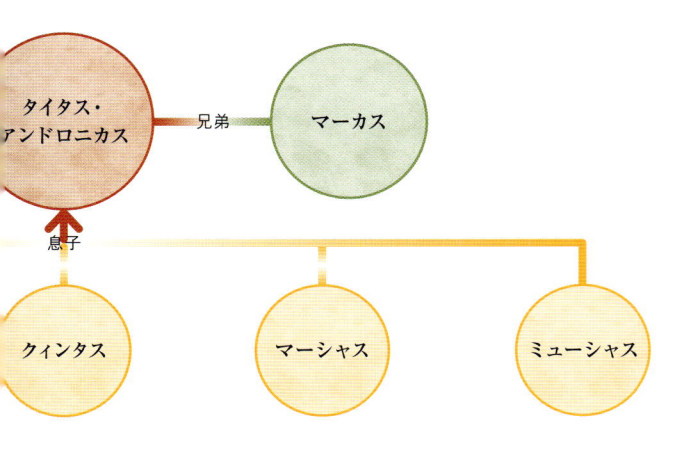

『ロミオとジュリエット』
Romeo and Juliet

あらすじ：劇は長く反目しあうふたつの家、モンタギュー家とキャピュレット家の喧嘩騒ぎからはじまる。そのあとすぐ、モンタギュー家のロミオは、キャピュレット邸の舞踏会に、変装して出席する。そこで彼は、その家の娘ジュリエットと恋に落ちる。その夜、彼はジュリエットが窓辺にいるところに出会い、愛の誓いを交わす。次の日、彼らは秘密のうちに結婚するが、床入りをすませる前に、ジュリエットのいとこであるティボルトがロミオに決闘を挑む。小競り合いのすえ、ロミオの親友マーキューシオが殺される。ロミオは復讐としてティボルトを殺し、ヴェローナから追放される。

　一方、ジュリエットの両親は、彼女を若き貴族パリスに嫁がせる準備をすすめていた。しかし、彼女は毒を飲み、婚礼の朝、仮死状態におちいっているところを発見され、キャピュレット家の墓所に運ばれる。ジュリエットが本当に死んでしまったものと信じて、ロミオは自害するつもりで墓所にやってくる（しかし、彼はその前にパリスと出会い、争いになり、彼を殺す）。ジュリエットとふたりきりになり、ロミオは毒を飲み死ぬ。そこでジュリエットは目覚め、彼の死体に気づくと、自らを短剣で刺し息絶える。子どもたちの死体と対面し、モンタギュー家とキャピュレット家はついに和解する。

登場人物

コーラス
エスカラス　ヴェローナの大公
パリス　青年貴族　大公の親族
モンタギュー、キャピュレット　反目しあう両家の主
老人　キャピュレットの一族
ロミオ　モンタギューの息子
マーキューシオ　大公の親族、ロミオの友人
ベンヴォーリオ　モンタギューの甥、ロミオの友人
ティボルト　キャピュレット夫人の甥
ペトルーシオ　ティボルトの従者
修道士ロレンス、修道士ジョン　フランチェスコ会の修道士
バルサザー　ロミオの従僕
エーブラム　モンタギュー家の従僕
サムソン、グレゴリ　道化、キャピュレット家の従僕
ピーター　ジュリエットの乳母の従僕
パリスの小姓
3人の楽師
モンタギュー夫人　モンタギューの妻
キャピュレット夫人　キャピュレットの妻
ジュリエット　キャピュレットの娘
ジュリエットの乳母
ヴェローナの市民たち、両家の男女親族たち、仮面舞踏会の参会者たち、警吏、夜警、従僕たち

右：レスリー・ハワードとノーマ・シアラーが主役を演じた1936年、ジョージ・キューカーの映画版『ロミオとジュリエット』。この映画のために、イタリア・ルネサンスを正確に再現した町並みが、ハリウッドのスタジオに莫大な費用をかけて建設された。

『ロミオとジュリエット』は、われわれがロマンティックな愛について、そしてそこに情熱的に参与している人びとについてどのように考えるか、さまざまな形で明らかにしている。この劇を書くに際して、シェイクスピアは彼自身の時代の恋愛の慣習に応じ、それらを発展させ再構築さえしている。

ロミオとジュリエットの伝説は、イタリアでは15世紀から知られていた。その後、ルイジ・ダ・ポルト、マッテオ・バンデルロ、ピエール・ブアトー（それぞれ1530年、1554年、1559年に出版）らの手による散文物語が作られた。イングランドでは、アーサー・ブルックが『ロメウスとジュリエットの悲劇的物語』（1562年）という物語詩に書き直していた。シェイクスピアの直接の材源は、おそらくこれである。

ブルックの詩は、愛という主題をめぐり軋轢がある。一方で、「読者へ」と題する散文では、この物語の主題は次のことを提示することだとされている。

> 不運な一組の恋人たちが、不実な欲望の虜になり、両親と友人の忠告と権威とをないがしろにし（中略）正当な結婚という名を濫用し（中略）不実な生によって、最も不幸な死へと急ぐ。

しかし、この詩自体には、「これほど完璧かつ深遠で、称賛されるべき愛の記憶」をとどめたいとする語り手がいて、きわめて共感的な語りがなされる。ブルックは、もっと大きな文化的な二律背反に反応していたと言える。1560年代以降、イタリアのノヴェッラ（小説）は、イングランドの読者に広く読まれるようになっていた。彼らは、そこにみられる不義の物語や悲劇的な欲望の物語を楽しんでいた。同時に、イングランドのプロテスタントはエリザベス女王に、以前よりも厳しく宗教的・道徳的国家支配をするように要請していた。ブルックの序文で、制御不可能な欲望とその破滅的な結末について強調がなされたのは、あきらかにそのような状況が生んだものである。

シェイクスピアにとってこの物語は、修道士ロレンスと若き主人公たちとのやりとりに表われているように、エロス的な愛の価値を問う機会となった。そしてまた、この劇によって彼は、1580年代と1590年代のイングランドで、とりわけフランチェスコ・ペトラルカの作品を通して人気のあったの様式を吟味することができた。シェイクスピアは、ペトラルカの詩的奇想（炎と氷、星としての恋人、死としての欲望）から多くのものを得ているが、同時に、男性の求愛者が、遠く離れた純潔な恋人に、報われない情熱を捧げて嘆くというペトラルカ的恋愛から距離をとってもいる。むしろシェイクスピアは、ロミオとジュリエットを身体的に分かちがたく緊密に結びつけており、ジュリエットは彼の愛に同等の熱意で報いている。『ロミオとジュリエット』がシェイクスピアの最も愛される劇のひとつになっているのは、このような相互の情熱、その強烈さ（弱まることも、陳腐なものになることもない）に人びとが魅了され、情熱の破滅の光景に感動するからである。

創作年代：
1594～95年ごろ

背景：
ヴェローナ、マントヴァ、14世紀

登場人物：
コーラス含む32人

構成：
5幕、22場、3,099行

悲劇〔『ロミオとジュリエット』〕　157

上：「訂正され、付け加えられ、改められた」この劇の最初の版は、おそらく役者たちによって書きとめられたもので、1597年に出版された四つ折り本。おそらくシェイクスピアの草稿にもとづくもので、1599年から出版されている。

不完全な悲劇

ロミオとジュリエットの最期を形づくる悲劇的な運命は、劇の初めから自明であるようにみえる。プロローグは、彼らが「不幸な星の恋人」（6行）であることを伝えているし、ロミオは「まだ運命の星にかかっている大事」が「時ならぬ死」（1幕4場107、111行）で終わるのではないかと予言する。しかし、もしこの劇が悲運の雰囲気を保ちつづけるなら（とりわけ、主人公たちの死がすでに書かれていることで）、批評家は、彼らの死が悲劇に必然的であることにそれほど満足することはなかったであろう。たとえば、彼らの情熱を破滅的なものにしたのは、その欲望そのものに存在する何かではなく、また主人公自身の何らかの欠点でもなく、生まれついた家同士の反目、すなわち、彼らが恋に落ちた社会的文脈であると論じることができよう。批評家のなかには、この悲劇は、単に偶然とか不運の問題だと考える者もいる。たとえば、手紙が届くのが遅れたために、ロミオはジュリエットがまだ生きていることを知ることができなかったことなど（このような認識は、バズ・ラーマン監督による1996年の映画『ロミオ＋ジュリエット』でより強くなる。ここでジュリエットは、ロミオが最後の息を引きとったその時に目覚める）。

同様に、ロミオとジュリエットの死は摂理であって、それによって家族間の市民的調和と和解がもたらされるとすれば、劇末尾がもつカタルシスの力は減少する可能性がある。大公がキャピュレット家とモンタギュー家に語りかけるとき、彼はこの両義性を正確に言いあらわしている――「見たか。そなたたちの憎しみに加えられた天罰を。／ふたりの子は愛し合うゆえに死に至ったのだ」（5幕3場292～93行）。ロミオとジュリエットが一体どのような根拠で死んだのかを決めることは困難であり、それがこの劇が四大悲劇の『ハムレット』『オセロー』『リア王』『マクベス』よりも劣った悲劇とされる理由のひとつである。さらに、この劇には、ひとりではなくふたりの悲劇の主人公が存在すること、この劇の主題が王国の政治的運命ではなく、主に恋愛であることも、その理由に挙げられる。シェイクスピア劇はこのような認識を変える多くのことを行なっているが、恋愛はしばしば悲劇にはふさわしくない題材とみなされていた。

世代間のギャップ

この劇で最も強く打ち出されたテーマのひとつは、キャピュレット家とモンタギュー家の間ではなく、世代間に内在する敵意である。恋人たちを引き離す「古き恨み」が具体的にどのようなものか語られていないこともあって、おそらく、この劇で最も強く表われてくるのは世代間の対立となる。ロミオの正確な年齢はわからないが、ジュリエットはちょうど14歳前だとされており、その他の登場人物は、たやすく若者――パリス、ティボルト、マーキューシオ――と、その両親と保護者に分類できる。この差異は、常に台詞の速度からわかる。つまり、身体の動きの速度と、情緒の移りかわりの速度である。たとえば、ロミオからの知らせを待っているとき、ジュリエットは次のように言う。

恋の使いは人の思いに、
暗い山々のかなたに影を追いのける朝日の光より
十倍も早いという人の思いに頼まなければ。
だからこそ、恋の女神の車は速い羽根の鳩が引き、
だからこそ、疾風のようなキューピッドは翼をもつ。
（2幕5場4～8行）

とはいえ、彼女は乳母を信頼してこう言う――「お年寄りは死んだ人も同じこと、／ぐずぐずのろのろ重たく蒼ざめ鉛のよう」（2幕5行16～17行）。修道士ロレンスがロミオとともに初めて登場する場面でも、このような差異が強調されている。ロレンスは、ロミオがジュリエットに好意をもって、ロザラインへの愛を捨てたその移り気を咎めている。しかしロミオが、急いで結婚の手はずを整えなければならないと言うと、議論は両者の動きの身体的な特徴に移る。「すぐ行きましょう、待てません、一分たりと」と言うロミオに、ロレンスは「分別をもってゆっくりとだ、駆けだすものはつまずくぞ」（2幕3場93～94行）と応じる。

この劇が若者をどのように表現しているかをみれば、彼らの自己陶酔が年上の者には共感できないことがわかるが、子どもたちの破滅の責任のほとんどは、自分たちの子どもの深い情熱と不幸を理解しなかった年上の者たちにある。もっとも顕著な例は、ジュリエットがまさに大きな苦しみのなかにあるとき、彼女をパリスと結婚させようとするキャピュレットとその妻である（彼らは、ジュリエットがティボルトの死を嘆いているのだと考えていたが、実際のところ、彼女はロミオが追放されたことを悲しんでいた）。

より深刻な失敗を犯したのは、乳母と修道士ロレンスである。彼らは子どもとより親密であった。たとえば乳母は、ジュリエットのロミオへの愛情をひどくみくびっていた。重婚を支持したことで、彼女はジュリエットの信頼を失い、そのためにジュリエットは悲劇をもたらす工夫をするようになる。（乳母やマーキューシオのような喜劇的な人物は、悲劇が進行する過程で、重要なことに、劇からはずれていく）。修道士ロレンスは、恋人たちからの信頼を保ちつづけるが、彼もまたふたりをがっかりさせる。それは、ただ

私のただひとつの愛がただひとつの憎しみから生まれたとは。
知らずにお会いしたのは早すぎ、知ったときは遅すぎる。
生まれたときからこの恋は不吉な運命のよう、
憎い敵のひとりを愛さねばならないとは。

ジュリエット（1幕5場138～141行）

彼が、ロミオを救うために墓所に着くのが遅すぎたというだけでなく（この劇において老年を特徴づける、ぐずぐずしたふるまい）、大公の手の者が近づく音を聞いた際に、ジュリエットとその場に留まらなかったことにある。この行動は、一般に、ロレンス側の自己保身のためであるとみなされてきた。しかし、これは同時に、彼がジュリエットの絶望、すなわち彼女がひとりになった場合、すぐにも自殺してしまうかもしれないということを認識できなかったためでもあろう。この劇の最も簡潔で、しかし痛烈な台詞のひとつは、ロレンスに対するロミオの諫言である――「話せるものですか、ご自分で感じていないことを」（3幕3場64行）。この劇はこのように、よりいっそうの感情移入をしてくれるよう、一般観客にも促している。

男性の暴力

この劇の悲劇のもうひとつの源は、男性性が暴力と離れがたく結びついているとする認識にある。幕開けの場面で、キャピュレット家の従僕であるグレゴリとサムソンが、重い剣と盾を身につけて登場する。これらの装備は、家内での仕事に従事する限り、あきらかに不必要なものであり、両家の不和が、どれだけヴェローナの別の社会階層にまで影響を及ぼしているかを示唆している。同時に、ルネサンス期に従僕であることは、しばしば未成熟な状態にあるとみなされていた。従僕であるということは、一家のなかで子どものように受動的で従属的にふるまうことを要求されたのである。したがって、グレゴリとサムソンの登場と、モンタギュー家との戦いに関わりたいとする切望とは、「成人男性のように」ふるまいたいという彼らの野望を示唆しているのかもしれない。いっそう不穏なことは、彼らがなそうとする性的暴力である。彼らは性的暴力をふるうことで「男らしく」なれると期待しているが、その暴力は、

すぐそばにあった家同士の反目

シェイクスピアのパトロンであるサウサンプトン伯ヘンリー・リズリーは、家同士の反目と逃亡を経験していた。1594年に彼は、友人のダンヴァーズ・ダンヴァーズとチャールズ・ダンヴァーズが、ある男を決闘で殺したあと、イングランドから逃亡する手助けをする。逃亡者らが伯の領地ティッチフィールドで身を隠しているとき、おそらくシェイクスピアはここに滞在していたと考えられる。

殺人と凌辱、合意による性交との区分を曖昧にする。

> サムソン：おんなじこった、おれァ暴れまくるぞ。野郎どもを
> やっつけたら、女どもにも泣くようなめにあわせてやる。
> 首根っこにずぶりだ。
> グレゴリ：首根っこだと？
> サムソン：ああ、首の根っこか胴体の根っこか、好きなように
> おとりあそばせだ。
>
> （1幕1場21～26行）

このように、男性性と暴力とが結びつくことがロミオにとって危険なことになるのは、彼がティボルトと争ったときである。それが避けきれなくなり、ロミオがティボルトの挑戦に応じようとしないと、他の男たちが、ロミオの名誉を守るために戦いに引き込まれる。マーキューシオが殺されたとき、ロミオは「男になる」という圧力に屈し、マーキューシオの復讐をする。さらに厄介なことに、ジュリエットへの彼の情熱は、いまや、ロミオが克服すべき弱点のようにみえる。

左：2004年、ストラトフォードでの、ピーター・ギル演出のロイヤル・シェイクスピア劇団による公演。マーキューシオがティボルトに殺された際に、社会的慣習がロミオを復讐に追いやる。左がロミオ役のマシュー・ライズ、右はティボルト役のタム・ムトゥ。

悲劇〔『ロミオとジュリエット』〕

> おお、ジュリエット、
> おまえの美しさがおれの心を弱気にし
> おれの勇気のはがねをにぶらせたのか。
>
> (3幕1場113〜15行)

批評家のなかには、ロミオが愛よりも憎しみを優先させたこと（この劇の二行連句は、常に一方の側に彼を位置づけてきた）、そして彼が攻撃的、父権的、かつ醜い男性的ふるまい方に立ちかえったことで彼の運命が定まったする者もいる。

聖なる愛

エリザベス朝で一般的だった詩のしきたり（吟遊詩人たち、ダンテやその他の詩人に由来するもの）は、宗教的な語を用いて、エロス的な愛を高尚にすることであった。たとえば、愛する人をある種の聖人とみなし、その人に向けて恋人が崇拝の行為を行なった。『ロミオとジュリエット』は、このようなイメージ群に満ちている。初めてジュリエットに出会ったロミオは、次のように言う。

> もしもこの、いやしいわが手があなたの手に触れ、
> 聖堂を汚せば、罰はもとより覚悟。
> この唇、はにかむ巡礼がやさしい口づけで
> 手荒な手のあとをぬぐうべくひかえております。
>
> (1幕5場93〜96行)

実際、イタリア語の'Romeo'とは、本来「ローマに旅する巡礼」を意味していた。したがって、ロミオのことばとジュリエットが彼を見たときの反応からすると、彼はキャピュレット家の舞踏会に巡礼の扮装をして出席していた可能性がある。同様に、彼の信仰の対象として、ジュリエットは「輝ける天使」（2幕1場68行）にたとえられている。1996年のバズ・ラーマン監督の映画では、彼女は天使の格好で登場した。

このイメージ群は伝統的なものであったが、ふたつの理由から、この劇には共鳴するものが添えられている。まず、このイメージ群をみると、ロミオとジュリエットの愛が、どの程度まで神に対する熱情に置き換わっているかがわかる。ジュリエットは、自らの恋人を「わたしの崇拝する神」と呼ぶが、これはほとんど冒瀆に近く、また神の懲罰に値する可能性がある。さらに、こうしたことばを耳にすると、この物語がイタリアに設定されているので、この恋人たちはおそらくカトリックであろうと観客は思うことだろう。上演されたのは、イングランドのカトリック教徒がまさにその信仰ゆえに迫害されていたときであった。このことは、広範にみられる妙な隠喩から確認できる。この隠喩を用いてロミオは、ジュリエットのために流す涙が真実の涙であると言う。

> 深く信心するおれのこの目がもしも
> そのような偽りにくらむなら、涙は炎となるがいい。
> 何度となく涙に溺れながら死にきれなかった
> 見えすいた異端の目は、偽誓の罪で焚刑になるがいい。
>
> (1幕2場88〜89行)

右：1996年のバズ・ラーマン監督の映画『ロミオ＋ジュリエット』。恋人たちの宗教的ともいえる情熱は、ふたりがキャピュレット家の舞踏会のために身につけた衣装によって強調されている。クレア・デーンズ演じるジュリエットは天使の翼を、レオナルド・ディカプリオ演じるロミオは、十字軍の騎士の輝く鎧を身にまとっている。

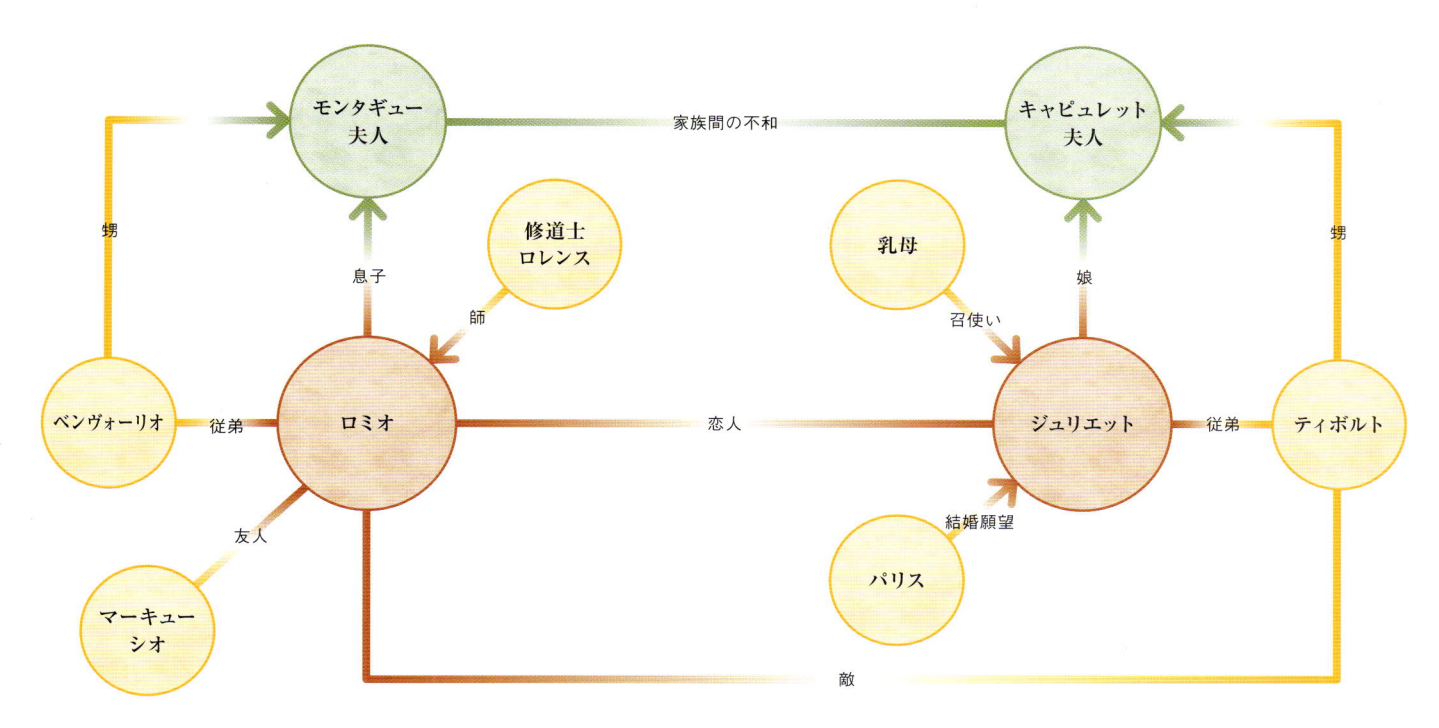

人物関係図
すべての登場人物は、ルネサンス期のヴェローナで憎しみあうモンタギュー家とキャピュレット家の一員、あるいはそれらと深いつながりがある。

カトリック殉教者を連想させる忠誠だけでなく、ロミオが自分を殉教者の位置にあるとみていることから、シェイクスピア劇では異常なほど、カトリックへの共感が示されていることがわかる。同様に、修道士ロレンスはしばしば、カトリック信仰を否定的に表象したものと理解されてきたが（ロレンスは当局に対抗する策略に告解を濫用する）、シェイクスピアによるカトリック聖職者の描写は、同時代人のそれより共感的である。これは、シェイクスピア自身のためであったともいえる。というのも、彼の父がカトリック信仰を保ち続けていたと考えられるからだけでなく、同時に、彼のパトロンのひとりであるサウサンプトン伯ヘンリー・リズリーがカトリックであったからでもある。

対立するものと同じもの

この劇でもうひとつ重要なイメージの型は、甘さと苦さのものである。「甘い」（sweet）と「最も甘い」という語も、エリザベス朝の恋愛詩でよく用いられており、『ロミオとジュリエット』にも愛情をあらわす語として、直接、くり返し登場する。しかし、この劇は同時に、この甘さが見かけどおりではないかもしれないことを追究している。

バルコニー・シーンで、ロミオは自分の幸運を信じることができず、この夢を「心とろかすこの甘美さ、現実のものとは思えない」（2幕2場14行）ととらえる。より危険なのは、愛が反対のものに変わる可能性があることである。最初に甘さの裏面を指摘するのはティボルトである。彼はロミオが舞踏会に侵入しているのをみて、「いまは甘い顔しているがきっと苦虫をかませてやる」（1幕5場91〜92行）と言う。この考えは、あとで、愛について語る者たちに取り沙汰される。修道士ロレンスは結婚式の際、恋人たちに次のように警告する。

> 甘すぎる蜜はその甘味ゆえにいとわしく、
> 味わうだけで食欲も消えはてるもの。
> だからほどよく愛するのだ……
> （2幕6場11〜14行）

対立するものが、同じ一のものになるのだという直観は、この劇全般にわたり、もっと広範にみられる型となっている。最も有名なのは、愛の死への変化である。キャピュレット家が娘のために用意していた初夜の床は死の床に変わり、花婿であったパリスは、死そのものに取って代わられる（4幕5場）。最後の墓所の場面で、死んでいるように

破滅的な魅惑の力

> 花の都のヴェローナに、
> 威勢をきそう二名門、
> 古き恨みがいまもまた、
> 人々の手を血にぞ染む。
> かかる仇より生まれたる
> 不幸な星の恋人よ。
> （プロローグ, 1〜6行）

> 死にのぞんだものが一瞬心楽しくなることがよくあるという。看護するものはそれを
> 死の前の稲妻と呼ぶ。おお、どうしてこれを
> 稲妻と呼べよう。おお、ジュリエット、わが妻。
> 死はおまえの呼吸の甘い蜜を吸いとりはしたが、
> おまえの美しさにたいしてまだ力をふるってはいない。
> ──ロミオ（5幕3場88〜93行）

> 世に数ある物語のなかで、ひときわあわれを呼ぶもの、
> それこそこのロミオとジュリエットの恋物語だ。
> ──大公（5幕3場309〜10行）

悲劇〔『ロミオとジュリエット』〕　161

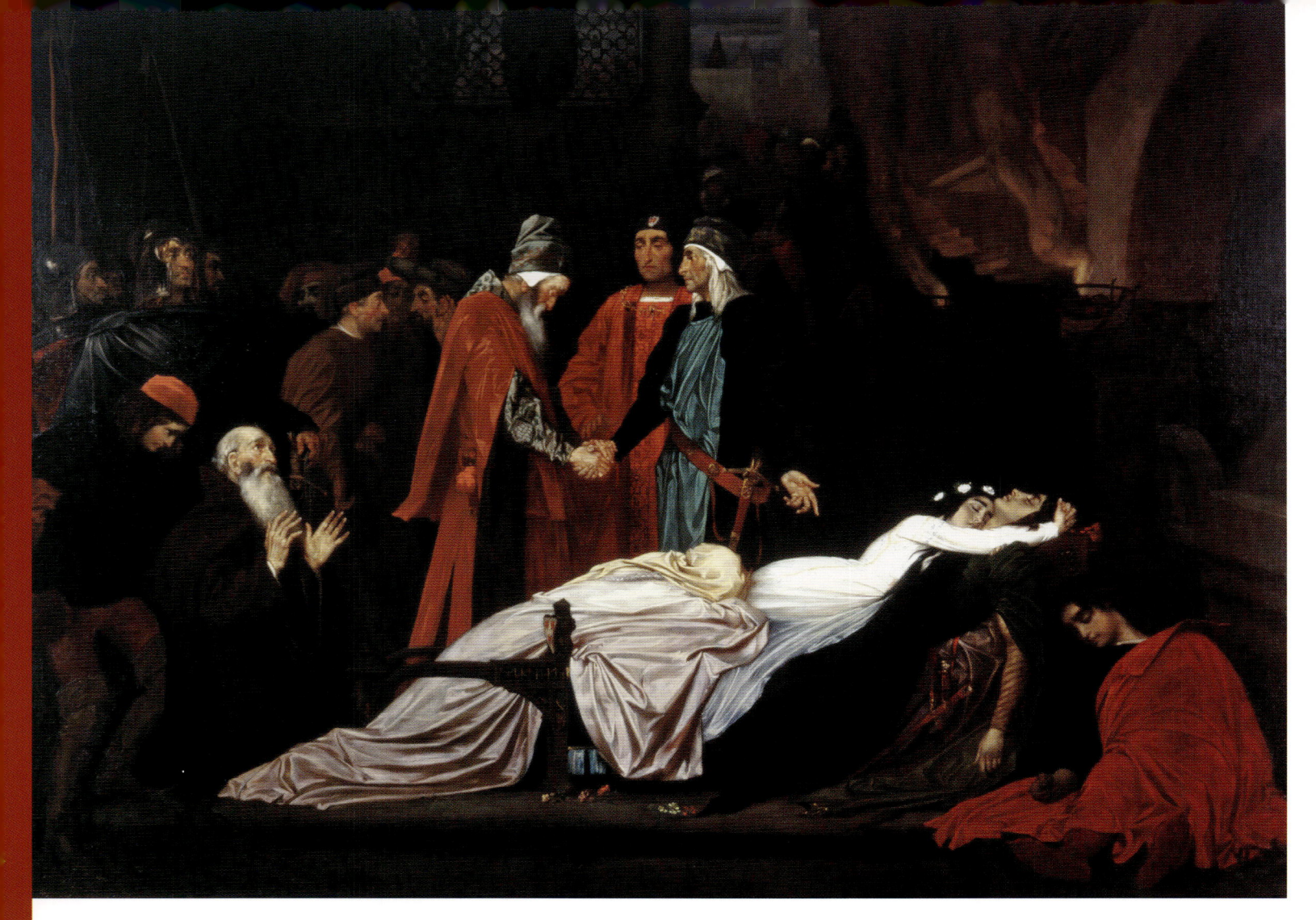

筋の展開を速める

シェイクスピアが物語の材源である、イングランドの詩人アーサー・ブルックの詩『ロメウスとジュリエットの悲劇的物語』（1562年）に加えたとても重要な変更のひとつは、時間尺度の短縮である。ブルックスの詩では、筋の展開は数ヶ月にわたるが、シェイクスピアはそれをたったの5日、すなわち日曜日から木曜日の朝にまで圧縮している。

見えるジュリエットを見つめるロミオが、彼女を死神の「愛人」（5幕3場105行）にたとえるとき、このイメージ群はくり返される。ジュリエットがロミオの唇に口づけするその行為は、単に愛の行為ではなく、彼女の命を終わらせるための行為となる。愛と死とが、このように絶え間なく同一のものとして扱われることは、ルネサンス文化のもっと大きなテーマの一部をなしており、言語それ自体にも反映している。つまり、オーガズムを表わす語は命の消滅を表わす語、すなわち「死ぬ」である。しかし、シェイクスピア劇では、このイメージの型は、恋人たちを待ち受ける、より具体的な運命を思い起こさせる。その運命を、コーラスは、まさに最初の台詞からわれわれの前に示してきたのだ。

豊かな文化遺産

『ロミオとジュリエット』は、この劇を読んだことがない者でもしばしばその台詞を用いるほど、西洋文化ではよく知られた劇である。たとえば、恋をしている男性は、ときに「ロミオ」と呼ばれ、両親の反対にあいながらも愛し合うティーンエイジャーは、「ロミオとジュリエット」となる。そして彼らは、心理学者が「ロミオとジュリエット効果」と呼ぶものに、おそらくはつき動かされているのだろう。

学校、大学、刑務所、そして劇場といった多様な舞台で人気を保ち続ける一方で、この劇は、幅広いメディアに改作されてきた。広告からラップ音楽、オペラやバレエからポルノ、小説、詩、そして映画にいたるまでさまざまである。とくに映画では強い存在感を示してきた。ジョージ・クーカー（1936年）、フランコ・ゼッフィレッリ（1968年）、バズ・ラーマンが独創性にとんだ作品を監督している。ラーマンの『ロミオ＋ジュリエット』（1996年）は、国際的にも成功を収めた。

この劇がこのように改作に向いているのは、劇中の争いを特徴づけている曖昧さにあるように思われる。そうだからこそ、その「古き恨み」（プロローグ、3）は、歴史的・社会的分裂で置きかえることができるのである。たとえば、

上：、ロミオとジュリエットの亡骸の傍らで和解する、モンタギュー家とキャピュレット家の人びと。1853年、イギリスの画家フレデリック・レイトン卿作。

レナード・バーンスタインとスティーヴン・ソンドハイムによるミュージカル『ウェスト・サイド物語』(1957年、映画版は1961年) は、1950年代のマンハッタンにあった二組の不良少年グループ間の対立となっている。これは、アメリカの白人とプエルト・リコ人の対立である。さらに近年では、恋愛のプロットを、イスラエル対ペルシアの対立や、南アフリカのアパルトヘイト時代に置く映画作品もある。しかし、改作のなかでは、性的偏見もまた追究されている。ジョー・カラルコ演出による『シェイクスピアのR&J』は、1998年にニューヨークで初演を行ない、2003年にはロンドンで再演された。この作品は、抑圧的なカトリックの全寮制学校にいる4人の男子学生に焦点を当てており、彼らは自らの同性愛に気づきはじめるなか、シェイクスピア劇をひそかに読んでいる。

イタリア人をまねる

『ロミオとジュリエット』は、よく知られたイタリア人のステレオタイプを数多く利用している。たとえば、イタリア人は情熱的で血の気の多い性質であり、はげしい愛、嫉妬、争いに陥りやすいなど。1570年、イングランドの学者で旅行者だったロジャー・アスカムも、イタリア人の「家族間の私的な闘争」や「どの町でも起きる公然とした党派争い」について述べている。ロミオは毒を手に入れるために薬種屋を訪れるが、これを見た観客は、イタリアの称賛され(そして恐れられた)毒殺術を思い起こしたであろう。最後に、この劇の決闘への言及は、エリザベス朝の貴族に熱心に読まれた決闘の作法を教える手引書からのものである。ただし、ヴェローナの街で暴発する暴力は、そのような確立した決まりにのっとってはいない。

フィクションによる推測

映画への改作のなかでより主流となったのは、ジョン・マッデンが監督した『恋におちたシェイクスピア』(1998年) である。これは、『ロミオとジュリエット』とシェイクスピアの生涯とを繋ぎ合わせたものだ。この劇は、最初は喜劇であった『ロミオとジュリエット』(仮題は『ロミオと海賊の娘エセル』) が、シェイクスピアと貴婦人ヴァイオラ・デ・レセップスとの関係が邪魔されることによって、悲劇になっていく。この映画では、特にシェイクスピアと『ロミオとジュリエット』の関係をめぐり多くの虚構上の推測がなされている。そのひとつは、彼が劇作家として以後成功したのは、『ロミオとジュリエット』が、愛についての真実をえがくことができたからだというものである。『ロミオとジュリエット』が改作され、多様な観客を獲得しつづけているのを見ると、そこで提示される愛がかなり柔軟で多様であることがわかる。その一方でこの劇は、われわ

> このようなはげしい喜びにははげしい破滅がともなう、／
> 勝利のさなかに死が訪れる、火と火薬のように／
> 口づけするときが四散しはてるときだ。
>
> 修道士ロレンス (2幕6場9〜11行)

れが願う愛の姿の精髄をとらえているように思われる。

左：ブロードウェイのミュージカル『ウェスト・サイド物語』。『ロミオとジュリエット』の改作であり、1961年に映画化された。ジョージ・チャキリス (左) がプエルト・リコ人の不良少年グループ、シャークス団のリーダーであるベルナルドを演じた。彼は、シェイクスピアのティボルトにあたる。

『ジュリアス・シーザー』 *Julius Caesar*

あらすじ：ジュリアス・シーザーはポンペイウス軍を破り、ローマに勝利の旗を掲げ帰還する。ルペルクスの祭典で、ブルータスとキャシアスはシーザーの権力増大による影響を思案する一方で、シーザーは王位戴冠を拒む。絶対権力を手に入れようとしないことは、シーザーの人気をいっそう高めるだけで、それは、多くの有力なローマ市民にとって納得できないことである。キャシアスはシーザー暗殺を企て、周囲に助けを求め、シーザーの最も重要な側近でもあるブルータスにも依頼した。3月15日、陰謀は実行され、シーザーはローマの元老院で刺殺される。憤慨するローマ市民にブルータスは、この殺人の理由を説明することで市民を鎮めた。しかしマーク・アントニーが力強い演説で群衆の心を操作し、人民を陰謀者たちに反対するよう仕向け、そのため彼らはローマから逃亡せざるをえなくなる。マーク・アントニーとシーザーの甥オクテヴィアスは、仮の統帥権を握り、ローマ軍をブルータスとキャシアスの軍隊に差し向け、決定的な勝利を勝ち取る。キャシアスとブルータスは、それぞれ別個の心情を抱きながら――挫折の念と後悔の念――自ら刃で命を絶つ。

登場人物
ジュリアス・シーザー
オクテヴィアス・シーザー、マーク・アントニー、M.イーミリアス・レピダス　シーザー死後の三執政官
シセロー・パブリアス、ポピリアス・リーナ　元老院議員
マーカス・ブルータス、キャシアス、キャスカ、トレボーニアス、リゲーリアス、ディーシャス・ブルータス、メテラス・シンバー、シナ　シーザー暗殺の陰謀者
フレーヴィアス、マララス　護民官
アーテミドーラス　クニドスの修辞学教師
シナ　詩人
もうひとりの詩人
ルシリアス、ディディニアス、メサーラ、小ケートー、ヴォラムニアス、フラヴィアス　ブルータスとキャシアスの友人
ヴァロー、クライタス、クローディアス、ストレートー、ルーシアス、ダーデーニアス　ブルータスの召使い
ピンダラス　キャシアスの召使い
キャルパーニア　シーザーの妻
ポーシャ　ブルータスの妻
元老院議員たち、市民たち、親衛兵たち、従者たち、その他

創作年代：
1599年ごろ

背景：
サルディス（小アジア）、フィリピ、西暦44～45年

登場人物：52人

構成：
5幕、12場、2,591行

下：現代の衣装をまとったジュリアス・シーザー。ロンドンのザ・バービカン劇場、2005年、デボラ・ウォーナー演出。今日の世界における、民主主義と専制政治との緊張関係が強調されている。この場面は、マーク・アントニー（ラルフ・フィネス）が血まみれのシーザー（ジョン・シュラブネル）の遺体を発見するところ。

『ジュリアス・シーザー』は転換期(ターニングポイント)を扱った戯曲である。舞台は混乱を極める共和国で、ローマは、ジュリアス・シーザーによる専制

支配か、その市民による危険な群衆支配なのかという選択に迫られているようだ。

この戯曲が最初に上演されたのはエリザベス朝後期のロンドンで、年老いたエリザベス女王と体制交代の切迫した可能性をめぐる懸念が、反乱革命思想と結びついていた。より単純にいえば、『ジュリアス・シーザー』は、シェイクスピア自身にとっての転換点でもあった。この劇作家は、彼の作家人生のほぼ半ばにあって、これまでの劇は、見込みのある秀作もあるが、決定的なものではなかった。しかしながら、これより後には、偉大な悲劇や才気溢れる喜劇、そして爛熟したロマンス劇の数々がある。もっと単純に言うなら、『ジュリアス・シーザー』はこの劇作家の経歴において、最も明確な転換点となっている。というのも、この戯曲こそが、ほぼまちがいなく、当時新しくできた劇場、つまりグローブ座で最初に上演されたものだからである。

グローブ座は、ロンドンのバンクサイドに位置し、その成功は、その所有者のみならず、シェイクスピアにとっても重大なことであった。劇場の構造が実験的な手法を生み出す契機となり、劇作家としての彼の成長を助けたのである。この戯曲は、こうした触媒の最初の成果であった。

シーザーのローマ

シェイクスピアの劇作家としての1599年までの成功は、おおむね歴史劇にもとづき、歴史劇の最後の作は（ずっとあとの『ヘンリー8世』の登場までは）『ヘンリー5世』で、これは『ジュリアス・シーザー』の直前に書かれている。

イングランドの歴史劇はたいてい連作物になっているが、シェイクスピアのローマ物は、単独の戯曲となっている。『タイタス・アンドロニカス』は『ジュリアス・シーザー』よりずっと早い時期に完成しており、『アントニーとクレオパトラ』と『コリオレーナス』はかなりあとのものである。共和国や帝国全体の歴史を語るよりも、シェイクスピアが関心をもっていたのは、ローマという舞台設定であり、それは、厳密な社会的価値観を持つ戯曲を生むためであった。そして『ジュリアス・シーザー』全編で、ローマ自体が、そうした価値観に言及するために使われている。「ローマ人なら真実を隠さず言ってくれ」と強く迫るブルータスに、メサーラは、「ローマ人らしく真実に耐えてくださいますよう」（4幕3場187～188行）と返す。共謀者たちが暗殺を決意すると、ブルータスは彼らに、ローマの役者たちの能力を思い出させる。

諸君、晴れやかな明るい顔を見せるのだ

嵐を舞台化する

1幕3場のト書きは、その場面ずっと「雷鳴と閃光」があるとし、2幕2場では、再びその場面が登場する。グローブ座での最初の上演では、これらの特殊効果はさまざまな技術が結びつけられて達成された。閃光には花火、ドラム、マルーンと呼ばれる爆発装置、そして雷鳴の音を出すために砲弾が転がされた。

胸の決意を決して顔に出してはならならぬ。
わがローマの役者たちを見習い、不屈の勇気と
毅然たる落ち着きをもってふるまってくれ。

（2幕1場224～227行）

『ジュリアス・シーザー』で初めて、シェイクスピアは、ギリシアの哲学者プルタルコスの著作を使った。その『英雄伝』（『対比列伝』）は、シェイクスピアが古典世界を舞台にするときの主たる情報源となった。プルタルコスの著作は、ジュリアス・シーザーの暗殺後150年ほどして書かれており、著名なギリシア人とローマ人の伝記を交互に並べ、それぞれひと組になった人物たちの人生を対比している。この著作がトマス・ノースにより英訳されたのは1579年であり、1595年に再版されている。

『ジュリアス・シーザー』の筋は、プルタルコスによるカエサル、マルクス・ブルートゥス、マルクス・アントニウスの伝記にもとづいており、キケロの伝記も少し含まれている。プルタルコスの伝記は大長編なので、筋に関していえば、シェイクスピアは、シーザー伝の最後の数ページしか取り入れていない。とはいえ、この典拠の残りの大部分は、雰囲気として、この戯曲のいたるところに示されている。

体液（ユーモア）

エリザベス朝人は、身体、そして霊は、体液として知られる液体の体系に支配されていると考えていた。この4種類からなる体液が完全なるバランスを保っていれば、人は健

下：ハーバート・ビアボーム・トゥリー演出による『ジュリアス・シーザー』の上演。ロンドン、マジェスティー劇場での1898年の公演。リアリズム手法の舞台背景と近代的解釈を結びつけ、マーク・アントニーとローマ群衆の重要性が強調された。主役はチャールズ・フルトン。

> 彼はいわば蝮の卵だ、ひとたび孵化すれば／
> そこは蝮の本性として、必ず人に害をおよぼそう、／
> したがって卵のうちに殺さねばならぬ、ということに。
>
> ブルータス（2幕1場32〜34行）

康であり、性格も一定の状態になる。しかし、ひとつの特定の体液が支配的になると、身体と性格に影響する。
　『ジュリアス・シーザー』における4人の男性主要登場人物は、それぞれが、注目すべきことに、これらの体液を体現している。もっとも明確な例はブルータスで、黒胆汁（メランコリー）が勝っている。そのことは、彼の陰鬱さと不眠に認められる。同様に、キャシアスは黄胆汁の影響による短気な性分を露わにしている。ジュリアス・シーザー自身は理性的で無頓着のタイプで、現在で言うところの粘液質の——つまり、粘液が勝っている——人物である。マーク・アントニーは情熱的で楽天家であり、典型的な多血質、つまり血液に影響されている人物である。したがって、この4人の主要な役割には、それぞれの気質が割り当てられており、このことは、当時の観客には自明のことであっただろう。このことは、単に、この戯曲がエリザベス朝の精神病理学で帳尻をあわせたという問題ではない。シェイクスピアの劇団が、あらゆる人間的陰えいを表現することができる役者陣を擁していたということでもある。『ジュリアス・シーザー』には新しい劇場があり、そこで演じる劇団の能力を披露しているのだ。

名誉と権力

シェイクスピアのすべての悲劇がそうであるように、『ジュリアス・シーザー』は、すぐに見て取れるような主題をいくつも扱っている。たとえば、復讐、裏切り、殺人などである。そのほかのローマ劇と同様、名誉と権力がとりわけ緊密に考察されている。シーザーの増大する権力をめぐる懸念こそが、劇中の出来事のはじまりとなり、キャシアスは、シーザーが「世界狭しと立ちはだかっているのだぞ／ロードス島の巨人像のように」と主張している（1幕2場135〜36行）。こうした超人的な権力のイメージに対置されているのが、名誉をめぐるローマの理想である。ブルータスは、早い段階からこうした宣言を下している。

> 片方の目に名誉を、片方の目に死を突きつけるがいい、
> おれはそのふたつを平然と見つめてみせよう。
> 神々にかけて言う、おれはこう見えても
> 死を恐れる以上に名誉を愛する男なのだ。
>
> （1幕2場86〜89行）

この劇の結末になると、この断言が証明される。ブルータスが自殺したいと思うとき、彼は「名誉の香り」のするストレートーを選び、自分の剣を握らせ、自ら沈着に刃へと走り寄る（5幕5場46行）。ストレートーはブルータスの行動の意味を理解したので、ローマ軍に次のように報告する——「ブルータスに勝ちえたものはブルータスおひとりです／ほかのだれもその死を手柄にすることはできません」（56〜57行）。
　名誉に関するこうした考え方は、プロットでも機能を果たしている。「諸君」という言い方は、ローマの群衆にむけた演説のリズムを中断するためにアントニーが使用しており、それにより、徐々に彼らはブルータスら共謀者に敵意を抱くようになる。そうすることで彼は、ローマの群衆の名誉にあからさまな疑問を提示しないことで、みずからの名誉を維持するのである。

未来へ

『ジュリアス・シーザー』におけるもうひとつの大きなテーマは、予言である。それぞれの段階で、登場人物たちは未来への懸念を口にする。
　予言者がくり返しシーザーに、「3月15日に気をつけよ」（1幕2場18〜23行）と警告する。ブルータスは、詳細な独白において、シーザーは、自分の行ないにより死を受けるのではなく、むしろ彼の未来の地位により死を受ける

作品の背景となった出来事

紀元前100	ユリウス・カエサル（ジュリアス・シーザー）誕生
紀元前84年	コルネリアと結婚
紀元前80年	アジアで従軍
紀元前78年	ローマでの政治的経歴をはじめる
紀元前74年	私兵を率いて、ポントス王ミトリダテスと戦う
紀元前68年ごろ	コルネリアの死、ポンペイアと結婚、元老院の議席を得る
紀元前63年	大神官に選ばれる
紀元前62年	ポンペイアと離婚
紀元前61年	遙か遠いスペイン（現在のアンダルシアとポルトガル）の総督となる
紀元前59年	執政官に選ばれる。ポンペイウスとクラッスス将軍と、連合政治体制を結成する（第1期三頭政治）。カルプルニアと結婚。
紀元前58年	ガリア征服を始める
紀元前55年	ブリテン島への侵略を指揮。1年後に2度目の侵入を実施
紀元前53年	クラッススの死
紀元前51年	ガリアを完全に制圧、カエサルとポンペイウスとの亀裂が大きくなる
紀元前49年	軍隊を率いてルビコン川を渡りイタリアへ。カエサルとポンペイウスとの間で内乱が勃発
紀元前48年	ファルサリアの戦で、ポンペイウス軍を破る。ポンペイウスはエジプトに逃れるが、そこで暗殺される。カエサルはアレクサンドリアを占拠し、そこでクレオパトラの恋人になる。
紀元前47年	クレオパトラが男子を出産。プトレマエオス・カエサル（カエサリオン）という名で、おそらくはカエサルが父親である
紀元前46年	10年間にわたる執政官に任命される
紀元前44年	終身独裁官に任命される。カエサルの暗殺（3月15日）
紀元前43年	第2回三頭政治の形成。マルクス・アントニウス、オクタウィアヌス・カエサル、レピドゥス
紀元前42年	アントニウスとオクタウィアヌスは、カエサルの暗殺者たちをフィリピの戦いで打ち破る

アントニーが群衆を変える

わが友人、ローマ市民、同朋諸君、耳を貸してくれ。
私がきたのはシーザーを葬るためだ、称えるためではなく。
　　　　　　　　　　　　　　（3幕2場73～74行）

貧しいものが飢えに泣くときシーザーも涙を流した、
野心とはもっと冷酷なものでできているはずだ、
だがブルータスは彼が野心を抱いていたと言う、
そしてそのブルータスは公明正大な人だ。
　　　　　　　　　　　　　　（91～94行）

もし市民諸君がこの遺言の内容を聞かれたら──
読む気もないのにこんなことを言って申し訳ないが──
諸君はきっとシーザーの傷口にかけ寄り、口づけ
[するだろう。]　　　　　　　（130～32行）

私が恐れるのは、シーザーを刺した公明正大な人物を
誇ることになりはしないかだ、それを恐れるのだ。
　　　　　　　　　　　　　　（151～52行）

諸君に涙があるなら、いまこそ流す用意をするがいい。
　　　　　　　　　　　　　　（169行）

ブルータスは、周知のように、シーザーの寵児であった。
神々も照覧あれ、シーザーはいかに彼を愛したことか！
これこそはもっとも無惨非道の一撃であったのだ。
　　　　　　　　　　　　　　（181～83行）

この私には、人の血を湧き立たせるような、
知恵も、ことばも、価値も、身ぶりも、弁舌も、
説得力も、なにひとつない[。]　（221～23行）

のだと認めている──シーザーが「終身独裁官」の役割を受け入れていたら、共和国ローマは永久に変わっていたかもしれない。

　たしかにシーザーといえば、
理性よりも感情に支配されたためしのない男だろう、
それは事実だ。だがよく聞く話ではないか、
謙遜というものは、若々しい野心が足をかける
椅子であり、高きに登らんとするものはまずこれに
顔を向ける、だが一度そのてっぺんに登れば、
たちまち梯子には背を向け、今度はさらに高い
雲を望み、いままで登ってきた足下の階段には
軽蔑の目をむけるという。シーザーもそうなりかねぬ、
そうだこういうことにしよう……
　　　　　　　　　　　　　　（2幕1場19～28行）

　舞台で嵐の光景が展開している間、キャスカは以前目にした悪い予兆を並べたて、「こういうことはわが国に／不吉なことが起こる知らせだ」と断言する（1幕3場31～32行）。おそらく一番おどろくべきことは、ブルータスたち共謀者たちがシーザーを殺したとき、キャシアスが、この瞬間が歴史的意味をもつこと、そしてそうした場面に備わった演劇性を認識していることであろう──「千載ののちまでも／われわれのこの壮烈な場面はくり返し演じられるだろう、／いまだ生まれぬ国々において、いまだ知られざる国語によって」（3幕1場111～113行）。

　まだ誕生していない国々や言語という考えと、進取の姿勢がこのように優位であることに対置してみると、ラテン語で現状の説明をしたシーザーの最後のことばは、それだけいっそう堅固で記憶に残るように思える。皮肉にも、これが、長い歳月に耐えるこの芝居の1行、しかも多くの人の心に残っているのは、歴史的人物ジュリアス・シーザー（ユリウス・カエサル）のものである──「おまえもか、ブルータス？──死ぬほかないぞ、シーザー！」（3幕1場77行）。

上：マーク・アントニーを演じるマーロン・ブランド。1953年の映画『ジュリアス・シーザー』（ジョセフ・L・マンキウィッツ監督）より。彼の演技は幅広い層から高い評価を得た。彼は、アントニーを熱烈な理想主義者として演じ、群衆を雄弁な演説──何よりも情熱が加わった──で煽動した。

悲劇〔『ジュリアス・シーザー』〕

上：オーソン・ウェルズ監督による、1937年上演の『ジュリアス・シーザー』。ブロードウェイでロングランを記録した名高い作品。ウェルズは「独裁者の死」というサブ・タイトルをつけ、役者にはファシストの制服や現代の平服を着せ、シーザーとブルータス、そして群衆に焦点を当てるために原作の削除をしている。

「一度きりの死」

南アフリカのロベン島の、厳戒態勢の刑務所で、ソニー・ヴェンカトラサナンはシェイクスピア全集本一冊を持っていた。守衛に没収されないように、その本は宗教書だと偽装してあった。数年の間、ソネット集といくつかの戯曲は、ヴェンカトラサナンによって、仲間の政治犯たちの間で回覧され、それぞれが自分の好きな一節を諳んじられるまでになった。こうして、ある意味で、ひとつの共同体が独房間に維持され、毎日受ける残虐行為からの束の間の小休止が得られた。

1977年12月16日、シェイクスピアのひとつの有名な台詞に、新たな強烈な意味が付与された——「臆病者は死ぬまでに何度も死ぬ思いをする／勇者が死ぬのは一度きりだ」（2幕2場32～33行）。ジュリアス・シーザーによって語られたこの台詞のとなりに、ネルソン・マンデラは自らの署名を添えた。

「血を吹き上げて」

メタファーに関していえば、『ジュリアス・シーザー』の最も一貫したイメージは「血」にまつわるものである。何度もくり返し、この語とそこから派生した語が口にされる。ふさわしいことに、この語はこの芝居全体にみられる鼓動であり、そこから絶えず観客は、専制政治の人的代償、あるいは革命の元手を思い出す。

この象徴的身体の影響は失われることなく、ブルータスにも及ぶ。陰謀者たちがシーザー殺害を企てているとき、キャシアスは、マーク・アントニーも亡きものにすべきだと提案する。ブルータスはこの案を拒否するが、それは、彼が言うように「血生臭すぎるように思えるだろう」からで、彼はさらにこの点を注意深く詳しく説明する。

アントニーはシーザーの手足に過ぎないのだから。
われわれは、ケーアス、生贄を捧げるものでありたい、
屠殺者ではなく。われわれが断固立ち上がるのは
シーザーの精神にたいしてだ。人間の精神には
血は流れていない。できることならシーザーの
精神のみとらえて肉体を傷つけたくはない、だが
実際にはシーザーの血を流さねばならぬ。
（2幕1場165～71行）

ブルータスのこのことば遣いは、アントニーがシーザーの亡骸の上で嘆き悲しむ時にも使われている——「ああ、お許し下さい、血まみれの土と化した／シーザー、私があの虐殺者どものいいなりに／おとなしくしていることを！」（3幕1場254〜55行）。ここから観客は、ブルータスの理想主義には残忍な代償が支払われると知ることになる。

3月15日前に、キャルパーニアは夢をみる。シーザーの銅像が「多くの口から／血を吹き上げ」、ローマ人たちが（血に）「手を浸し」ている（2幕2場77〜79行）。シーザーを元老院に連れ出すために遣わされた共謀者ディーシャス・ブルータスは、キャルパーニアの夢が、シーザーがローマに復活することを示しているとシーザーを納得させる。このように、融通のきく象徴が筋を進めるために使われる。この象徴は、シーザーの死後マーカス・ブルータスによって復活され、今度は文字通り舞台化される。

> さあ、諸君、
> ローマ人たち、身をかがめ、シーザーの血に
> 両手をこの腕までひたし、剣を真紅に染めよう。
> それから広場の中央まで堂々とくり出して行き、
> 血塗られた頭上にふりかざし、声をそろえて
> 叫ぼうではないか、「平和だ、解放だ、自由だ」と。
> 　　　　　　　　　　　（3幕1場105〜110行）

陰謀者たちがシーザーの血を自らに浴びるので、芝居の中心的イメージは視覚化される。同時に、血のイメージが表わしているのは、残忍さと平和、猜疑心と希望、そして放逐と自由である。

政治劇

『ジュリアス・シーザー』はほとんどいつも劇場では人気があったが、近年では、政治的主張をしようとする演出家に好まれている——「なぜシーザーを暴君にさせておくのか？」（1幕3場102行）。20世紀には、反ファシストの上演が非常に数多く存在した。

この戯曲がこうした目的に適合するようにみえるかもしれないが、シーザーの人物造型からすべての倫理的曖昧さを取り除くと、ブルータスの自問自答が、よくて余分なもの、悪い場合には馬鹿げたものになってしまう。それにもかかわらず、演出家の姿勢の焦点は特定の人物にしぼられ、独裁が有力なテーマとなって、シーザーは多様な人物と結びつけられてきた。たとえばベニート・ムッソリーニ、アドルフ・ヒットラー、フィデル・カストロ、そしてニコライ・チャウシェスクなど。1993年、ロンドンのバロンズ・コート劇場で、女性のシーザーが登場し、マーガレット・サッチャーを回顧するきっかけとなった。

シセローがキャスカに、嵐のなかでこう言う——「だが人間はとかく自分流にものごとを解釈し／本来の意味とはかけ離れたとりかたをするものだ」（1幕3場34〜35行）。ちょうどこのように、『ジュリアス・シーザー』は、明らかに政治に関心のある監督にとって心そそられる作品である。しかしながら、必ずしも現代の観客に脚色は必要ない。シェイクスピア劇が十全に上演されるならば、そのニュアンスは、同時代の生活をただちに想起させるからだ。俳優たちがローマ時代の官服を着ていようが、より政治的議論を起こしそうな黒シャツ党の格好をしていようが、関係はない。

映画の世界で——「いまだ生まれざる国々において、いまだ知られざる国語において」（3幕1場113行）——最も成功した例は、あらゆる意味で、1953年にジョセフ・L・マンキウィッツ監督による作品である。マーク・アントニー役のマーロン・ブランドは意外な当たり役で、ジョン・ギールグッドとジェイムズ・メイソンは、それぞれキャシウス役とブルータス役で演技が光った。それ以前、合衆国のシェイクスピア映画製作は、興行の失敗が続いており、ハリウッドは次なる試みには慎重だったようだが、マンキウィッツの映画は大きな利益をあげた。映画では、ほとんどの劇団には行なえない可能性がある。このことは、ブルータスとアントニーが自らの演説を1,200人のローマ人群衆に向かって述べるときに明らかになる。この映画により浮かび上がるのは、これが名優総出演向きの芝居であるということであり、そういえば、初演時の役者陣、つまり宮内大臣一座がそうであったし、更に『ジュリアス・シーザー』の初演当時には、竣工したばかりのグローブ座の平土間で、1,200人のロンドン市民が、立ったままこの芝居に耳を傾けていた可能性がある。

> 「虐殺だ」と命じ、戦争の猟犬どもを解き放つだろう。／そしてこの卑劣な行為は、埋葬を求めてうめく／腐れ肉の山とともに、天までその悪臭を放つだろう。
>
> マーク・アントニー（3幕1場273〜75行）

下：1953年のハリウッド映画『ジュリアス・シーザー』。ジョセフ・L・マンキウィッツ監督で、スター満載のキャスティング。マーロン・ブランドがマーク・アントニー、ジェイムズ・メイソンとジョン・ギールグッドが主な陰謀者役。

『ハムレット』 Hamlet

あらすじ：真夜中をちょうどすぎたころ、先代デンマーク王の亡霊がエルシノア城の胸壁にあらわれる。亡霊は息子ハムレットに、自分は弟クローディアスに殺害されたとあかす。クローディアスはいまや王冠をかぶり、未亡人ガートルードを妻にしている。ハムレットは、父の殺害の復讐を誓う。

疑惑をさけるため、ハムレットは狂気を装う。彼は手はずを整え、役者たちに父の殺害を呼びものにした芝居をやらせる。それは、クローディアスの罪を証明するためである。しかし、ここから得た証拠にもとづき彼が行動する前に、彼は国王の重鎮ポローニアスを殺したことで逮捕される。ハムレットは船に乗せられ、イングランドへと向かう。その地でハムレットが処刑されるようクローディアスは手はずを整えていたが、ハムレットは逃げてデンマークに戻る。

その一方、ポローニアスの息子レアティーズは、宮廷にやってきて父の殺害の復讐を図る。その妹オフィーリアは、かつてはハムレットの恋人であったが、悲嘆のあまり気が狂い、その後、溺れ死ぬ。クローディアスとレアティーズは、いまや、ハムレットを亡きものにする計画をもくろむ。剣の試合で、ハムレットもレアティーズも致命傷を負い、ガートルードは偶然にも毒殺され、ハムレットは最後にクローディアスを刺す。死ぬ前に、王子ハムレットは、友人ホレーショーに自分の物語を語るようにと依頼する。

登場人物

- クローディアス　デンマーク王
- ハムレット　先王ハムレットの息子で、現王の甥
- ポローニアス　侍従長
- ホレーショー　ハムレットの友人
- レアティーズ　ポローニアスの息子
- ヴォルトマンド、コーネリアス、ローゼンクランツ、ギルデンスターン、オズリック　紳士　宮廷人
- マーセラス、バーナードー　将校
- フランシスコー　兵士
- レナールド　ポローニアスの召使い
- フォーティンブラス　ノールウェー王子
- ノールウェー人船長
- 神学博士
- 役者たち
- ふたりの道化　墓掘り
- イングランド大使たち
- ガートルード　デンマーク王妃でハムレットの母
- オフィーリア　ポローニアスの娘
- ハムレットの父の亡霊
- 貴族、貴婦人、将校、兵士、水夫、伝令、従者

創作年代：
1600年ごろ

背景：
デンマークのエルシノア城、中世／ルネサンス

登場人物：30人

構成：
5幕、20場、4,042行

『ハムレット』は、おそらく、英語で書かれた悲劇でもっとも有名なものであろう。その名声の原因としては、亡霊話と殺人ミステリーとがスリリングに混ぜ合わされていること、強力な舞台上のイメージ（とくに、墓場で頭蓋骨に思いをはせる男）、ふんだんな記憶にのこる詩行（たとえば、「このままでいいのか、いけないのか」〔「生か死か」〕「ああ、あわれなヨーリック」）をあげることができるが、とりわけ、主人公自身が謎めいていることをあげなくてはならない。「[ハムレットの]神秘の核心をえぐり出」（3幕2場366行）したいという登場人物たちの欲望は、何世代にもわたる観客や読者、そして批評家たちのものでもあった。この芝居が提起する問題として、ハムレットの狂気がどのようなものかということ（本物か見せかけか）、どれだけハムレットの母は知っているのか、亡霊は信用できるか、そしてとりわけ、なぜハムレットは父の死の復讐を遅らせるか、などがある。シェイクスピアが説明しないままにしておいたことこそ、『ハムレット』が長い間ひきつづき人気があったことの原因となった。

アムレス伝説

シェイクスピアが、『ハムレット』の筋を生み出したわけではない。この物語は、『デーン人の事蹟』に起源がある。これは、12世紀に書かれたラテン語のデンマーク史で、デンマーク人学者サクソー・グラマティクスの手になるとされ、これが、フランス人作家フランソワ・ド・ベルフォーレによって、その『悲劇物語集』（1570年）で再話されたのである。シェイクスピア版とデンマークのアムレス伝説には、重要な違いがいくつかある。後者では、アムレスの父の殺害は、その弟フェングによって公けに行なわれる。フェングは、アムレスがいまだ子どもの間に王位を手に入れる。しかし、シェイクスピアの芝居では、殺人は秘密裡に施行され、亡霊によってハムレットだけに明かされる。そのため、主人公はいっそう重圧下に置かれ、彼の孤立感が高められる。結果も、またちがっている。先の『デーン人の事蹟』では、アムレスはフェングを殺害し、すべての貴族を集めて自らの行動の説明をし、それから国王の宣言をうける。ハムレットの復讐は、彼の死と外人君主がデンマークの玉座につくことと軌を一にしているだけ

異なったテキスト

『ハムレット』には、大変異なった初期のテキストが三つ存在している。1603年にさかのぼる第1・四つ折り版(クォート)はいちばん短く、ひとりの役者がこの芝居を思い出して言ったことにもとづいているように思える。第2・四つ折り版は1604年のものであるが、長さがほぼ2倍ある。最後のものは、1623年出版の第1・二つ折り版(フォーリオ)に収録されたもので、シェイクスピア自身の手で改訂されたという強力な証拠が見られる。

右：ロイヤル・シェイクスピア劇団の2008年上演で、いらついた様子のハムレットを演じる王冠を斜めにかぶったデイヴィッド・テナント。初演以来、400年以上たって、『ハムレット』は、いまだに観客も読者も同様に魅了している。

悲劇〔『ハムレット』〕

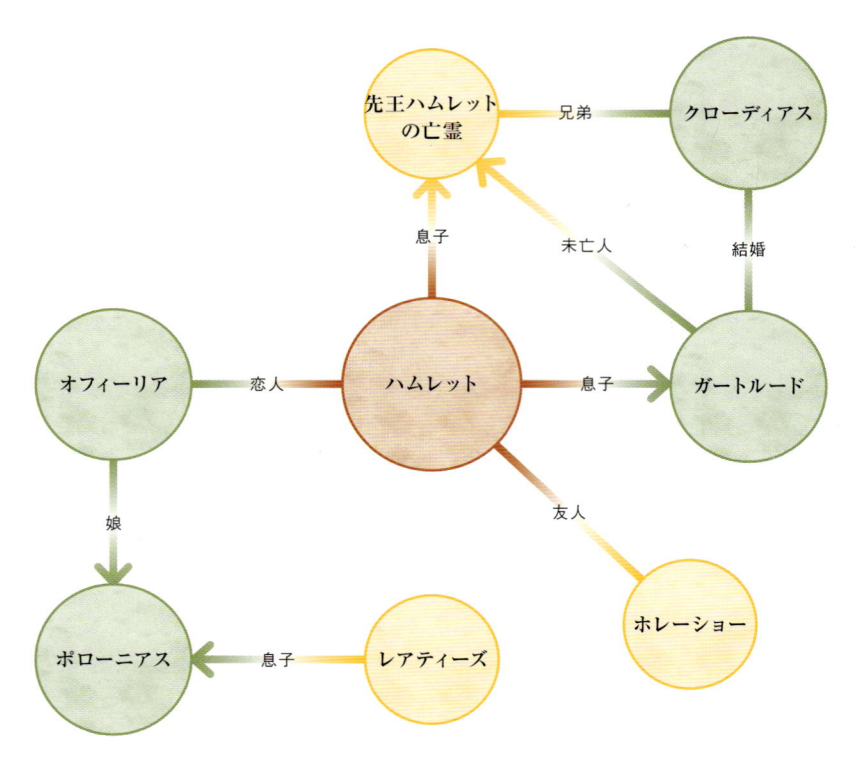

人物関係図
主要人物のほとんどは、ふたつの家族に属している。つまり、ハムレットが構成員である王家と、ポローニアスの家族とである。ハムレットの行動によって両家は滅亡へといたる。

でなく、死後に残すだろう「傷ついた名」（5幕2場344行）に強い不安をいだいてなされる。

この古いデンマークの伝説が、シェイクスピアの関心を刺激したのは、それが、1590年代末のイングランドの時代状況に適っていたからであろう。王になることを待っている王子として、ハムレットが抱く挫折感は、年老いたエリザベス1世のもとにいる数多くの若き貴族たちの状況を反映している。ハムレットもまた、未来のイングランド王であるスコットランド王ジェイムズ6世と共通するものをもっていた可能性がある。ジェイムズは、イングランド王の継承が決定されるのを待っているだけでなく、同じように暴力がらみの過去によって生み出された人物でもある。彼の母スコットランド王妃メアリーは、姦通罪とジェイムズの父ダーンリー卿ヘンリー・ステュアート殺害を謀ったかどで告発された。この父は、ハムレットの父とおなじく、果樹園で死んだ。さらに、ジェイムズ自身は復讐をしたわけではないが、リヴィヌス・デ・ヴォゲラールの絵「ダーンリー卿の記念」（1567年ごろ）のなかで、彼はこう祈る子どもとして描かれている――「おお、主よ、立ちあがれ、国王の無垢な血の復讐をせよ」。

復讐の流行
シェイクスピアがハムレット物語に惹きつけられたのは、また、劇場で流行していたものがあったからである。1560年代初めから、復讐悲劇が、宮廷や法学院、ついで大衆劇場で人気があった。実際、早くも1589年には、レパートリーのなかにもうひとつの『ハムレット』劇があったようにみえる。それは、学者たちがしばしば『原ハムレット』と呼んでいるもので、たぶん、シェイクスピアの同時代人トーマス・キッドの手になるものであったと思える。復讐悲劇は、通例、主人公に加えられた恐ろしい犯罪に焦点があてられた。主人公は、法に訴えたり、異教やキリスト教の神へ訴えることで正義を得ようとするが、結局、自分で行動せざるをえなくなり、その結果、たびかさなる暴力が行なわれ、復讐者自身をふくむさらに多くの命が失われていく。

シェイクスピアの『ハムレット』は、同時代の復讐悲劇の慣例の多くにならっている。この話の散文版のどれひとつとっても、亡霊は出てこないが、その一方で、おそらくローマの劇作家セネカの影響であろうが、舞台では、この亡霊が重要な復讐の行為者となっていた。1596年、劇作家トーマス・ロッジは、ある上演を回想していて、そのなかでは、亡霊が「牡蠣売り女のように、ハムレット、復讐を、とみじめに叫んだ」としている。狂気は、復讐悲劇でよく出てくるもうひとつの特徴である。つまり、主人公のひどい苦悩と挫折によって、しばしば、芝居の終わりになると彼は発狂し、自らの身体を切り、そして／あるいは自殺する。最後に、劇中劇は復讐者が手段として使うもので、それによって、彼は意図した人物に接近することができた。その際には、その人物を観客のひとりにするか、あるいは、その芝居に彼を登場させ、その芝居の暴力が現実のものとして行なわれる。

慣例を書き換える
『ハムレット』で魅力的なことは、シェイクスピアがこうした慣例を書き換えて、はるかに曖昧な悲劇を作り出したということである。たとえばこの芝居は、キリスト教社会に設定されているので、殺人を犯せと命令することはきわめて問題がある。シェイクスピアの観客は、復讐が法で禁じられていることを十分に自覚し、また、聖書の禁止も思い出したことであろう――「復讐はわれにあり。わたし

ハムレットが復讐を企てる

　この身を忘れるなよと？／
ああ、哀れな。忘れるものか、この混乱した頭に／
記憶が残っているかぎりは。　　　（1幕5場95〜97行）

眠りほうけるときもあろう、怒りにわれを失うとき、／
あるいは邪淫の床に快楽をむさぼるときもあろう、／
賭博にふけるとき、ののしりあうとき、いつでもいい、／
救いようのない罪業にうつつを抜かすときこそ／
やつを突き落してやる、その踵が天を蹴り、／
その魂が地獄へとまっさかさま、たちまち地獄の／
どす黒さに染まるように。　　　（3幕3場89〜95行）

こうなれば、おれの責任ということだろう――／
父なる先王を殺し、母を汚し、横から手を出して／
王位を奪い、おれの望みを絶ったのみか、／
このいのちまで奸計をもっておとしいれようとした男――／
そういうやつをこの腕でかたづけるのに／
毛を吹くほども良心がうずくものか。
　　　　　　　　　　　　　　　　（5幕2場63〜68行）

は報いる、と主はいわれた」(「ローマの信徒への手紙」12章19節)。シェイクスピアの亡霊は、また、奇妙にも信頼のおけない存在であり、それは、執筆当時の宗教的移行を反映している。イングランドはカトリック教を放棄し、いまや、公式にはプロテスタントになった。しかし『ハムレット』は、はじめはその旧い信仰を守っているようにみえる。たとえば亡霊は、自分が次のような者であることを明かしている。

> 昼は煉獄の炎に身を焼き、苦業し、/生前犯した罪業の、焼かれ、/浄められる日を待つさだめにある。
> (1幕5場11～13行)

ここに示唆されていることは、彼が煉獄にいるということである。つまり、カトリックのいう、あの世の主な特性である。死者が、生き残っている者の前にあらわれ、祈祷をしてくれるよう願ったり、あるいは、秘密の情報を彼らに与えようとする可能性があるということは、また、カトリックの信仰である。しかし、シェイクスピアの観客がプロテスタントであると想定されているだけでなく、ハムレットはヴィッテンベルク大学出身であると知らされてもいる。この大学は、宗教改革者マルティン・ルターが教鞭をとっていたところであった。プロテスタントの教義は、煉獄の存在を否定しているだけでなく、死者が生き返ることはありえないと主張していた。だから亡霊は、家族を亡くした人びとを自殺に誘う悪霊であるという考えの方が可能性が高かった。つまり、ホレーショーは、ハムレットもそうした運命にあるのではないかと恐れていた(1幕4場、69～74行)。こういうわけで、ハムレットは、亡霊のことばを直ちに信じることができないのだ。

これ以外にもシェイクスピアは、復讐悲劇の形式を複雑にしているが、それは、狂気を使用したり、劇中劇をもうけたり、さらに悪漢の性格描写まで行なっている。復讐悲劇にあらわれる狂気は、本物である場合とふりをしている場合がありえたが、最終的には、悪漢が安全であると誤った意識をもつようにすることであった(サクソーの『デーン人の事蹟』では、アムレスは、狂人であるふりをし、それゆえ、他の人物からは害のない存在と見られている)。しかしながらシェイクスピア劇では、ハムレットは狂気であるように見せることで自分に注目をひいてしまう。ハムレットのふるまいにはクローディアスを納得させない何かがあり、それによってクローディアスは、王子を積極的に疑うようになる。

劇中劇は、通例、復讐の手段であったが、また、それを見ている者の罪を発見するためにも使用される可能性があった(2幕2場588～94行)。作者不詳の悲劇『美しい女性たちへの警告』はシェイクスピア劇団が上演したものであったが、そのなかで、ノーフォーク出身の女性への言及がある。この女性は夫殺害を告白した。なんとそれは、劇場で類似の行動がなされるのを見てからだという。

しかし、劇中劇『鼠捕り』にクローディアスが見せた反応は、それほど率直なものではない。彼の反応は、この芝居の内容に対してであるともいえる。ハムレットの攻撃的なふるまいに対してであるともいえる。この芝居自体、王殺しよりも、ガートルードの再婚にかかわっている(3幕2場244行)とされている。また重要なことだが、殺人者ルーシエーナスは、「国王の甥」(3幕2場224行)とされているのである。このようにハムレットは、叔父殺しの芝居をやっ

> こうしてわしは、午睡をとるうちに、実の弟によって、/いのちも王冠も王妃も一度に奪われたのだ/(中略)なんという恐ろしさだ！　なんという！/かりにもそなたに子としての情があらば、/このままデンマーク王家の臥床を/いまわしい邪淫に汚させてはならない。
>
> 亡霊 (1幕5場、74～75行、80～81行)

上：亡霊は1幕にはじめて登場し、3幕4場で再度登場し、「(ハムレットの)鈍りかけた決意をかきたて」(111行)、復讐を求める。1750年代の作品。中央はガートルード。彼女はハムレットの反応を、彼の狂気の証拠と解釈している。

悲劇〔『ハムレット』〕 173

たのである。

　最後になるが、クローディアスは、復讐劇の悪漢の特性をみせているというより、心理的に共感できる人物となっている。明らかに、彼には良心がある。なぜなら彼は、自らの罪を許してほしいと祈ろうとするからであり、彼の兄殺しの行為は、一部は、愛に動機づけられたようにみえるからである。彼は、ガートルードについてこう告白している。

魂の糧ともたのむ身、星がその軌道を離れて／
動くことがないように、わしも妃を離れては／
なに一つなしえまい。　　　　　　（4幕7場14〜16行）

ハムレットと子としての義務

シェイクスピアの歴史劇と悲劇にくり返し使われているテーマがある。それは、息子たちにのしかかる、父親の名声にみあう生き方をせよという圧力である。そしてこれは、ハムレットが鋭く感じている圧力なのである。彼も父と同じ名を名のっているが、彼は、自分が先王の美徳を受け継いでいるとは思っていない。事実、彼は、父よりもその弟クローディアスと強く結びついているふしがある。これを基礎の一部として、イギリスの精神分析学者アーネスト・ジョーンズは、有名なハムレットをめぐるオイディプス論を展開した。それが、ジクムント・フロイトの『夢判断』を基にしていたことはいうまでもない。1910年刊行の論文でジョーンズは、ハムレットがクローディアスを殺せないのは、クローディアスが、父を殺して母と結婚したいとするハムレットの無意識的欲望を実行しているからだと論じた。

　しかし、ハムレットの父への感情が異常なほど矛盾をはらむものであったとしても、つまり、英雄崇拝、義憤、罪意識そして攻撃性がむすびついているとしても、まちがいなく彼は、この芝居で、復讐を行なう義務を感じるただひとりの登場人物であるわけではない。ハムレットがイングランドにいてデンマークに不在の間、レアティーズは復讐を果たそうとする息子を演じており、問題となっていることは、ありがたいことに、彼とクローディアスとの会話で明らかにされている。クローディアスが、それを親子の情愛を証明する問題であるとするところで（4幕7場107〜9行）、レアティーズは、自分が父の子であることを証明することに熱心である。

落ちついていられる血が一滴でもあれば
おれは父の子ではない、貞淑であった母の
浄らかな顔に、
娼婦の烙印を押すことにもなる。

（4幕5場118〜21行）

この嫡出の問題は、また、深刻なほどハムレットに影響している。もし彼の母が以前に姦通を犯していたとしたら、彼と父との関係全体は疑わしいものとなってしまう可能性があるからだ。この芝居に登場するハムレット的人物のひとりは、若きフォーティンブラスである。彼はノール

下：1948年の映画で主演・監督したローレンス・オリヴィエ。彼はまちがいなく、ハムレットは無意識のうちに自分の母と結婚したいと思っていたと考え、アイリーン・ハーリー演ずるガートルードとの場面では、オイディプス・コンプレックス的な解釈を強調していた。

父と息子

シェイクスピアのひとり息子は、ハムネット（Hamnet）（'Hamlet' とも書かれる）という名である。1596年、原因不明であるが、11歳で死亡している。シェイクスピアは、父と息子と名指されている者たちの死で始まり、そして終わる芝居を考えていて、自分の個人的喪失を思い起こした可能性がある。1601年、彼はまた、父ジョンの死を予期していたと思える。ハムレットが亡霊の手助けをせざるをえないのは、父に関してこの劇作家が罪悪感をもっていたことを示していると、しばしば読まれてきた。彼は、その父をストラトフォードに残し、教育の点ではるかに凌駕した（証拠によれば、ジョン・シェイクスピアは読み書きができなかったという）。

上演においても、この芝居は、父と息子の遅ればせの対決を生みだすようにみえる。1989年、ロンドンのナショナル・シアターで演じたダニエル・デイ＝ルイスは、彼の父セシルの亡霊を見たと主張している。彼は、連続公演の半ばでこの役をおりた。

憂鬱症のハムレット

おれにはこの世のいとなみのいっさいが／
わずらわしい、退屈な、むだなこととしか見えぬ。／
いやだいやだ！　この世は雑草の伸びるにまかせた／
荒れ放題の庭だ。胸のむかつくようなものだけが／
のさばりはびこっている。

（1幕1場133〜37行）

いまの世の中は関節がはずれている、うかぬ話だ、／
それを正すべくこの世に生を享けたとは！

（1幕5場188〜89行）

この人間とはなんたる自然の傑／
作か。理性は気高く、能力はかぎりなく、姿も動きも多様を／
きわめ、動作は適切にして優雅、直観力はまさに天使、神さ／ながら、
この世界の美の精髄、生あるものの鑑、それが人間／
だ。ところがこのおれには、塵芥としか思えぬ。

（2幕2場303〜08行）

ウェーの王位を継承する者であり、父は先王ハムレットに殺された。そしてまた、アキレスの息子でギリシアの戦士ピルスでもある。彼は、トロイ崩壊で父の死の復讐を果たす（2幕2場で、役者の台詞で説明がなされる）。このふたりは、復讐のために、流血の無駄な行動をすることができる。つまり彼らは、ハムレットが望んでいると同時に、そうなることを半ば恐れている存在なのだ。

現実の狂気と、そうではない狂気

この芝居でくり返されるもうひとつ別のテーマは、狂気、その原因と結果とである。シェイクスピアが執筆していた時期、家族を失うと、人の精神的安定が脅かされると内科医は考えていた。したがって、1幕2場で、ガートルードとクローディアスがハムレットに、父の死を真剣に考えてはだめだと言うとき、観客のなかには、これはまっとうな忠告であるととる者がいたとしてもおかしくはない。まぎれもなく、亡霊が登場する前に、ハムレットはひどい精神的鬱に陥っており、自殺を考えるほどである（「ああ、このあまりにも硬い肉体が崩れて溶けて露と消えてはくれぬものか！」「生か死か」〔「このままでいいのか、いけないのか」〕（1幕2場129行：3幕1場、55行以降）。そして、その後に彼が見せる「おどけた様子」は、本当の精神的錯乱を示すものであると解釈される。

オフィーリアが経験する狂気は、もっとはっきりと、父ポローニアスが死んだためであるといえる。いくつかの上演では、彼女は、父の血のついた服を着て、「狂気」の場面では、父が適切に埋葬されていないことにふれ、復讐の必要を裏書きしている。同時にこの芝居は、人が愛のために狂気になりうるものかどうかを検証している。はじめは、これが原因でハムレットは狂気になったと考えられているが、このために、オフィーリアが苦境に立たされたことは、より明白である。彼女の歌う俗謡のひとつで、彼女は自分をひとりの乙女に重ねあわせている。この乙女は、愛人の性的欲求を許すが、彼に捨てられてしまう。

――雀一羽落ちるのも神の摂理。
来るべきものはいま来れば
あとには来ない。あとで来ないならば
いま来るだろう。
なによりも覚悟が肝腎。

（5幕2場219〜22行）

上：ハムレット役のケネス・ブラナーとオフィーリア役のケイト・ウィンズレット。ブラナーの1996年の映画より。オフィーリアが狂気に陥るのは、ハムレットが表面上「おどけた性格」を見せることとよく似ている。

オフィーリアの水死

花輪を身につけ水に漂うオフィーリアのイメージは、この芝居でもっとも豊かな図像的イメージのひとつになった。これを、イギリスの画家ジョン・エヴァレット・ミレーが有名な絵画にしている。このイメージは、女性なるものと流動性との象徴的関係を強調していると読まれてきた。それは、女性の身体と涙、血液、羊水、そして乳との身体的連想がなされてのことである。ここに花がかかわっているのは、オフィーリアが無垢で「花咲こうとする」女性であること、そして（彼女が花を配るとき）彼女が処女の花をまき散らすからだとされてきた。しかしながら、シェイクスピアのこの箇所については、現実生活からとられた可能性もある。1579年12月、キャサリン・ハムレットという名の女性が、シェイクスピアの実家近くのエイヴォン川で水死した。事故死という判決が下されたが、この劇作家が、彼女は失恋して自殺したという噂を耳にした可能性もある。ここから、オフィーリアの死にまつわる曖昧さがきているのかも知れない。

上：「彼女の服は広がり、／人魚のようである」。ジョン・エヴァレット・ミレーは、大いに努力して、オフィーリアの死をめぐるガートルードの説明（4幕7場166〜83行）を再現している。まさに、オフィーリアの花輪の花の種類にいたるまで。

抱いてあれほど夫婦になると／誓った言葉はどうしたの？／男が言うにはおまえのような／尻軽娘じゃいやなのさ。

（4幕5場62〜66行）

清純な乙女たちは死人の指と名づけている紫蘭の花などを……

（4幕7場169〜71行）

また一方で、未婚女性がモノにその固有の名を与えるこ

また、狂気になることでシェイクスピアの登場人物たちは、口に出せないことが言える。現実であれ装ってであれ、ハムレットは権威を軽蔑している。彼は年寄りに無礼である。たとえばポローニアスに。エリザベス朝期には年長者への敬意が、強く子どもたちに教育されていた。ハムレットは、国王と乞食には本質的なちがいはないと言う。その理由は、両者とも蛆の餌になるからだという（4幕3場19〜25行）。もっともなことだ。

同じ逸脱が、4幕5場の狂気になったオフィーリアの台詞にもみられる。もっともこの台詞は、政治的というよりも性差的な問題に関係している。父と兄とに関する限り、オフィーリアの主な義務は、結婚できるまでその処女性をまもり疑われないようにすることである。貞節であるように見せるために、彼女はハムレットのあてこすりがわからないふりをしなくてはならない。つまり、彼が「彼女の膝の間に寝る」（3幕2場112行）ことを求めるときのことである。しかしながら、狂気のときでもオフィーリアは、性的関係にかかわる事柄を口にすることができ、さらに、誓いの形をとった下品なことばを言うことすらできる――「ジスにかけて、また、聖チャリティにかけて……／陰茎にかけて、男が悪い」（4幕5場58行61行）。また、彼女が水死へ赴くとき身につけている花のひとつは、男性性器と連想関係にある。

口さがない羊飼いは卑しい名で呼び、

右：「お前のニヤリとした笑いを嘲るものも今はいないのか」（5幕1場191〜92行）と、墓掘りが見守るなか、ヨーリックの頭蓋骨に尋ねるハムレット役のイノケンティ・スモクトゥノフスキー。1964年制作のロシア映画。

演劇作品

とはまずいと思われている。

深刻な笑い

最後になるが、『ハムレット』が有名なのは、喜劇と悲劇とをたくみに混ぜ合わせているからである。芝居のはじめから、祝祭的・謝肉祭的なものがあり、それと並行して、悲劇的な人生観が示される。たとえば、クローディアスとガートルードとの結婚式の祝賀は、それを可能にした死を承認することでもある。ハムレットが辛辣に述べるように、「葬式で焼かれた肉が／冷たくなったまま、婚儀の席に出される」（1幕2場180〜81行）。しかし、もしハムレットがここで謝肉祭に敵対し、とりわけ過剰な飲食に嫌悪を示しているように見えるなら、彼もまた、喜劇的世界と悲劇的世界をひとつにしていることになる。自分は「ジグ踊り作家」であるとして、国王付きの宮廷道化（おどけ）の役を演じる彼は、人が偉大であると見せかけをしていることに対し、人は結局、朽ちて蛆が群がる肉体にすぎないと言って、無効にしてしまう。ポローニアスは、悪臭ある死体にすぎなくなり、その「内臓」は、別室に引きずっていかなくてはならない（3幕4場212行）。

5幕に登場し（しかも、シェイクスピア自身の作りだしたものにみえる）墓掘り人たちは、ハムレットの役割を詳しく解説することになる。土を掘る普通の労働者である彼らは、デンマークの宮廷の特色である閉所恐怖症的世界をあらわしている。さらに、墓場から頭蓋骨を放り出すときに見せる、死をものともしない喜劇的ふるまいは、階級と富がもたらす区別だてが同様に軽蔑されていること（5幕1場26〜31行）と見合っている。この様子を見たハムレットは、頭蓋骨をめぐって瞑想し、彼もまた、父の宮廷で冗談を言ってお金をもらっていたヨーリックが、このように無様なものになってしまったことに、喜劇を見出している。この場面は、しばしば高度なまじめさと哲学的瞑想のイメージ、つまり「死を忘れるな（メメント・モリ）」ということとして理解されているが、同時に、死（そして、生）の不条理が喜劇的に顕現した場面でもある。集まった廷臣全員とともに、オフィーリアの葬列が登場してくると、観客の注意はふたたびこの芝居の悲劇的観点へとうつる。しかし重要なことだが、シェイクスピアは墓掘り人に退場のきっかけを与えておらず、この場面の終わりまで舞台にとどまらせている。彼は、偉い人びととその大きな悲しみを面白がって見ているのである。

毒と欺瞞のイメージ

毒は、単にこの芝居で重要な筋の装置としてあるだけではない。同時に、情緒的・政治的腐敗をあらわす隠喩でもある。たとえば、父の死に接したハムレットの嘆きは、彼のこの世の楽しみを奪ってしまう。そのため、大気そのものが「濁った毒気のあつまり」（2幕2場302〜3行）とかわりないものとなる。批評家のなかには、ハムレット自身が一種の毒、もしくは病因であるとみなす者がいる。それによって、王国デンマークは内部から破壊され、クローディアスはハムレットを称して「よくない病」（4幕1場、21行）という。しかし、クローディアスも同じように政治的汚染の原因とみなされている。殺人を犯し王位を簒奪した者として、彼は王国全体を汚染している——「デンマークの国では、なにかが腐っている」（1幕4場90行）。

「わたしを短くしてくれ」

『ハムレット』は、シェイクスピアの代表作のなかで一番長い芝居であり、4,042行、29,000語以上のものであるので、舞台や映画では長時間にわたる夜になる。ケネス・ブラナー監督・主演の1996年の映画では、4時間弱の時間がかかっている。

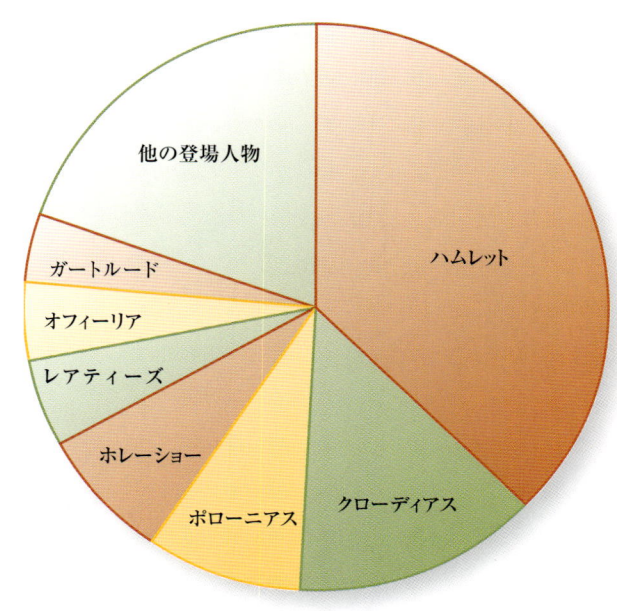

主な登場人物

ハムレットは、この芝居を支配していて、主要登場人物に割り当てられた台詞の割合を示すこの円グラフがそれを明かしている。事実、彼の役はシェイクスピアにおいても最大の話をする役柄で、芝居の詩行のほぼ40パーセントをしめる。

上：ローゼンクランツ役のゲアリー・オールドマン（左）とギルデンスターン役のティム・ロス。ふたりは『ハムレット』では脇役にすぎないが、トム・ストッパードの芝居『ローゼンクランツとギルデンスターンは死んだ』で主役となった。1990年の映画の一場面では、リチャード・ドレイファス演じる旅役者たちの座長である役者も見られる。

もうひとつよく出てくるこれと関係したイメージは、欺瞞的な女性のイメージである。欺瞞的なのは、その美が彼女の道徳的醜悪さと一致しないからである。このイメージは、ハムレットが母に嫌悪感を抱いているところからはじまる。つまり、ガートルードは献身的な妻にみえるが、憎むべき速さで再婚してしまう。彼女が殺害を知っていたかどうかという問題すらある。しかしながら、ハムレットはまた、女は裏切り者だという意識をオフィーリアにも当てはめる。3幕1場で彼は、彼女が化粧と偽りの身振りで、欺瞞的な美しい外観を生み出していると非難する――「神がお前に与えた顔と、お前が作るものはちがう。お前は、上下に激しく動いたかと思うと、ぶらぶら歩くし、まわらぬ舌ではなす」（143～44行）。このイメージが、この芝居全体にみられる性愛の恐怖と一致する場所では、娼婦のイメージが生じる。ハムレットがオフィーリアに「女子修道院へ入れ」（3幕1場136～37行）と言うとき、彼は性行為をやめよと言っていると同時に、彼女に売春婦になれと追い込んでもいるのである。なぜなら、当時、「女子修道院」（nunn'ry）は、「売春宿」をも意味したからである。男性登場人物たちもまた、売春婦と彼女の偽りの美というイメージを用いて、自らをとがめている。たとえば、クローディアスはこう言う。

> きれいに化粧された娼婦の顔は、化粧がきれいなのであって／
> 実は醜い。だがそれ以上だ、美しい言葉で／
> 飾り立てられたおれの行為の醜さは
>
> （3幕1場50～52行）

ハムレットもまた、事をおこさない自分をとがめるとき、「ことばで彼女の心を明かす」（3幕1場50～52行）娼婦に自らをたとえている。

上演と改作

『ハムレット』は、舞台で盛んに上演されつづけているが、この芝居の心理的な側面、もしくは政治的な側面が強調される傾向にある。たとえば1937年、ローレンス・オリヴィエは、ロンドンのオールド・ヴィック劇場で演出家タイロン・グスリーによるハムレットを演じたがハムレットのオイディプス的葛藤を強く意識していた。その後の映画（1948年上映）では、ガートルードの部屋の寝台掛けが子宮を暗示するように配置されていて、ハムレットの母役の女

優アイリーン・ハーリーの魅力は、彼女がオリヴィエよりも12歳若いことでより高められた。

『ハムレット』を政治的に読むことは、共産党体制下のヨーロッパ諸国でとても人気があった。この読みは、一部はハムレットが「デンマークは牢獄だ」（2幕2場243行）と主張することによる。ドイツ人劇作家ハイナー・ミュラーの劇『ハムレット機械』（1977年執筆、1979年パリで上演）は、ハムレットとオフィーリアとの独白から成るものであったが、東ドイツの知識人の運命を探求していた。もっと最近では、『ハムレット』が今日の中東紛争に適切であるとみられるようになった。クウェートの作家・演出家スレイマン・アル＝バサムのアラビア語の『アル・ハムレット首脳会談』では、オフィーリアが爆弾自爆者として登場する。この芝居は、2004年、ロンドンのリヴァーサイド・スタジオで上演された。

『ハムレット』は、いまでも映画にもっともしばしば改作されるシェイクスピア劇のひとつである。注目すべき映画作品には、ロシア版としてグリゴーリ・コージンツェフ監督のもの、イギリス改作版にはローレンス・オリヴィエ作品（1964年）、ケネス・ブラナー作品（1996年）、さらにハリウッドでは、メル・ギブソン主演のフランコ・ゼッフィレッリ作品（1990年）、イーサン・ホーク主演のマイケル・オールメリダ作品（2000年）がある。

シェイクスピアの劇が発想源となって、魅力的な文化的副産物もいくつか生まれてきた。たとえば、ドイツ人作家ヨハン・ヴォルフガング・ゲーテの『ヴィルヘルム・マイスターの修業時代』（1795〜96年）から、ディズニーのアニメ映画『ライオン・キング』（1994年）にまでおよんでいる。現代に特徴的なのは、『ハムレット』物語を、より周辺的な登場人物の観点から再話することであった。イギリス人劇作家トム・ストッパードの芝居『ローゼンクランツとギルデンスターンは死んだ』（1966年執筆、1990年に彼自身が演出）は、表記のふたりに焦点をあてているが、このふたりをハムレットは、はからずも死に追いやる。

これ以外では、次のような例がある。フェミニストの批評家は、しばしば『ハムレット』に困惑を感じてきた。そのことは、オフィーリアやガートルードの役割が拡大されているところに見てとれる。たとえば、合衆国の作家ジョン・アップダイクの『ガートルードとクローディアス』（2000年）は、ガートルードがハムレットの父と不幸な結婚をし、夫の弟だけに本当の愛情を見出したと示唆している。アップダイクは、王妃が夫の死のことは知らないとしているが、短篇小説「ガートルードは口答えする」（カナダ人作家マーガレット・アトウッドの短篇集『みごとな骨』〔1992年〕に所収）では、王妃は、「クローディアスじゃないの、わたしなの」と殺害の告白をしている。『ハムレット』は、ひんぱんに上演・改作されているだけでなく、短いことばの引用や視覚的引用に用いられていることを見ると、この芝居が、21世紀にもひきつづき時代の要請に適応しているのではないかと思える。

> 気高いお心も散ってしまわれたか。
> おやすみなさい。／天使の歌声を聞きながら
> 安らかな眠りにつかれますように。
>
> ホレーショー（5幕2場359〜60行）

女性が演じるハムレット

ハムレットは、長いこと女性にとって人気のある役柄であり、そのことで、この芝居の意味を考えるうえでも、いくつか興味をそそる結果が生じた。ズヴェン・ガーデとハインツ・シャル監督のドイツの無声映画『ハムレット』（1921年）では、デンマーク人女優アスタ・ニールセンが、少年として育てられた少女としてハムレットを演じた。これによって、ハムレットの（クローディアス）殺害に対する度胸のなさだけでなく、オフィーリアとホレーショーのふたりとの複雑な関係が説明できると考えられた。この役を女性が演じる上演では、ハムレットの性差は維持されるが、そこから生まれる両性具有的効果が追究された。たとえば、アンジェラ・ウィンクラーは、1999年の新たに統合されたドイツで、ペーター・ザデク演出の上演でハムレットを演じた。彼女は男性性と女性性を兼ねそなえたように演じたが、それは、和解と平和のイメージを示唆するためであった。

上：ペーター・ザデクの上演（1999年）で、女性が演じるハムレットの長い伝統をひきついだアンジェラ・ウィンクラー（左）。ガートルード役のエヴァ・マッテスと亡霊役のヘルマン・ラウゼ。

『トロイラスとクレシダ』 Troilus and Cressida

創作年代：
1601年ごろ

背景：
トロイ、紀元前13世紀

登場人物：26人

構成：
5幕、24場、
およびプロローグ、
3,531行

あらすじ：この劇の始まりは、トロイの王子パリスが、ヘレンをその夫スパルタのメネレーアスの元から連れ去ってから7年たったときである。このとき、ギリシア軍とトロイ軍は膠着状態に陥っており、ギリシア軍はトロイの城壁の外側に駐留している。戦士たちは、行動を起こす必要性と戦争倫理の間で揺れ、仲間同士で言い争っている。パンダラスは、姪クレシダとパリスの弟トロイラスとの仲を取り持つが、わずか一夜ののち、クレシダはトロイの将軍アンティーナーと身柄を交換されることになり、新たな恋人であるダイアミディーズに心を移す。

この劇には、コロス役がふたりいる。ひとりはカサンドラ（トロイの王プライアムの娘で、パリスとヘクター、トロイアスの妹）であり、彼女は、戦士のなかでも道徳心の強いヘクターの死を予言する。もうひとりはサーサイティーズで、彼は、英雄的であるべき戦士たちのふるまいを批判する。この劇の終わりでは、トロイラスが兄の死にたいして怒り、復讐を決意し、そしてパンダラスが、疾病と売春のイメージに満ちたことばをはく。

登場人物

プライアム　トロイの王
ヘクター、トロイラス、パリス、ディーフォーバス、
　ヘリナス　プライアムの息子
マーガレロン　プライアムの私生児
イーニーアス、アンティーナー　トロイの将軍
カルカス　トロイの神官、ギリシア方にくみする
パンダラス　クレシダの叔父
アレクザンダー　クレシダの召使い
トロイラスの召使いと小姓
パリスの召使い
アガメムノン　ギリシアの総指揮官
メネレーアス　アガメムノンの弟
ネスター、ユリシーズ、アキリーズ、エージャックス、
　ダイアミディーズ、パトロクラス　ギリシアの将軍
サーサイティーズ　不具で口汚いギリシア人
ダイアミディーズの召使い
ヘレン　メネレーアスの妻
アンドロマキ　ヘクターの妻
カサンドラ　プライアムの娘、女予言者
クレシダ　カルカスの娘
トロイとギリシアの兵士たち、従者たち

左：2008年ロンドンでの上演で、ギリシア軍兵士とともにいるマリアンヌ・オールダム演じるヘレン。この芝居は、トロイ戦争をめぐるいくつかの伝説に懐疑的な目を向けている。ヘレンは疑いようもなく美しいが、ギリシア軍兵士たちは、彼女のために戦う価値があるのか否かを議論する。ダイアミディーズは、「あの女の不貞の血一滴ずつのために／ギリシア人がひとりずつ死んでいるのです」（4幕1場70〜71行）と述べる。

『トロイラスとクレシダ』は、シェイクスピア劇の中でも読解と上演がともに難しい劇のひとつと考えられており、シェイクスピアのまぎれもない作品中でも、他のものに比べて上演されることが少ない。タイトルにはトロイラスとクレシダという恋人同士の名が冠されているが、ふたりの愛は短命に終り、多くの観客にとって、その物語は、トロイ戦争の引き金となったパリスによるヘレンの誘拐の物語より馴染みが薄い。

> 舞台はトロイであります。ギリシアの島々より、
> 誇り高き王侯たちは怒りに血をたぎらせ、
> 恐ろしい武器弾薬を満載した船に乗り込み、
> アテネの港にわれ先にと集まってまいりました。
> （プロローグ、1〜4行）

劇はトロイ戦争のただなかではじまるが、この戦いで最も有名な出来事、「トロイの木馬」を用いてのトロイ攻撃の秘策は言及されていない。シェイクスピアは、戦闘や偉人による英雄的行為を強調するのではなく、長く引き延ばされ、先の見えない軍事行動の結果として生起する、混乱や幻滅に焦点をあてている。

トロイと、新たなトロイ

16世紀のロンドンは、しばしば「新トロイ」（Troynovant）とみなされていた。これは、ブルータスがトロイから逃れ、ロンドンを建設したと考えられていたためである。このようにみれば、この劇の焦点がトロイの滅亡におかれていないことは、おそらく驚くほどのことではない。トロイ人が木馬を城門に入れるようそそのかされ、その結果、木馬の中に潜んでいた敵から奇襲を受けた話は、将来の権力者を暗黙に批判しているとみなされた可能性がある。

この劇の中心は、トロイの滅亡にではなく、ヘレンの略奪がもたらした破滅、そして同時にトロイラスとクレシダのはかない愛にある。ふたりの愛は、その後、「はかな

下：男性登場人物が、クレシダは移り気であると考えている事柄が確証される5幕2場。ダイアミディーズとクレシダが口づけをし、トロイラスが与えた愛のしるしである袖をめぐり絡み合うのを盗み見るユリシーズとトロイラスを描いた1850年代の銅版画。

均衡は過剰よりも好ましい

> 天の星々も、宇宙の中心であるこの地球も、序列、階級、地位、規則、進路、均衡、季節、形式、職務、慣習を正しい秩序のもとに一糸乱れずまもっております。
> （中略）
> だが惑星が
> その配列を乱して要らざる混乱におちこむと、
> 悪疫が蔓延し、災厄が襲い、暴動が起こり、
> 海は荒れ狂い、大地は揺れ動き、風は吹きさすび、
> 天変地異に見まわれるではありませんか。
> ユリシーズ（1幕3場85〜88行、94〜97行）

> たとえば神を祭る儀式を
> 神以上に値うちありとするのは偶像崇拝というもの、
> それ自身尊敬にあたいする値うちのないものを
> 熱に浮かれて目がくらみ、むたみに尊敬し
> あがめたてまつるのは、盲目の欲望にすぎぬ。
> ヘクター（2幕2場56〜60行）

> あの女は愛し愛されました。いまも愛し愛されています。
> だが甘美な恋はとかく運命に阻害されてしまうものです。
> トロイラス（4幕5場292〜293行）

さ」の代名詞となった。またこの劇では、ユリシーズも、それほど英雄的あるいは騎士的な人物として描かれることはない。たとえば4幕5場で彼は、クレシダがダイアミディーズと話をしているのを見ると、すぐ彼女がトロイラスに不実を働いていると考え、彼女を娼婦、つまり「いたずら娘」（4幕5場63行）になぞらえる。

この芝居のジャンルは？

『トロイラスとクレシダ』は批評家の間で、この劇は何か、すなわちどのジャンルに属するのかをめぐり、かなりの議論を巻き起こしてきた。悲劇に入れられることもあれば、ロマンス劇とされることもある。さらに重要なことであるが、この劇のもっとも強力な要素は、喜劇と諷刺である。それは、とりわけユリシーズとアキリーズの人物造型に認められる。

『トロイラスとクレシダ』の中心的なテーマは、道徳秩序、社会安定の必要性、何が勇敢なのかをめぐる考えと結びつけている。1幕3場のユリシーズの長い台詞は、秩序、階級制、そして権力の適切な執行の必要性をめぐるイメージ群で満ちている。これは70行に及ぶ印象的な台詞であるが、最後の一文によって、その瞬間の力はむしばまれる。その文からは短い寓意、「要するに、／トロイは、ほんらいのように強くあるのではなく、われわれのように弱い状態にある」（1幕3場136〜37行）ことがあらわになるからである。この2行の要約で、それまでの彼のことばにあった威厳が切り崩され、この劇の重要な人物たち——ユリシーズ、プライアム、アガメムノンなど——は、年老いて事情

悲劇〔『トロイラスとクレシダ』〕 181

> 女はくどかれるうちが天使、／男のものになったらおしまい、男はものになるまでが君子。／愛されてこのことを知らない女は愚かなもの、／手に入らないものを実際以上にありがたがるのが男だもの。
>
> クレシダ（1幕2場286〜89行）

にうとい者として人物造型されてしまうからだ。この芝居全般で、ことばが行動のかわりとなり、アキリーズやヘクターといった主要人物は、無力にすらみえる。

この劇が難解であるひとつの理由は、こうだ。他の多くの劇には、物語がそこを中心に展開するような人物、たとえばリア、ハムレット、あるいはマクベス、さらに『お気に召すまま』のロザリンドや『ヴェニスの商人』のポーシャなどがいるのだが、『トロイラスとクレシダ』には、そのように明確に中心となる人物がいないからである。筋は両陣営の間、また登場人物の間でゆき来する。そのため、観客あるいは読者は、この芝居を解釈する際にたどるべき途をみつけることが容易でない。全般的にいって、登場人物の誰ひとりとして、他の者より共感的に扱われる者がいないのである。

もうひとつの難解さのもとは、芝居の展開の速さにある。初めの3幕は、100行から400行から成る3場の画一的な構造をしている。しかし、最後の2幕は多くの非常に短かい場から成っているので、筋の展開が速くなる。そのため、この劇がふたつの部分から成っている印象をうける。最初の部分では、政治家らが尊大なふるまいをし、ふたつ目では、彼らの決断の結果が生じる。このことは、ことばと行動との間の断絶を示唆しているが、そこから不安感が引き起こされる。

主な登場人物
この劇は、中心的なひとりの人物、あるいは複数の人物がいるわけではない。主な登場人物たちは、この円グラフが示すように、同じだけの台詞の行数があてがわれている。

愛と戦争
この劇を支配しているのは、無力感である。2幕2場には、プライアムと3人の息子ヘクター、トロイラス、そしてパリスとの間で、ヘレンをとどめておくためにこのような争いをするのは価値あることか否かをめぐり意見交換がなされる重要な場面がある。ヘクターはこのとき、「ヘレンは引き渡すことにしましょう」（2幕2場17行）と言い、さらにその後、「あの女は犠牲を払ってまで引きとめる値打ちがない」（2幕2場51〜52行）と主張する。しかし、この場面が終わるとき、彼の心は完全に変わっている。そして、この劇は彼の死で終わり、彼の犠牲はほとんど報われることがない。

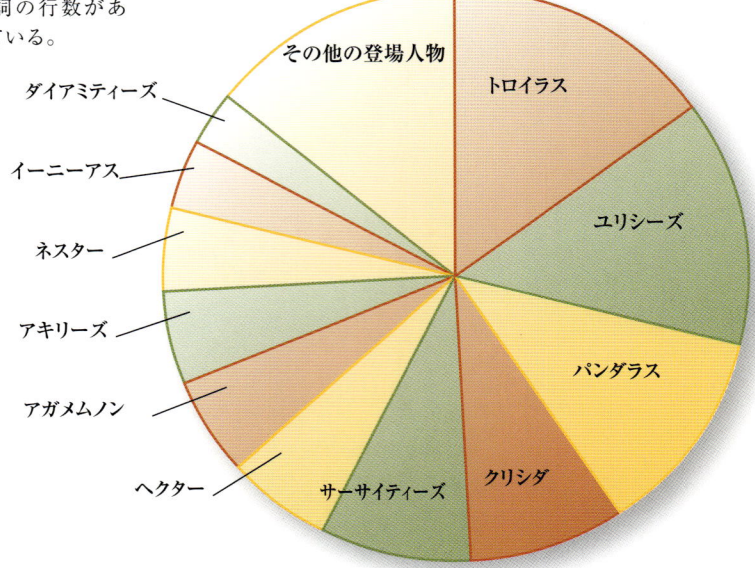

また、ギリシア人とトロイ人の間に明確な区別がなされていない。そのため、観客がどちらか一方の側に共感を覚えることは困難である。この戦争が正当化されるのかどうかについては数限りない議論がなされ、どのような議論でも両方の側が提示されるので、無常感は高まる。議論は、しばしば単なる大言壮語にすぎないものにみえる。この劇に英雄的イメージや人物を求めても、落胆するだけである。それらは存在しないのだから。

ジェンダーと行動
この劇の大部分は、行動は男性的、行動しないことは女性的なことという考えをめぐり展開する。プロローグのあとの最初の台詞では、愛のために戦闘はしないという立場に焦点があてられている。パリスがメネレーアスからヘレンを略奪したことで、メネレーアスは女性化されたと示唆される。同様に、アキリーズのポリクシーナへの愛は、彼を「女のような男」（3幕3場218行）に変えてしまい、トロイラスもまた、クレシダへの愛によって屈服し、戦う能力がなくなった自分自身を「女々しい」（1幕1場107行）とみなす。この劇では、男性は女性を愛すると行動力が奪われ勇敢さを失い、男でなくなる。結局、行動がなされるが、それは、男性が、他の男性に起こった出来事、とりわけヘクターの死に応じて拍車がかけられるときのことである。

この劇のもうひとつのテーマは、公的大義と私的利益との間のちがいをめぐるものである。戦争という公的領域は男性のもの、私的領域は女性のものとされる。たとえば、アキリーズの率いる側近たちミュルミドーンは、公共善というよりはむしろ、アキリーズに従う独立した軍団として動いている。アキリーズは、自分の側近たちと私的な世界に引きこもっているが、これは、行動を公的で男性的なものとし、行動を起こさないことを私的で女性的なこととみなす姿勢の一部である。

> あの高慢な男、
> 自分の針と糸で自分の傲慢の衣を縫いあげ、
> 世の中のことはいっさい念頭に入れず、
> ひたすら自分のことのみ思いめぐらす……
>
> （2幕3場184〜88行）

アキリーズを戦闘に戻すため、ユリシーズは、アキリーズを刺激しようとして、エージャックスを昇進させる。この

上：2008年ロンドンでの上演で、ヘクターにとどめの一撃を加えるアキリーズ。彼は5幕8場で、部下マーミドンたちに、武器をもたないヘクターを殺せと命じるとき、自身が英雄には程遠いことをあらわにする。

英雄的ではない英雄たち

『トロイラスとクレシダ』は、トロイ戦争の兵士たちを、ホメロスの叙事詩『イーリアス』とはちがい、英雄として描いてはいない。彼らの中には尊大な者もおり、また愚かな者もいる。たとえばアキリーズは、決して登場しない女性ポリクシーナへの愛の病にかかっているし、戦いを避け、ほとんどの時間を彼女を思い煩うことに費やしている。

芝居の多くの箇所では、いかに個人が、愛、権力、そして戦争という状況に影響されるかが探求されている。

現代のための劇

登場人物のほとんどが、なぜ自分たちが戦っているのか、そして戦いに意味はあるのかに確信がもてないようにみえるとすれば、この劇を、戦争に反対するものとみなすことができる。現代の批評家や演出家の中には、この劇の戦争の扱い方が、とりわけ現代にあっているとする者もいた。たとえば、1970年代、アメリカの批評家 R. A. ヨーダーは「ゲームの息子と娘たち」という文で、この芝居が、20世紀の両世界大戦、そしてアメリカ合衆国とヴェトナム戦争とに関してとりわけ適切であると示唆し、「全てのシェイクスピア作品の中で、『トロイラスとクレシダ』こそ、われらの劇だ」と論じた。

サーサイティーズは、戦争の必要性をめぐる長い台詞を無効にする観点を提供している。この劇の中で最も賢明な台詞のいくつかは、彼が発するものである。この「奴隷の悪口製造業者」(1幕3場193行)は、主筋の外に立ち、すべての人間を批判する。彼にとって地位は価値がないし、他の人物をこう批判する。

> 口先ばっかしの策士ども、ネズミにかじられたかびくさい古チーズのネスターや、人をだます化け狐のユリシーズどもの策略は、策に溺れて溺れっぱなしらしいや。
>
> (5幕4場9〜12行)

彼は、共感できるような登場人物ではないが、彼を介してこの芝居は、重要な歴史的人物たちの批判を行なっているのである。

サーサイティーズが使うイメージ群は、暗く皮肉まじりである。強調されていることは、人を説得し、それ自体は道徳的ではないかも知れない行動に向かわせることが、ことばにできるということである。『トロイラスとクレシダ』は、ひどく刺激的な芝居である。それは、ことばと行為の溝、そして戦争の道徳性とが探求されているからである。

この芝居の力強さは名優を魅了してきた。特に、タイトル・ロールのトロイラスとクレシダには、イアン・ホルムやヘレン・ミレンが、サーサイティーズ役としてはピーター・オトゥールが挙げられる。アメリカ合衆国では、演出家ジョウゼフ・パップによる1965年ニューヨークの演出が有名である。この公演で、クレシダは男性による暴力の被害者となる。この劇は、19世紀末以降、ヨーロッパ大陸で上演されつづけてきた。イタリアの演出家ルキノ・ヴィスコンティによる1949年のフィレンツェ公演は、フランコ・ゼッフィレッリによる舞台デザインのために記憶されるものとなった。

悲劇〔『トロイラスとクレシダ』〕

『オセロー』 Othello

あらすじ：ヴェニス（ヴェネチア）の夜。ロダリーゴーは怒っている。彼とデズデモーナとの結婚に手を貸すと言ってイアーゴーは金をまきあげたが、デズデモーナはひそかにオセローと結婚していたからである。このイアーゴーは嫉妬している。オセローが、自分ではなくキャシオーを取り立てたからだ。オセローとブラバンショー（デズデモーナの父）は、枢密院に召喚されている。トルコ人が、ヴェニスの植民地サイプラス（キプロス）島に、まさに攻撃をしかけようとして、オセローはヴェニス軍を指揮することになっている。枢密院でブラバンショーは、オセローが妖術を使って娘に魔法をかけたと訴える。呼び出されたデズデモーナは、オセローに随行しサイプラス島に行くことを許しくれるよう懇願する。

イアーゴーは、オセローの失脚を画策する。両者がサイプラス島に着くと、イアーゴーは、任務中のキャシオーを酔わせ、キャシオーはオセローの副官を罷免される。イアーゴーは、デズデモーナにお願いしてオセローを説得してもらい、復職できるようにしたらどうかと言う。エミリア（イアーゴーの妻）はデズデモーナのハンカチをひろい、それをイアーゴーにわたす。イアーゴーはキャシオーの宿舎にそのハンカチを置いておき、オセローにデズデモーナが不貞をはたらいていると信じこま

登場人物

ヴェニス（ヴェネチア）公	モンターノー　サイプラス（キプロス）島の総督としてオセローの前任者
ブラバンショー　元老院議員、デズデモーナの父	
その他の議員	道化　オセローの召使い
グレーシアーノ　ブラバンショーの弟、ヴェニスの貴族	デズデモーナ　ブラバンショーの娘、オセローの妻
ロドヴィーコー　ブラバンショーの親族	エミリア　イアーゴーの妻
オセロー　ヴェニス公国に仕える高貴な家柄のムーア人	ビアンカ　娼婦
キャシオー　オセローの副官	サイプラス島の紳士たち、水夫、役人たち、使者、布告係、楽士たち、従者たち
イアーゴー　オセローの旗手	
ロダリーゴー　ヴェニスの紳士	

左：ヴェネチア（ヴェニス）中心部にあるサンマルコ広場を描いた16世紀の絵画。この広場には、サンマルコ聖堂や総督の邸宅があり、何世紀にもわたり、ヴェネチアの力の基盤であった。

せる。オセローはイアーゴーにキャシオー殺害を命じ、寝床のデズデモーナを絞め殺す。

　シェイクスピアは、この劇の材源として、イタリアの詩人・劇作家ジャンバチスタ・ジラルディの『百物語』（1565年）を用いている。『百物語』には、男女貴族の一団が登場する。彼らは、神聖ローマ帝国の凶暴な軍勢が1527年にローマを侵略したあと、その手をのがれる際、船上で互いを慰めようとして、多様な愛をめぐる物語を語りあう。最初の話し合いでは、恋愛には理性が必要であり、似たもの同士の結婚がよいとの提案がある。『百物語』には110の物語が収録され、テーマごとに、ひとつのグループに10の話が分類されている。

　ジラルディの物語では、デズデモーナ（この名は「不運」という意味）を除けば、すべての登場人物は、単にその地位で識別されている。たとえば、旗手、伍長、ムーア人などである。シェイクスピアは、このむしろ卑近な家庭内暴力の物語をきわめて忠実になぞり、しかも、彼の戯曲の中で最も優れた不朽のもののひとつに変容させた。シェイクスピアの努力のあり方を理解するためには、まず、彼が何を変えたのかを見る必要がある。彼は、登場人物に名前と身元、そして裏話を与えている。いかにデズデモーナが夢中になって、オセローが語る彼の人生を聞くかが知らされる。デズデモーナの父が出てきて、このムーア人にはこれ以上耐えられないことを知る。そして、最も重要なこ

創作年代：
1603年ごろ

背景：
ヴェニスとサイプラス島、
1500年ごろ

登場人物：15人

構成：
5幕、15場、3,551行

とであるが、シェイクスピアは、この劇に軍事的・政治的背景──オスマン・トルコ帝国の拡大──を加え、オセローとイアーゴーはともに、「ローズ（ロードス島）で、サイプラス（キプロス島）で」（1幕1場29行）かつて何度も戦争で戦ったと知らされる。その結果、彼らは表面上、効果的な戦闘部隊に不可欠とされる強い信頼関係と相互依存関係を発達させたようである。オセローは、この芝居の他のすべての職業軍人と同様、暗黙のうちにイアーゴーを信用している。「正直な、正直なイアーゴー」ということばは、『オセロー』全体に響いているリフレーンである。

トルコ人とキリスト教徒

最近、ロードス島とキプロス島で軍事的交戦がなされたとされるので、エリザベス朝の観客にとって、この芝居は

ムーア人の訪問

1600年、ベルベル（モロッコ）王からの大使一行が、ロンドンを訪れた。エリザベス朝期の歴史記述家ジョン・ストウは、エリザベス女王が、「惜しみないもてなしをした」と伝えているが、ストウは、大使たちのイスラム式の食習慣に抵抗を示していて、彼らが「イングランドの度量衡の習慣、そして彼らの土地の商人には役立つものの、イングランドには害となるような他のすべての物事を、真摯に観察してくれる」（『年代記』1618年）かどうかという。

悲劇〔『オセロー』〕　185

ムーア人とデズデモーナ

シェイクスピアの『オセロー』の材源は、ジャンバチスタ・ジラルディの『百物語』第3編第7話である。その中で、ムーア人とデズデモーナは、互いの美点に恋をし、ヴェネチアで幸せに暮らす。あるとき元老院は、ムーア人をキプロス島の総督に指名し、デズデモーナは熱望して彼に随行する。ムーア人が信を置いている旗手は、デズデモーナに恋をする。しかし彼女は、ムーア人にしか眼を向けない。そのため旗手は、彼女はムーア人の友人の伍長を愛しているにちがいないと考える。彼はムーア人にそうであることを確信させて復讐しようと決意し、彼女のハンカチを盗んで伍長の住居に置いておく。その後、旗手は伍長が愛人の家から出てくるところを攻撃する。さらにムーア人と旗手は、ともにデズデモーナを砂袋で打ち殺し、事故に見せかけるために、彼女の部屋の天井を死体の上に落とす。ムーア人は追放され、その後、デズデモーナの親族によって殺される。旗手は、別の罪状で拷問にかけられ、結局は死ぬ。かくして神は、デズデモーナの潔白に報いるのである。

過去に位置づけられることになる。それらの地は、その後、トルコ軍によって占領されるからだ。もともとロードス島は、ヨハネ騎士修道会のものであった。1480年、トルコ軍の包囲に耐えたが、1522年、ついにトルコ皇帝スレイマン1世の手に落ちた。キプロス島のヴェネチア領の島の主要な防御拠点ファマグスタは、1571年8月に包囲されたのち、クレタ島への撤退を約束して降伏した。しかし、誤解が生じたあと、全駐屯兵は捕虜となり、総督は生きたまま皮を剥がれた。この恐るべき事件は、16世紀末の多くの書物で言及されており、とりわけハクルートの『航海記』にみられた。シェイクスピアがハクルートのこの本を読んだことは知られている。2ヶ月後、スペイン、ヴェネチア、ジェノバのキリスト教連合軍が、フアン・デ・アウストリアの指揮のもと、レパントの海戦で驚くべき勝利をおさめ、その結果、トルコ艦隊の半分が失われた。しかし、この勝利もオスマン・トルコ帝国の拡大を留めることはできなかった。シェイクスピアが執筆していたころになると、オスマン・トルコ帝国は、北はほぼウィーンにまで領土を広げ、地中海に接する北アフリカのベルベル人の王国をすべて手中に収めていた。同時代の著作家たちは、このトルコ軍の恐るべき勝利に道徳的な意味を見出し、キリスト教国内部の分裂のためだとしている。ジェノバのウーベルト・フォリエッタは、『トルコ史』（1600年）において、次のように記している。

われわれは、絶望的なまでに病んで、死に至らんとしている。なぜなら、兵士たちは反抗的で、党派をなし、服従せず、規律に縛られることがなく、罰を気にせず義務を果たしているので……大抵は、害をなして、自らがこれまで敵の武器によって受けてきたことの方が少ないくらいである。……多数の者は、個人的な復讐や私的野心に憂き身をやつし、あるいは（戦士の場合、何よりも卑しむべきものであるが）つまらない利益にとらわれ、故国を裏切り、主君の命に従わず、信頼して使うに値することは何もせずに、しばしばその妨げとなり、他の者の栄誉をねたむ。

若いころ、スコットランド王ジェイムズ6世は、レパントの戦いについて叙事詩を書いていた。彼は1603年、イングランド王ジェイムズ1世となった。そのためか、その詩はロンドンで再版された。この年、まさにシェイクスピアは、この芝居を執筆したと思われる。王は序で、この詩のトルコ軍が、カトリシズムの悪をあらわすようにしたと説明している。したがって、『オセロー』で、トルコ軍が大嵐によって大敗するのは決して偶然ではない。この事態は、1588年、イングランドに向かっていたスペイン無敵艦隊がたどった運命でもあった。

対立と調和

キプロス島は、東洋と西洋、キリスト教世界とイスラム教

下：同時代のヴェネチアの画家（作者不詳）が描いた『レパントの海戦』。1571年、200隻以上ものガレー船からなる、スペイン率いるキリスト教艦隊が、オスマン・トルコ海軍をレパントで破った。およそ8,000人のキリスト教徒と25,000人のトルコ人が、この戦いで命を落とした。

人物関係図

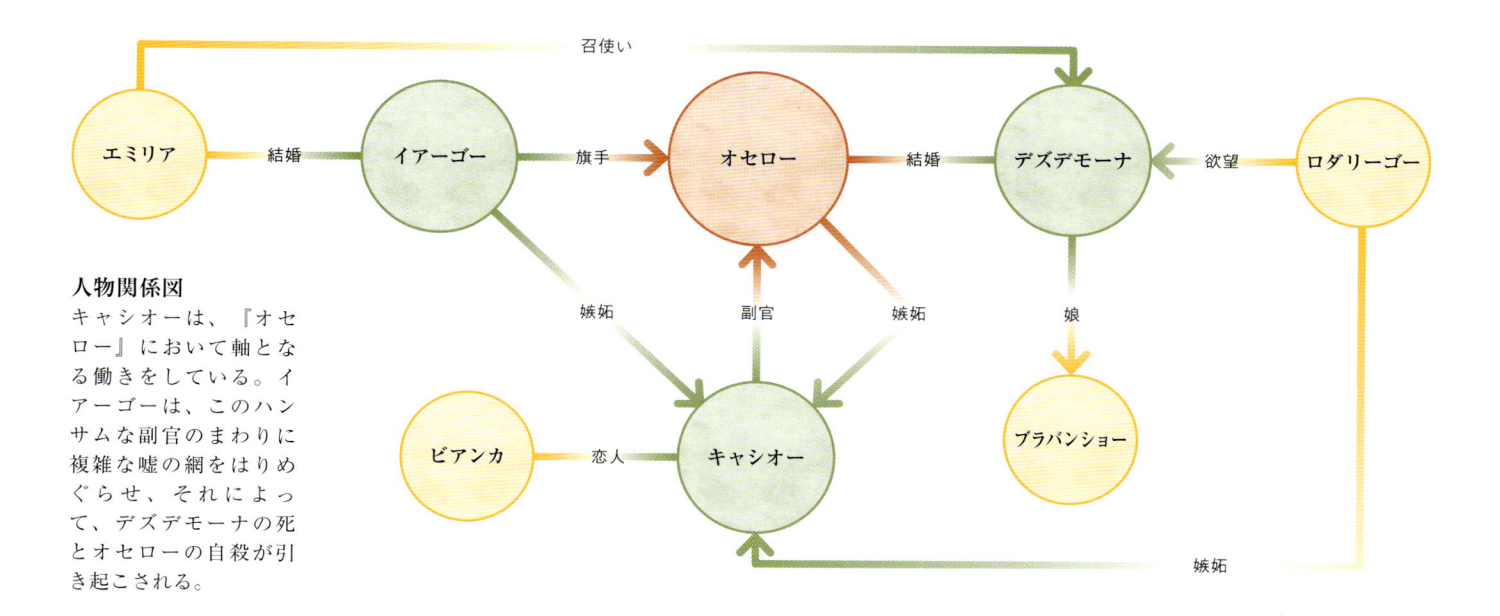

キャシオーは、『オセロー』において軸となる働きをしている。イアーゴーは、このハンサムな副官のまわりに複雑な嘘の網をはりめぐらせ、それによって、デズデモーナの死とオセローの自殺が引き起こされる。

世界の境界にあって、地中海の東端に位置している。キプロス島沖の海域は、愛の女神ウェヌスの生誕の地といわれており、ウェヌスが戦争の神マルスと結婚したことによって、女神ハルモニア（調和）が誕生した。対立するもの同士のこうした結合は、理想であるとともに、現状にとっての脅威でもある。つまり、愛は戦争の英雄を女性化あるいは去勢して、軟弱にすることで戦えないようにする可能性がある。たとえば、ボッティチェッリの絵『ウェヌスとマルス』（1485年ごろ）では、穏やかなウェヌスが一部の隙もなく微笑んでいる一方で、クピドーたちが無邪気にマルスの槍と冑で遊び、マルスは、情事のあとの疲労で無謀にも大の字になっている。

劇前半では、オセローは、公的生活と私的生活のバランスをとることができている。彼は、デズデモーナについても、自らの軍人としての役割についても同じように話し、デズデモーナが戦闘区域に同行しても、国家の任務を怠ることはない。ふたりがサイプラス（キプロス）島で再会したとき、彼らの挨拶は、依然として、愛と戦いがこのように混じりあったことばで行なわれる。オセローはデズデモーナを彼の「美しき兵士」と呼び、デズデモーナはオセローを「親愛なるオセロー」と呼ぶ（2幕2場182行）。キャシオーは、デズデモーナがオセローに霊感を与える人、すなわち「偉大な将軍のそのまた将軍」とみなす一方、イアーゴーは、尻に敷かれた夫を見てとっている。「われわれの将軍の奥さんが、いまのところ将軍だ」（2幕3場314〜15行）と言う。

このように、デズデモーナとオセローは、愛と戦争、女性と男性、若さと老い、私的なものと公的なもの、そして白と黒を表象している。批評では、この最後の一組に焦点が絞られ、他のものがかえりみられることがない。しかしこの劇は、単に人種をめぐる劇ではない。この芝居では、一連の異なった生き方を社会に提案するふたりが、多様なやり方で社会的規範を脅かす。これらの希望が無効になるのは、単に彼らの悲劇であるだけでなく、われわれの悲劇でもあるのだ。

言語、人種、そして階級

オセローは、自分の話し方は「無作法」で「磨かれていない」（1幕3場81,90行）と言うが、彼の言語は、この劇で彼の周囲にいるヴェニス人たちのものより異国風であり、より教養を感じさせる。つまり彼は、ラテン語に由来する数多くの通常ならざる語を使い、反復や対照の音楽的な型を用いている。

> たとえば破滅をまのあたりにした冒険のかずかず、
> 海に陸に遭遇した身の毛もよだつ出来事、
> 城壁の割れ目から間一髪逃れた思い出、
> おごり高ぶる敵の手に捕らえられ、その結果
> 奴隷に売られた体験談、やっと自由の身になり、
> それからの諸国流浪の旅に出ての見聞録。
>
> （1幕3場134〜39）

上：オセローが、ブラバンショーとデズデモーナに「自らの人生の物語」（1幕3場129行）を話している様子を描いた1883年の銅版画。この場面では、ヴェニスの元老院議員の前でオセローが、まぶしいほどの修辞的言語で語る。

だろう」(この記述をオセローの1幕2場22行、1幕3場135〜45行と比較せよ）と感嘆している。レオ自身は、ふたつのタイプのアフリカ人について言及している。それは「ニグロ、すなわち黒いムーア人」と「ホワイト、すなわち黄褐色のムーア人」、すなわちベルベル人である。彼は、後者を集中的に記述し、彼ら北アフリカ人の「嫉妬深さ」や高慢さについてくり返し述べている。

> ムーア人は、きわめて誠実な民族であり……彼らは、約束を違えるくらいなら、むしろ死を選ぶ。この世界に、彼らほど嫉妬深い民族はいない。というのも、彼らは、女性のために不名誉をこうむるくらいなら命を捨てるからである。

同様に、単に肌の色だけでなく、その人生経験のために、オセローはヴェニスの「巻き毛の子供たち」とのちがいを意識している。このため彼は、イアーゴーの人種偏見と女性嫌悪の対象になっている。劇が進行するにつれて、オセローは、自らの肌の色と年齢を障害とみなすようになり、くり返し自らのことを3人称で「オセロー」と呼ぶようになる。それはあたかも、高貴なアフリカ人の戦士であるという、かつての彼の安定したアイデンティティが、誰か別の人間のものになりはじめたかのようである。最終的にこの現象は、彼の言語と意識の両面を覆いつくし、彼は崩壊し、ばらばらになった身体各部を表わすひとつながりの語を口にする。愛と戦争は、単に性欲と手足の切断と同義になってしまう。

しかし、イアーゴーはまた、自らの地位に関心をもっている。オセローとは異なり、彼は自分が「高貴な血筋」の両親から生まれたとは主張しない。イアーゴーは上級の下

上：キウェテル・イジョフォー演じるオセローを脅かすように立つ、ユアン・マクレガー演じるイアーゴー。2007年、ロンドンのドンマー・ウェアハウス劇場での公演。イアーゴーは、階級的、人種的、性的な怨恨に突き動かされ、自分の指揮官を破滅させた。

このように語を用いることは、外国語を、現地の人の話しことばからではなく、書物から得たような人びとにとって、それほど不思議なことではない。オセローのこのような語の使用と、旅行や冒険に満ちた多文化的な人生についての物語は、レオ・アフリカヌスによる『アフリカ誌』（英語版は、1600年に出版）から着想を得たものと思われる。ジョン・ポーリーが英語に翻訳した『アフリカ誌』のタイトル・ページでは、レオ・アフリカヌスは、「グラナダに生まれてバーバリで育ったムーア人」であるとされている。ポーリーの序では、レオが「きわめて教養があり」、修辞に優れた熟練の詩人であるとされている。さらにポーリーは、レオを「無知であるようにはみえない」と記し、彼が「何千という危険」から逃れ、「いったいいくつの閉ざされた雪山を、水のない不毛な砂漠を通り過ぎてきたのだろう。どれほど囚われの身という危険に陥ったの

イアーゴー：「動機なき悪意？」

> ところがこのおれは、
> なんたることか、将軍閣下の旗持ちだぜ。
> （1幕1場33行）

> おれが家来になっているのはやつをうまく利用するためだ。
> （1幕1場42行）

> おれはムーアが憎い。

> 世間の噂じゃやつがおれの寝床にもぐりこみ、亭主の代わりをつとめたという。事実かどうかは知らん。
> ただ、おれは、こういうことで疑いがあれば確かなことと思い込む男だ。
> （1幕2場386〜90行）

> あの助平なムーアめが、おれの馬の鞍にまたがったことがあるらしい、
> ……
> キャシオーもおれの枕に寝たことがあるらしいからな
> （2幕1場259〜96, 307行）

士官であり、現代の陸軍では特務曹長に相当する地位にある。そして彼は、その階級のせいで自分は昇進できないのではないかと思っている可能性がある。彼の話し方は、話しかけている相手しだいで変化する。彼は、オセローと一緒にいると、行動的で率直で「誠実な」戦士であるが、「何度思ったことか、やつのここ、肋骨の下をグサッとついてやろうと」（1幕2場5行）考えている。デズデモーナといるときは、冗談に興じる女嫌いの旗手となる（2幕1場100〜164行）。しかし、エミリアといるときには冷淡で軽蔑的な夫となり、「ひとりでなにをしてるんだ？」（3幕3場300行）と言う。キャシオーとロダリーゴーの争いを裏で操っているときには、キャシオーが罪に問われるのを恐れて、何が起きたのかを証言することを拒むふりをするが、他方、この事件を説明する26行の台詞の中に、6回もキャシオーの名を混ぜる。イアーゴーの巧みなためらいはうまく作用し、オセローが耳にするのは、キャシオーの罪をかばおうとすることばである――「忠実で友情にあついおまえのことだ、ことをやわらげ、キャシオーの罪を軽くしたいのだろう」（2幕3場247〜48行）。しかし、ひとたびキャシオーの地位が剥奪されれば、イアーゴーのことばは、それを気遣う同僚としての調子を帯びる――「名誉なんて人間が勝手に作り出したいかさまものですよ、それだけの業績がなくたって入ってくるし、不行跡をしなくたって出て行ってしまう」（2幕3場268〜70行）。もっとも、彼は追い打ちをかけ、キャシオーが失った称号で彼に呼びかけるのを我慢できない――「え、あなたも怪我したんですか副官？」（2幕3場259行）。

純粋な悪、もしくはイギリスの詩人・批評家サミュエル・テイラー・コールリッジがいうところの「動機なき悪意」であるどころか、イアーゴーは、彼が生きている社会の伝統的偏見そのものである。彼は普通の人間であり、彼のつかう言語の連続する側面からは、彼が抱く不満があらわになる。

音楽、調和そして不調和

イギリスのシェイクスピア批評家G. ウィルソン・ナイトは、その著書『煉獄の火輪』（1930年）で、「オセローの音楽」という表現を用いて、オセローの韻文の質がきわめて高いことを指摘している。しかしこの劇では、シェイクスピアの他のどの悲劇よりも実際の音楽が多く用いられており、その音楽は、ルネサンスの音楽理論で知られていたあらゆる形式でなされている。つまり、堕落してしまった人間には聴こえない天体の完全な音楽、ドラムとトランペットの「騒がしい」音楽、リュートと鍵盤による国内もしくは宮廷の「穏やかな」音楽、そして、居酒屋の粗野で土臭い音楽である。皮肉にも、完全な調和という考えがこの芝居の言語に最初にもちこまれるのは、傍白しているイアーゴーによってであり、そのとき彼は、オセローとデズデモーナが抱擁しあう様子を見ている。

> ああ、調子が合っているようだな、いまのところは！
> だがいまにその音色を狂わせてやる、
> 忠実なイアーゴーの名にかけてな。
> （2幕1場199〜201行）

旗手と数学者

イアーゴーは、キャシオーをけなして「算盤はじきの大先生」（1幕1場19行）と評するが、キャシオーを昇進させるオセローの決断には、近代初期の包囲戦に求められていることが映し出されている。オセローは、どうやって「戦場に出て軍隊を指揮」（22行）すればいいかを知っているもうひとりの士官ではなく、数学的能力を持った人物がほしいのである。その能力があれば、砦の防御を改善し、どの方向に坑道を掘って、包囲軍の足元に爆薬を設置すればよいか計画することができるからだ。

イアーゴーは、オセローの旗手である。ウィリアム・ガラードの『戦争の技術』（1591）では、この困難で危険な役割に特化した人物は、「どんな苦境においても前進し軍旗を掲げることのできる勇気を持ち、ひっそりと沈黙を守り、情熱をもって仲間をときに慰め、元気づけ、鼓舞する」人物とされている。イアーゴーは、これらの性質をすべて示している一方で、駐屯軍全体の結束と安全を危険にさらす。

上：オセロー（ローレンス・フィッシュバーン）が、イアーゴー（ケネス・ブラナー、右）よりもキャシオー（ナサニエル・パーカー）を重用したとき、惨事が起こる（1995年の映画より）。

意義深いことであるが、彼は、ふたりを破滅させる計画を、ふたつの俗謡を歌うことでとりかかる。つまり、酒飲みの歌「さあカップをうちならそう」のおかげで、シェイクスピアは、巧みに、最小限の舞台時間でキャシオーを現実的

> どうかお聞き入れくださいますよう。／
> 天に誓って申しますが、私は欲情を満たさんがため／
> このようにお願いするのではありません。／
> また、
> 情熱にかられて――／いや、若い血は私にはもうありません――わがままを通すのではないのです。／
> これの望みをできるだけかなえてやりたいのです。
>
> オセロー（1幕3場260〜65行）

悲劇〔『オセロー』〕 189

に酔っ払わせることができる。また、古い民謡「スティーブン王」は、イアーゴーのもつ社会的野心を表明したものになっている一方で、キャシオーはこの音楽を楽しんでいる。しかし彼は、社会的・道徳的安定を欠いているので、その音楽に飽きて、歌うのは兵士には「適さない」（2幕3場69〜102行）と言う。

音楽で身を破滅に追いやられたキャシオーは、埋め合わせをしようとして、伝統的なオーバード（朝の歌）を提供する。これは、婚姻の夜が明けた朝に、新婚夫婦への挨拶として演奏される。彼が下手だったのか、あるいはサイプラス島で使えるものが他になかったからか、キャシオーは、不運にも楽器の選択を誤る。彼は「鼻でしゃべる」ダブルリードの楽器（バグパイプと、おそらくクルムホルンで、両方ともはっきりと男根のように上へ反っている）の演奏家をつれて登場する。そのため、彼らに去るようにと伝言をもってきた道化が、梅毒、管楽器、そして屁をめぐる冗談を言うことになる。また、彼によれば、オセローは「音のしない音楽」（3幕1場1〜20行）が所望だという。つまり、沈黙か、あるいは天体が奏でる神聖な音楽である。

デズデモーナはもちろん「歌や踊りがうまい」（3幕3場185行）。実際、彼女が「歌えば荒々しい熊までおとなしくなる」（4幕1場189行）だろうとされる。しかし、オセローが気づいているように、そしてイアーゴーがそれを裏づけているように、この音楽的才能は気まぐれ、あるいは去勢する力がありそうだ、という人がいつもいた。オセローも同様に、このような考えにとらわれているので、和声（ハーモニー）という考えが殺人に取って代わられ、そのため、5幕でキャシオー殺害の命令が果たせなかったと知るオセローは、「人殺しも調子が狂ったな、甘い復讐がにがくなりおった」（5幕2場115〜16行）と不満を口にする。

デズデモーナの音楽の力ですら、イアーゴーの悪しき調べの影響をうける。彼女はキャシオーに「私のとりなしも今は調子がはずれているのです」（3幕4場123行）と言う。また、柳の歌を歌うときの彼女は、歌詞の順序を間違え、最後には悲痛のあまり途中で歌うのをやめてしまう（4幕3場49〜50行）。しかし、この美しく悲しい歌を歌おうとする彼女の努力は、その姿を見て声を聞くわれわれにとって、イアーゴーの当てこすりよりも強い、真実と愛を表現するものに映る。

「目に見える証拠」

われわれには不可能とわかっている事柄を、登場人物が信じている事態をわれわれが信じられるようにすること、これがシェイクス

デズデモーナ：気が強いか従順か？

ブラバンショーは、自分の娘は「決してむこうみずではない」と考えているようであるが、劇で見るデズデモーナは、ヴェニスの議員たちの前で自分の要求を主張し、またイアーゴーがサイプラス島であいさつした際には、彼の卑猥な冗談にもひるまない。これらふたつの例に示されるような彼女の気の強さは、初期の批評家を困惑させたこともあり、イアーゴーとのやりとりは、上演においては、一般的に現在でも削除される。その結果、デズデモーナは、ブラバンショーの見方と齟齬がなくなるが、そのために、彼女のあとの行動は弱々しく、ときにいらいらするものにさえ見えてしまう。書かれた通りのテクストでは、デズデモーナは、強い責任感と、社会的な規範に逆いながらも、状況を改善するためにはどんな代償でも支払うという決意を見せる——「神様、お導きください、つねに悪を見て悪を学ばず、悪によりわが身を正すことが出来るように」（4幕3場104〜105行）。彼女は、エミリアがほのめかすように、不貞のために死ぬのではないが、ブラバンショーのおとなしいよき娘でもない。

左：エミリアが付き添ったデズデモーナ。1849年の絵画。彼女は自らの死を予兆する、痛切な柳の歌を歌っている（4幕3場）。

ピアの課題である。よく知られたことであるが、シェイクスピアは、二重の時間枠を用いてこの課題に取り組んでいる。この枠からすると、ビアンカがキャシオーに「一週間もほったらかしで」（4幕1場168行）と訴えているので、「物語」時間は、少なくとも数週間かかっているに違いないのだが、「筋」の時間は明らかに連続した3日間であり、不貞を働く時間はないのである。異常なことだが、この劇の半分以上は夜である。つまり、1幕すべて、2幕は2場と3場、4幕2場の終わりの夕食から結末までである。登場人物はしばしば、事実として、あるいは比喩として、明らかにわれわれの目の前にあるものがまったく見えない。日中の場面においてすら、物がぼんやりして見えない（2幕1場の嵐によって）、あるいは歪んで見える。たとえばイアーゴーがオセローに「隠れる」ように言うときなど。その場所からは見えるのだが、例のハンカチをめぐりイアーゴーとキャシオーが行なう会話は聞こえない。ここから、われわれには何が示されようとしているかがよくわかる。このような薄暗い状況では、オセローがするように、「目に見える証拠」（3幕3場360行）を要求することは、とりわけ賢明なことではない。登場人物たちは、見ると期待している物事を見る。このことは、イアーゴーにも同じく当てはまる。彼は第2場で、自信ありげに、ブラバンショーとその親族がオセローを追跡してやってくると公言するが、実現しない。なぜなら、それは、イアーゴーが起こるように手はずを整えていたことであるからだ。

ハンカチとベッド

しばしばそうであるように、シェイクスピアは、迫真的だと思えるように、つまり芝居の世界観を作り出すのに、ひとつの語をとりあげ、それを言語的イメージ、隠喩、そして小道具との間で滑走させている。この劇が使っているそのような語はふたつある。つまり「ハンカチ」と「ベッド」であり、それは「性交」を意味し、「シーツ」という語でしばしば代表されている。このような織布のイメージは、イアーゴーによって編まれた策略を目に見える形に表わしたものである。イアーゴーは、自らの策略について「その善意を網に使ってやつらを一挙にからめとろうってわけだ」（2幕3場361～62行）と言っている。ハンカチは、この劇の3組の性的関係のあるカップルの間を移動する。

> *私がオセローを愛し、／ともに暮らしたいと望むことは、／このたびのむこう見ずな／運を天に任せた行動から世間に知れ渡ったことでしょう。／私の胸は夫の軍人としての人柄に惹かれたのです。／その心にオセローの真の姿を見たからこそ。*
>
> デズデモーナ（1幕3場248～52行）

上：舞台に大きな白いベッドが置かれた1921年のベルリンでの上演。演出はレオポルト・イェスナー。4幕2場では、デズデモーナのベッドが彼女の婚姻の夜のシーツで作られ、ハンカチの象徴的な反復ともなっているが、最終幕における彼女の死の床となる。

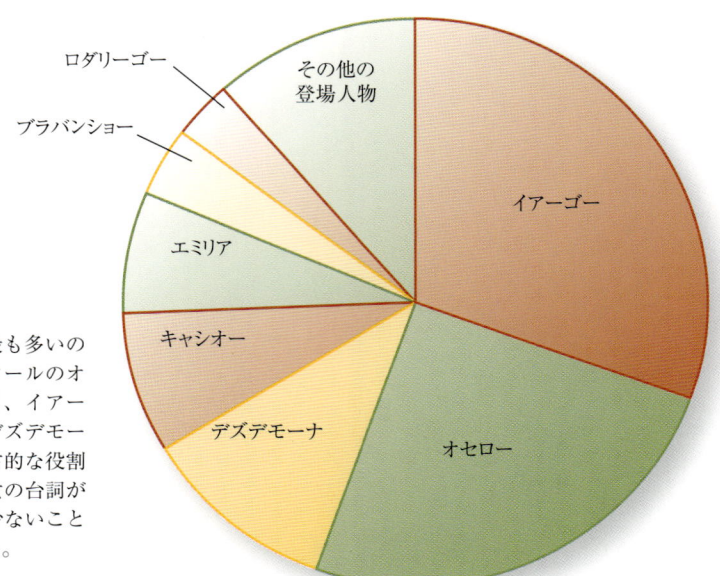

主な登場人物
台詞の行数が最も多いのは、タイトルロールのオセローではなく、イアーゴーである。デズデモーナの比較的復古的な役割は、劇中で彼女の台詞が占める割合が少ないことに反映している。

オセローとデズデモーナ、イアーゴーとエミリア、キャシオーとその愛人ビアンカであり、移動のたびに、ハンカチは議論をまき起こす。なるほど、「その織目には、魔法がおりこんである」（3幕4場69行）が、魔法は、はじめにオセローの母親にハンカチを与えたエジプトの女魔術師の呪文というより、そのハンカチを手にする登場人物がそのハンカチに、どのように自らの深い欲望や恐怖を見るかにある。このようにして、明らかに実態のある証拠の品が、不合理性の典型となる。

これが頂点に達するのは、オセローの「あれと話しあいはせぬ、あの美しい体を見ればおれの心もにぶる」（4幕1場204～6行）という台詞においてである。しかし、皮肉にも、彼にデズデモーナ殺害を思い止まらせるものがあるとしたら、それは彼女の美しさではない。このことは、最終場面で、眠って横たわる彼女にくり返し口づけをするそのやり方からわかる（5幕2場10～20行）。むしろそれは、オセローが恐れるデズデモーナのことば、つまり彼女の心を表わしたものであり、それに対してはオセローは、かつて「おうよう（鷹揚）」でありたいと望んでいた。「忠告する」とは議論すること、あるいは諫めることを意味しているからだ。この劇の恐ろしい皮肉、そしてこの悲劇の原因はこうだ。つまり彼らふたりは、自分たちの愛が精神の出会いであるとわかっているのに、どの場面であれ、ふたりが互いにはっきりと意思疎通をしている様子はない。実際、

> ムーアは気前がいい開けっぴろげの性質だ。／
> そう見せかけるだけで忠実な男と思い込む、／
> 鼻ずらをつかまえて引きまわせば言いなり／
> になる、／
> ロバのようにな。
>
> イアーゴー（1幕3場399～402行）

この劇は、彼らが、夫と妻として互いのことを知る時間がないように意図されている。彼らの婚姻の夜は2度、中断された。一度はヴェニスで元老院に召喚されたとき。もう一度はサイプラス島で、イアーゴーによって演出され、衛兵の邪魔が入ったときである。その後、一方ではキャシオーの懇願によって、他方ではイアーゴーによって、彼らが話してもおかしくはない話題は、他者の要求のためにゆがんでしまう。デズデモーナは、互いの愛と自らの地位に自信を持っているので、夫に話して、キャシオーが復職できるようにすると約束する。

> 主人はもう休ませません、
> 徹夜してでも言うことを聞かせます、根負けするまで
> 話してやります、寝床は教室、食卓は懺悔室と見えるよう
> あの人がなにをするにもキャシオーのお願いを
> 折りこんでやります。
>
> （3幕3場22～26）

妻が、関係のない問題に干渉するのを懸念してであろうが、オセローは話すことを拒み、その後、一緒にいるときでも、彼女「と」話すというより、彼女「に向って」話すのである。

続く影響力
この芝居で、現代の批評家が最も関心を寄せてきたのは、人種とジェンダーの側面である。実に長い年月をかけ、19世紀の偏見と先入観を脱しようとしている。この偏見の典型として、1825年から1829年にかけてアメリカ大統領の職にあったジョン・クインシー・アダムスをあげることができる。彼は、「ニグロ」が白人女性に触れることに驚愕した。その結果、近年、こう論じることが人種差別にあたるとする人も出てきた。シェイクスピアは、おそらくジョン・レオのような「黄褐色のムーア人」を念頭に置いていたのだと。しかし、彼が執筆をしていた当時、世界には国民国家は存在しなかった。階級と宗教が人種よりも重要で、エリザベス朝人は、たとえどんな肌の色であれ、君主であれば魅了された可能性がある。この劇には、間違いなくある種の人種差別的意見が含まれているが、だからといって、この劇に人種差別的ねらいがあるということにはならない。ロドリーゴはオセローのことを「厚い唇」（1幕1場66行）

オセローを演じたウィラード・ホワイト

1989年、ジャマイカ生まれのオペラ歌手ウィラード・ホワイトは、イギリスの舞台でオセローを演じた。彼は『インディペンデント』紙にこう語った――「この劇が扱っているのは、圧倒的に男女関係のことなので、オセローとデズデモーナとの間での身体的な関係が必要となる。だから、白人の俳優が黒く肌を塗ったのでは、それはやれない。ふたりが互いに触れ合うと、オセローは、デズデモーナの上でいってしまうのだ。」

夫と妻

私ひとりあとに残って、
平和をむさぼり、この人が戦争に行くとなると、
愛する人がそばにいないため、重い気持に
耐えるだけでなく、妻としての権利が奪われます。
　　　　　　　――デズデモーナ（1幕3場255〜57行）

神かけて申しますが、これがそばにいるからといって、
国家の大事をおろそかにするようなまねは断じて
いたしません。　　――オセロー（1幕3場266〜68行）

ヴェニス女は、ふらちな行為を神様には平気で見せて
も、
亭主にはかくします。
　　　　　　　――イアーゴー（3幕3場202〜203行）

ああ、結婚とはなんと
呪わしいものか、かわいい女を自分のものと呼びなが
ら、
その心をものにすることはできぬのだ！
　　　　　　　――オセロー（3幕3場268〜70行）

女房の頭がいいなんて信じられんが。
　　　　　　　――イアーゴー（3幕3場302行）

亭主どもに教えてやるといいのですわ、
女房だって感じ方に変わりはないって。ものは見える
し、
匂いはかげる、甘い辛いの区別はつく、その点亭主と
同じだって。　　――エミリア（4幕3場93〜96行）

と言うが、このことから、彼には偏見があり、肌の黒い人びとのさまざまな身体的特徴が区別できないことがわかる。しかし、だからこそ彼は、ねたみをもつ愚か者なのだ。

オセローを演じた最初の黒人俳優は、アメリカ人のアイラ・オールドリッジで、1833年のロンドン公演においてであった。彼はこの役をその後30年間やり、ヨーロッパ中で公演し、ロシアまで出かけた。他の注目すべき黒人オセローには、歌手のポール・ロブスン（1930年のロンドン公演、1943年のニューヨーク公演、1959年のスタンフォード公演）と、ウィラード・ホワイト（1989年のロイヤル・シェイクスピア劇団によるストラトフォード公演、1990年のTV出演）がいる。もっとも、20世紀末近くまで、この役は肌を黒く塗った白人俳優によって演じられつづけた。だが、その頃になると、ついにそれは考えられなくなった。また、特異な公演としてよく知られたものには、演出家ジュード・ケリーによる「ネガ反転」上演がある。これは、1998年のワシントンD.C.での公演で、オセロー以外の登場人物をアフリカ系アメリカ人が演じ、オセローは白人のパトリック・ステュアートが演じた。

『オセロー』はこれまで何度も映画化されてきた。オーソン・ウェルズが監督・主演した1592年版、ローレンス・オリヴィエ主演の1965年版、そしてローレンス・フィッシュバーンがオセローを演じ、ケネス・ブラナーがイアーゴーを演じた1995年版などである。おそらく、もっとも感動的にオセローを描き、興行的な成功を収めたのは、演出家ジャネット・サズマンによる1987年のヨハネスバーグのマーケット劇場での公演だろう。その理由のひとつには、アパルトヘイト期の南アフリカで制作されたことがあると考えられるが、のちにテレビ版も制作された。

『オセロー』の改作としては、イタリア人作曲家ジュゼッペ・ヴェルディによるオペラ『オテロ』（1887年）、ティム・ブレイク・ネルソン監督による、アメリカの高校を舞台とした映画『O』（2001年）、アメリカの脚本家ポーラ・ヴォーゲルによる、『オセロー』をデズデモーナの視点から再構成した『デズデモーナ――ハンカチをめぐる芝居』（1979年）があげられる。

妻殺しという行為からは、結果として、O.J.シンプソンのとった行動とオセローのそれとを同等のものとみなそうとする軽率な試みが生じ、それは現在もつづいている。精神医学では、「オセロー症候群」という用語が、時々、強烈で不合理な嫉妬を示す人物に適用されることがある。

上：ジュゼッペ・ヴェルディのオペラ『オテロ』の一場面。イタリアの週刊誌『イルストラツィオーネ・イタリアーナ』の表紙。このオペラは1887年、イタリアのミラノで初演された。

悲劇〔『オセロー』〕　193

『リア王』 King Lear

あらすじ：リア王は退位することを決める。娘たちに自らの王国を分け与えるに際して、リアは公けの場で自分への愛を表現するように求める。ゴネリルとリーガンは父におもねるが、リアのお気に入りのコーディリアは、拒否して勘当される。彼女はフランス王と結婚し、フランス王妃になる。リアの忠臣ケントも、コーディリアをかばった罪によってこのとき追放されるが、変装して王国に戻ってくる。

一方、グロスターは、自分の庶子エドマンドによって、息子エドガーが自分を殺そうとしていると信じ込まされる。エドガーは逃亡し、気の狂った乞食のプア・トムに身をやつす。エドマンドはゴネリルとリーガンをそそのかし、ふたりは父を攻撃する。悲しみと怒りの中で、リアは狂気に追い込まれる。グロスターはリアを守ろうとしたために、リーガンの夫コーンウォールによって両目を潰される。コーディリアはフランス軍とともに帰還するが、フランス軍は敗北する。リアはコーディリアと再会するも、エドマンドの軍に捕らえられ、コーディリアは処刑される。エドマンドはエドガーによって罪を暴かれ殺され、ゴネリルもリーガンを毒殺して、自ら命を絶つ。リアは絶望して命を落とし、ゴネリルの夫アルバニーが王国の支配権を得る。

登場人物

リア　ブリテン王
フランス王
バーガンディ公
コーンウォール公　リーガンの夫
アルバニー公　ゴネリルの夫
ケント伯
グロスター伯
エドガー　グロスターの息子
エドマンド　グロスターの庶子
カラン　廷臣
オズワルド　ゴネリルの執事
老人　グロスター伯の家来
侍医
道化　リア王の道化
隊長　エドマンドの部下
紳士　コーディリアの従者
伝令使
従者　コーンウォール公の従者たち
ゴネリル、リーガン、コーディリア　リア王の娘
リア王の供まわりの騎士たち、紳士たち、将校たち、使者たち、兵士たち、従者たち

創作年代：
1640〜45年ごろ

背景：
古代ブリテン、紀元前8世紀ごろ

登場人物：25人

構成：
5幕、26場、3,487行

下：1603年に行なわれたジェイムズ1世の戴冠式を描いた銅版画。左にイングランドの紋章、右にスコットランドの紋章が見える。王国混乱の原因が、リアが領土を分割したことにあると書くことで、シェイクスピアは、ジェイムズ1世による連合王国の計画を好意的に論評しているのであろう。

194　演劇作品

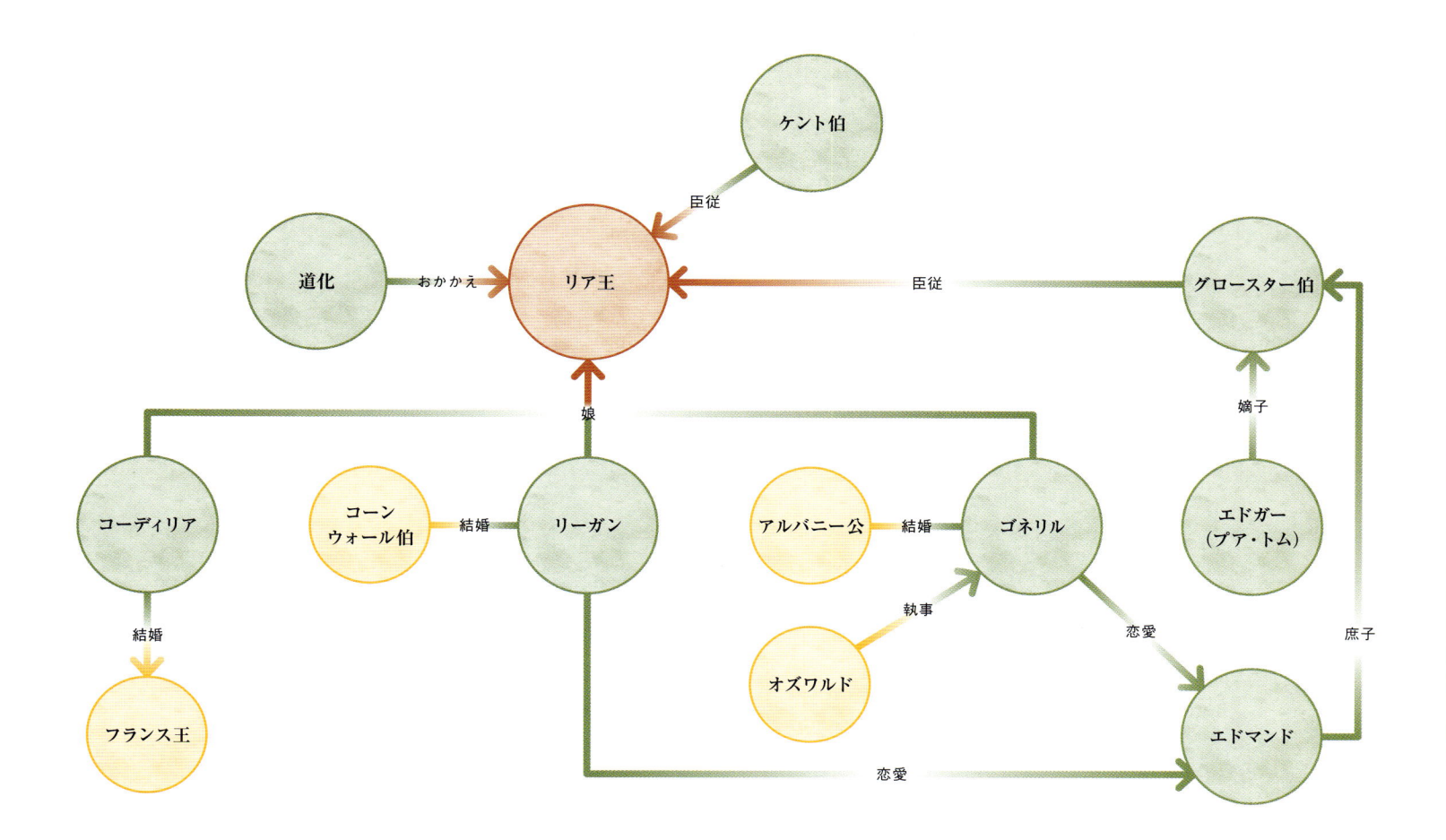

人物関係図

『リア王』においては、家族の絆が貪欲と邪悪に対抗する手立てとはならない。つまり、ゴネリルとリーガンは父リアを攻撃し、リアはコーディリアをののしる。その一方で、エドマンドは、その家族と自分の行く手を阻むものは誰でも裏切る。

『リア王』の初演年についてはよくわかっていない。しかし、ジェイムズ1世が、クリスマスの宮廷祝宴中の1606年12月26日に、この劇の上演を楽しんだことは確かである。この劇には、三つの異なった版が存在する。ひとつはシェイクスピア存命中の1608年に出された四つ折り版である。さらに、1619年に、べつの四つ折り版が出て、1623年に第1・二つ折り版が出た（後者のふたつは、シェイクスピアの死後のもの）。1623年の第1・二つ折り版には、1608年の四つ折り版にはない100行近い行が出てくる。しかし、1608年の四つ折り版には、第1・二つ折り版にはない行が約300行含まれている。これらは、現代の上演を見れば見分けがつく。こうした理由から、伝統的にシェイクスピアの演出家は、シェイクスピア学者や編者の例にならい、四つ折り版と二つ折り版のテクストを混合・結合して、ひとつの長い版にまとめあげてきた。次は、この「混合」版『リア王』がどのようなものかということになる。この「混合」版は、ジェイムズ朝の舞台では上演されなかったであろうが、シェイクスピアの経歴のうちで、もっとも生き生きとして刺激的な戯曲の一部を取り入れ、統合したものである。

分割された王国

シェイクスピアは、年老いた君主が、自らの王国を娘たちに分け与え、その結果、内紛が生じ、侵略を受けやすい国家にしてしまうことを描いたが、当時の観客の多くは、そこから、エリザベス1世の晩年を取り巻いていた不安定な政情を想いおこしたことであろう。継承を保証する直接的な後継者がいなかったので、エリザベスは、自らの国家を危機の時代へと追いやってしまった。スペインの侵略の脅威は、きわめて現実的な可能性としてあった。しかし、スコットランド王ジェイムズ6世が、1603年、イングランド王ジェイムズ1世としてやってきたとき、そのような問題が解決されるかのように思われた。イングランドとスペイン間の和平をもたらすことに熱心であったジェイムズは、紛争の継続よりも安定を得ようとした。彼はまた、自らの島国の個人的な未来像を実現しようとした。つまり、スコットランドとイングランドとを統合し、ひとつの大ブリテンを作ることであった。この 大ブリテン（グレイト）は、虚構のリア王が統合した古代王国に似ていた。

イングランド議会はそうした方策に反対したが、ジェイムズは1604年に一方的に布告を出し、自らの新たな称号は「大ブリテン、フランスそしてアイルランド王」だと宣言した。リアが、はじめに自らの領土の「地図」を取り出し、「王国を三つに分割する」（1幕1場37〜38行）と宣言するとき、その行動は、シェイクスピアの君主ジェイムズのそれと全く反対のものである。多くの人びとにとって、これが示唆していることは、シェイクスピアは、連合国家よ

材源

シェイクスピアは、モンマスのジェフリー作の神話的物語『ブリテン列王史』（1136年ごろ）を用いて、その『リア王』の話のもととした。トロイのブルートゥスによる「ブリテン」建国から始まるモンマスの『ブリテン列王史』は、2000年間を扱っており、ブリテンを3人の娘に分け与えた、ブレーダッドの息子レイア王について語っている。

次頁：舞台と映画でシェイクスピアのリア王を演じ高い評価を受けた役者のひとりローレンス・オリヴィエ。マイケル・エリオット監督による1983年のテレビ版『リア王』より。

り分割された国家の悲劇的な結末を強調することで、国王一座のパトロンである新王におもねっているということである。確かにそれは、統合された大ブリテンがもたらす利益を認識していた者の琴線に触れたことだろう。たとえジェイムズの夢が、1707年まで十分に実現することはなかったとしても。そのとき、『リア王』がシェイクスピアのパトロンである王の前で私的に上演されてから、100年以上たっていた。

テーマの反復

シェイクスピアは、年老いた為政者が忘却と絶望へと凋落していく姿を、人並みはずれて鋭い観察と過酷な現実生で再現している。この劇の支配的なテーマは、不確実性と混沌であるように思われる。つまり、自然に見えるものが不自然なものと衝突し、善人と悪人が、同じ程度に苦悩する。『リア王』は、伝統的に、信頼、美徳、希望、そして存在が無意味であることを主張する、きわめて虚無的な作品とみなされてきたが、そこに提示されているのは、「慰めとてない暗闇の死の世界」（5幕3場291行）の姿である。それは、愚行と叡智とが絶えず入れ代わっている、悲劇的で混沌とした場所である。国王は、宮廷道化（阿呆）のようにふるまう――「わしが阿呆だと言うのか、小僧？」（1場4場148行）。その一方で、宮廷道化は賢者のようにみえ、道化の鋭い愚弄は、理性によってではなく、制御できない不確実さに支配される世界では、権威と権力が不合理であることを強調している。

> 忘恩の子を持つことが／
> マムシの毒牙に
> かまれるより
> 苦痛であることを……
>
> 🌹
>
> リア（1幕4場288～89行）

「冗談が真実を言いあてることもありましてよ」

なかにあるほど外には見せず、
知っているほど口には出さず、
――道化（1幕4場118～19行）

ヒバリは育てたカッコウの雛に
食い殺されるとはけっこうじゃないか。
――道化（1幕4場215～16行）

車が馬を引いてりゃとんまなロバにだって妙だとわかるがなあ。
――道化（1幕4場224行）

大きな車が山の上からころげ落ちるときは手を放すもんだ、いつまでもつかまっていたら首の骨をへしおるのがおちだ。だが大きなやつが山の上に登っていくときは、しっかりつかまって引っぱりあげてもらうもんだ。
――道化（2幕4場71～74行）

頭に知恵のない人は、
ヘイ、ホウ、風吹き、雨が降る、
運に満足せにゃならぬ、
雨は毎日降るものさ。
――道化（3幕2場74～77行）

正義と権威

リアの国家にきたした最後の混沌状態は、彼が初めに、「この老いの身からいっさいのわずらわしい務めを振り払い」、「身軽になって余生を送る」（1幕1場39、41行）と決断したことに起因する。リアは、表向き娘たちが遺産をめぐって争うのを防ごうと、「将来の争いを／いま取り除」（1幕1場44～45行）こうと意図しているようにみえる。その見返りに、リアは「国家の統治権も、領土の所有権も、／政務のわずらわしさも」（1幕1場49～50行）自ら「かなぐり捨て」ると約束する。不適切なことだが、リアはまた、国王として彼に帰すべき名誉を保持しておきたいと望む。名目上は王であるが、権威の点ではそうではないというのか？　共謀し、権力に飢えた彼の娘たちは、弱った父を攻撃しはじめるのも驚くにはあたらない。権力を譲渡してしまったリアは、すぐに、老齢と精神的な弱さから、自らが無力になり、権力を取り戻すことはできないことに気づく。

リアの失敗は、自らの判断を信じ、それ以前は寵愛した娘コーディリアが、当然の勤めと子の愛情を率直に表現した姿勢に、あまりにも高慢かつ暴力的に反応したことにある。姉妹たちの中でただひとり、コーディリアだけが、父に率直に答えを返し、次のようにに宣言する。

> お父様は私を生み、育て、愛してくださいました。私は
> そのご恩に報いるのが当然と心得、お父様を
> うやまい、愛し、心から大切に思っております。
>
> （1幕1場96～98行）

これを聞いたリアは、「わしは父としての心づかいも、血のつながりも、きっぱり捨てたぞ」（1幕1場113行）と激怒するが、この不正から、無情にも彼は、比喩的に「炎の車に縛りつけられ、涙を流せば／溶けた鉛のように肌を焼く」（4幕7場46～47行）ことになる。彼は、自らの軽率な決断の報いを受けることになる。なぜならこの決断の結果、彼の国家は崩壊寸前となり、最後には、自分自身と娘たちを含む恐ろしい死の連鎖が起るからだ。

裏切りと和解

裏切りというテーマは、リアが、「頼るものとてなく、新たにわしの憎しみを買」（1幕1場203行）った者とコーディリアを断固として拒絶するところに、前景化して見える。和解は、フランス侵略軍を率いたコーディリアが、フランス王妃としてブリテンに戻ったときにはじめてなされる。そのときコーディリアは、父の精神がもはや取り返しのつかないほど衰えているという事実に直面する。あらゆる苦難を受けたコーディリアであったが、彼女は父を哀れみ、許す。

> ああ、お父様！ご回復をうながす霊薬が
> 私の唇に宿り、この口づけで、お父様のお心に

悲劇〔『リア王』〕 197

変装したエドガー

ダニ息子がダニ娘の谷間に入りこみゃ――
それ行け、やれ行け、どんと行け！
（3幕4場76〜77行）

あわれなトムだよ。アオガエル、ヒキガエル、オタマジャクシ、ヤモリ、イモリ、何だって食ってやるんだ。悪魔めが暴れ出したら、菜っ葉のかわりに牛の糞だって食う、ドブネズミや犬の死体だって一飲みにする、溜り水のアオミドロだって飲み干すんだ。
（3幕4場129〜34行）

この七年は
ネズミや虫けら食ってきた。
（3幕4場138〜39行）

地獄の魔王はりっぱな家柄だ…
（3幕4場143行）

フム、フム、フム、
ブリテン人の血が匂う。
（3幕4場183〜84行）

悪魔めがおれの背中に噛みつくよォ。
（3幕6場17行）

ふたりの姉が加えた無残な傷口が元通りなおりますように。
（4幕7場25〜28行）

コーディリアは、自らを拒絶した父に、子の当然の愛を示すが、この愛は、グロスターが嫡出の息子エドガーを拒絶するという副筋においてもくり返される。庶子エドマンドの偽りのことばを信じたグロスターは、浅はかにも、エドガーが罪を犯していると思い込み、愚かな判断を下してしまう。混沌とした時代状況について述べるグロスターは、次のように嘆く。

愛情は冷め、友情はこわれ、兄弟は背を向け合う。
町には反乱、村には暴動、宮廷には謀反が起こる。
親子の絆も断ち切られる。我が家の悪党もこの前兆のあらわれだ、
父親に背く息子の一例だ。
（1幕2場106〜110行）

しかし、孤独で盲目となったグロスターが、死んで苦痛から解放されたいと国土をさまよっているとき、彼を助けにきたのはエドガーであった。エドガーは、「人間、がまんしなくちゃあ、／この世にくるのもこの世を去るのも自由にはならない」（5幕2場9〜10行）と言って、父を非難しているようにみえるが、エドガーはそれでも、いかに深く真摯な感情で父と最後の和解をするかを語る。彼は、父の「祝福を／受けるべく、私の遍歴の一部始終を話した」（5幕3場196〜197行）と述べている。エドガーが、自分を手酷く愚かにも拒絶した父親から「祝福」を求めたいとしているのをみると、激しくはねつけられたあとですら父を忠実にいたわったコーディリアが想起される。しかし、グロスターの「祝福」が訪れると、恐るべき代償が支払われる。それは、真実が、いかに衰弱する父に破滅的な影響を及ぼしたかを語るエドガーのことばからわかる。

弱りきっていた父の心臓は、
ああ、その衝撃に耐えかねてか、
喜びと悲しみの両極端に引き裂かれ、
微笑をたたえながらこと切れました。
（5幕3場199〜200行）

リアのようにグロスターも、もっとも価値のある子がいかに深く自分を愛して献身してくれたかを知り、死んでいく。しかし、リアとは異なり、グロスターは、子どものうちのひとりしか失うことはない。エドガーは生き残り、「この悲しい時代」の物語を語り、悲しげに「もっとも年老いたかたがたがもっとも苦しみに耐えられた、／若いわれわれにはこれほどの苦しみ、たえてあるまい」（5幕3場324、326〜27行）と述懐する。

老年と狂気

エドガーは「若いわれわれ」と言うが、このことばは、この劇が老年と老衰に冷徹なほどかかわっていることを教える最後のものである。リアは、自身の愚かさの結果として、また、風雨にさらされた結果、狂気に駆り立てられた可能性はあるが、疑いもなく娘たちは、リアの退位を年齢

上：18世紀末、ロンドンで上演された『リア王』でエドガーを演じたジョセフ・ジョージ・ホールマン。ゲーンズバラ・デュポンが描いた肖像画。

右：ピーター・ブルック監督の1971年の映画『リア王』の演技で喝采を浴びたポール・スコフィールド（右）。ここで彼は、ジャック・マッゴーラン演じる明敏な宮廷道化に見守られている。道化は、王の行動が危険であることを察しているが、彼に忠実でありつづける。

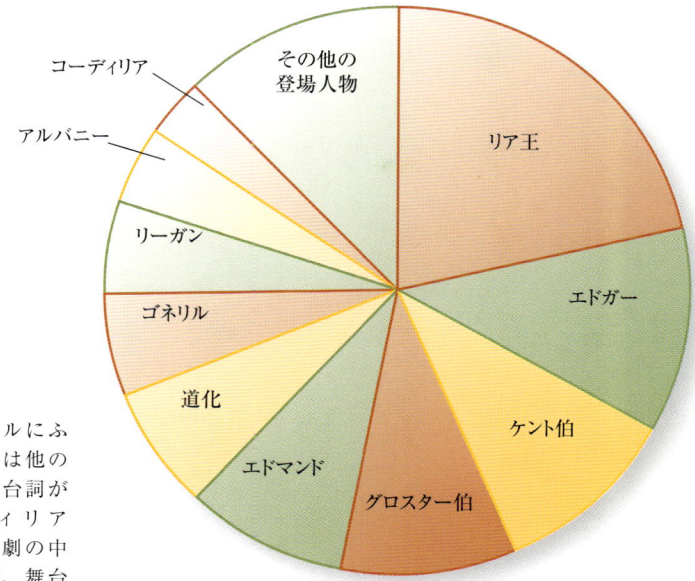

たしかではない。だいたいここがどこなのか、
それさえわからぬ。いくら思い出そうとしても
この服にも覚えがない。ゆうべ泊まった場所も
わからないのだ。

(4幕7場62～67行)

この劇のいたるところで、リアは、自らが抱く究極の恐怖、狂気になることの恐怖について述べている。狂ったように自分の頭を殴りながら、「うち砕け、この扉など、愚かな考えを引き入れ／だいじな分別を追い出しおって」(1幕4場271～72行)とわめく場合であれ、「ああ、天よ、気ちがいにはしてくれるな、気ちがいには！」(1幕5場46行)と無力に叫ぶ場合であれ、リアは、自らが置かれた苦境の恐ろしい現実を口にしているのである。自らが衰えつつあることを無意識のうちに気づいているリアは、「医者を頼む、／脳天を切り刻まれた」(4幕6場192～93行)と狂乱して求めるが、それはただ、彼の頭の状態がどれだけ衰えたかを確証するにすぎない。しかし、リアの行動につきまとうのは、2度目の子ども時代への回帰ということである。たとえ彼が、「人間、生まれてくるとき泣くのはな、この／阿呆どもの舞台に引き出されたのが悲しいからだ」(4幕6場182～83行)と念を押すときですらそうである。老年、愚行、そして狂気は、すべて、国家であれ家族であれ、その安寧を脅かす。リアの狂気を描いたシェイクスピアは、普遍的な恐怖が、人を弱らせる効果の点で恐ろしいというだけでなく、テーマとして時を超えると言い表わすことができた。

嵐のイメージ

シェイクスピアは、精神の混乱状態を描くために、嵐という自然現象のイメージを用いている。ついにリーガンとゴネリルから拒絶されたリアは、逆上して天に「忍耐」(2幕4場271行)を与えてくれるように求め、娘たちを「不自然な醜い老婆」と呼び、彼女たちに支離滅裂な呪いのことばを加える。

主な登場人物
タイトル・ロールにふさわしく、リアは他の登場人物よりも台詞が多い。コーディリアは、象徴的には劇の中心人物であるが、舞台裏に下がっていることが多いので、台詞の割合は少ない。

による狂気の行為とみなしていた。リアが権力を放棄すると、さほど時を置かずしてリーガンは「もうろくしたのよ」と言い、ゴネリルは「長年の凝り固まった性癖のうえに、ぼけてかんしゃくを起こすお年でしょう」(1幕1場293、298～99行)と述べる。彼女はその後、「年寄りって赤ん坊に帰るものね」(1幕3場19行)と付け加える。リアの道化もまた、主人の愚かしさを認識しており、彼に「おまえさんは知恵をふたつに割って両方とも捨てちまったから、まんなかにはなんにも残ってないんだ」(1幕4場187～88行)と言う。たとえそうだとしても、老齢による痴呆を最もよくあらわしたことばは、リア自身の口から出てくる。それは、彼が最後にコーディリアと再会したときのことである。

　どうやら心も狂っておるらしい。と言うのは、
　おまえも、この男も、知っておるように思うが

きさまらふたりに必ず復讐するぞ、世界じゅうが──
きっとやるとも──なにをやるかはまだわからぬが──
必ず、世界じゅうが恐怖におののくようなことを
(2幕4場279〜81行)

狂乱したリアの爆発は、「豪雨とあらし」というト書きとともに起こる。ゴネリルとリーガンが「嵐の夜」(2幕4場308行)を避けようとあわてている一方、リアは、嵐に翻弄される心身の、身体的・精神的な責苦に身をゆだねる。他方、変装したケントは嵐の中をさまよい、立ち止まって通りすがりの紳士にリアの消息を尋ね、苦痛にさいなまれる王の様子を知る。

わしのかわいいやつが、
阿呆め、絞め殺されたぞ!もう、もう、だめだ!／
犬も、馬も、ネズミも、いのちをもっておるのに、／
おまえは息を止めたのか?もうもどってこないのか、／
二度と、二度と、二度と、二度と、二度と!

リア(5幕3場306〜309行)

荒れ狂う大自然と戦っておいでだ。風に向かって、
大地を海のなかまで吹き飛ばせ、さもなければ
逆巻く波を陸地の上まで吹きあげろ、そうして
天気をひっくり返すのだ、と叫んでは、白髪を
かきむしっておられる。その髪も、盲めっぽう
つかみかかる狂暴な烈風にもてあそばれるありさま。
まさに人間という小世界における嵐をもって、
外界のせめぎあう風雨を恥じ入らせようとするお姿だ。
(3幕1場4〜11行)

ケントは、後に、この天候があまりにひどく、人間はこれに耐えることができないかもしれないと心配するが、この懸念をよそに、リアは、嵐が自らの心身に及ぼす効果を称えている。

おまえはこの激しい嵐に肌までぬれるのが
たいへんなことだと思っておる。おまえには
そうかもしれぬ、だが大きな病に苦しむものは
小さな病など苦にはせぬ。
(3幕4場6〜9行)

身体を風雨にさらして不快を味わうが、リアは、自身が最も恐れているのは周囲で荒れ狂う嵐そのものではなく、「わしの五感をさらってしまった、感じるのは心の痛みだけ」にした心の「嵐」(3幕4場12〜14行)だとしている。リアの心の嵐は、シェイクスピアが舞台上で描く嵐の雷鳴とどろくイメージ群となって、くり返し現われる。それによって、自然の怒りだけでなく、取り返しのつかない老いと衰えた精神をも一笑に付すことが、いかに無益なことかがまざまざと再現されている。

黒澤による再創作
日本の脚本家・監督の黒澤明が製作した1985年の映画『乱』は、『リア王』におおよそもとづいている。この作品は、黒澤が監督した最後の壮大な叙事詩であり、1200万ドルという多額な製作費がかけられた。『乱』は16世紀後半の日本の戦国武将・一文字秀虎の失墜を描いている。彼は3人の息子、太郎と次郎そして三郎に自らの領地を分け与えるが、三郎は父の行為が賢明ではないとしたために、コーディリアと同じく追放されてしまう。太郎と次郎は、妻たちの訴えによって激しく秀虎と対立し、その結果、争いがおこり、三郎は父を救うために帰還する。シェイクスピアの悲劇と同じく、最後には一族全員が滅びる。しかし秀虎は、シェイクスピアのリアとは異なり、暴力的で残忍である。彼はかつて、次郎の妻の弟・鶴丸の目を抉り出させたことがあった。これは、グロスターが盲目になることを反映した筋である。黒澤はまた、道化の役割を発展させ、旅の間、狂った秀虎に付き従う両性具有的な登場人物である狂阿弥を生み出している。

盲目
無慈悲な嵐にあってリアが見せる「眼のない怒り」(3幕1場8行)は、『リア王』を特色づけるもうひとつのイメージを示唆している。つまり、盲目である。リーガンを呪うリアは、彼女の眼に「盲にする電光」(2幕4場165行)を落とすよう稲妻に求める。同様に、リアが初めに見せたコーディリアへの怒りの反応──「ええい、わしの目の届かぬところにうせろ!」(1幕1場124行)──は、この愚かな父が愛する子に盲目であったことを象徴している。

しかし、はるかに恐ろしい盲目の描写は、グロスターがコーンウォールとリーガンの手によって審判をうける際に訪れる。ひそかにリアの助けに向かい、隠れ家を与えたグロスターは、ゴネリルの怒りと、「目玉をくりぬいてやる」(3幕7場5行)という恐ろしい欲望の餌食となる。コーンウォールとリーガンは、これに従った行動をし、無力なグロスターを椅子に縛り付ける。なぜリアを助けたのかと怒るふたりの質問に、グロスターは、「私は見たくなかったのだ／あなたが残忍な爪であわれな老王の目をくりぬくのを」(3幕7場56〜57行)と答える。グロスターは、リアの苦境とその娘たちの残忍な目論見を隠喩的に描写するが、それにたいしてコーンウォールは、吐き気を催すほどの現

上:黒澤明の叙事詩的映画『乱』の一場面。根津甚八演ずる次郎がここに見える。次郎をふくむ秀虎の息子たちは、父に公然と反抗する。それは、リア王が娘たちからそうされるのと同じである。

上：ジョセフ・マイデル演じるグロスターにその復讐の手をかける、ケリー・ブライト演じるリーガン。『リア王』において、盲目は単なる隠喩ではなく、衝撃的な現実である。グロスターが失明させられるのは、この劇のもっとも暴力的な場面である。2008年、ロンドンのグローヴ座での上演。

実で応じる──「いいや、見せはせぬ。おい、椅子を押さえておれ、／きさまのその目を踏みつぶしてくれるわ」（3幕7場67〜68行）。

両の目を潰されたグロスターは、老いた盲目の犬という称号とともに、リーガンの城から放逐される──「城門からたたき出しておやり。ドーヴァーまで／鼻を頼りに行けるものなら行かせるがいいわ」（3幕7場93〜94行）。最後にグロスターは、変装した息子エドガーの助けを得て、リアと再会し、王が狂気に陥っていることを知る。グロスターから、自分のことがわかるかどうかをたずねられたリアは、皮肉にも「お前の目はよく覚えておる」（4幕6場136行）と返す。グロスターは、いかに自分が世界を「心の目」で見ているのかを説明するが、これに対してリアは、痛烈な答えを返す──「なんだ、気ちがいか、おまえは？世の中の成り行きを見るには目などいらぬ、耳で見るのだ」（4幕6場150〜51行）。リアがグロスターに与えた唯一の助言は、自らの目をごまかせということである。

> お前もガラスの目玉を
> 手に入れるがいい、そして卑しい策士のように、
> 見えないものでも見えるふりをすることだ。
> （4幕6場170〜72行）

リアにはコーディリアの価値が見えない。それは、彼が、ゴネリルとリーガンの利己的な甘言に盲目であるのと同じである。グロスターはエドガーの誠実が見えない。それは、エドマンドの悪辣さに盲目であるのと同じである。リアは、このような盲目は政治の策と同じだとしている。そこでは見せかけがすべてある。政治家は、すべてが見えているようだが、実際は、盲目の目を多くのものに向けているので

私生児エドマンド

> なぜ私生児だ、不正の子だ？
> おれだって、見ろ、五体満足だ、精神健全だ、
> 容姿端麗だ、正当な奥方が生んだご子息と
> どこが違う？なぜおれたちに烙印を押すんだ、
> やれ私生児の、不正の子の、不正の私生児のと？
> （3幕2場6〜10行）

> 神々よ、私生児に味方したまえ！
> （1幕2場22行）

> おれはいまのままのおれだったろうぜ、たとえこの私生児のご誕生のとき天上の最も貞淑な星が輝いていたとしてもな。
> （1幕2場131〜33行）

> おやじの失うものがおれのものになる、何もかも。
> 年寄りが倒れたら若者の天下になる、いつどこでも。
> （3幕3場24〜25行）

> 姉と妹の両方に愛を誓っておいた。おたがいに相手を疑いの目で見ている、マムシに噛まれたやつが、
> マムシを見る目つきでな。どっちをとるとするか？
> どっちもか？どっちかか？どっちも捨てるか？
> 両方とも生き残ればどっちもものにはできん、
> （5幕1場55〜59行）

時代の変遷にともなう上演

多くのシェイクスピア劇と同じく、『リア王』も、上演される時代の風潮に応じて改作された。1681年、ネイハム・テイトは大幅な改作を行ない、結末をハッピー・エンドにした。エドガーとコーディリアは結婚を許され、リアは王に復位し、道化はすべて削除され、痕跡すらない。1780年代から1820年まで、イギリス政府は政治的な理由（精神疾患のあったジョージ3世が王位にあったこと）で、『リア王』の上演を禁止していたが、この期間を除けば、テイト版は1838年まで劇場を支配していた。その年、ウィリアム・チャールズ・マクレディが、シェイクスピアの元の悲劇的結末に戻し、削除された部分はあったが、『リア王』の復活版を作った。

20世紀においてさえ、シェイクスピアの悲劇はしばしば大幅に削減された。オーソン・ウェルズと監督ピーター・ブルックは、1953年のテレビ生放送で狂気の王を描くために、この劇を90分に短縮した。このテレビ版で最も顕著なのは、筋から、エドガーとエドマンドの敵対関係が取り除かれたことである。9年後の1962年にブルックは、ロンドンでロイヤル・シェイクスピア劇団の『リア王』を演出した。この上演では、ポール・スコフィールドがリアを演じた。1971年ブルックは、この上演の映画版を監督したが、このとき、役者たちを冬の風吹きすさぶデンマークにつれて行き、多くの人にとって映画の最高傑作といえる作品を、またスコフィールドの最高の役といえる作品を生み出した。

色とりどりの過去があるにもかかわらず、『リア王』は歴史的に、ローレンス・オリヴィエ、ジョン・ギールグッド、リー・J・カップ、ジェイムズ・アール・ジョーンズ、イアン・ホルムらの名高い演技に見られるように、最高の舞台役者たちを惹きつけてきた。この劇が21世紀の観客にふさわしいことを確証するかのように、2004年、ニューヨークのヴィヴィアン・バーモント劇場で上演されたジョナサン・ミラー演出の『リア王』によって、その主役であったクリストファー・プラマーは、待望のトニー賞にノミネートされた。

ソヴィエトでは

旧ソ連邦と合衆国との冷戦が最高潮のとき、ウクライナ生まれの監督グリゴーリ・コージンツェフは、『リア王』を改作したモノクロ映画『リア王』（1971年）を制作した。作家ボリス・パステルナークのシェイクスピア劇の翻訳にもとづいたこの映画は、さらにドミートリ・ショスタコーヴィチの音楽がつけられた。コージンツェフは、狂気の王としてユーリ・ヤルウェットを配し、撮影はヤルウェットの故郷エストニアで行なわれた。

コージンツェフの『リア王』は、リアの個人的な悲劇にではなく、貧しく弱体化したリアの臣下たちの集団的苦悩に焦点をあてている。この映画の終わりでは、国家破滅の

下：「だがいまは値が下がった」（1幕1場197行）。ロモーラ・ガライ演じるコーディリアとピーター・ヒントン演じるバーガンディ公をじっと見つめるリア王（イアン・マッケラン）。バーガンディは持参金目当てでコーディリアに求婚していたが、彼女の相続権は剥奪したとリアが明かすと、彼女を断わる。

裸にされたリア

イアン・マッケランが、2007年のロイヤル・シェイクスピア劇団の上演でリアを演じ、裸になったことはよく知られている。しかし、シンガポールで行なわれた上演では、衣服を着ることを余儀なくされた。シンガポールの法律では、未成年者が舞台上の裸体を見ることが厳しく禁じられていたからである。同じく、合衆国の公共放送局（PBS）のテレビ版でも、役者の（求められる）慎みを保証するために編集された。

上：ビル・アレグザンダー演出のロイヤル・シェイクスピア劇団による2005年の舞台。シアン・ブルック演じるコーディリアは、ゴネリルとリーガンとは腹ちがいの、父から愛される末娘とされた。そのため、ゴネリルとリーガンのコーディリアに対する恨みに、もうひとつ、別の意味が加わった。

イメージが長く続き、なかなか終わらない。その一方で、道化は廃墟に座り、悲しげな音色で単管楽器を奏でている。コージンツェフが映画で表現した「社会主義リアリズム」は、人間が苦悩を共有しているという意識と、ヒロシマとアウシュビッツという第2次世界大戦の恐怖に対する監督自身の反応を結びつけた。そして、彼の映画が提示するひとつの世界では、死と破滅とが、究極的には、進歩と積極的な社会変革にいたる可能性がある。ただし、人類全体が、この世界をよりよいものへと変容させる選択を意識的に行なわなくてはならない。

風よ、吹け、きさまの頬を吹き破るまで吹きまくれ！／
雨よ、降れ、滝となり、龍巻きとなり、そびえ立つ／
塔も、風見の鶏も、溺らせるまで降りかかれ！

🌹

リア（3幕2場1～3行）

「新たなアジア」のリア

1997年、東京で初日を迎えた『リア』(LEAR)は、シンガポール人演出家オン・ケン・センによる『リア王』の改作であった。この『リア』によって、「新たなアジア」をめぐる過激な未来像が生み出された。日本人フェミニストの岸田理生によって書かれたこの作品は、アジアのいくつかの劇形式を混合させたものになっていた。中国の京劇、日本の能、インドネシアと日本の伝統音楽、インドネシアの武術をもとにした舞踊が、中国、日本、マレーシア、タイ、インドネシア、そしてシンガポールのさまざまなアーティスト集団によって演じられた。

「新たなアジア」は、「長女」が表象していた。彼女は、京劇形式による「ゴネリル」（タイ人によって演じられた「妹」同様、男性によって演じられた）で、王位を簒奪し父を殺す。父は、謡曲形式で話す「老人」（「リア」）である。「末妹」（「コーディリア」）を見守っている「母」の亡霊からは、「古いアジア」をめぐる母性的イメージが喚起される。「老人」を殺すときの「長女」は、男性的暴力を利用し、それによって、最終的には自らをも破滅させる。オン・ケン・センの改作は、21世紀に近づいた「新たなアジア」に過酷なまなざしをなげかけていた。

悲劇〔『リア王』〕 203

『マクベス』 Macbeth

創作年代：
1606年ごろ

背景：
スコットランドと
イングランド、
11世紀中ごろ

登場人物：36人

構成：
5幕、31場、2,349行

あらすじ：3人の魔女が、マクベスとバンクォーに会おうと計画する。彼らふたりの武勲によって、スコットランドはノルウェー軍の侵攻を阻む。魔女たちはマクベスに、スコットランド王になるだろうと予言する。もっとも、バンクォーの子孫も王になると告げる。マクベス夫人はこの予言を聞き、夫に王ダンカンを殺すようにと迫り、マクベスはこれを実行する。このとき、ダンカンの長男マルカムはイングランドに、次男のドナルベーンはアイルランドに、それぞれ逃亡する。友人であるバンクォーを警戒し、マクベスは彼の殺害を命じるが、バンクォーの息子フリーアンスは逃げのびる。罪意識にさいなまれたマクベスは、晩餐会でバンクォーの亡霊を見る。

マクベスの血にまみれた圧政によって、マクダフを含めた貴族たちはイングランドへと逃亡する。彼らはそこでマルカムと合流する。彼はスコットランド侵攻のため、イングランドと同盟を結んでいた。魔女たちは、マクベスに、マクダフに気をつけるよう忠告する。そのため、マクベスの命によって、マクダフの妻と子どもたちは殺害される。罪意識から狂気に陥ったマクベス夫人は自殺する。しかしマクベスは、その敵たちと戦う。魔女たちが、マクベスは女から生まれた者に殺されることはないと断言していたからである。彼女たちの皮肉な予言は、帝王切開で生まれたマクダフがマクベスを殺したとき現実のものとなる。マルカムは、スコットランド王として迎えられる。

右：19世紀の画家テオドール・シャセリオーが描いた晩餐の場面。バンクォーの血まみれの亡霊がマクベスにとりつく。亡霊と超自然なるものは、この劇でくり返されるモチーフである。

登場人物

ダンカン　スコットランド王
マルカム、ドナルベーン　ダンカンの息子
マクベス、バンクォー　スコットランドの将軍
マクダフ、レノックス、ロス、メンティース、アンガス、ケースネス　スコットランドの貴族
フリーアンス　バンクォーの息子
シーワード、ノーサンバランド伯　イングランド軍の指揮官
小シーワード　その息子
シートン　マクベスの部下
少年　マクダフの息子
イングランド宮廷の医師
スコットランド宮廷の医師
将校
門番
老人
マクベス夫人
マクダフ夫人
侍女　マクベス夫人に仕える
3人の魔女　奇怪な姉妹
別の3人の魔女
ヘカティ
幻影
貴族たち、紳士たち、将校たち、兵士たち、暗殺者たち、従者たち、使者たち

『マクベス』は、血と暴力にまみれた刺激的な劇であり、超自然的な存在を呼び出したり、超自然的な出来事が頻出する。この劇が、権力と恐怖と怒りを探求し、同時に、女性の主要登場人物マクベス夫人が、断固として殺人の決断をするために、初演以来4世紀にもわたり、観客も役者も戦慄を覚え、困惑してきた。『マクベス』は、依然として好まれつづけ、観客は、その大仕掛けな見せ物を楽しむことができる。魔女と血まみれのナイフ、そして血まみれの亡霊が登場し、スピード感あふれる戦闘場面が見られる。そして最後には、残忍な僭主マクベスの切断された首が掲げられるのである。

新王におもねる

シェイクスピアはこの劇を書くにあたり、ラファエル・ホリンシェッドのような著述者が記録した登場人物や出来事をもとにしている。ホリンシェッドの歴史的ともいえる『年代記』(1577年出版、1587年改訂) は、イングランド、スコットランド、そしてアイルランドの王家の先祖をたどり、チューダー家が家系に興味を抱いていたことにおもねっている。しかしシェイクスピアは、同時代の数多くの政治的・社会的出来事にも目をむけている。最も重要なことであるが、『マクベス』は、新たにスコットランドの君主、つまり国王ジェイムズがイングランドにやってきたことに直接応じて執筆されたようである。1603年、エリザベス

瘰癧

告解王エドワード（在位1042～66年）のイングランド宮廷にあるマルカムの救護院は、このアングロ・サクソン王を聖人で治療者であると紹介している（4幕3場）。言い伝えによると、エドワードの治世以降、イングランドおよびフランスの支配者たちには、「瘰癧」(King's Evil) すなわち腺病が治療できる能力があるとされた。これは、痛みをともなう頸部リンパ節結核である。マルカムが言うように、「からだじゅう腫れあがり、膿みただれた」人びとも、王が触れれば癒された（4幕3場150～53行）。エドワードがこの魔術的治療の「ありがたい力を／そのご子孫に伝え」(4幕3場155～56行) ていることを確証することで、マルカムの所見は、シェイクスピア自身が描くエドワードの「ご子孫」ジェイムズ1世におもねるものとなる。ジェイムズは、「王が触れれば、神が治療する」と布告を出し、ロンドンの王の迎賓館で定期的に「瘰癧に触れる」儀式を行なった。

女王が崩御した。子ども（後継者）を持たないエリザベスの晩年が、政治的に不安定で危険な状態にあったが、スコットランド王ジェイムズ6世がイングランド王ジェイムズ1世になり、ふたつの国がはじめて統合されたとき、イングランドは平和裡の政権移譲を経験した。

イングランドに新たなプロテスタント王がやってきたとき、彼には、好都合にも王室があり、そしてなによりも息子の後継者たちがいた。多くのシェイクスピア学者は、『マクベス』がこの新体制をはっきりと支援しているととらえている。それは、この劇が、バンクォーの息子フリーアンスが生き残ることに、とりわけ焦点が当てられているからである。1590年代以来ずっと、そしてとりわけ巧妙に書き直されたスコットランド史にしたがって、ジェイムズは、彼の属するステュアート家の先祖がバンクォーと結びついていることを強調し、スコットランドの王冠をしっかりとつかんでいた。ところが、バンクォーという人物（実際には虚構の人物であるが）は、マクベスと共謀して殺人を行なったと信じられていたのである。シェイクスピアは、いまや新たな王であるパトロン――シェイクスピアの劇団、つまり宮内大臣一座は、1603年、ジェイムズが到着したとき国王一座の称号が与えられた――におもねったのだ。それは、マクベスの統治をめぐり、すでに知られていた事実に変更を加え、偉大かつ正統な王家の祖としてバンクォーを提示することでなされた。

火薬と恐怖

シェイクスピアは、最初にダンカン王が、そして次にステュアート朝王家の系統の祖バンクォーが殺害されるところを描いた。この描写は、もうひとつの時局、つまり危険と陰謀をめぐる人びとの記憶に新しいことと関連があった。もし、現在一般的に信じられているように、『マクベス』が1606年に執筆・上演されたとするなら、それが登場したのは、王権と国家に対する失敗に終わったクーデターの直後のことであった。1605年11月、非国教徒の一団、つまりロバート・ケイツビー率いる一団、悪名高いガイ・フォークスもいた一団は、ひきつづき実施されたカトリック教徒に対するイングランドの不寛容政策に不満を持ち、

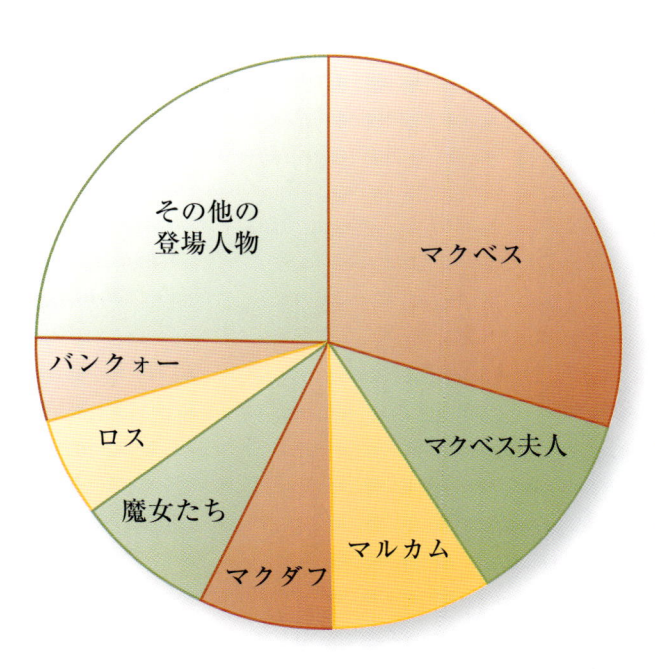

主な登場人物
シェイクスピアは、常にマクベスをこの劇の中心に据えている。マクベスには全体の台詞の約30パーセントが、マクベス夫人には約11パーセントが与えられている。

上：邪悪そのものが、魔女の姿をとって、マクベス（2005年のロンドン公演におけるサイモン・ラッセル・ビール）の前に現れる。魔女は、マクベスの心の奥底に根づいている野心に触れる。シェイクスピアの時代、魔女が存在し、力のあったことは、一般的に広く信じられていた。

ジェイムズや全イングランド政府が列席する議会開会式で、議事堂の地下に火薬入りの樽を設置し、それを爆発させようとした。しかし、この陰謀は未然に阻止された。犯人たちは逮捕され、審判にかけられ処刑された。1606年に『マクベス』を見た観客にとって、ここで描かれる王殺しやその後の簒奪者による圧政の様子は、そのメッセージが時局的な緊迫感をもっているという点において、とりわけ恐ろしいものであったにちがいない。

悪霊と魔女

疑いもなく『マクベス』もまた、国王ジェイムズが超自然的な存在に特別な関心を抱いていたことに応えていた。1597年、ジェイムズは、『悪魔学』を出版したが、その中で彼は、自分が迷信や魔術の存在を信じていることを明らかにしている。ジェイムズが迷信や魔術を信じるようになったのは、1589年、デンマークへ、快適ではない命にかかわるといってもいい旅をしてからである。それは、花嫁となるデンマーク王女アンに会いに行くためのものであった。旅の途中、嵐が船に襲いかかったとき、ジェイムズは、魔女がひそかにこの船隊に付き添っているにちがいないと考えた。『マクベス』の第1の魔女がほのめかすよ

うに、台所の篩（ふるい）でできた魔法の船で自分たちは旅していると信じたのである。

　わしはそこまで一航海、篩に乗っていってくる。
　そしてそこでの一仕事、尾のないネズミに化けたうえ、
　胸のすくまでやってやる、やると言ったらやってやる。
（1幕3場8〜10行）

ロンドンに到着した1年後、ジェイムズは「呪文、魔術ならびに悪霊との契約禁止法」（1604年）を制定した。これは魔女たちを「法によって裁き」、「死の苦痛を味わわせる」ためのものであった。シェイクスピアにとっての新たなパトロンが、魔女で頭がいっぱいになっていることを是認するためにとるべき最善の策は、シェイクスピアが劇中で、これらの「暗闇に乗じて秘密を働く深夜の婆ども」（4幕1場48行）を、人を惑わす曖昧な言葉をしゃべり、屁理屈を言い、破滅と死とをあとに残す悪意ある存在として提示することであったのではないだろうか。

運命、予言、そして女性の地位

理解しうることであるが、妖術（ウィッチクラフト）というテーマがあるた

魔女による召喚の呪文

いつまた3人、会うことに？
雷、稲妻、雨のなか？
（1幕1場1〜2行）

いいは悪いで悪いはいい、
濁った霧空飛んでいこう。
（1幕1場11〜12行）

苦労も苦悩も火にくべろ、
燃えろよ燃えろ、煮えたぎれ。
（4幕1場10〜11行）

カエルの指先、イモリの目、
コウモリの羽、犬のべろ、
マムシの舌先、蛇の牙、
フクロウの羽、トカゲの手、
苦労と苦悩のまじないに、
地獄の雑炊煮えたぎれ。
（4幕1場14〜19行）

この親指がピクつくぞ、
こっちにくるぞ、悪ものが。
（4幕1場44〜45行）

め、『マクベス』は、まず第一、にオカルトなるものをめぐる劇と烙印されてきた。とはいえシェイクスピアは、予想外の形で、魔女たちにもつながるその他のテーマを追究している。それらのうちで最も重要なもののひとつは、人びとの生活の中で、運命と予言がいかなる役割を果たすかということである。とりわけ、予言が曖昧なことば遣い（両義性）と結びつくときである。つまり、意味することと言うことが別のようにする手管である。ダンシーネ城の酔っ払った門番でさえ、「両天秤かけてあっちにもこっちにも誓いを立てる二枚舌」（2幕3場8〜9行）を意識している。門番のこの論評について、多くの研究者たちは、火薬陰謀事件に加担し1606年に処刑されたイエズス会士ヘンリー・ガーネットをほのめかすものとしている（ガーネット神父は、二枚舌に関する論文を書いていて、1595年ごろ、ひそかに出版されていた）。二枚舌を用いる魔女たちは、火薬陰謀事件で起こりえた暗殺と同じくらい危険である。この劇の男性支配の社会から見れば、魔女たちが象徴していることはまた、子どもの養育者としてであっても、また主婦・飯炊きとしてであっても、17世紀の女性の果たすべき伝統的な勤めが打破される事態である。マルカムが、マクベスとその妻を「この死んだ人殺しと鬼のようなその妃」（5幕9場35行）と言うのは、偶然ではないようにみえる。マクベス自身が、魔女たちを二枚舌の悪鬼と考えている。

おれの自身も足元があやうくなってきた、
真実と見せて嘘をつく魔女のあいまいな二枚舌が
気になってきた……　（5幕5場41〜43行）

マルカムにとって、「悪鬼のような」マクベス夫人は、「荒野」（1幕3場77行）をさまよう「深夜の婆」と何の違いもないように思われる。シェイクスピアは、明らかにこのような見解を強固なものにしている。マクダフは当初誤って、マクベス夫人を、ダンカンの死の「再現」が「耳に入ればその命を奪いかねない」、「しとやかなご婦人」（2幕3場85〜86行）としているが、マクベス夫人は、その権力への欲望ゆえに「しとやか」とは程遠い。シェイクスピアと同時代の観客は、女性たちがおとなしく控えめであることを期待していた可能性があるが、マクベス夫人は、慣習に公然と反抗する。たとえば、彼女が「死をたくらむ思いにつきそう悪魔たち」にこう要求するときにみられる。

この私を
女でなくしておくれ、頭のてっぺんから爪先まで
残忍な気持ちで満たしておくれ！（1幕5場41〜43行）

マクベス夫人が邪悪な霊に求めて、「この女の乳房に入りこみ、甘い乳を苦い胆汁に変えておくれ」（1幕5場47〜48行）と言うのを聞くと、彼女の残忍な行為が決して安らぎを与えてくれるものではないと思う観劇者たちには、夫マクベスが究極の権力に上りつめると予言する魔女たちと彼女には、共通するところが多いと意識される。

継承、専制、ポリティクス

魔女たちの予言を聞くすべての者にとって重要なことは、継承がうまくいかないのではないかという不安、つまり、子が生まれず、子を産まぬまま死んで、継承権が確保できないのではないかという不安である。そうしたメッセージは、エリザベスの統治下ではあまりにも不適切ゆえに、舞台にのせることはできなかった。だがいまや、ジェイムズとその家族にへつらう役割を果たす。マクベスが困惑したことには、魔女たちが、彼がこの世で王になることを予言しただけでなく、同時に、永続する王朝を築くことができないとも予言したのである。バンクォーこそが、「代々の国王の父」と挨拶を受け、そのためマクベスは、次のように不満を述べる。

おれの頭上には実を結ばぬ王冠を押しつけ、

明日、また明日、また明日と、時は
小きざみな足どりで1日1日を歩み、
ついには歴史の最後の一瞬にたどりつく、
昨日という日はすべて愚かな人間が塵と化す
死への道を照らしてきた。

マクベス　（5幕5場19〜23行）

悲劇〔『マクベス』〕

引用されるマクベスの台詞

男の子だけ生むがいい、
恐れを知らぬその気性からは、とうてい男しか生まれまい。
（1幕7場 72〜74行）

さあ、奥へ。晴れやかな顔つきでみんなを欺くのだ、
偽りの心をかくすのは偽りの顔しかないのだ。
城壁に旗をかかげるのだ。まだわめいているな、
（1幕7場 81〜82行）

「敵がきたぞ」か！
（5幕5場 1〜2行）

敵の包囲の網はせばまった、逃げ道はない、
こうなったら追いつめられた熊同様、犬ども相手に
最後まで戦うぞ。
（5幕7場 1〜3行）

かかってこい、マクダフ、先に「まいった」と
弱音を吐いたやつが地獄へまいることになろう。
（5幕8場 33〜34行）

上：妻から二枚舌の教えを受けるマクベス（2007年公演のパトリック・スチュアート）。彼は世間に自らを忠実な臣下であり、思いやりのある主人であり、良き王であると見せようとするが、彼はそのどれでもない。

おれの手には不毛の王笏を握らせておいて、
それを血のつながらぬものの手にもぎとらせ、
おれの子供にあとを継がせぬ気か。（3幕1場 60〜63行）

マクベスとマクベス夫人には、後継者がいない。その結果生じる政治的な不確定性ゆえに、マクベスの権力と殺人への欲望が強まるのである。彼自身わかっているように、唯一の手段は、彼が玉座につく際に脅威となるすべての者を系統だって排除することである。ダンカンとバンクォー、マクダフ夫人と子どもたちがすべて殺害されるのは、魔女の予言を可能な限り成就させるためである。しかし政治的には、マクベスの卑劣な数々の行為によって、また別の普遍的なテーマが際立ってくる。専制と政治的私利私欲は、世界中の指導者の高潔をだめにしてしまう腐敗した力である。マクベスに反逆する者にとっては、そこが狙い目となる。マルカムは、「その名を口にするだけで舌がただれるあの暴君」マクベスも、「かつては正直な男と思われて」（4幕3場 12〜13行）いたという。スコットランドにとって不運なことに、マクベスは妻の助言に従ってしまった。その妻は、夫の「顔」は「まるで書物、そこに書かれた不思議な事柄が読みとれそう」なほど無防備だとこぼしたあと、政治的な二枚舌が重要であるとして、こう説明する。

おお、短剣ではないか、おれの目の前に見えるのは？／
柄（つか）をおれの手に向けているな。よし、つかまえるぞ。／
つかめぬか、目にはまだ見えておるのに。

マクベス（2幕1場 33〜35行）

世間を欺くには
世間と同じ顔つきをなさならければ。目も手も舌も
歓迎の色を示すのです。うわべは無心の花と見せて、
そのかげに蛇をひそませるのです。
（1幕5場 63〜66行）

人を幻惑する邪悪な蛇という伝統的なイメージのように、マクベスは外見上、罪がないように装い、本当の彼の邪悪な意図を覆わなくてはならない。究極的には、マクベス自身が「王にふさわしい美徳」〔マルカムによれば「公正、真実、節制、信念、寛容、忍耐、慈悲、謙譲、敬虔、我慢、勇気、不屈」（4幕3場 91〜94行）〕を拒絶するために、没落せざるをえないのである。かくして、正当で公正な君主による良き支配という、この劇の支配的なテーマが掲げられることになる。

不眠、罪、そして狂気

殺人者のやましいと思う心によって、安らかな眠りが妨げられる。この不眠というテーマは、この劇全体で反復されている。シェイクスピアによれば、不眠とやましさとが結びつくと、狂気もまた生じる可能性がある。魔女たちが最初に不眠について口にするのは、タイガー号の哀れな船

長について話をし、「眠りはやつめの瞼には昼間も夜も訪れ」(1幕3場19〜20行)ないとするときである。しかしマクベスこそ、このテーマが恐ろしいことを最もよく言いあらわしている。

> 叫び声が聞こえたようだった、「もう眠りはない、
> マクベスは眠りを殺した」——あの無心の眠り、
> 心労のもつれた絹糸をときほぐしてくれる眠り、
> その日その日の生の終焉、つらい労働のあとの水浴、
> 傷ついた心の霊薬、大自然が用意した最大のごちそう、
> 人生の饗宴における最高の滋養
> 　　　　　　　　　　　　(2幕2場32〜37行)

マクベスにとって、ダンカンを殺したというやましい気持ちが、安らぎを与えてくれる眠りの喪失に姿をかえたのである。マクベス夫人の反応、つまり「そのように気ちがいじみた考えかたをなさると、せっかくの勇気も崩れます」(2幕2場42〜43行)から、そのような不眠によって、彼女とその夫は、ゆっくりとした容赦のないうずまき状の過程をへて、狂気にいたることがわかる。しかし、不眠が究極的に表現されるのは、マクベス夫人が罪意識にさいなまれ、夢遊病となるときである。彼女の「眠ったままの錯乱」(5幕1場11行)は、最後に彼女が自殺することの前触れとなっている。マクベス夫人の医者がマクベスに告げるように、彼女は「押し寄せる妄想に悩まされて、そのために、おやすみになれない」(5幕3場38〜39行)。「それをなおしてやってくれ。おまえにも心の病は手に負えぬと言うのか?」(5幕3場39〜40行)というマクベスの命令と疑問に、医者は、自身にはどうにも打つ手がありませんと弁じる。それ以前に、「この病は私の医術ではいかんともしがたいものだ」(5幕1場59行)と医者は認めていた。マクベスは、「ぬくぬくとした眠り、まがいものの死」を切望しているが、それは、彼らふたりが非業の死をとげたときにはじめてみたされるのである。

不吉なイメージ群

シェイクスピアのイメージ群は、この劇の暗く不吉な側面に集中している。彼の使用する言語は、マクベスの統治がスコットランドの臣民に絶望と苦悩をもたらしたというなんともやりきれない意識を、見事に言いあらわしている。

> **材源**
>
> 年代記作者ラファエル・ホリンシェッドは、『イングランド、スコットランド、およびアイルランド年代記』(1587年)の改訂版で、マクベスは戦いでダンカンを殺し、1040年に、スコットランド王であることの承認を要求したとしている。シェイクスピアは、マクベスの罪悪感という精神的苦痛を付け加えているが、これ自体は、ホリンシェッドによるケネス王についての記述に触発されたものである。ケネス王は、マクベス治世の約70年前に、甥マルカム・ダフを惨殺した。

戦場であろうと、安全と想定される城の晩餐会であろうと、生々しく不穏な赤い色の血が常に流される。

悪夢と殺人行為にふさわしい時刻は、もちろん慣例として夜である。この劇を支配する圧倒的な闇のために、研究者の中には、『マクベス』は室内公演のために特別に書かれたと考える者もいる。もしそうなら、そこにはろうそくが用意され、亡霊の姿が隅の暗がりから出現しただろう。血と闇はまた、出産のイメージ群とも結びついている。人間にとって最も自然なことが、この劇においては、奇妙なほど不自然で異質な何かに変容させられているのだ。同様にシェイクスピアは、鳥・動物界をもとにしたイメージ群を用いている。それとともに自然が転倒され、マクベスの

下：マクベス夫人の高慢な野心が象徴化された場面。マクベス夫人を演じたエレン・テリーが華やかな衣裳を身にまとい、ダンカンの王冠を自らの頭上に掲げた1880年代の上演。ジョン・シンガー・サージェント作、1889年の絵。

左:「私の手もあなたと同じ色」とヘレン・バクセンデール演じるマクベス夫人が、ジェイソン・コネリー演じる夫に伝える（テレビ版『マクベス』より）。シェイクスピアは、『マクベス』の中で38回も血について言及しており、多くの登場人物が血糊にまみれて舞台に登場する。

る。「消えておしまい、忌まわしいしみ！　消えろというのに！」（5幕1場35〜40行）と、彼女は困惑して捨てばちになり、愚痴をこぼす。マクベスが最初にみせる反応は、あわてふためき信じられないといったものであろう。とりわけ、血まみれのバンクォーの亡霊が、突然、晩餐に現われたときなどはそうである。とはいえ、そうであっても彼は、「血が血を呼ぶのだ」（4幕3場121行）と認めてもいる。殺人の決意によっていっそう無情になったマクベスは、こう自分の立場を認識している。

　　血の流れにここまで踏み込めば、渡りきることだ、
　　行くも帰るも困難なら、戻ることは思いきるのだ。
　　　　　　　　　　　　　　　（3幕4場135〜37行）

血のイメージ群は、象徴的にいえば、この劇の罪深い夫婦の魂からにじみ出てくるのである。

闇と夜
殺人行為や卑劣な行為は、夜に実行されるのが最もふさわしいと、シェイクスピア時代には考えられていた。夜は、「あやしげな死の叫び」が、「無残な混乱」を予言し（2幕3場54〜58行）、「昼の正直者たちは首うなだれてまどろみ出す、／夜の暗闇の手先どもは餌を求めてうごめき出す」（3幕2場52〜53行）「無秩序な」時刻であるからだ。ダンカンが、スコットランド王の後継者としてマルカムを指名するのを聞いたとき、マクベスは「火を消せ、星よ、おれの胸底の黒い野望に光を当てないでほしい」（1幕4場50〜

支配が引き起こした政治的混乱が象徴的に表現されている。『マクベス』は、逆転と苦痛のイメージ群で充ちた芝居でもある。

血
魔女の登場する短く謎めいた11行の冒頭場面のあと、ダンカンが将校について、「なにものだ、あの血まみれの男は？」（1幕2場1行）と問いかけるが、この場面は、血しぶきを浴びた役者が、はじめて舞台に登場することを知らせるものである。これ以降、血は頻繁に反復されるイメージとなる。殺人の手から洗い流せない血痕は、隠喩として、罪の意識にさいなまれる人の精神的苦痛を意味している。睡眠中のダンカンを刺し殺したあと、マクベスは信じられないといった風でじっと見下ろし、「なんという手だ」と叫ぶ。

　　大ネプチューンの支配する大洋の水すべてを傾ければ、
　　この手から血を洗い落とせるか？いや、この手がむしろ
　　見わたすかぎり波また波の大海原を朱に染め、
　　緑を真紅に一変させるだろう。　（2幕2場57〜60行）

マクダフ殺害の行為はあまりにもすさまじいため、たとえマクベスがその両手を世界の大海で洗うことになっても、緑の大海が「真紅」の血の塊になるだろうというのだ。ダンカンの寝室から戻ったとき、マクベス夫人は、「私の手もあなたと同じ色」（2幕2場61行）になったと誇らかに宣言する。しかし、「ほんの少し水があればきれいに消えてしまいます」（2幕2場64行）と示唆する彼女の冷淡なことばは、あとになると痛烈な皮肉となる。のちに狂気になり、夢中遊行するとき、彼女はとりつかれたかのように両手をこすりあわせ、見えない血を洗い流そうとす

ミドルトンの『マクベス』？
2007年出版の『オクスフォード版トマス・ミドルトン作品集』には『マクベス』が収録されている。シェイクスピアよりも16歳年下のミドルトンは、多作の劇作家であった。彼は、とりわけ陰惨な悲劇と性的色彩の濃い喜劇で有名であった。研究者たちは、『マクベス』の11パーセント近くがミドルトンの手によるものと考えている。魔女たちの親玉ヘカティが口にする台詞は、歌への言及「おいでよ、おいで」（3幕5場）や、「黒い妖精」（4幕1場）の前後に配置されているが、シェイクスピアが死んだ年（1616年）に加えられたものと思われる。この歌の完全なものはすでにミドルトンの『魔女』（1616ごろ）に登場していた。この劇は、おそらくは国王一座によって、ブラック・フライアーズ劇場で上演された。現在、『マクベス』が上演されるときにはしばしば削除されるのだが、ヘカティとその歌は、すべて歌って踊るという要素を付け加え、シェイクスピア劇の初期改作者たちは、それを非常に魅力的だと思った。

51行）と訴える。同様に、マクベス夫人は、最初にダンカン暗殺の計画を練るとき、夜と闇に呼びかけて、自らの悪しき企てを覆い隠すようにしてくれと言う。

> きておくれ、暗闇の夜、
> どす黒い地獄の煙に身を包んで、早く、ここへ。
> 私の鋭い短剣がおのれの作る傷口をみないですむように、
> そして天が闇の帳から顔を出し、「待て」と
> 叫んだりしないように。　　　　（1幕5場50〜54行）

地獄の「どす黒い」煙を「身に包んで」くれと夜に求めることで、マクベス夫人は、彼女の悪魔的な決心を際立たせる闇と邪悪のイメージ群を呼び出している。すぐさま彼女は、バンクォーが「地獄の手先」だという者たちと一体化する。つまり、二枚舌の魔女たちである。魔女たちは、われわれに「真実を語」るようにみえて、実際は、われわれを罠にかけ「破滅」へと導く（1幕3場124〜26行）。魔女が二枚舌を用いて行なった予言に直面したマクベスにとって、夜と闇は、自身の破滅を比喩的にあらわしている。彼は「いまはもう日の光を見るのもわずらわしい」（5幕5場48行）と最終幕で嘆くように、この究極の夜、つまり死の恐ろしい闇は、厭世的な彼の唯一の希望となる。

動物と鳥

動物と鳥は、たとえ引喩だけであっても、この芝居の夜間の世界にしばしば登場してくる。それによって、この芝居が、陰鬱で絶望的であるという意識が増加する。犀、虎、蠍、蝙蝠と甲虫、犬、狼、蟇蛙、そして荒れ狂って共食いし「お互いを噛みあった」（2幕4場18行）馬、これらすべてが、シェイクスピアが見せるイメージの動物ショーに登場する。鳥についていえば、シェイクスピアはスズメ、鷲、鴉、鷹、ハゲワシ、鳶、カササギ、ミヤマガラス、ベニハシガラス、ミソサザイを使っている。実際、羽をつけた動物の仮想の小屋となっている。これらを使って、自然の災害が説明される。しかしフクロウは、前兆のしるしとして最も頻繁に言及される。ホメロスの『イリアス』や『オデュッセイア』といった古代ギリシアの叙事詩以来、フクロウは、その声が死がさしせまっていることを意味してい

背景となった歴史上の出来事

歴史上の人物マクベスは、先王を殺したあと、スコットランド王となったが、劇のマクベスとは異なり、彼は、少なくとも当時の基準からすれば、良心のある王であったようである。

誕生年	おそらく1005年
父	マリー伯フィンドラッハ
母	おそらくマルカム2世（在位1005〜1034年）の娘ドナウダ
結婚	ケネス3世の曾孫グロッホ
子供	継子ルーラッハ
王位継承	1040年8月14日、ダンカン1世（在位1034〜1040年）を戦いで殺した後のこと
死亡年	1057年8月15日、ダンカン1世の息子であるマルカム3世、カンモー（在位1058〜1093年）に戦いで殺害される
後継者	ルーラッハ（在位1057〜1058年）
埋葬地	アイオナ島

左：剣を手にして、薄暗い舞台を大股に歩くポール・スコフィールド演じるマクベス。この劇は、マクベス家の者が密かに行なう不正を闇と夜にたとえている。この事実を演出家たちは、十分に利用してきた。ピーター・ホール演出の1967年のストラトフォードでの上演。

> 消えろ、消えろ、／
> つかの間の燈火(ともしび)！人生は歩きまわる影法師、／
> あわれな役者だ、舞台の上でおおげさにみえをきっても／
> 出場が終われば消えてしまう。白痴のしゃべる／
> 物語だ、わめき立てる響きと怒りはすさまじいが、／
> 意味はなに一つありはしない。

マクベス（5幕5場23〜25行）

るとされたために、凶兆の鳥であると考えられてきた。マクベス夫人は、「鳴いたフクロウ」の鳴き声に驚いているので、この鳥が、夫がダンカンを殺害したことを知らせる「不吉な夜番」（2幕2場3行）とみている。

母性と子ども

シェイクスピアが使うイメージ群で、出産と子育てというあたり前の働きと結びついているものがあり、それには当惑させられる。マクベス夫人に母性本能がないために、彼女の魂の衰退が驚くほど強調される。ダンカンを殺すように夫を駆り立てるとき、彼女は、自分が生んだ、おそらくは死んだ子どもについて語り、自らの決心を証明する。

> 私は赤ん坊を育てたことがあります、
> 自分の乳房を吸う赤ん坊がどんなにかわいいか
> 知っています。でも私はほほえみかける赤ん坊の
> やわらかい歯茎から私の乳首をもぎ離し、その脳味噌を
> たたき出してみせましょう。さっきのあなたのように
> いったんやると誓ったならば。
>
> （1幕7場54〜59行）

嬰児殺しををめぐってマクベス夫人が行なうぞっとする描写は、マクダフ夫人の姿と対照的である。マクダフ夫人は、自分の子どもをいつくしみ、そして彼らの安全を守るためにひとり取り残され、気落ちする。夫がイングランドに逃亡したことについて、マクダフ夫人は、「あの人は私たちを愛していないのです」と言い、マクダフがいかに慈父としての「親子の情愛」（4幕2場8〜9行）に欠けているかを、とがめるかのように語る。いまや不運な母と子どもたちには、マクベスの殺害計画から逃れるすべはほとんどない。マクベスは、魔女の「気をつけるのはマクダフだ」という警告にあらがうために、マクダフの「妻子はもとより、その血につながる不幸なものどもをひとり残らず刃にかけてやる」（4幕1場151〜52行）ための命令をすでに下していた。マクダフ夫人とその家族は暗殺者の手にかかって死ぬ。この行為が、驚嘆するほどに残酷で情け容赦がないので、「女から生まれる前に、月たらずのまま母の腹を裂いて出てきた」（5幕8場15〜16行）男、つまりマクダフは、自らの家族とスコットランドの民にかわって、マクベスの血ぬられた支配に復讐すべく駆り立てられる。

舞台での『マクベス』

1660年代以来、役者・演出家デヴィッド・ギャリックが1774年に改訂版の上演をするまで、『マクベス』は、詩人・劇作家ウィリアム・ダヴェナントのスペクタクル的要素を取り入れた改作版を用いて上演されていた。ダヴェナントの『マクベス』は、空を飛ぶ魔女、歌や踊り、豪華な特殊効果で仕上げられたものだった。ギャリックは『マクベス』にメロドラマ的な要素を加えることを嫌うことがなかったが、俳優・劇場主ジョン・フィリップ・ケンブルとその妹サラ・シドンズこそが、1790年代に行なったロン

右：1971年の映画のセットにあわせて、マクベス夫人役のフランチェスカ・アニスのマントを調えている監督ロマン・ポランスキー。その暴力と裸体のために公開当初は批判されたが、現在、この映画は広く称賛されている。

ピーター・オトゥール

1980年、ロンドンのオールド・ヴィック劇場で上演されたピーター・オトゥール主演の『マクベス』（ブライアン・フォーブス演出）は、これまでで最悪の上演であるとされている。観客は大量に用いられた血糊を見て大笑いした。批評家たちは、全般的に酷評した。たとえば、『ザ・ガーディアン』紙では、マイケル・ビリントンが、「オトゥールはすべての台詞を、まるでエスキモーの観客を相手にしているかのように単調にどなる」と書いた。こうした批評のあとをうけ、この上演はまた、興行的な大ヒットを記録するようになった。

血の王座

日本の監督・黒澤明の『蜘蛛巣城』は、定義上、シェイクスピア劇の翻訳ではなくて、『マクベス』の筋とテーマを脚色した派生企画もの（スピンオフ）である。この映画は、能の芸術的要素と、侍映画というジャンルを結びつけている。『蜘蛛巣城』という日本語の題名から、権力と欺瞞、そして軍事的暴力と貪欲によって徐々に衰えさせられる東洋の封建的権力に、黒澤が心奪われていることがわかる。16世紀日本に設定された『蜘蛛巣城』は、シェイクスピアのテクストをやめて、その代わりに、名誉、信頼、裏切りという普遍的性質に焦点を当てている。3人の魔女は、ひとりの悪意のある霊に置き換えられていて、この霊は森に住み、象徴的に運命の糸車で毛糸を紡いでいる。マクダフとその家族は、この映画には登場しない。映画の結末で、黒澤マクベスの鷲津は矢の雨の中で死ぬ。彼の死が意味するのは、良き支配への回帰というより、破滅を運命づけられた封建制度の避けがたい崩壊である。このことは、第2次世界大戦直後の日本社会にあった不安を反映したものである。

上：三船敏郎（鷲津）と山田五十鈴（浅茅）を出演させた『蜘蛛巣城』のポスター。

ドン公演において、50人の歌い踊る喜劇的な魔女のコーラスを加えたのである。1840年代になると、『マクベス』はアメリカ合衆国で定着し、ウィリアム・チャールズ・マクレディーがシャーロット・クッシュマンを相手役に、ボストンでマクベスを演じた。クッシュマンは、彼女独自の苛烈なマクベス夫人像を作り上げた。その後、クッシュマンによる過激な再解釈に匹敵するマクベス夫人を演じたのは、イタリアのアデレード・リストーリである。彼女は1875年、イタリアの改作『マクベット』公演のためにロンドンを訪れている。1880年代、リストーリはニューヨークとフィラデルフィアで、エドウィン・ブースを相手役にマクベス夫人を演じた。

1936年4月、ハーレムのラファイエット劇場で、20歳のオーソン・ウェルズが、後に「ブードゥー」『マクベス』と呼ばれるシェイクスピア悲劇を演出し、ニューヨークでのデビューを飾った。ハイチ王アンリ・クリストフのポスト・コロニアル的な宮廷を舞台としたこの上演に、ウェルズは古典作品の出演経験がほとんどないアフリカ系アメリカ人俳優たちを配した。彼は3人の魔女をブードゥーの呪術医（ウィッチ・ドクター）に置き換え、この劇の催眠術的効果を高めるために、太鼓の音と詠唱を加えた。

グレン・バイアム・ショーが演出し、ローレンス・オリヴィエとヴィヴィアン・リー主演の1955年ストラトフォード公演は、現在でも分水嶺と称されている。ただし、オリヴィエの過剰なメイクを映した写真を見ると、悪の描写が形式化されすぎ、現代の好みにはあわないと思われる。

音楽では、イタリア人作曲家ジュゼッペ・ヴェルディが1847年、はじめて『マクベス』をオペラに改作した。彼はもっと長い版を、1865年にパリのリリック劇場用に書いたが、こちらの方が、今日のオペラファンにはなじみがある。

映画での『マクベス』

オーソン・ウェルズは、自身が演出した『マクベス』から20年後に、映画版で監督・主演をした。ウェルズ愛好家からすれば、これは彼の映画の最大失敗作となる。

その他の改作映画には、ロマン・ポランスキー監督の『マクベス』（1971年）がある。イギリス人作家ケネス・タイナンと共同で再構成した脚本よりも、マクベス夫人が裸で夢遊する場面もとづき、不当な判断が下された。また別の改作映画に、インドのボリウッド制作で、ヴィシャール・バラッドワージが監督した『マックブール』（2006年）がある。ここでは、魔女の役割はふたりの警視が担う。彼らは極端に人の扱いがうまい喜劇的人物で、土地の暗黒街のボス、マックブールの興亡を予言する。さらに、ジョフリー・ライト監督による2006年の『マクベス』では、現代のオーストラリアのメルボルンに舞台設定がなされている。ここではマクベスは無情な殺し屋で、3人の少女学生の魔女から、地域の犯罪組織の一番偉いボスになるだろうと告げられる。

『アントニーとクレオパトラ』
Antony and Cleopatra

創作年代:
1606年ごろ

背景:
アレキサンドリア、ローマ、ローマ帝国のその他の地域、紀元前40〜30年

登場人物:37人

構成:
5幕、42場、3,522行

あらすじ:エジプトでは、アントニーがクレオパトラへの愛のため、ローマの三執政官（他のふたりはオクテーヴィアス・シーザーとレピダス）のひとりとしての政治的、軍事的義務を放棄している。アントニーがローマに帰還すると、オクテーヴィアスはアントニーとローマとの絆を強くするため、自身の姉オクテーヴィアと結婚するよう彼に申し出る。オクテーヴィアスは人気の高いセクトゥス・ポンペイウスとの戦いにレピダスを用いた後、彼を排除し、さらにその後、アントニーがエジプトに戻ったことを口実に、彼に戦いを仕掛ける。オクテーヴィアスは海戦でアントニーとクレオパトラを撃退すると、アントニーと交渉することを拒む。アントニーは反撃に成功するものの、その後の海戦で敗北を喫し、敗因はクレオパトラにあるとして彼女を責める。

クレオパトラは逃亡し、自害したとアントニーに告げさせる。これを聞いたアントニーも自殺を試みる。しかしそれに失敗し、重傷を負ってクレオパトラの墓所に運ばれ、彼女の腕の中で息絶える。クレオパトラは、オクテーヴィアスが勝ち誇ってローマ中で彼女を見世物にしようとしていることを知ると、死後の世界でアントニーと再会することを願いながら、毒蛇を用いて自害する。彼女の死体を発見したオクテーヴィアスは、彼女の王権と命を認め、ふたりをともに葬ることを命じる。

『アントニーとクレオパトラ』は、扱っている歴史的題材の点からいえば『ジュリアス・シーザー』の続編といえるが、初期の作品であるそれとは異なった種類の悲劇である。この劇で描かれている対立する政治的かつイデオロギー的観点は、より個人的であると同時に内面的なものとなり、結果として、主人公たちは、より共感を呼ぶ登場人物となっている。その熱烈な関係は、個人的なことと政治的なこととが、切り離せないことを示している。劇中で独白が好まれず、議論と諷刺が用いられるという点において、『アントニーとクレオパトラ』は、その他の後期の悲劇に似ているが、それらよりも説得力がある。それは、まさに神秘の存在であるがゆえに、クレオパトラが魅力的な人物であり続けても、アントニーが、ローマ人としての責務と愛情との間の軋轢などのように感じているかを、われわれは常にわかっているからである。

エジプトの快楽主義対ローマの責務

『アントニーとクレオパトラ』が書かれた時代には、ルネサンス期的な性と権力の駆け引きがなされ、ローマ人の価値観が全般的にほめそやされていた。オクテーヴィアス（オクタウィアヌス）が紀元前30年にエジプトを征服したとき、彼は宣伝活動を行ない、クレオパトラがローマの敵であり、享楽的な異国人であり、その身にふさわしくない絶対的権力をもった女性であるとみられるようにした。

下:4幕15場を描いた19世紀の絵画。致命傷を負ったアントニーが、クレオパトラの墓所で彼女と一緒になるために引っ張り上げられている。

登場人物

マーク・アントニー、オクテーヴィアス・シーザー、イーミリアス・レピダス　ローマの三執政官

セクスタス・ポンピーアス

ドミシアス・イノバーバス、ヴェンティディアス、イアロス、ダシータス、スケアラス、ディミートリアス、ファイロー　アントニーの味方

キャニディアス　アントニーの副官

ミシーナス、アグリッパ、ドラベラ、プロキュリーアス、サイアリアス、ギャラス　オクテーヴィアス・シーザーの味方

トーラス　シーザーの副官

ミーナス、ミニークラティーズ、ヴァリアス　ポンピーアスの味方

シリアス　ヴェンティディアス軍の将校

教師　アントニーからオクテーヴィアス・シーザーへの使者

アレクサス、マーディアン（宦官）、シリューカス、ダイオミーディーズ　クレオパトラの従者

占い師

ランプリアス、ラニーアス、ルーシリアス　1幕2場で黙して登場する3人のローマ人

道化

クレオパトラ　エジプトの女王

オクテーヴィア　シーザーの姉、アントニーの妻

チャーミアン、アイアラス、クレオパトラの侍女

将校たち、兵士たち、使者たち、従者たち

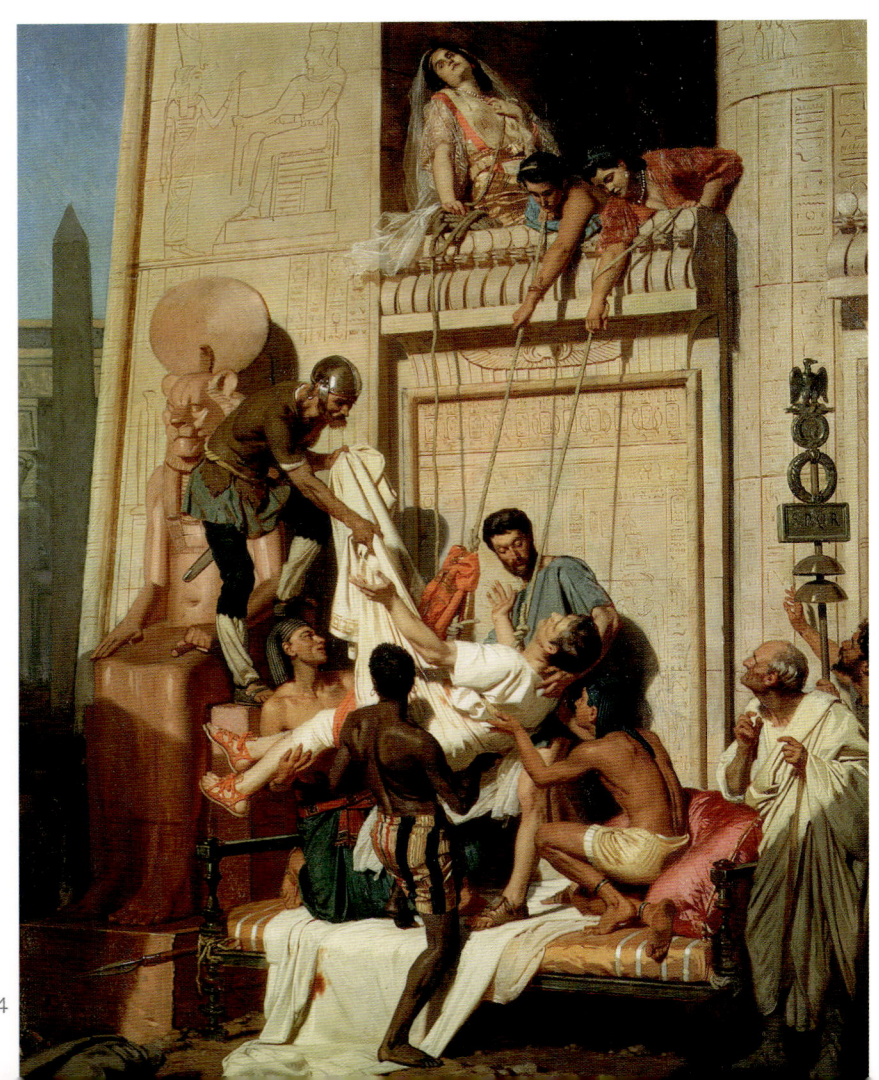

ローマ人はヨーロッパも植民地にしていたので、ローマ文明がヨーロッパ人にとっての主流となった。シェイクスピアの時代、ラテン語はいまだ知識階級にとっての普遍言語であった。したがって、イングランド人は、自らを文化的にローマ人と同一視する傾向があっただけでなく、ローマ人の父権的な態度の多くを共有してもいた。これらの態度には、植民地化によって必然的に文明がもたらされるという信念がふくまれている。言うまでもなく、女性は貞節かつ慎み深くあらねばならず、性的に主張の強い女性は身の程をわきまえねばらないとされていた。

最後の長い場面に至るまで、台詞は主としてローマ人たちに割りあてられている。彼らは、エジプトがローマ的責務とは反対の享楽的な地であるとするこの劇の見方を固定化している。肉体の楽しみに興じると思われた豪奢な宮廷で、女性や宦官たちに取り囲まれたクレオパトラは、まさに東方的快楽そのものといった存在である。アントニーはエジプトに帰化したローマ人であるが、恋愛ゲームでは、クレオパトラに追従している。幕開けの台詞で、ファイローはディミートリアスに次のように告げる。

> よく見るがいい、ざまはないだろう、なにしろ
> 世界を支える三本柱のひとつが淫売女のご機嫌をとる
> 道化役に変わりはてたお姿だからな、あれは。
> （1幕1場11〜13行）

オクテーヴィアスは、他者であるエジプトに出会うと、自分にはエジプト支配の権力があることを見せるが、深入りしすぎることはない。彼には、クレオパトラの魅力が通じないのだ。アントニーは、自分がローマ人であるということと戦い、最終的には、ローマ人らしく自害しなくてはならない。なぜなら、彼が異国的なものに執拗に魅了される

のは、それが、彼の義務感と名誉感には服従しえないからである。オクテーヴィアスとアントニーはともにローマ人であるが、彼らのエジプトに対する態度はまったく異なっている。シェイクスピアが、この差異とそれに関連するこの劇における諷刺的要素をいかに用いているかを見れば、彼が登場人物のふるまいに対して、どのような姿勢をとっているかがわかる。

エジプトとイングランド

アントニーとクレオパトラの関係を、愛（あるいは性）と政治についての物語として描くことで、ある意味でシェイクスピアは、同時代のイングランドの政治状況に言及しているともいえる。第2幕におけるクレオパトラの使者への攻撃は、おそらくエリザベス1世の侍従への扱いにもとづいていよう。また、強い権力を持ち、自身を劇化する自分勝手な女王として、クレオパトラとエリザベスとを比較し、比較的はっきりとした類似点を指摘することも意図されていたろう。エリザベスのように、クレオパトラは、未婚のままでいることで権力を保持しつづけた。もちろん、クレオパトラは処女王ではない——彼女の恋人はローマ人の指

材源

シェイクスピアの主な材源は、トマス・ノースが英訳した古代ギリシアのプルタルコス作『英雄伝』である。2幕2場での、イノバーバスの舟の演説（「あの女の座した舟は、磨き上げた玉座さながら」）は、ノースの散文を力強い韻文にかえたものである。しかし、プルタルコスとは違い、シェイクスピアは、エジプト宮廷の快楽主義を表現するのと同じように、ローマの政治における陰謀術数を諷刺している。

上：アントニーは、ローマ人としての責務と東方の快楽の狭間で引き裂かれている。この場面で彼は、女王のエキゾティックな従者たちの群れが見守るなか、クレオパトラの話に耳を傾け、心を奪われている。2005年、イングランドのマンチェスターでの上演。

導者であり、大きな政治的権力を持つ男である。しかし、アントニーがオクテーヴィアと結婚したことを怒っていたにもかかわらず、彼女は死にゆくとき、結婚をめぐる思いを言葉にして表わすだけである。

注釈者の中には、皇帝アウグストゥスとして統治したオクテーヴィアスと、当時の君主ジェイムズ１世との類似が暗示されているとみる者もいる。ジェイムズは第二のアウグストゥスとみなされることを好んでおり、アウグストゥスの統治がパクス・ロマーナ（ローマ帝国の支配による平和）をもたらしたように、自らが新たな平和な時代をもたらすのだと考えていた。シェイクスピアの描くオクテーヴィアスは、アントニーとの最後の戦いに際し、次のように述べる。

全世界に平和の訪れるときが近づいた、
今日をそのめでたい日となしえれば、世界はすみずみまで
オリーヴの葉を茂らせるだろう。

（4幕6場4〜6行）

しかしこの劇は、アウグストゥス（初代ローマ帝国皇帝）として新たな自己を生み出した政治家オクテーヴィアスを扱ったものではなく、彼の野心的出世を扱っている。そのため、オクテーヴィアスの行なう巧妙な操作に向けられた、こうした諷刺の要素を無視することは難しい。

ローマ対エジプト

この劇のテーマは、ローマ的価値とエジプト的価値の衝突、そしてそれに付随する、政治的かつ個人的な危機意識と裏切り意識に由来している。そして、このふたつの価値観の対立は、オクテーヴィアスがアントニーとクレオパトラに対して戦争を仕掛けたとき、実際のものとなる。さらにこの劇は、中年の恋愛が醜く破滅的であることを強調してはいても、大いなる熱情は、物質的に失うものがあるものの、するに値するという考えを、最後には是認している。恋人たちは、政治的には敗北者であっても、次のように述べる——

クレオパトラと少年の徒弟

シェイクスピアの時代、クレオパトラはイングランドの舞台において最も大きい、そして挑戦的な女性役だった。この時代、女性の役は徒弟の男性俳優によって演じられた。彼らはしばしば「ボーイズ」と呼ばれたが、少なくともその中のひとりは、21歳のときも女性の役を演じたことが知られている。シェイクスピアは、若者、おそらくは当時劇団にいた年上の徒弟を念頭において、クレオパトラ役を書いたと考えられる。もしそうなら、この徒弟は人気役者たちと直接競演しただけではなく、人気役者の死の場面が終わっても、舞台すべてを支配していたのかもしれない。

シーザーの幸運をあざ笑っているのね、
神々が人間に幸運をお与えになるのは、それを口実にあとで復讐するためなのだから。

（5幕2場285〜87行）

『アントニーとクレオパトラ』の大部分では、関連しあうテーマが扱われている。つまり、恋人たちが義務と愛とで揺れ動くこと、個人的なものと政治的なものが相互に関連しているということと、なにが高潔な行ないかということである。

この劇が、全体的に曖昧で諷刺的であるがために、観客の反応は複雑になる。アントニーに近いローマ人は、彼が情欲に耽溺して責務を怠っているのを目にすると、裏切られたという思いを口にする。エノバーバスは不安を感じ、結局はオクテーヴィアスの側へと寝返る。だが、そうした自分をアントニーが寛大に扱ってくれたので、恥ずかしさのあまり死を選ぶ。クレオパトラのアントニー操縦術は、移り気にし、場当たり的にふるまうことである。そのため、彼女に裏切られるのではないかと思うようになる。ふたりはまた、政治的な現実に抵抗しようとして、自らの権力を濫用する。クレオパトラは2幕5場で、アントニーが結婚したという知らせを持ってきた使者を打ち、アントニーは3幕13場で、オクテーヴィアスの使者サイディアスを鞭打つように命じる。また、3幕1場のヴェンティディアス

上：エジプト、特にクレオパトラの想像上の性的放縦は、長い間、作家や芸術家の題材であり続けた。胸をはだけ、毛皮と絹の上で身を休め、超然と毒に関心をもつ女王を描いている。アレクサンドル・カバネル作『有罪の囚人で毒を試すクレオパトラ』（1887年）。

> あの女の座した舟は、磨きあげた玉座さながら、／
> 水に燃えるように照りはえていた、艫は金の延べ板、／
> 帆は真紅、それにかぐわしい香をたきこめてあるので、／
> 風も恋わずらいに身をこがしていた……
>
> イノバーバス（2幕2場191〜94行）

の忠誠心ではなく、個性にもとづく高潔さを生み出そうとする試みのためである。

この劇には、オクテーヴィアスがアウグストゥスとして生み出すことになる政治家の姿はほとんどない。オクテーヴィアスが行なう帝国建設の権力ゲームはとてつもなく大規模であり、内部闘争はローマ政治には不可欠である。オクテーヴィアスは策略家で裏切り者、そして詐欺師である。彼はレピダスを追いやり、背後からレピダスの軍を指揮し、脱走兵を信じず、アントニーを殺すようクレオパトラをそそのかし、彼女をローマ中つれまわし見世物にするようなことはないと思いこませようとする。そして、彼はしみったれで、勝利した自らの軍をたっぷりと楽しませようなどとは思わない。

放縦と愛のイメージ

この劇の主要なイメージ群によって、（ローマ帝国主義者の観点からすると）骨抜きになることと罠に絡め取られることが、エジプトの官能性と結びつけられる。これらのイメージによって、言語的なものと視覚的なものとが結びつき、シェイクスピアが、アントニーとクレオパトラを曖昧に、あるところでは諷刺的に描くのに役立っている。

アントニーは、かつてローマの軍事的価値そのものであったが、いまやクレオパトラの呪縛に屈している。彼は軍事的関与と性的関与とを取りかえてしまった。これは、登場人物の数人が指摘することである。劇がはじまると、舞台はエジプトの放縦さを示唆するイメージが提示され、ファイローは、アントニーのクレオパトラ狂いについて説明する。ファイローは、宦官が、クレオパトラを文字通り扇いでいるのを目にする。しかし隠喩的に言えば、彼女は、アントニーが性的に屈従していることで、冷めた状態にある。

のことばからわかるように、アントニー軍の部下たちは常に正当に扱われておらず、2幕2場でイノバーバスは、よけいな口を出すなと叱責される。また3幕7場では、途中で使いにやられた名も無き兵士も、同様の扱いをうける。

贖罪としての自殺

アントニーの目には、自殺は自らに足りないものを償う行動とうつっている。

> シーザーの勇気がアントニーを倒したのではない、
> アントニーの勇気がおのれに勝ったのだ。
> （4幕15場14〜15）

はっきりとは描かれていないが、クレオパトラがなかなか自殺をしないのは、彼女が交渉によって自らの国の未来を定める必要があったからである。また、その遅延から、彼女にとって、ジェンダー問題と政治問題がいかに分かちがたく結びついているかがわかる。実際に彼女が死ぬとき、そこにはエジプトの支配者として、そして女性としての彼女の決意と高潔さ、さらに彼女がいまや夫と呼ぶ男への傾倒が示されている。ふたりが死ぬのは、自らを英雄にみえるようにしたいとする主人公たちの試みかもしれないが、彼らは明らかに高貴である。この劇のローマには、あるいはローマに属するものには、高貴なものはほとんどないからだ。彼らが死ぬのは、戦闘マシーンにも似た政治体制へ

> あの武将にふさわしい心臓は、
> かつて激戦のさなかに胸の締め金をはじき飛ばすほど
> 勇気凛凛と高鳴ったものであった、それがいまでは
> すっかり自制を失い、鞴、団扇になりさがって
> ジプシー女の情欲をさましている。
> （1幕1場6〜10行）

アントニーの兵士たちは、彼がクレオパトラにのめり込むことで去勢され、皮肉にも宦官状態の軍人になってしまったと考えている。クレオパトラにぞっこんほれている彼は、彼女が戦場でも寝床でも剣は身につけることを許し、その結果、将軍自身の剣は自己破滅の道具になっている。この代償は、究極的にはアントニーが自害に失敗するときに支

払われる。

　クレオパトラがアントニーの剣を身に帯びる一方で、アントニーはクレオパトラに女性の服装を身にまとわせられる（2幕5場18～23行で、クレオパトラはチャーミアンにそう説明する）。これは、性愛の戯れであると同時に、性的／政治的な戯れの行為なのだ。この行為は、単なる性差の転換にとどまらず、ローマの高潔さと軍事力の根底を揺るがし、また秩序、征服、領土の所有をめぐるローマ的観念を転覆させるものである。これは、軍神マルスに対する愛の神エロス（武装を解かせるもの）の勝利である。

　この異性装の出来事からわかるように、クレオパトラの性的「手段」には予測不能なところがある。「浅黒い」（1幕1場6行）エジプト人として彼女が舞台に姿を見せることは、この劇の初演当時の観客にとって重要な道徳的意味を持っていた。彼女の浅黒い肌は風変わりなほど両義的なものである。つまり、黒くもなければ白くもないのだ。究極的に、クレオパトラの気高さは証明されるが、劇の過程においては、多くのローマ人男性は、彼女の肌を性的放縦の象徴とみなしている。イノバーバスは、冷笑的になったとき、クレオパトラをアントニーの「エジプトのごちそう」（2幕6場126行）と呼んでいる——ただし、アントニーが

アントニーとその剣

彼は魚を釣り、酒を飲み、
夜を徹して遊興にふけっているようだ。彼よりも
クレオパトラのほうがまだ男らしい、と言うか、
トレミーの女王よりも彼のほうがさらに女らしいのだ。
　　　　　　　——シーザー（1幕4場4～7行）

アントニーはエジプトにあって酒をくらい、
ベッドの戦はともかく
戦場の戦をする気は無い。
　　　　　　　——ポンペー（2幕1場11～13行）

翌朝九時前、私はあの人を酔わせて寝かしつけた、
そして
私のスカーフやマントをあの人にかけると、
わたしはあの人の名剣フィリッパンを腰につけた。
　　　　　　　——クレオパトラ（2幕5場20～23行）

おまえは知っていたはずだ、
おまえがどこまでおれを征服したかということを、
またおれの剣が愛ゆえにもろくなり、なにごとであれ
愛の言いなりになることを。
　　　　　　　——アントニー（3幕11場65～68行）

やい、おまえの女主人は
卑劣にもおれの剣を盗みとったな！
　　　　　　　——アントニー（4幕14場22～23行）

だがおれも
死の花婿となるぞ、花嫁のベッドへ向かうように
死の手に飛びこんで行くぞ。
　　　　　　　——アントニー（4幕14場99～101行）

> 年齢もその容色をむしばみえず、かさねる逢瀬も
> その無限の変化を古びさせえぬ女なのだ。ほかの女は
> 男を満足させれば飽きられる、ところが女王は
> 満足させたとたんにさらにほしがられる。
>
> 　　　　イノバーバス（2幕2場234～37行）

祝宴を好むことは、オクテーヴィアスと対照的な彼の寛大さの印と言えよう。しかし、アントニー自身はしばしばクレオパトラの忠誠を疑い、彼が言うところの第2の海戦の際「いかさま手品で／おれをだました」、「不実なエジプト女」を「ジプシー女」（4幕12場28～29行）と呼んでいる。彼が戦場で彼女をあてにするのは、4幕4場で視覚的に示される。このとき彼女は、無能となって彼の武具係となる。この場面は、舞台奥で行なわれた異性装に続く場面であり、ここでクレオパトラは、彼に将軍としての役割を返そうとしているのだ。

　クレオパトラは、恋愛ゲームでは常に主導権を握っており、彼女が墓所に閉じこもるのは、おそらく、悲惨な結果に終わるとはいえ、戯れの一種である——もちろん彼女は、アントニーの暴力的な怒りから逃亡したのであるが。アントニーが死にゆく時、クレオパトラは、血を流す彼を、文字通りその身に引き寄せる。これは彼が罠にかかり、その結果、血と苦痛にまみれたことを舞台上で表現したと解釈できるかもしれないが、アントニーは文字通り高く掲げられ、劇は、恋人たちが勝利したことを究極的に強調する。最後にクレオパトラに死の順番が回ってきたとき、彼女は身を飾る機会をもう一度みつける——これは、意気揚々としたマルスの領土拡大主義ではなく、偉大なるエロスにかかわる王の衣裳である（「死の一撃は恋人がつねるようなもの、痛みを与えて／嬉しがらせるだけ」）（5幕2場295～96行）。

クレオパトラを演じる

『アントニーとクレオパトラ』は、シェイクスピアのほかのどの劇よりもたくさんの機会を人気女優に与えてきたが、クレオパトラ役は、「適切な」女性のふるまいをめぐる西洋的な考えとは相反している。彼女は性的魅力によって男性を支配し、時に暴力をふるい、絶対的な政治権力を握っている。これは、ジェイムズ朝演劇の慣例内にいて、徒弟期間にある男性役者（シェイクスピアの時代にクレオパトラを演じたのは彼らである）にとって問題ではなかったが、近年になるまで、女優にとって困ったことであった。

　17世紀末イングランドにふたつの改作が生まれた。ひとつは詩人ジョン・ドライデンによるもの、もうひとつは劇作家チャールズ・セドリーによるものである。これらの改作は、シェイクスピアのものよりも、クレオパトラをより伝統的で貞節な人物に仕立てている。シェイクスピアのクレオパトラが再び己れを主張することを許されたのは、1759年ロンドンのドルーリー・レーン劇場で行なわれた公演においてである。このときクレオパトラ役を演じたのは、メアリ・アン・イエイツであった。

この劇がくり返し上演されるレパートリーとなったのは、トレヴァー・ナンによる1972年ストラトフォード公演からのことである。このとき、クレオパトラ役はジャネット・スズマンだった。フェミニズムが大衆化し、他の文化的な態度が変わりつつあることから、この劇は上演の上でも、また大学の授業でも、魅力を持ち続けている。この劇は、性的かけひきと父権的政治権力とがどのようにかかわっているかを探っているのだが、そのことも楽しいことであるが、現代の観客は、この劇の悲劇的形式にみられる曖昧性も十分に楽しめる。つまり、ひどく諷刺的で、独白がまったくないからである。

ナン以降、最も成功したイギリスでの上演は、アンソニー・ホプキンスとジュディ・デンチが出演し、ピーター・ホールが演出した1987年のものである。全キャストを黒人で演じた、イギリス舞台史上「初めて」の『アントニーとクレオパトラ』は、1991年にイヴォンヌ・ブルースターがタラワ・シアター劇団のために演出を行なった。これにはジェフリー・キッスーンとドナ・クロールが出演した。また、1999年ロンドンのグローブ座では、全キャストを、ジェイムズ朝の衣裳に身を包んだ男性が演じた。これを演出したのはジャイルズ・ブロックで、ポール・シェリーがアントニーを、マーク・ライランスがクレオパトラを演じた。

『アントニーとクレオパトラ』は、1838年以来アメリカでも上演されてきた。1960年、キャサリン・ヘップバーンがクレオパトラ役を演じたのは有名である。またヨーロッパでは、ふたりの演出家が行なったドイツ語による公演は特筆される。ひとつはウィーンでのペーター・ツァデクによるもので、もうひとつはザルツブルクでのピーター・スタインによるものである。どちらも、1941年の公演である。

『アントニーとクレオパトラ』は、他のメディアではあまり改作されていない。サミュエル・バーバーのオペラ『アントニーとクレオパトラ』（1966年）は、映画監督フランコ・ゼッフィレッリが、シェイクスピアにもとづいて書いた台本を用いている。

作品の背景となった歴史的出来事

紀元前83年	マルクス・アントニウス誕生
70年か69年	クレオパトラ誕生
51年	クレオパトラとその弟プトレマイオス13世、エジプトを共同統治
49年	ユリウス・カエサルとローマの将軍ポンペイウスの間で内乱勃発
48年	エジプトでポンペイウスが暗殺される。カエサルとクレオパトラが恋人になる
47年	クレオパトラが、おそらくカエサルが父親の息子を出産
46年	クレオパトラがローマに到着。カエサルが執政官に選出される
44年	ユリウス・カエサルの暗殺。クレオパトラはエジプトに帰還
43年	アントニウスとオクタウィアヌス・カエサル、レピダスの三執政官制
42年	アントニウスとオクタウィアヌスがフィリピの戦いでカエサルの暗殺者に勝利
41年	アントニウスとクレオパトラが恋人になる
40年	アントニウスの妻、ファルウィアの死。アントニウスがエジプトからローマに帰還し、オクタウィアヌスの姉オクタウィアと結婚。クレオパトラがアントニウスを父とする双子を出産
36年	アントニウスのパルティア遠征失敗、レピダスは三執政官から退く
	クレオパトラがアントニウスの息子を出産
35年	アントニウスがクレオパトラとともにエジプトに帰還
33年	三執政官制の法的な終結
32年	アントニウスがオクタウィアと離婚、オクタウィアヌスがクレオパトラに戦争を宣言
31年	オクタウィアヌスがアクティウムの戦いでアントニウスとクレオパトラに勝利
30年	オクタウィアヌスとその軍がエジプトに到着。アントニウスとクレオパトラは自害
27年	オクタウィアヌスが皇帝アウグストゥス・カエサルになる

右：コンスタンス・コリアー演じるクレオパトラと戯れるハーバート・ビアボーム・トゥリー演じるアントニー。アリス・クローフォード演じるチャーミアンが傍にいる。彼らは壮麗な衣装を身にまとっている。1906年、トゥリー演出のロンドン公演から。

『アテネのタイモン』 Timon of Athens

あらすじ：タイモンは、アテネで最も裕福な商人のうちのひとりで、その富を惜しみなく分け与え、また人びとをもてなす。厭世家の哲学者アペマンタスは、追従をいう者に気をつけるようにタイモンに警告する。タイモンが予期せずして経済的に破綻すると、「友人たち」は援助を断り、過去の寛大さに報いることをしない。

友人たちの忘恩に幻滅したタイモンは、人との交わりを避け、怒って森に隠遁する。草の根をとるために土を掘っていると、黄金を発見する。彼は、黄金が人間にとって無益であること、そして黄金が人間を道徳的に堕落させてしまう潜在力をもつことをめぐり深く考える。だが、嫌悪すべきことに、彼は黄金でふたたび裕福になる。その後タイモンは、アルシバイアディーズに出会う。彼は、以前は軍事的英雄の将軍であったが、自分をアテネから恩知らずにも追い出したアテネ市民を恨んでいる。

タイモンはアルシバイアディーズに金を与え、アテネに復讐の戦争を仕掛けるときの軍資金にしろと言う。タイモンは人間嫌いのまま浜辺で死に、アルシバイアディーズは、彼の死を恥ずべきアテネの町に伝える。

『アテネのタイモン』は、形式上は悲劇に分類されるが、調子の面では、論争を主とする諷刺であり、社会をめぐる一連の根本的な問いかけを行なっている。そのため、この劇はシェイクスピアの「問題劇」と位置づけられてきた。この劇が飾り気のないつくりで、ときどき筋が唐突に転換するため、批評家の中には、この劇が未完成であるか、あるいは、シェイクスピアと別の劇作家、たとえばトマス・ミドルトンなどとの合作ではないかと論じる者がいる。しかし、これらの見解は推測の域を出ない。

上：ふたりの娼婦フライニアとティマンドラから黄金をねだねられるラルフ・リチャードソン演じるタイモン。1955年、ロンドンのオールド・ヴィック劇場での公演。身体腐敗のイメージをかきたて、タイモンは、客に性病をうつしてやれと彼女らをそそのかす。

登場人物

タイモン　アテネの貴族	召使いたち　ヴァロー、イジド、ルーシアス、高利貸しとタイモンの債権者たちに仕える
ルーシアス、ルーカラス、センプローニアス　取り巻きの貴族	詩人、画家、宝石商、商人
ヴェンティディアス　タイモンの不実な友のひとり	アテネの老人
アペマンタス　無作法な哲学者	ホスティリアス、およびふたりの外国人
アルシバイアディーズ　アテネの武将	小姓
フレーヴィアス　タイモンの執事	道化
フラミニアス　タイモンの召使い	フライニア、ティマンドラ　アルシバイアディーズの情婦
ルーシリアス　タイモンの召使い	キューピッド
サーヴィリアス　タイモンの召使い	仮面劇におけるアマゾンたち
ケーフィス、フィロータス、タイタス、ホーテンシアス　高利貸したちの召使い	元老院議員たち、貴族たち、役人たち、兵士たち、山賊たち、召使いたち、従者たち

創作年代：
1606〜09年ごろ

背景：
アテネとその周囲の森、
紀元前4世紀

登場人物：33人

構成：
5幕、17場、2,488行

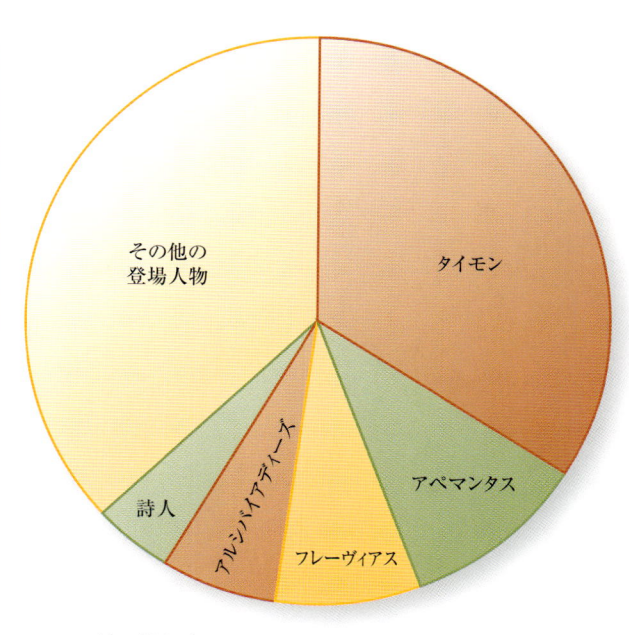

主な登場人物

タイモンが、明らかにこの劇の焦点である。彼には約34パーセントの台詞が与えられている。多くの「その他の登場人物」は37パーセントの台詞を割り当てられているが、彼らは概して、不誠実な追従者であり、タイモンの深刻な幻滅を象徴する人物たちである。

右：ロンドン市長の住居に建てるため、1853年、ロンドン市によって製作依頼された彫像。依頼を受けた彫刻家フレデリック・スロップは、「シェイクスピアが、森に隠遁したと書いている部分」に出てくるアテネのタイモンを選び、この石膏の習作を同年に完成させた。

この劇が批評史上、また上演史上で無視されてきたのは、この劇が、不快なまでに辛辣で暗い調子をもっているためであろう。そこでは、人間に生まれつき備わった高潔さが強調されることほとんどない。こうした高潔さが強調されるからこそ、シェイクスピアの他の悲劇は救われているとされることがよくある。タイモンの召使いたちは、称賛すべき唯一の登場人物である。しかし、こう論じることもできよう。つまり、劇作家ベルトルト・ブレヒトやサミュエル・ベケットが活躍した時代以来、演劇の発展がみられたことに加え、『アテネのタイモン』自体が、厳しく、社会に批判的な姿勢を見せているからこそ、今日世界の観点から、再評価をうながす現代的意義をもっているのだと。

成熟期のシェイクスピア

この劇の材源としてわかっているものは、古代ギリシアの伝記作家プルタルコスの『英雄伝』をトマス・ノースが英訳したものにある簡単な記述、それと諷刺家ルキアノスによるギリシア語の対話篇だけである。しかしシェイクスピアは、それらの古典的な語りに多くの詳細と自身の解釈を付け加えている。経済的惨事がシェイクスピアの時代に頻発していた。人口の増加によって、これまで類を見ないインフレが起こり、経済はきわめて不安的な状態に陥った。多くの不運な廷臣が、タイモンと同じように破滅した。したがって、タイモンの経験と不安は、観客にとってよくわかるものであったろう。

この劇は、追従と忘恩というテーマの点で『リア王』を補完するものであるために、『リア王』以前に準備として書かれたものか、『リア王』の副産物的企画（スピン・オフ）であったかのどちらかである。この劇には、それ自体の劇的強烈さと、成熟期のシェイクスピアにしか書けないだろうと思える、複雑で力強い詩行がある。

> おまえだって、きっと底抜け騒ぎの酒に
> 　耽溺していたろう、夜ごと相手の代わる情欲のベッドに
> 青春の身をもち崩していたろう、冷たい反省の教えに
> は
> 耳も貸さず、ひたすら目の前にある甘い遊びに
> うつつを抜かしていたろう。ところがこのおれは、
> そう、おれはこの世をおれの菓子屋だと思っていた、
> 人々の口も、舌も、目も、心も、おれに使われるべく
> 控えていたが、おれには使い切れぬほどだった、
> やつらは、まるで柏の大木についている葉のように、
> 無数にこのおれにへばりついていた、それが冬の嵐に
> 一夜にして吹き散ってしまった……

（4幕3場 255〜66行）

商業の腐敗

タイモンは、自らの転落を生み出した当人である。なぜなら、彼は本質的に商業システムに汚され、絡めとられているからである。彼の当初の寛大さは、彼がのちにそうであるように、黄金のような朽ちない金属を所有しているためではなく、彼が「信用にもとづいて生きている」結果である。タイモンは、裕福であるという印象を現実世界との緩衝材として用い、アテネの人びとの好意を買収し、商売の上での寛大さが社会的・感情的絆を作るものと信じこんでいる。

債権者たちがタイモンに借金の返済を求めるとき、彼は、富とは単なる幻想であり、富では友情が買えないことを発見する。こうわかることで、彼は憎しみを募らせ、これまでとは逆に、そこに巻き込まれる人間を堕落させるシステムを攻撃・非難する側に立つ。

タイモンが森の中で黄金を発見してふたたび裕福になったときにも、彼は、人間の価値をゆがめ道徳的判断を誤ら

舞台に立つシェイクスピア

シェイクスピアは、所属する劇団の主導的な劇作家であると同時に、俳優でもあり、彼は、この劇で詩人役を演じたと推測されてきた（もっとも、証拠はない）。たいした役柄でもない詩人に驚くほど多くの台詞が与えられているが、その他のアテナ人と同じように、彼もまた、まさに罪を背負った追従者である。

せる力を持っているという点において、黄金が、本質的には「信用証書」と変わりのないものであると思い知る。

> なんだ、これは？
> 金貨か？　黄金色にきらきら輝く貴重な金貨だな？
> いや、神々よ、私は真剣に祈っているのだ、
> どうか草の根を！だが、これだけの金があれば、
> 黒を白に、醜を美に、邪を正に、卑賤を高貴に、
> 老いを若きに、臆病を勇気に変えることも出来よう。
> 　　　　　　　　　　　　　（4幕3場25〜30行）

無政府主義者ピエール＝ジョゼフ・プルードンの金言「財産とは盗みである」を先取りする、動物同士の略奪関係を描いた一節で、シェイクスピアは、タイモンを通して、経済的搾取が、事実上、否定しようもない自然法則であるとする悪夢を作り出している。

> ひとつ、泥棒の見本を教えてやろう。
> 太陽は泥棒だ、その強大な引力でもって大海原から
> こっそり水を吸いあげておる。月もあきらかに泥棒だ、
> その青白い光は太陽からかすめとったものだ。
> 海もまた泥棒だ、その揺れ動く大波は月を溶かして
> 塩からい涙に変えたものなのだ。大地ももちろん泥棒だ、
> あらゆる生きものの排泄物から盗みとった堆肥でもって
> ものを養い育てておる。あらゆるものはすなわち泥棒だ。
> 　　　　　　　　　　　　　（4幕3場453〜42行）

忘恩は表面的なテーマにすぎない。タイモンの嘆きの真の原因は、交換商品が社会全体を巻き込んでいることに気づき、裏切られたと意識することにある。劇の結末へと向かう一連の行列のような場面で、「野生化」した状態のタイモンは、社会的・商業的・政治的利害関係を代表する人物たち――娼婦、山賊、政治家――に出会うが、それによってシェイクスピアは、いかに金が、時に戦争の引き金になるほど人を深刻なまでに腐敗させるものであるかを追究することができた。詩人と画家ですら、自らの清廉さを傷つけても、パトロンを確保するために、社会的地位の高い人物に追随しなくてはならない。

『アテネのタイモン』で唯一「正直な」登場人物は、社会的に無力な人びとである。タイモンの慎ましく献身的な執事フレーヴィアスは、彼の「立派な」（4幕3場511行）主人へ心から忠誠を尽くし、そのために、乞食に身を落とす。他方、怒れる諷刺家アペマンタスは、そのシステムの外にいて、根本的に批判的立場からそのシステムを非難する――「人間誰でも悪口を言うやつでなければ言われるやつだ」（1幕2場140行）。

倒錯した自然

病のイメージ群、そして貪欲で倒錯した自然のイメージ群が、この劇全体にあらわれている。娼婦の一団は、経済的需要に駆り立てられる欺瞞的商取引の原則を体現しているだけでなく、そうした伝染性の腐敗をも体現している。なぜなら、タイモンが強調するように、彼女らは客に性病を感染させるからである。都市と森が対立させられているが、それは、腐敗と無垢という単純な対立ではなく、文明化した偽善と自然力の明快さという、それほど明白なわけではない対立である。

海は控えめに用いられてはいるが、重要な意味を持ったもうひとつの強力なイメージである。タイモンは「大海の波打ち寄せる浜辺」（5幕1場216行）で死ぬことを選択する。水はこの劇で言及される、浄化のための自然元素であるだけではない。ここには、人間は海の中では生きてはいけず、その傍で死ぬだけという認識がある。あたかも彼ら人間が道徳的に汚れているため、二度と清浄な状態にはなりえな

富の偽善

> よくも人が人をあれほどまで信用していられるものだ。
> 　　　　　　　――アペマンタス（1幕2場43行）

> 沈む太陽にはドアを閉めるのが世の習いだ。
> 　　　　　　　――アペマンタス（1幕2場145行）

> 人間だれでも欠点はある、気前がよすぎるというのがあの人の欠点だ。
> 　　　　　　　――ルーカラス（3幕1場27〜28行）

> むかしは幸せだった。
> 　　　　　　　――フレーヴィアス（4幕2場27行）

> この黄金色の奴隷めは、
> 信仰の問題において人々を結合させたり離反させたりし、
> 呪われたものを祝福し、白癩病みを崇拝させ、
> 盗賊を立身させて、元老院議員なみの
> 爵位や権威や栄誉を与えるやつなのだ。
> 枯れしぼんだ古後家を再婚させるのもこいつだ、
> 膿みただれたできものだらけの患者さえ一目見て
> 嘔吐をもよおすような女でも、こいつをふりかければ
> たちまち四月の花と化けるのだ。やい、罰当たりな土くれ、
> 人間を誘惑し、国家のあいだに無謀な紛争を起こさせる
> いかがわしい売女め、いまにきさまの本領を
> 存分に発揮させてやるぞ。
> 　　　　　　　――タイモン（4幕3場34〜35行）

いかのようである。

　タイモンが開く宴——ひとつは贅沢で、もうひとつは質素である——の対照が、タイモンの態度の変化を強調している。最初、彼は惜しみなく物を分け与えるが、後には何も与えない。

　この劇では動物のイメージ群が、人間の活動と性質とを表象するために用いられている。犬は20回ほど言及され、常に侮蔑的に扱われる。タイモンはアペマンタスを「瘡っかき犬の落とし子」（4幕3場366行）と呼び、この世界が「恩知らずな人間」たちの代わりに「虎、龍、狼、熊」と「新種の化け物」（4幕3場188〜90行）で満ちればいいと言う。

現代との関連性

『アテネのタイモン』はあまり上演されることがない。それは、結末が曖昧であるなど、テクストには、これが草稿であることを示す印があるからであり、また、この劇が、シェイクスピアによくある寛容の精神を欠いているようにみえるためでもある。かつての俳優たちは、タイモンの「憎しみの詩」よりも、彼の「黄金のように輝く」役の方を好んだ。しかし、この芝居が、金融システムの曖昧な力と不安を呼び起こす不確定さ、さらにその戦争への貢献を集中的に容赦なく扱っているために、1930年代の大恐慌以来経験された「景気と不景気が交替する」経済循環、そして20・21世紀の国家間の戦争を考えるうえで、今日的な意義があるといえよう。

　カール・マルクスとベルトルト・ブレヒトは、この劇を、資本主義への鋭い批判的分析であるとした。事実、マルクスはこの劇に影響された。とりわけこの芝居が貨幣とはいかなるものであるかを描いたところからである（『貨幣の力』、1844年）。この芝居の上演が復活すれば、それは時機を得たものとなるだろう。なぜなら現代劇が時代の雰囲気を反映し、しばしば断片的かつ悲観的なものになっているからである。実際、2008年、ロンドンに再建されたグローブ座での公演は、ルーシー・ベイリーによって演出され、この劇の「リバイバル」であるとの宣伝がなされたが、イギリスの『ガーディアン』紙は、「俳優たちが不幸な主役に鷲のように飛びかかろうと用いる大きな網」のような舞台を備えた、「新鮮で過激」な芝居だと評した。

上：サイモン・ペイズリー・デイズ演じる、瞳に怒りの炎の宿るタイモンが「欲深い」山賊、ジョナサン・ボンド（左）、サム・パークス、アダム・バートン（後方）に、金をばらまいているところ。ルーシー・ベイリー演出の2008年、ロンドンのグローブ座での公演。

> タイモンは大海の波打ち寄せる浜辺に／
> 永劫の館（やかた）を建て、日に一度、騒々しい高波の／
> 泡立つ飛沫（しぶき）を浴びておると。（中略）／
> タイモンの世は終わったのだ。
>
> タイモン（5幕1場215〜18, 223行）

『コリオレーナス』 Coriolanus

あらすじ：ローマ軍の英雄ケーアス・マーシャスは、ヴォルサイ人との戦いでローマ人を勝利に導き、コリオレーナス（コリオライの征服者）の名を与えられる。彼は、元老院から護民官にならないかと提案される。ただし、彼が代表を務めたいとする平民たちによって認められることが前提とされる。ふたりの護民官ジューニアス・ブルータスとシシニアス・ヴェリュータスは、コリオレーナスの傲慢さと人気を脅威ととらえ、平民たちがコリオレーナスに反感を抱くよう仕向け、彼を死刑にしようとする。激怒したコリオレーナスは、自分の敵であるオーフィディアスを探すため、ローマを出てアンシャムに向かう。そして、オーフィディアスとヴォルサイ人を率いてローマとの戦いに挑む。コリオレーナスの母ヴォラムニアは、コリオレーナスの決心を翻えさせることに成功し、和平をもたらす。コリオレーナスはコリオライに戻るや、オーフィディアスに殺される。オーフィディアスは、コリオレーナスがローマ攻略に失敗したこと、そしてコリオレーナスの力が、自らの率いる軍でますます強大になっていることに怒りを募らせていたのである。オーフィディアスは、戦場での対等な協力者であり分身である存在を殺したことに気がつき、コリオレーナスに対して、しかるべき埋葬の記念式典を行ない、彼の武勲を知らしめることにする。

1608年ごろから上演されたと考えられる『コリオレーナス』は、シェイクスピアによる優れた悲劇のうちの最後のものである。しかし、一般的に批評では、この劇は『リア王』『マクベス』『ハムレット』、そして『オセロー』よりも劣っているとみなされている。なぜなら、人間心理の洞察と奥行きとがこの劇には欠けているようにみえるからである。にもかかわらずこの劇は、権力と権威について、独裁制と民主制について、そして政治が行なわれる過程とその動機について魅力的な分析を行なっている。というのも、この劇は、それらの概念に内在する複雑さ、そして矛盾をわれわれに示しているからである。

コリオレーナス自身は、他の多くのシェイクスピア悲劇の主人公と同様に、少なくともある部分においては、自らの転落に責任がある。彼が有する、彼を戦場での成功へと導いた特質は明らかである。それは、彼の独裁的なリーダーシップ、名誉の意識、そして自らの武力と勇気に対す

> 創作年代：
> 1608年ごろ
>
> 背景：
> ローマ、コリオライ、およびアンシャム（アンティウム）、紀元前5世紀初期
>
> 登場人物：51人
>
> 構成：
> 5幕、29場、3,752行

登場人物

- ケーアス・マーシャス、のちにケーアス・マーシャス・コリオレーナス
- タイタス・ラーシャス、コミニアス　ヴォルサイ人征討の将軍
- メニーニアス・アグリッパ　コリオレーナスの友人
- シシニアス・ヴェリュータス、ジューニアス・ブルータス　護民官
- 小マーシャス　コリオレーナスの息子
- ローマの伝令
- ナイケーナー　ローマ人
- タラス・オーフィディアス　ヴォルサイの将軍
- オーフィディアスとコリオレーナスの副官たち
- オーフィディアスの共謀者たち
- エードリアン　ヴォルサイ人
- アンシャムの市民
- ふたりのヴォルサイの衛兵
- ヴォラムニア　コリオレーナスの母
- ヴァージリア　コリオレーナスの妻
- ヴァレーリア　ヴァージリアの友人
- ヴァージリアの侍女
- ローマとヴォルサイの元老院議員たち、貴族たち、警保官たち、兵士たち、市民たち、使者たち、オーフィディアスの召使いたち、その他の従者たち

る自尊心であり、それこそ彼の「最上の美徳」（2幕2場84行）である。しかし、同時にそれらは、ローマの政治状況のなかで、彼を破滅に追いやった特質でもある。このとき、それらの特質は傲慢さ、頑強さ、不遜さとなるのである。「民衆がローマなのだ」（3幕1場199行）といわれるこの町に、究極的に彼が住むことができないのは、

> その手に
> 剣をとるようになって以来戦場で育ってきたので、
> ことばを篩にかけるすべを知らず……
> 　　　　　　　　　　　　　　　（3幕1場318～20行）

とされるコリオレーナスにこれらの側面があるからである。したがって、必然的に彼は追放され、彼が戦争で尽力して創設を助けた町で、新たな政治生命を得ることができないのである。

イングランドとローマ

シェイクスピアは、ギリシアの伝記作家プルタルコスの『英雄伝』にある「ケイアス・マルティアス・コリオラヌス伝」に加えて、ローマの歴史家リウィウスの『ローマ建国史』の第7巻にもとづいて『コリオレーナス』を執筆した。しかしシェイクスピアは、概略としてはそれらの歴史的資料に従いつつ、さまざまな同時代的関心事や事件に焦点をあてている。この劇は、エリザベス朝からジェイムズ朝にかけて、ギリシア・ローマの軍事上の理想的英雄によせられた多大な関心を反映している。同時にシェイクスピアは、紀元前5世紀のローマで、飢饉によって混乱が起きたことを描いているが、これは、ジェイムズ朝の観客に強く訴えかけるものであったろう。彼らは、イングランドを襲った食料不足とその結果生じた社会経済の大変動に影響されていたのである。

アイデンティティーへの問い

個人のアイデンティティー、権力、支配が、この劇のテーマの一部をなしている。シェイクスピアは、同時に、歴史の発展、身分の高さと名誉、男性性と女性性、愛、友情と憎しみといった概念について問うている。それらすべては、コリオレーナスの性格と行動を介して、そして友や敵、母や妻、そしてローマ人とヴォルサイ人の彼に対するさまざまな反応を介して追究されている。

コリオレーナスが理想的なローマの軍人として築いた経歴は、彼のアイデンティティーの根底をなしている。

> 私の気性に
> そむいてほしいのですか？むしろ私にふさわしい
> 男らしい態度とほめてください。
> 　　　　　　　　　　　　　　　（3幕2場14～16行）

それは、母ヴォラムニアが彼のために巧みに形成したアイデンティティーであり、さまざまな点において過去に属するものである。コリオレーナスは、戦いを信条とするヴォラムニアのもとに生まれ育てられてきたため、軍事力と、市民を統制するということが同一でないことが理解できない。さらに彼は、ローマの社会が歴史的に変化するのだという、明確かつ洗練された認識を持っていない。

コリオレーナスと母ヴォラムニアと妻ヴァージリアとの関係を描くことによって、シェイクスピアは、この劇のローマ世界における男性性と女性性についての分析を行なっている。同様に、彼らの関係はこの世界において、身分の高さと名誉とがいかに曖昧なものであるかを示している。ヴォラムニアとコリオレーナスが抱く、身分の高さと名誉をめぐる考えは、相互に絡みあったものであるが、それはローマの政治環境が変化しても、相変わらずもとのままである。そのことは、第3幕で、ヴォラムニアが息子に次のように告げるとき、明らかになる。

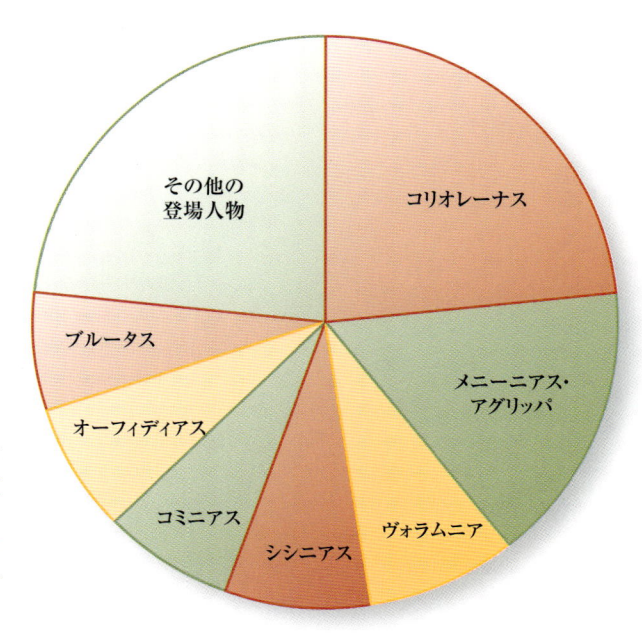

左：コリオライでの戦いの後、血飛沫にまみれているウィリアム・ホーストン演じるコリオレーナス。輝かしい勝利に勝ち誇っている。2007年、ストラトフォードにおけるロイヤル・シェイクスピア劇団による公演。

主な登場人物
台詞の多くの部分はコリオレーナス（約24パーセント）と、その友かつ父親的な存在、メニーニアス（16パーセント）に割り当てられている。

『コリオレーナス』における身体

> 昔々、あるとき、からだじゅうの器官が
> 胃袋にたいして反乱を起こした。言いぶんはこうだ——
>
> 胃袋は、底なしの穴のように、からだのまんなかに
> でんとすわりこんで、のうのうと暮らしている、
> ただごちそうをのみこむだけで、ほかの器官と
> 協力して働こうとはしない。一方ほかの器官は、
> 見たり、聞いたり、考えたり、指図したり、歩いたり、
> 感じたり、たがいに助け合ってからだ全体の
> 共通の目的のために奉仕し、その要求を満たすべく
> 努力している、というわけだ。
> 　　　　——メニーニアス（1幕1場95～105行）
>
> どうした、この不平不満のごろつきどもめ、
> くだらない苦情のかゆみをかきむしり、からだじゅう
> 疥癬だらけになる気か？
> 　　　　——マーシャス（1幕1場164～66行）
>
> おまえの負けじ魂は私の乳房から吸いとったもの、
> 　　　　——ヴォラムニア（3幕2場129行）

悲劇〔『コリオレーナス』〕　225

上：3幕2場で、ヴォラムニアがタイタス・ラーシャス、メニーニアス、コミニアスに援護され、コリオレーナス（右から2番目）が怒らせた平民たちに謝罪するように彼を説得している。彼は嫌々ながら同意するが、改善しようとする彼の試みは、不運にもうまくいかない。

> おまえも少し強情すぎますよ、
> 非常の際でなければそれもこのうえないりっぱな態度と
> 言えるだろうけど。おまえもよく言っていた、
> 戦争のときは、名誉と策略は離れがたい親友のように
> 手をとり合って育つと。
>
> （3幕2場40〜43行）

同じくシェイクスピアは、コリオレーナスとオーフィディアスとの関係をつかって、男性性、男の友情、ホモセクシャルな愛、名誉、そして戦争における憎しみというテーマを追究している。

政治的身体における胃袋

『コリオレーナス』の多くの場面で、シェイクスピアは、二種類のイメージ群を用いている。それは政体と獣性のそれである。1幕1場でメニーニアスは、イソップ寓話を用いて「政治的身体における胃袋」をめぐり、有名な演説をする。このとき政体というモチーフが確立し、以後、劇全体にわたりみられる。ここでの政体をめぐる考えは、国家は器官のように出来ているために、階層的・権威的な社会秩序が求められることになるというものである。

> 王冠をいただく頭や、
> 　見張り役の目や、相談役の心臓や、兵士である腕や、
> 　駿馬である脚や、ラッパ手である舌。
>
> （1幕1場115〜17行）

『コリオレーナス』の全般にわたり、シェイクスピアは、身体とその各部位にかかわる細かなイメージ群を用いて、理想の政体と現実の政体とを並置してみせている。清浄と病、清浄と不浄についての観念も、隠喩的身体としてローマ社会を判断・評価するための基準の一部となっている。

ゆがんだ母の養育というテーマがつきつめられ、展開されるのも、身体の隠喩を通してである。次のヴォラムニアの信念から、それはみて取れる。

> あのヘクターに
> 乳を飲ませたときのヘキュバの胸も、ギリシアの剣に
> 傷ついてなおひるまなかったときのヘクターの
> 血まみれの額ほどには美しくなかったのである。
>
> （1幕3場40〜42行）

シェイクスピアはまた、『リア王』や『オセロー』と同様に、動物のイメージ群を用いている。とりわけ彼は動物のイメージ群を、コリオレーナスの態度について考え追究するために用いている。たとえば、コリオレーナスにとって、不平不満だらけのローマ市民は「野良犬」である。

> 平和も戦争もいやなんだろう？戦争だとこわがる、
> 平和だとのさばりかえる。きさまらは信用できぬ、
> ライオンであれと思うときには兎になってしまう、
> 狐であれと思えばガチョウだ……
>
> （1幕1場169〜72行）

コリオレーナスは、いたるところでローマの歩兵と民兵とを「ガチョウの魂」（1幕4場34行）をもった「群れ」（1幕4場31行）と表現している。コリオレーナスがヴォルサイ人

とともにいるとき、実際、彼は自分自身を鳩の群れの中にいる一羽の鷲であるとみなしている。

> この身を八つ裂きにするがいい、ヴォルサイの
> 大人も子供もおれの血で剣を汚すがいい。小僧だと！
> 嘘つき犬め！正しい記録があれば書いてあるはずだ、
> 鷲が鳩小屋に舞い降りたように、おれの羽ばたきが
> コリオライのヴォルサイ人をふるえあがらせたとな。
> おれひとりでやったのだぞ。
>
> （5幕6場111～16行）

ローマの民衆はコリオレーナスに対してやや違った見方をし、「民衆の生き血をすする犬」とあだ名する。オーフィディアスはコリオレーナスを蛇になぞらえ、「どんなアフリカの毒蛇よりも／おれはきさまの名声がいまいましい」（1幕8場3～4行）と述べている。

政治的影響

『コリオレーナス』の上演史をみると、劇の政治的テーマと問題点が、たえず時代に合っていたことがわかる。1682年、ロンドンのシアター・ロイヤルで、劇作家ネイハム・テイトによる改作『共和制の忘恩、あるいはケイアス・マーシャス・コリオレーナスの失墜』が上演された。これは、当時イングランドを治めていた君主チャールズ2世の統治を賛美するためのものだった。また、1719年、劇作家ジョン・デニスが、ロンドンのドルーリー・レーン劇場で『故国の侵略者、あるいは破滅にいたる怨恨』を上演し、『コリオレーナス』の再解釈をした。これは、1715年のジャコバイト（追放されたステュアート家の支持者）の反乱を批判したものであった。しかし、不名誉なことであるが、わずか3回しか上演されなかったのである。

1930年代に政治的な緊張が高まった。この雰囲気の中で、『コリオレーナス』への関心が復活した。ヨーロッパ中にファシズムが広がるにつれ、この劇にみられる独裁制と民主制への関心が、直接的な妥当性をもつようになった。アメリカの生まれのイギリスの詩人T. S. エリオットにとっても、そのように思われたに違いない。彼は1931年、あからさまにファシスト的な詩「コリオラン」を書いている。この時代のヨーロッパでは、『コリオレーナス』は左派・右派両方の解釈がなされ、上演された。ナチス統治下のドイツでは、この劇はヒトラーが提示する、ある種の強いリーダーシップの必要性を擁護するものであると解釈され、第2次世界大戦後のアメリカ占領下では、その潜在的な扇動性のために、すぐさま当局によって上演禁止となった。1951年から1953年にかけて、東ドイツの劇作家ベルトルト・ブレヒトはこの劇をマルクス主義的に解釈し、改作を書いた。この改作が特に人びとに注意を向けさせたのは、この芝居がみせる国内外の複雑な政治的駆け引きであった。

多くの著名な俳優がコリオレーナスを演じているが、ジョージ朝イングランドでは、ジョン・フィリップ・ケンブルとエドマンド・キーンが、ヴィクトリア朝ではヘンリー・アーヴィングが挙げられる。また近年になってからは、リチャード・バートン、モーガン・フリーマン、イアン・マッケラン、ケネス・ブラナー、ラルフ・ファインズがコリオレーナス役を演じて注目された。しかし、近年コリオレーナス役を演じ最も称賛されたのは、ローレンス・オリヴィエである。彼は、1937年、最初にロンドンのオールド・ヴィック劇場で、次いで1959年、ストラトフォードのシェイクスピア・メモリアル劇場でこの役を演じた。彼が演じた最も有名な場面は、クライマックスの「死の跳躍」である。ここで彼は、3.5メートルの高さの台座からオーフィディアスに向かって飛び降り、空中で逆さ吊りになる。

材源

あらすじと主な事件は、プルタルコスの『コリオラヌス伝』にもとづいている。しかしシェイクスピアは、この劇のテーマと枠組みを発展させるために、この材源のさまざまな側面をかなり自由に扱っている。彼は、プルタルコスにあるコリオレーナスの以前の政治経験については書かず、ローマ市民の不安の理由として、食料不足に焦点をあてている。さらに、コリオレーナスが転落する際のヴォラムニアの役割に変更を加えてもいる。

下：ジョン・フィリップ・ケンブル。彼は独自のコリオレーナス像をつくりあげた。この肖像が描かれたとき、彼の力は頂点に達していた。1798年、ジョージ・ヘンリー・ハーロウ画。

> ええい、野良犬どもめ！きさまらの吐く息は／
> 腐った沼地の臭気よりがまんならぬ。きさまらから／
> 好意のことばを聞くぐらいなら、空気を腐らす／
> 野ざらしの死体の臭いをかぐほうがまだましだ。／
> おれがきさまらを追放してやる。
>
> コリオレーナス（3幕3場120～23行）

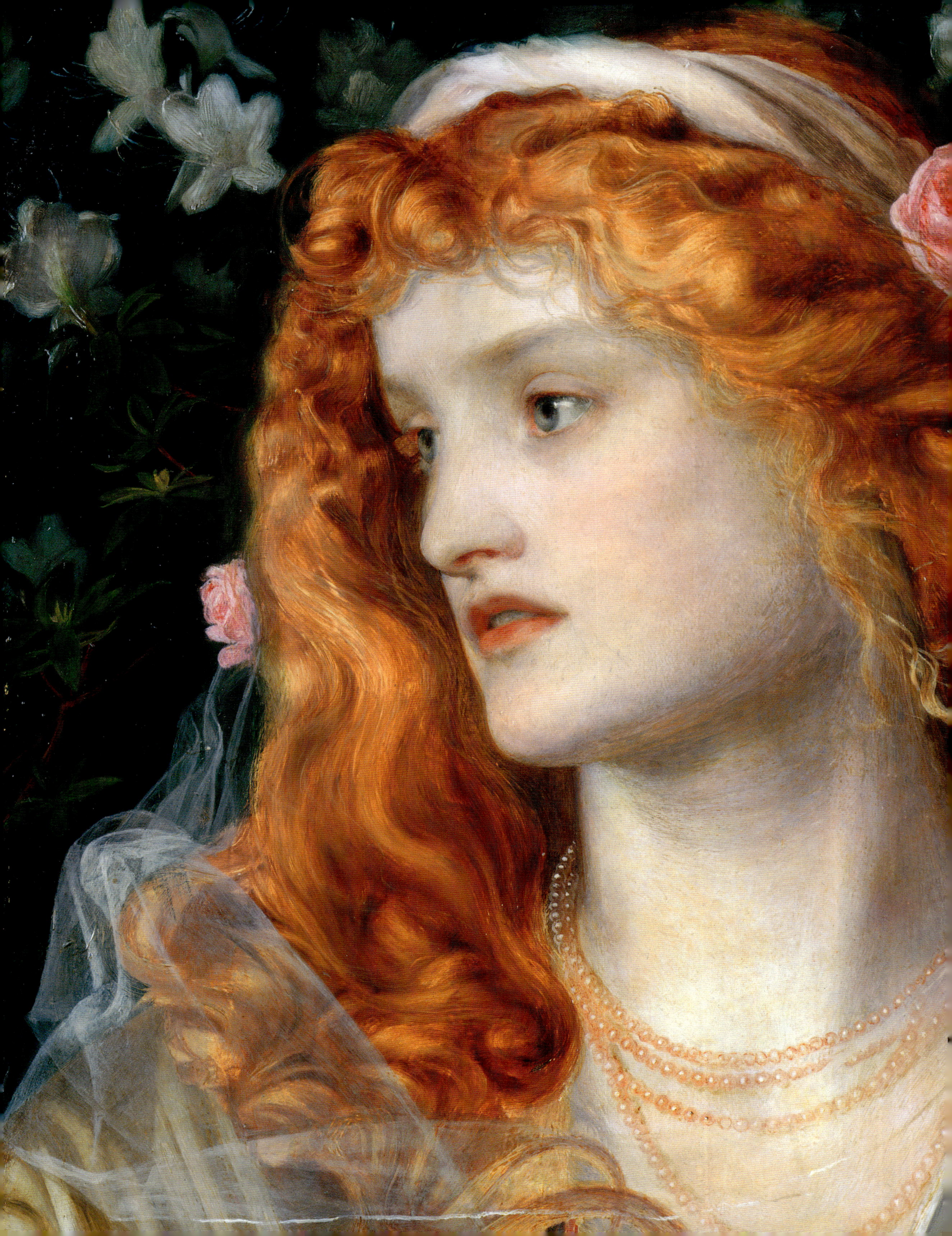

ロマンス劇

シェイクスピアが劇作をした年月の終わりのころに書いた作品は、独自の特色をもっている。起こりそうもない出来事に充ち、いたるところで作りごとであるという言い方がされるロマンス劇は、家族の和解、とりわけ親と子どもとのあいだの和解を劇にしている。これ以前に書かれた芝居で悲劇につながった難局は、ここでは、芸術の癒しの力によって解消されている。もっとも、ときには落ち着かない形での解決もある。

『ペリクリーズ』 Pericles

あらすじ：タイア（テュロス）の若き王子として、ペリクリーズは、専制的な君主アンタイオカスの出した難問に答えようとする。アンタイオカスは、自らの娘と近親相姦関係にある。これを知ってしまったために、ペリクリーズの命は危機にさらされ、暗殺者の手から逃れるため彼は出航し、何年も海上を船でさまよう。ペンタポリスで難破したのち、彼はペンタポリスの王の娘セーザと結婚する。

セーザは激しい嵐のただ中で出産し、命を落とす。しかし、その子マリーナは生き延びる。セーザは木製の棺桶に入れられて海に葬られるが、その棺桶がエフェソスの浜辺に打ち上げられる。そこで彼女は息を吹き返し、ダイアナの神殿の巫女として隠棲する。

ペリクリーズは、娘をタルソスの太守クリーオンとその妻ダイオナイザにまかせてタルソスに残し、航海を続ける。成長したマリーナは女郎屋に売られてしまうが、彼女の美しさのため女郎屋のおかみと客は改心し、ついに彼女はそこから脱出できるよう交渉して、「まじめな人の家」で暮らせるようになる。年を経て、嵐によってペリクリーズは娘の住む地にやってくる。そして、死んだと思っていた妻と娘と再会することを許される。

批家の間では一般的に、『ペリクリーズ』の最初の4つの場はシェイクスピア以外の者によって書かれたということで意見が一致している。おそらく作者はジョージ・ウィルキンスだとされている。彼は二流の劇作家であったが、同時に居酒屋を経営し、ささいな犯罪もおかしていた。とくに、妊娠した女性の腹部を蹴ったことで悪名高い。彼の韻文は仰々しく型にはまっており、シェイクスピアのような流麗なことば遣いと豊富なイメージ群はみられない。しかし、たとえ『ペリクリーズ』が部分的にならず者によって書かれた合作であったとしても、この劇は、それ自体が統一を保ち、重要な場面では素晴らしい劇詩がみられる。それは、シェイクスピアの手によるものであろう。

登場人物

ガワー　説明役として
アンタイオカス　アンタイオケ（アンティオケ）の王
ペリクリーズ　タイア（チュロス）の王子
ヘリケーナス、エスカニーズ　タイアの領主
サイモニディーズ　ペンタポリスの王、タイーサの父
クリーオン　ターサス（タルソス）の太守
ライシマカス　ミティリーニの太守
セリモン　エフェソスの医者
サリアード　アンタイオケの貴族
フィレモン　セリモンの召使い
リーオナイン　ダイオナイザの召使い
式部官
女郎屋の亭主
ボールト　その召使い
アンタイオカスの王女
ダイオナイザ　クリーオンの妻
セーザ　サイモニディーズの娘
マリーナ　ペリクリーズの娘
リコリダ　マリーナの乳母
女郎屋のおかみ
ダイアナ　ペリクリーズのもとに現われる女神
貴族たち、貴婦人たち、騎士たち、紳士たち、水夫たち、海賊たち、漁師たち、使者たち

下：「おまえに神々の祝福を！」第5幕1場でのペリクリーズとマリーナの再会の場面。この劇がもたらす情緒的緊張の多くを解消してくれる。レイ・フィアロン演じるペリクリーズとカナヌー・キリミ演じるマリーナ。2002年、ロンドンでのロイヤル・シェイクスピア劇団による公演。

創作時期：
1606〜09年

背景：
古代ギリシア世界の街（タイア〔チュロス〕、タルソス、ペンタポリス、エフェソス、ミティリーニ）

登場人物：30人

構成：
（原典に幕はなく、現代版で）5幕、21場、2,459行

教訓寓話

『ペリクリーズ』はシェイクスピアの「後期の劇」のひとつとされている。「後期の劇」は、当時の舞台で人気のあった形式、ロマンスからとったモチーフを利用し、悲劇と喜劇の混合になっている。ベン・ジョンソンはこの劇を「かび臭い話で（中略）陳腐」と退けたが、彼にそうさせた要素を強調するかのように、この物語はまず、中世の詩人ジョン・ガウワー（ガワー）による口上から始まる。そして、ガウワーの叙事詩『恋人の告白』が、この劇の主な材源になっている。ガウワーの役柄はコーラス兼ニュースアナウンサーいったところで、彼によって、このロマンス劇の雰囲気が設定される。

> 昔歌に歌われた物語を語って、
> 皆さまの目と耳をお慰め申しあげようとして、
> 灰のなかより起き出して来たものにございます、
> 私、いにしえの詩人にして、名をガワーと申します。
> この物語は村祭りのたびごとに歌われてきました、
> 世の貴族、貴婦人方もご愛読されてきました
> これにふれると人の心は気高くなります。
> （1幕1場1〜8行）

『ペリクリーズ』にあらわれているテーマ、ロマンス的題材、イメージ群、言語使用は、シェイクスピアのより知られた後期の作『冬物語』や『テンペスト』にも一貫してみられる。『ペリクリーズ』の韻文は、密度が濃く複雑で、刺激に満ちており感情豊かであるが、しばしば感動的で雄弁な簡潔さをもった語句で覆われることがある。

シェイクスピアの無駄のない劇展開と繊細な登場人物造型で書く有名な才能は、この劇にはっきりと見てとることはできない。というのも、彼は別の効果を狙っているからである。『ペリクリーズ』は教訓的寓話であり、ロマンスであり、叙事的な劇である。ペリクリーズには個性が与えられず、「万人」として提示され、この劇は、エピソード風の構造でありつづける。

再会と再生

シェイクスピア後期の劇でくり返されるテーマのひとつに、父と娘の関係がある。その和解は、主人公が「やり直しの

> 風よ、雨よ、雷よ、思い出してくれ、地上の人間は／とうていおまえたちにはさからいえぬものであることを！／このおれとても人の子だ、おまえたちにはたてつかぬ！／荒波にもまれ、暗礁にたたきつけられ、／岸から岸へと流されつづけて、精も根もつきはてた、／目の前の死を思う以外考える気力も残っておらぬ。
>
> ペリクリーズ（2幕1場2〜7行）

上：『ペリクリーズ』に詩人ジョン・ガワーが取り入れられたことから、シェイクスピアはこの劇の主な材源として、ガワーの詩「恋人の告白」を用いたことがわかる。

機会を得る」最も心動かされる人的出来事のひとつである。長い年月の間、家族が離れ離れになり、時にすべての癒しをゆだねて再会する。ペリクリーズが逆境を耐えきることは、この劇の回復の見通しにとって重要なものである。古代ギリシアの伝記作家プルタルコスは、歴史上のギリシアの政治家であったペリクレスが、「時間が彼らすべてにとって最も賢明な相談役である」と述べているとしている。また、シェイクスピアもこれを見習って、虚構上のペリクリーズを造型した。

> こうしてみると時こそ人間の支配者だ、人間を
> 生かしもすれば、殺しもする。なにごとも時の気分次第、
> 気が向くものをくれ、こちらのほしいものをくれはしない。
> （2幕3場45〜47行）

ここに見られる趣意は、『冬物語』と『あらし』で、シェイクスピアが時の再生力を強調していることと矛盾がない。

道徳と欲望

自然な性的欲望と不自然なそれとの対照は、『ペリクリーズ』のそれほど顕著ではないものの、重要なテーマとなっている。専制君主アンタイオカスの宮廷のはじめのころの場面には、近親相姦がつきまとっている。これとは対照的に、後になるとセーザへのペリクリーズの愛、そして道徳的改善力をもつマリーナの無垢が描かれる。後者は女郎屋の人びとを改心させるのである。罪人にとっては、あらゆ

人物関係図

```
ヘリケーナス          サイモニディーズ王
    │領主                  │娘
    ▼                      ▼
ペリクリーズ ──結婚── セーザ      クリーオン ──結婚── ダイオナイザ
                  │娘                         │里親
                  ▼                           │
ライシマカス ──結婚── マリーナ ◄──────────────┘
                      │
                      │女郎屋に売られる
                      ▼
        ボールト ──召使い── パンダー ──結婚── ボード
```

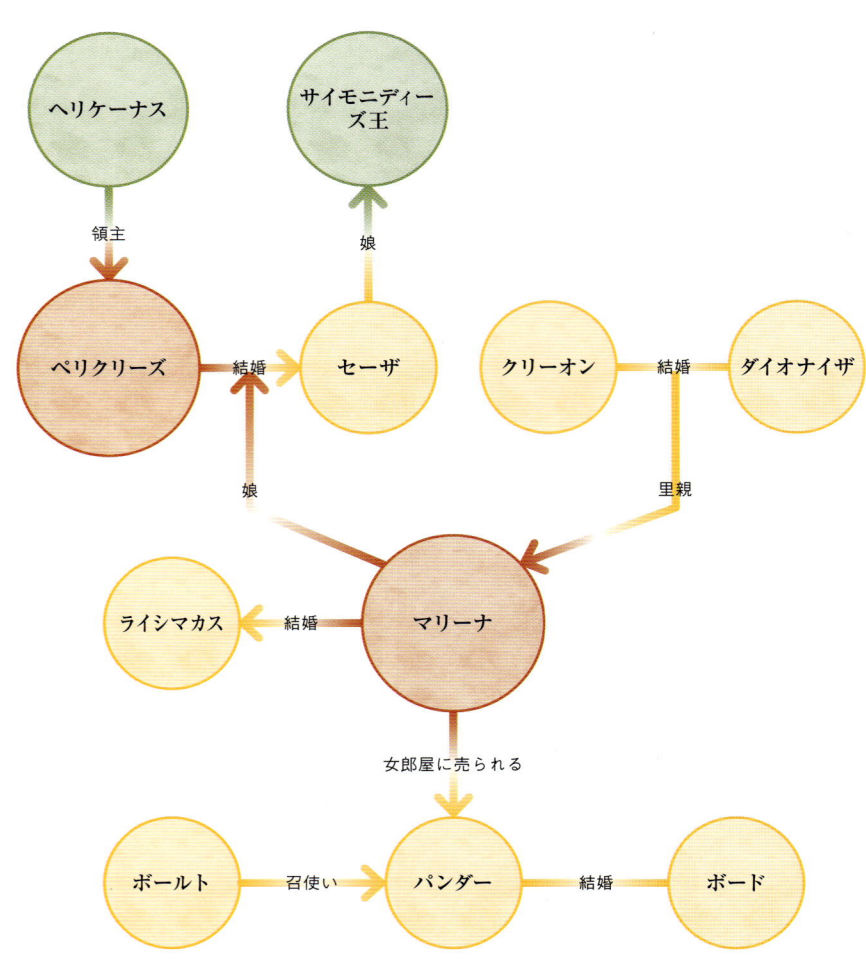

人物関係図

『ペリクリーズ』の人物関係の中心はマリーナである。彼女は、この劇の主な登場人物のほとんどと結びついている。彼女の無垢が、この劇の道徳的核をなしている。彼女は見捨てられ、搾取され、不当な扱いを受けながら生き残り、ついにペリクリーズとセーザに再会するからである。

る物事が罪あるものであり、他方、無垢の者にとっては、すべてが無垢である。

> ボールト　じゃあどうしたらいいんだい？兵隊にでもなれって言うのかい？
> 7年間戦場で働いて足1本なくしちまったあげく、もらえる金は義足ひとつ
> 買うにも足りねえんだぜ。
> マリーナ　なんでもいいわ、
> いまの仕事以外のことなら。屑拾いでも、どぶさらいでも、
> なんでもいい、首切り役人の見習いだって
> いまよりははるかにましだわ。
> 　　　　　　　　　　　　　　　（4幕6場17〜77行）

この一節には、むしろ驚くべき社会的リアリズムの感がただよい、1600年代初期のイングランドの生活が言及されている。遙か遠いロマンスを描いたこの劇で、思いがけず、こうしたやりとりがなされている。

この劇でシェイクスピアは、ロマンスの装置できわめて慣用的なものにすら、人間的意義があるとしている。セーザは何年もの別離の後、外見的なしるしや特徴ではなく、結婚したときと同様の性的欲望を感じたからこそ、ペリクリーズが自分の夫だとわかる。その性的欲望こそ、彼の素性をはっきりとさせるために彼女が必要とするすべての証なのである。

四大元素のイメージ

水、火、土、そして「天球の奏でる音楽」（5幕1場229行）

という自然元素のイメージ群によって、この劇の筋が叙情詩的な範囲をもつこと、つまり長い年月にわたり、陸と海とで展開されることが強調されている。とりわけ海は、ペリクリーズがそこで旅し、苦しみ、生きることを運命づけられた元素として、絶えずこの劇に登場する。海は単に雰囲気づくりをするだけでなく、運、運命、そして摂理をめぐるルネサンスの考えをあらわす表象（エンブレム）として、引き続き機能を果たしている。海は嵐と難破によって破滅をもたらすが、同時に人間が失ったものを留めおき、奇跡的に返還することもある。マリーナを産んだ後、セーザが海で死んだように思われたとき、ペリクリーズが悟ったように、海は、誕生と死の場である。

> 恐ろしいお産をさせてしまったな、いとしいおまえ、
> あかりもなく、火の気もなく、無慈悲な自然に
> すっかり忘れ去られたままで。それにまた、いまは、
> おごそかに葬儀を行う暇もない、柩にさえ入れず
> すぐさまおまえを海底の泥に投じなければならぬのだ。
> 遺骨の上には墓石を建て、その前には消えることなき
> あかりを供えるのが定めだが、おまえの遺体の上には
> 鯨が潮を吹き、波が鼻歌を歌い、そのそばには名もなき
> 貝殻がうずくまるのみだろう。
> 　　　　　　　　　　　　　　　（3幕1場56〜64行）

運命は神々や純然たる偶然によって支配されるのではなく、むしろ、人間の生き残ろうとする能力と、「自然魔術」の領域に入りこむ能力との混合物であるという。女神ダイアナが現われて話すが、彼女のことばからわかることは、神は人間の問題を解決するためにではなく、人間が自らの生きる世界について理解し、自らのやり方で問題を解決するのを助けるために存在するということである。このように巧みに超自然的存在の機能と意義を説明するのは、シェイクスピアのやり方である。同様に、眠りと夢のイメージも、人間の自覚と自己認識の源を表わしている。しかし、このように驚異的な出来事が世俗的に説明されているが、この劇における再会は、音楽によって高められ、神秘と奇跡の雰囲気を失うことはない。セーザが復活する時でも、医者セリモンという人間の働きがある。セリモンは、

運命のなすがままに

漁師3：ねえ、親方、魚ってやつは
海んなかでどうやって生きてるんかね？
漁師1：そりゃあ、おめえ、陸の上の人間とおんなじよ、
大物が小物を食って生きてるんだ。
　　　　　　　　　　　　（2幕1場25〜29行）

海という巨大なテニスコートで、波と風とに
ボールのようにもてあそばれたこの私に、
どうかなさけをかけてくれ、頼む。
　　　　　　　　　　　　（2幕1場59〜61行）

猫は、目を燃える石炭のように光らせ、
ネズミの出る穴の前にその身を忍ばせ……
　　　　　　　　　　　（3幕コーラス5〜6行）

ジェイムズ朝の舞台で

シェイクスピアはト書きをほとんど書かないことでよく知られている。しかし、『ペリクリーズ』には、彼のよくわからないト書きのいくつかが含まれている。たとえば「ペリクリーズ、ずぶ濡れで登場」、「ペリクリーズ、船上に登場」、「召使い1が薬箱と布と火をもって登場」、「ペリクリーズは悲嘆し、荒布を身にまとい、悲嘆にくれて退場」などである。これらのト書きは、音楽の使用とあいまって、われわれにジェイムズ朝の舞台とスペクタクルについての計り知れない情報を与えてくれる。

彼女は「生気がある」ようにみえるので、水を中和する元素の火の熱が彼女を溺死から復活させるはずだと言う。

> あたたかい息がもれはじめた。意識を失われてから5時間とはたっておるまい。それ、いのちの花がふたたび咲きそめている。
> （3幕2場93〜95行）

しかし、生き残り活動できる能力をもっていても、人間は、自然元素の前では取るに足らない存在である。「水夫の笛も／死人の耳にささやく声のように、音として届かぬ」（3幕1場8〜10行）とペリクリーズは嘆く。

これ以上無視するなかれ

『ペリクリーズ』は17世紀初期の初演時には人気があったようだが、それ以降、20世紀後期までは完全に無視されてきた。G. ウィルソン・ナイトとノースロップ・フライが1930年代と1940年代に鋭い指摘をするまで、ロマンス劇は、上演でも批評家の間でも、時代遅れの劇だった。

それ以降、舞台上演がいくつか行なわれた。特に1960年代と70年代には、イギリスのプロスペクト・シアター劇団とロイヤル・シェイクスピア劇団によるスペクタクル性を強めた上演がなされた。1973年、ロンドンのラウンド・ハウス劇場で行なわれたプロスペクト・シアター劇団の公演では、ペリクリーズを演じたデレク・ジャコビーが主演した。『ペリクリーズ』が興行的にも成功することが証明されたため、現在では、しばしば上演される演目となっている。

アメリカの演出家ピーター・セラーズは、1983年のボストン公演で、『ペリクリーズ』に現代的意義を見出して、『ニューズウィーク』によれば「メル・ブルックスの俗悪さとジョン・キーツのロマンティシズムをまぜあわせたもの」を生み出した。26歳のセラーズは、ボストンのストリート・パフォーマーをガワー役に配し、エキストラにホームレスの格好をした者を用いた。

上：出産で死んだと信じこみ、セーザの死を悼むペリクリーズ（3幕1場）。シェイクスピアは、無慈悲で容赦ない大海というイメージを喚起する。2003年、ロンドンでの上演では、セーザの血に染まったガウンによって、海での生活には過酷な身体的代価が必要であることが強調されている。

『シンベリン』 Cymbeline

登場人物

シンベリン　ブリテン王
クロートン　王妃の先夫の息子
ポステュマス・リーオネータス　紳士、イモージェンの夫
ベレーリアス　追放された貴族、姿を変えてモーガンと名のる
グィディーリアス、アーヴィラガス　シンベリンの息子たち、姿を変えてそれぞれポリドーア、キャドウォールと名乗り、育ての親モーガンを実父と思っている
フィラーリオ　イタリア人、ポステュマスの友人
ヤーキモー　イタリア人、フィラーリオの友人
ケーヤス・リューシャス　ローマ軍の将軍
ピザーニオ　ポステュマスの召使い
コーニーリアス　医師
フィラモーナス　占い師
ローマ軍の隊長
ブリテン軍のふたりの隊長
フランス人　フィラーリオの友人
ふたりの貴族　シンベリンの宮廷に仕える
ふたりの紳士　同前
ふたりの牢番
亡霊たち
王妃　シンベリンの妻
イモージェン　シンベリンの先妻の娘
ヘレン　イモージェンの侍女
貴族たち、貴婦人たち、ローマの元老院議員たち、護民官たち、オランダ人、スペイン人、楽師たち、役人たち、隊長たち、兵士たち、使者たち、従者たち

創作時期：
1609〜10年ごろ

背景：
イエスの誕生したころのローマ勢力下のブリテン、ウェールズ、ローマ。

登場人物：36人

構成：
5幕、27場、3,707行

あらすじ：シンベリン王の娘にして、ブリテンの王位継承者であるイモージェンは、底意地の悪い継母の息子クロートンではなく、ポステュマス・リーオネータスと結婚する。ローマに追放されたポステュマスは、イモージェンの貞節について、ヤーキモーと賭けをする。ヤーキモーはイングランドへ渡り、彼女を誘惑する。誘惑は失敗に終わるが、ヤーキモーはポステュマスに、イモージェンが不貞をおかしていると嘘をつき、ポステュマスはそれを信じる。ポステュマスは召使のピザーニオに、彼女を殺害するように命じる。

ピザーニオは計画を明かし、ポステュマスを探しにウェールズへと向かうため、イモージェンを従者フィデーレに変装させる。そこで、彼女は気づかぬうちに、姿を消していた彼女の兄グィディーリアスとアーヴィラガス、そして彼らをさらったベレーリアスと出会う。結婚を断られ、怒りにかられていたクロートンは、ウェールズで彼女を探し出すが、戦いの中でグィディーリアスに首を打ち落とされる。クロートンの死体は、イモージェンの傍らに置かれる。彼女は毒薬を飲み、仮死状態にあった。彼女は目覚めると、その死体を自分の夫のものだと思う。

ポストチュマスはローマ軍から離脱し、グィディーリアス、アーヴィラガス、そしてベレーリアスとともにローマ軍を打ち破る。最後の場面では、邪悪な王妃が死に、イモージェンは彼の父親と夫と再会し、王子たちは迎え入れられ、ローマとブリテンとの間に平和が戻る。

『シンベリン』は、奇妙で驚きにみちた劇である。1609年ごろに執筆・上演されたこの劇は、シェイクスピアがストラトフォードに隠居する以前の最後期に書かれた作品のひとつである。さまざまな出来事や人物が詰め込まれたこの作品には、大仰な舞台効果が含まれており、たとえば、鷲にまたがり雷電を投げつけるジュピターが入場する場面などがそれにあたる（5幕4場）。この劇にはまた、ふたつの素晴らしい歌が含まれている。さらわれた子どもたちの身元が生来の痣によって明らかになり、あやふやな謎が占い師によって解き明かされると、劇はロマンスの魔術的領域となり、最終的には、和解、再会、再建、許しなど、相互につながりのあるテーマがあらわれる。劇の最終部で、ポステュマス・レオナトゥスは、彼の敵であるヤーキモーに以下のように告げる。

おれに罰する力があるなら、それはきみを救うことだ、
きみへの恨みがあるなら、きみを許すことだ。これからは
人々に親切をつくして生きるがいい。

(5幕5場 418〜20行)

左：ヤーキモー（ポール・フリーマン）は、イモージェン（ジョアン・ピアース）に不貞をもちかけるが徒労に終わる。1997～98年のロイヤル・シェイクスピア劇団の公演（ロンドン、ワシントン、ニューヨークにて上演）。『ニューヨーク・タイムズ』紙は、この公演を「ピアースが舞台にいるかぎり、彼女を取り囲む状況が極端なものであったとしても、そこに信頼できる中核ができる」と報じている。

甘い歌

東の空に高らかにさえずるヒバリをお聞きなさい
お日様ももうのぼってます
燃える車を引く馬は花杯の朝露で
喉の渇きを癒（いや）してます
キンセンカもその眠たげな金の瞼（まぶた）を開いてます
こうして美しいものはみな起き出してます　お姫様
負けずにいそいでお起きなさい
楽師（2幕3場20～26行）

恐るるな　夏の暑さも
吹きすさぶ　冬の嵐も
汝いま　この世のつとめを
なし終えて　家路につきぬ
尊きも　卑しきもみな
みまかれば　塵と化すのみ
グィディーリアス（4幕2場258～63行）

『シンベリン』にはまた、自然の治癒力が示されている。堕落した宮廷の人びとは、閉ざされた環境を抜け出し、ウェールズの丘や洞窟へと出かけることで、癒されて戻ってくる。さらわれた王子たちは宮廷を離れて、その悪しき影響を受けずに成長を遂げる。彼らが住まいの洞窟を去る際、ベレーリアスは、以下のように忠告する。

頭をさげて
出てくるがいい、この天然の門は天を崇めることを教え、
おまえたちに朝の礼拝をさせる。ところが王宮の門は
高いアーチになっているので、大男どもがその頭に
天を恐れぬターバンを巻いたまま
（3幕3場2～6行）

悲喜劇とロマンス

『シンベリン』の属するジャンルは、『ハムレット』でポローニアスが「悲劇的・喜劇的・歴史的な牧歌劇」（『ハムレット』2幕2場398～99行）とユーモラスに述べた言い方が一番適切かもしれない。『シンベリン』はもともと、1623年の第1・二つ折り版（ファースト・フォリオ）では悲劇に含まれていたが、シェイクスピアの書いた悲喜劇の最善の例である。この新しい劇、つまり喜劇と悲劇のふたつの形式を融合したものというより、ロマンスの諸要素を利用した、このふたつの形式の混合物といった劇は、17世紀初頭に、イギリスの劇作共作者フランシス・ボーモントとジョン・フレッチャーの手によって一般化した。

悲喜劇のなかでは、登場人物は悲劇のなかの登場人物と同種の苦難を経験するが、彼らに運命的な結末が用意されてはいない。宇宙で作用している諸力によって、人間は取り返しのつかないあやまちをおかすことをまぬがれる。ピザーニオは、このような人間を超越した力の干渉を示唆している――「運命もときには思わぬ助け舟を出してくれるだろう」（4幕3場46行）。激しいジェットコースターに乗るように、悲喜劇では、恐ろしい降下や鋭い曲がり角の状態、つまり、いますぐにでも制御不能となってしまいそうな感覚が提供される。そして、出発地点にジェットコースターが戻ってきたときには、全員が無事であるのだ。

ほとんどの悲喜劇は、異国情緒たっぷりの設定、入り組んだ筋立て、過度の感傷という点で、現代のグランド・オペラと似通っている。『シンベリン』では、登場人物たちは感情あふれる独白を言う。つまり、登場人物ひとりが舞台にいて、観客側に向けた台詞を言う。それは、感情が高まった際のオペラのアリアに似ている。もっとも有名な例は、2幕5場において、イモージェンが不貞をおかしてい

ジェイムズ1世期の特殊効果

1609～10年ごろ、グローブ座は、舞台で稲妻を演出するため、壮大な舞台装置を作り出した。それは、シェイクスピアが『シンベリン』に必要としたものだった。「雷鳴と稲妻のうちに、鷲にまたがったジュピターがおりてくる。彼は雷電を投げる」（5幕4場）。それからの3年間、俳優兼劇作家トマス・ヘイウッドは、ジュピターが稲妻とともに登場する劇を3作上演した。

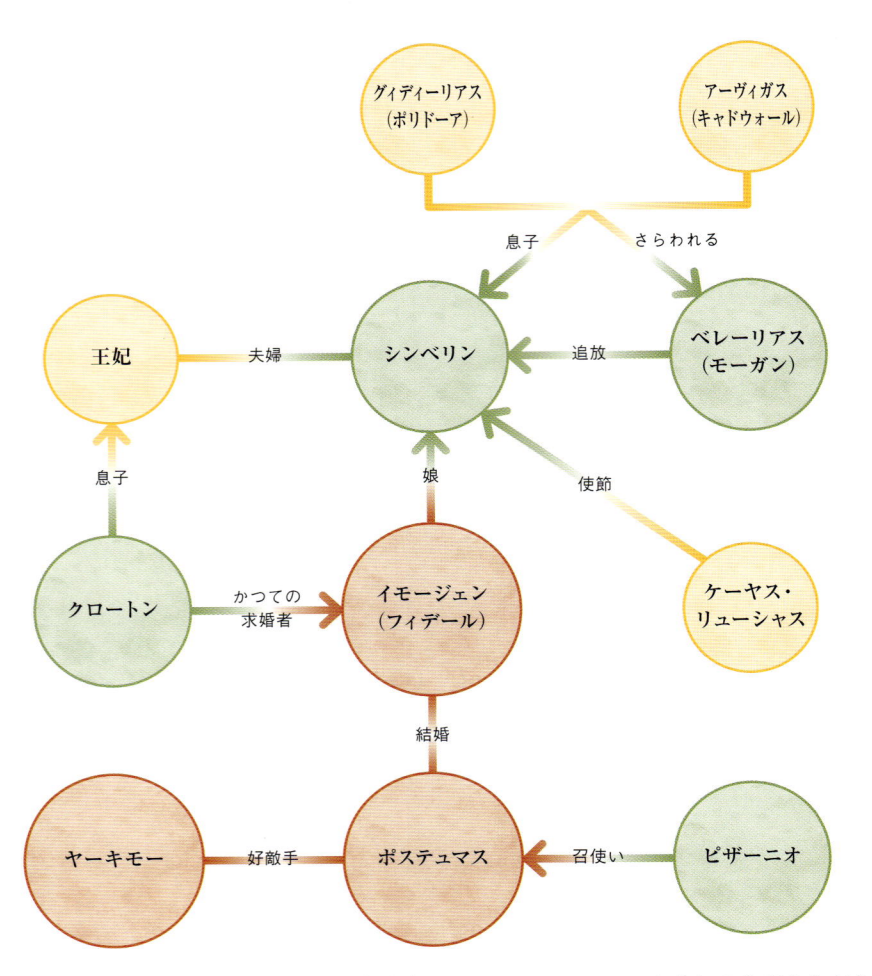

人物関係図
網の目のような人物関係の中心に位置しているにもかかわらず、イモージェンは、自分が主導権を握るというより、他の人物の行動に対応することに追われる。しかし、彼女の対応力の高さは、立ち直りの早い彼女の性格を示している。

右：1779年ロンドンのコヴェント・ガーデンで上演された『シンベリン』のポスター。劇を「悲劇」として宣伝している。劇の本文は他のシェイクスピア作品同様、ジョージ王朝時代の観衆の趣向に合うよう、編纂されていたかもしれない。

るという勘違いから、ポステュマスが苦しみもだえながら彼女をののしる場面、そして、クロートンの死体のとなりで、イモージェンが薬による眠りから目覚める場面（4幕2場295〜332行）である。前者では、ポステュマスが怒りを爆発させ、彼自身の性的な自信のなさを露わにする。後者の場面では、イモージェンは自分の夫が死んでいると思い、苦悩を感じ、それをことばにする（ジュディ・デンチは、彼女が参加したシェイクスピア劇のなかでも、この台詞がもっとも困難でやりがいがあるとしている）。しかし、どちらの状況も、目に見える状況とは違っており、最後には、恋人たちは再会する。

筋の再利用
シェイクスピアは『シンベリン』で、それ以前に書いた作品に用いられた筋の装置を利用している。そのいくつかは重要なものではない。たとえば、イモージェンを仮死状態にし、後に息を吹きかえらせる薬などである。この装置により『ロミオとジュリエット』のジュリエットは、パリスとの結婚を避けることができた。また、『シンベリン』と『マクベス』では、真相が明らかにされぬまま、王妃が舞台裏で死に、シンベリンとマクベスは舞台上でそれを知らされる。

イモージェンが父と不和になり、そして和解するのは、リア王とその末娘コーディリアとの関係をなぞっている。娘ゴネリルとリーガンの悪意にすぐには気づけなかったリアのように、シンベリンは、ポステュマスの美点を見落とし、イモージェンと結婚したいという継子クロートンの望みに手を貸そうとする。ポステュマスは、王が宮廷で育てた人間であるが、王の怒りを買い、王に「卑しさ」しかもたらさない「乞食」とののしりを受ける（1幕1場141〜42行）。しかしながら、悲喜劇というジャンルは、観衆に、父と娘が幸福な再会を果たすであろうことを約束するものである。

より明確な照応関係は、ポステュマス・リーオネータスとヴェニスのムーア人オセローとの間のものである。両者はともに悪人に操られ、彼らの妻が不貞を働いていると信じこむ。ふたりはともに理不尽な怒りにかられ、殺意を胸に抱く。イモージェンが姦通を犯しているらしいと聞くと、ポステュマスは以下のように言う。

ああ、あいつがここにいたら八つ裂きにしれくれるのに！
いや、あの宮廷にもどって、八つ裂きにしてやる、
父親の目の前でな。
（2幕4場147〜49行）

同様の状況に置かれたオセローは、「あの女を八つ裂きにしてやる」（『オセロー』3幕3場431行）と宣言する。そして悪人たちは、英雄たちに妻の不貞を信じ込ませるため、似通った方法を使う。両者は、自分たちの話に説得力をもたせるために、性的な出来事をでっちあげるのである。イモージェンの寝室にあるトランクから抜け出した後、ヤーキモーはイモージェンの胸の痣に気づく。のちにポステュマスに、いかにして自分がイモージェンに「キスをした、するとたっぷり味わったはずなのにすぐにものたらなくなって、またキスをした」（2幕4場137〜38行）かを伝える。イアーゴーはキャシオーが眠りながら溜め息をつき、接吻

をし、「ああつらいよなあ、お前をムーアのやつにくれちまって」と叫んでいたと嘘をつく（『オセロー』3幕3場425〜26行）。

　ふたつの劇の結末の相違は、悲劇と悲喜劇の違いを反映している。オセローはデスデモーナの首を絞め、イアーゴーは、いっさい悔恨の念を見せない。他方、ポステュマスは、ピザーニオにイモージェンを殺害するよう命じるが、この召使いは、彼女が死んだ証拠として、ポステュマスにイモージェンの血のついた布を送り、彼女の身を守る。ポステュマスはイモージェンが死んだと思いこみ、それを悲しむ。しかし、ふたりは最終的に再会し、悪人ヤーキモーは、彼の行なった悪事を悔いる。

見た目と実際

　『シンベリン』では、実際の衣服と衣服のイメージ群が重要な役割を果たしている。登場人物の大半は劇中に服装を変えるが、衣服によって各々の人物の本質的な性質が変わることはない。宮廷から抜け出すために、イモージェンは庶民の着る乗馬服に身を包む。ピザーニオはそのとき男に変装する彼女に「胴着、帽子、ズボン」（3幕4場169行）をあてがい、彼女は、劇の残りをその格好で通す。クロートンはポステュマスの衣服を身にまとい、イモージェンに屈辱を与えようとする。すなわち、ライバルの服を着てイモージェンを凌辱し、ポステュマスの殺害を企てる。また、さらわれたふたりの王子グィディーリアスとアーヴィラガスが着ているみすぼらしい衣服は、「もって生まれた輝き」（3幕3場79行）を隠すことができず、ふたりの家柄が王家であることをあらわしている。

　5幕でポステュマスは2度、衣服を取り替える。まず、イタリアの衣服を「ブリテンの農夫」（5幕1場24行）のそれに着替え、ローマ軍の撃退に加勢したあとに、もう一度、彼のローマ風の衣装へと戻る。ポステュマスは、衣服よりも、中の人間の方が大切であると言う——「この世の習いを辱めるべく、おれが先頭きって外面よりも内面を尊ぶ風習をはやらせるぞ」（5幕1場32〜33行）。

　『シンベリン』は、最後に意外な出来事と幸福な結末が用意された現実逃避的な娯楽作品となり、現代の多くの映画と似ている。登場人物が出てくる前に、その人物たちをどうとらえるかが示される。彼らは、しだいに明らかにされるというより、一気に提示される。多くの筋立ては、論理的整合性があるとは言い難いが、次から次へと出来事が起こると、ありえないと思っていても、楽しんでしまうのである。

稀な上演

　『シンベリン』は、ヘレン・フォーシットから20世紀末のヘレン・ミレンまで、いつの時代でも、イモージェン役に女優が魅了されてきたにもかかわらず、さほど上演されることがない。20世紀初期には、『シンベリン』のふたつのサイレント映画が制作された。ひとつはアメリカで（1913年）、もうひとつはドイツで（1925年）制作された。しかし、以来、特筆すべき映像の改作は、エライジャ・モシンスキーの監督のもと、1982年にBBCが制作したテレビ版だけである。しかしながら、もし読者や観客がしばしのあいだ、合理的判断を停止できれば、この劇からは、たっぷりとごほうびがもらえるだろう。マルハナバチのように、かつては空気力学的に飛翔に適していないと考えられた『シンベリン』は、上昇することができるのである。

上：1906年上演の『シンベリン』に出演したアーサー・グレンヴィル。クロートン役と思われる。この上演は、ニューヨークのアスター劇場で、1ヶ月にわたって上演された。

> われらは愛するものにまず苦しみを課す、しかるのち／
> わが恩寵を与うれば、その喜びも大ならん。／
> 安んぜよ、いま倒れ伏す汝（な）が子は助け起こさるべし、
>
> ジュピター（5幕4場101〜03行）

『冬物語』 The Winter's Tale

あらすじ：ボヘミア王ポリクシニーズは、幼なじみのシシリー（シチリア）王リオンティーズのもとを訪れている。リオンティーズは、突如激しい嫉妬心にかられ、妊娠中の妻ハーマイオニとポリクシニーズとの密通を疑う。リオンティーズは、シチリアの貴族のカミローに、ポリクシニーズを毒殺するように命じる。しかし、カミローはポリクシニーズに警告し、ふたりはボヘミアに逃亡する。

　激怒したリオンティーズは、ハーマイオニの不義を責めたてるが、彼女はこれを否定する。にもかかわらず、リオンティーズは彼女を幽閉する。ハーマイオニが出産すると、リオンティーズは、それを自分の娘とは認めず、アンティゴナスに赤ん坊をどこか遠いところに捨ててくるように命じる。さらに、王妃の審判の際、リオンティーズは、彼女は無実であるとするアポロの神託を退ける。しかし、息子マミリアスの突然の死の知らせを聞き、自らの行ないを深く悔いる。アンティゴナスの妻ポーリーナは、ハーマイオニも同様に命を落としたことを告げる。

　舞台はボヘミアへ移動し、16年後のリオンティーズの娘パーディタに話は移る。彼女は、羊飼いの娘として育てられてきた。ポリクシニーズの息子フロリゼルとパーディタは恋に落ちる。ポリクシニーズはふたりの関係に激しく反対するが、ふたりはシチリアに逃げ、パーディタの素性が明らかになったとき、すべての問題が解決する。ポーリーナがハーマイオニに生き写しの像を見せたときに、喜びのうちに和解が訪れ、劇は終わる。ハーマイオニは、16年間密かに生き続けていたのだった。

登場人物

リオンティーズ　シシリー（シチリア）王
マミリアス　シチリアの幼王子
カミロー、アンティゴナス、クリオミニーズ、ダイオン　シチリアの貴族
ポリクシニーズ　ボヘミア王
フロリゼル　ボヘミアの王子
アーキデーマス　ボヘミアの貴族
老羊飼い　パーディタの父と言われている人
道化　その息子
オートリカス　ごろつき
水夫
牢番
ハーマイオニ　リオンティーズの妃
パーディタ　リオンティーズとハーマイオニの娘
ポーリーナ　アンティゴナスの妻
エミリア　ハーマイオニの侍女
モプサ、ドーカス　羊飼いの娘
時　説明役として
貴族たち、紳士たち、淑女たち、役人たち、召使いたち、羊飼いの男女たち

『冬物語』は、シェイクスピアのまぎれもない作品の中でも、最も実験的かつ特異な劇のひとつである。この劇は、劇的な統一性ともっともらしさといった規則をすべて破り、悲劇、音楽、喜劇、策略、ロマンスの場面を混ぜ合わせている。この劇は、観客をいわば感情のジェットコースターにのせ、冷徹で写実的に描かれた病的な嫉妬、大切に愛した子どもの死、ありえないほどの偶然、恋愛話、そして驚くべき結末を見せる。その過剰さは、すべての時代を通しても、最も風変わりなト書きのひとつである「熊に追われて退場」（3幕3場58行）にも表われている。

創作年代：
1610年ごろ

背景：
シチリアとボヘミア、神話的なキリスト以前の過去

登場人物：21人

構成：
5幕、15場、3,348行

2部構成

この劇は、各要素が奇妙な結びつけ方をされているが、それも劇場ではうまくいく。それは、この劇が巧みに各部を組み立てているからである。各場はふたつの異なった部分におさまっていて、その最初の部分は最初の3幕ではじまり、そこでは、リオンティーズの嫉妬とその悲劇的結末が描かれている。シチリアの宮廷の幸福な世界は激しく破壊され、レオンティーズは家族のない状態で、悲しみ、罪の意識、ポーリーナの非難を経験する。3幕最後の場面で、赤ん坊のパーディタがボヘミアの浜辺にいるところを老羊飼いに発見される。その息子である「道化」が進み出て、いかにパーディタを乗せた船が嵐に襲われ、またアンティゴナスが熊に食べられたかを、興奮し、喜劇的に語る。この瞬間、この劇に奇妙な緊張が生じる。つまり、アンティゴナスを案じてはいても、道化の話につい笑ってしまうからである。老羊飼いが、「ありがたいこった、お前は死にかけてるもんに出会ったが、おれは生まれたばかりのもんに出会ったぞ」（3幕3場113～14行）と言うとき、彼はこの劇の雰囲気に生じつつある変化を要約している。

4幕がはじまると、シェイクスピアは、大胆にも「時」という人物を登場させる。「時」は自分の砂時計を転回させ、パーディタとフロリゼルの物語を見せるために、16年、時を飛ばすと伝える。ふたりのロマンスが、この劇の後半を占め、羊毛狩りの祭りが背景に据えられる。ならず者オートリカスは、しばし時が止まるようにみえる歌を歌い、踊り、喜劇的な騒ぎ、求愛の場面が展開される。この幸せな雰囲気

材源

シェイクスピアはこの物語の多くを、ロバート・グリーンの散文ロマンス『パンドスト、時の凱旋』からとっている。グリーンはかつてシェイクスピアを「成りあがりもののカラス」と呼んだ人物であるが、悪党を描いたパンフレットを執筆し、オートリカスのような詐欺師がどのような手をつかうかを記述していた。シェイクスピアはグリーンの物語を変えて、リオンティーズとハーマイオニのためのハッピー・エンドを付け加えている。

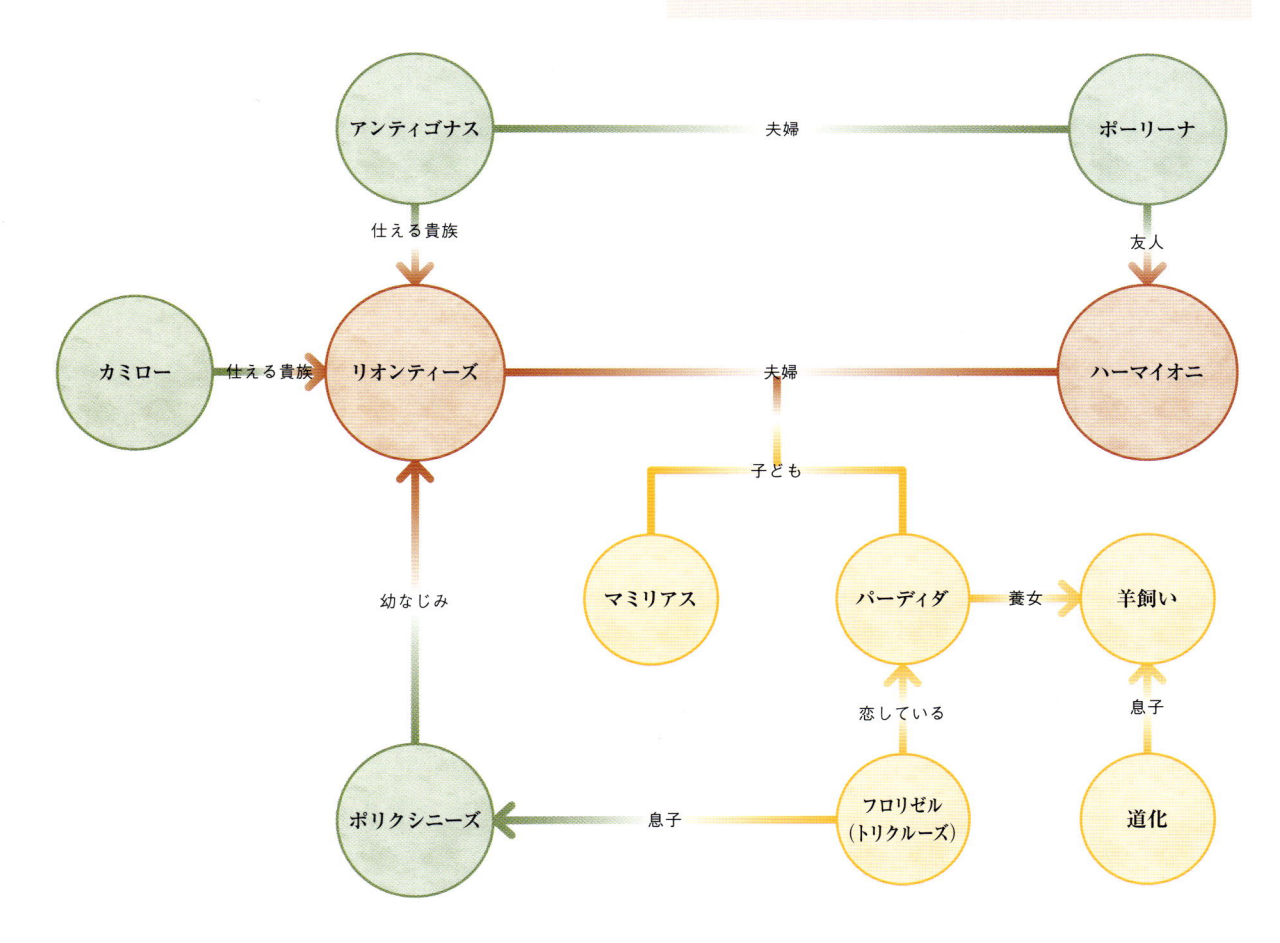

左：ダービーのジョセフ・ライト作『嵐、アンティゴナスが熊に追われる』（1790年ごろ）。シェイクスピアの最も有名なト書きを絵にした。

人物関係図
この劇の中心は、リオンティーズとハーマイオニの家族である。彼らは、リオンティーズの嫉妬のために離ればなれとなり、劇の結末で一部、再会する。

ロマンス劇〔『冬物語』〕

は、ふたたび中断される。今度は、怒ったポリクシニーズによるが、フロリゼルはまさにロマンスの英雄でありつづけ、こう宣言する。

> たとえボヘミア一国にかえても、王位を継げばひとりでに
> この手にしうる栄華に変えても、太陽が照らし、
> 大地がはらみ、大海がその計り知れぬ海底にかくす
> すべてのものにかえても、この美しい恋人に誓った誓約を
> 破るつもりはない。　　　　　　　　（4幕4場488〜92行）

この劇の後半では、物事が幸せに終わるであろうことは明白であるが、シェイクスピアは、観客が最後に驚くことをだしぬけに仕掛ける。つまり。ハーマイオニを生き返らせ、別れた娘に会わせるという予期せぬ事態である。この結末は、突拍子もない願望充足であると同時に、深層にある語られていない感情を、静かに奇妙に迫真的に描いてもいる。

前半部と後半部で明らかに劇の雰囲気が異なっているものの、それらを繋ぐ多くの糸が存在する。ポリクシニーズが、パーディタとフロリゼルに怒りを爆発させるとき、この劇の後半部で歴史がくり返されているという意識が生じる。カミローは、王の怒りが向けられたふたりを助けようと間に入るとき、再度、忠誠心が引き裂かれていることに気づくし、劇の前半部と後半部で、パーディタは、自らの運命を定める航海をする。「時」が言及する砂時計は、この鏡像構造を象徴している。筋が冬と夏に展開することから、時がいかに循環し、また同時に深刻な変化をもたらすかが思い知らされる。

現実にもとづいたおとぎ話

『冬物語』の劇の題名は、この物語がある種の民話、もしくは妖精物語（おとぎ話）だから、あまり深刻にとるべきではないことを知らせている。しかし、シェイクスピアの同時代人にとって、自らの家族と忠告者に非道なふるまいをするふたりの王の描写は、当時の現実世界を反映する意義深いものであったかもしれない。この劇は、ジェイムズ1世の治世下のある時に書かれたが、このときの重要な関心事は、ジェイムズの子どもの結婚準備であった。王族の婚姻問題に、ジェイムズは絶対的な権限を持っていた。彼の年下のいとこレディー・アルベラ・ステュアートが1610年、密かにウィリアム・シーモアと結婚したとき、ジェイムズは直ちに彼女を牢獄に送り、アルベラは1615年、ロンドン塔で死亡した。

この文脈からいえば、息子が、一介の羊飼いの娘との結婚を決めたことにポリクシニーズが怒るのも、当然のことのようにも思われるだろう。リオンティーズがハーマイオニを冷酷に扱うことから、ヘンリー8世がアン・ブーリンにとったふるまいがいろいろと想起されたかもしれない。権力と財産が常に男性相続者に継承された世界において、女性が本当の世継ぎではない子を産むかもしれないと考えると、人はとりわけ不安になった。リオンティーズが、女性の性を女性嫌悪的に不安に思っていること、彼が廷臣を独裁然と扱うこと、そしてこの劇が、真の王位継承者を見つけることの大切さを主張していること、これらすべてが、シェイクスピアの同時代の政治的・文化的現実を反映しているのである。

表面下

『冬物語』では、シェイクスピアが以前に探究していた

石像が動き出すとき

ありえない、しかしきわめて感情に訴える石像の場面は、とりわけ19世紀に人気を博し、しばしばこの場面のみで上演された。これは、演じるのが難しい場面であり、リオンティーズの台詞「ポーリーナ、／それにしてもハーマイオニは、これほど皺はなかったし、／年もとっていなかったはずだが」（5幕3場27〜29行）は、この場の厳粛で驚異的な雰囲気を壊しかねない危険性を持っている。この場面の舞台化は、一般的に女優がパーディタとハーマイオニの2役を演じるという方法で、きわめて巧みになされてきた。この2役を演じた女優には、1887年のメアリ・アンダーソン、1969年のジュディ・デンチ、1987年のペニー・ダウニーがいる。

上：パーディタ役のメアリ・アンダーソン。彼女は1887年、ハーマイオニとパーディタの2役を演じた初の女優となった。

> これまでにも寝取られ亭主がいたことは
> 　　間違いない、／
> 現にいまも、おれがこうしてしゃべって
> 　　いるこの瞬間も、／
> 妻の腕をとりながら、自分の留守中に妻
> 　　の水門が開かれ、／
> 自分の池で隣人のニヤニヤ笑い先生が釣
> 　　りをしたとは／
> 夢にも思わないでいる男がいくらでもい
> 　　るはずだ。
>
> リオンティーズ（1幕2場192〜96行）

ての神話がそうであるように、表面の下により深遠な意味が見出されるということである。『冬物語』は、贖罪の可能性についてのキリスト教的なメッセージをもつとみなされることもある。とくに、ハーマイオニが苦しんでも威厳を失わず、劇の最後に再生するからである。

暗黒喜劇

『冬物語』の表面下に意味を見出すように促され、われわれは人間精神という観点から、この劇の出来事を考えるようになる。この劇は、人間の経験の暗い側面、つまり人の行動を支配する力を持った内なる悪魔についての喜劇である。なぜ、リオンティーズが突然、嫉妬にかられるかは、この劇では説明がなされない。混乱した言語をつかい、彼は自分の疑いを説明しようとするが、それを見ると、彼が自分自身理解できない感情に苦しめられていることがわかり、彼のために説明を探す必要を感じる。友人の王ポリクシニーズへのライバル意識は、制御不能になってしまったのか？　彼は、幼な友だちへ抑圧した欲望を感じていて、その欲望が妻に投影されているというのか？　彼は妻が妊娠し、母という存在に変容したことで、均衡を失ったのか？『冬物語』では、シェイクスピアの書き方がしばしば錯綜し曖昧であるため、その間隙を埋めざるをえなくなる。夢、寓話、妄想に幾度も言及がなされるが、その焦点は、日常生活の現実からはなれて、無意識下の精神に潜んでいるものに移る。

「杯に浸かった毒蜘蛛」

眠りと夢に結びついたイメージ群が、『冬物語』全体にはっきりとあらわれている。また、出産と結びつくイメージも同様である。「子宮」「血統」「子孫」「出産」「妊娠」といった語から、この物語がどこから始まったかが意識される。多くのイメージは、この劇の前半部と後半部とを繋いでいる。リオンティーズは2幕で、ポリクシニーズは4幕で、妖術を告発するという手段に出て、自分にさからう女性をこらしめ、リオンティーズが見せる猛烈な想像力は、

上：リオンティーズとハーマイオニの生き別れになった子、パーディタ。彼女は劇の後半で、ボヘミアという、太陽の輝く、生を肯定する世界の中心にいる。アンソニー・オーガスタス・フレデリック・サンズによるハーマイオニの肖像、1866年ごろ。

テーマや関心の多くが再び扱われている。『オセロー』や『空騒ぎ』のように、この劇は嫉妬が破滅をもたらすことを描いている。また、『ロミオとジュリエット』と同じく、若者の恋愛をめぐるものである。そして他のロマンス劇のように、この劇は行方不明の子どもと親子関係に焦点をあてている。

この劇の多くの瞬間に妖精物語が思い出される。あるとき、少年マミリアスが母親に物語を語りだす。彼はこう言う。

> 冬のお話には恐いのがいいんだけどな。ぼく、
> 　妖精やお化けの話知ってるよ。
>
> （2幕1場25〜26行）

このことばから、この劇がいかなるものであるかが、いくぶんかでもわかる。この劇は、ある種の神話であり、すべ

左：村の笑い、歌、踊りが4幕4場の羊毛狩りの宴の場を特徴づけている。この場でパーディタは「女王」として君臨している。この場は劇の牧歌的中心部をなしている。1999年のロイヤル・シェイクスピア劇団の上演。

4幕でオートリカスが、羊飼いたちにかわって奇妙な拷問を想像するところにも影響している。

> 一人［倅が］おるそうだ、その倅は生きながら皮を剥がれるはずだ、
> その上で全身に蜂蜜を塗られ、蜂の巣の目の前におかれ、
> 7、8割程度死ぬまで放置され……
> （4幕4場783～86行）

夢と幻影

> 声をひそめてささやきあっても
> なんでもないというのか？頬と頬をすり寄せても？
> 鼻をくっつけあっても？唇を吸いあっても？笑いかけて、
> 急にやめて、溜め息をついても？
> ——リオンティーズ（1幕2場284～87行）

> ハーマイオニ：陛下、
> あなたのお言葉は私には理解しかねます。
> 私の命はあなたの夢のようなお考えのままです、
> もう捨てております。
> リオンティーズ：おまえの行為をおれの夢にする気か、
> おまえはポリクシニーズの私生児を産んだ、それもおれの夢だというのか！
> （3幕2場79～84行）

> 私の夢は覚めました、
> これからは二度と女王の真似などいたしません、羊の乳をしぼり
> 泣いて暮らします。
> ——パーディタ（4幕4場448～50行）

しかし、前半部と後半部の中心的なイメージには、著しい差異も存在する。前半部には、病気、感染、毒、そして動物の発情期をめぐる多くのイメージが見られる。リオンティーズが最初に嫉妬を感じはじめるとき、彼はこう言う。

> あれの熱心さは
> 度がすぎる。友情の交換も度がすぎると情欲の交換となる。
> この胸騒ぎはなんだ……
> （1幕2場108～110行）

妻と友人が、性交で血をまぜあわせていると考え、リオンティーズは心臓に現実の痛みを感じ、気分が悪くなる。彼の言葉は、性的嫌悪のイメージに満ちていて、妻が不義を犯したと思うと、それが毒のように作用する。

> 杯（さかずき）の中に
> 毒蜘蛛が浸っていても、それを飲んで、席を立って、
> 毒を受けないことがある、知らずにいて意識が
> 毒されなかったからだ。だがその忌まわしい中味を
> 目にし、なにを飲んだか知ってしまうと、喉を引き裂き、
> 脇腹をかきむしって、激しく嘔吐することになる。
> おれは飲んで、その毒蜘蛛を見てしまったのだ。
> （2幕1場39～45行）

牧歌的なイメージ

『冬物語』の中盤では、激しい嵐のイメージによって、この劇の破壊的な側面が最高潮に達し、その後、新たな雰囲

気が確立する。第4幕でシェイクスピアが「牧歌詩」——農村生活を理想化してあらわしたもの——という古典の文学的伝統を利用するや、突然この劇は、優しい自然のイメージで満たされる。オートリカスはスイセン、ツグミ、カケスをめぐる歌を歌い、パーディタはスイセン、スミレ、淡い色のサクラソウ、九輪桜、ユリの意味について長々と語る。また、羊毛狩りの場面では、人間が花を接木して自然を改良しようとするのは正しいことかどうかが議論される。これは、人工と自然のどちらに価値があるかをめぐる、当時話題となった問題であったのであろう。オートリカスが悪さをし、皮肉を言うと、これらの場面でも、引き続き、より厳しい現実が想起されるが、そこでの支配的なイメージは、愛には物事を変容させる力があると、抒情的に語っている。

下：1999年のロイヤル・シェイクスピア劇団の公演で、リオンティーズを演じたアントニー・シャー。『インディペンデント』紙によれば、彼は「王の躁病的な不信は悪なるものの表出ではなく、一種の、恐ろしく、同時に滑稽で哀愁に満ちた、過度な中年期の危機であること」を示した。

> きみが口を開くと、
> いつまでもしゃべり続けて欲しいと思う、きみが歌を歌うと、
> ものを買うにも、売るにも、施しものをするにも、
> お祈りをするにも、召使いたちに家事を言いつけるにも、
> 歌でやってほしいと思う。きみが踊りを踊ると、
> きみが海の波であってほしいと思う……
> （4幕4場136～42行）

もちろん、「時」はこの劇全体にあらわれる基本的なイメージであり、幼少期、記憶、季節の移り変わりを連想させるイメージと結びついている。この劇の最後の数行でリオンティーズが言及し、この劇が進行することではっきりとしてくる「時の幅のある間隙」は、そこで登場人物たちが年をとり、成長し、学ぶ空間なのだ。それほど不規則に話が展開することのない劇とは違って、『冬物語』からは、いかに愛と友情の絆が持続し、年を経て再生しうるかが意識される。

『冬物語』の上演

18世紀になって上演のため無造作に短縮された後、『冬物語』は19世紀に役者たちによって再発見され、それ以来、舞台では人気のある作品となった。1856年、イギリスの悲劇役者チャールズ・キーンは、紀元前4世紀に時代設定をし、壮観な背景をもつ演出を行なった。キーンは歴史的な正確さに配慮し、ボヘミアはこの時代存在しない（あるいは浜辺がない）と考え、4幕の場面をビチュニア（古代のアナトリア）に変えている。

さらに近年になると、この劇はさまざまな時代と舞台設定で上演されるようになってきた。イギリスでは、演出家トレヴァー・ナンが、1969年のロイヤル・シェイクスピア劇団の公演で、前半部を閉所恐怖症的な感覚を呼び起こす白い箱の中に設定し、これと対照的に、ボヘミアは、ロック音楽とヒッピーの服が見られる1960年代のカウンター・カルチャーを反映したものとした。また、2001年、ロンドンのナショナル・シアターでは、演出家ニコラス・ハイトナーが同様の手法をとって、4幕の宴をイングランドで開催されたグラストンベリ・ポップ音楽祭を想起させるように制作した。1978年、ドイツのハンブルクにあるドイツ・シャウシュピールハウスの上演では、演出家ペーター・ツァデクが、4幕で、舞台の床を何トンもの緑のどろどろしたプラスチックで覆うという演出をし、パーディタはレンギョウの枝しか身につけていなかった。また長い間、著名な俳優がリオンティーズを演じてきた。その中には、イアン・マッケラン、ジェレミー・アイアンズ、パトリック・ステュアート、アントニー・シャーがいる。『冬物語』は映画化されれば素晴らしい長編作品になるだろうが、いまだその試みはなされていない。

> 生きておられると、／ただ耳にされただけなら、皆様もまるで昔話ではないかと／ばかにされたでしょう。
>
> ポーリーナ（5幕3場115～17行）

『あらし』 The Tempest

あらすじ：ナポリ王アロンゾーから援助をうけたアントーニオーは、兄プロスペローのミラノ公領を収奪する。プロスペローとその娘ミランダーは、追放されて屋根のない船にのり、海に出る。ふたりはある島にたどりつくが、そこには精霊エアリエルと蛮人キャリバンしか住んでいない。12年後、修得した魔術によって、プロスペローは、島近く航行している船に以前の敵が乗船していることを知る。彼は、エアリエルの助けをかりて、あらしを引き起こす。その船は表向きは難破し、プロスペローによって、乗組員たちはばらばらになり、島をさまよう。魔術によってプロスペローは、アロンゾーの息子ファーディナンドがミランダーに恋するように工夫し、その以前の敵に過去の罪を突きつける。キャリバンは、酔っ払ったふたりの船員と共謀してプロスペロー殺害計画をたてるが、その陰謀は失敗する。すべてが許され、ファーディナンドとミランダーの結婚がととのい、プロスペローは彼の魔術を捨て去り、自分に仕えていたエアリエルを解放し、イタリアに戻ることにする。そして島は、キャリバンに委ねられる。

『あらし』は、シェイクスピア戯曲集の1623年二つ折り版の最初に収録されている。シェイクスピア劇のほとんどは、20もしくはそれ以上の場、異なるプロット、多様な場面、さらに長い期間におよぶ筋の展開をもっているが、他方、『あらし』は凝縮した芝居である。ほぼ20年前に『間違いの喜劇』を書いて以来、一度だけ、シェイクスピアは新古典主義的な一致という考えにもどる。つまり、劇の筋が同一の時空間で起こるということである。この芝居では、しばしば「時」

> 創作年代：
> 1610年ごろ
>
> 背景：
> 虚構上の島、17世紀ごろ
>
> 登場人物：18人
>
> 構成：
> 5幕、9場、およびエピローグ、2,283行

登場人物

- アロンゾー　ナポリ王
- セバスチャン　その弟
- プロスペロー　正統なミラノ公
- アントーニオー　その弟で、簒奪者のミラノ公
- ファーディナンド　ナポリ王の息子
- ゴンザーロー　正直な老顧問官
- エードリアン、フランシスコー　貴族
- キャリバン　野蛮で異形の奴隷
- トリンキュロー　宮廷道化
- ステファノー　酔っ払いの賄い方
- 船長
- 水夫長
- 水夫たち
- ミランダー　プロスペローの娘
- エアリエル　空気の精霊
- アイリス、シーリーズ、ジュノー、水の精ら、刈りとり農夫たち　精霊
- プロスペローに仕えるその他の精霊たち

右：イギリスの画家ジョン・W・ウォーターハウス作『ミランダー――あらし』（1916年）。画家は、プロスペローの娘が島の浜から（父の「芸術」である）あらしが船を難破させるのを見ている。船には、アントーニオー、アロンゾー、セバスチャン、ファーディナンド、ゴンザーローが乗っている。

244　演劇作品

について語られる。たとえば、プロスペローは、「これでもう（この時間に）／おれの敵もすべておれの手の中にある」（4幕1場261〜63行）という。それによって、筋がほぼ一日の午後に圧縮されていることが意識される。

プロスペローは、劇の筋のほとんどを支配し、彼の魔術は、しばしばシェイクスピアの劇作術を映しているとみられてきた。イギリスの詩人・批評家サミュエル・テイラー・コールリッジは、プロスペローのことを、「いわば、あらしのシェイクスピアそのもの」だと評した。プロスペローは、ファーディナンドとミランダ—のために現出させる祝婚の仮面劇の最後（4幕1場60〜117行）を、劇場装置の解体にたとえている。この仮面劇は、「基礎のない建物」（151行）、つまり「実体のない仮装行列」（151行）であった。この幻影は、「大きな球そのもの」（153行）のように霧消してしまう。この「球」は、ロンドンのグローブ（地球）座の名との地口で、この劇場でシェイクスピア劇の多くは上演された。

『あらし』のエピローグでプロスペローは、芝居の登場人物である自身に注目させている。芝居は終わったので、彼の「魔法」は、劇作家のそれのように「打ち捨てられる」（1行）。島からイタリアへ向かうことができるように、プロスペローは芝居の観客に許可を求める。拍手をして欲しいと言う——「どうか拍手の数を増し、／自由を与えてくださいまし」（9〜10行）。もし『あらし』が、実際に

シェイクスピアがストラトフォードへ引退する前の最後の芝居であるとしたら、プロスペローの最後の台詞は、シェイクスピアの伝記的な白鳥の歌（辞世）のように聞こえる。

『あらし』はしばしば、その他のシェイクスピアの最後期の芝居（『冬物語』『シンベリン』『ペリクリーズ』『二人の貴公子』）と一緒にされ、ロマンスと称される。理想的なロマンス世界では、悲惨なことと言うべき一連の出来事が、しばしば、何らかの超自然的な力の介入によって、一転して幸せに終わる。策謀によって散り散りになっていた家族が再会し、とりわけこれらの芝居では、子どもたちが、正道を踏み外した両親と和解する。シェイクスピアは、そうした単純な決まり切った形を複雑にしている。たとえば『あらし』では、ミランダーとファーディナンドを結婚させたいとするプロスペローの関心は、親としての心づかいなのか、それとも政治的復讐の行為なのであろうか。芝居最後の調和は、どれだけ完全なものであろうかと思わざるをえない。

新しい領土、新しい支配者

ヨーロッパ人の旅行と植民地政策とは、この芝居の言語にはっきりと痕跡を残している。シェイクスピアは、1607年、アメリカに植民地ジェイムズタウンを建設したヴァージニア会社の構成員を知っていた。

ゴンザーローは、この島を統治するユートピア的な構想を抱く（2幕1場148〜57行）。この台詞は、シェイクスピアが、フランスの哲学者モンテーニュのエッセイ「食人種について」の英訳（1603年）からとって付け加えたもので、ゴンザーローの台詞の前には、「わたしが、この島をプランテーションにしたら」（144行）ということばがある。こ

キャリバンの島

だいたいこの島はおれのもんだ、おふくろのシコラクスが残してくれたのに、おめえが横から奪いやがったんだ。
（1幕2場331〜32行）

そうだ、リンゴの生えているところに案内しよう。

この長い爪で落花生も掘ってやる。それからカケスの巣のある場所も、すばしっこいネズミザルを
罠（わな）にかける方法も教えてやる。鈴生りのハシバミの樹にも
連れてってやるし、岩のあいだから鷗の雛をとってきてもやる。
（2幕2場167〜72行）

こわがることはねえぜ。この島はいつも物音や歌声や
音楽でいっぱいだが、楽しいだけで悪いことはなんにもねえ。ときには何百何千って楽器が
耳もとでブーンとひびくことがある。かと思うと、歌声が聞こえてきて、ぐっすり眠ったすぐあとでもまた眠くなることもある。そのまま夢を見ると、雲が割れてそのあいだから宝物がおれの上に降ってきそうになる。そこで目が覚めたときなんか、もう一度夢の続きを見てえと泣いたもんだ。
（3幕2場135〜43行）

の「プランテーション」とは、この場合、「植民地化」の意味であるし、キャリバンの名は、「食人種」を意味する英語「カニヴァル」をほぼもじったものである。旅行記、たとえば、トーマス・ハリオットの『新しく発見された土地ヴァージニアをめぐる簡潔な報告』（1588年）から、17世紀初期の読者は、見知らぬ驚異的な人種や国々をめぐる異国風の報告を得ていた。トリンキュローは、驚異的で見知らぬ存在にたいする欲望をあらわす、笑いを誘う人物である。キャリバンをはじめて見たとき、彼は、イングランドにいればどんなにいいかと思い、そこでの慣習について語っている。

イングランド人の新世界探検

『あらし』は、新世界探索と植民地化への関心が強烈になった時代に書かれた。

1497年	ジョン・カボットは、ニューファンドランド、ケープ・ブレトン・アイランド、そしてラブラドールの地域に到達。
1502年	セバスチャン・カボットは、ニューファンドランドへの一連の航海の最初のものを行なう。
1560年代	ジョン・ホーキンズ卿は、アフリカからカリブ海への奴隷貿易の航海を何度か行なう。
1576年	マーティン・フロビシャー卿が、ラブラドールとバッフィン島に到着。
1577〜80年	フランシス・ドレイク卿が世界を一周する。
1578年	フロビシャー、バッフィン島に植民地を建設しようとするが失敗。
1583年	ハンフリー・ギルバート卿が、ニューファンドランドは国王のものであると主張。
1588年	ウォルター・ローリー卿は、ヴァージニアにロアノーク植民地を確立するも、1590年に失敗する。ジョン・デーヴィスが、グリーンランドの東海岸線を探索。
1607年	トーマス・ハリオットの『新しく発見された土地ヴァージニアをめぐる簡潔な報告』出版。
1610年	ヴァージニア会社がヴァージニアにジェイムズタウン植民地を建設。ヘンリー・ハドソンが、ハドソン湾とハドソン河を探索。

　　　　　　　　　　　妙な獣さえ
もって行けば一財産作れる国だからな。びっこの
　乞食には
ビタ一文出そうとしないが、死んだインディアンを見るためならいくらでも出そうって連中だ。
（2幕2場31〜33行）

政治的和解のために行なわれる王家の結婚といえば、シェイクスピアが執筆していた時期のイングランドで大いに議論されていたことである。メアリ・チューダーはスペイン王フェリペ2世と結婚し、エリザベス1世とアランソン公との結婚が取りざたされたとき、それをめぐって国家的に激しい抗議がなされた。『あらし』は1613年、シェイクスピアの劇団である国王一座が、ジェイムズ1世の娘

上：キャリバン役のジャック・ホーキンズ。その右にステファノー、エアリエル、トリンキュロー。プロスペローはジョン・ギールグッドが演じた。ロンドンのオールド・ヴィック劇場で行なわれた1940年の公演。

エリザベスとプファルツ選帝侯フリードリヒ（のちにボヘミア国王）が結婚した際、祝賀の一部として上演された14の劇のひとつであった。これまで示唆されてきたことであるが、プロスペローがファーディナンドとミランダーのために用意する宮廷仮面劇は、とりわけこの機会のために書かれ、芝居に付け加えられたものだという。この見解が妥当かどうかは別にして、王家の結婚ということが、『あらし』では顕著に見受けられる。ナポリ王アロンゾーとその家臣は、カルタゴからの帰途で難破する。カルタゴではアロンゾーが、娘クラリベルをチュニス王に嫁がせたばかりであった。ファーディナンドとミランダーとの結婚を確実なものにする際、廃位されたミラノ公プロスペローは、まちがいなく「（自らの）子孫が／ナポリ王になる」（1幕1場205〜6行）という。

材源

『あらし』開幕のあらしの場面と、プロスペローがいう「嵐のたえないバーミューダ島」（1幕2場229行）のことばは、おそらく、イングランド人歴史家ウィリアム・ストレーチーが1610年にハリケーンについて説明した箇所からのものであろう。このあらしは、前年、ヴァージニア会社が南北アメリカに航海した際に起きたもので、そのため、総督の船は孤立し、バミューダ諸島に流されたのである。

多義的な魔術

シェイクスピアの同時代の人にとって、自然魔術は一種の哲学とみられ、数学、占星術、そして夢判断などの実践と同列にならんでいた。この対極にあるのが、悪魔的魔術で、とりわけ妖術（ウィッチクラフト）であった。『あらし』には、この両方の魔術がみられる。芝居の始まり以前に、エアリエルは「裂けた松の木」（1幕2場277行）に閉じこめられている。それは、キャリバンの母「邪悪な魔女シコラックス」（1幕2場258行）の魔法によるものであった。彼女はアルジェリアから追放されていたが、それは「多数の害と恐ろしい魔法」（264行）のためであった。キャリバンは、母が仕えていた異教の神を「セトボス」（1幕2場373行）と呼んでいるが、この名は、「大悪魔」を意味している。エアリエルは空気の妖精で、その自然への介入は害がない。難破の際、その被害者たちにとって、それがすべての「悪魔」がいる「地獄」（1幕2場214〜15行）として経験されるが、そのときですら、エアリエルは次のような工夫をこらす。

> 髪の毛一本なくしたものはいません。
> 波の上にからだを浮かばせた衣服も、しみひとつなく、
> 前より新しく見えるぐらいです。……
> 　　　　　　　　　　　　　（1幕2場217〜19行）

プロスペローの魔術は、もっと多義的である。彼の「術」は閉じこめられていたエアリエルを救う一方で、彼が「秘密の学問」（1幕2場77行）に没頭していたため、彼は政治

的務めを怠り、弟が彼の権力を篡奪することを許してしまう。プロスペローは、この芝居の誰ひとりに対しても、その魔術で危害を加えることはないが、アロンゾーとファーディナンドは、芝居のほとんどの間、互いに相手が死んでいると思いこんでおり、イタリア人貴族たちは、ひどい混乱のうちに島中をよろめきながら歩く。最後に、そして威厳をもって、プロスペローが、その企てが成就したので魔術をきっぱりと捨て去るとき、彼が口にすることばは、ローマの詩人オウィディウスの『変身物語』の英訳から引かれている。その材源では、ことばを口にするのは、女妖術師メディアである。

丘の、小川の、湖の、森の妖精たち、
砂浜に足跡もとどめずわだつみの引く波を追い
寄せる波を跳び逃げてたわむれるおまえたち
月の夜の草原に雌羊たちも食べようとはせぬ
ひときれ濃い緑の輪を作るかわいい小妖精たち、……

（5幕1場33〜37行）

上：1952年のストラトフォード・フェスティヴァル公演より。ラルフ・リチャードソンが演じるプロスペローは、エアリエル（マーガレット・リートン）や彼の島全体の他の住人を厳しく取り扱う。

プロスペローの権威

プロスペローは親の権威を行使して、ファーディナンドとミランダーが性的欲望に屈したなら、どのような結末が待っているか知れないと、猛烈な警告をする。娘が将来ナポリ王妃になるために、プロスペローは、彼女を貞節にしておかなくてはならないのだ。彼はまた、エアリエルとキャリバンに主人の権威をふりかざす。エアリエルは、キャリバン同様に召使いであることを望まず、芝居の多くの場面で、自由にしてほしいと訴えつづける。彼が最後の幕で自由を獲得するのも、やっと、彼の仕事すべてが遂行されてからのことである。プロスペローは、キャリバンを自分の「有害な奴隷」と呼び、彼の手足に痙攣をおこさせたりつねったりするぞと脅すが、ミランダーには、彼はなくてはならない存在だと言う。なぜならキャリバンは、薪をもってきたり火をおこしたりするからだ。

権威が問題であることは、また、副筋にも示されている。酒をたっぷり飲まされたキャリバンは、トリンキュローとステファノーを新しい主人にし、彼らに膝まづき、トリンキュローに、自分は新しい家来になると約束する。エアリエルが、彼らのプロスペロー殺害計画の裏をかいたとき、はじめて、キャリバンはこうさとる――「おれはひとと

りのばかじゃなかったな、この飲んだくれを神様と思い、この薄のろ阿呆を拝んだりして」（5幕1場296〜98行）。

プロスペローは書物のつまった書斎をもっていて、キャリバンを野蛮人と呼ぶ。「あの性情では／いくら教えても身につかぬ」（4幕1場188〜89行）からだ。キャリバンの生まれつきの本能は、劇では、ミランダーを強姦したいという懲りない欲望をもっていることにあらわされている。だがシェイクスピアは、彼にはこの芝居全体で一番美しい言語のいくつかを与えている。

ミランダーは、キャリバンにこう念をおす。つまり、前の彼はきわめて狂暴で、自分の言っていることもわからずにぺちゃくちゃ喋っていたので、自分はおまえを憐れみ、教師になってあげたのだと。キャリバンは痛烈に言い返し、そうした教化がもつ逆説を指摘している。

たしかにことばを教えてくれたな、おかげで
悪口の言いかたは覚えたぜ。疫病でくたばりやがれ、
おれにことばを教えた罰だ。

（1幕2場363〜65行）

赦しと悔悟

5幕開始早々、プロスペローは、ついに彼の敵すべてを自分の手中におさめる。エアリエルは精霊であって人間ではないのだが、直接、彼らの恐ろしい苦痛を目撃し、プロスペローに「いま選ぶべき正しい道は、／恨みを晴らすことではなく徳を施すことにある」（5幕1場27〜28行）と促す。

プロスペローは、自分の敵が悔い改めていると信じて、最後には、自分の企てをそれ以上拡大せず、みんなを呪文から解放しようと決める。アロンゾーとセバスチャンは心から悔い改めるが、芝居の最後でも、アントーニオーが変容することはない。アントーニオーとプロスペローとの間には、いかなる和解もなく、幕が下りるとき、表面上は調和と和解がもたらされるが、この悔い改めない篡奪者であり殺人志願者アントーニオーの問題は、解消することがない。

音楽と仮面劇

シェイクスピアの芝居のなかで、これほど多数の音楽と大がかりな見世物（スペクタクル）を提供するものはない。『あらし』では、ふたつの本格的な仮面劇が行なわれる。壮観な場面と音楽で舞台づくりがなされ、配役として王族、宮廷人、そして職業的役者が一緒になって上演される仮面劇は、17世紀の最初の10年間、とりわけ流行した。ファーディナンドとミランダーとの結婚を祝して行なわれた仮面劇では、精

あらしは待って！

『あらし』の18世紀末の上演広告は、とりわけあらしの劇場的効果を誇大宣伝していた。その結果、大衆の求めに応じて、常習的に劇場に遅れてやってくる観客にも見れるように、芝居最初の難破の場面が、2幕まで遅らされた。

霊が、ジューノー（ユノ）とシーリーズ（ケレス）役を演じ、新しく婚約したカップルに豊穣を約束する。『あらし』のもうひとつの仮面劇は、ウェルギリウスの叙事詩『アエネイス』のひとつの挿話からとられている。はじまると、女性の頭と鳥の体をし、飢えた不浄の怪物ハルピュイアに扮したエアリエルが、「罪ある3人」のアロンゾー、セバスチャン、そしてアントーニオーに、彼らの犯した罪を突きつける（3幕3場53～82行）。ふたつの仮面劇では、プロスペローがその術をもちいて、自らの政治的権力を主張している。

シェイクスピアはまた、「アンチマスク」（幕間の道化狂言）も導入している。つまり、伝統的には、主要仮面劇の前に、グロテスクな人物が騒々しくダンスをする出し物である。しかしながらシェイクスピアは、彼のこのアンチマスクを最後に位置づけている（4幕1場194～266行）。この中で、キャリバン、ステファノー、そしてトリンキューローが汚い水たまりに落ちる場面があり、そのため彼らは馬の尿のにおいがしていて、彼らが干し物がかけてある縄から服を盗もうとすると、犬たちに追いかけられる。

これよりも上品な仮面劇では、「穏やかな音楽」や、ジューノーとシーリーズの歌「名誉、富、祝婚」（4幕1場106～117行）が奏でられ歌われる。野卑な調子で、ステファノーは、芝居に登場して水夫の歌を歌い（2幕2場42～54行）、この場の最後では、酔っ払ったキャリバンが、「おれは、魚のためにこれ以上水たまりはこしらえない」（180～85行）を歌う。3幕2場では、いまや完全に酔っ払ったステファノー、トリンキューロー、そしてキャリバンが、調子外れの旋律に合わせ「やつらを馬鹿にしろ、やつらを［見つけ出せ］」を歌う（116～18行）。その一方で、エアリエルは、小太鼓と笛で正しい旋律を奏でる。

エアリエルは全体にわたり音楽と結びついていて、シェイクスピアのもっとも有名な歌のうち3曲を歌う。最初の歌は、「この黄色い砂浜においで」（1幕2場375～87行）で、ついで「5ファゾムたっぷり」（397～405行）がつづく。5幕の最後の歌は、エアリエルが、自分に長いこと約束されていた自由がどのようなものか、美しくもせつない気持ちで待っていることを歌っている――「蜜蜂が吸う蜜吸って、／九輪桜の花に寝て」（1場88～94行）。

散在するイメージ群

驚くことに、『あらし』は比喩表現がそれほど多くない。もっとも広く見られるイメージ群は劇場にまつわるものであり、もっとも記憶されるのは、プロスペローの台詞「もう余興は終わった」（4幕1場148～58行）である。プロスペローはまた、アントーニオーの策略は「演じる役と演じる役者とのへだたり」（1幕2場107～8行）がないとしている。アントーニオーがセバスチャンとともに、アロンゾー殺害

下：ロイヤル・シェイクスピア劇団と南アフリカのバクスター・シアター所属の役者を起用した2009年の上演。生き生きとした独創的なやり方で、『あらし』では音楽とダンスが重要であることを強調している。

> もう余興は終わった。いま演じた役者たちは、／
> さきほども言ったように、みんな妖精であって、／
> 大気のなかに、淡い大気のなかに、溶けていった。
> （中略）
> われわれ人間は／
> 夢と同じもので織りなされている、はかない一生の
> 仕上げをするのは眠りなのだ。……
>
> プロスペロー（4幕1場148～50行、156～58行）

を計画したことについては、「いままではその前口上、／これからがあなたと私の出番です」（2幕1場252～53行）とある。

自然は、しばしば擬人化されている。アロンゾーは、次のように、彼のひどい犯罪と直面する。

……風が歌にたくして
いまのことばを伝えたとしか思えぬ。露までが
恐ろしいとどろきをもってプロスペローの名を口にし、
底深いひびきをもっておれの罪を鳴らしたてた。
（3幕3場97～99行）

海は憐れみをもって風に向かってため息をつき、エアリエルは、この島の茨が、「歯をもっている」（4幕1場180行）と言う。単独の生き生きしたイメージには、次のものがある。悲嘆が「美しさをむしばむ虫」（1幕2場415行）となり、良心が「砂糖で煮詰められている」（2幕1場279行）。そして、プロスペローは、ファーディナンドに「どのような固い誓いも／情欲の炎の前では藁（わらしべ）同様だ」（4幕1場52～53行）と警告する。

適用力のある劇

『あらし』は、色々な形に上演できる劇であることが証明された。最近の上演では、しばしば、わずかな改訂がなされる。たとえば、プロスペローのエピローグをカットし、彼の「もう余興は終わった」（4幕1場148～58行）で置き換えたり、プロスペローにミランダがキャリバンに向かって言うことば「忌まわしい奴隷、／善のかけらもない」（1幕2場351～52行）を割り当てることなどがある。しかしこうしたことは、この芝居の上演史全体から見れば、たいして重要なことではない。

チャールズ2世の王政復古後、1667年に劇場が再開されたとき、『あらし』はシェイクスピア劇のなかで、復活された最初のだし物のひとつになった。だが、観客が目にしたのは、シェイクスピアの『あらし』ではなく、ジョン・ドライデンとウィリアム・ダヴェナントの『魔法の島』であった。この芝居では、プロスペローのもっとも有名な台詞は削除され、新しい登場人物が出てきた。ミランダーの妹ドリンダーである。彼女は、マントヴァ公ヒポリトーと結婚する。プロスペローは、彼を島に隠しつづけてきた。キャリバンの妹で母と同名のシコラックスがいて、印象的に「女王スロバー＝チョップス」と呼ばれる。ミルカというエアリエルの妖精の妻がいる。『魔法の島』はヴィクトリア朝期まで上演され、それに対抗したのはオペラ版だけであった。このオペラ版は、トーマス・シャドウェルが歌詞を担当し（1674年）、ヘンリー・パーセルが作

映画の派生企画

『あらし』の映画派生版で注目すべきものとしては、ウィリアム・ウェルマン監督の砂漠に場面設定された西部劇『黄色い空』（1948年）と、イギリス人監督ピーター・グリンアウェイの『プロスペローの本』（1991年）がある。後者は、きわめて様式化された当世風の改作物で、ジョン・ギールグッドがプロスペローを演じ、同時に語りもやっている。ダンス、無言劇、唄、さらにはコンピュータで作った映像も盛り込まれている。

『禁じられた惑星』（1956年）はSF映画で、フレッド・ウィルコックスが監督。ここでは、狂気の科学者モービアス博士（プロスペロー）と娘アルタイラが、宇宙飛行任務の唯一の生存者として、アレイン第4惑星に生活している。一団の宇宙飛行士が宇宙船でやってきて、司令官アダムズ（ファーディナンドの年寄り版）が、アルタイラの性欲を目覚めさせる。エアリエルが、言いなりになるロボットになっている一方、この映画は、プロスペローがキャリバンについて「この暗黒の者！／わたしのものを認めよ」（5幕1場275～76行）と言うとき、彼が心の中にいだいたことを、恐ろしいことに現実のものにしている。『禁じられた惑星』のキャリバンは、目に見えない野獣として宇宙船を攻撃し、爆発して一点の光になってしまう。このキャリバンは、モービアスの無意識から掘り出されたものである。ひとりの評論家は、キャリバン／プロスペローが融合したフロイト流のイド的怪物を「宇宙のキング・コング」と呼んだ。

右：フレッド・ウィルコックス監督の1956年のSF映画『禁じられた惑星』のポスター。『あらし』のエアリエルに相当するロボット・ロビーが、ミランダーをモデルに造型された人物アルタイラを救出しているところ。

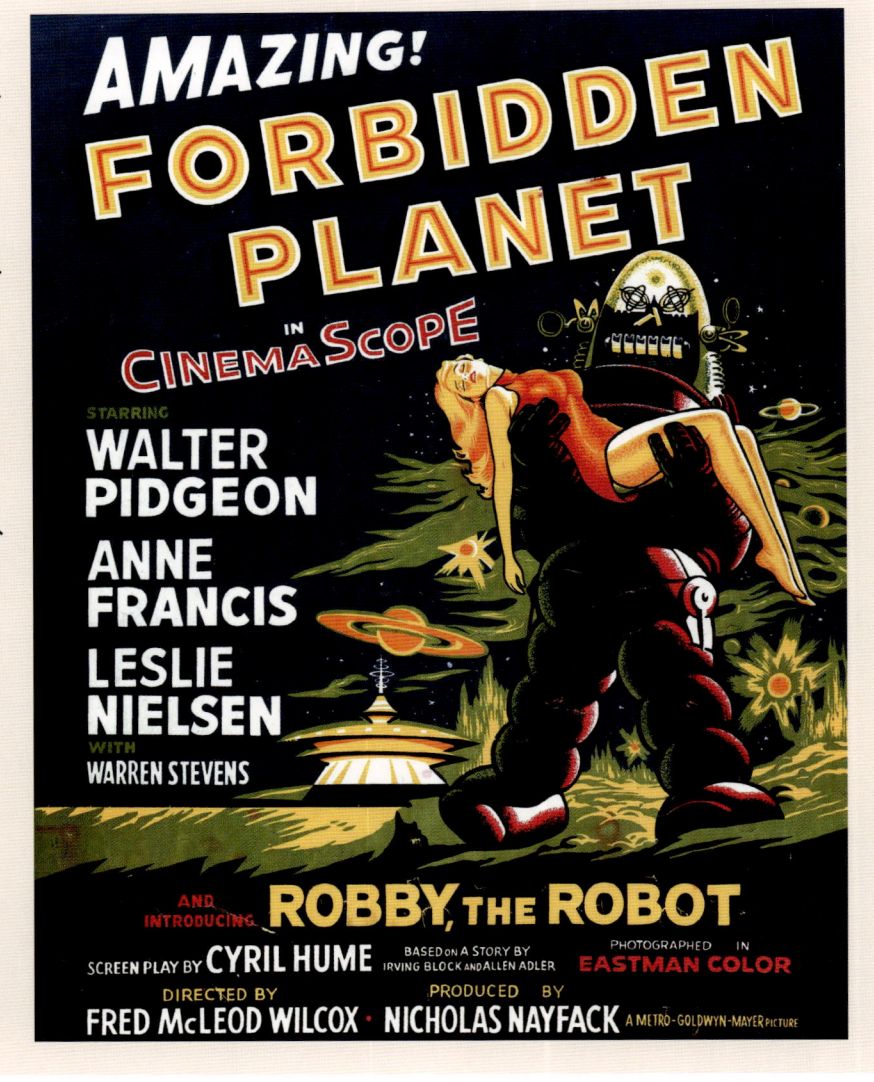

曲を担当した（1690年）。シェイクスピアのテキストは19世紀に復活したが、そのときですら、依然としてバレーとオペラのショーであり、シャドウェルが書いた仮面劇がなくなることはなかった。

シェイクスピアのテキストの全面改訂版は、18・19世紀に限られるわけではない。ロンドンのラウンド・ハウス劇場で上演されたピーター・ブルック監督の1968年版では、カギとなる言葉が有名な台詞から取り出され、ばらばらに混ぜ合わされ、ずたずたに切られた筋の破片のなかに配置されていた。この芝居の最後でプロスペローは、「わたしは、プロットを忘れた」という新しい台詞を語ったが、その一方で、その他の登場人物たちは、この劇のこれ以前の場面にある台詞を行き当たりばったりに朗読しはじめた。朗唱される断片の不協和音は、沈黙のうちに終わる。

エアリエルとキャリバンを演じる

『あらし』の上演史を通じて、エアリエルとキャリバンを対照的に描く演出が育った。音楽はしばしば、エアリエルの歌手と踊り手としての役割を際立たせるのに用いられてきた。彼の役柄は明らかに男性のものであるが、1930年以前には、エアリエルをしばしば女性が演じることがあり、彼／女の非人間的な形態が強調された。1778年、エアリエルは昆虫のトンボになり、1847年には天使となった。サム・メンデス演出の1993年のロイヤル・シェイクスピア劇団の上演は、いくぶん目方のある役者サイモン・ラッセル・ビールをエアリエル役に配した。プロスペローと力が同じエアリエルは、彼にたいする軽蔑を隠しはしない。プロスペローが、その仕事から彼を解放するとき、エアリエルは彼の顔に唾を吐く。

キャリバンは、酔っ払い、悪魔的怪物、そしてダーウィンのいう「失われた環（ミッシング・リンク）」として演じられてきた。イングランドでは、1890年代、F. R. ベンソンがその役をやるために何時間も動物園で猿を見てすごしたという。キャリバンはまた、一種の魚、ヘビ、トカゲ、イヌ、あるいはカメとして演じられてきた。しかし、いくつもの演出では、彼に政治的・人道主義的意義を見出してきた。マイケル・ボイド演出による2002年のロイヤル・シェイクスピア劇団の上演では、ゲフ・フランシスが、キャリバン役の劇団史上最初の黒人俳優となった。エアリエルは、黒人女性カナヌー・キリミが演じた。ふたりの演技は威厳のあるものであったが、ヨーロッパの「文明的」な登場人物は、きわだって対照的な行動をした。とりわけトリンキューローは、酔っぱらったチンパンジーのように跳ねまわった。

持続しつづける霊感

『あらし』は、多くの新しい作品にとって霊感を提供する源であった。イギリスの詩人 W. H. オーデンの詩「海と鏡」（1942〜44年）は、苦悩する人間性を体現したものとしてキャリバンを描いている。カリブ海の作家エメ・フェルナン・ダヴィッド・セゼールの『あらし』（1916年）では、プロスペローがデカダン風の帝国主義者として描かれていて、エアリエルは平和主義のムラート（白黒混血）の奴隷、そしてキャリバンは黒人奴隷となっている。キャリバンは革命を企て失敗すると、プロスペローのもとに止まることに同意するが、必要なら彼にたいして暴力を行使するという。オーストラリアの小説家ディヴィド・マルーフが、ポスト・コロニアルの立場から革新的に書き直した作品『血族関係』（1988年）は、オーストラリア人家族がクリスマスを一緒に過ごすという、霊的で夢のような生活を探求したものである。イギリスの劇作家フィリップ・オズメントの1989年の芝居『この島はわたしのもの』は、この島の正統な所有権を主張するキャリバンの言葉を用いて、イギリスにおける人種偏見と同性愛嫌悪の抑圧に反対する政治的立場の結集をはかっている。

上：サム・メンデス演出のロイヤル・シェイクスピア劇団、1993年の公演より。左から右に、デイヴィッド・ブラッドレー（トリンキューロー役）、マーク・ロッキヤー（ステファノー役）、デイヴィッド・トラフトン（キャリバン役）、サイモン・ラッセル・ビール（エアリエル役）。

> 父は五尋（いつひろ）海の底、／
> その骨はいま白珊瑚（さんご）、／
> かつてのふたつ目は真珠、／
> その身はどこも朽ちはてず、／
> 海はすべてを変えるもの、／
> いまでは貴重な宝物。
>
> エアリエル（1幕2場397〜402行）

ロマンス劇〔『あらし』〕

『二人の貴公子』 The Two Noble Kinsmen

創作時期：
1613～14年ごろ

背景：
チョーサーの描く中世イングランド風に書きかえられたアテネ

登場人物：36人

構成：
5幕、24場、3,261行

あらすじ：シーシュース公は、テーベの暴君クレオンとの戦いに勝利したのちアテネに帰還し、いまや心はヒポリタとの結婚に向けられている。祝典の場面で、戦争によって未亡人となったテーベの3人の王妃が、シーシュースに、葬儀を行ないたいので夫の死体を返してくれるように嘆願する。最終的にシーシュースは、彼女らの願いを聞き入れる。

劇名（『二人の高貴な血縁者』）にもなっている血縁者は、パラモンとアーサイトというふたりの従兄弟を指す。ふたりは勇敢なテーベの戦士であり、いまは戦争捕虜となっている。監獄の窓からヒポリタの妹イミーリアを見たあと、ともに彼女に恋をする。ふたりは、愛をめぐる敵意と親族の絆との間でさいなまれる。シーシュースの命令により、ふたりは正式に決闘するが、アーサイトが勝ち、イミーリアを手中にする。その一方、パラモンには死が宣告される。ところがアーサイトは、たまたま落馬して死んでしまう。その結果、パラモンがイミーリアと結婚することになる。

他方、看守の娘はパラモンへの報われぬ愛のため気が変になるが、最後には、元からの求婚者と結婚する。彼は、彼女を得るためにパラモンに扮していた人物である。

『二人の貴公子』はシェイクスピアとジョン・フレッチャーとの共同作業の賜物であり、シェイクスピアがかかわった最後のふたつの劇のうちのひとつである。この劇では、シェイクスピアがひとりで書き上げた最後の劇『冬物語』と『テンペスト』に典型的にみられる、悲喜劇的ロマンスに属する題材が用いられている。

『二人の貴公子』の共同作業を手がけるころには、シェイクスピアはとても著名な作家になっていて、たとえばレオナルド・ダ・ヴィンチやルーベンスといった、ルネサンスの「巨匠」と呼ばれる偉大な画家たちのような仕事ができるようになっていた。そのため、ちょうどこれら人びとの尊敬を集める芸術家が、誰かほかの人間が描いた絵に顔や手を付け加えることができたように、シェイクスピアもまた、そこここに場面を付け加えていった。当時30代半ばであったジョン・フレッチャーは、有能な劇作家であって、人びとを驚かせるような詩よりも、約束事に忠実な詩を手がけており、その後、ボーモント＆フレッチャーという共作コンビの劇作で果たした役割で知られることとなる。『二人の貴公子』は、非常に個性の異なるふたりの人物の手によるものであるにもかかわらず、劇として非常にまとまりのとれた作品となっている。

巨匠の手
筋は、つきつめれば古代ギリシア・ローマ神話にもとづいているが、フレッチャーの手による田舎の素朴な場面は、理想化されたイギリスのカントリー・ライフを想起させ、劇のそもそもの着想がどこにあったのかを知る手がかりとなる。それは、イギリスの詩人ジェフリー・チョーサーによるロマンス物語『カンタベリー物語』に収録された「騎士の話」である。シェイクスピアは、第1幕、第3幕第1場と第2場を除く第5幕の大部分、そして、おそらく第3幕第2場の、看守の娘による趣のある3番目の独白などにかかわっているようである。

> 墓場へのいちばんの近道こそ最上の道、
> そこからそれる千鳥足の一歩一歩が拷問。
> ほら、月が沈み、コオロギがなく、金切り声のフクロウが
> 夜明けを呼んでる。　　　　　　　（3幕2場42～46行）

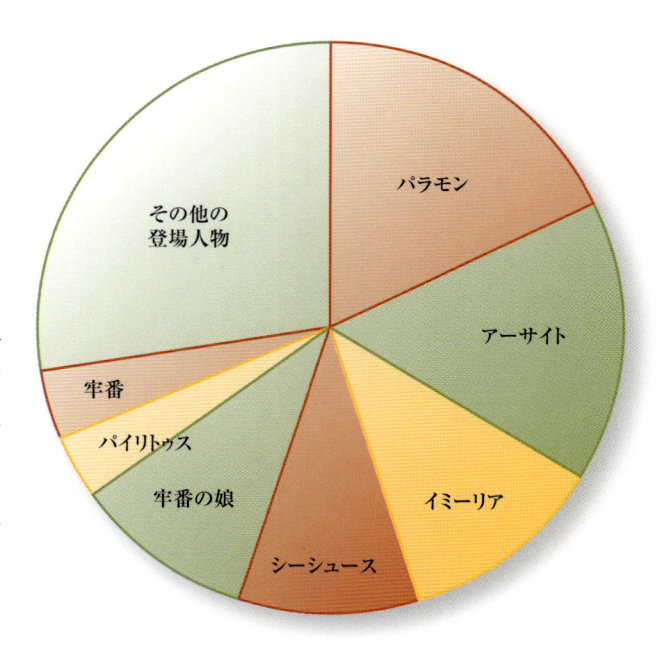

登場人物

- シーシュース　アテネ公
- パイリトゥス　アテネの将軍
- アーティージュス　アテネの隊長
- パラモン、アーサイト　テーベの王クレオンの甥
- ヴァリーリャス
- 6人の騎士たち
- 紋章官
- 牢番
- 牢番の娘への求婚者
- 医者
- 牢番の兄弟と友人
- 紳士
- ジェロルド　学校の先生
- ハイメン
- ヒポリタ　アマゾネスで、シーシュースの花嫁
- イミーリア　ヒポリタの妹
- 3人の王妃たち
- 牢番の娘
- イミーリアの
- 妖精たち
- 村の男衆、村の女衆、使者、小太鼓打ち、少年、死刑執行人、番兵、下男、従者たち

主な登場人物
登場人物たちのなかで「二人の貴公子」であるパラモンとアーサイトが劇中の会話の34パーセントを占める。イミーリアとシーシュース、それに恋におぼれる看守の娘が、すべての行の31パーセントを占める。

(円グラフ：パラモン、アーサイト、イミーリア、シーシュース、牢番の娘、パイリトゥス、牢番、その他の登場人物)

これらの部分は、行が切れず、比喩表現が豊かで、複雑でありながら無駄のない統辞法がみられる。こうした要素は、シェイクスピアの後期の劇によくあるものである。

愛と名誉
筋はときおり、「名誉」をめぐる騎士道の慣習をパロディ化しているといえるようなものとなる。その「名誉」の掟は、中世では行動の規範であったが、シェイクスピア時代には古びたものとなっていた。各々の登場人物は、親族関係や愛とは相いれない戦いの価値観に身を任すことで、身に累を及ぼしている。

> パラモン：我らはわれらの切望するものをかち得たあかつきに
> 切望するものを失うことになろうとは！
> かけがえのない愛が得られぬとは！
> シーシュース：運命の女神もいまだ
> かつてこれほど際どい勝負に手を染めたことはない
> ……
>
> （5幕4場 110～113行）

愛に悩む女性のディレンマ
> 私、花を摘んで胸にさしたことがありました、
> ──ちょうどそのころ
> 乳房がふくらみかけていて花に近かった──彼女はその花をしきりに欲しがった、
> 私のと同じような花を手に入れて穢れをしらない胸のゆりかごに挿すまでは承知しなかった。花々は
> そのゆりかごで不死鳥のようにかぐわしい香りに包まれて死にました。
> ──イミーリア（1幕3場 66～71行）

> 男ったらのぼせ性で、何しでかすか分からない。
> ──イミーリア（1幕3場 66～71行）

> あの人との結婚なんて夢のまた夢、
> あの人の囲い者になるなんて愚の骨頂。
> ──牢番の娘（2幕4場 4～5行）

下：チョーサー『騎士の話』の一場面（1387年ごろ）。この絵は、パラモンとアーサイトとの決闘をあらわしている。名目上、舞台が古代ギリシアに設定されているものの、『二人の貴公子』は、14世紀イングランドの騎士道の理想を反映している。

パラモンはアーサイトを殺そうとしているにもかかわらず、愛の女神ヴィーナスに祈りを捧げる。他方アーサイトは、愛する親類縁者への彼の命を賭した戦いが愛に関するものであるにもかかわらず、戦いの神マーズに祈る。イミーリアは貞節の神であるダイアナに祈り、どのような男とも結婚したくはないと宣言する。ここには、男性の求愛が女性にとって脅威であるという強い含意がこめられている。劇は悲喜劇的な題材と一致していて、婚儀と葬儀の準備で始まり、また、その準備で終わる。愛と戦いはイメージ群の中心にあり、「からみあった友情の根」（1幕3場59行）をめぐり感動的な描写がなされ、それと対照をなして、「テーベの戦場で、カラスの嘴、トンビの爪に荒らされ放題」（1幕1場42行）「死体が放つ異臭」（1幕1場47行）など、戦場にある死体が、写実的に詳細に描写される名節がある。

今日の舞台
ロイヤル・シェイクスピア劇団は『二人の貴公子』を幾度か再演しており、その中には、1986年に上演された、侍に着想を得た演出家バリー・カイルのものもある。こうした再演を通じて、この劇が、今日でも舞台上演しうることが示された。そうした上演で、意気込みのあるひとりの演出家が、この劇の主題の中心、つまり戦いと愛が、基本的に両立しないことに一心に取り組むことによって、この劇を生き返らせ、悲劇的かつ喜劇的な結末を生むこのふたつの理念の葛藤に焦点を当てることができた。この葛藤は、昔も今もかわらず意義あるものである。

Palamon desireth to slay his foe Arcite

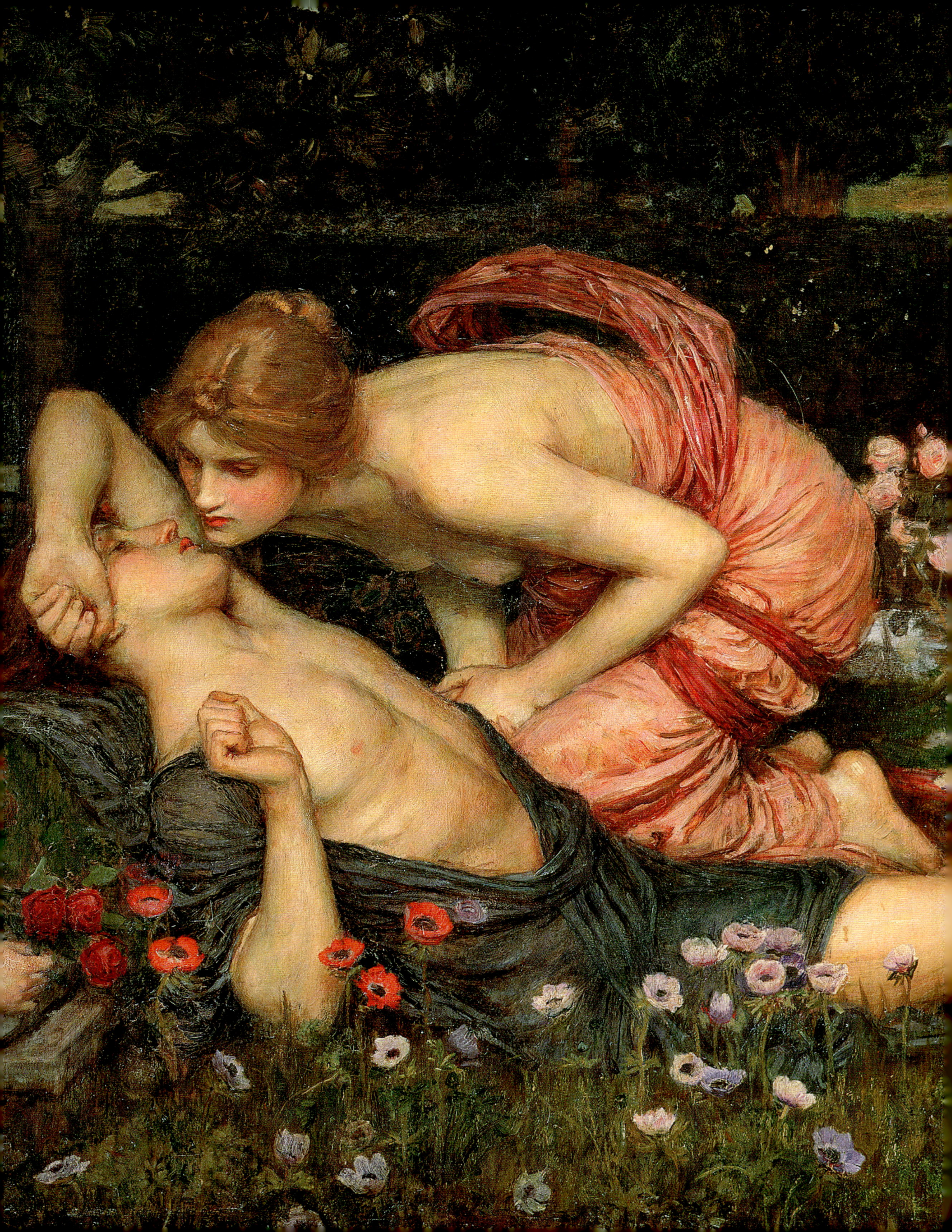

詩篇

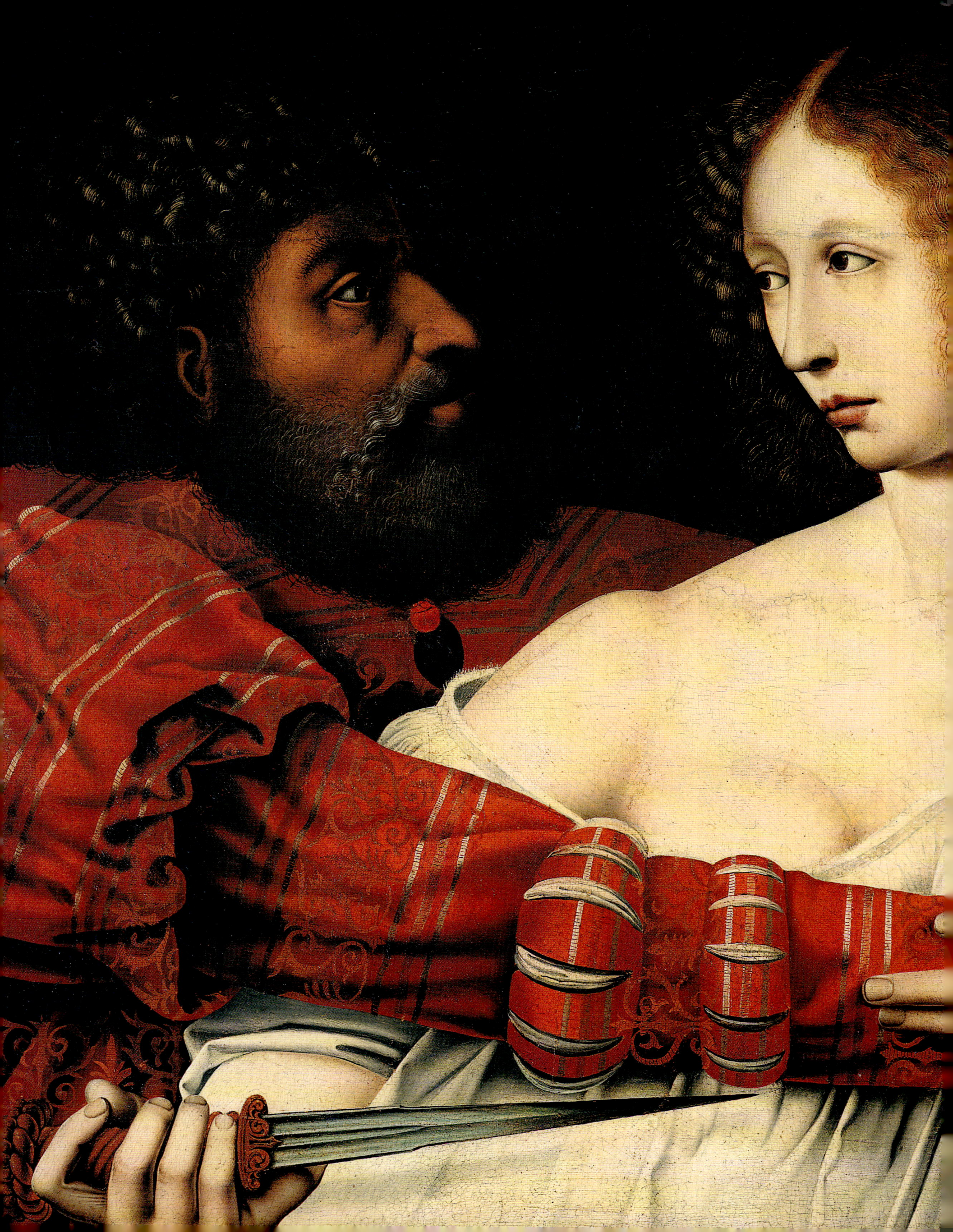

詩　篇

🌹

生涯にわたり、シェイクスピアは、劇作品とおなじくらいに詩でも有名であった。彼のもっとも顕著な功績は、機智にとみエロティックな『ヴィーナスとアドニス』と、これよりも深刻な『ルークリース凌辱』である。抒情詩人としての彼の名声は、『不死鳥と山鳩』『恋人の嘆き』、そして『情熱の巡礼者』を含む詩によって高められた。

『ヴィーナスとアドニス』 Venus and Adonis

あらすじ：愛の女神ヴィーナスは、若く美しい人間アドニスに夢中になる。彼女はさまざまな手管を用いて彼を誘惑するが、アドニスはそれに抗い、自分は人を愛するにはまだ若すぎるし、それよりも狩りに行きたいのだと言い切る。彼が彼女のもとをたとうとしたとき、愛馬が牝馬を追いかけていってしまったため、アドニスは取り残され、ヴィーナスの手中におちる。翌日、ヴィーナスの警告にもかかわらず、彼は猪を狩りに出かけ殺される。彼の血が落ちた場所には、アネモネが生える。ヴィーナスはそれを引き抜き、胸につける。彼女はこれ以降、愛が必ず悲しみに終わるようにすることを誓う。

シェイクスピアの『ヴィーナスとアドニス』は、悲劇的要素と喜劇的要素が混合した魅力的なものである。アドニスの死の物語を語りつつ、この作品は、欲望に際限がないこと、時が無情であることに焦点をあてている。その一方で、こうした悲劇的テーマとともに、どたばた喜劇、下品なユーモア、さらには何にもましして、自らの欲望を満たすことができない女神ヴィーナスの苦境におかれた滑稽な様子が盛りこまれている。

この詩は、シェイクスピア自身の名で出版された最初の作品（これが、彼がこの作品を「私が作り出した最初の子」と呼ぶ所以である）であり、彼が献辞をつけたわずかふたつの作品のうちのひとつである。この作品は、劇場が疫病のために閉鎖されていた時期に書かれたもので、劇作家シェイクスピアは経済的な必要に迫られ、貴族の支援を得ることをその執筆の動機にしていたのかもしれない。『ヴィーナスとアドニス』と『ルークリース凌辱』は、ともに、第3代サウサンプトン伯ヘンリー・リズリーに捧げたものである。彼は演劇の愛好家として知られる若い貴族で、批評家のなかには、少なくとも最初の17のソネットは、彼に宛てた可能性があると考えている。しかしながら、シェイクスピアは、より広く読まれることを考えていたようにもみえる。

好色の探求

1580年代と90年代、今日「エピリオン」、つまり小叙事詩（複数形「エピリア」epyllia）として知られる詩が、大学生、しゃれ者、宮廷人らの間で非常な人気を博した。この小叙事詩は、意図的に機知をねらった書き方がなされ、官能的で神話的な物語にもとづくものであった。たいていその物語は、ローマの詩人オウィディウスの『変身物語』（ヴィーナスとアドニスの物語は10巻に登場する）から取られた。このオウィディウスの翻訳（1567年版をまちがいなくシェイクスピアは知っていた）を手がけたアーサー・ゴールディングが、この10巻を「途方もない情欲を非難している」と評したように、オウィディウスの物語を道徳的に解釈する長い伝統はあったのだが、小叙事詩の作者たちにとりわけ特徴的であるのは、この物語と言語自体のもつ官能的な快楽を、彼らが強調していたことであった。

創作年代：
1592～93年ごろ
行：1194行
節：199節
形式：6行詩

左：1593年からのシェイクスピアのパトロン、第3代サウサンプトン伯ヘンリー・リズリー。エドマンド・ロッジ作の肖像画（1842年）。彼が劇場でぶらぶら時間を過ごすことを好んでいたことは、同時代の人びとの間でよく知られていた。

『ヴィーナスとアドニス』は1640年までに16版を重ねたが、その並はずれた成功は、おおむね、この作品のもつ魅惑的な力に起因していたようである。トマス・ミドルトンの喜劇『おかしな世の中』（1608年ごろ）の中で、嫉妬深いヘアブレインは、いかに自分の若妻を貞節でいさせようとしたかについて、以下のように言う――「わたしは、彼女の持つみだらな『ヒーローとリアンダー』や『ヴィーナスとアドニス』のようなパンフレットを、すべてひそかに持ち出した。ああ、それらは、若い人妻にとって欲望を煽る催淫薬なんだ」。

愛と変身

おそらく『ヴィーナスとアドニス』の主題は、神も人間も一様に変えてしまう力が愛にはあるということであろう。ヴィーナスは、滑稽なほど、またどうしようもなく人間的

登場人物解説

『ヴィーナスとアドニス』のふたりの主要登場人物は、愛の女神ヴィーナスと美しい若者アドニスである。この物語を語る語り手は、他の小叙事詩（たとえば、クリストファー・マーロウの『ヒーローとリアンダー』）では、しばしば目立つ存在であるが、比較的控え目である。この詩に登場する他のキャラクターは、すべて動物である。森のなかで牝馬を追い回すアドニスの馬、狩りの対象として想像される野ウサギのワット、そして、アドニスを殺す猪である。この伝説の他のヴァージョンでは登場するものの、この詩には登場しないのがキューピッドである。シェイクスピアは、愛の表象としてのこの女神ヴィーナスに注目し、彼女がいかに恋に落ちたのかの説明は省略している。

にみえる。彼女はアドニスをいとおしく思い涙をながし、努力をかさねてあえぎ、汗を流す。彼女は、自らのすべての超自然力をもってしても、性交をアドニスに強いることができない。彼女はさらに身を落とし、情欲とむすびつく獣性をあらわにし、自身を猪と同一視するまでになる——「もし、わたしが猪のような歯を持っていたら、何を隠そう、彼に接吻をして、はじめに彼を殺していただろう」。

　他方、アドニスもまた過渡期にある。彼は、非常に若く、自分のこともまだよく知らないと言う（1117～18行）。しかし、彼は愛によって変身させられるより、狩り（儀式化された戦い）をとおして大人の男となり、男の友を得たいと望む。この望みにたいして、語り手はいくばくか共感する。なぜなら、ヴィーナスが、アドニスの大人への移行を邪魔する母親として描かれているからである。皮肉なことに、愛を避けようとするアドニスの必死の努力こそが、結果として、この詩のなかでの文字通りの変身を引き起こすことになる。彼の血は、「新しく咲いた」アネモネの花に変容するのである（1171行）。

　これと関連して、性差（ジェンダー）が逆転するという主題がある。その権威によって、ヴィーナスは、当然ながら、エリザベス朝文化では男性と同じとみることができる（もっとも、それは彼女が神であることによって正当化されているが）。それはちょうど、エリザベス女王の権力が、その統治権を根拠に説明されていたことと同様である。そして、このふたりの間には、いくつかの類似点が指摘されてきた。同時にこの詩はまた、欲望がいかに性差を不安定な状態におくかも強調している。たとえば、女神が、単にその求愛に積極的であるだけでなく、身体的に攻撃的な役割——彼女は「こころ優しき」アドニスをその馬から引きずりおろすことができる——をも演じている。そのことから、彼女に男性性をみとめることができる。

　このように、ヴィーナスがより男性的な役割を帯びていく一方で、アドニスは、その純潔さ、受動性、そして容姿によって、ますます女性化していく。

右：*ヴィーナスとアドニス像。イタリアの彫刻家アントニオ・カノーヴァ（1757～1822年）の作。アドニスが狩りに出かける準備をしている場面。ふたりが取っているポーズから、ヴィーナスが讃嘆し、アドニスがのんきで無頓着でいることがわかる。*

「ああ、愛はもうたくさん」

シェイクスピアがオウィディウス『変身物語』の物語に、変更を加えた主要なものは、アドニスに言い寄るヴィーナスを拒絶させたことである。このアプローチは、ティツィアーノの絵画『ヴィーナスとアドニス』(1554年)に示唆されたのかも知れない。ちなみにこの絵画は、この年からロンドンで展示されていた。「こう言って、あの美しい腕の甘美な抱擁を振り払い」(811行)という詩行が示唆するイメージは、とりわけ、ティツィアーノの作品を彷彿とさせる。

「わたしよりも三倍も美わしいあなたよ」こう彼女は語りはじめた。
「たぐいなく芳しい野の花の司(つかさ)よ、
すべての水の女神を醜く見せ、男子(おとこのこ)には過ぎて美わしく、
鳩よりも白く、ばらよりも紅(くれない)のあなた
　　　　　　　　　　　　　　　　　(7～10行)

死に方によってさえ、アドニスは女性化されている。つまり、彼は猪の牙に貫かれ、血を流し、花へと変えられる(「花 flowers」という語は、女性の月経の出血を示すのに、しばしば用いられた。)

時の循環

この詩は、時の効果に魅了されているとしてもよかろう。1632年出版の『変身物語』への注釈のなかで、ジョージ・サンディーズは、アドニス物語の教訓のひとつが、「美がもろく、長くはもたない」ことであると述べている。ヴィーナスがアドニスを誘惑する際に用いる主な文句は、あなたの魅力はいずれ消えうせるので、「時を利用」(129行)すべきであるし、もたらされた性愛の機会は逃すべきではない、というものである。しかし、もし詩が、アドニスの死をとおして時の破壊力を示しているとするならば、この詩はまた、一種の慰めをも提供している。この詩の構造自体が循環的である。1日目、ヴィーナスはアドニスを誘惑しようとし、失敗する。2日目、彼女はアドニスが猪を追いかけるのを止められず、アドニスは殺される。2日目の終わりに、アドニスはアネモネの花へと姿を変えるが、それは、ある種の不死性を彼に与えるものである。

白い斑のある真紅の花が咲き出た、

それは彼の青白い頬と、その白さの上に、
円い滴となって宿る血に似ていた。
　　　　　　　　　　　　　(1168～70行)

個としての花は枯れるが、その種は生きつづける――この詩がそうであるように。

美の色

『ヴィーナスとアドニス』でもっとも明白にみられるイメージの形式は、赤と白の反復である。この時代、これらの色は、理想的な美と同一視されていた(とりわけ、赤い頬と唇をした白い顔の色)が、この詩においてこれらの色は、主にアドニスを描くために用いられている。アドニスの姿は明らかに同性愛的な欲望の対象となっており、それは、おそらくシェイクスピア自身の性的な関心(彼のソネットの多くは「美しい少年」に向けられている)だけでなく、この小叙事詩が約束事のうえから生み出している欲望をも反映している。アドニスの赤と白は、彼がヴィーナスとは違うこと(「彼女は燃える炭火のようにあかく、熱く、彼は恥じてあかくなったが、情欲は冷やかに凍りついていた」)だけでなく、情熱的な(そして、エロティックな可能性をもった)感情のうねりをも示唆している。

下:ティツィアーノ作「ヴィーナスとアドニス」(1554年)。シェイクスピアはこの作品から着想を得て、この詩でアドニスに女神の関心を退けさせることにし、またヴィーナスの悲恋が、情緒的にも身体的にも絶望的なものであることを描いた可能性がある。

上記で示唆したように、動物のイメージ群は詩の中核をなしている。ひとつの挿話で、アドニスの馬が牝馬を追い回す。それによって、どのように愛がなされるべきかを主人に示している。さらに、このふたりの登場人物自身を動物として描くことで、この詩は、愛を追い求めることもまた一種の狩りであることを示唆している。たとえば、ヴィーナスはアドニスを牡鹿にたとえ、彼女の草原の「どこでも好きなところ」（229～34行）で草をたべてもいいと言い、その一方で、ヴィーナスのキスは、飢えた鷲にたとえられている。この鷲は、

　　羽毛や肉や骨を嘴で啄ばみ、
　　その翼をゆすり、急いですべてをむさぼる、
　　みたされるまで、また餌食が食い尽されるまで、
　　　　　　　　　　　　　　　（56～58行）

　最後に、もっとも称賛されるシェイクスピアの自然描写のいくつかが、『ヴィーナスとアドニス』には見出せる。猟犬が野を駆け、野うさぎを追跡するさまが感動的に描かれている（「意地の悪い茨はみな彼の疲れた足を傷つけ」705行）、一方で、アドニスの死を見てヴィーナスがひるむ姿は、蝸牛の姿になぞらえられている──「かたつむりが、そのかよわい触角を打たれて、痛さに彼の洞穴に身を潜め」（1033～34行）。この詩には、ロンドンでの成功を夢見てあとにした、ストラトフォードの田舎を懐かしむシェイクスピアの姿がみられる、と示唆した注釈者もいた。

> 彼女は恋の神、彼女は愛しても愛されることはない。
>
> （610行）

新たな関心
　18世紀以降、忘れられるか、酷評されるかといった状態が続いたあと、20世紀後期に、『ヴィーナスとアドニス』への関心が再浮上した。その一因としては、この詩がフェミニズムやクィア理論にふさわしかったことがあげられる。だが、より一般的には、この詩は、舞台で上演されることで関心を呼んでいる。2004年と2007年、この詩が演劇性を秘めて人為的であったことを利用した上演が、ロンドンでなされた。それは、グレゴリー・ドーラン演出のもので、大きな操り人形が使用されていた。2008年、オーストラリアのメルボルンで上演されたマリオン・ポッツ演出のミュージカル版では、この詩が、エリザベス朝期の音楽のついた仮面劇としてとらえなおされている。

上：『ヴィーナスとアドニス：人形劇用仮面劇』（2004年、ロイヤル・シェイクスピア劇団による上演：2007年再演）。演出家グレゴリー・ドーランと人形劇演出家スティーブ・ティップレディによる、操り人形を用いたこの仮面劇は、音楽、ナレーション、そして人形劇を混合した革新的な上演を行ない、ロンドンで完売するくらいヒットした。

『ルークリース凌辱』 The Rape of Lucrece

創作年代：
1593〜94年ごろ
行：1,855行
節：265節
形式：帝王韻律

あらすじ：アルディア包囲の際、ローマ貴族の一団は、各々の妻の貞節を競い合う。コラタインは、妻ルークリース（ルクレチア）の貞節を力説する。この発言は、王の息子タークィンに火をつけ、彼はコラタインの妻への欲情にかられる。タークィンは、コラタインが家を離れている際に彼女のもとを訪れ、客として迎え入れられる。夜になると彼は、彼女を凌辱しようと試みる。彼女は互いの名誉を保つよう彼に求めるが、タークィンは彼女とその使用人を殺し、彼らがともに寝床にいたようにみせかけると彼女を脅す。そのため、ルークリースは、彼の要求に屈する。

翌朝、彼女はコラタインに伝言を送り、コラタインは、彼女の父親を含む他のローマ貴族たちとともに、彼女のもとにかけつける。彼女は自身の不運を彼らに伝え、復讐の誓いを立てさせると、自らに刃を突き刺し、自死する。男たちは、彼女の死体を街なかを公然と運び、タークィンの罪を公けにすることにする。その結果、タークィン一族はローマから追放される。

『ヴィーナスとアドニス』の献辞のなかでシェイクスピアは、自分が「もっと深刻な作」を書くとしている。これこそが『ルークリース凌辱』であり、この詩は、エロティックで古典的なテーマや修辞上の冒険を介して、前作とつながりを持っている。しかし、昨今では、むしろ欲望の充足がもたらす悲劇的な結末と言語の限界を強調するものとされている。

シェイクスピアがこの詩の材源としたのは、古代ローマの歴史、なかでもローマの歴史家リウィウスの『ローマ建国史』と、詩人オウィディウスの『祭暦』に再話されたものである。この2作は、ともにエリザベス朝のグラマー・スクールで学ばれていた。しかしながら、ルークリースの悲劇はまた、シェイクスピアにより近い時代に、芸術的に取り上げられていた。たとえばこの悲劇は、14世紀の詩人ジェフリー・チョーサーやジョン・ガウワーにとっては詩のテーマとなり、ルネサンス期の画家たち（ルーカス・クラナッハとティツィアーノを含む）のお気に入りの題材であった。彼らは、興奮したタークィンがルークリースの寝室に忍びこむ場面や、ルークリースが短剣を胸につき立てている場面を描いた。

この詩を書くことで、シェイクスピアは、幾世紀も続いてきたルークリースの自殺が正当かどうかをめぐる議論に関与した。この詩の有名な政治的結末（すなわち、君主制から共和制への移行）は、リウィウスとオウィディウスが強調しており、ルークリースは、ローマへの忠誠によって称えられた。しかし、キリスト教徒の注釈者たちは、必然的に彼女の自死を非難した。カトリックの神学者・聖アウグスティヌスは、ルークリースは自尊心から行動したのであり、貞節を愛する心ではなく、その煮え切らない彼女の恥辱によって突き動かされたと論じた。

シェイクスピアは、こうしたふたつの解釈をこの詩に取り入れ、ルークリースに、自死をめぐり非キリスト教徒とキリスト教徒が議論したことを考えさせ、もし彼女の違反行為が他者からの強制によるものであるなら（アウグスティヌスはそうではないとした）、自分に精神的な罪があるかどうかについて自問させている。しかしながら、この詩の凌辱をめぐる扱い方を読んで、同時代人たちは、驚くほど新しいものだと思ったかもしれない。この詩からは、この凌辱が性的衝動とともに権力によって動機づけられていると主張しているが、同時に、それを防ぐために十分なことを自分はしていないとするルークリースのいだいた罪意識と、自分は、身体だけでなく精神も犯されたのだという意識を彼女が持ったことが、容易に読みとれる。

恥辱の力

この詩全体にもっとも広く見られるテーマのひとつは、恥辱に破壊的な効果があることである。ルークリースはタークィンに対して、もし彼がこの罪を犯すならば、彼は自分自身を裏切るだけでなく、永遠に「タークィン」でいられなくなるだろうと警告する。このことをタークィンは、凌辱を実行しているときでさえ痛いほどわかっているので、彼がマクベスの大まかな設計図だとしている批評家もいる。

> 思慮分別はすべてあらかじめ思い描きつくしているのだ。
> しかし、欲情は聞く耳を持たぬ。用心深い友人の言葉なんぞを聞きはせぬ。　　　　　　　　（498〜501行）

ルークリースにとって、自己喪失はより深刻なことである。なぜなら、彼女はそのアイデンティティを作り出していたすべての社会的役割から引き離されるからだ。彼女は夫婦の契りを汚したので、もはやコラタインの妻とはなりえないし、いまや、不法な子どもを身ごもっているかもしれないので、理想的な母にもなりえない。また彼女は、ローマ人がもっとも価値を置き、彼女がかつて体現していた、貞節、忠誠心、名誉を裏切るように強制されたの

登場人物

詩の主要登場人物は、ローマ人の妻でその美貌と貞節によってその名が知られていたルークリース、ローマ王ルーキウス・タルクィニウスの息子タークィン、そしてルークリースの夫コラタインである。他の登場人物としては、コラタインが彼の家に連れてくるブルータスを含むローマの貴族たち、タークィンの支配に長年の間不満を抱いていたローマ人、ルークリースの父であるルークリシャスなどがいる。また、実際に登場するわけではないが、トロイ陥落を描いた絵に登場する人びとも重要である。とりわけ、策士のシノンはタークィンの原型に、ヘキューバは苦悩するルークリースのモデルとなっている。

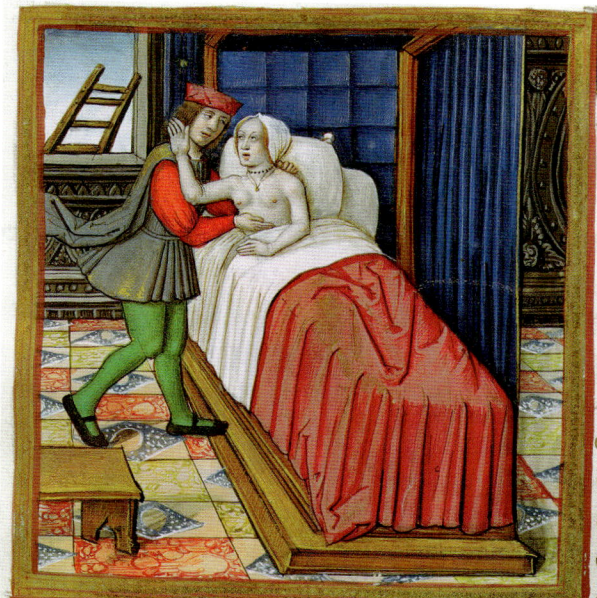

で、誇り高いローマ人ですらない。彼女の自殺は、明らかに、彼女の打ち砕かれた自我意識を、夫や父の目前で復元する試みであり、逆説的なことに、彼女は自己破壊という行為を通して、結婚とローマにかかわり合いを持っていることを再び肯定したのである。

なぜこのように言えるかは、この詩が苛酷にも凌辱に政治色をおびさせていることが、その理由のひとつである。タークィンの行為からは、彼の父が正統な王を殺害し、王位を奪った際、ローマに対してなした罪が想起される。と同時に、この詩はまた、そこに、ヘレンの凌辱の結果起こったトロイの崩壊を重ね合わせている（1369行）。ただし、ここでいう「凌辱」とは、彼女の受けた身体的な暴行よりも、むしろパリスによる拉致を意味するかもしれない。ルークリースが指摘しているように、個人の「私的な快楽」によって都市全体がこれほど広範に破壊されるのは、よくないことのようにみえる（1478〜84行）。

しかし、私的なものが公的なものに従属させられるという意識の方が、より迫真性があるだろう。ルークリースの個人的な死は、それがもつローマ的（そして男性的）意味のなかに完全に包摂されている。彼女の悲劇によって、彼女の夫と父親の間に、誰がルークリースを所有する優先権を持っていたかをめぐる争いが起こる。そのあとでブルータスは、タークィンの一族を追放する機会にその悲劇を利用することにする。ルークリースさえ、自らのふるまいは、自身というより夫を考慮してなされ、その復讐は、男たちによって果たされるべきものとみている。

世界の解釈

この詩に強くみられるもうひとつのテーマは、読みと解釈というテーマである。ルークリースがタークィンに誘惑される原因のひとつは、単に夫が彼女を自慢したからではなく（ただし、それも非難の一端ではあるが）、彼女がタークィ

上：「幸せな身の上の宝」：フランスの写本（1505年ごろ）に描かれたこの挿絵には、めったに描かれることがないルークリースの様子、すなわち、彼女が夫コラタインを彼女のベッドに進んで受け入れているさまが描かれている。

前ページ：ルークリースの自殺の有名な描写のひとつ、ルーカス・クラナッハの『ルクレチア』（1538年）。ルークリースとタークィンの物語は、ローマ時代以来、数えきれない芸術家と作家に霊感を与えてきた。

コラタインは、実際には彼女を危険にさらしてしまったのである。

凌辱のあと、ルークリースは、物事をよりよく読み取れるようになる。有名な一節で、彼女はトロイの包囲を描いた絵を凝視する。悲しみに打ちひしがれたヘキューバ（ヘカベー）の姿から、彼女はいくらか安らぎを得るが、ルークリースに挽回のチャンスを与えるようにみえるのは、シノンの像である。はじめルークリースは、この絵の中に見られるシノンの無垢な姿と、シノンの有名なだましのことばを一致させることができない。しかし、タークィンとの経験から、彼女はそれとは逆の結論を出す――「信じられない／あれほど欺瞞に満ちた心が、あのような面差しの中に潜みうるとは」（1539～40行）。物事を誤って解釈することがありうるのだと新たに理解したルークリースは、さらに自殺を実行し、話と身振りによって、彼女の悲劇の意味を目指した方向に向けようとする。

燃え上がる情欲、冷たい死

タークィンの欲望とルークリースの貞節との対比は、熱さと冷たさのイメージ群を通して、まざまざと描かれている。この詩は、タークィンを消耗させる「暗く燻る火」（4行）から始まる。それからこのイメージは、家の中へ彼を導く燃えるたいまつとして実現されている。しかし、炎が消えたときでも、欲望が満たされない限り、タークィンの熱は収まることがない。他方、ルークリースは、たとえば象牙や石などの冷たく硬い物質だけでなく、生命なき死体として描写される。眠っている彼女が初めて目にされるとき、枕に挟まれた彼女の頭は「埋められ」（390行）ているかのようであり、全身は「徳の誉れ高い記念像」（391行）に似通っている。このことから、すでに彼女が、自身の葬儀の彫像になっていることがわかる。この一連のイメージ群は詩の結末を先取りするものであるが、それはまた、貞節と死が（女性嫌いの立場から）より深いところで一致させられていることがわかる。すなわち、貞節が本質的に静的であることだけでなく、それを確実に完全に保とうとすれば、死ぬしかないことも示唆されている。

「この傷ついた砦で……」

もうひとつの頻発するイメージは包囲であり、それは物語が始まる場所であるアルディアを想起させるだけでなく、凌辱の結果についても用いられている。タークィンとルークリースの魂は、ともに廃墟として描写されている。

> 魂の館は荒され、その静寂は破られてしまった。
> その屋敷は敵の手によって打ち壊された。
> その神聖な寺院は汚され、おとしめられ、
> 無謀な汚名の大群にとりかこまれてしまった。
>
> （1170～7行）

タークィンが寝室に向かってルークリースの家を進むさまは、侵略になぞらえられてもいる。「愛情」が彼の案内役となり」（271行）、彼は、抵抗を試みるさまざまなドア

上：スペインの彫刻家ダミアン・カンペニイ・イ・エストラニー作『ルクレチア』（1834年）。死にゆくルークリースの優美な気高さを示唆している。シェイクスピアのヒロインは、自殺の前に、タークィンの行為を苦悩しながら糾弾する。

> おれが求めるものを手にいれたら、それで何を獲ち得るというのだ。／ただ、夢と、吐息と、泡のようにはかなく消え去る歓びのみだ。／七日の悲しみを支払って一分の楽しみを購うものがあるか。／玩具を手に入れるために、永遠の時を売りわたすものがあるか
>
> （211～14行）

ンの様子やふるまいから、悪意の徴を読み取れなかったからである（99～105行）。それは、ルークリースの帰依する女神に起因している。彼女は、そのような悪だくみを抱く人がいるとは想像できず、「見知らぬ餌に触れたことがなければ、鉤を怖れることもない」のだ。と同時に、彼女の読み取り能力のなさからは、彼女の生活がいかに制限されたものであったかがわかる。彼女の安全を守ろうとして、

を押しすすみ、それから破城槌のように、その手を「象牙の城壁」にたとえられるルークリースの胸におく。ルークリースの自傷行為は、ふた筋の血の流れを生み出し、彼女の身体を「今しがた掠奪された島」(1740行)へと変える。ルークリースが、いまやタークィンの役割を引き受け、自らを包囲するようになった。

最後には、タークィンとルークリースは、その暴力的な邂逅ゆえに、人間以下の何ものかになってしまう。タークィンが姿を変えられる獣のイメージは、必ず捕食動物である。たとえば、それは貪欲な「狼」であり、「潜みかくれる蛇」であり、また「夜の梟」や「夜中にうろつき歩く猫」もそのなかには含まれるが、これらの夜行性の生き物はすべて、彼女の凌辱に関して多少なりとも咎があるものとして、ルークリースが擬人化したものである。

> おお、慰めを殺す夜、地獄の影、
> 汚辱のことどもの記録係、暗い登録吏、
> むごい殺人の悲劇が演じられる黒幕の舞台、
> 罪を押しかくす広大な混池、汚名の乳母、
> 顔を包んだ盲の女衒、醜行をかくまう暗い隠れ家
> (764～68行)

他方、ルークリースが罪を犯しておらず、肉体的に劣っていることは、彼女が「弱い鼠」や「疲れきった羊」、そして「怯えた哀れな鹿」などと表現されることで、強調されている。

詩とその聴衆

発表当初は人気があり(1616年までに6回再版された)、トマス・ミドルトンとトマス・ヘイウッドが劇化するきっかけになったのにもかかわらず、『ルークリース凌辱』は、シェイクスピアのなかでも最もなおざりにされた作品のひとつである。そのなかでも注目に値する『ルークリース凌辱』の擁護者のひとりは、詩人のテッド・ヒューズである。彼は、その著書『シェイクスピアと完全な存在の女神』(1992年)において、この作品がこの劇作家の理想的悲劇像の中核をなしていると論じている。それ以降、この詩は朗読されることによって、わずかながらその聴衆を増やしている。たとえば2008年には、ジェラルド・ローガンがロンドンのローズ・シアターで、すばらしい朗読をひとりで行なった。

「梗概」についての議論

『ルークリース凌辱』には、序文として、あらすじ、すなわち「梗概」がつけられている。しかし、そこに書かれているすべての出来事が、詩のなかに入れられているわけではない。このことからわかることは、シェイクスピアがこの梗概を書いたのではないこと、あるいは、彼が公的な物語を用意し、それによって、自身の政治性のうすい、心理的側面の濃い詩が相殺されることを願ったということのどちらかである。

下：ベンジャミン・ブリテンのオペラ『ルクレチアの凌辱』。これは、アンドレ・オベイの1931年の劇『リュクレースの凌辱』をもとにしており、この劇はシェイクスピアの詩を発想源としている。タークィンの口説をかわそうとするルークリース。ロンドンで2004年に上演されたオペラ。

『情熱の巡礼者』 The Passionate Pilgrim

> 創作年代：
> 1598年以前
> 体裁：20の詩の選集
> 形式：
> 様々、ソネットやバラッドを含む

『情熱の巡礼者』は、20の詩を分類してまとめた詩集で、1599年にウィリアム・ジャガードによって出版され、作者は「W. シェイクスピア」になっている。しかし、実際にシェイクスピア自身が書いたと確実に認められている作は5篇にすぎない。それは、のちにソネット138と144として転載される巻頭の2篇と、『恋の骨折り損』から取られた3篇である。シェイクスピアと同時代の人びとの間では、残りの詩の作者と目されているのは、クリストファー・マーロウ、サー・ウォルター・ローリー、リチャード・バーンフィールドである。

熱狂的な聴衆

シェイクスピアがこの名選集に、はじめどのような反応を示したかは記録がない。しかし、1612年に再版された際、劇作家トーマス・ヘイウッドは、ジャガードが「勝手に彼の名前を使った」として、シェイクスピアが彼に「とても腹を立てていた」としていた。さまざまな考えが、この本のそもそもの発端をめぐって提出されてきた。可能性としては、ジャガードが手書きの詩文集をみつけ、そのなかにシェイクスピアの詩とわかるものがあり、他のものも彼のものと本当に信じたか、あるいは、5つのシェイクスピアの詩の写しを見つけただけで、他の詩を彼のものと偽って提供しようと決めただけのことであるのかもしれない。その他の詩は、すでにシェイクスピア以外の名で出版されていたことはいたのだが。

シェイクスピアの名詩選を出せば客がつくというジャガードの勘は、おそらくシェイクスピアの物語詩が人気だっただけでなく、聖職者で文芸批評家だったフランシス・ミアズがその著書『知恵の宝庫』（1598年）で、シェイクスピアを称賛していたからであろう。ミアズは、シェイクスピア作品全般を物惜しみなく称え、たとえば「オウィディウスの甘美でウィットに富んだ精神が、なめらかで流ちょうなシェイクスピアのなかに生きている」としていることに加え、シェイクスピアの数篇の「甘いソネット」が「彼の友人の間」に出回っていると述べていた。おそらくこうした情報から、そうした詩を買いたいという欲求が、読者の間で起こったものと思われる。

また、ジャガードが名詩選につけたタイトルからも、それがシェイクスピアのものであるという考えが強まった。ミアズは以前に、この詩人が「激しく、愛のもめごとを嘆き悲しんでいる」としていたので、読者はそこに、『ロミオとジュリエット』（この前年に出版）へのほのめかしを感じ取ったかもしれない。なぜなら、このなかでジュリエットは、ロミオを「よき巡礼者」（1幕5場、97行）と呼びかけているからである。

詩	作者	テーマ／ジャンル
1	シェイクスピア（ソネット138）	女性の不誠実な行ない
2	シェイクスピア（ソネット144）	彼のふたりの愛人について──男性と女性と
3	シェイクスピア	『恋の骨折り損』で、ロンガヴィルがマライアへ送るソネット（4幕3場58～71行）
4	不確か。バーソロミュー・グリフィンの可能性あり	ヴィーナスのアドニスへの求愛
5	シェイクスピア	『恋の骨折り損』のなかで、ビローンがロザラインへ送るソネット（4幕2場105～18行）
6	不明	ヴィーナスとアドニス
7	不明	不実な愛人について
8	リチャード・バーンフィールド	音楽と詩
9	不明	ヴィーナスとアドニス
10	不明	友をいたむ挽歌
11	バーソロミュー・グリフィンの可能性あり	ヴィーナスとアドニス
12	トーマス・デロニーの可能性あり	若さと老いの対照
13	不明	美
14	不明	恋人同士の別れ
15	不明	ふたりの恋人にはさまれた女性のジレンマ
16	シェイクスピア	『恋の骨折り損』で、デュメーンがキャサリンへ送るソネット（4幕3場99～118行）
17	トマス・ウィールクスの可能性あり	牧歌、愛の終わりを嘆く
18	ジョーゼフ・ホールの可能性あり	女性の策略
19	クリストファー・マーロウとサー・ウォルター・ローリー	牧歌的恋愛叙情詩
20	リチャード・バーンフィールド	牧歌的恋愛叙情詩

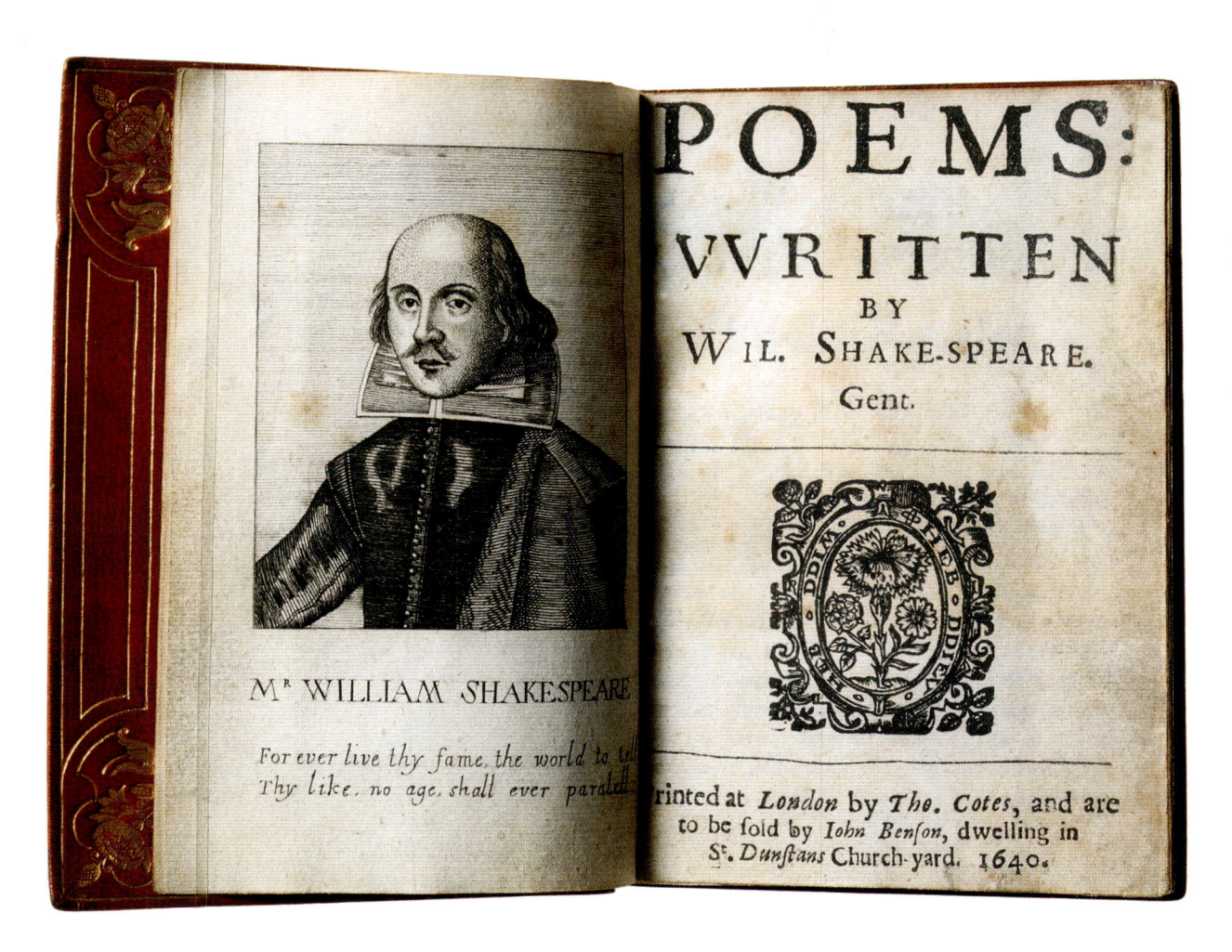

左：ジョン・ベンソンが1640年に編集した版におけるシェイクスピアの詩。この版には、ほとんどすべてのソネットとともに、『情熱の巡礼者』からの詩が数篇含まれている。さらに、ベン・ジョンソン、クリストファー・マーロウ、サー・ウォルター・ローリーなどの作品が収録されている。

名声の形成

『情熱の巡礼者』の出版でおそらく最も興味深いことは、ソネット集出版以前に、この作品がシェイクスピアの詩人としての衆人のイメージを形づくった点にある。『情熱の巡礼者』の読者は、シェイクスピアのソネットのなかでも最も皮肉にみちたソネットの2篇に思わずとびあがったことであろう。はじめの1篇は、愛人の二枚舌と彼女の「偽りを言う舌」についてのものであり、2番目の詩は、美男子と黒婦人が詩の話し手を裏切るとしている。裏切りと誓いの破棄というテーマは、詩7「わたしの恋人は美しいが、美しいというより移り気だ」と詩18（作者不明）にも引き継がれている。

シェイクスピアは『ヴィーナスとアドニス』の作者として名声を得ていたため、おそらく4篇の、ヴィーナスとアドニスを主題とする詩が含められたと思われる（かつてこれらの詩はシェイクスピアの作だとされていたが、現在では、しばしばバーソロミュー・グリフィンの作だとされている）。そしてこれらの詩によってシェイクスピアは、性愛を扱ったローマ詩人オウィディウスの後継者としての名声を高め、彼が神話の物語を好んでいることが重ねて強調されたことであろう。とりわけ、この詩選集に統一感があるのは、第1人称の声が用いられていることによる（20の詩のうち15作品に出てくる）。おそらくそれは、シェイクスピア自身の声として読まれることを意図したものだと思われる。

> ある日のこと、悲しいことにその日なのだ！
> これまでは五月を自らの月としていた愛は、
> 美しいとされたひとつの花が、
> みだらな風と戯れているのを見た。
> ビロードの葉のあいだを、風は、
> 気付かれることなく、通過していた。
> そこで、死ぬほど病んだ恋人は、
> その天の息（風）であったらと願った

（詩16、1～8行）

ウィリアム・ジャガードとは誰か？

ジャガード（1623年没）はロンドンの印刷業者・出版者であった。また彼は、シェイクスピア作品の熱狂的な心酔者でもあった。彼は無断で『情熱の巡礼者』を出版したばかりか、1619年には、シェイクスピア劇の九つの四つ折り版をトーマス・パヴィアーのために印刷した。パヴィアーは、それを選集にしようしたところ、国王一座の怒りを買った。にもかかわらず、国王一座がシェイクスピア作品の選集を自ら製作することを決めると、ジャガードに援助を求めた。彼は、1623年に第1・二つ折り版（ファースト・フォリオ）を出版した。

『不死鳥と山鳩』 The Phoenix and Turtle

創作時期:
1601年ごろ
行:67
節:18
形式:四行連詩および三行連詩

右:フランスの町ルルドにある聖地の一角、ロザリオ・バシリカ聖堂(ローマ教皇から祭式の特権を与えられた長方形の教会堂)の19世紀のモザイク画。鳩(山鳩)は、この詩においては、聖母マリア、もしくはキリスト教会を象徴している可能性がある。

あらすじ:この詩は、不死鳥と山鳩への弔いを呼びかけるところからはじまる。不死鳥と山鳩が象徴しているのは、結婚により分かちがたい絆を持った純潔の愛である。「声高く歌う鳥」(おそらくは、もう一羽の不死鳥)が、鷲と白鳥とカラスに参列を求めるが、フクロウとその他の自分の餌食になる鳥たちはわざと排除する。おそらく鳥たちが歌う讃美歌が続く。その讃美歌では、不死鳥と山鳩の愛が、2を1に変容させ、「理性」を拒む合一であると賛美されている。最後の第3連では、「理性」が、弔いの歌・「挽歌」で答え、不死鳥と山鳩の死により、世界が何かを失ってしまったと強調する。

タイトルが付けられていなかったこの抒情詩は、いまでは『不死鳥と山鳩』として知られているが、最初に発表されたのは、ロバート・チェスターによる詩集『愛の殉教者——不死鳥と山鳩の揺るぎないさだめにある真実の愛の寓話的なほのめかし』(1601年)の中であった。シェイクスピアの詩は、「さまざまな詩篇」という節に出てきて、その内容は「新しく書き下ろされた……われわれの時代の著述家のうち最良にして代表的な著述家たちによる」と書かれており、その中には、ジョージ・チャップマンやベン・ジョンソン、ジョン・マーストンがいる。

この詩には、長きにわたり、寓話的な読解の数々がなされてきた。それは部分的には、この詩の主人公たちが鳥であることが理由でもあるだろうし、彼らの愛が極端に詩句をはぶいた描き方がされ、そのため、ネオ・プラトニズム的とも宗教的とも政治的ともとれることによるためでもある。シェイクスピアがこの詩全体を書いたのかについては、多少の疑問はあるものの、彼の名を背負った「挽歌」は、この作品の中で最も沈鬱な一節として名高く、「真と美が埋葬され」(64行目)という主張により、同じ詩集に収められた他の詩の中でも傑出している。

分かちがたい恋人たち

恋人たちが分かちがたいことは、詩それ自体の形式によって描かれており、一種の結婚式の歌と哀悼歌とがまぜられている。生きている時、不死鳥と山鳩は婚姻により結ばれたが、このことは、イングランド国教会祈祷書にある結婚式をまねていることからわかる——「心遠くありても、ばらばらではない」(29行目)。死んでからは、彼らは互いに炎をまとい(24行目)、墓の中でひとつになっている。

> 美、真理、稀有、
> つまり、純然たる徳は、
> ここに包まれ、灰となっている。
>
> (53〜55行)

愛の和合を示すこのイメージ群は、この詩を寓話的に読むための焦点のひとつとされてきた。お互いが溶けてひとつになるまで、山鳩が「不死鳥の見えるところで燃えている」(35行目)という考えに、批評家たちは、ネオ・プラトニズムの理論をみてきた。

また別の批評家たちにより、この詩はキリスト教の観点からも読まれてきた。三位一体を彷彿とさせる表現が用いられているからである。

> ふたつになった愛が、
> その精髄をただひとつのものとしていたように。
> 別個のふたつであっても、分けられておらず、
> その愛では、数は滅せられていた。
>
> (25〜28行)

さらにいえば、不死鳥はキリストの象徴としてもよく、山鳩は教会、聖母マリア、あるいは霊魂であるとされた。か

鳥と詩人たち

『愛の殉教者』にはさまざまな詩人たちの詩が収録されているが、『不死鳥と山鳩』の冒頭で描かれている鳥たちが誰をさしているか、言うことができる。シェイクスピアは一番有名であったことからして、「声高く歌う鳥」(1行目)であろう。「白い袈裟の司祭」(13行目)は、1609年に聖職についているので、ジョン・マーストンかもしれない。カラス(17行目)はジョージ・チャップマンで、彼は『夜の影』(1594年)と題した詩集を出版していた。

くして、この2羽の鳥の和合は、教会がキリストと婚約したことを表現している可能性がある。

政治的な読解

この詩は、より明確な政治的意図をもっていた可能性がある。『愛の殉教者』一冊すべては、ウェールズの貴族で、エリザベス女王の従兄弟ジョン・サルスバリー卿に献呈されたものであった。彼は、エセックスの反乱を鎮圧した功績により、女王から騎士の称号を授けられたが、ちょうど同年に、『愛の殉教者』が出版されているので、彼自身がこの書物の編纂を命じた可能性もある。1601年のなかば、サルスバリーはデンビシア州代表の国会議員に選出されようとしていたので、この詩集は、一定の意図のもとで、つまり、忠誠心に満ちた愛と奉仕の精神が、忠臣たる山鳩（サルスバリー）により、「彼の女王」(31行)つまりエリザベス1世に捧げられるということを表わす意図があったのかもしれない。

シェイクスピアの詩が、こうした権力者への賛辞に一役買っていることは明らかである――サルスバリーの議会への野望も、「この集会」(9行目)という引喩として作中で暗示されているのかもしれない。その一方で、この詩は、不死鳥の固有の能力のひとつ、若返りの能力を認めようとはしない点で、破壊的である可能性がある。この詩が書かれた1601年ごろになると、エリザベスは年をとりすぎて、後継者を産むことはできず、王位継承者を指名することも、死の床につくまではと拒否していた。1590年代と1600年代に彼女を賛美するために書かれた詩（その中に『愛の殉教者』も含めることができよう）は、こうした政治的問題を詩的手段で曖昧にしようとする傾向にあった。エリザベスは不死鳥として描かれ、その子孫を生み出したり、自らの破壊的な炎の中から復活したりしている。にもかかわらずシェイクスピアは、自分の詩を締めくくるにあたり、死の見込みだけを提示している。つまり、この夫婦は「子孫を残さない」(59行目)のである。この観点からすると、彼はフクロウの役を占め、チューダー王朝の終焉を予見するのである。フクロウは、死の接近を連想させたからである。

不死鳥は、あらゆる美徳をひとつに纏めるだけでなく、純潔と永遠の愛の象徴であったので、エリザベス女王を表わすのによく用いられたモティーフであった。1599年、トマス・ホランドが、女王即位の記念日に行なった説教でこう述べた――「どれほど希有だろうか、イングランド女王という不死鳥は／どれほど輝くだろうか。どれだけ明るいだろうか、今の星は」。さらにいえば、シェイクスピア自身、『ヘンリー8世』でエリザベス女王そのものに言及している。そこで彼女は「不死鳥の乙女」(5幕4場40行)とされている。

ここに讃歌がはじまる
貞節な愛が、死んだから

(21〜22行)

最近の見解

もっと近年になると、「不死鳥と山鳩」はカトリック殉教者への哀歌であり、この詩に登場する中心的夫婦は、歴史上の人物をモデルにしていると論じる者も出てきた。そのモデルには、1601年に処刑されたロバート・サウスウェルやヘンリー・ウォルポール、あるいはアン・リネが挙げられている。しかしながら、また別の研究では、この詩集がジョン・サルスバリーに捧げられたものである以上、上記の見解はありえないと論じている。というのも、サルスバリーには、カトリックとの結びつきから離れ、エリザベスから継続的に庇護を得る必要があったからだという。それは、彼の兄のトマスが1586年、エリザベスの地位にメアリ・ステュアートをつける陰謀に加担した罪で処刑されていたからである。

下：女王エリザベス1世のいわゆる「不死鳥の肖像」(1575年ごろ)。宮廷画家ニコラス・ヒリアード作とされる。女王の胸の中央の、ちょうど手の真上に、不死鳥のペンダントがある。

『恋人の嘆き』 A Lover's Complaint

創作時期：
1602～05年ごろ
行：329行
節：47節
形式：帝王韻律

あらすじ：涙を流し、恋人の贈り物や手紙を川に投げる若い女性の嘆きを、語り手は耳にする。牛に草を食べさせていた老人は、若い女性の傍らに腰を下ろし、なぜ彼女が悲しみに浸っているのかと尋ねる。彼女は、どのように自分が、相貌こそ美しいものの、節操に欠ける若者に誘惑されたかを説明する。彼は、これまで女性との関係が、すべて性欲にもとづくものであったが、彼女が初めて自分の愛を勝ち得たと主張した。その後の裏切りにもかかわらず、若い女性は、もしもう一度機会があれば、やはり彼にたなびいてしまうかもしれないと告白する。

『恋人の嘆き』は、シェイクスピアの物語詩の中で最も短いもので、1609年版のソネット集ではじめて発表された。『恋人の嘆き』に関する近年の多くの批評は、シェイクスピアのソネット集とどのような関係にありうるのか、とりわけその主人公間の類似性に注目している。若い女性は、若者の色好みを承知しているのに、結局、彼に誘惑されてしまう。それはちょうど、シェイクスピアのソネット集に登場する男性の話し手が、彼の恋人が貞節を欠いていることが真実であると証明しながら、彼女を拒むことができないのに似ている。

レトリックと道徳

おそらくこの詩のもっとも明白なテーマは、レトリックに感情を起こす力があるかどうかを疑うことである。一方で、精妙に練られた話は喜びの源となる。無名の語り手は、若い女性の嘆きをより十全に理解するために腰を下ろし、読者自身が読み／聞くために行なう準備の仕方をまねている。他方、恋人である男性が説得力のある話をするために、乙女が破滅するのである――「泣く者を笑わせ、笑う者を泣かせて、喜怒哀楽のすべてを、望みのまま話術で捕らえるのでした」（125～26行）。男性の誘惑者は、むせび泣くなどの身振りを用いて乙女を納得させることから、シェイクスピアが、詩人の巧みな手段（このテーマは『ヴィーナスとアドニス』や『ルークリース凌辱』にも出てくる）だけでなく、

右：「怒りのあまり手紙を裂いて」（55行）。復讐に燃えているというより、あきらめ切れないように見えるこの捨てられた乙女は、恋人の手紙をやぶり、川に投げ捨てている。挿絵画家チャールズ・ロビンソン編の『シェイクスピアの歌とソネット』（1915年ごろ）に収録された水彩画。

こうして、あの人は衣ばかりが美しくて、／
裸になれば、その下に潜んだ悪魔を隠していた。／
あの人は頭上に舞う守護天使のように振舞ったから、／
初心な娘は、やすやすと誘惑に屈してしまうのでした。／
若くて純な娘なら、あの人のような恋人がほしいと
望まぬ者がありましょうか

（316～20行）

役者の不誠実な技量についても解説していることがわかる。
　この詩はまた、この乙女の周囲に、道徳に関する興味深い曖昧さを作り出している。5行目で彼女は、「気まぐれ」と評されているが、それは「変わりやすい」「困惑した」「動揺した」などを意味することが多い。だが一方で、「道徳的に不安定」であることを意味し、彼女の性的堕落をほのめかしている。そのうえ、詩の終わりで彼女は、若者の雄弁と「偽りの炎」（324行）のために、再び若者に夢中なるかもしれないと認めている。

> 空ろな肺腑の吐く悲しげな吐息、
> 本物らしくは見えるが、借り物にすぎぬ
> あの人のすべての仕種が、
> 欺かれた者を再び欺き、
> 悔い改めた者を再び迷わせる。
> 　　　　　　　　　　　　（326～29行）

「悔い改めた」は、彼女が自らの罪を償い、教会に再び迎え入れられたことを意味するのであろうか。それともそれは、自らの話を物語ることによって「落ち着き」、あるいは「おとなしく従う」ことを意味するのであろうか。またそれは、恋人に口説かれたことを追体験して、彼女の熱情がふたたび頭をもたげてきたというのであろうか。他の「嘆き」の詩と比べると、シェイクスピアの詩は、通例とは異なり、結末が決められていない。老人は乙女に、彼女の苦しみを和らげるかもしれないから（68～70行）、話すようにと言う。しかし、彼が彼女に助言をしたとも言われず、語り手が最後に再登場して、乙女が次に何をしたのか語ることもない。

変化するイメージ

涙や血がこの詩のなかでその意味を変えるさまを見ると、本当の感情と偽物のそれとは判別することが難しいことがわかる。詩の舞台は水ぎわであり、乙女は「金に利息をつけるように、水に涙を加え」た川のそばにいる。これは、打ち捨てられ、そして／あるいは裏切られた女性をあらわす慣用的な設定であり、『ハムレット』のオフィーリアや、『オセロー』でデズデモーナが歌う「柳の歌」（4幕3場）を想起させる。川は女性の涙を受けとめる容器として働くだけでなく、自然の女神が主人公の苦境に共感していることをもほのめかしている。しかし、この詩が進むにつれ、水のイメージ群（とりわけ涙）は、男性の恋人によっても用いられている。彼が涙を流すからこそ、乙女は貞節を捨てるように説得され、その結果、彼女は老人にこう忠告するのである。

> ああ、ご老人、その小さな涙のひと雫にさえ、
> 何という恐ろしい魔術が潜んでいることか、
> でも、あの目から溢れる大洪水に遭って、
> どんな頑な石の心が、浸食されずにいられましょう。
> 　　　　　　　　　　　　（288～91行）

同様に、「血」をあらわす言語も、はじめは、心からわき

嘆きのジャンル

「恋人の嘆き」は、いわゆる「嘆き」——とりわけ、「女性の嘆き」——と呼ばれる詩のジャンルに属している。このジャンルでは、主人公は、魅力的だが無節操な誘惑者から受けた裏切りについて語る。このような詩は『行政官の鑑』（『王侯の鑑』）（1559, 1563年）という詩集やバラッドの伝統によって広められた。しかし1590年代に入ると、「嘆き」は一連のソネット集と関連づけられ、愛をめぐる二重の観点ができあがった。ソネットが男性の話者を登場させ、彼の貞節な恋人が求めに応じてくれないことをなじるのに対して、「嘆き」は、不貞な女性の観点から、男性の甘い言葉に乗せられてしまった女性を描いている。

出す情緒を示す記号として使われている。乙女は血で書かれた手紙を所有し、それを破り捨てる前に、「ああ偽りの血よ。虚偽を記録するものよ。なんという虚妄の証拠をたてているのか」（52行）と言い放つ。他方、男性の恋人は、愛情の印として受け取った「ルビーの赤」（198行）を「血」のようだと言う。しかし、男性の恋人が以前に女性たちを誘惑していたことを「僕の血の過ち。僕の心の過ちではない。／愛はそれらの罪を犯してはいない」（184～85行）と認めるとき、血は、性欲と同義語となる。153行目にみられる「鮮血も新たな先例たち」というイメージは、さらに、誘惑者が通り過ぎたあとに残す処女性の喪失を思い起こさせる。

批評的な関心

『恋人の嘆き』は、その作者が不確かであること、そしてテキストの入手が比較的困難であったことによって、ふさわしい評価がなされることがなかった。この詩が批評的関心を持続的に呼び起こすのは、1960年代に入ってからのことである。それ以降、この詩は、他のシェイクスピアの詩と比較され、とくに『ハムレット』や『終わりよければすべてよし』などの劇との関連性から論じられている。これらの劇は、男性から誘惑され、拒絶される女性を描いている点において、主題にいくつかの類似点があるからである。

疑わしい作者

シェイクスピアが「恋人の嘆き」の本当の作者であるかどうかは、今でも論争の的となっている。こうした論争は、その文体上の吟味がなされ、また、この詩をそもそも出版したのが、トマス・ソープという信頼できない人物であるからである。2007年、ブライアン・ヴィカーズは、この詩が実際にはヘリフォードのジョン・デイヴィスの作であると論じた。

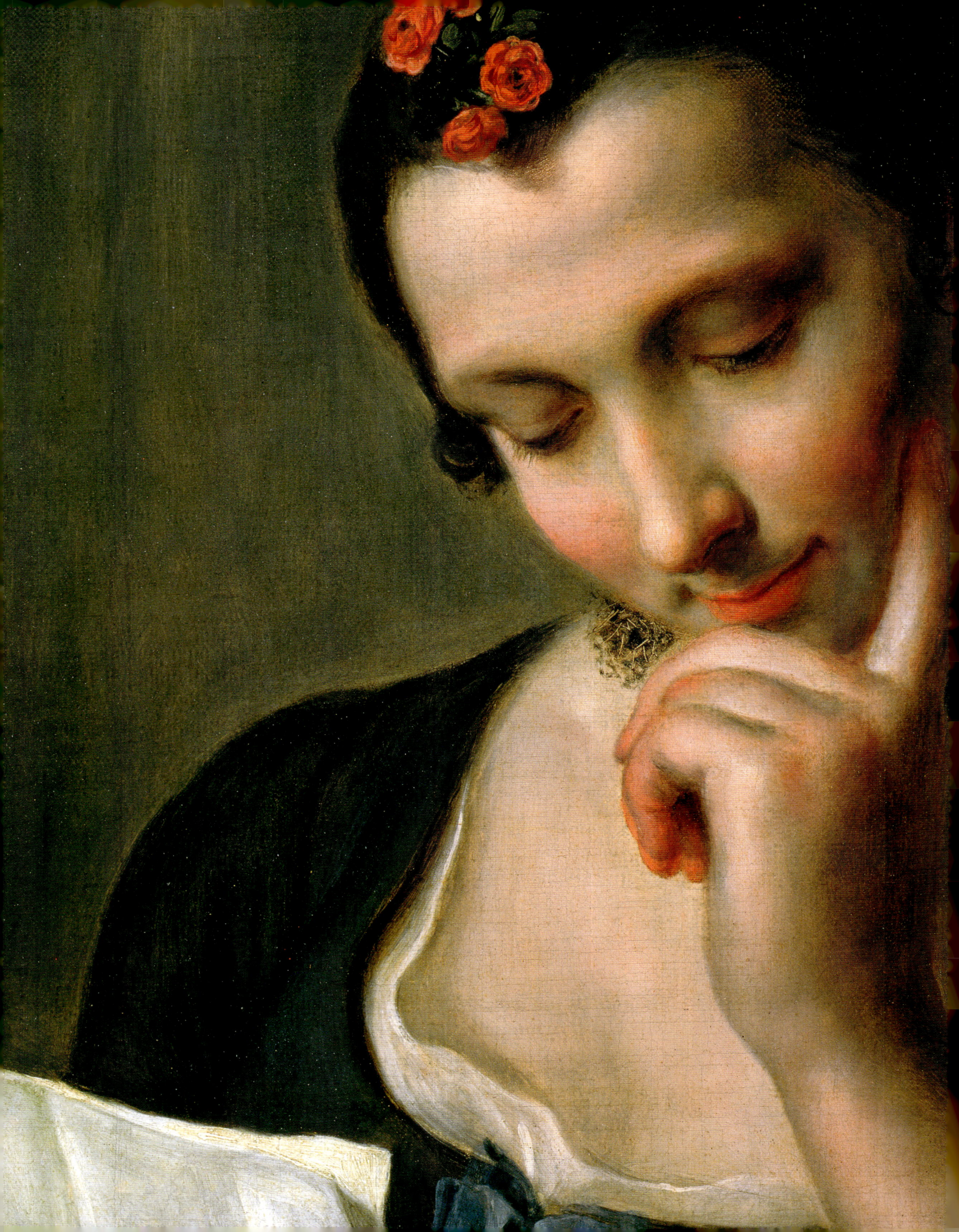

ソネット集

The Sonnets

シェイクスピアは、イングランド風、あるいはシェイクスピア風ソネットを実践した主要な詩人でありつづけている。普通の恋愛詩とはちがい、シェイクスピアのソネットは、愛の多様な様相を分析し、歓喜、希望、欲望から、絶望、恥辱、挫折にまで及ぶ情緒を喚起する。4世紀の時を経て、これらの情熱に満ちた豊穣な詩は、今もなお、世界中の恋人たちにむけて、そして彼らを代弁するかのように、語りかけている。

はじめに

『シェイク=スピアのソネット集。これまで未出版』(Shake-speares Sonnets) は1609年、ロンドンのトマス・ソープにより、四つ折り判の一冊本として初めて印刷された。154のソネット（14行詩）からなる連詩と、「恋人の嘆き」と題された長篇詩で構成されている。

『ソネット集』として出版されたものが、シェイクスピアの認可をうけたものかどうか定かではない。大多数の学者は否定的だが、1609年版のテキストは、シェイクスピア本人がかかわらないまま、編纂・印刷がなされた可能性もある。

ソネットの流行

この連詩の登場はきわめて遅れた。ソネットは1590年代に隆盛をきわめていた。しかしながら、いくつかの決定的な点で、『シェイク=スピアのソネット集』は、派生的であったり時代遅れというより、画期的かつ斬新なものであった。

最も明白な特徴として、このソネットの連詩が一続きにはなっていない点がある。この詩集に収録されているのは、まず、はっきりとまとまりのあるソネット群（1～17番）であり、名の明かされない美しい若者に、結婚して子孫を残すよう説得がなされる。さらに、もっと多く集められた恋愛詩が含まれていて、これは明らかに同じ若者に宛てられている（18番～126番）。また、正体不明のライバル詩人と、その青年からの愛／庇護を求める駆け引きに焦点が当てられたいくつかの詩（78番～80番および82番～86番）、さらにソネットのまとまりがあって、詩人と名前のわからない黒婦人とのけばけばしい情事を内容としている詩（127番～154番）がある。

一般的な定番スタイル

シェイクスピア時代のソネット連詩は、ある理想化された——そして、決して手の届かない——愛する女性に宛てられ、いつまでも満たされない欲望に焦点が当てられるのが典型的なものであった。シェイクスピアのソネット群は、根本的に異質なものであった。それらのソネットが宛てられる対象は、男女の愛人であり、その愛人は、両方とも不完全であることが明かされ、移り気な愛が示唆され、ヘテロセクシャルとホモセクシャルの欲望が探究されていた。

ソネット連詩の主たる典型であるペトラルカの『カンツォニエーレ（歌の本）』は、14世紀中葉に書かれ、ラウラへの詩人の愛が、彼女の死後、何年たっても続いていることを描いている。これとはきわだって対照的に、シェイクスピアは、いかに愛が移ろいゆくか、さらに愛がどれだけ人を、高貴でなく品性の落ちた者にしうるかを探求している。気高く美しい恋人は、困ったことに、ふしだらで虚栄心に満ちた権力のある男性に変容してしまう。その一方で、詩人の愛人は、金髪ではなく黒髪であり、ペトラルカのラウラのパロディとして——ソネット130番が最も有名——登場する。黒婦人の瞳は、

> 太陽にはくらぶべくもない、
> 彼女の唇の色より珊瑚のほうがはるかに赤い。
> 雪が白いとすれば彼女の胸は灰褐色でしかない、
> 髪が絹糸ならば彼女の頭にあるのは黒糸にすぎない。
> （1～4行）

上：ニコラス・ビリヤード作『バラの間の木に寄りかかる若者』（1588年ごろ）。この若者がエセックス伯ロバート・デヴェルーで、『ソネット集』の「美男子」ではないかという推測がなされてきた。

左：『シェイク=スピアのソネット集』（1609年版）の表紙。出版者はトマス・ソープ（T. T.）で、ロンドンの書籍業者「ジョン・ライトによる販売」であった。ソープは無認可の出版業者で、印刷所も所有しておらず、出版業者に依頼し、書籍販売業者にその本を売ることを許可した。彼はまた、クリストファー・マーロウ、ベン・ジョンソン、ジョージ・チャップマンも手がけた。

この黒婦人は、その容貌が伝統的な描かれ方をしてはいるものの、単にラウラの美しい顔色（赤い唇、青白い肌、金色の髪）に欠けているだけでなく、これらの特徴とまったく反対の特徴をもっている。同様に、彼女は詩人の欲求不満を引き起こすが、これは、彼女が彼との性的関係を拒むからではなく、むしろ——彼と寝たときに——彼女が詩人に肉欲を伝染させたからである（そしておそらくは、ソネット129番で秘かに示されているように、性病を）。

創作年代と構造

1609年、はじめて連詩として出版されたが、このソネット群がいつ書かれたのかは明確になっておらず、また、これらの詩が構造的・テーマ的にどのような関係にあるのかも不確定なままである。外的な証拠が示すところによれば、これらのソネットは、1590年代のソネット隆盛期が終わってから、連詩全体が作られたわけではなく、むしろ、数十年にわたって、何篇かのまとまりとして作られたということである。

これらのソネットのうちいくつかは、1598年ごろになると流布しており、フランシス・ミアズは、その備忘録『知恵の宝庫』で、シェイクスピアの「人気沸騰中のソネット」の写本が「近しい友」の間で読まれていると示唆している（ミアズの備忘録には、1598年までのシェイクスピアの戯曲がリストになって書かれている）。

ソネット138番と144番の初期のヴァージョンは、『情熱の巡礼者』（1599年）という一冊の詩集に収録されていて、おそらくは、多数のソネットも同時期に書かれたと思われる。この時期は、疫病によりロンドンの劇場が閉鎖に追いこまれ、シェイクスピアはサウサンプトン伯ヘンリー・リズリーといった裕福な貴族のために、彼らを称える詩を書きはじめた可能性がある。

ソネット連詩ではめずらしいことだが、シェイクスピアのソネット群は、格別に、様式と調子が多様である。その作品のなかには——幅広く高い評価を得ているソネット18番（あなたを夏の日にたとえようか？）も含めて——エリザベス朝の作品群に見られる様式と理想主義的なテーマを思い起こさせるものもある。もっとも、「愛する人」が男性であるという問題はあるが。また、たとえば、峻厳なまでに強烈な女性嫌悪が現われているソネット135番（「君という女は思いのままに'ウィル'を手に入れた」）などのように、その調子がきわめて皮肉なものもある。それらの詩では、詩人が経験する裏切りと失望が強烈に焦点化され、深刻な幻滅の念をかき立てる。病気と経済に関することばに満ち、愛と詩の堕落への関心を知らせるこうしたソネット群は、ペトラルカ風の慣用からはるかにへだたったものとなっている。実際、それらが取り組んでいることは、同時代の諷刺が行なっていたものであることが多い。だからこそ、ソネット137番（「盲目の愚かな愛の神よ、私の目になにをした？」）では、詩人は愛人の体を「男がみな船で乗り込む入り江」（6行目）とイメージ化し、ふしだらな女性であることを示唆し、疫病の隠喩を用いて、近代都市の堕落した欲望を明確に表現しているのである。

上：15世紀版の『カンツォニエーレ』の表紙に付された詩人の肖像。これは、イタリア人フランチェスコ・ペトラルカ（1304〜74年）がラウラに宛てた愛のソネット集である。

シェイクスピアの嘆き

『ソネット集』が最初に出版されたとき、そのあとに、同じ詩集のなかで、『恋人の嘆き』が収録された。329行にわたるこの物語詩は、「女性の嘆きもの」として知られる、ある女性が人生におきた悲劇的出来事を嘆くという、抒情詩の一ジャンルに属している。シェイクスピアが範をとった形式は、イングランドのソネット詩人たちの間で一般的な2部構成で、これは元々サミュエル・ダニエルが1592年に、『デリラ……ロザモンドの嘆きと共に』を出版したことに起源を発する。

学者たちは、『ソネット』と「ある恋人の嘆き」との間に形式上の強い関連があるかどうかをめぐり、意見がわかれている。実際、近代の編者たちは、「嘆き」のほうを省略してしまうこともよくあり、それがシェイクスピアの作であるかも疑っている。しかしながら、『ソネット』と「ある恋人の嘆き」は、テーマの強い関連性も、また重要な様式上の特性も共有している。もっと言えば、両作品とも、慣例を破り、愛する人にも嘆く人物にも名前を与えてはいない。ふたつの詩は、ジェンダーをめぐり互いに戯れあい、それによって、男側と女側の愛の経験が暗黙のうちに同じものとして扱われ、両作品には、ジェンダーが逆になった話し手が登場している。この話し手は、性的に自分たちを裏切る、ナルシストでふしだらな男に仕える誠実な恋人たちである。

テーマ、引喩、形象

『シェイク＝スピアのソネット集』（Shake-speares Sonnets）の暗号めいた表紙にはひとつの謎があって、何世紀にもわたり読者の注意を引きつづけてきた。献辞が碑文のように見え、宛て先はこうなっている——「このソネット集の唯一の産みの親であるW.H.氏に」。『ソネット集』は、「この作品の永遠の栄えは、われらの永久に生きる詩人によって約束されている」ということばを、この詩の献辞の相手へ届けるよう意図されていることは明らかである。それにしても、「W.H.氏」とは誰なのだろうか？

『ソネット集』の最近の編者たちは、「W.H.氏」の最有力候補として、ペンブルック伯ウィリアム・ハーバートをよしとする傾向にある。彼はシェイクスピアのパトロンとして知られ、シェイクスピアの作品が初めて二つ折り判で1623年に出版されたとき、献辞を捧げられた人物である。他に可能性のある対抗者は、サウサンプトン伯ヘンリー・リズリーで、シェイクスピアは物語詩『ヴィーナスとアドニス』や『ルークリース凌辱』を1590年代に彼に捧げている。また、「W.H.」はただのミスプリントであるとか、あるいは、シェイクスピアの名前の洒落として、「William Himself（ウィリアム自身）」を示しているといった説がある。

謎解きは脇においておくとして、『シェイク＝スピアのソネット集』に付された献辞は、パラドックスであるとしてもよい。この献辞は、これらの詩が生まれる発想源たる男性に永遠の命を与えるとする約束を果たすとしているが、その男性が誰なのか明らかにされていない。実際は、この献辞で約束された「永遠の栄え」を受け取る唯一の男性は、「永久に生きる詩人」その人である。つまり、このソネット集は、「シェイクスピア」そのものなのである。

ソネット集における登場人物

1827年に公刊されたソネットの中で、ワーズワースは批評家に、「ソネットを侮るなかれ」と警告した。そのとき彼がとりわけさとしたことは、ペトラルカが「（愛の）傷を和らげる」ために、シェイクスピアが「心の扉を開ける」ために使った詩形の価値がわからないということであった。ワーズワースにとっては、そしてほとんどの同時

左：ロンドン塔に幽閉されているときに描かれた、サウサンプトン伯ヘンリー・リズリーの肖像画。幽閉は、エセックス伯の1601年の反乱を支持したことが原因だった。リズリーはシェイクスピアのパトロンのひとりで、『ソネット集』は彼に献呈されたとされることがときどきある。

右：『シェイク＝スピアのソネット集』の初版に付された献辞。この献辞に、幾世紀もの間、学者たちは頭を悩ませてきた。「W. H. 氏」とは誰か？

下：『ソネット集』が献呈された「W. H. 氏」であった可能性がある、第3代ペンブルック伯ウィリアム・ハーバート。彼はメアリ・フィットンと恋愛関係にあり、彼女が黒婦人（ダーク・レディ）だと信じている者もいる。

代の読者にとっても同様であるが、『ソネット集』は、切実な心理的苦悶から生まれる、ひどく個人的な心情を表現しているのである。しかしだからといって、『ソネット集』を自伝的な性質のものとして、シェイクスピアの人生を解明する鍵として読むべきなのだろうか？　そうした読みの是非は別にして、シェイクスピアの人生を『ソネット集』に読みこむという抗いがたい誘惑に、読者は晒されてきたと言ってよい。「W. H. 氏」の正体を特定しようとする試みと同様に、『ソネット集』のその他の登場人物のモデルに関する憶測も続いていて、これらの154篇のソネットは、シェイクスピアの人生にまつわる全ての謎へ繋がる鍵を握っているかもしれないという気持ちに駆られることもある。

　詩人自身はさておき、『ソネット集』に登場する主要人物3人のうち、ひとり目は美青年で、早い段階のソネットのほとんどに登場する。ふたり目は黒婦人という愛人で、ソネット127番からはじまる作品中に登場する。最後がライバル詩人で、ソネット78番で紹介されている。

　この美青年が詩人から、結婚して子をなすようにソネット1番〜17番で強いられているので、彼は貴族出身であり、もしかしたら「W. H. 氏」その人であるとされることがよくある。この青年は、ソネット20番で、詩人の情熱の対象である「女主人」（2行）と呼びかけられ、ソネット112番では、彼にとって「この世のすべて」（5行）と称賛されているので、ホモエロティック（同性愛的）な欲望の対象になっている。ソネット87番で、彼を「所有する」には「高価すぎる」と断言した後でさえも、明らかに詩人は彼を諦めることができない。

　しかしながら、詩人はまた黒婦人とも関係があり、彼女はソネット129番において、性の観点から描写される。ソネット134番では、見るからに貪欲な愛人が、美青年を自分のもとから奪い去ってしまうのではないかという不安を、詩人は表明している。この連詩に数多く登場する経済に関する隠喩のひとつを用いながら、134番のソネットで詩人が嘆いているのは、美青年が詩人の愛人と寝ることで、「すべてを支払って」も（14行）（詩人が「抵当品」（2行）として献身している愛人の意志から、彼を「自由にする」（14行）ためという口実で）愛人は彼らふたりのどちらかを捨てるわけではなく、むしろふたりともを手中にして楽しんでいるということである。「君は彼とわたしとを両方手に入れた」（13行）と、詩人はかなり絶望した様子で嘆いているが、その後のソネットで、彼女の「大きくて広い」生殖器／性的欲望をめぐり、露骨に思いをめぐらせはじめる（ソネット135番5行）。

　美青年の場合のように、黒婦人が実在の誰かをつきとめようとする試みは、これまでも行なわれてきた。エリザベス1世の侍女メアリ・フィットンや、詩人のエイミリア・レニヤーが、多くの人に支持されている説である——しかし黒婦人は、結局、肉体的な欲望を抽象的に表わした存在であり、詩人が、自らの性的欲求により導かれていく「地獄」として描かれている（ソネット129番14行）。

　ライバル詩人について、学者たちは、とりわけクリストファー・マーロウやジョージ・チャップマン、そしてサミュエル・ダニエルを想定してきたが、ソネット76番で言及されている称賛の「新しく発見された方法」（4行）を用いて若い男の愛をきそう（ソネット78番から86番）と思われる男性は、結局、はっきりしない。実際、彼は特異ですらなく、むしろ、この青年の愛情と共に／あるいは、影響力のある支持者の庇護を求める、全てのライバル詩人たちの典型を示している可能性がある。

詩の中の「私」

　『シェイク＝スピアのソネット集』の登場人物たちが、究極的に抽象概念として機能しているとしても、読者は必ず、詩のなかでいわれる詩的「私」とシェイクスピア自身とを切り離そうとするのは難問だと分かる。その点において、読者には励ましがある。それは、詩人がしばしば「ウィル」（Will）を地口に使うからである。たとえばソネット135番で、詩人はこの語の多様な意味を利用して、愛人の性欲をめぐり露骨な冗談を言いだす。また、『ソネット集』の「唯一の生みの親」とこの作品が呼びかけている美青年との間に明白な繋がりがあるからである。こういったことから、『ソネット集』が示しているのは、シェイクスピアが、バイセクシャルかホモセクシャルかのどちらかであったとすること、またこれらの詩が、シェイクスピアの実際の人生経験を心理学的に探究したものという読みが出

```
TO.THE.ONLIE.BEGETTER.OF.
THESE.INSVING.SONNETS.
Mr.W.H. ALL.HAPPINESSE.
AND.THAT.ETERNITIE.
PROMISED.
BY.
OVR.EVER-LIVING.POET.
WISHETH.
THE.WELL-WISHING.
ADVENTVRER.IN.
SETTING.
FORTH.

                              T. T.
```

ナルキッソス的人物

『ソネット集』全般にわたり、また、「子をもうけること」をめぐる連詩（ソネット1〜7番）で、シェイクスピアは、ローマの叙事詩人オウィディウスが『変身物語』で語っているナルキッソス神話を使用している。ナルキッソスのように、美青年は自らの姿に恋をしたとイメージ化されている。ソネット4番で彼は、自分としか「つき合い」をせず、自分の「未使用の美」（13行）を破壊的に浪費しているので、「美しいけちんぼう」（5行）と言われている。青年は、『ソネット集』の唯一のナルキッソス的人物ではない。詩人自身が、ソネット4番で「自己愛の罪」（9行）を告白し、青年を愛しながら、自分も一種のナルシシズム（自己愛）の罪を犯しているという考えを追究している。彼は、自分の讃嘆する青年の肖像画に自分を見たり、あるいは、自分をそこに投影しているからだという。

左：オウィディウスの「ナルキッソスの神話」で、水たまりに映った自分の姿に恋をする青年。ポンペイのフレスコ画。自分の愛にしたがって行動することはできないとわかり、彼は死ぬ。「自分を知るようになる」と消える運命にあるとの予言が実現したことになる。

愛と欲望の性質

シェイクスピアの『ソネット集』は、このように自伝的に読むべきではないとする者がいる。しかしこうした者も、詩人のペルソナは、シェイクスピアが愛とは何かをめぐり自ら真に感じていることを明確に表現するための手段であることには同意する傾向がある。たとえばソネット147番において、詩人が恋愛で明らかに心理的分裂を起こし、苦悶はあからさまで力強い（9〜10行）。彼が描写するところによれば、哀れにも彼を、「不治の病……／たえず狂おしい不安に襲われ」た状態にしておく熱病だという。

ソネット群とシェイクスピアの人生とが真にどのような関係にあったかは知りようもないが、そこでは性愛の強制力と矛盾が説得力をもって探求されている。重要な例をひとつ挙げてみると、ソネット20番において、美青年が両性具有者として描出され、ひとつの冗談が言われている。それによると、彼の身体が完全であるとしても、詩人にとっては、自然が利己的に与えた「余計なもの」によって台無しになってしまうという。

> あなたは最初女として創られた、ところが
> 自然の女神はあなたを創るうちに恋におち、
> 余計なものを付け加えてあなたを私からだましとった、
> 私にはなんの意味もない一物をつけ加えて。

このソネットのこうした巧妙さに、読者は笑いを禁じえないであろうが、それが実際に言っていることは、欲望が気まぐれだということである。自分の愛が「女の楽しみのために……移植された」（13行）という詩人の嘆きは、自分だけが青年の「愛」を真に所有していると考えて、自分を慰めようとする彼の試みによって、読者は、詩人と一緒に、欲望がどのように破壊力をもっているかを探求するようになる。

詩人のふたりの恋人

ソネット144番は、詩人が自らの「ふたりの恋人」（1行）を天使にイメージ化している有名な詩である。「善霊のほうは肌の白い実に美しい男であり／悪霊のほうは色の黒いまことに不吉な女である」（3〜4行）。このふたりの恋人を、中世の道徳劇に登場する「美徳」と「悪徳」という人物の調子でイメージ化している。詩人は、自分の魂の支配権をめぐり、ふたりが争っているとしている。

> 女の悪霊はすぐにも私を地獄に引きずりこもうと、
> 男の善霊を誘惑して私のそばから引き離す、
> そして淫靡な華麗さで華麗な彼の純血をかき口説き、
> 私の聖者を悪魔にまで堕落せようとする。
>
> （5〜8行）

しかしながら、詩人がふたりを両極端なものとみようとしても、うまくいかない。なぜなら、善霊は悪霊の誘惑に抵抗できるほど十分に美徳があるわけでも、真のものであるわけでもないからだ。実際、詩人は、自分のふたりの恋人は情事を行なったのではないかと疑っていて、この情事は、青年のほうに梅毒の徴候が現われた時——「悪霊」が「善霊を追い出す」時（14行）——にしか明らかにはならないだろうと言う。

このソネットがユニークなのは、美青年と黒婦人とを直接的に対比して、詩人が経験する欲望を定義づける愛の三角関係がいかなるものであるかを解明しているからである。自分は、美・善・真と、醜・悪・偽を区別できないのではないかと、彼は明白な疑いを抱いている。そしてまたこの疑いは詩全体にみられる、本物がどうかをめぐる、より大きな不安と関与しあってもいる。

ソネット17番で詩人は、「後世の人たちは言うでしょ

ソネット17番で詩人は、「後世の人たちは言うでしょう、'この詩人は嘘つきだ'と」（7行）と想像しているし、ソネット18番では、美青年に残念に思うとして、言語は、結局、真実——「あなたはあなたである」（2行）——をはっきりと述べるには不十分であるとしている。144番になると、美・善・真と醜・悪・偽の間の境界線があまりにもぼやけてしまい、それが完全に崩れてしまったのではないかと、詩人は危ぶんでいる。詩人は美青年が黒の婦人と合体している憂慮すべきイメージを介して、自分が幻滅し、混乱していることを表明している——「だがふたりとも私から離れて仲よくなったのだから／たぶん男の天使は女の地獄にくわえこまれたのだろう」（11～12行）。

本物の諸問題

詩人は、本物かどうかを心配しているので、いつもきまって、拷問のように自己分析を行なう。そうした場合、彼が典型的に注目するのは、自分の欲望がもつふたつの破壊的な側面である。つまり、この欲望が充足しえないものであり、自らの判断を歪め、鋭い洞察力を奪うということだ。逆に、この対になった心配によって、真実の愛（あるいは、彼の男女の恋人の真実）への信頼が、また、彼の詩の完全さへの信頼が揺らいでいく。この連作詩の最後のいくつかのソネットでは、詩人は、「狡猾な愛」のために、自分は理性が使えなくなったと嘆く。愛で盲目になった彼は、自らの目（eye）のせいで、自分（「私」（I））は偽りを口にしてしまうとしている（ソネット152番6行）。

詩人の大嘘は、彼が黒婦人を称賛していることと関連しているようだ。しかし、美青年を称賛する詩人のことばも同じく怪しい。たとえばソネット40番から42番は、美青年が詩人を裏切って、詩人の愛人を寝取ってしまったことを示唆しているし、78番から86番は、詩人が美青年の愛情／庇護についてライバル詩人に負けてしまったのではないかという不安を表現している。詩人に呼びかけられる相

左：アンセニウス・クラエイッセンス（1536～1613年）作の『悪徳と美徳の寓意』。この主題は、1600年代のシェイクスピアの読者には、ずいぶんとなじみのものであったろう。中世から、擬人化された悪徳と美徳が、しばしば道徳劇で主役を演じていたからである。

上：イギリスの劇作家クレメンス・デインの『ウィル・シェイクスピア』で、メアリ・フィットン（「黒婦人」と考えられていた）役に扮した合衆国の女優キャサリン・コーネル。この芝居は、1920年代にロンドンで長期公演を行なった。

手は、社会的地位が上で、年も若く、明らかに身体的に魅力をもっている。詩人は自分のことを「ひび割れた渋紙」（ソネット62番10行）と描いている。とくにこうした理由から、彼はしばしば、自分の称賛のことばがご機嫌取りになってしまうのではないかと心配している。だから72番では、彼は「つまらぬものを書いて恥をかいて」いると言い放ち、つづけて84番では、美青年がうぬぼれていると断罪する。彼がうぬぼれているために、詩人の真実の称賛が、お世辞であるかのように思えてしまうのである。

　しかしながら詩人は、自分の詩がライバル詩人のものと競い合っているとわかり、美青年が詩人の愛／詩を軽んじて、新参者のほうを称賛していると感じると、自分の書いたものの大いなる長所は、それが誠実で、忠実で、真実のことしか述べていないことにこそあると力説する。とくにソネット82番では、こうした資質によって、彼の詩は、ライバル詩人の「けばけばしい化粧」（13行）と一線を画したものになっているという。修辞的に詩人は、美青年が「より斬新な文体」（8行）を求めるのもやむなしとしている。それは、自分の称賛の技が、称賛の対象の美徳を十分に伝えることができないからだという。こうは言うものの、詩人は、美青年を忠実に描くことができるのは、自分だけしかいないと示唆している。

あなたは、真に美しい人よ、真実を語る友の
真に平明なことばでしか真実が再現されません。
彼らのようなけばけばしい化粧を用いるべきは
血の色の失せた頬、あなたの顔ではありません。
(11〜14行)

詩における沈黙

表現不可能性のトポス、もしくはそのテーマを用いて、詩人は、自分が称賛を控えることによって、自分の真の愛が明確にされると主張する——「言葉にならぬことばで語る心の思い」（85番14行）。不在の間、詩人の詩は目に見えて貧弱なものになっているが、そのあと再び105番で、詩人は美青年への称賛を書きにもどってくる。このソネットで、詩人は自分の愛が偶像崇拝などではないとし、もう一度、彼の詩が真実のものだと言う。

私の愛する人は今日もやさしく、明日もやさしく、
そのすぐれたすばらしい資質はつねに変わらない。
したがって私の詩もつねにかわることなく
ひとつの主題を歌い、他はかえりみることがない。
「真・善・美」が私の主題のすべてであり、
「真・善・美」を別のことばに言いかえる
その言いかえに私の創意工夫のすべてがある、
この三位一体の主題には大きなひろがりがあるのだから。
(5〜12行)

自分の愛がまことのものであることを表現することができないと主張しているにもかかわらず、詩人は、自分の情感

下：シェイクスピアの同時代人で劇作家・詩人・翻訳家のジョージ・チャップマン。彼は、『ソネット集』に出てくるライバル詩人の有力候補である。

ないと主張しているにもかかわらず、詩人は、自分の情感をいくつかのソネットによって、くり返し述べている。そして、美青年が美しく、やさしく、誠実であること、つまり青年を称えることしか自分は書くことができないとわざわざ主張するのだが、ここから22篇後には、彼は関心の対象を情婦へと移している。

シェイクスピアの『ソネット集』における時と持続

こうした一貫性のなさが、『ソネット集』において、ひとつの重要な主題と結びついている。つまり、時と、愛の持続する（非）力である。『ソネット集』のはじめで、詩人は、時の破壊の猛威から美青年／彼の愛を、その「永遠の詩」（18番12行）のなかで守ると約束し、よく知られていることだが、詩人はソネット116番で、真実の愛がどのようなものかを気まぐれな愛と比べて定義し、「事情が変われば、自分も変わるような／愛は、愛ではない」（2〜3行）と断定する。ソネット123番で、再度彼は、自分の愛の勝利に自信をもって、時を敵と呼び、詩人の愛が移ろいうることを、お前には「自慢する」（1行）ことは決してできないと主張している。しかしながら、「時」が「走り続ける」（12行）ことで物事が変容していくのは、結局は不可避なことであり、詩人も「時間とその大鎌をよそに、真実のままに存在する」（14行）しかできないと認める。

この詩集では、全般的に特殊事情は避けられているが、ソネット104番には、美青年が加齢することに対する通常ならざる言及があり、詩人は青年に、とりわけこう断言している。つまり「三たび寒い冬」（3行）を経ても、美青年の美しさから奪われたものは何もなく、少なくとも詩人にとって美青年は、「老いることがない」（1行）と言う。3年前、初めて彼に会った時、「新緑のよう」（8行）であったが、それ以来、彼は表面上まったく変わっていないと詩人は驚嘆し、自分の目が「欺かれているのかもしれない」（12行）と結論づける。それは、青年の衰えに「歩みがみえない」（11行）にもかかわらず、青年の「美しい容貌」（11行）には「動き」（12行）があるからだと言う。

似たような逆説は、ソネット107番でも明白で、エリザベス1世が「月の女神」（5行）として言及されている。通常、このソネットは、エリザベス1世の1603年の死去と、ステュアート朝初の王ジェイムズ1世の支配下での平和な「穏やかな時代」の始まり（これは、ちょっとした幻想だと判明した）を示唆していると理解されている。このソネットでは、エリザベス女王が移ろいやすいものの永久に循環する月にイメージ化され、死んだとしても不変であるとされている。この処女王が「蝕」（5行）を越えて持続することから、時にあらがって人間の偉大さを保持する芸術の力が、また同時に、たえざる変化に耐えている世界が想像されてもいる。

下：1603年に行なわれたエリザベス女王葬儀の行列。エリザベス朝の大ルネサンス期は終焉を迎えた。シェイクスピアはソネット107番で、女王の死にふれていると考えられている。

意義と影響

上：1998年の映画『恋におちたシェイクスピア』で、シェイクスピア役のジョセフ・ファインズと、その恋人役のグィネス・パルトロウ。その中の一場面では、若きシェイクスピアが、「あなたを夏の日にたとえようか」とソネットを書き出している。

シェイクスピアの『ソネット集』は、書かれた当時、幅広く読まれていたわけではない。実際、ご都合主義の出版業者ジョン・ベンソンが1640年に『ソネット集』の大部分を1冊本の形で再版し、そのなかにシェイクスピアと同時代人たちの選出された他の詩も含めたとき、前人未踏の本であるとベンソンが堂々と言ってのけたのは有名な話である。18世紀末に、シェイクスピア研究者エドモンド・マローンが、1609年の第1・四つ折り版に読者をもどしたが、それまでの間は、いまでは信頼されなくなったベンソン版が標準的なものであった。

ベンソン版は、クォート版と比べてみると、その配列がかなり変化している。たとえば、ソネット18番は傑出した作品であるのに、全て削除されたソネットのうちのひとつであり、もとの順序とはちがうものもあって、ベンソンは、男性代名詞のいくつかを女性のものにかえ、この連詩がソネットというジャンルの期待に沿うようにしている。こうした状況を考慮すると、それがいかに不満足なものであったかがわかる。言うまでもなく、より慎重に学術的な手続きを行なった版であるマローン版が1780年に出版されたことは、『ソネット集』の歴史と人気にとっての転換点であった。

知られていない時代

18世紀においては、『ソネット集』はシェイクスピアの作品の中で、ほとんど忘れ去られた作品であった。権威あるテキストがなかったからでもあるだろうし、ソネット形式は流行しておらず、18世紀末から19世紀初めになって、ロマン派詩人たちがやっと復活させたからで、さらにシェイクスピアのソネット自体が、恋愛詩の約束事に忠実でなかったことも理由のひとつにあげられよう。

1674年にジョン・ミルトンが死んだあと、ソネット詩を創作した優れた次につづく詩人は、1世紀以上も登場しなかった。しかし、ウィリアム・ワーズワースでさえも、その活動の初期の時点では、ソネット形式は「退屈」であるという意見を表明し、時代遅れの詩形であると示唆した。斬新ではなく古風で、明瞭で魅力的というより不鮮明だとしている。しかしながら1827年、ワーズワースは有名な「ソネットを侮るなかれ」を出版し、その中で彼はソネットを、シェイクピアが「心の扉を開けた」鍵であると想像した。マローンが編纂した四つ折り版テキストと共に、ワーズワースがソネットを擁護し、シェイクスピアの革新的なこの形式の用法にとくに言及していたことは、『ソネット集』の歴史における分水嶺的な瞬間であった。

19世紀における愛

ジョン・キーツは、ワーズワースが起こしたこの流れを継承した。キーツは生前、その著作で広範な名声を得ることはなく、彼自身、シェイクスピアのソネットを「だるい音

律」と批判していたが、彼は数篇のソネットを書いており、それらは今日、彼の最良の作品に入ると考えられている。「存在することを止めてしまうかも知れないという恐れを抱くとき」(1816年)のなかで、彼は、はかなさと愛をめぐり美しい考察を行なっているが、それはシェイクスピア風であるといえる。形式のみならず、それが焦点をあてたテーマや叙情的強烈さの点でもそうといえる。1821年に亡くなる直前、キーツは「輝く星」を書いている。この詩は、不易と愛の不滅性を考察したもので、シェイクスピアの宇宙的隠喩「天空に備え付けられたロウソクの黄金の灯火」(ソネット21番12行)が取り上げられている。感動的なことだが、キーツは自分のソネットを、親友から贈られていた『ソネット集』のあるページに書きつけている。ここからわかることは、シェイクスピアの詩――とりわけ、『ソネット集』――はすでに、少なくともキーツの心中では、W. H. オーデンが「剥き出しの自伝的告白」と呼んだことと連想されていたということである。

こういった特筆すべきほどの感情のほとばしりがあったからこそ、おそらく間違いなく、19世紀のみならず、とりわけ20世紀においても、『ソネット』が広範に人気を得たのである。シェイクスピアの影響は、ヘンリー・ワーズワース・ロングフェロー、オスカー・ワイルド、エリザベス・バレット・ブラウニング、そしてクリスティーナ・ロセッティなど、数え切れないほどの詩人たちのソネットに見てとれる。とくにクリスティーナ・ロセッティによる喚情的な「わたしを忘れないで」には、とりわけソネット71番の反響がみられる。このソネットは、美青年に対して、詩人の死を悼むのではなく、「甘美な思い」(7行)をして自分を「忘れられる」ようにと、複雑な請願をしているものだ。ロセッティの詩が証明しているように、また、マシュー・アーノルドが1849年に発表した「シェイクスピア」に関するソネットで主張しているように、シェイクスピアの詩は、普遍的な苦難を明確に表現していると理解された。つまり、「不滅の霊が耐えなければならない苦しみ」が彼の作品に表明され、シェイクスピアのソネットは、さまざまな形で、大いに時代に適応したのである。

性、法、そして詩

ジョージ・スティーブンズは、彼の編んだ1793年版のシェイクスピア集にソネット集を含めることをやめた。それはおそらく、多くの注釈者が言うように、このソネット連詩に見られる同性愛に、道徳的反対を実際に行なった最初のものであろう。ヴィクトリア朝時代には、愛をめぐる曖昧な表現ゆえにある程度は許されていたソネット集は、不健全なものと見なされ、ロバート・ブラウニングのような詩人たちのほうが数段優れ、もちろん尊敬できると考えられていた。その結果シェイクスピアは、劇作家としてしか迎え入れられなかったのである。

1889年、オスカー・ワイルドは『W. H. 氏の肖像』を出版したが、その物語では、シェイクスピアの詩にみられる同性愛をめぐる議論が、直接取り上げられていた。ソネット集をとりまく人物の特定問題をその小説の発想源にしたワイルドは、その物語がひとつの主張をめぐり展開するようにしている。それは、「ミスター W. H.」とは若き

左：ジョセフ・セヴァーン画のジョン・キーツの肖像。1821年、死の床にあるところ。キーツは、19世紀初めにソネット形式を用いた。

下：ヘンリー・ワーズワス・ロングフェロー。ソネット形式ですこぶる幅広く書いた最初のアメリカ人のひとりで、その詩「雪の十字架」は、2番目の妻の死をめぐって書いた追悼のソネットである。

俳優ウィリアム・ヒューズのことで、シェイクスピアは彼と肉体的な関係をもったとされている。『ソネット集』が同性愛的な調子と関心をもっていることは明白であっても、ワイルドの作品こそが、直接的に、このソネットの作者がホモセクシャルな関係性にあったこと、そして『ソネット集』は、いわば同性愛の恋人によって生み出されたと最初に断言したのである。しかしながら、ワイルドが6年後の1895年に、違法な性愛を犯した科(とが)で裁判にかけられたとき、そうした読みを彼は巧みに否定した。彼は、シェイクスピアのソネットを、ギリシアの伝統に由来する男同士のプラトニックな愛の例だとし、その考えを自分と男性たちとの関係性を擁護する手段とした。

1967年にイギリスで同性愛が合法化された（合衆国や他の国々ではもっと後のこと）のに続いて、『ソネット集』の受容は大きく変化し、現代文化ではいまや、この詩が持つ同性愛を肯定的に受容する傾向があり、しばしば、この連詩のあからさまなミソジニー（女性嫌悪）を甘んじて受け入れようとする努力がなされている。

『ソネット集』と近代的愛

現代文化において、とりわけソネット18番と116番は、近代的愛のモデルとして利用され、ふたつとも、大いに再版されたり改作される定番の部類となった。ソネット18番は、愛のクリシェ的（ありふれた）作品になったと言ってよい。それは、このソネットがさりげなく映画に登場させられたからで（たいてい最初の数行だけが朗唱される）、『いまを生きる』（1989年、ピーター・ヴィアー監督）、『クルーレス』（1995年、エイミー・ヘッカリング監督）、『恋におちたシェイクスピア』（1998年、ジョン・マッデン監督）などにみることができる。

しかし、鋭敏な改作がなされたときには、このソネットは、時の不可避的破壊と戦う手段であるとして、愛と美を表現した魅力的なものでありつづけている。そうした例は、ロジャー・ミッチェル監督の2006年の映画『ヴィーナス』にみられ、このなかで、モーリス役のピーター・オトゥールは、彼の欲望の対象である若すぎる恋人に、ソネット18番すべてを読んで聞かせている。「ヴィーナス」に宛てられたこのソネットは、イメージ化され直して、老齢と死に直面してもなお、若さと愛（愛の女神ヴィーナス）を求めてやまないモーリスの欲望がはっきりと表現されている。おそらく、美を強烈なマントラ（真言）にしている虚栄に翻弄された社会でもまた、この詩は、あらたな意味を獲得するだろう。年老いて衰えゆくモーリスと、若く予測不能のヴィーナスという奇妙な組合わせを目にした観客は、美と愛との関係性を再評価するよう強いられ、時を征服する力が愛にあるのかと問い正すように仕向けられる。そんな愛の力は、ソネット18番の不朽の奇抜な比喩（コンシート）の形で、自信をもって表現されている。

> だがあなたの永遠の夏は色あせることもなく、
> あなたに宿る美しさは失われることもなく、
> 死神に「死の影を歩む」と言われることもないでしょう、
> あなたが永遠の詩の中で「時」と合体しさえすれば。
> 人々が息をするかぎり、その目が見うるかぎり、
> この詩は生きてあなたにいのちを与え続けるでしょう。
> （9〜14行）

SFのなかのシェイクスピア

大衆文化でなされるシェイクスピアの『ソネット集』の数多くの改作中、SFテレビ番組シリーズは特筆に値する。

『スタートレック』は、シェイクスピアへの言及がちりばめられていて、『ソネット集』のいくつかのものは、架空の言語"クリンゴン語"へ翻訳されている。「ネクスト・ジェネレーション」シリーズでは、ジャン・リュック・ピカード船長が、折りにつけ、自分が持っているシェイクスピア集に言及していて、「完全なる友」（邦題「完全なるパートナー」）と「トロイの家族」（邦題「愛なき関係」）のエピソードでは、『ソネット』からの引用がなされ、欲望がいかに変型させる力を持っているかが分析されている。

『ドクター・フー』のエピソード「シェイクスピアの暗号」は、ユーモアを交えて、『ソネット集』の謎と、この作品がシェイクスピアのセクシュアリティについて何を示唆しているのかという学術的論争がいかにばかばかしいかを考えている。このエピソードは、シェイクスピア／詩人の同性愛を示唆しており（彼は、ドクター・フーと戯れ合う）、『ソネット集』に見られる浮遊する性代名詞の歴史とたわむれている。このエピソードがまた強調しているのは、性代名詞を「解読」できると考えることが大切だということである。つまり、「シェイクスピア」がソネット18番という、美青年の連詩のうちで最も有名な詩行を生み出すのは、ドクター・フーの助手で、このエピソードの「黒婦人」に相当するマーサに別れのことばを述べるためである。

左：『スタートレック：次世代』で、シェイクスピア役者パトリック・ステュアート演じるジャン・リック・ピカール船長（中央）。彼はシェイクスピア全集をいくつも近くに持っている。

左：ロジャー・ミッチェル監督の2006年の映画『ヴィーナス』に出演したピーター・オトゥール。彼は、ジョディ・ホィッテカー演じる、ずっと年下の恋人に、ソネット18番全篇を朗読する。

商業界のソネット集

一般的なテレビ番組、映画、印刷物でよく言及されるように、シェイクスピアの『ソネット集』は、現在、世界52ヶ国語で出版されており、ソープの1609年版のテクスト以来、その版は1500を突破するに至った。シェイクスピアの連詩の新版は毎年登場し、ソネット選や単体のソネットは、推定できないほど多くの詞華集に収録され、そこでの呼び物になっている。出版産業はこの連詩の採掘を行ない、依然、愛をめぐる引用しうる行を求めており、グリーティング・カードから卓上用豪華装幀本に至るまで、あらゆるものの中に引用されたり、掲載されたりしている。多くの現代小説でも、『ソネット集』への言及がある。たとえばヴァージニア・ウルフの『灯台へ』（1927年）、アンソニー・バージェスの『その瞳は太陽に似ず』（1964年）、そしてレナード・J・デイヴィスの『小説ソネット』（2000年ごろ）などがある。

カセットテープやCDに収録された『ソネット集』の朗読は、二例だけ例をあげるなら、ペンギン社（1995年）とエアプレイ・オーディオ社（2000年）のものがある。インターネットのサイトでは、個々のソネットのテキストや、朗読の動画を掲載しているものが無数にある。たとえば、アラン・リックマンがソネット130番の朗読をしているのをYouTube上で見ることができる。イゴール・スラヴィンスキーやベンジャミン・ブリテンといった作曲家が、ソネットに曲をつけている。個々のソネットがポピュラー・ミュージック作品として録音され（ブライアン・フェリーのソネット18番の録音もある）、またポピュラー・ソングの発想源となっている。たとえばビートルズの「イン・マイ・ライフ」は、ソネット30番を発想源としている。ロイヤル・シェイクスピア劇団は、大プロジェクト「その瞳は太陽に似ず」を実施し、2007年、『ソネット集』に幅広い様式の曲をつけるよう、数人の作曲家に依頼をした。

左：小説『灯台へ』で『ソネット集』を引用したヴァージニア・ウルフ。『自分の部屋』でウルフは、有名なことだが、女性が書く自由と空間を得ると、「シェイクスピアの妹で死んだ詩人が……誕生するだろう」と示唆している。

詩篇〔『ソネット集』〕 285

SHAKESPEARE
—
1623.

レファレンス

年　表

年	シェイクスピアの生涯	歴史的・文学的出来事
1558		メアリー・チューダーが他界し、エリザベス1世が即位。
1560		『ジュネーブ聖書』が刊行される。
1564	ウィリアム・シェイクスピア、ストラトフォード・アポン・エイヴォンに誕生。誕生日は不詳だが、伝統的に4月23日とされている。	
1567		スコットランド女王メアリーは、退位を余儀なくされ、息子ジェイムズ6世がスコットランド国王になる。アーサー・ゴールディングによるオウィディウスの『変身物語』の英訳が刊行される。
1577〜80		フランシス・ドレイク卿が、船で世界を一周する。
1580		ミシェル・ド・モンテーニュの『エセー』が刊行される。
1582	シェイクスピア、8歳年上のアン・ハサウェイと結婚する。	
1583	ウィリアムとアンの結婚5ヶ月後、長女スザンナが誕生。	
1585	双子のジュディスとハムネットが、ウィリアムとアンに誕生。	
1585〜92	シェイクスピア、ストラトフォードを離れ、役者の一座の一員となり、ある時点から、ロンドンで演劇の経歴を開始する。	
1586		トーマス・キッドの『スペインの悲劇』が初演される。フィリップ・シドニー卿、他界。
1588		イングランド海軍がスペインの無敵艦隊を撃破 トーマス・ハリオットの『ヴァージニアの短い真実の報告』が刊行される。クリストファー・マーロウ『フォースタス博士』初演。
1589〜90	シェイクスピアは、おそらくこのころから劇作品を書きはじめた。『ヴェローナの二紳士』である可能性があるが、『ヘンリー6世』であるかも知れない。彼の劇の制作年代は、ほとんどの場合、不確定である。おおよそ次の20年にわたり、毎年、2作ずつ書くことになる。共作もある。	
1590		シドニーの『アルケイディア』が刊行される。エドマンド・スペンサーの『妖精の女王』の1巻〜3巻が刊行される。
1591		シドニーの『アストロフィルとステラ』が刊行される。

年	シェイクスピアの生涯	歴史的・文学的出来事
1592	ロバート・グリーンのパンフレット『三文の知恵』が、シェイクスピアをロンドン演劇界の「成り上がりのカラス」と嘲笑していて、有名である。 疫病のために劇場が封鎖され、シェイクスピアは、おそらくこのころに、演劇ではない韻文を書きはじめたらしい。	
1593	『ソネット集』を書きはじめたと思われる。	マーロウの『ヒアローとリアンダー』が、書籍出版組合登録に登録される（出版は1598年）。 マーロウ、他界。
1594	シェイクスピア、宮内大臣一座で、著名な役者ウィリアム・ケンプとリチャード・バーベイジと共演。ある時点で、この劇団の共同所有者となる。 『ルークリース凌辱』が印刷される。	
1596	アムネット、他界。	スペンサーの『妖精の女王』第4巻〜第6巻が刊行される。
1597	シェイクスピア、故郷ストラトフォードで、この町で2番目に大きな屋敷のニュー・プレイスを購入。	
1599	宮内大臣一座が、グローブ（地球）座の建設用地を借りる。この劇場は、この年オープンする。	スペンサー、他界。
1601	宮内大臣一座が、『リチャード2世』を上演してお金を受け取る。翌日、エセックス伯が謀反を企てるが、失敗。一座は、この陰謀に関与していないとみなされ、処罰なし。	
1603	国王ジェイムズが宮内大臣一座に特許を与える。一座はこの新しいパトロンを称え、「国王一座」と改称する。	エリザベス1世が他界し、スコットランド国王ジェイムズ6世が、イングランド国王ジェイムズ1世となる。
1605		カトリック教徒の共謀者たちが議会を爆破し、国王ジェイムズを暗殺しようとした、火薬陰謀事件が失敗。
1608	国王一座がブラック・フライアーズ劇場を借りる。恒久的につけられた屋根と人工的照明が装備されていた。しかし、この年と翌年、疫病の流行のため、ロンドンの劇場が閉鎖される。	
1609	『シェイク＝スピアのソネット集』が刊行される。『ソネット集』の出版が、シェイクスピアによって認可されていたかどうかはわからない。	
1611		『欽定訳聖書』（「国王ジェイムズ」版）が刊行される。
1613	グローブ座が火災で焼失。	エリザベス・ケアリの『マリアムの悲劇』が刊行される。
1616	シェイクスピア、4月に他界。4月25日、ストラトフォード・アポン・エイヴォンの聖トリニティ教会に埋葬される。	ベン・ジョンソンの『作品集』が刊行される。
1623	『第1・二つ折り版』が刊行。	

参考文献

シェイクスピアの生涯，背景，作品

シェイクスピアの生涯と時代

Ackroyd, Peter. *Shakespeare: The Biography.* London: Chatto & Windus, 2005.

Bryson, Bill. *Shakespeare: The World as Stage.* New York: HarperCollins, 2007.

Dobson, Michael, and Stanley Wells. *The Oxford Companion to Shakespeare.* Oxford: Oxford University Press, 2001.

Dutton, Richard. *William Shakespeare: A Literary Life.* London: Macmillan, 1989.

Honan, Park. *Shakespeare: A Life.* Oxford: Oxford University Press, 2000.

Wells, Stanley. *Shakespeare: The Poet and His Plays.* London: Methuen, 1997.

Wood, Michael. *Shakespeare.* London: BBC Worldwide, 2003.

シェイクスピアの作品

Greg, W.W. *The Shakespeare First Folio: Its Bibliographical and Textual History.* Oxford: Clarendon Press, 1955.

Hinman, Charlton. *The Printing and Proof-Reading of the First Folio of Shakespeare.* Oxford: Clarendon Press, 1963.

Maguire, Laurie E. *Shakespearean Subject Texts: The "Bad" Quartos and Their Contexts.* Cambridge: Cambridge University Press, 1996.

Muir, Kenneth. *Shakespeare as Collaborator.* London: Methuen, 1960.

Pollard, Alfred W., et al. *Shakespeare's Hand in the Play of Sir Thomas More.* Cambridge: Cambridge University Press, 1923.

Theobald, Lewis. *Double Falsehood, or The Distressed Lovers.* London: J. Watts, 1728.

Tucker-Brooke, C.F. *The Shakespeare Apocrypha.* Oxford: Clarendon Press, 1908.

Wells, Stanley, and Gary Taylor, et al. *William Shakespeare: A Textual Companion.* Oxford: Clarendon Press, 1987.

シェイクスピアの言語

Hope, Jonathan. *Shakespeare's Grammar.* London: The Arden Shakespeare, 2003.

Kermode, Frank. *Shakespeare's Language.* Harmondsworth: Penguin, 2000.

King, Ros. "'Action and Accent Did They Teach Him There': Shakespeare and the Construction of Soundscape." In *Shakespeare and the Mediterranean: Selected Proceedings of the International Shakespeare Association World Congress, Valencia 2001,* edited by Tom Clayton, Susan Brock, and Vicente Forés, 189–93. Newark: University of Delaware Press, 2004.

Lennard, John. *But I Digress: The Exploitation of Parenthesis in English Printed Verse.* Oxford: Clarendon Press, 1991.

Nuttall, A.D. *Shakespeare the Thinker.* New Haven: Yale University Press, 2007.

Parkes, M.B. *Pause and Effect: An Introduction to the History of Punctuation in the West.* Aldershot: Scolar Press, 1992.

Smith, Bruce R. *The Acoustic World of Early Modern England: Attending to the O-factor.* Chicago: University of Chicago Press, 1999.

Wright, George T. *Shakespeare's Metrical Art.* Berkeley and Los Angeles: University of California Press, 1988.

シェイクスピアの遺産

Bate, Jonathan, and Russell Jackson, eds. *Shakespeare: An Illustrated Stage History.* Oxford: Oxford University Press, 1996.

Burnett, Mark Thornton, and Romana Wray. *Screening Shakespeare in the Twenty-First Century.* Edinburgh: Edinburgh University Press, 2006.

Linton, Joan Pong. *Romance of the New World: Gender and the Literary Formations of English Colonialism.* Cambridge: Cambridge University Press, 1998.

Loomba, Ania. *Gender, Race, Reniassance Drama.* Manchester: Manchester University Press, 1989.

Rothwell, Kenneth S. *A History of Shakespeare on Screen.* Cambridge: Cambridge University Press, 2004.

Shaughnessy, Robert. *The Cambridge Companion to Shakespeare and Popular Culture.* Cambridge: Cambridge University Press, 2007.

Smith, Emma. *The Cambridge Introduction to Shakespeare.* Cambridge: Cambridge University Press, 2007.

Travedi, Harish. *Colonial Transactions.* Manchester: Manchester University Press, 1995.

Wells, Stanley, ed. *The Cambridge Companion to Shakespeare Studies.* Cambridge: Cambridge University Press, 1986.

演劇作品

『ヘンリー6世・第1〜3部』

Blanpied, John W. *Time and the Artist in Shakespeare's English Histories.* Newark: University of Delaware Press; London and Toronto: Associated University Presses, 1983.

Cartelli, Thomas. "Jack Cade in the Garden: Class Consciousness and Class Conflict in *2 Henry VI.*" In *Enclosure Acts: Sexuality, Property, and Culture in Early Modern England,* edited by Richard Burt and John Michael Archer, 48–67. Ithaca and London: Cornell University Press, 1994.

Cottegnies, Line. "Lies Like Truth: Oracles and the Question of Interpretation in Shakespeare's *Henry VI, Part 2.*" In *Les Voix de Dieu: Littérature et prophétie en Angleterre et en France à l'âge baroque,* edited by Line Cottegnies, C. and T. Gheeraert, and A.-M. Miller-Blaise, 24–36. Paris: Presses de la Sorbonne Nouvelle, 2008.

Dessen, Alan C. "Stagecraft and Imagery in Shakespeare's *Henry VI.*" *Yearbook of English Studies* 23 (1993): 65–79.

Fitter, Chris. "'Your Captain is Brave and Vows Reformation': Jack Cade, the Hacket Rising, and Shakespeare's Vision of Popular Rebellion in *2 Henry VI.*" *Shakespeare Studies* 32 (2004): 173–219.

Greenblatt, Stephen. "Murdering Peasants: Status, Genre, and the Representaion of Rebellion." In *Representing the English Renaissance,* edited by Stephen Greenblatt, 1–29. Berkeley:

University of California Press, 1988.
Hattaway, Michael. "Rebellion, Class Consciousness, and Shakespeare's *2 Henry VI*." *Cahiers élisabéthains* 33 (1988): 13–22.
Kastan, David Scott. *Shakespeare and the Shapes of Time*. Hanover: University Press of New England, 1982.
Patterson, Annabel. *Shakespeare and the Popular Voice*. Oxford: Basil Blackwell, 1989.
Pendleton, Thomas A, ed. *"Henry VI": Critical Essays*. New York and London: Routledge, 2001.
Rackin, Phyllis. *Stages of History: Shakespeare's English Chronicles*. Ithaca: Cornell University Press, 1990.
Tillyard, E.M.W. *Shakespeare's History Plays*. London: Chatto & Windus, 1944; New York: Collier Books, 1962.

『リチャード3世』
Colley, John Scott. *Richard's Himself Again: A Stage History of "Richard III."* New York: Greenwood Press, 1992.
Saccio, Peter. *Shakespeare's English Kings: History, Chronicle, and Drama*. Oxford: Oxford University Press, 2000.
Sher, Antony. *Year of the King: An Actor's Diary and Sketchbook*. London: Chatto & Windus, 1985.

『リチャード2世』
Drouet, Pascale, ed. *Shakespeare au XXème siècle: Mises en scène, mises en perspective de King Richard II*. Rennes: Presses Universitaires de Rennes, 2007.
Forker, Charles R., ed. *King Richard II*. London: The Arden Shakespeare (3rd series), 2002.
Gilman, Ernest B. "*Richard II* and the Perspectives of History." In *Renaissance Drama, New Series VII: Drama and the Other Arts*, edited by J.H. Kaplan, 85–115. Evanston: Northwestern University Press, 1976.
Shrewing, Margaret. *King Richard II*. Shakespeare in Performance series. Manchester: Manchester University Press, 1998.

『ジョン王』
Anderson, Thomas. "'Legitimation, Name, and All Is Gone': Bastardy and Bureaucracy in Shakespeare's *King John*." *Journal for Early Modern Cultural Studies* 4, no. 2 (Fall/Winter 2004): 35–61.
Braunmiller, A.R. "*King John* and Historiography." *English Literary History* 55 (1988): 309–32.
Gieskes, Edward. "'He Is But a Bastard to the Time': Status and Service in *The Troublesome Raigne of John* and Shakespeare's *King John*." *English Literary History* 65 (1998): 779–98.
Levin, Carole. "'I Trust I May Not Trust Thee': Women's Visions of the World in Shakespeare's *King John*." In *Ambiguous Realities: Women in the Middle Ages and Renaissance*, edited by Carole Levin and Jeanie Watson, 219–34. Detroit: Wayne State University Press, 1987.
Pugliatti, Paola. "The Scribbled Form of Authority in *King John*." In *Shakespeare the Historian*, 77–101. New York: Macmillan Press, 1996.

『ヘンリー4世・第1部』
Berger Jr., Harry. *Making Trifles of Terrors: Redistributing Complicities in Shakespeare*. Edited by Peter Erickson. Stanford: Stanford University Press, 1997.
Greenburg, Bradley. "Romancing the Chronicles: *1 Henry IV* and the Rewriting of Medieval History." *Quidditas* 27 (2006): 34–50.
Greenfield, Matthew. "*1 Henry IV*: Metatheatrical Britain." In *British Identities and English Renaissance Literature*, edited by David J. Baker and Willy Maly, 71–80. Cambridge: Cambridge University Press, 2002.
Highley, Christopher. "Wales, Ireland, and *1 Henry IV*." *Renaissance Drama*, n.s., 21 (1990): 91–114.
Kastan, David Scott. "'The King Hath Many Marching in His Coats': or, What Did You Do During the War, Daddy?" In *Shakespeare Left and Right*, edited by Ivo Kamps, 241–58. New York: Routledge, 1991.
Womersley, David. "Why Is Falstaff Fat?" *The Review of English Studies* 47 (1996): 1–22.

『ヘンリー4世・第2部』
Berger Jr., Harry. "The Prince's Dog: Falstaff and the Perils of Speech-Prefixity." *Shakespeare Quarterly* 49 (1998): 40–73.
Crewe, Jonathan. "Reforming Prince Hal: The Sovereign Inheritor in *2 Henry IV*." *Renaissance Drama*, n.s., 21 (1990): 225–42.
Levine, Nina. "Extending Credit in the *Henry IV* Plays." *Shakespeare Quarterly* 51 (2000): 403–31.
Scoufos, Alice-Lyle. *Shakespeare's Typological Satire: A Study of the Falstaff–Oldcastle Problem*. Athens: Ohio University Press, 1979.
Wiles, David. *Shakespeare's Clown: Actor and Text in the Elizabethan Playhouse*. Cambridge: Cambridge University Press, 1987.

『ヘンリー5世』
Altman, Joel. "'Vile Participation': The Amplification of Violence in the Theatre of *Henry V*." *Shakespeare Quarterly* 42 (1991): 1–32.
Berger, Harry Jr. "Harrying the Stage: *Henry V* in the Tetralogical Echo Chamber." In *Shakespeare International Yearbook: Where Are We Now in Shakespeare Studies?*, edited by Graham Bradshaw, et al, 131–55. Aldershot: Ashgate Press, 2003.
Greenburg, Bradley. "'O for a Muse of Fire': *Henry V* and Plotted Self-Exculpation." *Shakespeare Studies* 36 (2008): 182–206.
Quint, David. "'Alexander the Pig': Shakespeare on History and Poetry." *Boundary 2*, 10 (1982): 49–63.
Rabkin, Norman. "Rabbits, Ducks, and *Henry V*." *Shakespeare Quarterly* 28 (1977): 279–96.

『ヘンリー8世』
Frye, Susan. "Queens and the Structure of History in *Henry VIII*." In *A Companion to Shakespeare's Works, Vol. 4: Poems, Problem Comedies, Late Plays*, edited by Richard Dutton and Jean E. Howard, 427–44. Malden: Blackwell, 2003.
Hodgdon, Barbara. *The End Crowns All: Closure and Contradiction in Shakespeare's History*. Princeton: Princeton University Press, 1991.
Kermode, Frank. "What is Shakespeare's *Henry VIII* About?" In *Shakespeare, The Histories: A Collection of Critical Essays*, edited by Eugene M. Waith, 168–79. Englewood Cliffs: Prentice-Hall, 1965.

Noling, Kim H. "Grubbing Up the Stock: Dramatizing Queens in *Henry VIII.*" *Shakespeare Quarterly* 39 (1988): 291–308.

Wegemer, Gerard. "*Henry VIII* on Trial: Confronting Malice and Conscience in Shakespeare's *All Is True.*" *Renascence* 52 (2000): 111–30.

『ヴェローナの二紳士』

Berry, Ralph. *Shakespeare's Comedies: Explorations in Form*. Princeton: Princeton University Press, 1972.

Kirsch, A.C. *Shakespeare and the Experience of Love*. Cambridge: Cambridge University Press, 1981.

Mangan, Michael. *A Preface to Shakespeare's Comedies*. London: Longman, 1996.

Schlueter, Kurt, ed. *The Two Gentlemen of Verona*. Cambridge: Cambridge University Press, 1990.

『間違いの喜劇』

Cartwright, Kent, ed. *The Comedy of Errors*. London: The Arden Shakespeare (3rd series), forthcoming.

Henning, Standish, ed. *The Comedy of Errors*. New Variorum edn. New York: MLA, forthcoming.

Miola, Robert S., ed. *"The Comedy of Errors": Critical Essays*. New York: Garland, 1997.

Tillyard, E.M.W. *Shakespeare's Early Comedies*. London: Chatto & Windus, 1965.

『じゃじゃ馬ならし』

Fineman, Joel E. "The Turn of the Shrew." In *Shakespeare and the Question of Theory*, edited by Patricia Parker and Geoffrey Hartman, 138–160. New York and London: Methuen, 1985.

Gay, Penny. *The Cambridge Introduction to Shakespeare's Comedies*. Cambridge: Cambridge University Press, 2008.

Haring-Smith, Tori. *From Farce to Metadrama: A Stage History of "The Taming of the Shrew."* Westport: Greenwood Press, 1985.

Holdernes, Graham. *The Taming of the Shrew*. Shakespeare in Performance series. Manchester: Manchester University Press, 1989.

『恋の骨折り損』

Carroll, William C. *The Great Feast of Language in "Love's Labour's Lost."* Princeton: Princeton University Press, 1976.

Elam, Keir. *Shakespeare's Universe of Discourse: Language-games in the Comedies*. Cambridge: Cambridge University Press, 1984.

Ellis, Herbert A. *Shakespeare's Lusty Punning in "Love's Labour's Lost."* The Hague: Mouton, 1973.

『夏の夜の夢』

Halio, Jay L. *A Midsummer Night's Dream*. Shakespeare in Performance series. Manchester: Manchester University Press, 1994.

Montrose, Louis. *The Purpose of Playing: Shakespeare and the Cultural Politics of the Elizabethan Theatre*. Chicago: University of Chicago Press, 1996.

Williams, Gary Jay. *Our Moonlight Revels: "A Midsummer Night's Dream" in the Theatre*. Iowa: University of Iowa Press, 1997.

Young, David P. *Something of Great Constancy: The Art of "A Midsummer Night's Dream."* New Haven: Yale University Press, 1966.

『ヴェニスの商人』

Bloom, Harold, ed. *William Shakespeare's "Merchant of Venice."* New York: Chelsea House, 1986.

Bulman, James. *The Merchant of Venice*. Shakespeare in Performance series. Manchester: Manchester University Press, 1991.

Edelman, Charles, ed. *The Merchant of Venice*. Shakespeare in Production series. Cambridge: Cambridge University Press, 2002.

Gross, John. *Shylock: Four Hundred Years in the Life of a Legend*. London: Chatto & Windus, 1992.

McCarthy, Mary. *Venice Observed*. New York: Reynal, 1956.

Shapiro, James. *Shakespeare and the Jews*. New York: Columbia University Press, 1996.

『ウィンザーの陽気な女房たち』

Carroll, William C. "Falstaff and Ford: Forming and Reforming." In *The Metamorphoses of Shakespearean Comedy*, 183–201. Princeton: Princeton University Press, 1985.

Melchiori, Giorgio. "Reconstructing the Garter Entertainment at Westminster on St. George's Day 23 April 1597." In *Shakespeare's Garter Plays: Edward III to Merry Wives of Windsor*, 92–112. Newark: University of Delaware Press, 1994.

Ross, Charles. "Shakespeare's Merry Wives and the Law of Fraudulent Conveyance." *Renaissance Drama*, n.s., 25 (1994): 145–69.

Tiffany, Grace. "Falstaff's False Staff: 'Jonsonian' Asexuality in *The Merry Wives of Windsor.*" *Comparative Drama* 26 (1992): 254–70.

Wall, Wendy. "Why Does Puck Sweep?: Fairylore, Merry Wives, and Social Struggle." *Shakespeare Quarterly* 52 (2001): 67–106.

『お気に召すまま』

Chakravorty, Swapan. "Translating Arden: Shakespeare's Rhetorical Place in *As You Like It.*" In *Shakespeare and the Mediterranean*, edited by Tom Clayton, Susan Brock, and Vicente Forés, 156–67. Newark: University of Delaware Press, 2004.

Colie, Rosalie L. *Shakespeare's Living Art*. Princeton: Princeton University Press, 1974.

Dusinberre, Juliet. "Pancakes and a Date for *As You Like It.*" *Shakespeare Quarterly* 54 (2003): 371–405.

Howard, Jean E. *The Stage and Social Struggle in Early Modern England*. New York: Routledge, 1994.

Marshall, Cynthia. "The Doubled Jaques and Constructions of Negation in *As You Like It.*" *Shakespeare Quarterly* 49 (1988): 375–92.

Montrose, Louis. "'The Place of the Brother' in *As You Like It*: Social Process and Comic Form." *Shakespeare Quarterly* 32 (1981): 28–54.

Neely, Carol Thomas. *Distracted Subjects: Madness and Gender in Shakespeare and Early Modern Culture*. Ithaca: Cornell University Press, 2004.

Traub, Valerie. *Desire and Authority: Circulations of Sexuality in Shakespearean Drama*. New York: Routledge, 1992.

Wilson, Richard. *Will Power: Essays on Shakespearean Authority*. Hemel Hempstead: Harvester Wheatsheaf, 1993.

『から騒ぎ』

Brown, John Russell, ed. *"Much Ado about Nothing" and "As You Like It": A Casebook*. London: Macmillan, 1979.

Cox, John F., ed. *Much Ado about Nothing*. Shakespeare in Production series. Cambridge: Cambridge University Press, 1997.

Leiter, Samuel L., ed. *Shakespeare Around the Globe: A Guide to Notable Postwar Revivals*. New York: Greenwood Press, 1986.

Madelaine, Richard. "Oranges and Lemans: *Much Ado about Nothing*, IV.i.31." *Shakespeare Quarterly* 33 (1982): 491–92.

Madelaine, Richard, and John Golder, eds. *"O Brave New World": Two Centuries of Shakespeare on the Australian Stage*. Sydney: Currency Press, 2001.

Wynne-Davies, Marion, ed. *"Much Ado about Nothing" and "The Taming of the Shrew."* New Casebooks series. Basingstoke: Palgrave, 2001.

『十二夜』

Barber, C.L. *Shakespeare's Festive Comedies*. Princeton: Princeton University Press, 1959.

Coddon, Karin S. "'Slander in an Allow'd Fool': *Twelfth Night*'s Crisis of the Aristocracy." *Studies in English Literature, 1500–1900*, 33, no. 2 (Spring 1993): 309–25.

Elam, Keir. "The Fertile Eunuch: *Twelfth Night*, Early Modern Intercourse, and the Fruits of Castration." *Shakespeare Quarterly* 47, no. 1 (Spring 1996): 1–36.

Freund, Elizabeth. "*Twelfth Night* and the Tyranny of Interpretation." *English Literary History* 53, no. 3 (Autumn 1986): 471–89.

Schalkwyk, David. "Love and Service in *Twelfth Night* and the Sonnets." *Shakespeare Quarterly* 56, no. 1 (Spring 2005): 76–100.

『終わりよければすべてよし』

Styan, J.L. *All's Well That Ends Well*. Shakespeare in Performance series. Manchester: Manchester University Press, 1984.

Waller, Gary, ed. *"All's Well That Ends Well": New Critical Essays*. New York: Routledge, 2007.

Zitner, Sheldon. *All's Well That Ends Well*. New York: Harvester Wheatsheaf, 1989.

『尺には尺を』

Baines, Barbara. "Assaying the Power of Chastity in *Measure for Measure*." *Studies in English Literature* 30 (1991): 283–301.

Bennett, Josephine Waters. *"Measure for Measure" as Royal Entertainment*. New York: Columbia University Press, 1966.

Dollimore, Jonathan. "Transgression and Surveillance in *Measure for Measure*." In *Political Shakespeare: Essays in Cultural Materialism*, edited by Jonathan Dollimore and Alan Sinfield, 72–87. 2nd edn. Manchester: Manchester University Press, 1994.

Hawkins, Harriet. *Measure for Measure*. Boston: Twayne Publishers, 1987.

Kamps, Ivo, and Karen Raber. *"Measure for Measure": Texts and Contexts*. Boston: Bedford/St. Martin's, 2004.

Knight, G. Wilson. *The Wheel of Fire: Interpretations of Shakespearian Tragedy*. 2nd edn. London: Methuen, 1949.

Korda, Natasha. *Shakespeare's Domestic Economies: Gender and Property in Early Modern England*. Philadelphia: University of Pennsylvania Press, 2002.

McLuskie, Kathleen. "The Patriarchal Bard: Feminist Criticism and Shakespeare: *King Lear* and *Measure for Measure*." In *Shakespeare, Feminism and Gender*, edited by Kate Chedgzoy, 24–48. Basingstoke: Palgrave, 2001.

Maus, Katharine Eisaman. *Inwardness and Theater in the English Renaissance*. Chicago: University of Chicago Press, 1995.

Shell, Marc. *The End of Kinship: "Measure for Measure," Incest and the Ideal of Universal Siblinghood*. Chicago: Stanford University Press, 1988.

Shuger, Deborah Kuller. *Political Theologies in Shakespeare's England: The Sacred and the State in "Measure for Measure."* New York: Palgrave, 2001.

Taylor, Gary. "Shakespeare's Mediterranean *Measure for Measure*." In *Shakespeare and the Mediterranean: Selected Proceedings of the International Shakespeare Association World Congress, Valencia 2001*, edited by Tom Clayton, Susan Brock, and Vicente Forés, 243–69. Newark: University of Delaware Press, 2004.

Wheeler, Richard P. *Shakespeare's Development and the Problem Comedies: Turn and Counter-Turn*. Berkeley: University of California Press, 1981.

『タイタス・アンドロニカス』

Bate, Jonathan, ed. Introduction to *Titus Andronicus*. London: The Arden Shakespeare (3rd series), 1995: 1–121.

Kendall, Gillian Murray. "'Lend me thy Hand': Metaphor and Mayhem in *Titus Andronicus*." *Shakespeare Quarterly* 40, no. 3 (Autumn 1989): 299–316.

Palmer, D.J. "'The Unspeakable in Pursuit of the Uneatable': Language and Action in *Titus Andronicus*." *Critical Quarterly* 14 (1972): 320–29.

Rowe, Katherine. "Dismembering and Forgetting in *Titus Andronicus*." *Shakespeare Quarterly* 45, no. 3 (Autumn 1994): 279–303.

Waith, Eugene. "The Metamorphosis of Violence in *Titus Andronicus*." *Shakespeare Survey* 10 (1957): 39–59.

Willis, Deborah. "'The Gnawing Vulture': Revenge, Trauma, Theory, and *Titus Andronicus*." *Shakespeare Quarterly* 53, no. 1 (Spring 2002): 21–52.

『ロミオとジュリエット』

Brooke, Nicholas. *Shakespeare's Early Tragedies*. London: Methuen, 1968.

Davis, Lloyd. "'Death-marked Love': Desire and Presence in *Romeo and Juliet*." *Shakespeare Survey* 49 (1996): 57–67.

Earl, A.J. "*Romeo and Juliet* and the Elizabethan Sonnets." *English* 27 (1978): 99–119.

Kahn, Coppélia. "Coming of Age in Verona." In *The Woman's Part: Feminist Criticism of Shakespeare*, edited by Carolyn Ruth Swift Lenz, Gayle Greene, and Carol Thomas Neely, 171–93. Urbana: University of Illinois Press, 1980.

Leech, Clifford. "The Moral Tragedy of *Romeo and Juliet*." In *English Renaissance Drama*, edited by Standish Henning, Robert Kimbrough, and Richard Knowles, 59–75. Carbondale:

Southern Illinois University Press, 1976.
Levenson, Jill. "The Definition of Love: Shakespeare's Phrasing in *Romeo and Juliet*." *Shakespeare Studies* 15 (1982): 21–36.
Loehlin, James N. "'These Violent Delights Have Violent Ends': Baz Luhrmann's Millennial Shakespeare." In *Shakespeare, Film, Fin de Siècle*, edited by Mark Thornton Burnett and Ramona Wray, 121–36. London: Macmillan, 2000.
Slater, Ann Pasternak. "Petrarchanism Come True in *Romeo and Juliet*." In *Images of Shakespeare: Proceedings of the Third Congress of the International Shakespeare Association 1986*, edited by Werner Habicht, D.J. Palmer, and Roger Pringle, 129–50. London: Associated University Presses, 1988.
Snyder, Susan. *The Comic Matrix of Shakespeare's Tragedies*. Princeton: Princeton University Press, 1979.
―――. "Ideology and the Feud in *Romeo and Juliet*." *Shakespeare Survey* 49 (1996): 87–96.

『ジュリアス・シーザー』
Carnegie, David. *Julius Caesar*. Shakespeare Handbooks series. Basingstoke: Palgrave, 2009.
Miles, Geoffrey. *Shakespeare and the Constant Romans*. Oxford: Clarendon, 1996.
Miola, Robert S. *Shakespeare's Rome*. Cambridge: Cambridge University Press, 2008.
Sohmer, Steve. *Shakespeare's Mystery Play: The Opening of the Globe Theatre, 1599*. Manchester: Manchester University Press, 1999.

『ハムレット』
Burnett, Mark Thornton. "The 'Heart of My Mystery': *Hamlet* and Secrets." In *New Essays on Hamlet*, edited by Mark Thornton Burnett and John Manning. New York: AMS Press, 1994.
Curran, John E. *"Hamlet," Protestantism and the Mourning of Contingency*. Aldershot: Ashgate Press, 2006.
De Grazia, Margreta. *"Hamlet" without Hamlet*. Cambridge: Cambridge University Press, 2007.
Greenblatt, Stephen. *Hamlet in Purgatory*. Princeton: Princeton University Press, 2001.
Howard, Tony. *Women as Hamlet: Performance and Interpretation in Theatre, Film and Fiction*. Cambridge: Cambridge University Press, 2007.
Lyons, Bridget Gellert. "The Iconography of Ophelia." In *English Literary History* 44 (1977): 60–74.
McGee, Arthur. *The Elizabethan Hamlet*. New Haven: Yale University Press, 1987.
Mercer, Peter. *"Hamlet" and the Acting of Revenge*. Iowa: University of Iowa Press, 1987.
Mullaney, Stephen. "Mourning and Misogyny: *Hamlet, The Revenger's Tragedy*, and the Final Progress of Elizabeth I, 1600–1607." *Shakespeare Quarterly* 45, no. 2 (Summer 1994): 139–62.
Neill, Michael. *Issues of Death: Mortality and Identity in English Renaissance Tragedy*. Oxford: Oxford University Press, 1997.
Pirie, David. "*Hamlet* without the Prince." *Critical Quarterly* 14 (Winter 1972): 293–314.
Showalter, Elaine. "Representing Ophelia: Women, Madness, and the Responsibilities of Feminist Criticism." In *Shakespeare and the Question of Theory*, edited by Patricia Parker and Geoffrey Hartmann, 77–94. New York and London: Methuen, 1985.
Stanton, Kay. "Hamlet's Whores." In *New Essays on "Hamlet,"* edited by Mark Thornton Burnett and John Manning, 167–84. New York: AMS Press, 1994.

『トロイラスとクレシダ』
Crewe, Jonathan, ed. *The History of Troilus and Cressida*. New York: Penguin, 2000.
Elton, G.R. *"Troilus and Cressida" and the Inns of Courts Revels*. Aldershot: Ashgate Press, 2000.
McCandless, David. *Gender and Performance in Shakespeare's Problem Comedies*. Bloomington: Indiana Press, 1997.

『オセロー』
Adamson, Jane. *"Othello" as Tragedy: Some Problems of Judgement and Feeling*. Cambridge: Cambridge University Press, 1980.
Appelbaum, Robert, "War and Peace in 'The Lepanto' of James VI and I." *Modern Philology* 97, no. 3 (February 2000): 333–63.
Bradshaw, Graham. *Misrepresentations: Shakespeare and the Materialists*. Ithaca: Cornell University Press, 1993.
Hampton-Reeves, Stuart. *Othello*. Shakespeare Handbooks series. Basingstoke: Palgrave, 2008.
Heilman, Robert B. *Magic in the Web: Action and Language in "Othello."* Louisville: University of Kentucky Press, 1956.
Honigmann, E.A.J. *The Texts of "Othello" and Shakespearean Revision*. London: Routledge, 1996.
Jones, Eldred. *Othello's Countrymen: The African in English Renaissance Drama*. Oxford: Oxford University Press, 1965.
King, Ros. "'The Disciplines of War': Elizabethan War Manuals and Shakespeare's Tragicomic Vision." In *Shakespeare and War*, edited by Ros King and Paul Franssen. Basingstoke: Palgrave, 2008.
Kingsley, Ben. "*Othello*." In *Players of Shakespeare 2*, edited by Russell Jackson and Robert Smallwood, 167–78. Cambridge: Cambridge University Press, 1988.
Rosenberg, Marvin. *The Masks of Othello: The Search for the Identity of Othello, Iago, and Desdemona by Three Centuries of Actors and Critics*. Newark: University of Delaware Press, 1992.
Snyder, Susan. *The Comic Matrix of Shakespeare's Tragedies*. Princeton: Princeton University Press, 1979.
Vaughan, Virginia Mason. *Othello: A Contextual History*. Cambridge: Cambridge University Press, 1994.
Wain, John, ed. *"Othello": A Casebook*. Rev. edn. London: Macmillan, 1994.

『リア王』
Bate, Jonathan, and Eric Rasmussen, eds. *"King Lear": The RSC Shakespeare*. New York: Palgrave, 2009.
Booth, Stephen. *"King Lear", "Macbeth", Indefinition, and Tragedy*. New Haven: Yale University Press, 1983.
Holland, Peter, ed. *"King Lear" and its Afterlife: Shakespeare Survey 55*. Cambridge: Cambridge University Press, 2002.
Kahan, Jeffrey, ed. *"King Lear": New Critical Essays*. New York: Routledge, 2008.
Leggatt, Alexander. *"King Lear."* 2nd edn. Shakespeare in

Performance series. Manchester: Manchester University Press, 2004.
Nuttall, A.D. *Why Does Tragedy Give Pleasure?* Oxford: Clarendon Press, 1996.
Ryan, Kiernan, ed. *King Lear.* New Casebooks series. New York: Palgrave, 1992.
Taylor, Gary, and Michael Warren, eds. *The Division of the Kingdoms: Shakespeare's Two Versions of "King Lear."* Oxford: Clarendon Press, 1983.

『マクベス』

Adelman, Janet. "'Born of Woman': Fantasies of Maternal Power in *Macbeth*." In *Cannibals, Witches, and Divorce: Estranging the Renaissance*, edited by Marjorie Garber, 90–121. Baltimore: Johns Hopkins University Press, 1987.
Calderwood, James L. *If it Were Done: "Macbeth" and Tragic Action.* Amherst: University of Massachusetts Press, 1986.
Dollimore, Jonathan. *Radical Tragedy: Religion, Ideology, and Power in the Drama of Shakespeare and his Contemporaries.* Chicago: University of Chicago Press, 1984.
Kastan, David Scott. *Shakespeare after Theory.* New York: Routledge, 1999.
Mullaney, Steven. *The Place of the Stage: License, Play, and Power in Renaissance England.* Chicago: University of Chicago Press, 1988.
Orgel, Stephen. *The Authentic Shakespeare, and Other Problems of the Early Modern Stage.* New York: Routledge, 2002.
Quarmby, Kevin. "A Twenty-fifth Anniversary Study of Rehearsal and Performance Practice in the 1980 Royal Court *Hamlet* and the Old Vic *Macbeth*: An Actor's View." *Shakespeare* 1 (2005): 174–87.
Wells, Robin Headlam. *Shakespeare on Masculinity.* Cambridge: Cambridge University Press, 2000.
Williams, George Walton. "'*Macbeth*': King James's Play." *South Atlantic Review* 47 (1982): 12–21.

『アントニーとクレオパトラ』

Brown, John Russell, ed. *Shakespeare's "Antony and Cleopatra": A Casebook.* Rev. edn. Basingstoke: Palgrave Macmillan, 1991.
Deats, Sara Munson, ed. *"Antony and Cleopatra": New Critical Essays.* London: Routledge, 2006.
Drakakis, John, ed. *Antony and Cleopatra.* New Casebooks series. New York: St. Martin's Press, 1994.
Madelaine, Richard, ed. *Antony and Cleopatra.* Shakespeare in Production series. Cambridge: Cambridge University Press, 1998.

『アテネのタイモン』

Knight, G. Wilson. "'The Pilgrimage of Hate': An Essay on *Timon of Athens*." In *The Wheel of Fire: Interpretations of Shakespearian Tragedy*, 207–39. 4th edn. London: Methuen, 1949.
Nuttall, A.D. *Timon of Athens.* Hemel Hempstead: Wheatsheaf Harvester, 1989.
White, R.S. "Marx and Shakespeare." *Shakespeare Survey* 45 (1993): 89–100.

『コリオレーナス』

Barton, Anne. "Livy, Machiavelli, and Shakespeare's *Coriolanus*." In *Shakespeare Survey Volume 38: Shakespeare and History*, edited by Stanley Wells. Cambridge: Cambridge University Press, 1986.
Bloom, Harold, ed. *William Shakespeare's "Coriolanus."* New York: Chelsea House, 1988.
Heuer, Hermann. "From Plutarch to Shakespeare: A Study of *Coriolanus*." In *Shakespeare Survey Volume 10: The Roman Plays*, edited by Allardyce Nicoll. Cambridge: Cambridge University Press, 1957.
Kahn, Coppélia. *Roman Shakespeare: Warriors, Wounds, And Women.* London, New York: Routledge, 1997.
Stevenson, Kay. "'Hear Me Speak': Listening to *Coriolanus*." In *Shakespeare: Readers, Audiences, Players*, edited by R.S. White, Charles Edelman, and Christopher Wortham, 233–47. Perth: University of Western Australia Press, 1998.
Wheeler, David, ed. *"Coriolanus": Critical Essays.* New York: Garland, 1995.

『ペリクリーズ』

Felperin, Howard. *Shakespearean Romance.* Princeton: Princeton University Press, 1972.
Jackson, MacDonald P. *Defining Shakespeare: "Pericles" as a Test Case.* Oxford: Oxford University Press, 2003.
Knight, G. Wilson. "The Writing of *Pericles*." In *The Crown of Life: Essays in Interpretation of Shakespeare's Final Plays*, 32–76. Oxford: Oxford University Press, 1947.
White, R.S. *"Let Wonder Seem Familiar": Endings in Shakespeare's Romance Vision.* London: Athlone Press, 1985.

『シンベリン』

Gillies, John. "The Problem of Style in *Cymbeline*." *Southern Review* 15 (1982): 269–90.
Knight, G. Wilson. "*Cymbeline*." In *The Crown of Life: Essays in Interpretation of Shakespeare's Final Plays*, 129–202. Oxford: Oxford University Press, 1947.
Leggatt, Alexander. "The Island of Miracles: An Approach to *Cymbeline*." *Shakespeare Studies* 10 (1977): 191–209.
Simonds, Peggy Muñoz. *Myth, Emblem, and Music in Shakespeare's "Cymbeline": An Iconographic Reconstruction.* Newark: University of Delaware Press, 1992.

『冬物語』

Bartholomeusz, Dennis. *"The Winter's Tale" in Performance in England and America 1611–1976.* Cambridge: Cambridge University Press, 1982.
King, Ros. *The Winter's Tale.* Shakespeare Handbooks series. Basingstoke: Palgrave, 2008.
Nutt, Joe. *An Introduction to Shakespeare's Late Plays.* Basingstoke: Palgrave, 2002.
Orgel, Stephen, ed. *The Winter's Tale.* Oxford: Oxford University Press, 1996.
Ryan, Kiernan, ed. *Shakespeare: The Last Plays.* London: Longman, 1999.

Snyder, Susan, and Deborah T. Curren-Aquino, eds. *The Winter's Tale*. Cambridge: Cambridge University Press, 2007.

Warren, Roger. *Staging Shakespeare's Late Plays*. Oxford: Clarendon Press, 1990.

『あらし（テンペスト）』

Clark, Sandra, ed. *The Tempest*. London: Penguin, 1986.

Knight, G. Wilson. *The Crown of Life: Essays in Interpretation of Shakespeare's Final Plays*. Oxford: Oxford University Press, 1947.

Orgel, Stephen, ed. *The Tempest*. Oxford: Oxford University Press, 1998.

Palmer, D.J., ed. *"The Tempest": A Casebook*. Rev. edn. Basingstoke: Palgrave, 1991.

『二人の貴公子』

Bawcutt, N.W., ed. Introduction to *The Two Noble Kinsmen*, 1–50. Harmondsworth: Penguin, 1977.

Thompson, Ann. "*The Two Noble Kinsmen*." In *Shakespeare's Chaucer: A Study in Literary Origins*, 166–215. Liverpool: Liverpool University Press, 1978.

詩　篇
『ヴィーナスとアドニス』

Bate, Jonathan, *Shakespeare and Ovid*. Oxford: Clarendon Press, 1993.

Belsey, Catherine. "Love as Trompe-l'oeil: Taxonomies of Desire in *Venus and Adonis*." *Shakespeare Quarterly* 46 (1995): 257–76.

Cheney, Patrick, ed. *The Cambridge Companion to Shakespeare's Poetry*. Cambridge: Cambridge University Press, 2007.

Dubrow, Heather. *Captive Victors: Shakespeare's Narrative Poems and Sonnets*. Ithaca and London: Cornell University Press, 1987.

Hyland, Peter. *An Introduction to Shakespeare's Poems*. Basingstoke: Palgrave, 2003.

Keach, William. *Elizabethan Erotic Narratives: Irony and Pathos in the Ovidian Poetry of Shakespeare, Marlowe and their Contemporaries*. New Brunswick: Rutgers University Press, 1977.

Smith, Peter J. "A 'Consummation Devoutly to Be Wished': The Erotics of Narration in *Venus and Adonis*." *Shakespeare Survey* 53 (2000): 25–38.

『ルークリース凌辱』

Donaldson, Ian. *The Rapes of Lucretia: A Myth and its Transformations*. Oxford: Clarendon Press, 1982.

Fernie, Ewan. *Shame in Shakespeare*. London and New York: Routledge, 2002.

Kahn, Coppélia, "The Rape in Shakespeare's *Lucrece*." *Shakespeare Studies* 9 (1976): 45–72.

Miola, Robert S. *Shakespeare's Rome*. Cambridge: Cambridge University Press, 1983.

Vickers, Nancy. "'The Blazon of Sweet Beauty's Best': Shakespeare's *Lucrece*." In *Shakespeare and the Question of Theory*, edited by Patricia Parker and Geoffrey Hartman, 95–115. New York and London: Methuen, 1985.

『情熱の巡礼者』

Burrows, Colin, ed. *The Complete Sonnets and Poems*. Oxford: Oxford University Press, 2002.

Cheney, Patrick. *Shakespeare, National Poet-Playwright*. Cambridge: Cambridge University Press, 2004.

『不死鳥と山鳩』

Ellrodt, Robert. "An Anatomy of *The Phoenix and the Turtle*." *Shakespeare Survey* 15 (1962): 99–110.

Finnis, John, and Patrick Martin. "Another Turn for the *Turtle*." *The Times*, April 18, 2003.

Matchett, William. *"The Phoenix and the Turtle": Shakespeare's Poem and Chester's "Loues Martyr."* The Hague: Mouton, 1965.

Stetner, Clifford. "Shakespeare's Shrieking Harbinger: *The Phoenix and the Turtle* and the End of the Tudor Myth." http://phoenixandturtle.net/papers.html.

『恋人の嘆き』

Craik, Katherine. "Shakespeare's *A Lover's Complaint* and Early Modern Criminal Confession." *Shakespeare Quarterly* 53 (2002): 437–59.

Jackson, MacDonald P. *Shakespeare's "A Lover's Complaint": Its Date and Authenticity*. Auckland, 1965.

Kerrigan, John, ed. *Motives of Woe: Shakespeare and Female Complaint. A Critical Anthology*. Oxford: Clarendon Press, 1991.

Sharon-Zisser, Shirley, ed. *Critical Essays on Shakespeare's "A Lover's Complaint": Suffering Ecstasy*. Aldershot: Ashgate Press, 2006.

Vickers, Brian. *Shakespeare, "A Lover's Complaint" and John Davies of Hereford*. Cambridge: Cambridge University Press, 2007.

『ソネット集』

Cousins, A.D. *Shakespeare's Sonnets and Narrative Poems*. London: Longman, 2000.

Dubrow, Heather. *Captive Victors: Shakespeare's Narrative Poems and Sonnets*. Ithaca and London: Cornell University Press, 1987.

Duncan-Jones, Katherine, ed. *Shakespeare's Sonnets*. London: The Arden Shakespeare (3rd series), 1997.

Edmondson, Paul, and Stanley Wells. *Shakespeare's Sonnets*. Oxford: Oxford University Press, 2004.

Fineman, Joel. *Shakespeare's Perjured Eye: The Invention of Poetic Subjectivity in the Sonnets*. Berkeley: University of California Press, 1986.

Hyland, Peter. *An Introduction to Shakespeare's Poems*. Basingstoke: Palgrave, 2003.

Schiffer, James, ed. *Shakespeare's Sonnets: Critical Essays*. New York and London: Garland, 1999.

用語解説

エピリオン（epyllion）： 短い、あるいは結果的に小規模の叙事詩のことで、英雄的な内容ではなく、性愛的な内容をもち、大いに神話を利用する。

王韻／ライム・ロイアル（rhyme royal）： 7行からなる詩のスタンザのことで、弱強五歩格の詩行で、ababbcc と押韻する。

掛け合い（stichomythia）： 1行ごとに交代して話す対話のことで、典型的には、もめている人物たちが行なう。

カノン／正典／真作品（the canon）： ひとまとまりの文学テキストのことで、特定の時代に、文化がその発展にもっとも影響を受け、その文学史に欠くことのできないと考えるもの。

クォート →四つ折り版

宮内大臣一座（Lord Chamberlain's Men）： シェイクスピアが、1594年ごろに参加した劇団で、彼は、その後、共同経営者となる。

劇中劇（play-within-the-play）： 読んだり観たりしている芝居のなかに含められている芝居、もしくは芝居の一部のこと。『ハムレット』の筋の展開においては、ある芝居（『鼠捕り』）の一部が、デンマーク王の宮廷で上演される。

コーラス（Chorus）： 芝居のプロローグやエピローグをのべる登場人物のことで、その他の登場人物や出来事に意見をいう。

国王一座（King's Men）： シェイクスピアが属していた劇団の名称。1603年に、国王ジェイムズ1世が新しいパトロンになったとき、宮内大臣一座から、このように変更された。

コンメディア・デラルテ（commedia dell'arte）： イタリア喜劇の一様式で、1500年代頃から1700年代まで存続した。役者たちは、決まった手持ちの状況や登場人物をもとにして、即興的に演じる。

最後の劇（last plays）： この文句が示唆しているように、シェイクスピアの晩年（おおよそ、1608年から1613年）に書かれた芝居のことをいう。通例、この文句は、とりわけロマンス劇をさしている。たとえば、『ペリクリーズ』『冬物語』『あらし』『シンベリン』『二人の貴公子』がこれにあたる。

修辞／レトリック（rhetoric）： 効果的に話したり書いたりする古くからある技術で、聞く者や読者に、信頼感や共感を生み出すための一助となる技術のこと。

祝婚歌（epithalamium）： 花嫁と花婿をことほぐ詩のこと。

称賛の辞（panegyric）： 人間やモノを称えたことばや書かれたもの。

女性の嘆き（female complaint）： 発話者が女性である詩の一形式「嘆き」のこと。1590年代のイングランドでは、この「女性の嘆き」が文学形式として流行し、シェイクスピアもこの形式で作品をものした。『ルークリース凌辱』がこれにあたる。

書籍業組合登録簿（stationers' register）： ロンドンの書籍業組合の記録簿のことで、書籍業者は、料金をはらって文学やその他の著作を出版し、その版権（コピーライト）を得る権利を登録することができた。

新プラトン派／ネオ・プラトニック（Neoplatonic）： 哲学の一学派。古代ギリシアの哲学者プラトンの学説を広範に探求し、それを発展させた。とりわけ、強調したことは、自然界がはかないものであることと、霊的世界が究極的現実であること。

ソネット（sonnet）： 抒情詩の一形態で、通例、14行の弱強五歩格の韻文。いわゆるシェイクスピア的ソネットは、押韻が abab cdcd efef gg となる。

第1・二つ折り版（First Folio）： 1623年に印刷され、『ウィリアム・シェイクスピア氏の喜劇・歴史劇・悲劇』（*Mr. Shakespeares Comedies, Histories, & Tragedies*）と題された本のこと。これは、シェイクスピアの仲間であった、ジョン・ヘミングズとヘンリー・コンデルが、はじめてシェイクスピアの劇作品をひとつにまとめたものであった。2冊目の修正版（第2・二つ折り版）は1632年に出版され、このあと、第3・二つ折り版（1663年）、第4・二つ折り版（1685年）、そして第5・二つ折り版（1700年ごろ）とつづく。

デ・カシブス（de casibus）： 著名な名士と、彼らの権力と繁栄からの失墜を内容とする伝統的物語。こうした物語は、成功がいかにもろくはかないか、誇りがいかに無益か、存在がいかに予測できないかについて警告するものである。

（宮廷）道化／阿呆／フール（fool）： 宮廷道化のことで、その任務は、王侯貴族の雇い主を楽しませることにある。また、冗談の装いをとりながら、主人自身のことやその行動をめぐり、不愉快な真実を彼らに伝える。

登場人物一覧（dramatis personae）： 芝居の登場人物一覧のこと。

独白／ソリロキー（soliloquy）： 芝居で、登場人物が述べる独りごと。彼／彼女は、文字通り「ひとりで話す」。つまり、長々と独りごとを言ったり、声に出して考えたりして、芝居の他の登場人物にむかって話すことはしない。

嘆き（complaint）： 詩の一形式で、発話者、たとえば神話体系に出てくる有名な歴史的名士や人物が、自らの人生で起きる悲劇的出来事を嘆く。

パトロン／後援者（patron）： 社会的地位や富、あるいは両方をもっている人物で、作者や役者が、援助を受けたり求めたりする者。援助は、単に財政的なものであってもなくてもよくて、通例、援助を受けた者は、自分の作品をパトロンに献呈することになっていた。

悲歌（threnos）： 悲嘆の歌。

ファースト・フォーリオ →第1・二つ折り版

フォーリオ →二つ折り版

復讐悲劇（revenge tragedy）： エリザベス朝・ジェイムズ朝期の悲

劇の形態のことで、主として古代ローマの哲学者セネカの芝居から派生したもの。そうした芝居の主要人物は、「復讐者」として知られている。つまり、社会で正義を得ることができないので、自分と／あるいは家族に加えられた犯罪の復讐をとげなくてはならない人物である。復讐者自身は、それゆえ、法の外で活動する人物となる。

二つ折り版（folio）：　一枚の紙を一度折ったもの。また、一度折られた紙が複数枚からできている本のこと。この紙型は、一般に、評価の高い高価な版を作るのに用いられた。

2役／ダブル（doubling）：　役者が、芝居でひとつ以上の役柄を演じること。

傍白（aside）：　芝居で、ひとりの登場人物が言う短評ないし所見のことで、観客には聞こえるが、舞台上の他の登場人物には聞こえない。

無韻詩（blank verse）：　弱強五歩格（iambic pentameter）の詩行、つまり5つの韻律の強勢をもつ詩行からなる韻文のこと。たとえば、The curfew tolls the knell of parting day にみられる。ただし、押韻はせず、シェイクスピアの韻文のほとんどは、弱強五歩格になっている。

問題劇（problem plays）：　通例、『終わりよければすべてよし』『トロイラスとクレシダ』『尺には尺を』の三部作をさしていう用語。この用語が示唆していることは、これらの芝居は、第一義的に解決のない、あるいはそう見える道徳的・社会的問題を扱っている。このいわゆる「問題劇」は、悲喜劇とした方がよいとする注釈者もいる。

四つ折り版（Quarto）：　一枚の紙を2回折り、4枚になるときの紙の大きさのこと。また、その大きさの紙でできた本のこと。シェイクスピア劇の多くは、この紙型で出版された。四つ折りの紙型は、もっと名声のある二つ折り版の紙型より、安価で小さい。

四部作（tetralogy）：　連続した4作の芝居のこと。シェイクスピアは、ふたつの四部作を書いた。最初の作品は、3作の『ヘンリー6世』と『リチャード3世』、次の作品は、『リチャード2世』と2作の『ヘンリー4世』と『ヘンリー5世』である。

ルネサンス（Renaissance）：　1300年ごろから1450年におよぶ、ヨーロッパの文化的現象のことで、とりわけ、古代ギリシア・ローマにたいする知識と関心の復興にむすびついている。イングランドがこの現象を経験するのは、1490年代に入ってからであった。イングランド・ルネサンスは、おおよそ、その時から1660年ごろまでつづくということができる。

歴史劇（history）：　歴史的出来事を扱った芝居のこと。たとえば、特定の国王の統治期に起こった出来事などで、通例、王侯貴族に焦点をあてる。

六行連（sixain）：　6行からなるスタンザのことで、弱強五歩格の詩行で、よくあるのは ababcc の押韻である。

ロマンス劇（romance）：　驚異的な物事や偶発的な物事を強調する芝居で、不一致から調和が、つまり、悲劇から喜劇がもたらされる。ロマンス劇では、探求、贖罪、そして崩壊した家族の回復がしばしば強調される。

索 引

欧文

BBC・タイム／ライフ・シェイクスピア劇シリーズ　133
『O』（映画）　193
『W. H. 氏の肖像』（Portrait of Mr. W. H.）（オスカー・ワイルド）　283

ア行

アイアンズ, ジェレミー　60, 113, 243
『愛と窃盗』（ボブ・ディラン）　40
『愛の殉教者』（Love's Martyr）（ロバート・チェスター）　268
アイルランド反乱軍　78
アーヴィング, ヘンリー　82, 115, 128, 227
アウグスティヌス　262
アウグストゥス　216
アウストリア, フアン・デ　186
『アエネイス』（ウェルギリウス）　14, 249
『悪徳と美徳の寓意』（Allegory of Vice and Virtue）（アンセニウス・クラエイッセンス画）　279
『悪魔学』（Demonology）（ジェイムズ1世）　206
アザンクール（アジンコート）の戦い　72, 75, 76, 78
アスカム, ロジャー　163
『アストロフェルとステラ』（Astrophil and Stella）（フィリップ・シドニー）　15
アダムス, ジョン・クインシー　192
〈新しい観客のための劇場〉公演　63
『新しく発見された土地ヴァージニアをめぐる簡潔な報告』（Brief Report of the New Found Land of Virginia）（トマス・ハリオット）　246
アダン, アドルフ＝シャルル　36
アッシュ, オスカー　92
アッシュクロフト, ペギー　38, 143
アップダイク, ジョン　179
アテネ　104
『アテネのタイモン』（Timon of Athens）　220〜223
アテネのタイモン像（フレデリック・スロップ作）　221
アデルフィ劇場　92
アーデン, エドワード　21
アーデン, メアリー（Aden, Mary）　18
アーテン, ユィセル　38
アトウッド, マーガレット　179
アナモルフォーシス（歪像画法）　61
アニス, フランチェスカ　212
アーノルド, マシュー　283
アパルトヘイト　193
アビントン, フランシス　133
『アフリカ誌』（レオ・アフリカヌス）　188
アフリカ人　188
アーミン, ロバート　139
アームストロング, ヴェーシャイン　35
アームストロング, ルイ　36
アムレス伝説　170
操り人形　39, 261
『あらし（テンペスト）』（The Tempest）　23, 24, 27, 34, 35, 40, 199, 200, 231, 244〜251, 252
『嵐、アンティゴナスが熊に追われる』（Storm, Antigonus Pursued by the Bear）（ジョセフ・ライト画）　239
『あらし』（エメ・フェルナン・ダヴィッド・セゼール）　251
「新たなアジア」　203
アランソン公　246
アル＝バサム, スレイマン　179
『アル・ハムレット首脳会談』（The Al-Hamlet Summit）（アル＝バサム）　179
アルメレイダ, マイケル　40, 41

アレクサンダー, サム　98
アレグザンダー, ビル　203
アレン, ウッディ　109
アンダーソン, メアリ　240
アンチマスク　249
アン（デンマーク王女）　206
アントニウス, マルクス　219
『アントニーとクレオパトラ』（Antony and Cleopatra）　23, 39, 214〜219
『アントニーとクレオパトラ』（映画）　219
『アントニーとクレオパトラ』（サミュエル・バーバー作曲）（オペラ）　219
『アンフィトルオ』（プラウトゥス）　89, 91
アンリ・クリストフ（ハイチ王）　213
アンリ（ナヴァール王）　99
イウジ, チュク　50
イエイツ, メアリ・アン　218
イエスナー, レオポルト　191
イジョフォー, キウェテル　188
『為政者の書』（The Boke Named the Governour）（トマス・エリオット）　86
異性装　218
『イソップ物語』　19
イタリア人　163
異端者火刑法　65
『いまを生きる』（Dead Poets Society）（映画）　284
『イーリアス』（ホメーロス）　123
イリュリア　135
『イルストラツィオーネ・イタリアーナ』　119, 193
『イル・ペコローネ』（『阿呆』）（Il Pecorone）（ジョヴァンニ・フィオレンティーノ）　111
イングランド国教会祈祷書　268
『イングランド, スコットランド, およびアイルランド年代記』（Chronicles of England, Scotland, and Ireland）（ホリンシェッド）　47, 64, 68, 73, 81, 204, 209
『イングランドのパルナッソス山』（England's Parnassus）　53
イングリッシュ・シェイクスピア劇団　49, 51
インド　36, 133
インドネシア　203
「イン・マイ・ライフ」（ビートルズ）　285
ヴァージニア会社　247
ヴァーチュー, ジョージ　20
ヴァロワ, マルグリット・ド　99
ヴァン・サント, ガス　67
ヴィア, ピーター　284
ヴィヴィアン・バーモント劇場（ニューヨーク）　202
ヴィカーズ, ブライアン　271
ヴィクター, ベンジャミン　87
ヴィクトリア朝　133, 227
ヴィスコンティ, ルキノ　183
ヴィタグラフ　109
ヴィッテンベルク大学　173
『ヴィーナス』（映画）　284, 285
『ヴィーナスとアドニス』（Venus and Adonis）　15, 27, 37, 258〜261, 262, 267
ヴィーナスとアドニス像（アントニオ・カノーヴァ作）　259
『ヴィーナスとアドニス』（ティツィアーノ画）　260
『ヴィーナスとアドニス』（ミュージカル）　261
『ヴィーナスとアドニス：人形劇用仮面劇』　261
ウィニヤード, ダイアナ　126
ヴィラール, ジャン　61
『ウィリアム・シェイクスピア―喜劇・歴史劇・悲劇』　22
ウィリアムズ, ラルフ・ボーン　119
ウィリアム, デイヴィッド　61
「ウィリアム・ピーター氏追悼の哀歌」　27
ウィルキンス, ジョージ　230
ウィルコックス, フレッド　250
『ウィル・シェイクスピア』（Will Shakespeare）（クレメンス・デイン）　279
ウィルトンの二連祭壇画　59
『ヴィルヘルム・マイスターの修業時代』（ゲーテ）　179
ウィーン　146

ウィンクラー, アンジェラ　179
『ウィンザーの陽気な女房たち』（The Merry Wives of Windsor）　116〜119
ウィンズレット, ケイト　175
ウィンダムズ・シアター　120
『ウェスト・サイド物語』（West Side Story）　36, 163
ウェットストーン, ジョージ　145
ヴェトナム　79
ヴェニス（ヴェネチア）　110, 112, 185
『ヴェニスの商人』（The Merchant of Venice）　24, 110〜115
『ヴェニスの商人』（マオリ版）（映画）　35
『ウェヌスとマルス』（ボッティチェリ画）　187
ヴェネチア →ヴェニス
ヴェノーラ, ダイアン　40
ウェルギリウス　14, 19, 249
ウェルズ, オーソン　67, 168, 193, 202, 213
ヴェルディ, ジュゼッペ　34, 119, 193, 213, 250
『ヴェローナの二紳士』（The Two Gentlemen of Verona）　86〜87
ヴォーゲル, ポーラ　193
ウォーター・ショー　106
ウォーターハウス, ジョン・W　244
ウォーナー, デボラ　25, 61, 164
ウォルトン, ウィリアム　125
ウォルポール, ヘンリー　269
ウォーレン, ロジャー　51
ウォロニッツ, ヘンリー　39
『美しい女性たちへの警告』（A Warnings for Fair Women）　173
ウッドヴァイン, ジョン　67
『ウッドストック』（Woodstock）　58
海　232
「海と鏡」（The Sea and the Mirror）（W. H. オーデン）　251
ウルジー枢機卿　81, 82
『ウルビーノのヴィーナス』（ティツィアーノ画）　14
ウルフ, ヴァージニア　285
運命　207
映画化　41
『英雄伝』（プルタルコス）　165, 215, 221, 225
エヴァンズ, モーリス　61, 136
疫病　17, 145
エジプト　215, 216
エセックス伯 →デヴェルー, ロバート, エセックス伯　276
エチオピア芸術劇場　91
エッグ, オーガスタス　95
エドマンド, ヨーク公　54
『エドモントンの陽気な悪魔』（The Merry Devil of Edmonton）　29
エドワード1世　114
『エドワード3世』（Edward III）　28
エドワード4世　50, 52
エドワード告解王　205
エピリオン（小叙事詩）　258
エフェソス　88, 89
「エペソ人への手紙」（パウロ）　89, 91
エリオット, T. S.　227
エリオット, サー・トマス　86
エリオット, マイケル　196
エリザベス1世　15, 16, 52, 59, 78, 81, 117, 121, 165, 172, 185, 195, 204, 215, 246, 269, 281
エリザベス女王暗殺計画　114
エリザベス朝　152, 160, 186, 192, 225
エリントン, デューク　36
エロス　107
エンジェル金貨　149
エンプソン, ウィリアム　39
オイェロウォー, デイヴィッド　125
オイディプス・コンプレックス　174
オウィディウス　14, 19, 123, 248, 258, 260, 262, 278
王権　58
『王侯の鑑』（『行政官の鑑』）（The Mirror for Majistrates）　58, 82, 271
王政復古　250

『王たちの祝宴』（The Feast of Kings）（ヤン・ステーン）　138
『王は生きている』（The King Is Alive）（映画）　41
大蔵卿会計記録　127
『おかしな世の中』（A Mad World, My Masters）（トマス・ミドルトン）　258
『お気に召すまま』（As You Like It）　23, 120〜125
『お気に召すまま』（Comme il vous plaira）（ジョルジュ・サンド翻案）　125
『お気に召すまま』（映画）　125
『オクスフォード版トマス・ミドルトン作品集』　210
オクテーヴィアス（オクタウィアヌス）　214
オスマン・トルコ帝国　185, 186
オズメント, フィリップ　251
『オセロー』（Othello）　31, 36, 37, 184〜193,
オセロー症候群　193
『オックスフォード版シェイクスピア』　23
『オテロ』（ジュゼッペ・ヴェルディ作曲）（オペラ）　34, 193
オーデン, W. H.　251, 283
オトゥール, ピーター　115, 183, 212, 284, 285
オファレク, ニコラス　148
オーベロン　104
「オーベロンとタイターニアの結婚式」（ジョン・フィッツジェラルド画）　102
オリヴィエ, ローレンス　44, 55, 71, 72, 79, 115, 124, 125, 154, 155, 174, 178, 179, 193, 196, 202, 213, 227
オールカム, マリアンヌ　181
オールド・ヴィック劇場（Old Vic Theater）（ロンドン）　71, 178, 212, 220, 227, 200
オールド・ヴィック（Old Vic）（ブリストル）　87
オールドウィッチ劇場（Oldwych Theater）（ロンドン）　137
オールドカースル, サー・ジョン（Oldcastle, Sir John）　65
オールドマン, ゲアリー　178
オールドリッジ, アイラ　193
オールメリダ, マイケル　179
オレゴン・シェイクスピア・フェスティバル　39, 61
『終わりよければすべてよし』（All's Well That Ends Well）　25, 140〜143, 271
音楽　114, 189, 248
オン・ケン・セン　203

カ行

階級　141, 192
カイル, バリー　61, 253
カウト＝ホーソン, ヘレナ　26
カウフマン, アンジェリカ　87
カウリー, ディック　131
ガウワー, ジョン　91, 231, 262
カエサル, ユリウス　219
『火炎の車輪』（The Wheel of Fire）（ウィルソン・ナイト）　39
影　107
カストロ, フィデル　169
ガスリー, タイロン　140, 143
カタカリ舞踊　36
ガーター勲位　118
ガーター勲爵士団祭　117
カップ, リー・J　202
カディス　78
ガーデ, スヴェン　179
カトリック　16, 21, 81, 99, 160, 161, 173, 205
『ガートルードとクローディアス』（ジョン・アップダイク）　179
カニ, ジョン　40
ガニュメーデース　123
ガーネット, ヘンリー　207
カノーヴァ, アントニオ　259
カバネル, アレクサンドル　216
ガーフィールド, レオン　41

索　引　299

歌舞伎スタイル　61
家父長社会　94
カブール　36
貨幣　149
『貨幣の力』（カール・マルクス）　223
カボット, ジョン　246
カボット, セバスチャン　246
カミング, アラン　155
仮面劇　248
火薬爆発計画　205
ガライ, ロモーラ　124, 202
ガライ, ロモラ　202
『から騒ぎ』（Much Ado about Nothing）126～133
カラルコ, ジョー　163
ガリレイ, ガリレオ　14
カルヴァン, ジャン　16
『カルデニオ』（Cardenio）　28, 29
ガワー, ジョン　→ガウワー, ジョン
『歓楽の宮殿』（The Palace of Pleasure）（ウィリアム・ペインター）　141
『カンタベリー物語』（チョーサー）　252
『カンツォニエーレ（歌の本）』（Canzoniere）（ペトラルカ）　274, 275
『黄色い空』（Yellow Sky）（西部劇映画）　250
喜劇　23, 24, 111, 181
キケロ　19
岸田理生　203
『騎士の話』（The Knight's Tale）（チョーサー）　252, 253
『キス・ミー・ケイト』（Kiss Me, Kate）　36, 96
キーツ, ジョン　282, 283
キッスーン, ジェフリー　219
『キーツ像』（ジョセフ・セヴァーン画）　283
キッド, トマス　17, 172
キートン, マイケル　133
ギブソン, メル　179
キプロス島　185, 186, 187
キャグニー, ジェイムズ　105, 109
キャサリン・オヴ・アラゴン　81
ギャリック, デイヴィッド　129, 133, 212
ギャンボン, マイケル　65
宮廷風恋愛　120, 121
キューカー, ジョージ　156
キューピッド　104
教会　269
狂気　198
京劇　203
狂言　91
『狂人の治療』（ヴィトーレ・カルパッチョ画）　110
『行政官の鑑』　→『王侯の鑑』
『共和制の忘恩』（The Ingratitude of a Commonwealth）（ネイハム・テイト）　227
ギリシア・ローマ神話　120
キリスト　269
キリスト教　89
キリミ, カナユー　230, 251
ギールグッド, ジョン　67, 126, 145, 169, 202, 247, 250
ギルバート卿, ハンフリー　246
ギル, ピーター　159
ギーレアツ（子）, マーカス　78
キーン, エドマンド　115, 227
キングズ・ニュー・スクール　19
キングズレイ, ベン　27, 139
『禁じられた惑星』（Forbidden Planet）（映画）　250
キーン, チャールズ　78, 83, 108, 243
『欽定訳聖書』　14
金襴の陣　82
クイン, ジェイムズ　67
クウェル, アンソニー　67
クウォート　→四つ折り版
クーカー, ジョージ　162
グスリー, タイロン　178
クック, ナイジェル　29
クッシュマン, シャーロット　213
クッドマン, ヘンリー　115
宮内大臣一座（Lord Chamberlain's Men）　20, 22, 22, 23, 59, 117, 205

クライン, ケヴィン　105
グラストンベリー・ポップ音楽祭　243
クラナッハ, ルーカス　262, 263
グリフィス, リチャード　105
グリンウェイ, ピーター　250
グリーンブラット, スティーヴン　29, 39
グリーン, ロバート　20, 239
『クルーレス』（Clueless）（映画）　284
グレイ, ジェイン　21
グレイト・ブリテン　→大ブリテン
グレヴィル, フルク　15
クレメント, フランシス　32
グレンヴィル, アーサー　237
グローヴァー, ジェイミー　141
『クローディオとイザベラ』（ウィリアム・ハント画）　146
クローフォード, アリス　219
グローブ座（Globe theater）　16, 20, 23, 31, 35, 37, 59, 82, 89, 91, 133, 165, 169, 201, 219, 223, 235, 245
黒婦人（dark lady）　27, 274, 277, 279
黒澤明　200, 213
クロール, ドナ　219
『軍務よ, さらば』（Riche His Farewell to Militarie Profession）（バーナビー・リッチ）　135
クーンロッド, カリン　63
ケアリー, ジョージ, ハンズドン卿　117
「ケイアス・マルティアス・コリオラヌス伝」（プルタルコス）　225
ケイク, ジョナサン　33
ケイ, チャールズ　141
ケイツビー, ロバート　205
ケイド, ジャック　48, 49
劇場　16
劇中劇　105, 173
『ゲスタ・ロマノールム』（Gesta Romanorum）　111
結婚　97, 89, 105, 127
結婚観　93
結婚の約束　148
『血族関係』（Blood Relations）（デイヴィド・マルーフ）　251
ゲットー　112
決闘　163
ゲッベルス, ヨーゼフ　57
ゲーテ, ヨハン・ヴォルフガング　179
ケネス（スコットランド王）　209
『ゲームの息子と娘たち』（R. A. ヨーダー）　183
ケリー, ジュード　193
ゲルデンベルク, パトリック　108
ケン, ジョナサン　61
『原ハムレット』（Ur-Hamlet）（トーマス・キッド）　172
ケンプ, ウィル　101, 131, 139
ケンブル, ジョン・フィリップ　212, 227
ケンブル, スティーヴン　67
『恋するおろか者』（Fools in Love）（ミュージカル）　40
『恋する騎士ジョン』（Sir John in Love）（ラルフ・ボーン・ウィリアムズ）（オペラ）　119
『恋におちたシェイクスピア』（Shakespeare in Love）（映画）　163, 282, 284
『恋のからさわぎ』（10Things I Hate About You）（映画）　96
『恋の骨折り甲斐』（Love's Labour's Won）　28
『恋の骨折り損』（Love's Labor's Lost）　36, 98～101, 266
『恋人禁止令』（The Law Against Lovers）（ウィリアム・ダヴェナント）　133, 149
『恋人の告白』（Confessio amantis）（ジョン・ガウワー）　91, 231
『恋人の嘆き』（A Lover's Complaint）　27, 270～271, 274, 275
コヴェント・ガーデン（ロンドン）　236
『航海記』（Voyages）（リチャード・ハクルート）　186
公現祭　138
好色　258
国王一座（King's Men）　20, 28, 205, 210,

246, 267
『故国の侵略者, あるいは破滅にいたる怨恨』（The Imvader of His Country）（ジョン・デニス）　227
コージンツェフ, グリゴーリ　179, 202
コーダーリー, リチャード　134
ゴッソン, スティーヴン　16
コットレル, リチャード　61
コップの肖像画　21
コネリー, ジェイソン　210
コーネル, キャサリン　279
『この島はわたしのもの』（This Island's Mine）（フィリップ・オズメント）　251
コペルニクス, ニコラウス　14
コミサルジェフスキー, セオドア　91
『蜘蛛巣城』　213
コリアー, コンスタンス　219
『コリオラン』（T. S. エリオット）（詩）　227
『コリオレーナス』（Coriolanus）　33, 224～227
ゴールディング, アーサー　14, 258
コールドウェル, ゾー　91
コールリッジ, サミュエル・テイラー　189, 245
コロス　56, 78, 106
コロラド・シェイクスピア・フェスティバル　61
コロン　32
コンデル, ヘンリー　22
コンプトン, ナジェ　56
コンプリシテ・シアター　149
コンメディア・デラルテ　24, 96

サ行

『祭暦』（Fasti）（オウィディウス）　27, 262
サウサンプトン伯ヘンリー・リズリーの肖像（エドマンド・ロッジ画）　258
サウスウェル, ロバート　17, 269
サクソ・グラマティクス　170
サザーン, エドワード・H　97
ザ・シアター（劇場座）　14, 35, 59
サージェント, ジョン・シンガー　209
『サー・ジョン・オールドカースル』（Sir John Oldcastle）　29
サズマン, ジャネット　193
『サッチ・スウィート・サンダー』　36
サッチャー, マーガレット　169
ザデク, ペーター　179
『サー・トマス・モア』（Sir Thomas More）　22, 28, 29
ザ・バービカン劇場（ロンドン）　164
サバル, サハル　40, 91
サブル, ティム　40
サマセット家　46
サルスバリー, ジョン　269
ザルツブルク・マリオネット劇団　39
斬首　49
サンズ, アンソニー・オーガスタス・フレデリック　36
サンディーズ, ジョージ　260
サンド, ジョルジュ　125
サンフィリッポ, ピーター　36
サンプター, ドナルド　153
三位一体　268
シアター・ロイヤル（バース）　130
シアター・ロイヤル（ロンドン）　227
シアラー, ノーマ　156
「幸せな身の上の宝」（フランスの写本挿画）　263
『シェイクスピア・アニメ化された物語』（Shakespeare：The Animated Tales）（TV番組）　41
シェイクスピア, ジョン　18
『シェイクスピア・人種・植民地主義』（Shakespeare, Race and Colonialism）（アニア・ルーマ）　40
『シェイクスピアと完全な存在の女神』（Shakespeare and the Goddes of Complete Being）（テッド・ヒューズ）　265
『シェイクスピアとジャズ』（1964年）　36
『シェイクスピアにおける交渉』（Shakespearean

Negotiations）（スティーヴン・グリーンブラット）　39
『シェイクスピアのR＆J』（Shakespeare's R & J）（カラルコ）　163
『シェイクスピアの歌とソネット』（Songs and Sonnets of Shakespeare）（チャールズ・ロビンソン編）　270
『シェイクスピアのおかしな子供たち』（Shakespeare's Queer Children）（チェジゾイ）　40
シェイクスピアの肖像画　21, 23
『シェイク＝スピアのソネット集』（Shake-speares Sonnets）　274, 276
『シェイクスピアの悲劇』（Shakespearean Tragedy）（A. C. ブラドリー）　39
シェイクスピア・バースプレイス・トラスト　21
シェイクスピア・メモリアル劇場（ストラトフォード）　227
『シェイクスピア物語』（Tales from Shakespeare）（チャールズとメアリーのラム姉弟）　40
ジェイコブ, ジョン　108
ジェイムズ1世（イングランド王）　26, 81, 141, 145, 172, 186, 194, 195, 205, 206, 216, 240, 246
ジェイムズ6世（スコットランド王）　→ジェイムズ1世（イングランド王）
ジェイムズ朝　26, 141, 225, 233
ジェフォード, バーバラ　145
ジェフリー（モンマスの）　195
シェリー, ポール　219
シェロー, パトリス　61
ジェンダー　92, 133, 142, 192, 259
シオボルド, ルイス　29
鹿の密猟　121
シコラクス　35
自殺　217, 262～264
シシリー（シチリア）島　133
自然元素　232
「使徒行伝」　89, 91
シドニー, サー・フィリップ（Sidney, Sir Philip）　15, 27
シドベリー, マイケル　25
シドンズ, サラ　212
『詩の弁護』（The Defense of Poesy）（フィリップ・シドニー）　15
シバー, コリー　124
『自分の部屋』（ヴァージニア・ウルフ）　285
市民劇　117
シーモア, ウィリアム　240
シャー, アントニー　40, 57, 243
シャイロック　111, 113, 114, 115
社会主義リアリズム　203
ジャガード, ウィリアム（Jaggard, William）　266, 267
弱強5歩格　32
『尺には尺を』（Measure for Measure）　24, 39, 144～149
ジャコバイト　227
ジャコビ, デレク　61, 233
ジャージー, パトリック　106
『じゃじゃ馬ならし』（The Taming of the Shrew）　24, 25, 36, 38, 39, 92～97, 111, 128
シャセリオー, テオドール　204
シャドウェル, トーマス　250
ジャベール, コリン　83
シャル, ハインツ　179
ジャンヌ・ダルク　46, 47
宗教戦争　99
修道士　133, 161
『十二夜』（Twelfth Night）　23, 24, 106, 134～139
『呪文, 魔術ならびに悪霊との契約禁止法』（1604年）　206
シュラブネル, ジョン　164
『ジュリアス・シーザー』（Julius Caesar）　24, 26, 39, 164～169, 214
『殉教者列伝』（Actes and Monuments）（ジョン・フォックス）　81
ショアディッチ（Shoreditch）（ロンドン）　16

『小学校』（The Petty Schole）（フランシス・クレメント）　32
商業国家　112
『小説ソネット』（Sonetts: A Novel）（レナード・J・デイビス）　285
『情熱の巡礼者』（The Passionate Pilgrim）　27, 266〜267, 275
少年役者　107, 127, 137, 216, 218
姐婦　178
女王一座（Qeen's Men）　20
『女王陛下への謙虚な懇願』（ロバート・サウスウェル）　17
「食人種について」（モンテーニュ）　246
植民地　14, 34, 246
食料不足　225
ショー, グレン・バイアム　213
ジョージ3世　202
女子修道院　178
ジョージ朝　227
ショー, ジョージ・バーナード　143
ショスタコーヴィチ, ドミートリ　202
女性観　147
書籍出版業組合（Stationer's Company）　22
書籍出版業組合の記録（Stationer's Register）　22
ジョセフ・ジョージ・ホールマンの肖像（ゲーンズバラ・デュポン画）　198
ショー, フィオナ　25, 61
ジョリー, ヴィクター　109
『ジョン王』（King John）　62〜63
『ジョン王』（映画）　62
ジョン・オヴ・ゴーント, ランカスター公　54, 60
ジョーンズ, アーネスト　174
ジョーンズ, ジェイムズ・アール　202
ジョンソン, サミュエル（肖像画）　31
ジョンソン, チャールズ　124
ジョンソン, ベン　21, 231, 268, 274
ジョン・フィリップ・ケンブル像（ヘンリー・ハーロウ画）　227
ジラルディ, ジャンバチスタ　145, 185, 186
シンガポール　202, 203
新グローブ座　116
人種　192
『人生の栄冠』（The Crown of Life）（ウィルソン・ナイト）　39
新世界探検　246
シンデン, ドナルド　133
新トロイ（Troynovant）　181
シンプソン, O. J.　193
人文主義　14
『シンベリン』（Cymbeline）　27, 234〜237
『シンベリン』（テレビ版）　237
シーン, マイケル　79
『新約聖書』　146
新歴史主義　39
『スインギン・ザ・ドリーム』（Swingin' the Dream）（ミュージカル）　36
スクスザンカ, クリスティナ　149
『スコットランド・ピー・エー』　41
スコフィールド, ポール　126, 198, 202, 211
スーシェ, デイヴィッド　115
スズマン, ジャネット　133, 219
スタイン, ピーター　219
『スタートレック』　284
スチュアート, メアリ　269
スティーブンズ, ジョージ　283
ステーヴンズ, ケイティ　50
ステュアート家　205
ステュアート, パトリック　115, 193, 208, 243, 284
ステュアート, レディ・アルベラ　240
ステーン, ヤン　138
ストウ, ジョン　185
ストッパード, トム　178, 179
ストラトフォード・アポン・エイヴォン　18, 19, 20
ストラトフォード・オンタリオ・シェイクスピア・フェスティバル　143
ストラトフォード・フェスティバル　248
ストレチー, ウィリアム　247
ストレンジ卿一座（Lord Strange's Men）　17, 20

スパージョン, キャロライン　40
スピード, ジョン　18
『スペインの悲劇』（トマス・キッド）　17
スペイン無敵艦隊　15, 186
『すべて真実』（All is True）　83
スペンサー, エドマンド　15
スミス, マギー　133
スモクトゥノフスキー, イノケンティ　176
スラヴィンスキー, イゴール　285
スリンガー, ジョナサン　57
スロップ, フレデリック　221
性差　→ジェンダー
『聖書』　61, 88, 91
正典　22, 23, 28
性病　222
セヴァーン, ジョセフ　283
『世界の都市図解』（Civitates Orbis Terrarum）　14
セゼール, エメ・フェルナン・ダヴィッド　251
世代間のギャップ　158
ゼッフィレッリ, フランコ　26, 34, 96, 133, 162, 179, 183, 219
セドリー, チャールズ　218
セラーズ, ピーター　233
セルバンテス, ミゲル・デ　29
『戦争の技術』（Ten Arte of Warre）（ウィリアム・ガラード）　189
『戦争へ』（Ten Oorlog〔to War〕）　79
セント・ジェイムズ・シアター（ニューヨーク）　136
腺ペスト　17, 19
『ソネット集』（Sonnets）　15, 27, 266, 270, 273〜285
「ソネットを侮るなかれ」（Scorn not the Sonnet）（ウィリアム・ワーズワース）　282
『その瞳は太陽に似ず』（Nothing Like the Sun）（アンソニー・バージェス）　285
ソープ, トマス（Thorpe, Thomas）　271, 274
ソユーズムルト・フィルム　41
ソ連邦　202
ソンドハイム, スティーヴン　36, 109, 163

夕行

タイ　203
第1・二つ折り版（1623年）〔〈二つ折り版〉も参照〕　21, 24, 72, 111, 170, 195, 235, 267, 276
第1・二つ折り版の目次　24
『ダイアナ』（ホルヘ・デ・モンテマヨール）　86
『大英帝国の劇場』（Theatre of the Empire of Great Britain）（ジョン・スピード）　18
体液　165
大憲章　62
『タイタスX―ミュージカル』　36
『タイタス・アンドロニカス』（Titus Andronicus）　152〜155
『タイタス』（映画）　41, 155
タイナン, ケネス　213
『第二の乙女の悲劇』（The Second Maiden's Tragedy）　29
『対比列伝』　→『英雄伝』
大ブリテン　195
大ブリテン, フランスそしてアイルランド王　→ジェイムズ1世
ダヴェナント, ウィリアム　83, 133, 149, 212, 250
ダウデン, エドワード　26
ダウニー, ペニー　48, 240
鷹狩り　95
ダッシュ　33
ダドリー, レスター伯ロバート　106
ダニエル, サミュエル　15, 58, 64, 68, 275
ダニエルズ, ヌガリム　35
ダニエルズ, ロン　61
タラワ・シアター劇団　219
ダンヴァーズ, チャールズ　159
ダンヴァーズ, ヘンリー　159
ダンテ　158, 160, 162
『タンバレイン大王・第1部』（Tamburlaine the

Great, Part I）（クリストファー・マーロウ）　17
ダーンリー, オリヴィア　130
『ダーンリー卿の記念』（The Memorial of Lord Darnley）（クヴィヌス・デ・ヴォゲラール画）　172
ダンロップ, フランク　33
血　210
『小さな夜の音楽』（A Little Night Music）（ミュージカル）　109
チェシャー・キャット　137
チェスター, ロバート　268
チーク・バイ・ジョウル劇団　125
チャウェスク, ニコライ　169
チャキリス, ジョージ　163
チャップマン, ジョージ　268, 274, 277, 280
チャールズ2世　227
ラム姉弟, チャールズとメアリー　40
チャンドスの肖像画　21
中英語　30
チューダー朝　47, 52, 53, 81, 82, 83, 204, 269
超自然的な存在　204, 206
チョーサー, ジェフリー　30, 252, 253, 262
『著名人の没落について（名士列伝）』（ボッカチオ）　58, 8
ツァデグ, ペーター　219, 243
ツィナー, パウル　125
テアトル・ドゥ・ソレイユ　61
デイヴィス, ジョン　271
デイヴィー, トム　98
ディオニソッティ, パオラ　38
ディカプリオ, レオナルド　160
ディケンズ, チャールズ　29
デイズ, サイモン・ベイズリー　223
ディターレ, ウィリアム　38, 109
ティツィアーノ　14, 260, 262
ティップレディ, スティーブ　261
ティムール　17
テイト, ネイハム　202, 227
デイビス, レナード・J　285
ティモア, ジュリー　41
テイラー, エリザベス　96
テイラー, ゲアリー　29
ディラン, ボブ　40
デイリー, オーガスティン　38
デイ=ルイス, ダニエル　174
デイン, クレメンス　279
ティンダル, ウィリアム　14
デヴェルー, ロバート, エセックス伯（Devereaux, Robert, Earl of Essex）　59, 78, 274, 276
デ・ヴォゲラール, リヴィナス　172
『デカメロン』（ボッカチオ）　141
『デズデモーナ―ハンカチをめぐる芝居』（Desdemona: A Play about a Handkerchief）（ポーラ・ヴォーゲル）　193
テナント, デイヴィッド　98, 101, 170
デニス, ジョン　117, 227
テニスボール　77
デ・ハヴィランド, オリビア　109
テーマー, ジュリー　155
デ・モンテマヨール, ホルヘ　86
テリー, エレン　118, 128, 133, 209
『デリラ……ロザモンドの嘆きと共に』（サミュエル・ダニエル）　275
田園　122
デーンズ, クレア　160
デンチ, ジュディ　133, 141, 219, 240
『テンペスト』　→『あらし』
『デーン人の事蹟』（Historiae Danicae）（サクソー・グラマティクス）　170, 173
ドイツ・シャウシュピールハウス（ハンブルク）　243
灯台へ』（To the Lighthouse）（ヴァージニア・ウルフ）　285
東京　203
道化　101, 196
同性愛　123, 277, 283, 284
トゥーティン, ドロシー　137
道徳劇　279

動物のイメージ群　60, 211, 222, 226, 261, 200
東方の3博士　138
トゥリー, エレン　133
トゥリー, ハーバート・ビアボーム　39, 62, 63, 108, 118, 119, 165, 219
ドゥルーシャウト, マーティン　23
ト書き　31, 33, 38, 130, 165, 200, 233, 239
毒殺術　163
『ドクター・フー』（Doctor Who）　35, 284
『ドクベリーによる夜警たちへの指示』（ステイシー・マークス画）　131
都市　122
ドネラン, デクラン　125
ド・ベルフォーレ, フランソワ　170
『トマス・クロムウェル卿』（Thomas Lord Cromwell）　29
ドミンゴ, プラシド　34
ドライデン, ジョン　218, 250
トラフトン, デイヴィッド　251
ドーラン, グレゴリー　63, 101, 143, 261
鳥　211
『トルコ史』（Mahumetane or Turkish Historie）（ウーベルト・フォリエッタ）　186
ドルーリー・レーン劇場　87, 124, 218, 227
ドレイク卿, フランシス　246
ドレイファス, リチャード　178
トロイ戦争　181
『トロイラスとクレシダ』（Troilus and Cressida）　25, 180〜183
『ドン・キホーテの生涯と時代』（Don Quixote）（セルバンテス）　29
トンプソン, エマ　133
ドンマー・ウェアハウス劇場（ロンドン）　188

ナ行

ナイト, G. ウィルソン　189, 233
嘆きのジャンル　271, 275
ナショナル・シアター（ロンドン）　39, 61, 149, 174, 243
『夏の夜の夢』（A Midsummer Night's Dream）　16, 24, 36, 38, 39, 40, 101, 102〜109
『夏の夜の夢』（映画）　38, 109
『夏の夜は三たび微笑む』（Smiles of a Summer Night）（映画）　109
『なまのシルク』　40
ナルキッソス　278
ナルシシズム（自己愛）　278
ナン, トレヴァー　61, 133, 139, 143, 219, 200
『二重の欺瞞, あるいは失恋した恋人』（Double Falsehood）（ルイス・シオボルド）　29
ニュー・シアター（ロンドン）　56
ニュー・プレイス（ストラトフォード）　20
ニューヨーク・シティ・バレー　109
ニールセン, アスタ　179
人形劇　39, 261
『人間の尊厳について』（ピコ・デラ・ミランドラ）　14
ネオ・プラトニズム　268
『鼠捕り』（The Mousetrap）（『ハムレット』の劇中劇）　173
根津甚八　200
寝取られ亭主　123, 129
ネルソン, ティム・ブレイク　193
能　203
ノヴェッラ（小説）　157
ノースコート, リチャード　55
ノース, サー・トマス　165, 215, 221
ノス・ド・モッロ　87
ノースリップ　36
ノーブル, エイドリアン　39
野村万作一座　91

ハ行

売春宿　178

バイセクシャル　277
ハイトナー, ニコラス　243
バヴィアー, トーマス　267
ハーヴェイ, タマラ　133
パウエル, ディック　109
パウロ　89
パーカー, ナサニエル　189
パーカー, ハーリー・グランヴィル　108
パークス, サム　223
バクスター・シアター (南アフリカ)　40, 249
パクス・ロマーナ　216
バクセンデール, ヘレン　210
白鳥座 (Swan Theater) (ロンドン)　22, 28
ハクルート, リチャード　15, 186
ハケット, ジェイムズ　67
ハサウェイ, アン　19
パーシヴァル, リュック　79
バージェス, アンソニー　285
バージ, ステュアート　133
バスケス, ヨランダ　133
パスコ, リチャード　61
パステルナーク, ボリス　202
パーセル, ヘンリー　15, 108, 250
『機屋のボトム』(Bottom the Weaver)　108
パチーノ, アル　52, 57
パック　104
パップ, ジョゼフ　183
バデリー, アンジェラ　140
ハドソン, ヘンリー　246
パトロン　15, 205, 206, 276
バートン, アダム　223
バートン, ジョン　49, 51, 61, 115, 133
バートン, リチャード　96, 227
バーバー, サミュエル　219
ハーバート, ウィリアム, 第3代ペンブルック伯 (Herbert, William, 3rd Earl of Pembroke)　276, 277
ハーフラー (アルフルール) の包囲戦　78
バーベッジ, ジェイムズ　14, 59
バーベッジ, リチャード　23
バミューダ諸島　247
ハムネット (シェイクスピアの息子)　20, 174
『ハムレット』(Hamlet)　36, 40, 170〜179, 271
『ハムレット』(映画)　40, 41, 175, 176, 179
『ハムレット機械』(Hamletmachine) (ハイナー・ミュラー)　179
ハムレット, キャサリン　176
『薔薇戦争』(The Wars of the Roses)　25, 47, 49, 51, 52, 54, 60, 83
バラドワジ, ヴィシャール　213
『バラの間の木に寄りかかる若者』(Young Man Learning Against a Tree) (ニコラス・ビリヤード画)　274
『薔薇の怒り』(Rose Rage)　51
バランチン, ジョージ　109
バリー, J. M.　125
ハーリー, アイリーン　174, 179
ハリオット, トーマス　246
バルトロウ, ギネス　282
『バルナム・ヴァナ』　36
ハル　→ヘンリー5世
ハーロウ, ジョージ・ヘンリー　227
ハワード, プライス・ダラス　125
ハワード, ヘンリー, サリー伯　14
ハワード, レスリー　156
「挽歌」(W. シェイクスピア)　268
ハンカチ　191
バーンズ, クライヴ　108
バーンスタイン, レナード　36, 163
ハンズ, テリー　49, 51, 61
半ズボンの役　137
ハンター, キャスリン　26
バンデロ, マッテオ　157
ハント, ウィリアム・ホフマン　146
『パンドスト, 時の凱旋』(Pandosto: Thje Triumph of Time) (ロバート・グリーン)　239
バーンフィールド, リチャード (Barnfield, Richard)　266
反ユダヤ主義　111, 114

ピアース, ジョアン　235
ピカヴァンス, ロバート　26
東ドイツ　179
悲喜劇　127, 235
悲劇　23, 25, 181, 236
『悲劇物語集』(Histoires Tragiques) (ド・ベルフォーレ)　170
ピースリー, リチャード　108
『羊たちの沈黙』　41
ヒトナー, ニコラス　39
ヒトラー, アドルフ　169, 227
ビートルズ　285
ピープス, サミュエル　108
ピムロット, スティーヴン　61
『百物語』(Ecatommiti) (ジャンバチスタ・ジラルディ)　145, 185, 186
ヒューズ, ウィリアム　284
ヒューズ, テッド　265
ピューリタン　16
『ピューリタン』(The Puritan)　29
ヒリアード, ニコラス　269, 274
ビリントン, マイケル　212
ビール, サイモン・ラッセル　206, 251
『ヒーローとリアンダー』(Hero and Leander) (クリストファー・マーロウ)　258
ヒントン, ピーター　202
ファイファー, ミシェル　105
ファイン, シルク・E　40
ファインズ, ジョセフ　113
ファインズ, ラルフ　227
ファシズム　227
ブアトー, ピエール　157
『ファルスタッフ』(Falstaff) (アダン)　36
『ファルスタッフ』(ジュゼッペ・ヴェルディ) (オペラ)　119
フィアロン, レイ　230
フィッシュバーン, ローレンス　189, 193
フィッツジェラルド, ジョン・アンスター　102
フィトン, メアリ　277, 279
フィニーズ, ジョセフ　282
フィネガン, エイミー　83
フィネス, ラルフ　164
フィリップ・シドニーの肖像 (アイザック・オリバー画)　15
『フェア・エム』(Fair Em)　29
『フェヴァーシャムのアーデン』(Arden of Faversham)　29
フェニックス・シアター　126
フェニックス, リヴァー　67
フェミニズム　133, 179, 219
フェリー, ブライアン　285
フェリペ2世 (スペイン王)　246
フォークス, ガイ　205
フォーシット, ヘレン　237
フォックス, ジョン　63, 81
フォーブス, ブライアン　212
フォリエッタ, ウーベルト　186
フォーリオ　→二つ折り版
フォールスタッフ, サー・ジョン (Falstaff, Sir John)　25, 65〜67, 68〜71, 117〜119
フォンタン, リン　39
フォン, ボエリニッツ, クリスティアン　148
『複合語の構造』　40
復讐　172
復讐の悲劇　152
フクロウ　211
『不死鳥と山鳩』(The Phoenix and Turtle)　27, 268〜269
『不死鳥の肖像』(ニコラス・ヒリヤード画)　269
ブース, エドウィン　213
双子　90
二つ折り版 (folio) (1623年)〔〈第1・二つ折り版〉も参照〕　23, 145
ふたりの王子　55
『二人の貴公子』(The Two Noble Kinsmen)　23, 28, 252〜253
復活　133
プーナ (プネー) (インド)　143
不眠　208

不眠　209
『冬物語』(The Winter's Tale)　23, 30, 238〜243
『冬物語』(映画)　33
プライス, ナンシー　56
ブライト, ケリー　201
フライ, ノースロップ　233
プラウトゥス　24, 88, 89, 911
ブラウニング・エリザベス・バレット　283
ブラウニング, ロバート　283
ブラウン, ジョー・E　109
ブラック・フライアーズ劇場　210
ブラッドリー, デイヴィッド　251
ブラッドリー, A.C.　39
ブラナー, ケネス　76, 79, 101, 124, 125, 132, 175, 177, 178, 179, 189, 227
ブラマー, クリストファー　202, 203
フランシス, ゲフ　251
フランソワ1世 (フランス王)　82
プランタジネット家　48
ブランド, マーロン　167, 169
ブリチャード, ハナ　133
ブリティッシュ・ナショナル・シアター　115
ブリテン, ベンジャミン　265, 285
『ブリテン列王史』(History of the Kings of Britain) (モンマスのジェフリー)　195
フリードリヒ (プファルツ選帝侯)　247
フリーマン, ポール　235
フリーマン, モーガン　227
『ブリヤラダハナ, または恋人の贖罪』(Priyaradhara or Propitiation of a Lover)　143
プリンス, ウィリアム　122
プリンス・オヴ・ウェールズ　64
プリン (ブーリン), アン　81, 240
ブルクシアター (ウィーン)　148
ブルースター, イヴォンヌ　219
プルタルコス　165, 215, 221, 225, 227, 000
ブルック, アーサー　157, 162
ブルック, シアン　203
ブルートゥス (トロイの)　195
フルトン, チャールズ　165
ブルドーン, ピエール=ジョセフ　222
ブレイク, ウィリアム　36
ブレイトン, リリー　92
ブレークリー, クローディ　141
フレッチャー, ジョン　20, 26, 29, 81, 235, 252
ブレヒト, ベルトルト　49, 149, 221, 223, 227
フロイト, ジクムント　174
プロコフィエフ, セルゲイ　36
プロスペクト・シアター劇団　233
『プロスペローの本』(Prospero's Book) (映画)　250
ブロック, ジャイルズ　219
プロテスタント　16, 21, 63, 81, 99, 157, 173
フロビシャー卿, マーティン　246
プロペラ・カンパニー　51
ヘイウッド, トマス　235, 265, 266
ヘイズ, ヘレン　109
ベイリー, ルーシー　223
ベイル, ジョン　63
ベケット, サミュエル　221
ベタートン, トマス　67
ベッキンセイル, ケート　132, 133
ヘップバーン, キャサリン　94, 122, 133, 219
ペトラルカ, フランチェスコ　14, 120, 121, 157, 274, 200, 000
ベニング, アネット　57
『ベネディクトとベアトリス』　127
ベノワ, ジャン・ルイ　79
ヘミングズ, ジョン　22
『ペリクリーズ』(Pericles)　23, 28, 230〜233
ペリクレス　231
ベリマン, イングマール　109
ベルギー　79
ペルシア語　36
ヘルビガー, マヴィー　108
ヘルプマン, ロバート　94
ベルベル人　188

ベルモント　112
ヘレン (トロイの)　263
『変身物語』(Metamorphoses) (オウィディウス)　14, 19, 27, 123, 248, 258, 260, 278
ベンソン, F.R.　251
ベンソン, ジョン　267, 282
『ヘンリー4世』　25, 117
ヘンリー4世　51, 65
『ヘンリー4世・第1部』(Henry IV, Part 1)　64〜67
『ヘンリー4世・第2部』(Henry IV, Part 2)　68〜71
ヘンリー5世　25, 46, 64, 67, 69, 71, 74, 75
『ヘンリー5世』(Henry V)　39, 72〜79, 118
『ヘンリー5世の名高き戦勝』(The Famous Victories of Hnery the Fifth)　64, 68, 73
ヘンリー6世　46, 47, 49, 50, 52, 73
『ヘンリー6世』三部作 (Henry VI)　25
『ヘンリー6世・第1部』(Henry VI, Part 1)　46〜47
『ヘンリー6世・第2部』(Henry VI, Part 2)　48〜49
『ヘンリー6世・第3部』(Henry VI, Part 3)　50〜51
ヘンリー7世　47, 52
『ヘンリー8世』(Henry VIII)　25, 35, 31, 80〜83
ヘンリー8世の肖像画 (ハンス・ホルバイン (子) 画)　80
ヘンリー・ステュアート, ダーンリー卿　172
ヘンリー・ストリート (ストラトフォード)　19, 20
ホィッテカー, ジョディ　285
ボイド, マイケル　251
亡霊　170, 173, 204
ホガース, ウィリアム　36
ホーキンズ, ジャック　247
ホーキンズ卿, ジョン　246
ホーク, イーサン　40, 41, 179
ボグダノフ, マイケル　49, 51, 61, 96
ポスト・コロニアル　251
ホーストン, ウィリアム　225
ボスルスウェイト, ピート　105
ポーター, コール　36
牧歌　120
ボッカチオ, ジョヴァンニ　58, 81, 141
ポッツ, マリオン　261
ホットスパー (ヘンリー・パーシー)　64〜67, 74
ホプキンズ, アンソニー　41, 155, 219
ポープ, ジェーン　133
ホフマン, ダスティン　115
ホフマン, マイケル　105
ボヘミア　243
ホモセクシャル　→同性愛
ボーモント&フレッチャー　252
ボーモント, フランシス　235, 252
〈ほら吹きのさむらい〉　119
ポランスキー, ロマン　212, 213
ホランド, トマス　269
ボリウッド (インド)　213
ポーリー, ジョン　188
ホリンシェッド, ラファエル (Holinshed, Raphael)　47, 49, 51, 58, 64, 68, 73, 81, 204, 209
ホール, エドマンド (Hall, Edmand)　47, 49, 51
ホール, エドワード　51
ホール, エリザベス (シェイクスピアの孫)　21
ボルドーニ, イレーネ　74
ポルト, ルイジ・ダ　157
ホルバイン (子), ハンス　61, 80
ホール, ピーター　49, 61, 115, 137, 211, 219
ホルム, イアン　183, 202
ホロウェイ, ベイリオル　56
ホワイト, ウィラード　192, 193
ホンディウス, ヨドクス　18
ボンド, ジョナサン　223
ポンペイウス　219

マ行

マイデル, ジョセフ 201
『マイ・プライベート・アイダホ』(*My Own Private Idaho*)（映画）67
マーカム, ガーヴェイス 70
マキューアン, ジェラルディン 137
マクグッキン, アイスリン 134
マークス, ヘンリー・ステイシー
マクディアミド, イアン 115
マグナ・カルタ →大憲章
マクバーニー, サイモン 149
『マクベス』(*Macbeth*) 23, 35, 41, 204～213
『マクベス』（映画）212, 213
『マクベス』（ジュゼッペ・ヴェルディ）（オペラ）213
『マクベス』（ヒンディー版）36
『マクベス』（ブードゥー版）213
『マクベス―魔女の場面』（ミロスラウ・ロガラ）36
『マクベット』(*Macbetto*)（イタリアの改作版）213
マクレガー, ユアン 188
マクレディー, ウィリアム・チャールズ 78, 87, 202, 213
マクローリー, ヘレン 120
マーケット劇場（ヨハネスバーグ）193
マケルホーン, ナターシャ 101
マジェスティー劇場（ロンドン）165
魔女 204, 206, 207
『魔女』（ミドルトン）210
マーストン, ジョン 268
マゼラン, フェルディナンド 14
「マタイ伝」146
『間違いの喜劇』(*The Comedy of Errors*) 24, 88～91
『間違いの狂言』（野村万作一座）91
マッカロウ, ジョン 53
マックフェイディエン, マシュー 65
『マックブール』(*Maqbool*) 213
マックリン, チャールズ 115
マックレイ, フランクリン 62
マッケラン, イアン 571, 202, 227, 243
マッゴーラン, ジャック 198
マッテス, エヴァ 179
マッデン, ジョン 163, 284
『真夏の夜のセックス・コメディー』(*A Midsummer Night's Sex Comedy*) 109
魔法 89, 103
『魔法の島』(*The Inchanted Isle*)（ドライデン＆ダヴェナント）250
『真夜中の鐘（フォールスタッフ）』(*Chimes at Midnight*)（映画）67
『マーリンの誕生』(*The Birth of Merlin*) 29
マルクス, カール 223
マルス 218
『マルタ島のユダヤ人』(*The Jew of Malta*)（クリストファー・マーロウ）111
マルーフ, ディヴィド 251
マレーシア 203
マーロウ, クリストファー (Marlowe, Christopher) 17, 111, 266, 274, 277
マローン, エドモンド 282
マンキウィッツ, ジョセフ・L 167, 169
マンディ, アンソニー 28
マンデラ, ネルソン 168
ミアズ, フランシス 27, 28, 266, 275
『みごとな骨』(*Good Bone*)（マーガレット・アトウッド）179
ミソジニー（女性嫌悪）284
ミー, チャールズ 29
ミッチェル, ロジャー 284, 285
ミドルトン, トマス 29, 145, 210, 220, 258, 200
南アフリカ 193
三船敏郎 213
ミュージカル 36
『ミュセドーラス』(*Mucedorus*) 29
ミュラー, ハイナー 179
ミラー, シエナ 120
ミラー, ジョナサン 202
『ミランダ――あらし』(*Miranda—The Tempest*)（ウォーターハウス画）244

ミルトン, ジョン 282
ミレー, ジョン・エヴァレット 36, 176
ミレン, ヘレン 183, 237
民話 120
ムーア人 186, 188
夢中遊行 210
ムッソリーニ, ベニート 169
ムトゥ, タム 159
ムノーチキン, アリアン 61
メアリー（スコットランド王妃）172
『名士列伝』→『著名人の没落について』
メイソン, ジェイムズ 169
名誉 127
『メナエクムス兄弟』(*Menaechmi*)（プラウトゥス）24, 88, 91
メルボルン 213, 261
メンデス, サム 251
メンデルスゾーン, フェリックス 39, 108, 109
盲目 200, 201
モジェスカ, ヘレナ 133
モシンスキー, エライジャ 237
『物語集』(*La prima parte de le novelle*)（マッテーオ・バンデロ）126
モリセット, ビリー 41
モリーナ, アルフレッド 124
『森の中の恋』(*Love in a Forest*)（チャールズ・ジョンソン）124
モロー, ジャンヌ 67
問題劇 24, 25, 111, 141, 220
モンテーニュ, ミシェル・ド 246

ヤ行

「柳の歌」190
山田五十鈴 213
山鳩 268, 269
ヤルウェット, ユーリ 202
ヤング・ヴィック座 26
『有罪の囚人で毒を試すクレオパトラ』（アレクサンドル・カバネル画）216
「雪の十字架」（ヘンリー・ロングフェロー・ワーズワース）283
ユダヤ人 112
『ユダヤ人』(*The Jew*) 111
指輪 112
夢 57, 107
『夢判断』（フロイト）174
ユリシーズ 181
ユンガー, ギル（ジュンガー, ジル）96
妖術 206, 247
妖精 104
『妖精の女王』(*The Faerie Queene*)（エドマンド・スペンサー）15
『妖精の女王』(*The Fairy Queen*)（ヘンリー・パーセル作曲）（オペラ）108
ヨーク家 25, 46, 52, 54
予言 207
『ヨークシャーの悲劇』(*A Yorkshire Tragedy*) 29
ヨーダー, R. A. 183
四つ折り版 (quartos) 22, 131, 158, 170, 195
『世にも悲しき喜劇, ピラマスとシスビーの世にもむごたらしい最期』（劇中劇）105
ヨハネ騎士修道会 186
『夜の影』（ジョージ・チャップマン）268

ラ行

『ライオン・キング』40, 179
ライシーアム・シアター 128
ライズ, マシュー 159
ライト, ジョセフ 239
ライト, ジョフリー 213
ライアンス, マーク 61, 219
ラインハルト, マックス 38, 109
ラウゼ, ヘルマン 179

ラウンド・ハウス劇場（ロンドン）251
ラティマー, ヒュー 17
ラドフォード, マイケル 113
ラノイエ, トム 79
ラファイエット劇場（ニューヨーク）213
ラファエロ前派 36
ラブソディッツニー・シアター（クラクフ）149
ラマスワミ, アルチャナ 107
ラーマン, バズ 158, 160, 162
『乱』200
ランカスター家 25, 46, 47, 49, 52, 54
『ランカスター家とヨーク家の統一』(*The Union of the Families of Lancaster and York*)（エドワード・ホール）47, 58
『ランカスターとヨーク両家のあいだの内乱』(*The Civile Wars Between the Two Houses of Lancaster and York*)（サミュエル・ダニエル）58, 64, 68
ラングム, マイケル 115
ラングム, ロバート 106
ランギ, チェリー 133
ラン, デイヴィッド 120
ラント, アルフレッド 39
『リア』(LEAR)（オン・ケン・セン演出）203
『リア王』(*King Lear*) 23, 26, 36, 37, 41, 194～203, 221
『リア王』（映画）202
リー, ヴィヴィアン 154, 155, 213
リウィウス 262
リーヴス, キアヌ 67, 133
リストーリ, アデレード 213
リズリー, ヘンリー, サウサンプトン伯 (Wriothesley, Henry, Earl of Southampton) 15, 21, 159, 161, 258, 275, 276
『リチャード2世』(*Richard II*) 25, 58～61
リチャード3世 47, 51, 52
『リチャード3世』(*Richard III*) 25, 52～57
『リチャード3世』（映画）57
リチャードソン, イアン 61, 71, 220, 248
リチャード・プランタジネット, ヨーク公 46, 49
リチャード, ラルフ 248
『リチャードを探して』(*Looking for Richard*)（映画）52, 57
リックマン, アラン 285
リッター, ソニア 153
リッチ, バーナビー 135
リドリー, ニコラス 17
リートン, マーガレット 248
リネ, アン 269
『リュクレースの凌辱』(*Le Viol de Lucrece*)（アンドレ・オベイ）265
リリック劇場（パリ）213
リンゼイ, ロバート 133
リントール, デイヴィッド 28
リントン, ジェイムズ 114
ルイーズ, アニタ 109
瘰癧 (King's Evil) 205
ルキアノス 207
『ルークリース凌辱』(*The Rape of Lucrece*) 15, 27, 262～265
『ルクレチア』(*Lucretia*)（ダミアン・カンペニィ・イ・エストラニィ画）264
『ルクレチア』(*The Suicide of Lucretia*)（ルーカス・クラナッハ画）263
『ルクレチアの凌辱』（ベンジャミン・ブリテン作曲）（オペラ）265
ルター, マルティン 16, 173
ルーニー, ミッキー 109
ルネサンス 17, 232, 262
ルパージュ, ロバート 39
ルービン, レオン 87
ルルド 268
レイトン, フレデリック 162
レヴリング, クリスチャン 41
レオ・アフリカヌス 188
歴史劇 23, 25
レナード, ロバート・ショーン 132, 133
レニヤース, エイミリア 277
レノルズ, ジョシュア 31

レパントの海戦 186
『恋愛禁制』(*Das Liebesverbot*)（リヒャルト・ワグナー）（オペラ）149
レーン, クレオ 36
連合王国 194
『煉獄の火輪』(*The Wheel of Fire*)（G・ウィルソン・ナイト）189
ロイヤル・シェイクスピア劇団 48, 49, 50, 51, 57, 61, 63, 70, 79, 83, 91, 98, 101, 105, 108, 115, 134, 137, 141, 143, 153, 159, 170, 193, 202, 203, 225, 230, 235, 242, 243, 249, 251, 253, 261, 285
老年 198
ロガラ, ミロスラウ 36
ローガン, ジェラルド 265
『ロークライン』(*Locrine*) 29
ロザリオ・バシリカ聖堂 268
『ロザリンド』(*Rosarynde*)（トマス・ロッジ）121
ロス, ティム 178
ロセッティ, クリスティーナ 283
ロセッティ, ダンテ・ガブリエル 36
『ローゼンクランツとギルデンスターンは死んだ』(*Rosencrantz and Guildenstern Are Dead*)（トム・ストッパード）178, 179
ロッキヤー, マーク 251
ロッジ, エドマンド 258
ロッジ, トマス 121, 172
ロッソン, アーサー 133
ロードス島 185
ロビン・グッドフェロー →パック 104
ロビンソン, チャールズ 270
ロビン・フッド物語 121
ロブスン, ポール 193
ロペス, ドリゴ 114
ロベン島 168
ローマ 154, 164, 165, 216, 225
『ローマ建国史』(*Historia*)（リウィス）225, 262
ローマ人 215
「ローマの信徒への手紙」173
ロマンス劇 26, 181, 246
『ロミオ＋ジュリエット』（映画）158
『ロミオと海賊の娘エセル』163
『ロミオとジュリエット』(*Romeo and Juriet*) 36, 39, 40, 156～163, 266
『ロミオとジュリエット』（映画）26
『ロミオとジュリエット』（バレエ組曲）（プロコフィエフ作曲）36
『ロメウスとジュリエットの悲劇的物語』(*The Tragicall Historye of Romeus and Juliet*)（アーサー・ブルック）157, 162
ロラード（宗教改革派）65
ローリー, サー・ウォルター (Raleigh, Sir Walter) 15, 246, 266, 267
ローレンス, ジョシー 25, 133
ロングフェロー, ヘンリー・ワーズワース 283
ロンクレイン, リチャード 57
ロンドン 14, 17, 20, 181
『ロンドン塔の二王子』（アリソン・ウィア）52
『ロンドン塔の王子殺害』（リチャード・ノースコート画）55
『ロンドンの道楽者』(*The London Prodigal*) 29

ワ行

ワイアット, サー・トマス 14
ワイルド, オスカー 283
ワグナー, リヒャルト 149
ワシントン, デンゼル 133
ワーズワース, ウィリアム 276, 282
「わたしを忘れないで」（クリスティーナ・ロセッティ）283
ワトキンズ, ロジャー 50
ワナメイカー, サム (Wanamaker, Sam) 35
『悪口学校』(*The Schoole of Abuse*)（スティーブン・ゴッソン）16

訳者あとがき

どれだけのシェイクスピア関係の本が、これまで出版されたのだろう。シェイクスピアは、少なくとも英文学関係の作家で、最大の量と最高の質の文献出版を誘発してきたといっても過言ではない。さらに、シェイクスピアの芝居上演は、おそらく世界最大の回数を記録しているであろうし、オペラや映画の改作をはじめ、小説やマンガ、さらにはゲームなどにも最大のビジネス・チャンスを提供してきたといえよう。

本書も、また、そのビジネス的成功をねらったものである。すでに、シェイクスピア関係の辞典・事典類は英米においても、また、日本においても多数出ている。なのに、類書である本書は、ビジネス・チャンスをつかむことができるのだろうか。

この可能性は、本書が、従来の類書にない工夫がこらされていることにある。読者はまず、各ページに配されたその図版に圧倒されることだろう。この図版は、文字の説明を補足するものであるというより、むしろ、文字が図版の説明をしているという印象すらある。本書にはシェイクスピアの同時代の絵画や版画から、2009年のロイヤル・シェイクスピア劇団＋南アフリカのバクスター・シアター劇団による『あらし』公演、2008年の『恋の骨折り損』『ウィンザーの陽気な女房たち』『リア王』『アテネのタイモン』、さらに『ハムレット』『トロイラスとクレシダ』公演の写真にいたるまでが含まれているのだ。そして、その中には、黒澤明監督の『蜘蛛巣城』（1957年）と『乱』（1985年）の一場面や、2001年、野村万作一座による『間違いの喜劇』を改作した『間違いの狂言』ロンドン公演の図版まである。しかも、カラー写真によってである。

このように述べると、本書のひとつの特徴が知れよう。それは、上演が重視されていることである。これは、近年、目覚ましく進展したシェイクスピアの上演史研究を反映している。さらにこれと関係して本書の特徴は、改作、つまり絵画や映画への改作にも言及がなされていることである。これも、近年のシェイクスピア研究の新しい動向を反映している。このように、新しい仕掛けをとりわけ強調すると不安になられる読者もいようが、当然のこと、伝統的な項目の解説・説明もある。「あらすじ」をはじめとして、各劇の材源や時代的背景など、また、作品のテーマ解釈にも及んでいる。だが、その解説・説明が、最新の研究をふまえてなされていることは、強調してもしすぎることはないだろう。そもそも、本書の執筆陣は、すぐれた業績をもつ世界的に活躍している研究者で、その国籍はオーストラリア（8名）、イギリス（6名）、フランス（2名）、アメリカ（6名）、カナダ（1名）で構成されている。

本訳書が、新たなシェイクスピア文化の地平を切り拓いてくれることを祈っている。

2010年5月

監訳者

A. D. Cousins（A. D. カズンズ）
シドニーのマクオーリー大学英文学教授および学科長。著書に *Shakespeare's Sonnets and Narrative Poems* (1999) など。

荒木正純（あらき・まさずみ）
1946年生まれ。東京教育大学大学院博士課程中退。静岡大学教養学部講師、筑波大学人文社会科学研究科教授を経て、現在、筑波大学名誉教授・白百合女子大学教授。博士（文学）。著書に『ホモ・テキステュアリス：20世紀欧米文学理論の系譜』（法政大学出版局）、『芥川龍之介と腸詰め』（悠書館）、訳書にキース・トマス『宗教と魔術の衰退』（法政大学出版局）、スティーヴン・グリーンブラット『驚異と占有』（みすず書房）など。

田口孝夫（たぐち・たかお）
1947年生まれ。東京教育大学大学院修士課程修了。現在、大妻女子大学文学部教授。英文学専攻。主な著書に『記号としてのイギリス』（共著、南雲堂）、『英語教師のスクラップブック』（悠書館）など。訳書にA・ブレイ『同性愛の社会史――イギリス・ルネサンス』（共訳、彩流社）、R・ジラール『羨望の炎――シェイクスピアと欲望の劇場』（共訳、法政大学出版局）、R・バーバー『騎士道物語』（監訳、原書房）、シェルドン・キャッシュダン『おとぎ話と魔女』（法政大学出版局）など。

［翻訳協力者］（五十音順）
岡サチ子（おか・さちこ）：元私立高校教諭
曾良裕美子（かつら・ゆみこ）：関東学院大学非常勤講師
神谷明美（かみや・あけみ）：コロンビア大学ティーチャーズカレッジ日本校グラデュエイトアドバイザー
杉本章吾（すぎもと・しょうご）：筑波大学大学院人文社会科学研究科
杉本裕代（すぎもと・ひろよ）：東京都市大学知識工学部リテラシー学群助教
松田幸子（まつだ・よしこ）：筑波大学外国語センター準研究員

シェイクスピア百科図鑑
── 生涯と作品 ──

2010年9月22日

監修者	A. D. カズンズ（A. D. Cousins）
監訳者	荒木正純＆田口孝夫
装　幀	桂川　潤
発行者	長岡正博
発行者	悠書館

〒113-0033　東京都文京区本郷2-35-21-302
TEL 03-3812-6504　FAX 03-3812-7504

Japanese Text © 2010. M. ARAKI & T. TAGUCHI
2010 Printed in China
ISBN978-4-903487-39-7